HEYNE

Das Buch

Die Helden Britanniens sind gefallen. Nur Budoc, einst mächtigster Ritter an König Artus' Hof, hat überlebt und sich in ein Waldheiligtum zurückgezogen. Dort erinnert sich der weise Einsiedler in immer wiederkehrenden Träumen und Visionen an sein vergangenes Leben an der Seite des Königs. Geschehnisse und Gesichter ziehen an ihm vorbei, siegreiche Kämpfe, aber auch die Fahrt zu den Inseln des Nordens, wo die Bewahrer des Heiligen Grals leben und schließlich die verhängnisvolle Schlacht von Camlann, in der Artus und viele seiner Gefährten durch den Verräter Medraut ihr Leben verloren.
Zehn Jahre nach dem Tod von König Artus spürt Budoc jedoch, dass die Zeit des Friedens für ihn vorüber ist. Denn all das, wofür Artus und seine Gefährten gekämpft hatten, droht auseinander zu brechen: Die neuen Herrscher Albions verstricken sich in Intrigen und auch von außen droht dem Inselreich große Gefahr. Und so muss der ehemalige Krieger noch eine letzte, alles entscheidende Aufgabe meistern.

»*Die Hüter des Grals* zählt ohne Zweifel zu den besten Artus-Romanen, die es gibt.«

Interzone

Der Autor

Patrick McCormack wurde 1958 in Kent geboren. Er arbeitete lange als Buch- und Antiquitätenhändler. Sein Interesse gilt der keltischen Mythologie und der Frühgeschichte Großbritanniens. Der Autor lebt in Dartmoor.

Patrick McCormack

DIE HÜTER DES GRALS

Roman

Deutsche Erstausgabe

WILHELM HEYNE VERLAG
MÜNCHEN

HEYNE SCIENCE FICTION & FANTASY
06/9371

Titel der Originalausgabe
ALBION: THE LAST COMPANION
Übersetzung aus dem Englischen von Norbert Stöbe

Umwelthinweis:
Dieses Buch wurde auf chlor- und
säurefreiem Papier gedruckt.

Deutsche Erstausgabe 06/2003
Redaktion: Joern Rauser

Der Wilhelm Heyne Verlag ist ein Verlag der
Ullstein Heyne List GmbH & Co. KG
www.heyne.de
Printed in Germany 2003
Umschlagillustration: Simon Marsden, Lincolnshire
Umschlaggestaltung: Nele Schütz Design, München
Satz: Schaber Satz- und Datentechnik, Wels
Druck und Bindung: Bercker, Kevelaer

ISBN 3-453-87051-4

Inhalt

Für Dion

PROLOG

Manchmal träumte er von Camlann.

Von dem bedeckten Morgen, der feuchten Luft, dem durchs hohe Gras wehenden Wind, dem eisengrauen Wasser des sumpfigen Sees, dem Fluss, der sich durchs flache Land wand ...

Aber so flach war das Land gar nicht. Das wusste er sogar im Traum, denn Artus hatte seine Eingreifreserve hinter einer Bodenerhebung versteckt, die die Bezeichnung Hügel kaum verdient hatte.

Das Klirren des Geschirrs, das zu einem stetigen Donnern anschwellende Hufgetrappel, das tiefe Geschrei, das sich aus ihren Kehlen erhob, der Wahnsinn der bevorstehenden Schlacht, jetzt, da die Zeit des Redens vorbei war und es nur noch ums Töten oder Getötetwerden ging ...

Der Zusammenprall mit Iddawgs Reiterei, das Vorpreschen, während Stahl gegen Holz und gegen Stahl prallte, und die Schreie der Männer und das Wiehern der Pferde, als sie zu Boden gingen ...

Iddawgs Gesicht, das er mit einem mit der Rückhand ausgeführten Hieb bis auf den Knochen spaltete, was ihm so große Genugtuung verschaffte wie schon lange kein Hieb mehr.

Hin und wieder hochblickend zu dem pupurfarbenen Umhang auf dem Hügel, zu dem Mann, der wartet und Ausschau hält, denn Medraut ist irgendwo dort draußen ...

Die Gefährten, die sich neu formieren, mit ihren Pferden von den Gefallenen forttraben, während ihre Gefolgsleute inmitten der Toten Wurfspeere auflesen ...

Dann die Männer von jenseits des Meeres, machthungrige Saesoniten, die von Männern wie Iddawg, dem Agitator, dazu verführt wurden, den Frieden zu brechen, der nun schon eine Generation währt. Sie warten in Kampfformation, Schild an

Schild, während die Reiter einen Hagel von Speeren auf sie niederprasseln lassen, die herabstoßen wie Adler, während die weit ausgreifenden Rösser durchs Gras donnern und in lang gestreckten Reihen herumschwenken, dass man meint, sie müssten einander berühren und zusammenstoßen. Doch dazu kommt es nicht ...

Die Saesoniten sterben zu zweien und zu dreien, heulend wie Hunde, die ihren Kriegsruf »Fort! Fort!« hinausbellen. Doch am Ende werden sie vertrieben sein.

Und währenddessen regnet es unablässig, der Nebel wird dichter, wallt vom Fluss und vom Sumpfland auf, in das die Heiden Schritt für Schritt zurückgetrieben werden.

Der purpurfarbene Umhang ist noch immer oben auf dem Hang zu sehen, noch immer hält Artus Ausschau und wartet, und Medraut muss mittlerweile näher gekommen sein ...

Die Formation der Saesoniten bricht auseinander, und die Reiter stoßen hindurch. Die Fußsoldaten folgen der Kavallerie und töten, was übrig bleibt, treiben die Gegner durchs Sumpfland, ertränken sie im See.

Die Reiter ziehen sich zurück, formieren sich neu. Ihre Rösser sind erschöpft und wirken gar nicht mehr stolz. Das blutige Gras ist zerstampft, die Pferde rutschen darauf aus, als sie sich müde um ihre Anführer scharen. Dies sind die Gefährten, die *teulu* des Schlachtenlenkers von Albion, und wenngleich ihre Anzahl geschrumpft ist, so sind sie bislang im Krieg doch ungeschlagen.

In der Ferne erschallen Hörner, Hufgetrommel ist zu vernehmen. Medraut ist gekommen, Medraut, der nie einem Kampf aus dem Weg geht und auch stets seine Meinung sagt, Medraut, den kein König auf der Welt aufgrund seiner Anmut und seiner Klugheit abweisen könnte.

Medraut, der Verräter.

Die Männer Medrauts reiten wie Schatten durch den Nebel, und als sie den kleinen Haufen auf den müden Pferden sehen, die wenigen Überlebenden von Artus' Gefährten, die ihre Speere anlegen und angreifen, da wissen sie, dass der Sieg ihnen gehört.

Dies ist der Moment. Dies ist der Grund, weshalb Artus die

Schlacht zunächst dem Ersten und Letzten seiner Leutnants anvertraut hat, dem einzigen Mann, dem er zutraut, zu denken und zu handeln wie er selbst, und der es vermochte, die *teulu* zu mäßigen, als Iddawgs Reiterei geschlagen war, und sie ein zweites Mal um sich zu scharen, als die saesonitische Infanterie vernichtet war, sie erneut zu sammeln, sodass sie ihm bei Medrauts Eintreffen hilflos ausgeliefert wäre.

Medraut kann nicht widerstehen. Seine Krieger stürmen über den aufgewühlten Boden und fallen über die Gefährten her, deren erschöpfte Pferde sich kaum mehr zum Trab aufraffen können und deren Arme so müde sind, dass sie die Waffen kaum mehr zu ihrer Verteidigung zu heben vermögen.

Dann erscheint die Eingreifreserve, reitet über die Hügelkuppe, und an ihrer Spitze ist der Mann im roten Umhang, der das Schwert hebt und ruft:

»Wir reiten!«

Und die Stimmen antworten ihm donnernd: »Wir reiten! Wir reiten! Amheradwyr!«

Medrauts Männer werden durch den See behindert. Er kann nichts tun, als Artus wie ein Falke auf ihn niederstößt und wie ein roter Schnitter durch seine Reihen pflügt, sondern er muss abwarten und hoffen, dass ausreichend viele seiner Gefolgsleute überleben, um einen Gegenangriff einleiten zu können, wenn Artus' Vorstoß erlahmt.

Und dies tut er irgendwann, doch erst als viele Sättel leer sind und Artus sich zu seinem Leutnant vorgekämpft hat, ihn mit einem Grinsen begrüßt, worauf sie sich Seite an Seite gegen die Krieger des Verräters wenden - in dieser Entscheidungsschlacht.

Und so fallen einer nach dem anderen die Helden Britanniens und sterben im Regen und im Schlamm, während der Nebel sich verdichtet und die Dunkelheit herabsinkt, sterben unbemerkt und unbesungen, und mit ihnen stirbt die Hoffnung der Insel.

Im Traum sieht er, wie aus dem Nichts das graue Schwert auftaucht und den Schlachtenlenker Albions trifft, wie die blaue Klinge seinen Schädel spaltet, wie Artus im Sattel herumwirbelt, den Mund zu einem lautlosen Schrei geöffnet, und ganz, ganz langsam vom Pferd fällt, während ihm das Schwert aus den Händen gleitet.

Der lange Tag ist vorbei, es ist Nacht.

Budoc erwachte nach Atem ringend und verschwitzt; vor seinem geistigen Auge sah er immer wieder, wie Artus hilflos vom Pferd rutschte, dem Dunkel entgegen.

In der Hütte war es trotz der kahlen Steinwände stickig. Er warf das Fell ab, wälzte sich von der Pritsche herunter, die er von seinem Vorgänger übernommen hatte, und humpelte mit schmerzenden Gelenken barfuß zur Tür.

Draußen war es dunkel. Der Mond war noch nicht aufgegangen, und der Himmel war bedeckt mit Wolken, die vom Meer herangeweht wurden. Auch im Freien war es noch drückend warm, als sammelte sich über den Wellen ein Sturm.

Die Träume suchten ihn immer häufiger heim. Er fand sie verstörend, denn sie erinnerten ihn an Dinge, die er am liebsten vergessen hätte, an Dinge, vor denen er in den vergangenen zehn Jahren fortgelaufen war.

Er streifte die Sandalen über und trat aus der Hütte, näherte sich durchs hohe, kühle Gras den Klippen. In der Tiefe brachen sich die Wogen donnernd und schäumend an den Felsen. Das graue Meer war heller als der Horizont und gesprenkelt mit weißen Flecken, die auftauchten und wieder verschwanden. Als er sich den salzigen Gischt von den Lippen leckte, wurde er erneut von Unruhe ergriffen, und im Geiste sah er abermals das sich herabsenkende Schwert ...

Er betete eine Weile mit nach alter Sitte ausgebreiteten Armen. Er betete darum, dass die Seele des Amheradwyrs in Frieden ruhen möge, er bat um Vergebung für Medraut und Iddawg, legte Fürbitte ein für die, welche bei Camlann und in den Jahren vor Camlann gestorben waren: für Cei, den Langen Mann, der hinterrücks von einem der Söhne Menestyrs getötet worden war; für Gwalchmei den Falken, getötet von irischen Eindringlingen; für Lleminawg den Tänzer; für Llacheu, Artus' verstorbenen Erben ... Eine lange Litanei von Namen, die einmal in ganz Britannien berühmt gewesen waren und nun bereits dem Vergessen anheim fielen.

Sodann betete er für die Lebenden, das heißt für die, von denen er hoffte, dass sie noch am Leben wären: für Lady Gwenhwyvar, wo immer sie sich gerade befinden mochte; für Teleri, die Geheimnisvolle, deren Schicksal ihm unbekannt war; für Celemon, Ceis Tochter, die er geliebt hatte wie sein eigenes Kind.

Jetzt war er allein.

Er war schon lange mit seinen Erinnerungen allein.

Budoc senkte die Arme und wandte sich von der Versuchung der Steilfelsen ab. »Ein Sturz aus großer Höhe.« Er vernahm Teleris Stimme so klar und deutlich, als stünde sie neben ihm. »Es heißt, viele Könige des Altertums hätten diesen Weg gewählt, als ihre Zeit gekommen war.«

Gottlob war ich niemals König, dachte er, *und Artus auch nicht. Er war der Schlachtenlenker, der Amheradwyr Albions, und es war sein Schicksal, durchs Schwert umzukommen, denn durchs Schwert hatte er auch gelebt.*

Er blickte den Hang hinab zu den Bäumen hinter der Hütte. Dort standen Kiefern, die Vorläufer des dahinter liegenden Waldes, deren Umrisse sich wie Fischgräten vom Himmel abhoben. Plötzlich wurde ihm bewusst, dass er wohl den Großteil der Nacht mit Beten zugebracht hatte: Es dämmerte schon, und er konnte bereits erheblich besser sehen. Die ersten Vögel stimmten den Morgengesang an, zaghaft zunächst, dann, als es heller wurde, immer kräftiger.

Budoc fröstelte in der kalten Morgenbrise. Er klopfte sich gegen die Seiten – seine schmerzenden Glieder belegten besser als alles andere, dass er die halbe Nacht im Gebet zugebracht hatte –, dann begab er sich, das Rauschen der Brandung im Rücken, zielstrebig den Hang hinunter und schritt unter den dürren Kiefern einher.

So dünn die Stämme waren, ihr Geruch war kräftig. Sie standen hier als Barriere zwischen dem Wald und den windumtosten Klippen und nahmen den Meeresstürmen die Wucht. Er wusste nicht, waren sie von selbst dort gewachsen oder von seinen Vorgängern gepflanzt worden; auf jeden Fall wusste er, dass sie erheblich älter waren, als man auf den ersten Blick meinen mochte.

Er wusste vieles nicht, einfach deshalb, weil er zu spät hier eingetroffen oder hierher geführt worden war. Der Ruf hatte ihn erst erreicht, nachdem er von der Bretagne in ein Land gereist war, das ihm gleichzeitig fremd und vertraut erschien.

Er hatte den Hof König Cunomorus' aufsuchen wollen, der Kynfawr genannt wurde, doch nach der Überfahrt hatte man ihm gesagt, Kynfawr sei gestorben, und an seiner Stelle herrsche nun sein Sohn Custennin, ein ehrgeiziger junger Mann, der am liebsten Artus' Platz eingenommen hätte, wenn es nur möglich gewesen wäre; und so tauschte er an der Mole eine Brosche gegen einen störrischen Maulesel, lud ihm seine wenigen Habseligkeiten auf den Rücken und brach ohne ein bestimmtes Ziel auf.

Zunächst genoss er es nach dem jahrelangen Exil, in der Gegend umherzuwandern. Oberflächlich betrachtet hatte sich vieles verändert, doch sonst ging das Leben noch immer den gleichen Gang wie früher und folgte dem Rhythmus der Jahreszeiten. Manchmal nächtigte er im Freien, über sich die Sterne und mit dem widerspenstigen Maultier als einziger Gesellschaft; dann wieder übernachtete er auf abgelegenen Bauernhöfen oder in kleinen Dörfern, deren Bewohner einen Gottesmann bereitwillig aufnahmen.

Allmählich wurde ihm bewusst, dass die von ihm zurückgelegten Wege ein Muster bildeten, dass er sich einem bestimmten Ort näherte. Er träumte von Bäumen, von großen Eichen, Buchen und Eschen, von undurchdringlichem Unterholz und äsenden Wildschweinen, von lang gestreckten, von Farnkraut und Brombeerbüschen getrennten Lichtungen, Zimmern ähnlich, die mit Vorhängen abgeteilt wurden.

Teleri hatte ihn gelehrt, auf seine Träume zu achten und sie ernst zu nehmen. Als er nun von diesem Wald träumte, von der unbewegten Luft, von den honigfarbenen Sonnenstrahlen, die durch Lücken im Laubwerk fielen wie goldene Speere, die die Wasseroberfläche durchbohrten, wusste er daher, dass es sich um einen ganz bestimmten Wald handelte und dass er ihn finden musste.

Er wusste auch, dass der Wald nahe beim Meer lag, denn im Schlaf vernahm er das Tosen der Brandung und das leisere Zischen der über Steine und Kiesel schwappenden Wellen, und bisweilen war er sich nicht sicher, ob er im Traum im Wald oder am Meeresgrund wandelte, denn er hatte das Gefühl, sich tief unter der wellengekräuselten Oberfläche in einer stilleren Unterwelt zu befinden, wo nie etwas geschah und wo es keine Zeit gab, da ihr Verstreichen unbemerkt blieb.

Er wandte sich nach Süden, der Gegend zu, die er als Knabe gekannt hatte, während das Gefühl, angezogen, gerufen zu werden, immer stärker wurde und der Wald in seinem Geiste sang, bis er, gefolgt vom widerspenstigen Maultier, in einem Wachtraum wandelte und schließlich ein kleines Fischerdorf am Rande eines Vorgebirges zwischen einem Meeresarm und dem offenen Meer erreichte.

Die Einheimischen begrüßten ihn, als hätten sie ihn erwartet. Sie versorgten sein Maultier und schickten ihn allein durch die Haselnusspflanzungen am Hang oberhalb des Dorfes in den eigentlichen Wald, wo das Licht beinahe greifbar wirkte und die Luft schwer und unbewegt war.

Inmitten des Waldes befand sich der Ort, der ihn gerufen hatte: eine von uralten Eichen umstandene Lichtung, mit einem steinernen Wasserbecken in der Mitte. Budoc verharrte lange Zeit auf dem Erdwall rings ums Becken, lauschte auf das Vogelgezwitscher und das Geschrei der Krähen in den Baumwipfeln.

Hier würde er die Heilung finden, die nicht einmal das bretonische Kloster ihm hatte verschaffen können. Hier konnte er vergessen: die Ränke der Könige und Möchtegernkönige, die gescheiterten Hoffnungen Britanniens, Artus' Tod. Hier könnte er für den Rest seines Lebens in Frieden leben und auf das Ende warten.

Der alte Mann lag neben dem Wasserbecken, die eine Hand zur Quelle ausgestreckt. Er war erst seit wenigen Stunden tot: Sein Körper war noch warm. Jetzt begriff Budoc, weshalb die Einheimischen ihn erwartet hatten. Sie hatten gewusst, dass der alte Mann sterben würde und dass Gott oder die Götter einen Ersatz für ihn schicken würden. Das Waldheiligtum würde nicht lange ohne Wächter bleiben.

Er hatte den alten Mann begraben und seinen Platz eingenommen, war für die umliegende Gegend Heiler und Gottesmann gewesen. Schon bald vergaßen die Einheimischen, dass er ein Neuankömmling war. In ihrer Vorstellung verschmolz er mit seinem Vorgänger, dem Letzten in einer langen Reihe von Einsiedlern und Weisen, die am Waldheiligtum gelebt hatten. Und er war froh, seine Individualität zu verlieren und die Rolle zu spielen, die sie von ihm erwarteten, ununterscheidbar von hundert anderen Männern, die sich der Kapellen und Heiligtümer im ganzen Land annahmen.

Er fand die gesuchte Heilung, sodass er sich bisweilen fragte, ob nicht sein jetziges Ich über die Jahreszeiten hinweg den Ruf an den früheren Budoc hatte ergehen lassen, der vor Jahren aus der Bretagne heimgekehrt war.

Wie er so in der Morgenddämmerung des Sommerabends einherwandelte, war ihm bewusst, dass die Zeit des Friedens zu Ende war. Nacht für Nacht war sein Schlaf von Bildern aus der Vergangenheit gestört worden, von Bildern, die er beiseite zu schieben versucht hatte.

Er kam zu den Überresten des Walls rings um das Waldheiligtum und stellte sich auf die Stelle, wo er vor drei Jahren gestanden hatte. Diesmal lag kein Leichnam neben der Quelle. Alles war scheinbar so, wie es sein sollte: Die Vögel zwitscherten ringsumher, die grüne Wiese war mit Tau bedeckt, das Wasser ergoss sich mit leisem Geplätscher ins Becken. Hätte etwas nicht gestimmt, hätten die Vögel nicht so munter gezwitschert, außerdem waren abgesehen von der Fährte einer Füchsin auch keine Spuren im Gras zu erkennen.

Und dennoch würde jemand kommen, nicht heute und nicht morgen, aber bald. Das spürte er, das las er aus den Mustern der Blätter heraus, die sich im Morgenwind hoben und senkten, das roch er in der feuchten Luft. Ob sie mit guter oder böser Absicht kämen, vermochte er noch nicht zu sagen, doch ihr Kommen würde Veränderung bedeuten.

Er ging weiter und ließ neben der Fuchsfährte seine eigene Spur zurück, während ihm das Gras Füße und Sandalen nässte. Er streifte mit den Händen über die Rinde einer Eiche, liebkoste sie wie eine Geliebte. Die Rinde war rau und tief gefurcht und fühlte sich kühl an, und als er sich daran festhielt, spürte er den langsamen, bedächtigen Puls des Baumes. Er war älter als jedes noch stehende Dach, älter als die im Land verstreuten verfallenen Städte. Er war schon alt gewesen, als die Römer Britannien erobert hatten, als Christus an einem anderen Baum gestorben war, als Julius sich von dieser Küste zurückgezogen hatte. Die Anfänge des Baumes lagen in jener fernen Vergangenheit, als noch Götter über die Erde wandelten und Göttinnen gewöhnliche Sterbliche als Geliebte nahmen, als die Welt namenloses Chaos war und Zauberer danach strebten, ihr Form zu verleihen.

(Teleri hatte ihm von jenen Zeiten erzählt, hatte ihm den Reichtum von Mythen und Legenden nahe gebracht, der in den vierhundert Jahren römischer Herrschaft nahezu in Vergessenheit geraten war.)

Er schöpfte Trost aus der Berührung des Baumes. Die harte Rinde schützte wie eine Schale die weiche innere Süße, welche Kraft und Stärke aus dem Erdinneren zog. Die Eiche folgte einem langsameren Rhythmus als er selbst, sie wurzelte in warmer Erde und im Spiel des Sonnenscheins auf zahllosen Blättern, sie trotzte den Stürmen des Winters und des Frühlings, sie sah die Jahreszeiten kommen und gehen – in endloser Abfolge.

Budoc stieß sich vom Baum ab und ging weiter, bevor auch er Wurzeln schlug und Blätter bildete.

Das Wasser ergoss sich über den Rand des Beckens und war so kalt, dass ihm die Zähne schmerzten, als er davon trank. Er spritzte sich ein paar Tropfen auf den Kopf und ins Gesicht und schüttete eine Hand voll als Opfergabe für den Ortsgeist auf den Boden.

»Hilf mir, ich flehe dich an«, sagte er. »Enthülle mir die Zukunft.«

Sodann ging er in die Hocke und blickte ins Becken, ins strudelnde braune Wasser und auf die darauf treibenden Moosfetzen und Blattstücke, konzentrierte sich auf die nun, da die Strahlen der Morgensonne schräg zwischen den Bäumen einfielen und das Becken mit silbrigem Licht übergossen, undurchsichtige Wasseroberfläche, bis sein Geist ganz klar wurde und er schließlich zu sehen begann:

Prächtige Gewänder, einen Umhang aus verblichenem Pur-

pur, das Gesicht dick und pockennarbig, in eine Unterhaltung vertieft mit ...

... einem hoch gewachsenen Mann, bekleidet mit einem schäbigen Lederpanzer voller Salzflecken, das blonde Haar als Zopf zurückgebunden, mit einem harten Gesicht und unstet flackerndem Blick.

Über ihnen, bloß in der Vorstellung des Blonden anwesend, eine Maske in der Form eines weiß gefleckten Vogels mit langen Flügeln, die im Wind flatterten. Die Maske wand sich in der Luft, und hinter den dunklen Augenhöhlen regte sich etwas, das seine Anwesenheit spürte und sich ihm suchend zuwandte, immer größer und größer wurde, bis es die beiden Männer verdeckte, und dann ...

Er brach die Verbindung ab, schaukelte auf den Fersen zurück, am ganzen Leib krampfhaft zitternd. So etwas hatte er noch nicht erlebt. Die Wahrsagerei war eine unzuverlässige Angelegenheit und enthüllte zumeist eher die eigenen Ängste und Zweifel, als dass sie Auskunft über zukünftige Ereignisse gab, doch bislang hatte noch keine Vision auf ihn unmittelbar reagiert.

Der Mann mit dem Umhang in königlichem Purpur - den zu tragen ihm nicht zustand, wenngleich er die Klugheit besessen hatte anzudeuten, die Farbe sei aufgrund des langen Gebrauchs verblichen - war Vortepor von Dyfed, der Oberherrscher des Landes jenseits des Severn-Meeres, der Erbe Agricolas, der zu Artus' Lebzeiten dessen treuer Diener gewesen war. Wie Custennin von Dumnonien war Vortepor aus anderem Holz geschnitzt als sein Vater, und während Budoc Agricola sein Leben anvertraut hätte, traute er Vortepor nicht über den Weg.

(Vortepor war es gewesen, der Teleri eines Wintertages vor fast dreißig Jahren nach Caer Cadwy gebracht hatte, jedoch ohne zu wissen, was er da tat und was daraus folgen würde. Des Weiteren hatte er die Saesoniten des Südens mittels Bestechung dazu gebracht, mit Medraut zusammen nach Camlann zu marschieren, und in diesem Fall hatte er genau gewusst, was er tat und welche Folgen es haben würde.)

Den zweiten Mann kannte Budoc nicht. Ein Pirat, den Salzflecken auf dem Lederpanzer nach zu schließen, ein Räuber und Plünderer, der diejenigen ausraubte, die schwächer waren als er selbst.

Was die Maske bedeutete, verstand er nicht. Er wusste, worum es sich handelte: Sie gehörte zu den Insignien, die von den Druiden bei ihren magischen Zeremonien verwendet wurden. Soweit er wusste, gab es im Süden Britanniens keine Druiden mehr, wenn man einmal von der Hand voll Leuten absah, die das Beste der alten mit dem Besten der neuen Religion mischten. Die einzigen noch lebenden Druiden stammten aus Irland oder von den Westinseln, aus dem Gebiet, dessen Stämme unter dem Oberbegriff Skoten zusammengefasst wurden.

Ob der blonde Mann tatsächlich zu den Skoten gehörte? Möglich war es schon. Seine Bewaffnung hätte dazu gepasst: Das Schwert an seiner Seite war von irischer Machart gewesen - irische Schwerter waren meist kleiner und leichter als ihre britischen Gegenstücke, wenngleich nicht unbedingt weniger gefährlich.

Er hatte den Mann nicht erkannt, obgleich ihn etwas an ihm, vielleicht seine Mimik oder eine Geste, an jemanden erinnert hatte.

Budoc schüttelte den Kopf. Er wusste jetzt, dass das Gefühl, das schon seit Tagen auf ihm lastete und von einer großen Veränderung kündete, eine Warnung war: die Warnung vor einer Gefahr, die von der alten Magie der Druiden ausging.

Der Wald war ein Ort der Macht, einer der wenigen magischen Orte, die es in diesem Teil der Welt noch gab. Er war in mehrfacher Hinsicht ein Heiligtum; ein heiliger Ort in dem Sinne, dass er am großen Geheimnis Anteil hatte; und ein Ort der Zuflucht für beladene Seelen wie ihn selbst. Man durfte nicht zulassen, dass er in die übel wollenden Hände des Mannes fiel, der sich hinter der Vogelmaske verbarg.

Um ihn zu schützen, würde er Unterstützung brauchen. Der blonde Mann würde andere Männer mitbringen, mit Schwertern und Speeren bewaffnete Krieger, denen die Einheimischen nichts entgegenzusetzen hätten.

Lange Zeit später kletterte er, gebeugt von der Last des Reisigs, langsam den Hang zur Hütte hoch. Dies war die letzte Ladung.

Der Stapel Feuerholz würde mehrere Tage lang reichen, sollte ihm nach Kochen zumute sein.

Im Augenblick hatte er keinen Appetit, weder auf Kaltes noch auf Warmes. Er wollte nichts weiter, als die Augen schließen und dösen. Es war schon eine Ewigkeit her, seit er zum letzten Mal ungestört geschlafen hatte, und der Schlafmangel forderte allmählich seinen Tribut.

Er warf das Reisigbündel ab und massierte sich die schmerzende Schulter. Früher einmal hätte er solch rein körperliche Arbeit den ganzen Tag lang durchgehalten - die Bündel waren nicht schwer, und er hatte sie auch nicht weit zu tragen -, doch das war lange her.

Es war ein wundervoll heißer Nachmittag. Die Sonne hatte ihm auf den Kopf gebrannt, seit er sich aus dem Baumschatten hinausbegeben hatte, und sein Haar fühlte sich warm an. Klüger wäre es gewesen, er hätte einen Hut getragen. Bei der Vorstellung, wie Winwalloe, das kahl geschorene Haupt bedeckt mit einer formlosen Masse geflochtenen Strohs, im Klostergarten umhergewandelt war und auf die Vorhaltungen des Abtes erwidert hatte, es handele sich um einen Hut von altehrwürdiger, makelloser Abstammung, lachte er leise in sich hinein.

Budoc streckte sich und setzte sich in die Senke neben der Hütte, lehnte sich an den Hang und schloss die Augen gegen das unbarmherzige Licht.

Bisweilen bedauerte er, aus dem Kloster fortgegangen zu sein und seine Mitbrüder und die Bibliothek zurückgelassen zu haben, doch er hatte den starken Wunsch verspürt, nach Hause zurückzukehren, die Meerenge zu überqueren und seine letzten Jahre auf britischem Boden zu verbringen. (Außerdem hatte er feststellen müssen, dass die Klosterdisziplin sehr verschieden war von der militärischen Zucht, die er gewohnt war.)

Ein einsames Leben. Früher einmal hatte ihn die Aussicht erschreckt. Den größten Teil seines Lebens hatte er in Gesellschaft zugebracht, entweder als Angehöriger einer Kriegerschar oder als Mönch im Kloster. Der Abt hatte ihn gezwungen, sich seinen Entschluss, die Klostergemeinschaft zu verlassen, genau zu überlegen, und ihn ein ganzes Jahr lang warten lassen, um ihm Zeit zur Selbsterforschung zu geben. Außerdem hatte er versucht, ihn dazu zu überreden, sich in Britannien einer anderen religiösen Gemeinschaft anzuschließen, anstatt ein Einsiedlerleben zu beginnen.

Ein kluger Mann, dieser Abt.

»Unser Denken hat drei mögliche Ursprünge«, hatte er erklärt, als er sich bemühte, Budocs Beweggründe zu erforschen. »Es kann von Gott herrühren oder vom Teufel; meistens aber geht es auf uns selbst zurück. Gegenwärtig glaubst du, Gott habe dich mit dem Heiligen Geist erleuchtet und fordere dich auf, in die Heimat zurückzukehren. Bisweilen aber gehen derlei Wünsche auch auf den Teufel zurück, der ständig danach trachtet, uns zur Sünde zu verführen, und der uns seltsame Fallstricke legt.«

Der Abt lächelte. »So etwas kommt vor, ich weiß. Weitaus häufiger aber ist das, was wir für eine Botschaft Gottes oder eine Versuchung des Teufels halten, weit weniger dramatisch. Ein Großteil unseres Denkens geht auf uns selbst zurück, da uns ständig Vorkommnisse der Vergangenheit ins Bewusstsein rücken. Uns, die wir viel Zeit der Kontemplation widmen, fällt es leicht, unsere eigenen Wünsche für eine göttliche Botschaft zu halten.«

Er berührte Budocs geschwollene Knöchel. »Mein Freund, du bist kein junger Mann mehr. Schon als du zu uns kamst, warst du nicht mehr jung. Es ist nicht ungewöhnlich, dass jemand im Alter die Orte seiner Jugend aufsuchen will. Daran ist auch gar nichts auszusetzen. Aber mir geht es um das, was Gott von dir verlangt, und nicht um das, was du für Gottes Wunsch hältst.

Deshalb bitte ich dich, zwölf Monate zu warten. Wenn du nach Ablauf dieser Frist noch immer den dringenden Wunsch verspürst, das Meer zu überqueren, dann geh mit Gott. Nimm dir Zeit zum Nachdenken und bete zu Gott, dass er dich leiten möge.«

Budoc entspannte sich. Er war sich nicht sicher, ob der Abt Recht hatte, doch es mangelte ihm an der ruhigen Selbstgewissheit, mit der dieser der Welt gegenübertrat. Konnte es nicht sein, dass es noch andere Mächte gab, die Gott auf die gleiche Weise dienten wie die Menschen und dennoch unabhängig in ihrem Handeln waren? Teleri war dieser Ansicht gewesen; sie hatte geglaubt, das Land sei voller Geister, von denen einige dem Menschen freundlich und andere böse gesinnt waren.

Es war schon eigenartig, wie sehr ihm gewisse Dinge in Armorika oder der Bretagne, wie sie neuerdings genannt wurde, gefehlt hatten. Während seines dortigen Aufenthalts hatte er sich nach der Heimat gesehnt, nach Frieden und Einsamkeit; jetzt hatte er Frieden und Einsamkeit im Überfluss und wünschte sich bisweilen, er hätte jemanden gehabt, mit dem er über die Dinge, die ihn beschäftigten, hätte reden können.

An Gesellschaft hatte er keinen Mangel. Wollte er Gesellschaft haben, brauchte er bloß ins Dorf zu gehen, kaum mehr als ein Spaziergang. Die Dörfler waren freundlich und auf ihre Weise auch klug. Allerdings äußerte sich ihre Klugheit in praktischen Dingen: Dabei ging es darum, den besten Ort zum Fischen zu finden, oder um den Zeitpunkt der Ernte. An abstrakten Fragen (die ihn fesselten, ja, von denen er geradezu *besessen* war) wie beispielsweise der, was Plutarch damit gemeint hatte, als er schrieb, der Gott Cronos schlafe auf einer Insel vor der britischen Küste, umgeben von vielen niederen Gottheiten, hatten sie kein Interesse.

Er vermisste die Gelehrsamkeit, und zu seiner Schande waren es nicht die christlichen Autoren, sondern die alten Dichter und Heiden, die er noch einmal lesen wollte.

Als Kind hatte man ihn nach der traditionellen Methode Lesen gelernt. Sein Lehrer gab ihm eine Kiste mit Holzfiguren und forderte ihn auf, mit ihnen zu spielen, sich möglichst intensiv mit ihnen zu beschäftigen; erst nach und nach dämmerte ihm, dass es sich bei diesen Figuren um die Buchstaben eines Alphabets handelte.

Die Fertigkeit des Lesens hatte er im späteren Leben nur selten gebraucht. Militärische Berichte wurden meist mündlich übermittelt, von einem Boten mit gutem Gedächtnis, und auch die bei der Buchhaltung anfallenden Schriftstücke dienten nicht der Erweiterung des Wortschatzes. Vor allem lasen die Mönche und Priester, doch nur wenige von ihnen verstanden mehrsilbige Worte auf Anhieb, und die meisten beschränkten sich auf eine kleine Anzahl theologischer Werke, ohne den

Schatz der ihnen zugänglichen Literatur der verschiedenen Zeitalter zur Kenntnis zu nehmen.

(Artus hatte gelesen. Er erinnerte sich, wie er, noch befleckt mit dem Blut seiner Feinde, auf Caer Cadwy in Artus' Gemächern gesessen hatte, während der Kriegsherr Tacitus' Bemerkungen über die Kaledonier zitierte. Artus aber war eine Ausnahmeerscheinung gewesen, ein in jeder Hinsicht außergewöhnlicher Mann.)

Einige wenige Mönche (und auch Nonnen - von einigen Klöstern hatte er ermutigende Kunde erhalten) lehrten noch beide Disziplinen und unterrichteten in geistlicher wie in weltlicher Literatur. Er hatte mit seiner Wahl Glück gehabt, denn der dortige Abt legte Wert auf ein solides Fundament in Geschichte und Dichtung wie auch in der Theologie.

Bei der Lektüre einiger älterer Autoren hatte er das Gefühl gehabt, als habe ihm jemand kaltes Wasser ins Gesicht gespritzt. Sein Latein war mangels Übung eingerostet, sodass er zunächst die Worte mühsam in seine Muttersprache übersetzen musste, wobei ihm bisweilen sein Vater und sein Großvater in den Sinn kamen. Sein Großvater hatte zu Hause stets lateinisch und außer Haus britisch gesprochen und die beiden Hälften seines Lebens säuberlich voneinander geschieden. Sein Vater war zweisprachig gewesen und je nach den Bedürfnissen seiner Gesprächspartner von einer Sprache in die andere gewechselt, ohne es überhaupt zu bemerken.

Budoc hatte sich seit dem Tod seines Großvaters, als er gerade sieben gewesen war, nicht mehr auf Lateinisch unterhalten. Jetzt auf einmal wurde ihm bewusst, was für eine wundervoll kontrollierte und elegante Sprache dies war, ganz anders als seine überschwängliche und ungehobelte Muttersprache. Latein war die Sprache der Kultur, weltläufig und verfeinert, jeder einzelne Satz mit Bedacht konstruiert.

Doch obschon er die Historiker und Dichter vorzog, stieß er bisweilen doch auch auf einen Christen, dessen Werk eine Saite in ihm zum Klingen brachte und ihn zwang, sich mit seinen Überzeugungen auseinander zu setzen. Ein solcher Mann war der anonyme Verfasser von Pamphleten, der auf Sizilien gelebt hatte, dabei jedoch britischer Abstammung gewesen war (vielleicht war dies der Grund dafür, dass er sich von ihm so stark angesprochen fühlte). Er hatte vor etwa hundert Jahren gelebt und vor allem gesellschaftliche Ungleichheit angeprangert.

In Budocs Lieblingspassage goss er seinen Spott über jene Reichen aus, die sich bemühten, Christi Ausspruch ›Es ist leichter, dass ein Kamel durch ein Nadelöhr gehe, denn dass ein Reicher ins Reich Gottes komme‹, wegzuerklären.

›*Nun sagt Ihr, damit sei gar kein Kamel gemeint, das auf keinen Fall durch ein Nadelöhr passen würde, sondern ein* camelus, *also ein bestimmtes Schiffstau.*

Zu welch unglaublicher Spitzfindigkeit menschliche Gier doch fähig ist, wenn sie zu den Bezeichnungen von Tauen Zuflucht nimmt, um ihren irdischen Reichtum zu bewahren! Dies ist ein niederträchtiges Argument, das den Reichen nichts nützen wird. Als ob es leichter wäre, ein dickes Tau durch ein Nadelöhr zu schieben als das wohlbekannte Kamel!

Wollt Ihr leichtfertig Eure Entfremdung von Gott rechtfertigen, bringen Euch Schiffe mit ihren klobigen Gerätschaften nicht weiter. Ihr solltet es eher mit dem Weberhandwerk versuchen und dort nach einem Faden mit der Bezeichnung camelus *Ausschau halten. Eine solche Dummheit vermag vielleicht Menschen zu amüsieren, vor Gott jedoch ist sie ohne Gewicht.*

Ihr aber zitiert: ›Bei den Menschen ist es unmöglich; aber bei Gott sind alle Dinge möglich.‹ Natürlich ist es Ihm ›möglich‹, Reiche in den Himmel zu lassen, und auch all ihre Ländereien und ihre bewegliche Habe könnten sie mitnehmen, unter Einschluss der Kamele. Doch wenn es dabei bloß um die Frage des Möglichen ginge, würde niemand vom Himmel ausgeschlossen, denn Gott ist alles möglich.‹

»Unter Einschluss der Kamele«, murmelte Budoc vor sich hin.

Eine andere Welt musste dies gewesen sein, und doch sprach die Stimme über die Jahre hinweg ganz deutlich zu ihm. Als der Exilbrite dies schrieb, fingen die eigentlichen Schwierigkeiten gerade erst an. Rom, die alte Hauptstadt des Reiches, war kurz zuvor von den Goten unter Alarich erobert worden. Britannien war vom Kontinent, der zu sehr mit seinen eigenen Problemen beschäftigt war, um sich um eine Insel kümmern zu können, aufgegeben worden.

Jeder kleine Beamte und Würdenträger machte sich selbständig. Ohne Zentralregierung war Britannien den Übergriffen der piktischen Barbaren aus dem hohen Norden und der irischen Skoten wehrlos ausgeliefert.

Vitolinus, der sich als ›Hoher König‹ bezeichnete, da er der Schwiegersohn des Kaisers Magnus Maximus war, bat die von Hengist angeführten sächsischen Söldner um Hilfe. Zum Lohn schenkte er ihnen Ländereien im Osten der Insel, wo einige der Ihren sich vor Jahren angesiedelt hatten, wenngleich ihm viele Briten - darunter auch sein Sohn, der Hohe Prinz - davon abrieten.

Damit hatte man den Wolf zum Hirten gemacht. Von da an war Britannien zum Untergang verurteilt. Die Sachsen hielten sich eine Zeit lang an die Abmachung, doch dann merkten sie, dass sie nichts davon abhielt, die Insel ihrerseits zu verwüsten. Der Prinz, der ebenfalls Vitolinus hieß, wenngleich er zumeist Cattegirn genannt wurde, der Kriegsherrscher, um ihn von seinem Vater zu unterscheiden, kämpfte gegen sie, ab und zu mit Unterstützung des Hohen Königs - und dann wieder ohne sie. Bis er den Verletzungen erlag, die er sich bei der Schlacht von Aylesford zugezogen hatte.

Wäre der Prinz nicht gestorben, hätte er die Sachsen vielleicht vertrieben. Doch er starb, und einige Briten folgten Vitolinus, der sich selbst König nannte, einige folgten Ambrosius, der sich keinen Titel verlieh, obwohl sein Anspruch ebenso berechtigt war wie der des Vitolinus, und andere folgten keinem von beiden. Bisweilen kämpften die verschiedenen Gruppierungen Seite an Seite, dann wieder kämpften sie gegeneinander, und währenddessen wurden die Sachsen immer mächtiger.

Ambrosius der Ältere wurde getötet und sein Sohn folgte ihm nach. Vitolinus starb und niemand folgte ihm nach. Die Briten kämpften gegen die Eindringlinge, die Waagschale neigte sich mal zugunsten der einen, dann zu der anderen Seite, und Ambrosius der Jüngere verausgabte sich in endlosen Feldzügen.

Budoc erinnerte sich noch an den zweiten Ambrosius, einen Mann, der der Vater des Einsiedlers hätte sein können und der sich an die Überreste der römischen Kultur klammerte, an die Kultur der Stadt und des Landes, einen Mann, der so mühelos lateinisch sprach wie britisch, vorzeitig gealtert aufgrund des undankbaren Kampfes gegen den Niedergang.

Als er starb, schlossen die kleinen Pächter Bündnisse, wie es ihnen passte, und spielten einen mächtigen Nachbarn gegen den anderen aus. Die Siedlungen der Sachsen im Osten waren eine Tatsache des Lebens, sie waren Teil Britanniens, eine permanente Bedrohung für den Rest der Insel.

Und dann war es, als erwachte Britannien aus einem lange währenden Schlaf. Ein neuer Herrscher, und neun große Schlachten gegen den Feind; neun Schlachten mit Mount Badon als Höhepunkt und gleichzeitig das Ende eines sechzig Jahre währenden Kampfes. Die Sachsen wurden vernichtend geschlagen.

Dann folgten zwanzig Jahre relativen Friedens. Die Menschen sprachen von einem goldenen Zeitalter, denn die Welt schien in Ordnung zu sein. Die Insel brauchte keinen Angriff von außen zu fürchten; die inneren Streitigkeiten kamen weitgehend zum Erliegen. Jedermann kannte seinen Platz und war sich bewusst, dass das rücksichtslose Verfolgen des eigenen Vorteils das Land beinahe in die Katastrophe geführt hätte.

Dieser Zustand war natürlich nicht von Dauer. Eine Generation von Männern wuchs heran, die von den schlechten Jahren nichts mehr wusste. Sie blickten sich um und sahen, dass jedermann bestrebt war, den Status quo zu wahren, und keinen Wandel zulassen wollte.

Voller Ehrgeiz schmiedeten sie Ränke. Bürgerkrieg war die Folge.

Der Mund des Einsiedlers öffnete sich, und er glitt in den Schlaf hinüber, mitten im warmen Sonnenschein, in Gedanken bei der Vergangenheit.

Wieder einmal träumte er von Camlann, diesmal aber nicht von der eigentlichen Schlacht, von der strahlenden Schlachtordnung, den nervös tänzelnden Pferden, den bläulich funkelnden Speeren und den kalkweißen Schilden.

Ebenso wenig träumte er von den auf dem Schlachtfeld vollbrachten Heldentaten, den herabregnenden Speeren und dem Aufeinanderprallen der Schwerter, den Begegnungen der Recken und den Zweikämpfen der Krieger; auch nicht vom Ende, als sich jegliche Ordnung aufgelöst hatte und die Schildmauern geschleift waren, als nur noch Verwirrung und Chaos herrschten.

Er träumte von dem Danach, als die Fürsten Albions tot auf dem Schlachtfeld lagen und sich die Aasfresser sammelten, die Wölfe, die Raben, die Füchse und die Krähen: die schleichenden grauen Schatten und die großen schwarzen Vögel, welche die Toten und Verwundeten zerrissen.

Und es gab noch Schlimmeres.

Nämlich hilflos dazuliegen, ohne sich bewegen zu können, während der kalte Wind vom sumpfigen Seeufer her wehte und sich der Nachtnebel über dem Wasser sammelte, das Stöhnen der gefallenen Kameraden im Ohr, vor Augen immer wieder die graue Klinge, die sich auf den ungeschützten Kopf herabsenkte, worauf Artus langsam aus dem Sattel rutschte, sein letzter Sturz, von dem er nie wieder aufstehen sollte.

Die Kälte und die Feuchtigkeit sickern in seine Knochen ein. Er hat noch nie so gefroren, nicht einmal mitten im Winter, und er hat auch noch nie eine solche Verzweiflung erlebt, die das Herz aushöhlt und die Willenskraft verzehrt.

Er hat schon zahlreiche Verletzungen davongetragen, einige schwere und einige leichte, doch noch nie eine wie diese. Er stirbt, und es ist ihm gleichgültig.

Er sieht die dunklen Gestalten, die sich zwischen den Toten umherbewegen, hört das leise Gelächter, wenn sie auf einen Lebenden treffen, das leise Pfeifen und Gurgeln, wenn die Kehle aufgeschlitzt wird, das Klirren von Metall und das Reißen von Stoff, da sie dem Leichnam die Kleider ausziehen, das dumpfe Geräusch, mit dem die nackten Körper in den Schlamm geworfen werden.

Der Halbmond ist hinter schwarzen Wolkenfetzen aufgegangen. Nun sieht er die Nebelschwaden, die sich vom Sumpf heranwälzen, und er stellt sich vor, dass die bleichen Gesichter der saesonitischen Toten dicht unter der Oberfläche der stehenden Gewässer treiben.

In der Ferne Lichter, der rotgoldene Fackelschein vom Nebel gedämpft. In der Nähe huscht etwas davon, ein Wolf oder ein Fuchs, erschreckt von der jähen Bewegung eines leblosen Gliedes, das von der Totenstarre erfasst wird. Die menschlichen Aaskrähen sind näher gekommen, und er überlegt beiläufig, wer ihn wohl als Erstes erreichen wird, die Fackelträger oder die Plünderer. Wichtig ist es ihm nicht.

Die Zeit verstreicht, und er verliert immer wieder das Bewusstsein.

Die Wolken brodeln, treiben mit unheimlicher Geschwindigkeit über den Himmel - der Mond steht hoch über ihnen.

Auf dem Schlachtfeld brennen Feuer. Dicker schwarzer Qualm steigt zum Nebel empor. Der Boden ist übersät mit den Leichen von Männern und Pferden, die dort, wo das Kampfgetümmel am dichtesten war, inmitten zerbrochener Schilde mit verhedderten bleichen Gliedmaßen liegen. Hier und da flattert matt eine Standarte an einem Speerschaft.

Er ist todmüde.

Die Gestalten an den Feuern gehören wahrscheinlich zu Kynfawr. Meint er Kynfawr oder Custennin? Custennin, Konstantin. Die Cornovii des Westens heißen alle entweder Konstantin oder Gereint, nach dem Kaiser Konstantin und seinem General. Ausgenommen natürlich die, die Kynfawr oder Erbin heißen.

Der Nebel nässt sein Gesicht.

Die Wolken brechen auseinander und zerfasern. Er hört fernen Gesang und Klagerufe. Dunkle Schwingen flattern, durchteilen die endlose Nacht.

»Der Rabe!«, krächzt er.

Jetzt weiß er, dass der Traum zu Ende ist.

Artus ist tot.

Budoc erwachte jäh. Einen Augenblick lang glaubte er, noch immer hilflos auf dem kalten Schlachtfeld zu liegen, und in seinen Ohren tönten Wehklagen und Gesang. Dann spürte er die

Sonnenwärme, hörte die Schreie der über den Klippen kreisenden Möwen, sah die wohlbekannte Senke neben der Hütte.

Es dauerte eine Weile, bis sich seine Augen an die Helligkeit gewöhnt hatten. Er hatte Durst, schrecklichen Durst. Er taumelte zur Hütte, froh darüber, dass niemand ihn beobachtete, und tastete nach dem Wasserschlauch, der neben der Tür hing. Das Wasser schmeckte nach warmem Leder. Mit zitternden Händen spritzte er sich ein paar Tropfen auf Kopf und Hals, während er sich fragte, was er hier eigentlich tat, weshalb er diese Lebensweise gewählt hatte.

Er atmete tief durch. Das Zittern ließ allmählich nach. Der Abt hätte von einer kleineren Versuchung gesprochen, von einer Versuchung des Leibes, nicht des Geistes, von der alltäglichen Schwäche des Fleisches.

Und sein Fleisch war schwach, das musste Budoc sich eingestehen. Es ging nicht bloß um einen Sonnenstich. Sogleich setzte das Zittern wieder ein, und er spürte die Kälte in seinen Knochen. Ihm wurde schwindelig, er musste sich an den Türrahmen anlehnen. Sein Atem ging in rauen Stößen, ihm verschwamm die Sicht, und sein Blickfeld verengte sich, bis er nur noch die Maserung der Brettertür sah.

In der Hoffnung, die Hitze werde die fürchterliche Kälte vertreiben, taumelte er in den Sonnenschein hinaus und sank auf die Knie nieder, als die Beine unter ihm nachgaben. Kurz darauf floss sein Schweiß in Strömen und durchtränkte sein Gewand, während er nach Luft schnappte.

Während ihm immer wieder schwarz vor Augen wurde, kroch er in die Hütte zurück und brach auf der Lagerstatt zusammen.

Nach einer Weile – er hatte keine Ahnung, wie lange der Schwächeanfall gedauert hatte, und sah bloß, dass es draußen noch hell war – kam er wieder zu sich. Vielleicht waren die Albträume, die ihn seit einiger Zeit quälten, ja die Vorläufer des Fiebers gewesen, das nun in seinem Körper brannte.

Viele der Träume hatten von Camlann gehandelt, entweder von der eigentlichen Schlacht oder der fürchterlichen Zeit danach. Einige waren in dem Sinne wirklich gewesen, dass sie mehr oder weniger mit seinen Erinnerungen übereinstimmten.

Bei anderen Träumen hatte es sich um bloße Phantasterei gehandelt.

Zumindest nahm er an, dass es Phantasterei gewesen war.

Von allen Schlachten, an denen er teilgenommen hatte, war Camlann die fürchterlichste gewesen. Zum Teil deshalb, weil es auf beiden Seiten, selbst unter den Sachsen, so viele vertraute Gesichter gegeben hatte - viele von ihnen waren der alten Tradition ihres Volkes gefolgt und hatten sich dem Amheradwyr als Söldner verdingt -, und es war schrecklich, gegen die Männer kämpfen zu müssen, mit denen man einmal auf kameradschaftlichem Fuß gestanden hatte. Teilweise auch deshalb, weil das Gemetzel so viele Opfer gefordert hatte, dass es anschließend hieß, dort habe eine ganze Generation den Tod gefunden.

Bei dieser Schlacht hatte es keinen Sieger gegeben. Die Anführer beider Seiten waren getötet worden. Die Männer des Amheradwyrs nahmen das Schlachtfeld in Besitz, doch das nützte ihnen nichts, denn Artus hinterließ keinen Erben.

Vor ein paar Jahren, kurz nach seiner Ankunft in der Bretagne, hörte er einen Barden, der von den Sieben Überlebenden von Camlann sang. Sanddef Engelsgesicht entkam aufgrund seiner Anmut, Morfran der Hässliche wegen seiner Hässlichkeit, Kynvelyn dank seines schnellen Pferdes, Cedwyn hatte Glück. Derfel entkam aufgrund seiner gewaltigen Kraft, Geneid, weil er flink zu Fuß war. Der Siebte trug seinen Namen, und er war entkommen, weil er geschickt mit dem Speer umzugehen wusste.

Als er dies hörte, hatte er geweint, und die anderen Mönche hatten versucht, ihn zu trösten, da sie meinten, der Vortrag habe ihn betrübt. Doch das war nicht der Grund für seine Tränen; er hatte geweint, weil Camlann und die, die dort gekämpft hatten, schon zehn Jahre nach dem Ereignis Eingang in die Legende gefunden hatten.

Und wie er so allein auf der Pritsche lag, geschüttelt vom Fieber, weinte er erneut.

Die nächsten Tage verstrichen im Delirium. Bisweilen meinte er, Teleri säße am Ende des Betts und lächele ihn traurig an - bloß ihr Haar, das immer dunkel gewesen war, wies einen rotgoldenen Schimmer auf. Dann wieder unterhielt er sich mit seinen toten Freunden: mit dem großherzigen Cei, der von seiner Kurzsichtigkeit kuriert war, die ihm das Leben gekostet hatte; mit dem jungen Llacheu, dem Cei eigenhändig den Gnadenstoß versetzt hatte; mit dem freundlichen Gwalchmei, dem Falken mit der goldenen Zunge; mit Cynon, der ihm bis zur Schlacht von Agned immer den Rücken freigehalten hatte; mit Moried, der diese Aufgabe fortan übernommen hatte; mit Degaw von den Kreonen, die seine Freundin gewesen war, bis ihr Gemahl Talorcan im Kampf gegen Hueil fiel; mit Lleminawg, dem Iren ...

Lleminawg.

Lleminag war der Einzige, der niemals sprach.

Lleminawg war auf dem Feldzug in den Norden gefallen, auf dem Weg zum Ende der Welt, zum Land der Inseln, Strände und Buchten von Iadornnan.

Budoc konnte sich jedoch nicht erinnern, *wie* sein Freund gestorben war, nicht einmal in seinen lichten Momenten zwischen den Fieberschüben.

Cei stand mit erhobenem Arm auf dem hohen Wall.

Ein großes Schwert funkelte im Sonnenschein, flog sich drehend durch die Luft.

Lleminawg fing die Klinge auf und wandte sich anmutig um.

Hatte sich das wirklich ereignet, oder war es bloße Einbildung?

Während die Tage und Nächte mit scheinbar endlosen Träumen von Tod und Finsternis verstrichen, begriff er allmählich, dass es nicht Teleri war, die am Bettende saß, ihm hin und wieder eine Schale an die Lippen hielt und ihm Wasser oder Brühe einflößte. Es waren zwei Kinder aus dem Dorf, Eurgain und ihre Schwester Dyfyr, die von ihrer Mutter geschickt worden waren, sich um ihn zu kümmern.

Eigentlich waren sie keine Kinder mehr, sondern beinahe schon erwachsen. Dyfyr, das ältere Mädchen, würde bald heiraten und eigene Kinder haben, und bei der Jüngeren würde es auch nicht mehr lange dauern. Beide waren im Begriff, sich in eine ebensolche Schönheit zu verwandeln, wie ihre Mutter es wohl einmal gewesen war, und in gewisser Weise bedauerte er dies, denn in diesen unsicheren Zeiten war Schönheit häufig eher ein Fluch denn ein Segen.

Als das Fieber schließlich aufhörte, fühlte er sich schwach und lethargisch.

Die Kinder - oder vielmehr die Mädchen - besuchten ihn jetzt seltener, und er stellte fest, dass er ihr munteres, zusammenhangloses Geplapper vermisste. Es zeigte sich nun als Vorteil, dass er einen Vorrat an Feuerholz angelegt hatte, denn es fehlte ihm an der Kraft oder am Antrieb, neues Holz zu sammeln. Stattdessen lebte er von seinen Vorräten, wie ein Bär während des Winterschlafs vom angefressenen Fett.

Jeden Morgen ertüchtigte er seinen Körper, wie er es seit seiner Kindheit getan hatte, sogar im Kloster. Sein Mitbruder Winwalloe hatte ihn dabei voller Spannung beobachtet und teilnehmend mit den schlaksigen Armen gezuckt, bis er irgendwann den Mut aufbrachte und ihn fragte: »Warum?«

»›*Orandum est ut sit mens sana in corpore sano.*‹«

Winwalloe kniff die Augen zusammen, schob sich den Hut in die Stirn und kratzte sich am kahlen Fleck auf seinem Schädel. Auf einmal überzog sich sein Pferdegesicht mit einem strahlenden Lächeln. »Juvenal!«, rief er aus. »Die Satiren. ›Man sollte Gott um einen gesunden Geist in einem gesunden Körper bitten.‹« Er legte die Stirn in Falten, trat vor und wäre beinahe über die eigenen Füße gestolpert. »Aber Juvenal hat damit doch gewiss nicht gemeint, wir sollten unsere Zeit wie du verbringen?«

»›Wer sich selbst hilft, dem helfen auch die Götter.‹«

Winwalloe saugte die Luft durch seine großen Zähne ein. »Aesop. Aber theologisch bedenklich.«

Budoc zuckte die Achseln. »Mag sein. Aber es tut mir gut.«

»Ich glaube, das ist nichts anderes, als was die Leute tun, die ständig ihren Körper bestrafen, die sich geißeln oder die hungern, um ihre fleischlichen Begierden zu überwinden«, meinte Winwalloe nachdenklich. »Ich würde mich dabei nicht wohl fühlen.«

»Ich fühle mich auch nicht immer wohl dabei«, meinte Budoc trocken, sich die schmerzenden Muskeln massierend. »Außerdem glaube ich, es gibt da schon einen Unterschied.«

Und das war noch immer seine Überzeugung. Seine Übungen sollten das Fleisch nicht kasteien, sondern es vielmehr kräftigen, damit Körper und Geist harmonisch zusammenwirkten. Auch jetzt, da seine Glieder schon bei der kleinsten Anstrengung zitterten, glaubte er noch immer daran.

Schwer atmend nach einer Bewegungsabfolge, die er vor ein paar Monaten noch mühelos absolviert hätte, fragte er sich, was ihm eigentlich Sorge bereitete.

Er war hierher gekommen, um zu sterben, um die letzten ihm beschiedenen Jahre in Frieden und Einsamkeit zu verbringen. Ein Teil von ihm wollte sterben und sich den Menschen anschließen, die er geliebt hatte, wo immer sie sein mochten - denn wenngleich er sich als Christen bezeichnete, war er sich doch nicht sicher, ob er an die allgemeine Vorstellung vom Himmel glaubte. Stärker aber war sein Wunsch, zu leben, weshalb er dem Sturz aus großer Höhe widerstanden und sich dem Fieber widersetzt hatte.

Er wartete auf etwas.

Und nicht auf den Tod, wie er gemeint hatte.

Der Weg zum Wald erschöpfte ihn, und er zitterte vor Schwäche, sodass er sich neben dem Becken hinsetzen musste, den Kopf auf die Knie gesenkt.

Die Gesichte, die er vor der Fieberattacke erblickt hatte, ängstigten ihn. Der eine Mann war Vortepor von Dyfed gewesen: Schon als junger Mann hatte er Artus gehasst, und besonders ärgerlich musste für ihn gewesen sein, dass ausgerechnet er dem Kriegsherrn den Weg zum Thron geebnet hatte. Der zweite Mann war vermutlich ein von Vortepor bestochener Söldner gewesen: ein Werkzeug, das vielleicht sogar eigene Absichten verfolgte.

(Etwas an dem zweiten Mann, zumal an seiner Gestik, war ihm bekannt vorgekommen ...)

Was das Maskengesicht bedeutete, war ihm unklar. Es stand mit beiden Männern in Verbindung, war aber nicht ihr Untergebener - obschon sie dies glauben mochten.

Als sich das Zittern gelegt hatte, wandte er sich zum Becken um, konzentrierte sich auf die Wasseroberfläche und ließ die Gedanken schweifen ...

... durch Visionen von sich an weißen Sandstränden brechenden Wellen, von Mondlicht, das Land und Wasser gleichermaßen beschien, von undeutlich erkennbaren rennenden und kämpfenden Gestalten, die Speere und Kurzschwerter schwenkten, von einer aus Stein und Grassoden erbauten schlichten Hütte, von einer kleinen Schar von Männern, die Kriegern mit kalkweißen Schilden und verzerrten Gesichtern trotzten.

Er konzentrierte sich noch mehr.

Ein Langschiff, ein saesonitisches Schiff, das ohne Segel an einem kalten, grauen Morgen, umwallt von Nebel, einen Fluss entlangglitt, während sich die Ruder rhythmisch hoben und senkten ...

Budoc erwachte stirnrunzelnd aus der Trance. Manchmal war es so. Die Wahrsagerei konnte einem viele Dinge zeigen – Vergangenes, Gegenwärtiges und Zukünftiges –, doch obschon Teleri ihn sorgfältig unterwiesen hatte, beherrschte er die Kunst dennoch nicht.

Einmal, als er versucht hatte, das Kloster in der Bretagne zu sehen, hatte er stattdessen die verfallenen Mauern von Caer Cadwy erblickt; ein anderes Mal, als er nach Hinweisen auf den Verbleib von Lady Gwenhwyvar forschte, hatte er stattdessen eine weiße Eule auf einem efeuüberwucherten Baum beobachtet. Das Schiff der Sachsen war pure Ablenkung, nichts weiter.

Er atmete tief durch, lockerte die verspannten Muskeln, ließ die Stille des Waldheiligtums auf sich wirken, bis er ganz erfüllt davon war. Ringsumher raschelte das Laub im Wind: ein vertrautes, beruhigendes Geräusch. Das Wasser im Becken plätscherte unablässig weiter, eine muntere Melodie ohne Anfang und Ende. Die Oberfläche trübte sich, wurde undurchsichtig, ein nebelhafter Hintergrund, vor dem sich Schattengestalten bewegten:

Ein großer Mann mit Tonnenbrust und kräftigen Muskeln, der in einer Reihe aufgestellte Knaben im Umgang mit dem Schwert unterwies.

Und auf einem Hang döste in der Sommersonne ein anderer Mann ...

TEIL EINS

ERSTES KAPITEL

1

Nai schlief.

Die Sonne brannte ihm aufs Gesicht, und die Baumrinde drückte ihn am Rücken, doch er schlief.

Er schluckte - seine Kehle war trocken, seine Lippen verklebt - und bemühte sich, in die warme Dunkelheit zurückzugleiten. In der Ferne übten sich Knaben im Umgang mit Waffen - er vernahm das dumpfe Geräusch, mit dem die Wurfspeere in die Strohsäcke einschlugen, gefolgt von einer Pause, als die Speere eingesammelt wurden, dann das Gelächter und die Frotzeleien, als die Knaben ihre Ergebnisse verglichen.

Er presste die Augen fester zusammen, denn das Licht störte ihn. Er vernahm Gorthyns Anweisungen an die jungen Burschen, die sich spielerisch mit Schwertern und Messern maßen.

»Beweg den Schild auf und ab, Junge, *auf und ab*! Nicht hin und her wackeln!« Ein schwerer Seufzer. »Benutz ihn, bei der Dreifaltigkeit, benutz deinen Schild! Der ist ebenso eine Waffe wie dein Messer!«

In der Nähe ergoss sich der Bach gurgelnd über die Steine. Die Sonne brannte nicht mehr so heiß. Es ging auf den Abend zu, und ein erster kühler Lufthauch wehte übers Gras hinweg. Er öffnete halb die Augen und sah Schatten von Vögeln vorbeiflitzen. Am blauen Himmel standen schmale Wolkenstreifen, so zart, dass sie kaum zu erkennen waren.

»Warum müssen wir das tun?«, klagte jemand, und Nai schloss abermals lächelnd die Augen. In jeder Gruppe gab es stets einen, der sich beklagte, und er hätte Gorthyns Antwort auch selber geben können, denn genau das Gleiche hatte der alte Huw vor fünfzehn Jahren zu ihnen gesagt, als sie selber noch Knaben waren: »Weil ihr eines Tages darauf angewiesen sein könntet.« Es erhob sich lautes Stöhnen (genauso hatten auch sie vor fünfzehn Jahren gestöhnt), und Gorthyns Stimme steigerte sich zu lautem Gebrüll: »Und wenn euch das nicht reicht, *dann weil ich es so will*!«

Auch ohne die Augen zu öffnen wusste er, wie Gorthyn in diesem Moment aussah: dreimal so groß wie die Knaben, die mächtige Brust vorgestreckt, mit grimmiger Miene, als sei er von maßlosem Zorn ergriffen.

»Versucht es noch einmal!«, brüllte Gorthyn. »Ich will die Klingen singen hören! Und bewegt die Schilde auf und ab!«

Nai blinzelte in die Helligkeit. Lange Schatten erstreckten sich hügelabwärts. Es war schon später, als er gemeint hatte. Der Baumstumpf drückte ihn. Er rückte ein wenig zur Seite und lehnte sich wieder zurück, achtete nicht mehr auf den Lärm der Kinder, sondern lauschte allein auf den Gesang der Vögel. Einige trillernde Lieder wirkten wie wahre Musik, andere Vögel hingegen wiederholten unablässig dieselbe Note, und einer gab eine aufdringliche Kadenz von sich, die Nai im Kopf wehtat.

Weit hinter ihm bellte ein Hund, auf der anderen Seite der Feste. Von den Küchen am Palas wehten Kochdüfte heran, und obwohl er kein gieriger Mensch war, lief ihm unwillkürlich das Wasser im Munde zusammen.

Er hörte Stimmen, ohne aber einzelne Worte verstehen zu können. Ihr Tonfall hatte etwas Eindringliches, und als sie sich zu der Stelle entfernten, wo Gorthyn die Knaben unterwies, war er erleichtert.

Das Geplätscher des Baches schien anzuschwellen: Murmelnd und seufzend ergoss er sich über die Steine, hin und wieder tönte ein lauterer Platscher hervor. Das Wasser floss den Hügel hinab, ergoss sich in den Fluss und mündete anschließend ins Meer, wie es immer schon gewesen war und sein würde, und das war im Grunde höchst bemerkenswert. Wenn das Meer von den niemals versiegenden Flüssen dieser Welt ständig aufgefüllt wurde, weshalb schwoll es dann nicht an und überschwemmte das Festland?

Genau dies passierte angeblich im Westen der Insel, es hieß, große Teile der Küste wären überflutet. Dieselben Leute erzählten auch, die Saesoniten seien unter anderem deshalb aus dem

Land ihrer Vorväter geflohen, weil der Meeresspiegel - zumal an der friesischen Küste - ansteige, das Wasser unablässig weiter landeinwärts kröche und ganze Dörfer überschwemme - nicht im Zuge einer gewaltigen Katastrophe, sondern ganz allmählich. Sie sagten, wenn man bei Ebbe an der richtigen Stelle stünde, sähe man schindelgedeckte Dächer aus den Wogen ragen, und wenn man mit einem Boot hinausrudere und sich aufs Wasser hinabbeuge, vernehme man ganz leise, wie aus weiter Ferne, das Gemurmel der Toten, die sich inmitten der Fische gütlich taten.

Wenn man's recht bedachte, waren Flüsse tatsächlich eine merkwürdige Sache. Der Oak, der Fluss, in den der Bach mündete, begann als kleines Rinnsal im Hochmoor und mündete in einer so breiten Bucht, dass nur wenige sich von Ufer zu Ufer zu schwimmen getrauten - er gewiss nicht. Unterwegs wurde er von Wasserläufen wie diesem genährt: eine unfassbare Menge an Wasser ...

Er erwachte jäh und schlug die Augen auf.

Es war spät. Ein feiner Dunst hing in den Schatten, als er in den Sonnenuntergang blickte, und der Himmel über den Hügeln am Horizont verlor bereits seine Farbe.

Er richtete sich auf und rieb sich den Rücken.

»Nai!«, rief Gorthyn. »Wach auf und komm her!«

Benommen blinzelnd wandte er sich zu seinem Freund um. Alles wirkte wie ausgewaschen, die Farben hatten sich verflüchtigt. Selbst das Gras hatte sein sattes Grün verloren und wirkte blass und kraftlos. Er bedeckte die Augen mit den Fäusten, spürte die Vorboten von Kopfschmerzen, schluckte - seine Kehle fühlte sich wund und kratzig an - und taumelte benommen zum Übungsgelände.

»Zu lange in der Sonne gewesen!«, knurrte Gorthyn. »Na los, wach endlich auf!«

Die Knaben sammelten gerade ihre Sachen ein und machten sich in kleinen Grüppchen davon; einige schlenderten zum Fluss, um zu trinken, andere rannten rufend und schreiend Richtung Festung.

Gorthyn stand mitten auf dem Übungsgelände, den Schild lässig auf den Rücken geschnallt, die Scheide mit dem Schwert in der Rechten; der Gürtel baumelte aufs Gras hinunter. Es waren noch zwei ältere Männer bei ihm, eine hagere Gestalt mit kurz geschorenem grauem Haar und ein stämmiger Mann mit einer bauschigen Lederkappe auf dem Kopf, die in eine Spitze auslief.

Als Nai diese beiden Männer erblickte, wurde er vollends wach, und sein Unwohlsein war jäh vergessen, als er sich fragte, was ihren Herrn und Meister Gereint wohl veranlasst haben mochte, sie aufzusuchen, anstatt sie zu sich zu rufen.

»Gut geschlafen?«, fragte Gereint verschmitzt. »Ich wollte Euch bereits von einem der Knaben aufwecken lassen, aber Ihr habt so friedlich ausgesehen, dass ich es nicht über mich brachte.«

Nai nickte und neigte den Kopf, worauf Gereint seinen Gruß geistesabwesend erwiderte.

»Ein sich näherndes saesonitisches Schiff wurde gesichtet«, sagte Morgant, der Stämmige. Er nahm die Kappe ab und wischte sich den Schweiß vom kahlen Fleck auf seinem Haupt. »Das macht mir Sorgen.« Er setzte die Kappe wieder auf und runzelte die Stirn.

Nai hob fragend eine Braue. Morgant war der geborene Krieger, ein Mann, der stets das Schlimmste befürchtete, weshalb Gereint ihn schätzte.

»Bloß eines?«, fragte Gorthyn.

»Im Augenblick ja.« Morgant hustete und blickte seinen Herrn fragend an. »Es segelt gemächlich in westlicher Richtung an der Küste entlang. Ein mittelgroßes Schiff, soweit man das erkennen kann, mit etwa vierzig Mann Besatzung.«

»Ach, ja?«, meinte Gorthyn. »Dann sind sie wohl auf Raub aus.« Er blickte neugierig von einem zum anderen. »Wo liegt das Problem? Wir sind auch früher schon mit ihnen fertig geworden.«

»Es kursieren Gerüchte«, meinte Gereint bedächtig und scharrte mit der Stiefelkappe im Staub. »Cerdic Elesing ist ein alter Mann, und seine Anhänger werden allmählich unruhig. Ihr wisst doch, dass er sich vor einiger Zeit zum König der Westsachsen erklärt hat? Man nennt ihn *Cyning*.«

»Bis vor kurzem war er noch ein *Ealdorman*«, erklärte Morgant.

Gorthyn schüttelte den Kopf. »Mit den Titeln der Barbaren kenne ich mich nicht aus. Steht ein *Cyning* höher als ein *Ealdorman*?« Die Aussprache bereitete ihm Mühe.

»Ja«, antwortete Morgant. »Ein *Ealdorman* ist ein Häuptling, während der *Cyning* über die Häuptlinge herrscht.«

»In ihrer Sprache«, bemerkte Gereint mit einem schwachen Lächeln, »würde man mich als *Ealdorman* bezeichnen und Custennin, meinen Oberherrn, als *Cyning*.«

Gorthyn ließ sich das durch den Kopf gehen, dann brach er in Gelächter aus. »Aber Custennin herrscht über die meerumschlossene Halbinsel Dumnonien, während Cedric lediglich ein paar Morgen Marschland gegenüber der Insel Wectis sein Eigen nennt. Ich bezweifle, dass er auch nur so viel Land besitzt wie Ihr, Gereint.«

»Der Hochmut der saesonitischen Wilden kennt keine Grenzen«, erwiderte Morgant bockig. »Und dadurch, dass er sich zum König ernannte, hat Cerdic viele seiner Nachbarn verärgert, die sich als ebenbürtig und nicht als seine Untertanen betrachten.«

»Was uns beunruhigt«, sagte Gereint, »ist die Möglichkeit, dass einige dieser Nachbarn befinden könnten, es sei an der Zeit, ihr Land zu verlassen und sich eine neue Heimstatt außerhalb von Cerdics Einflussbereich zu suchen. Und Cerdic ist wohl zu alt, um sie daran zu hindern.«

»Sodass er schon bald ein König ohne Untertanen sein könnte«, bemerkte Gorthyn trocken. »Aber wenn sie fortziehen sollten, dann doch wohl landeinwärts? Nach Aquae Sulis zum Beispiel oder weiter nach Osten zum Oberlauf der Themse, wo bereits Verwandte von ihnen leben?«

»Auf einen Teil könnte dies zutreffen.« Gereint verwischte das Muster, das er in den Staub gemalt hatte, und fing ein neues an. »Andere wiederum könnten in westlicher Richtung an unserer Küste entlangsegeln.«

Er schaute hoch und begegnete Nais Blick. »Was meint Ihr?«

Nai neigte den Kopf.

»Das wäre durchaus möglich, nicht wahr?« Gereint blickte Nai unverwandt an. »Wir fürchten, so, wie die erste Schwalbe im Frühling von einem Schwarm kündet, könnte auch das

Schiff Vorläufer einer größeren Flotte sein. Ich bezweifle, dass es noch viel weiter nach Westen segeln wird - sie werden sich aus Cerdics Einflussbereich hinausbegeben wollen, jedoch nicht so weit, dass sie im Notfall keine Unterstützung mehr herbeirufen können.« Er malte ein weiteres Muster und seufzte. »Ich möchte, dass Ihr zur Küste reitet und Euch vergewissert, ob die Saesoniten an Land gegangen sind.«

»Wie weit sollen wir reiten?«, fragte Gorthyn.

»Notfalls bis zum Tamar - ich glaube jedoch nicht, dass dies nötig sein wird.«

»Wir vermuten«, sagte Morgant düster, »dass sie in der Meeresbucht von Porthyle an Land gehen werden. Dort wäre das Schiff gut geschützt, die nächste Festung liegt weit entfernt, es wohnen dort nicht viele Menschen, und der Boden ist fruchtbar - ich an ihrer Stelle würde es dort versuchen.«

Als er sich den beleibten Morgant als Anführer einer Piratenbande vorstellte, musste Nai unwillkürlich lächeln.

»Es gibt noch etwas, das ich gern mit Euch bereden würde«, sagte Gereint. »Das ist nicht für anderer Leute Ohren bestimmt. Deshalb bin ich hierher gekommen, wo uns niemand belauschen kann.«

»Ah!« Gorthyn legte den Kopf schief. »Das habe ich mir schon gedacht.«

Gereint beachtete ihn nicht, sondern konzentrierte sich ganz auf Nai. »Mein Verwandter und Oberherr Custennin von Dumnonien hat mir von einer Beratung berichtet, die vor ein paar Tagen stattfand. Vortepor von Dyfed, unser Nachbar im Norden von der anderen Seite des Severn-Meeres, hat unter großer Geheimhaltung einen Skoten bei sich empfangen. Dieser Mann sprach unsere Sprache mit dumnonischem Akzent und nannte sich ...«

»Eremon mab Cairbre«, knurrte Gorthyn, dem es plötzlich dämmerte.

Nai fasste sich an den Hals und betastete die Narbe, während die anderen seinem Blick auswichen.

»Ich wusste gar nicht, dass Custennin an Vortepors Hof Informanten hat«, sagte Gorthyn neugierig.

»Ich auch nicht«, bemerkte Gereint säuerlich. »Aber ich hätte es mir denken können. Vortepor hält es wohl nicht anders, weshalb ich mir dachte, je weniger Leute von dieser Unterredung wissen, desto besser.«

»Vortepor hat in letzter Zeit Boten übers Meer nach Iardomnan geschickt«, bemerkte Morgant düster. »Man könnte daraus schließen, dass er Eremon ausfindig zu machen suchte, und zwar Eremon ganz speziell.«

»Zunächst«, erklärte Gereint, »haben wir vermutet, Vortepor wolle eine Armee mit Kriegern ohne Bindungen an Dyfed aufstellen, eine Streitmacht, mit deren Hilfe er versuchen könnte, seine freiheitsliebenderen Untertanen zu unterwerfen. Aber Vortepor hat Verwandte in Ierne, an die er sich wohl als Erstes wenden würde. Wenn er nach Eremon gesucht hat, dann deshalb, weil dieser über eine bestimmte Fertigkeit verfügt, die ihm nützlich wäre, oder weil er etwas weiß.«

Nai runzelte die Stirn. Die Schlussfolgerung lag auf der Hand, das Motiv aber im Dunkeln.

»Eremon kennt diese Gewässer besser als jeder andere«, sprach Gorthyn Nais Gedanken aus, »aber was hätte Vortepor davon?« Er tippte sich mit dem Zeigefinger an die Zähne.

Über ihnen schrie eine Möwe. Nai blickte ihr nach und dachte an den kalten Herbsttag, an dem er Eremon, den Renegaten, zum letzten Mal gesehen hatte. Eremon hatte grinsend über seine Speerspitze hinweggeblickt, während sich hinter ihm Nebel und Regen sammelten und die Tropfen aus der Mähne des erschöpften Ponys flogen, das er zu einem letzten Gallopp antrieb. Auch an jenem Tag waren Möwen gekreist, Möwen und schwarze Aaskrähen, die darauf warteten, dass die Menschen sich zurückzogen, damit der Schmaus beginnen konnte.

»Nai?« Gorthyns Stimme rief ihn überraschend wieder in die Gegenwart zurück.

»Was könnte Vortepor von Dyfed mit dem kleinen und unbedeutenden Dumnonien vorhaben?«

Er blickte von einem zum anderen, während sie begierig auf seine Antwort warteten; Gereint ärgerte sich, weil Gorthyn seine Ländereien als klein und unbedeutend bezeichnet hatte (was natürlich die Absicht des großen Mannes gewesen war);

Morgant nestelte mit sorgenvoll gefurchter Stirn an seiner Kappe; und Gorthyn - der unerschütterliche, verlässliche Gorthyn - wartete einfach ab.

»Ich weiß es nicht«, sagte Nai, und die anderen zuckten beim Klang seiner krächzenden Stimme unwillkürlich zusammen, obwohl sie ja darauf gefasst gewesen waren.

2

Der Hengst, den Wicga zum Ufer hinunterführte, verdrehte die Augen und schüttelte den Kopf, voller Angst, aber noch nicht ganz in Panik. Ceolric sah, wie sein Vater die Muskeln anspannte, als er sich bemühte, das Tier wieder zu beruhigen.

Hinter ihnen murmelte jemand: »Der will nicht!«, worauf er sich mit finsterer Miene umdrehte, um den Sprecher einzuschüchtern, bevor der Gott ihn hörte und das Opfer zurückwies. Dicht hinter ihm stand Garulf, der alte Friese, und blickte unverwandt zum Fluss.

»Nicht drauf achten, mein Junge«, flüsterte Garulf ihm zu. »›Bereitwillig‹ kann vieles heißen. Ich habe schon heftigeres Sträuben erlebt.«

Wicga zerrte den Hengst zu der Stelle, wo die Flusswellen ans morastige Ufer schlugen. Fast bis zu den Knien im Schlamm stehend, hielt er das Halfter mit einer Hand fest; mit der anderen tastete er nach dem Zeremonialmesser.

Eine Windbö wehte den Moder- und Verwesungsgestank des Marschlandes heran, und der Hengst scheute und hätte Wicga beinahe das Halfter entrissen.

Ceolric sog schaudernd den mittlerweile vertrauten Geruch ein. Am liebsten wäre er auf der Stelle aufgebrochen. Nichts war hier so, wie sie es erwartet hatten, nicht einmal der Hengst, der eigentlich ein Schimmel sein sollte, stattdessen aber schmutziggrau war und einen merkwürdig geformten Kopf hatte, der irgendwie verkümmert wirkte.

Jedermann kannte die Geschichte, die davon handelte, wie Cerdic Elesing mit fünf Kielbooten in See gestochen war und an dem Ort, der zu seinen Ehren Cerdicesora genannt wurde, gegen die Briten gekämpft hatte. Als Ceolric in seiner Kindheit die Geschichte zum ersten Mal hörte, glaubte er, Cerdicesora sei ein hübscher Hafenort am Rande einer wunderschönen Meeresbucht, der ideale Landeplatz für einen geborenen Anführer, ein Ort, um den zu kämpfen es sich lohnte.

Doch so war es nicht, und die mittlerweile fünfundzwanzig Jahre währende Besiedlung hatte auch nicht zur Verschönerung beigetragen. Mit Cantware oder den Ländereien der Südsachsen verglichen, bot das Dorf einen jämmerlichen Anblick. Die Hütten waren von der Art, wie sie von den ärmsten Bauern oder von Sklaven bewohnt wurden, und die Menschen waren auch nicht besser, nicht einmal die, die eine hohe Geburt für sich reklamierten. Der Gestank des Marschlandes hing wie eine dunkle Wolke über dem Dorf, und es lag auf der Hand, weshalb die Briten sich nicht sonderlich angestrengt hatten, Cerdicesora zu halten.

Wicga hatte den Hengst endlich wieder in der Gewalt. Der Wind legte sich, die Wellen kamen zur Ruhe, und die von den Vorderbeinen des Hengstes ausgehenden Kräuselungen breiteten sich weit übers graue Wasser aus, während das Tier zitternd darauf wartete, was als Nächstes kommen würde.

»Achte nicht aufs Pferd«, flüsterte Garulf. »Achte auf die Leute.«

Ceolric riss den Blick von dem großen Messer in der Hand seines Vaters los und musterte die versammelte Menschenmenge.

So viele Menschen hatte er noch nie an einem Ort gesehen. Man hatte ihm gesagt, der Palas seines Vaters habe in seiner Blütezeit fünfzig Personen aufgenommen, wenn alle sich auf den Bänken zusammenquetschten, doch er war damals zu jung gewesen, um sich heute noch daran zu erinnern, und nach dem Tod seiner Mutter, als er noch kaum laufen konnte, waren sie fortgezogen.

Vor ein paar Jahren hatte er Londinium besucht und gesehen, wie viele Menschen sich in den Ruinen der Stadt durchschlugen, jedoch nicht alle auf einem Haufen, so wie jetzt. Es sah so aus, als habe sich jeder einzelne Bauer der Gewisse mitsamt dem Gesinde einen Tag freigegeben, um dem Opfer beizuwohnen, und als hätten sämtliche Bedienstete und Sklaven aus dem Lande des Westsachsen sich am Flussufer versammelt.

An der Seite, wo sie gut sehen konnten, standen die vierzig Besatzungsmitglieder des Schiffes *Meerhengst* und schauten angesichts des Lärms und Gedränges ganz verwirrt drein. Insgesamt waren bestimmt fünfmal so viele Leute zugegen.

Das Gemurmel, das jede größere Menschenansammlung vernehmen lässt, verstummte allmählich. In sämtlichen Gesichtern, in denen der Bekannten wie in denen der Fremden, spiegelte sich die gleiche gespannte Erregung wider. Den meisten stand der Mund offen. Einige grinsten, andere Gesichter wirkten blass oder gerötet.

Ceolric konnte den Augenblick, da das Messer zustach, dem allgemeinen Aufseufzen entnehmen, als hätten alle die Luft angehalten und wagten es erst jetzt, wieder auszuatmen. Der Ausdruck der Gesichter veränderte sich: Man leckte sich über die Lippen, hob die Brauen. Das Gemurmel setzte wieder ein, außerdem wurde gehustet und sich geschneuzt.

»Behalte das im Gedächtnis«, flüsterte ihm Garulf ins Ohr.

Ceolric nickte, denn er wusste, heute hatte er eine Lektion gelernt, auch wenn er nicht genau sagen konnte, worin sie eigentlich bestand. Er drehte sich um.

Wicga hatte saubere Arbeit geleistet. Das Blut strömte ins schmutzige Wasser, und der Hengst sank mit trübem Blick, ohne zu begreifen, wie ihm geschah, allmählich auf die Knie nieder, senkte die längliche Schnauze auf die sich ausbreitende Blutlache und sein eigenes Spiegelbild.

Dann stürzte das Pferd vornüber ins Wasser, sodass Wicga mit einer Mischung aus Schlamm und Blut bespritzt wurde.

»Wotan!«, rief Wicga. »Ich bitte dich, nimm mein Opfer gnädig auf! Ich, Wicga, Sohn Wermunds, Sohn Wittas, Sohn Wihtgils, Sohn Wegdags, Sohn Wotans, schenke dir, meinem Urvater, diesen edlen Hengst. Schicke uns einen günstigen Wind, der uns westwärts weht, neuen Ländern entgegen ...«

Noch während er sprach, erhob sich von Norden her eine frische Brise, die das Wasser kräuselte, ein stetiger Wind ohne Böen, ein günstiger Wind zum Segeln.

Die Menge jubelte, auch die, die nicht an dieser Unternehmung teilnehmen würden. Ceolric musterte die lächelnden Gesichter und wunderte sich darüber, wie leicht die Menschen zufrieden zu stellen waren. Er hatte gehört, wie sein Vater und Garulf sich darüber unterhalten hatten, dass der Zeitpunkt des Opfers sorgfältig ausgewählt sei: Der Wind drehte gegen Abend häufig, und da er seit mehreren Tagen von Westen her geweht hatte, war ein Umschwung überfällig gewesen.

»Hoffentlich hält der Wind eine Weile vor«, murmelte Garulf. »Cerdics Männer können es gar nicht mehr erwarten, dass wir endlich verschwinden.«

Ceolric nickte. Die Bewohner von Cerdicesora hatten sie nicht willkommen geheißen und ihnen nur widerwillig gestattet, ihre Vorräte aufzufrischen und Verstärkung für ihre Besatzung anzuwerben. Cerdic Elesing hatte sich nicht blicken lassen; der neue König der Gewisse wollte seine kostbare Zeit nicht mit umherziehenden Abenteurern aus dem Osten verschwenden.

»Wenn der Wind anhält, stechen wir morgen in See«, murmelte Garulf vor sich hin.

Wicga ließ das tote Pferd am Ufer liegen und watete aus dem Schlamm heraus, nachdem er sich zuvor Arme und Hände gewaschen hatte. Er musterte die auseinander strebende Menge, bis er seinen Sohn und den Schiffsmeister entdeckt hatte. Er näherte sich ihnen, ein breites Grinsen im bärtigen Gesicht.

»Wotan hat unser Flehen endlich erhört!«, sagte er glücklich. »Ich dachte schon, wir würden für den Rest unseres Lebens hier festsitzen!«

»Wir segeln im Morgengrauen los!«, sagte Wicga mit erhobener Stimme. »Aus der Mündungsbucht hinaus, durch die Wasserstraße an der Isle of Wight hindurch, dann immer weiter nach Westen, entlang der Küste mit den hohen weißen Klippen« – er malte Steilfelsen in die Luft –, »bis sie am Nachmittag langen Kiesstränden Platz machen werden. Gegen Abend werden wir auf weitere Klippen stoßen, von einer gespenstisch blauen Farbe, die man sich nicht vorstellen kann, wenn man sie nicht mit eigenen Augen gesehen hat. Dort suchen wir uns eine stille Bucht und gehen für die erste Nacht vor Anker.«

Er blickte seine Zuhörer strahlend an. In diesem Augenblick bewunderte Ceolric seinen Vater wie seit Jahren nicht mehr.

»Am zweiten Tag werden wir an Hügeln vorbeikommen, die wie mit einem Messer senkrecht zur Küste aufgeschnitten sind, sodass man ihren roten Kern sieht; und dann an gewaltigen Steilabbrüchen in Schattierungen von Grün, Braun und Rosa. Glaubt mir, auf dieser Fahrt werdet ihr Wunder erblicken, von denen ihr noch euren Enkeln erzählen könnt!«

Er legte Ceolric den einen und Garulf den anderen Arm um die Schulter und zog sie beide an sich heran, während er unablässig weitersprach.

»Und die ganze Zeit über nähern wir uns den Gegenden, wo nur ein paar harmlose Bauern und Fischer leben, einem fruchtbaren Land, das danach verlangt, von tapferen sächsischen Bauern in Besitz genommen zu werden, einem wunderschönen Land, das auf uns wartet. Wir werden die geschützte Bucht finden, an die Garulf sich erinnert, unser Schiff an Land ziehen und das Königreich der Seefahrer gründen!«

Wie stets war Ceolric auch diesmal von den Worten seines Vaters gerührt, obwohl er diese oder ähnliche Sätze schon häufiger vernommen hatte. Soweit er zurückdenken konnte, hatte sein Vater stets Pläne geschmiedet: Pläne für ein neues Leben, mit ihm selbst als Herrn eines Palas, der von fruchtbarem Ackerland umgeben war, ein *Ealdorman* nicht nur dem Namen nach, der an seine Krieger Met und Gold austeilte.

Ceolrics Vater war vor der Geburt seines Sohnes in die Gegend Britanniens gekommen, die Cantware genannt wurde, und hatte versucht, einen Platz unter den Gefolgsleuten Oescs zu finden, des Sohnes Hengists des Zuerstgekommenen. Wicga heiratete eine junge Einheimische (natürlich eine Prinzessin), die ihm drei Söhne und zwei Töchter gebar, die mittlerweile alle verheiratet und mit Ausnahme Ceolrics, des Jüngsten, eigene Ländereien besaßen. Dabei meinte Wicga stets, zu kurz gekommen sein, sodass er nach dem Tod der Prinzessin eine bunt zusammengewürfelte Schar von Gefolgsleuten um sich sammelte und zum Land der Ostsachsen aufbrach.

Fünf Jahre lang kämpfte er und erschmeichelte sich eine Art von Oberherrschaft über die verstreuten Gruppen seiner Landsleute, die die Überreste von Londinium bewohnten. Doch wurden am Ende seine Pläne von Aescwine vereitelt, der sich selbst zum König erklärte. Daraufhin floh Wicga mit seinen Leuten nach Westen zum Gebiet der Gewisse, einem lockeren Bündnis von Einheimischen und Einwanderern rund um den alten römischen Hafen gegenüber der Isle of Wight, und hier sah Wicga seinen Irrtum ein. Ihm war es nicht bestimmt, eine bereits bestehende Siedlung zu beherrschen, sondern er musste ganz von vorn beginnen, weit genug entfernt von anderen sächsischen Königreichen, um keinen Neid zu erregen, aber auch nicht so weit, dass er nicht im Notfall auf ihren Beistand zurückgreifen könnte.

Unterwegs zum Land der Gewisse hatten sie sich Garulf dem Friesen angeschlossen (oder er sich ihnen), einem Mann, der sich auf die Seefahrt verstand. Garulf erzählte ihnen von einer Seereise zu den weit im Westen gelegenen britischen Gewässern und den jenseits davon gelegenen Inseln, die er vor langer Zeit in seiner Jugend unternommen hatte, und von einem bestimmten Ankerplatz, an dem sie damals eine Nacht verbracht hatten.

Wie er ihm so zuhörte, wurde Wicga klar, dass er den gesuchten Ort gefunden hatte: eine vernachlässigte, vom Rest Dumnoniens durch einen langen Meeresarm abgeschnittene Halbinsel, auf der er sein neues Königreich würde gründen können, ohne Angriffe Einheimischer fürchten zu müssen.

Und jetzt wehte der richtige Wind, und morgen würden sie in See stechen.

3

Sie glitten durch die Wogen, die drei lederbespannten Coracles, die wie Meereswesen die Kämme erklommen, um dann mühelos ins Wellental hinabzuschießen, während sich die schlanken Masten knarrend unter der Last der windgeblähten Segel bogen.

An Bord des ersten Schiffes war es ruhig, denn die meisten Besatzungsmitglieder versuchten ein wenig zu schlafen, nachdem sie die ganze Nacht hindurch vor dem starken Westwind gesegelt waren (vor dem gleichen Wind, der Wicga und den *Meerhengst* in Cerdicesora festgehalten hatte). Allein das Knattern der Segel im böigen Wind durchbrach die Stille.

Eremon spürte, wie das Coracle sich in den Wogen bog und verdrehte, wie es auf jede Bewegung des Meeres reagierte. Das Schiff lag tief im Wasser, und zwischen das Schandeck und das Wasser hätte allenfalls ein Unterarm gepasst, sodass jede Woge es weit überragte, bis es seinen langsamen, schwankenden Aufstieg zum Kamm begann. Die Begleitschiffe verschwanden zeitweilig hinter Wellenkämmen und in Wellentälern, wie flüchtige Reflexionen; die Flachssegel leuchteten immer wieder momentweise im Sonnenschein auf, dann verschwanden sie abermals hinter den funkelnden grünen Wogen.

Der Geruch des Leders und des Wollfetts war Eremon so vertraut, dass er ihn ebenso wenig bemerkte wie die dauerhafte Feuchte seines wollenen Umhangs. Blinzelnd blickte er zu der in bläulichen Dunst gehüllten Küste hinüber, während er spürte, wie das Schiff sich den Bewegungen des Meeres anpasste.

Manchmal ließ er sich zu der Behauptung hinreißen, er kenne jede einzelne Bucht zwischen dem Belerium-Vorgebirge im Westen und Moridunum im Osten, doch im Augenblick sah er nichts, was ihm bekannt vorgekommen wäre. Er erwog, näher an die Küste heranzusegeln, dann verwarf er den Gedanken wieder. Sollte der Wind nur ein wenig drehen, könnten sie ans Ufer gedrückt werden, und wenngleich die Strömung im Augenblick in Fahrtrichtung verlief, würde sich deren Richtung mit Einsetzen der Flut doch bald wieder umkehren, und in dem Fall könnten sie nicht einmal dann etwas dagegen ausrichten, wenn alle Mann an die Ruder gingen.

In der Nähe des Steuerruders saß der Mann mit der Vogelmaske und murmelte leise vor sich hin, wie er es seit dem Aufbruch von der Küste von Ierne getan hatte. Auf eine diesbezügliche Frage hätte er geantwortet, er hindere den Wind daran, von Westen zu wehen, doch Eremon vermutete, er bete darum, dass die Fahrt auf diesem beengten Schiff bald enden möge.

Als hätte er Eremons Blick gespürt, hob der Mann den Kopf. Die Federn waren mit Wassertropfen besetzt, sodass es den Anschein hatte, als sei die Maske in einen regenbogenfarbenen Strahlenkranz gehüllt, während die Augenhöhlen schwarze Löcher waren, ebenso unergründlich wie die Meerestiefen. Eremon lief ein kalter Schauder über den Rücken, obwohl er selbst gewollt hatte, dass der Mann mitfuhr.

Der Mann mit der Vogelmaske symbolisierte seine Rache an all denen, die er in den vergangenen fünf Jahren oder auch früher schon gehasst hatte: an Custennin von Dumnonien und an Custennins Schoßhund Gereint, der eine Zeit lang Eremons Pflegevater gewesen war; an Gereints Gefolgsleuten, an Nai, der nun der Schweigsame genannt wurde, und an Gorthyn dem Starken, die früher einmal seine Kameraden, wenn nicht gar seine Freunde gewesen waren; und schließlich, wenn man Vortepor von Dyfed Glauben schenken wollte, an dem letzten Vertreter der älteren Generation, die seinen Onkel Lleminawg den Hüpfer, den Tanzenden, den Auserwählten, dem Tod ausgeliefert hatte.

Das Deck neigte sich unter Eremons Füßen, als das Coracle einen weiteren Wellenkamm erklomm, und er stützte sich unwillkürlich ab. Möwen schrien hinter ihnen in der Luft und warteten darauf, dass sie Abfälle über Bord warfen, andere Vögel schwammen auf den Wogen, ohne sich an deren ständigem Auf und Ab zu stören.

Er überprüfte die Stellung des Hauptsegels, gab eine Leine nach, holte eine andere dichter und winkte Dovnuall zu, als das Coracle an Backbord zeitgleich mit ihnen einen Wellenkamm erklomm, sodass sie beide eine Weile zwischen Meer und Himmel schwebten, bevor das endlose Grün sie abermals verschluckte, dann hielt er auf der Steuerbordseite Ausschau nach Scrach und sah tatsächlich einen Moment lang ein weißes Segel aufblitzen.

»Wie lange noch?«, rief der Mann mit der Vogelmaske.

»Nicht mehr lange, nicht mehr lange!«, antwortete er bedauernd; der Wind wehte seine Worte mit sich fort. »Wir sind bald da.«

»Gut.« Die Stimme des Mannes wurde durch die Maske gedämpft, sodass er vor dem Hintergrund der Möwenschreie nur schwer zu verstehen war. »Das ist nicht mein Reich. Dies ist das

Reich Manannans und Tethras, das Reich der Fomoire, der Menschen-unter-Wasser. Hier vermag meine Macht dir nur wenig zu nützen, Eremon mab Cairbre.«

Eremon grinste freudlos und wischte sich den Gischt aus dem Bart.

»Nicht deshalb habe ich dich mitgenommen. Segeln, kämpfen, Sklaven nehmen - drei Dinge, mit denen ich mich auskenne. Doch ein Land zu beherrschen ...« Er schüttelte traurig den Kopf. »In dieser Hinsicht habe ich mich nicht gerade hervorgetan.«

Der Mann mit der Vogelmaske brummte etwas und lehnte sich ans Schandeck. Der Steuermann schreckte vor ihm zurück und tat so, als sei er ganz vom Kurshalten in Anspruch genommen und würde die Vogelmaske an seinem Bein nicht bemerken.

Eremon streckte sich und gähnte. Der Wind wehte stetig, und der Steuermann schien tüchtig zu sein. Die verschwommene Küste zu seiner Linken kam ihm noch immer unbekannt vor, was bedeutete, dass sie weiterhin ein gut Stück von ihrem Ziel entfernt waren. Er stieß einen Schlafenden mit der Fußspitze an und befahl dem Mann, Wache zu halten, dann wühlte er in seiner Reisetruhe, bis er das Gesuchte gefunden hatte, und setzte sich auf eine Ruderbank zwischen die beiden Masten.

Unter seinen Füßen protestierten die Spanten gegen die Kräfte, denen sie ausgesetzt waren, verlagerten sich ächzend und knarrend in entgegengesetzte Richtungen und dehnten die Lederbespannung des Schiffes.

Unter den Fingernägeln hatte er dicke schwarze Ränder, und das Fett hatte sich sogar in die Haut eingegraben. Es stammte vom Schiff, von allem, was ihm unter die Hände kam, und gehörte so sehr zum Leben auf See, dass er es gar nicht mehr bemerkte. Beim Bau des Schiffes hatte man die Lederhäute, die den Rumpf überspannten, in Wollfett getränkt, denn ohne besonderen Schutz wären sie verrottet und hätten sich irgendwann aufgelöst. Das Fett hielt sie geschmeidig und machte sie wasserdicht, was noch wichtiger war. Das Coracle war mittlerweile fast vier Jahre alt und musste im Frühjahr neu behandelt werden, ein mühsamer Vorgang, denn das Fett musste erwärmt und dann von Hand auf alle Bootsteile aufgetragen werden. Aufgrund dieser Behandlung war alles mit einer dünnen Fettschicht bedeckt.

Er wischte sich die Hände an einem Lumpen ab, dann säuberte er die bläuliche Klinge des Schwerts, das auf seinen Schenkeln lag. Nahe der Spitze hatte es einen Rostfleck, einen braunen Ring, der den sonst makellosen Stahl verunzierte, und die eine Schneide verlor allmählich ihre Farbe, so wie sich ein Zahn mit der Zeit grau färbt.

Das kommt vom Salzwasser, dachte er, als er sich mit Lumpen und Schleifstein darüber her machte. Ganz gleich, wie viel Mühe man sich gab, das Salz fraß das Metall an, weshalb das Coracle auch nur wenige Metallbeschläge aufwies, und diese wenigen waren mit einer dicken Fettschicht geschützt.

Das Schwert hatte er kurz nach dem Beginn seines Exils in Ierne erworben. Das Langmesser war zwar oft praktischer, doch ein Schwert kündete vom Wohlstand seines Besitzers, und es hatte ihn gefreut, dass er beim Viehraub mit einem entfernten Neffen eines erworben hatte. Das Schwert, das er als sein eigenes betrachtete, die Waffe, die sein Großvater ihm beim Eintritt ins Mannesalter geschenkt hatte, hatte er vor fünf Jahren am Strand verloren, als sie sich vor Gereints Kriegern in Sicherheit brachten. (Er schauderte bei der Erinnerung, denn das eiskalte Wasser, das um seine Hüfte schwappte, als sie sich verzweifelt bemühten, das Coracle ins Wasser zu schieben, um den Wurfspeeren zu entgehen, hätte er am liebsten vergessen.)

Den Zeichen auf dem Griffdorn nach war diese Waffe vom Schmied der Hohen Könige zu Temair geschmiedet worden – wenn er die Ogham-Schrift denn richtig entziffert hatte, denn Lesen war noch nie seine Stärke gewesen. Er fand, die Zeichen erinnerten an Hühnerspuren im Sand, lauter rechte Winkel und Striche wie Kerben auf einer Klinge. Das Schwert war leichter und kleiner als das seines Großvaters: etwa so lang wie ein Arm, mit höllisch scharfen Schneiden und am Ende spitz zulaufend.

Manche Leute schworen auf saesonitische Schwerter, die länger und schwerer als die irischen und britischen Waffen waren - sie meinten, sie taugten besser dazu, den gegnerischen Schild zu zertrümmern. Er selbst zog eine Waffe wie diese vor, die er notfalls den ganzen Tag lang schwingen konnte. Und als er sich das Chaos vorstellte, das sie nach dem Anlegen in der Porthyle-Bucht anrichten würden, lächelte er vor sich hin.

Ein Schatten verdeckte die Sonne. Mit nickender Vogelmaske setzte sich der Mann neben ihn; in den Augenlöchern funkelte es.

»Du beschäftigst dich mit deinem Schwert«, sagte der Mann mit gedämpfter Stimme.

Er runzelte die Stirn, denn er konnte nicht ganz folgen. »Mein Leben hängt davon ab. Ich bin ein Krieger und habe diese Waffe gewählt.«

»Dein Schwert ist kostbar.«

Auch dies war eine Feststellung, keine Frage. Eremon verstand zwar, dass der Mann nicht den materiellen Wert der Waffe meinte, doch worauf er hinauswollte, war ihm unklar.

»Vortepor von Dyfed hat dir Geschenke gemacht«, sagte der Mann, als wechselte er das Thema. »Die Jagdhunde, die bei der Besatzung liegen.« Er deutete auf den Unterschlupf im Bug, wo Männer und Hunde dicht an dicht schnarchten. »Und noch ein weiteres Geschenk hat er dir gemacht, Eremon mab Cairbre: einen Führer, der dich ans Ziel leiten sollte.«

»So ist es«, bestätigte Eremon.

»Gleichwohl glaubtest du, auf den Führer verzichten zu können.« Die Andeutung einer Frage.

»In der Tat«, sagte Eremon und schenkte der Vogelmaske ein gewinnendes Lächeln. (Mittlerweile war dieses Lächeln nicht mehr so wirkungsvoll wie in seiner Jungend, reichte aber aus, um die meisten Leute zu bezaubern.)

»Was geschah mit dem Führer?«

»Was mit ihm geschah? Nun, mein Freund, er beschloss, uns zu verlassen, und zwar ehe wir die Küste von Ierne erreichten und du seine Stelle einnahmst.«

Eremon beendete die Säuberung des Schwertes, steckte es in die Scheide und legte es beiseite. Allmählich erwärmte er sich für die Geschichte. »Das war eine schreckliche Sache. Wir waren noch nicht weit von dem Strand in Dyfed entfernt, wo wir angelegt hatten, als der Führer, den Vortepor uns mitgegeben hatte, sich über das Geschaukel zu beklagen begann. Den ganzen Abend über verlangte er, wir sollten umkehren und ihn wieder absetzen, bis wir seines ständigen Gejammers überdrüssig waren.

Es war eine wundervolle Nacht, nahezu windstill - das Meer war glatt. Da waren nur wir und die Sterne, und der aufgehende Halbmond übergoss das Wasser mit seinem silbrigen Licht. Die Nacht war vollkommen, so friedvoll und still, wie man es nur auf See erleben kann, und auch dort nur selten - allerdings abgesehen von dem Pikten und seinem Gejammere.«

Eremon zuckte schuldbewusst die Achseln. »Ich gebe es zu. Ich habe die Geduld verloren. Er flog über Bord wie eine große dunkle Spinne und landete inmitten einer weißen Gischtwolke. Wir bewegten uns anscheinend doch schneller, als ich gedacht hatte, denn als er spuckend und um sich schlagend wieder auftauchte, war er bereits ein gut Stück zurückgefallen.

Wir warfen ihm ein Seil zu, er bekam das Ende auch zu fassen, hielt sich strampelnd und fluchend daran fest und zerstörte unser makellos glattes Kielwasser. Einem kräftigeren Mann wäre es vielleicht gelungen, sich an Bord zu ziehen, der Pikte aber schaffte es gerade eben, sich festzuhalten, und verlangsamte unsere Fahrt wie ein Treibanker, während wir Wetten darauf abschlossen, wie lange er durchhalten würde.

Ich glaube, zunächst war ihm gar nicht klar, dass es uns ernst war. Er glaubte, wir würden des üblen Scherzes bald überdrüssig werden und ihn wie einen großen Fisch an Bord ziehen. Ich aber hatte keine Verwendung für ihn, und die anderen auch nicht. Im Licht des Mondes und der Sterne sah ich sein Gesicht, das seine Stimmungsumschwünge widerspiegelte, erst Wut, dann Angst und wieder Wut und schließlich Verzweiflung, als ihm seine Lage vollends bewusst wurde.

Ich sah nicht, wie er losließ, doch ich spürte es. Das Coracle machte einen Satz nach vorn, als habe es ein großes Gewicht abgeworfen. Ich blickte mich um und sah, wie er von der Dunkelheit verschluckt wurde und versank wie ein vollgesogenes Stück Treibholz. Als er untergegangen war, konnte ich nicht einmal mehr die Stelle ausmachen, wo es geschehen war.«

»Und Vortepor?«, fragte der Mann mit der Vogelmaske nach einer Weile. »Fürchtest du nicht seinen Fluch?«

»Nein«, erwiderte Eremon und wandte seine Aufmerksamkeit dem Schaukeln des Bootes zu.

ZWEITES KAPITEL

Wie die meisten Festungen war auch Din Erbin auf den Überresten einer viel älteren Feste erbaut. Vom Hügel, auf dem sie lag, hatte man Ausblick auf die Mündungsbucht des Oak-Flusses und das offene Meer und war deshalb nur von der Landseite her anzugreifen. Vor so langer Zeit, dass nur noch bekannt war, dass es vor dem Erscheinen der Römer gewesen war, hatte man um die Hügelkuppe herum zwei konzentrische Wälle mitsamt Gräben angelegt. Im Laufe der Jahre war der äußere Wall abgetragen worden, sodass er für potenzielle Angreifer nurmehr ein kleineres Hindernis darstellte.

Der innere Wall und der Graben aber waren zu Zeiten Gworthigern des Mageren von Gereints Urgroßvater – oder von *dessen* Vater: die Generationen folgten aufeinander und die Erinnerungen verblassten – ausgebessert worden und wurde seitdem in Schuss gehalten. Jetzt boten sie guten Schutz: Der Graben war zwei Manneslängen tief und der Wall mit Palisade drei Manneslängen hoch.

Nai ließ die anderen ein paar Schritte vorgehen und musterte den Wall, während er sich wie schon so oft fragte, wie man es wohl anstellen müsste, die Feste einzunehmen. Vielleicht mit Feuer, aber wenn man viele Baumstämme hatte, konnte man einige auch zum Überqueren des Grabens verwenden und andere (mit abgesägten Ästen als Sprossen) als Leitern, um die Palisade zu erklimmen. Beide Lösungen aber erschienen ihm nicht sonderlich praktikabel. Die Angreifer würden erhebliche Verluste erleiden. Leichter wäre es, die Bewohner der Festung auszuhungern, aber dann stünde man vor dem Problem, während der Wartezeit die eigenen Leute zu ernähren. Am leichtesten wäre es, den Pförtner zu bestechen.

»Woran denkst du?«, fragte Gorthyn beim Eintreten.

»Bestechung.«

Der große Mann brummte etwas und senkte die Stimme, damit Gereint und Morgant ihn nicht hören konnten. »Wenn Custennin Spione an Vortepors Hof hat, dann frage ich mich, wo er sonst noch welche hat. Es herrscht keine große Freundschaft zwischen Custennin dem Verschlagenen und seinem Cousin Gereint.«

Sie kamen am Pförtnerhäuschen vorbei und begaben sich zwischen den Häusern einher zu ihrer Unterkunft. Um diese Tageszeit herrschte auf Din Erbin reges Getriebe. Die meisten kamen gerade von der Arbeit: Sklaven und leibeigene Bauern kehrten von den Feldern heim, Krieger wie Nai und Gorthyn vom Übungsgelände. Weniger glücklich waren die von den Werkstätten in der Nordostecke der Festung heimkehrenden Handwerker, die sich gegen den Strom stemmen mussten. (Die Werkstätten waren mit Absicht dort platziert worden, da der Wind meist von Süden her wehte; kam er von Norden, stank es in der ganzen Feste nach Qualm.)

Die Menge wogte um ihn herum und trennte ihn von Gereint und Morgant. Sie versuchten nicht, wieder zueinander aufzuschließen. Stattdessen ließen sie sich zu den am Rand gelegenen Unterkünften der Sklaven und Bauern treiben.

»Saesoniten aus dem Osten und Skoten aus dem Westen«, bemerkte Gorthyn.

»Die Saesoniten«, bemerkte Nai. »Gereint und Morgant wissen zu viel.«

Gorthyn blieb mitten auf der Gasse stehen. Ein hagerer, zerlumpter Mann prallte gegen seinen breiten Rücken. Gorthyn schüttelte ihn so mühelos ab wie ein Pferd eine Fliege, ohne den Anflug von Ärger im Gesicht des Mannes zu beachten, der sogleich wieder verflog, als er begriff, dass er keinen Sklaven, sondern einen Krieger vor sich hatte.

»Glaubst du, unter Cerdics Gefolgsleuten gibt es einen Informanten?« Gorthyn zupfte sich am Bart. »Ich wüsste nicht, was dagegen spräche. Auf den Inseln der Gewisse leben viele unserer Landsleute und fernen Verwandten.«

Er setzte sich wieder in Bewegung und drängte sich mit dem angeborenen Hochmut eines Mannes durchs Gewühl, der erwartet, dass andere ihm ausweichen. Nai hatte Mühe, mit ihm Schritt zu halten.

»Du bezweifelst, dass das Schiff bereits in See gestochen ist«, sagte Gorthyn über die Schulter hinweg. »Willst du darauf hinaus? Wenn ich's recht bedenke, kam der Wind in den letzten Tagen aus der falschen Richtung. Da hätten sie Mühe gehabt, von Cerdicesora loszusegeln.« Er klatschte sich triumphierend auf den Schenkel. »Deshalb hat Morgant also gemeint, das Schiff segele gemächlich in westlicher Richtung an der Küste entlang. Und das ist auch der Grund, weshalb Gereint keine Eile mit dem Aufbruch hatte.«

»Die Porthyle-Bucht«, sagte Nai und massierte sich den Hals, denn das Sprechen bereitete ihm Schwierigkeiten. »Es könnte überall anlegen.«

Gorthyn nickte. »Morgant war sich offenbar recht sicher, dass es in Porthyle anlegen würde. Da kann ich mich ihm bloß anschließen. Porthyle liegt am äußersten Rand von Gereints Gebiet - was bedeutet, dass es vernachlässigt ist. Außerdem liegt es günstig. Sollten die Saesoniten dort wieder Fuß fassen, wäre das wie die Angel einer Tür - ein Schwachpunkt, der ihnen Zugang zum weiter landeinwärts gelegenen fruchtbaren Ackerland verschaffen könnte.«

»Cerdic.«

Gorthyn konnte ihm zunächst nicht folgen, obwohl er an die kryptischen Bemerkungen seines Freundes gewöhnt war.

»Cerdic?«, wiederholte er, zog Nai in den schmalen Durchgang zwischen zwei Hütten und auf der anderen Seite wieder ins Freie. »Puh! Hier ist es besser. Der Gestank hat mir allmählich doch zugesetzt.«

Sie standen auf einem Stück unkrautüberwucherter Brache, die wie ein Wallgraben die Unterkünfte der Sklaven von den besseren Wohngegenden der Festung trennte.

Auf der anderen Seite der Brache lagen die Häuser der Handwerker, die besser gebaut waren als die Hütten, gemütliche Häuser mit Strohdächern und weiß getünchten Wänden. Vor einigen Türen kokelten kleine Kochfeuer, obwohl die meisten Bewohner die weiter oben am Hang gelegenen Gemeinschaftsküchen bevorzugten. Eine Frau sammelte von einer zwischen zwei Pfosten gespannten Leine Wäsche ein; als sie die beiden mit Speeren und Schilden bewaffneten Männer erblickte, wandte sie sich um, fuhr aber, als ihr klar wurde, dass keine Gefahr von ihnen ausging, mit ihrer Tätigkeit fort.

»Du meinst, Cerdic selbst habe Gereint von der Ankunft des Schiffes unterrichtet?« Gorthyn dachte mit gerunzelter Stirn über die sich daraus ergebenden Schlussfolgerungen nach.

»Cerdic ist Cyning.«

»Und fürchtet, seine Untertanen könnten ihm weglaufen.« Der große Mann nickte bedächtig, als es ihm allmählich dämmerte. »Und so segelt ein Schiff nach Westen, der Katastrophe geradewegs entgegen, denn wir sind vorgewarnt. Die Gewisse erfahren davon und beschließen, an Ort und Stelle zu bleiben, denn so wenig sie Cerdic und seine Überheblichkeit auch mögen, sie wissen es verdammt noch mal besser, als an fremden Gestaden den Tod zu suchen.«

Sie entdeckten eine Gasse zwischen den Häusern und folgten ihr den Hang hinauf. Die Sonne fiel schräg auf die getünchten Wände und ließ die Unregelmäßigkeiten des Putzes deutlich hervortreten. Die Wände wurden alljährlich vor Einsetzen der Herbststürme neu gestrichen, daher blätterte die Tünche stellenweise ab und wies schwarze Schimmelflecken auf.

Nai konnte sich erinnern, bereits in frühester Kindheit bei diesem Ritual mitgeholfen zu haben. Die dicke Tünche hatte er mithilfe eines Pferdehaarpinsels aufgetragen, der so schwer war, dass er beide Hände zu Hilfe nehmen musste, und anschließend waren er und der Boden vollgespritzt, sodass er die Stelle, an der er mitgemalt hatte, anhand der weißen Flecken auf den Pflastersteinen noch nach Monaten bestimmen konnte.

»Die Hinterhältigkeit der Könige«, sagte Gorthyn leise. »Ich glaube nicht, dass Gereint uns ohne guten Grund opfern würde, aber sein Oberherr Custennin würde gewiss nicht zögern, dies zu tun, wenn er sich einen Vorteil davon verspräche.«

»Eher uns als seine eigenen Männer.«

»So ist es, Cousin. Weshalb das Leben der eigenen Gefolgsleute gefährden, solange man auf die eines Untergebenen zurückgreifen kann? Welches Spiel Custennin mit Vortepor von Dyfed auch spielen mag – und ich gestehe, dass ich dies nicht durchschaue und auch nicht verstehe, weshalb Vortepor unseren alten Freund Eremon mab Cairbre braucht –, so würde ihm unser Tod wohl kaum schlaflose Nächte bereiten.«

»Und Gereint riskiert nur wenig, wenn er uns beide losschickt«, bemerkte Nai.

Gorthyn lächelte bitter. »Gereint hat eine besondere Art, mit Versprechen umzugehen. Er hat uns Hilfe zugesagt, sollten wir herausfinden, dass die Saesoniten oder Skoten mit einer Streitmacht landen, aber bis die Unterstützung uns erreicht, würde einige Zeit vergehen, und was wird in der Zwischenzeit aus uns? Sollten Dumonien und Dyfed Machtspielchen spielen, während die Saesoniten auf dem Spielbrett eine dritte Front eröffnen, wäre es gar nicht angenehm, als bloße Spielfigur ins Zentrum gerückt zu werden.«

»Als wir noch jung waren ...«

»O ja, als wir jung waren, verlangten wir nach Ruhm und hätten uns auf eine solche Gelegenheit gestürzt. Aber wir sind keine Jünglinge mehr, Cousin, sondern erfahrene Krieger, die zu klug sind für die Welt, in der wir leben.«

Sie ließen das kleine, weiß getünchte Haus hinter sich und stapften hügelan, dem Palas entgegen, der in der Mitte der Festung lag. Es handelte sich um ein lang gestrecktes Holzgebäude mit einem hohen Walmdach, unter dessen Gesims Schwalben nisteten, die im Augenblick gerade laut schreiend umherflogen und sich an den Mückenschwärmen labten. Durch das Strohdach stieg der Qualm der Feuergruben auf, sodass es aussah, als dampfe das Dach in der Abendsonne.

Neben dem Palas lag das kleinere Küchengebäude, und ringsumher drängten sich wie Winzlinge um ein riesenhaftes Geschöpf der Tiefe die Schlafquartiere Fürst Gereints und seiner Krieger, kleine, weiß getünchte Häuser, ähnlich den Unterkünften der Handwerker.

Gorthyn und Nai teilten sich eines dieser Häuser mit drei anderen verwitweten oder unverheirateten Männern. Da sie die meiste Zeit im Freien oder im Palas verbrachten, kamen sie gut zurecht; es kam nur selten vor, dass alle fünf zur gleichen Zeit unter demselben Dach schlafen wollten.

Nai drückte die Tür auf und sagte über die Schulter hinweg: »Warum gerade Eremon?«

Außer ihnen war niemand zugegen, aber Gorthyn senkte trotzdem die Stimme, als hätte er Angst, belauscht zu werden.

»Das weiß ich nicht. Vortepor von Dyfed und Eremon mab Cairbre sind nicht gerade die geborenen Verbündeten. Wie ich schon sagte, kennt Eremon die hiesige Küste und die umliegenden Gewässer so gut wie niemand sonst, aber was hat das mit Vortepor zu tun?«

Er verstaute seine Ausrüstung in einer Ecke, dann spritzte er sich aus dem Krug, den der Bedienstete bereitgestellt hatte, Wasser ins Gesicht.

»Vielleicht ist ja gar nichts daran«, sagte er, als er sich abtrocknete. »Falls du Recht hast, und die Meldung bezüglich des Saesonitenschiffes stammt von Cerdic persönlich, könnte es sich um eine Finte handeln, die uns nach Westen locken soll, während der eigentliche Angriff im Osten erfolgt. Selbst wenn dieser Fall nicht eintreten sollte, können wir gleichwohl nicht mit Sicherheit davon ausgehen, dass sie in der Porthyle-Bucht landen werden. Die Geschichte mit Eremon könnte auch reiner Unsinn sein. Vortepor hat vielleicht etwas ganz anderes mit ihm vor.«

»Gereint hat außer uns niemanden losgeschickt«, sagte Nai.

»Auf diese Weise riskiert er nur wenig.« Der große Mann schnitt eine Grimasse und schüttelte den Kopf. »Wie beurteilst du die Lage?«

»Schlecht«, knurrte Nai und legte all seine Bedenken hinsichtlich Gereints Auftrag in dieses eine Wort. Die Schwierigkeiten, vor denen zwei Männer standen, die die lange Küste überwachen sollten, schwangen darin mit; sein Misstrauen gegenüber dem verräterischen Custennin, dem Namen nach ihr Oberherr; und seine Befürchtung, Gereint könnte zu lange brauchen, um auf eine Bitte um Unterstützung zu reagieren ...

»Das sehe ich auch so.« Der große Mann legte das Handtuch beiseite, dann kämmte er sich das Haar und zuckte zusammen, als er auf einen Wichtel stieß. »Ungeachtet des Risikos wäre es vernünftiger, eine ganze Streitmacht zu entsenden, die notfalls auch Zähne zeigen könnte. Selbst wenn wir beide den Gegner aufspüren sollten, wäre es zu spät, den Einheimischen zu helfen.«

Nai zuckte viel sagend mit den Schultern.

»Ich weiß, ich weiß«, sagte Gorthyn. »Die kleinen Leute haben stets die größte Last zu tragen. Und Jahr für Jahr geht ein weiterer Hof verloren und ein weiterer Handwerker kommt um, ohne zuvor einen Gehilfen angelernt zu haben. Jahr für Jahr weichen wir ein Stück weiter zurück und drängen uns dichter um unsere Festungen.«

Die traurige Wahrheit aber ist, dachte Nai, dass Gereint keine Streitmacht entsenden kann, ohne seine Verteidigung an anderer Stelle zu schwächen, und das weißt du ebenso gut wie ich. Er kann es sich nicht leisten, seine Streitkräfte aufzuteilen, bloß um etwas nachzujagen, das sich möglicherweise als ein Phantom entpuppen wird.

Was die Bauern und Fischer betrifft, so leben sie seit Artus' Tod nicht mehr in Sicherheit, und ich sehe für sie auch keine Hoffnung mehr. Es ist ihr Schicksal, von den Mächtigen ausgebeutet zu werden. Und ob nun Fremde wie Saesoniten und Skoten ihnen das Dach über dem Kopf anzünden und ihre Frauen und Töchter vergewaltigen oder die britischen Anhänger eines rivalisierenden kleinen Fürsten, bedeutet für sie keinen Unterschied. Der Traum vom Frieden endete vor zehn Jahren auf dem Schlachtfeld von Camlann, als wir beide an der Schwelle zum Mannesalter standen und darüber klagten, dass es uns nicht gestattet sei, Artus zu Hilfe zu eilen.

Wir hätten es trotz unserer Jugend dennoch tun und sterben können wie die anderen, anstatt diesen hoffnungslosen Niedergang mit anzusehen. Sie begreifen es noch nicht, weder der ehrgeizige Custennin noch der pflichtbewusste Gereint - nicht einmal Morgant, der stets das Schlimmste fürchtet -, aber Albion ist am Ende. Das Land ist verloren, das Lied ist aus.

Laut sagte er bloß: »Wir tun, was wir können«, und Gorthyn lächelte über diesen Gemeinplatz und klopfte ihm auf die Schulter.

»Ja, das tun wir«, sagte der große Mann. »Das tun wir.«

An diesem Abend waren nicht viele Menschen im Palas. Viele Krieger waren jetzt, da die Zeit der Übergriffe begonnen hatte, unterwegs und patrouillierten entweder im Land umher oder besuchten abgelegene Höfe und erinnerten deren Besitzer an ihre Verpflichtungen gegenüber Gereint, ihrem Fürsten, denn es war keine leichte Aufgabe, hundert Männer und deren Bedienstete mit Essen und Kleidung zu versorgen.

Heute fand kein Festmahl statt, und es standen keine extravaganten Kerzen und kein Glasgeschirr auf den Tischen. Sie speisten gewöhnliche Kost, Hammeleintopf und Haferkuchen mit Honig, hinuntergespült mit klarem Wasser oder dem sauren Rotwein, dessen sich der Haushofmeister schon seit mindestens einem Jahr zu entledigen suchte.

Wie es Männern ihres Alters und ihrer Stellung gebührte, ruhten Gorthyn und Nai auf Liegen in der Nähe der hohen Tafel, an der Gereint und seine engsten Berater saßen. Weiter unten saßen die jüngeren Männer, laut und prahlerisch wie eh und je, begierig auf die Kämpfe, die der Sommer gewiss mit sich bringen würde. Die Frauen saßen an einem eigenen Tisch, der so platziert war, dass sie sich diskret zurückziehen konnten, wenn die Krieger zu viel getrunken hatten.

Als sie mit dem Essen fertig waren und die Sklaven die Reste abgeräumt hatten, gab Gereint zu Nais Überraschung das Zeichen, den Met hereinzubringen. Gleichzeitig erhob sich Heilyn, der Barde, und schlug auf seiner Harfe einen Akkord an, der von der Decke widerhallte und den Lärm zum Verstummen brachte.

»Lauscht den Liedern von den Heldentaten der Männer Gereints, des großmütigen Prinzen, des Anführers der Heerscharen, des Drachens in der Schlacht; lauscht den Taten derer, die beim Kampf gegen den Verräter fielen, den falschen Freund, den Missratenen, gegen Eremon den Falschen.«

Gorthyn setzte sich auf und stupste Nai an.

Das ist klug, dachte Nai. Fünf Jahre waren eine lange Zeit, und bei den Jungen war die Erinnerung an den Piraten und Renegaten Eremon mab Cairbre gewiss verblasst, zumal die Geschichte seines Niedergangs für keinen der Beteiligten sonderlich ruhmreich war.

»Als Erster sollte Erfai sterben, Amrens Sohn und von bester Abstammung«, sagte der Barde und ließ einen weiteren Akkord erklingen.

Die Frauen im Palas richteten ihre Blicke auf Gorthyn mab Erfai und den neben ihm sitzenden Nai, dem die Röte in die bärtigen Wangen stieg.

»Grausam folterte ihn Dovnuall Frych mit glühendem Eisen, doch bis zum Schluss kam kein einziges Wort zu Gereints Plänen über mab Amrens Lippen«, sagte der Barde.

Er ließ ein paar Töne erklingen und hob zu singen an:

»Ein Fels im Getümmel, füttert' er die Krähen im Feld.
Ein treuer Freund war Erfai und ein großer Held.
Im Palas labt' er sich an Gereints Met
Und verriet ihn nicht in der Not.
Seine Feinde metzelte er mit einer Klinge rot,
Bis auch ihn am Ende ereilte der Tod.

Grün steht das Gras auf Erfais Grab.«

Nai erinnerte sich noch gut an Gorthyns Vater, einen Mann, fast ebenso groß wie sein Sohn und berühmt für seine gewaltige Kraft. Als Nais Eltern bei einer der Seuchen, die das Land ständig heimsuchten, gestorben waren, hatte Erfai ihn aufgenommen und wie seinen eigenen Sohn groß gezogen. (Eine andere frühe Erinnerung: ein großes, bärtiges Gesicht, das sich auf ihn herunterbeugte, der Geruch von Männerschweiß und Leder, eine tiefe Stimme, die ihn fragte, ob er fliegen wolle. Dann hatten ihn die starken Arme gepackt und in die Luft geworfen, und er hatte vor Freude gekräht und aus einer so köstlichen Angst heraus, dass ihm kalte Schauder über den Rücken gelaufen waren. Ein freundlicher Bär von einem Mann, dieser Erfai, den die Kinder mochten.)

Gorthyns Gesicht wirkte maskenhaft starr. Während der Barde sang, saß er stocksteif da, in der großen Faust einen Holzbecher. Als Heilyn zum Refrain kam, drückte er so fest zu, dass sich die Knöchel weiß färbten und am Handrücken die Adern hervortraten. Der Becher zerbrach, und der Met ergoss sich auf den blank gescheuerten Kieferntisch.

»Dovnuall Frych«, murmelte er so leise, dass allein Nai ihn verstehen konnte. »Dovnuall Frych.«

Er runzelte die Stirn und blickte die sich ausbreitende Lache so überrascht an, als erwache er aus einem Traum. Dann winkte er ungeduldig nach einem Tuch.

Heilyn fuhr mit seinem Gesang fort, als sei nichts geschehen, und leitete jeden neuen Vers mit einer kurzen Zusammenfassung ein. Er erzählte, wie Eremon und seine Gefolgsleute, nachdem sie von Erfai nichts in Erfahrung gebracht hatten, an der Küste entlang nach Westen geflohen waren, da sie hofften, auf diese Weise Gereints Rache zu entgehen. Dessen Streitmacht stellte sie auf den Klippen nahe Black Pool, worauf ein blutiger, hin und her wogender Kampf entbrannte, während Eremons Männer nach wie vor versuchten, nach Westen zu entkommen, und Gereints Krieger ihnen unerbittlich nachsetzten.

Die Kämpfe zogen sich vom Vormittag bis zum Abend hin. Es war ein regnerischer Tag gewesen, kalt und stürmisch, mit nahezu waagerecht vom Meer heranwehenden Regenböen, die Männern wie Pferden die Sicht nahmen. Einer nach dem anderen fielen sie, und währenddessen ritten sie nach Westen, mittlerweile im Trab, nicht mehr im Galopp, bis die Ponys lahmten.

»Am Meeresstrand fiel er nieder, auf den weißen Kiesel,
Und nährte graue Adlerschnäbel.
Wie die anbrandende Flut war seine Wut in der Schlacht,
Tegfan trieb den Feind zusammen wie Vieh.
Zu Hunderten trieb er die Kriegsbeute vor sich her,
Mit seinen bläulich funkelnden Speeren
treibt er sie nicht mehr.

Grün steht das Gras auf Tegfans Grab.«

Nai senkte den Kopf. Er erinnerte sich an alle, deren Taten und Tod Heilyn nun besang, deren Hoffnung auf Unsterblichkeit auf ihren Heldentaten gründete, die fortan in Liedern besungen werden würden.

(Die Priester billigten dies natürlich nicht, doch hier in Dumnonien hielten die Menschen noch an der alten Lebensweise fest: Das Leben eines Kriegers mochte kurz sein, doch sein Ruhm währte ewig.)

Es war bloß schade, dass Heilyn kein besserer Dichter war – doch dann wäre er nicht an Gereints Hof eingekehrt, in einer abgelegenen Gegend, die einem unbedeutenden Vertreter der hiesigen Herrscherfamilie gehörte. Dann wäre er beim Oberhaupt der Familie gewesen, bei Custennin mab Kynfawr oder bei einem der anderen großen Könige von Prydein, oder er wäre so wie einstmals Myrddin, der Vater der Inspiration, von Königshof zu Königshof gewandert.

Das Lied zog sich in die Länge. Obwohl es sich um einen simplen Trick handelte, zu dem keiner der großen Barden sich herabgelassen hätte, rührte Nai die ständige Wiederholung des Refrains ›Grün steht das Gras auf Tegfans Grab‹.

Die Jüngeren unter den Anwesenden zeigten sich weniger betroffen. Einige unterhielten sich unverhohlen; andere gaben sich zwar interessiert, unterdrückten aber ein Gähnen. Gereint runzelte auf dem Podium die Stirn und befahl, den Met abermals herumzureichen und Becher und Trinkhörner aufzufüllen.

Heilyn verstand den Wink und beendete den Gesang mit einer Schilderung von Eremons Flucht und Gorthyns Verfolgungsjagd entlang der Klippen bei steigender Flut, beschrieb das sie hüfthoch umspülende Wasser, als sie von Landspitze zu Landspitze wateten.

(Daran konnte Nai sich nicht erinnern. Er hatte mit einem notdürftigen Halsverband bewusstlos an der Stelle gelegen, wo ihr letztes Pony vor Erschöpfung zusammengebrochen war.)

Die Renegaten brachten sich mit einem Boot, das sie in einer Bucht versteckt hatten, bevor Gorthyn und seine Mannen sie stellen konnten, in Sicherheit. Eremon war übers Meer entkommen, während die von der Flut eingeschlossenen Verfolger gezwungen gewesen waren, schmachvoll die steilen Klippen zu erklimmen.

Jetzt, da Heilyn von jemandem erzählte, den sie kannten, und nicht von einer schattenhaften Gestalt aus der Vergangenheit, wurden die Jungen stiller und lauschten den Schlussversen. Gorthyn war trotz seines Geschimpfes und Gepolteres bei ihnen beliebt und galt als guter Lehrer. Seine Körperkraft wurde allgemein bewundert, und dieser Kraft hatte er es zu verdanken, dass er sich vom versinkenden Strand auf die Klippen hatte in Sicherheit bringen können.

»Dies war die Geschichte der Männer Gereints,
Und ich, Heilyn, habe sie gesungen,
allein in meinem Kummer,
Grün steht das Gras auf den Gräbern der Helden.
Mögen ihre Seelen im Himmel gnädige Aufnahme finden.«

Als der Barde zurücktrat und sich verneigte, klopften die Zuhörer auf die Tische, johlten und pfiffen und prosteten ihm mit Met zu. Ihre Langeweile hatten sie bereits vergessen.

»Tragt uns ›Die Jagd auf den König der Eber‹ vor!«, rief jemand, und der Ruf wurde von anderen aufgenommen, denn dies war ein munteres Lied mit flottem Rhythmus, und es gab viel zu lachen dabei: ein fröhliches Lied, das die Düsternis zerstreuen würde, die sie bei der Vorstellung befallen hatte, dass all diese Männer vor einem halben Jahrzehnt gestorben waren, als sie noch Knaben waren.

Heilyn lachte und spielte, seine Finger bewegten sich hurtig über die Saiten, und die Zuhörer sangen mit oder summten, wenn sie sich an den Text nicht mehr erinnerten.

Gorthyn erhob sich grinsend und begab sich zu den Plätzen der Frauen. Er zog die Hübscheste von der Bank hoch und tanzte, wobei er sich mit der Gewandtheit eines Reiters bewegte. Andere taten es ihm nach, und alsbald hatte sich die Stimmung im Saal vollständig gewandelt.

Nai blieb sitzen und beobachtete die vorbeiwirbelnden roten und purpurfarbenen Umhänge, unter die sich Karo-, Streifen- und Tüpfelmuster mischten. Er hatte die Traurigkeit noch immer nicht abgeschüttelt. Die meisten Anwesenden würden tot sein, ehe sie auch nur graue Haare bekamen: Die Jünglinge würden in der Schlacht sterben, die Mädchen bei einer Geburt. Er war lediglich fünf oder sechs Jahre älter als sie, und doch hatten er und Gorthyn als Überlebende mehr mit Graubärten wie Gereint und Morgant gemeinsam als mit diesen jungen Leuten.

Während er Heilyns Gesang gelauscht hatte, war ihm bewusst geworden, dass von seinen Kameraden aus der Zeit im

Knabenhaus, als sie die Fertigkeiten erlernten, mit denen sie sich später ihren Unterhalt verdienten, nur noch eine Hand voll am Leben war. Da gab es Cadlew und Addonwy und den großherzigen Gorthyn; und dann wohl noch Eremon mab Cairbre und seine beiden Gefährten, Dovnuall Frych und Serach den Großen. Sieben insgesamt, und drei von ihnen waren mittlerweile landlose Renegaten, zu einem Piraten- und Räuberleben verdammt, bis jemand ein Ende mit ihnen machte.

»Von der Spiralburg kehrten nur sieben zurück.«

Diese Zeile aus einem alten Lied ging ihm durch den Kopf, als er sich zur Tür begab. Auf der Schwelle blickte er sich noch einmal um: Gorthyn überragte die anderen und hatte den Kopf lachend zurückgeworfen, während er seine Tanzpartnerin umherwirbelte; und Gereint brütete mit seinen Beratern an der hohen Tafel, die eine Hand ans Ohr gelegt, während Morgant ihnen seinen Plan erläuterte.

»Mit drei Schiffsladungen aus Prydein stachen wir in See.
Doch von der Todesburg kehrten nur sieben zurück.«

DRITTES KAPITEL

1

Es war ein kalter, grauer Morgen, der nichts von einem großartigen Aufbruch hatte und ganz anders war, als Ceolric ihn sich vorgestellt hatte. In den Geschichten stachen die Helden stets bei Sonnenschein in See. Mit funkelnden Rüstungen und Waffen schritten sie vom Palas zum Strand, begafft von einer neidischen Menge, die ihnen alles Gute für die Reise wünschte.

Erst im Morgengrauen schlichen sie sich aus den Hütten, die man ihnen widerstrebend überlassen hatte, bewegten sich wortlos umher, um die Dorfbewohner nicht aufzuwecken, schlugen einen Bogen um die Misthaufen und stolperten mit schlafverquollenen Augen dem Mann an der Spitze hinterher.

Ein paar Kochfeuer brannten zwischen den Hütten, deren Qualm sich mit dem Flussnebel mischte. Ceolric hatte einen säuerlichen Geschmack im Mund, der ihm Hustenreiz verursachte. Ein Hund knurrte. Einer der Männer trat nach ihm, verfehlte ihn jedoch und wäre beinahe gestürzt. Niemand war auf, oder aber die Dorfbewohner hielten sich versteckt, bis die Fremden verschwunden wären.

Die Stille setzte Ceolric am meisten zu. Sogar Wicga wirkte bedrückt und schritt mit hängenden Schultern voran – wie ein alter Mann, das Gesicht mit dem wirren Bart vom Schlafmangel gezeichnet.

Heute war der Gestank besonders schlimm. Alles roch nach Verfall, Feuchte und Moder, und der über den moosgrünen Strohdächern hängende Nebel glich einer riesigen grauen Decke, die den Gestank gefangen hielt.

Plötzlich tauchte der Hund wieder hinter einer Hütte auf und schnappte nach den Fersen des letzten Mannes in der Reihe, sprang aufgeregt kläffend um ihn herum. Noch immer ließ sich niemand blicken.

»Ich hasse diesen Ort«, sagte Ceolric zu Garulf.

Der Ältere nickte. »Ich bin auch froh, wenn wir hier weg sind.«

Der Nebel über dem Fluss wogte auf und ab, blässliche Schwaden trieben im fahlen Licht der Morgendämmerung hin und her, die Wasseroberfläche wirkte schwarz und undurchsichtig, wenn sie denn überhaupt zu sehen war.

Der *Meerhengst* war zu groß, um ihn zu den Stegen zu bringen, wackligen Holzplattformen, die in den Schlamm und den Nebel hinausragten. Wicga und Garulf kletterten in die an den Plattformen befestigten Boote und teilten die Männer in kleine Gruppen auf. Ceolric als eines der jüngsten und entbehrlichsten Besatzungsmitglieder befand sich in der letzten Gruppe, die zum Schiff übergesetzt werden sollte. Kaum hatte er dessen Bordrand berührt, befahl ihm sein Vater, der darauf achtete, ihn nicht zu begünstigen, die mittlerweile aneinander gebundenen Boote zurückzubringen.

Seine Hände waren kalt und steif. Er spürte beim Rudern, wie das Gewicht der anderen Boote an ihm zerrte, sah, wie die geschwungene Linie der Boote sich allmählich gerade ausrichtete, während er sich dem Ufer näherte, das viel weiter entfernt war, als er zunächst gemeint hatte.

An Bord des Schiffes machte man sich zum Ablegen bereit, die Rufe hallten übers Wasser. Ceolric ruderte schneller, plötzlich von der grundlosen Angst ergriffen, man habe ihn vergessen und er müsse in diesem elenden Dorf zurückbleiben. Er hörte, wie sein Vater Anweisungen gab, sah Garulf am Steuerruder stehen und in den Schiffsrumpf deuten, während die Ruderer zu ihren Plätzen eilten.

Das Boot rummste gegen den Steg und ließ die schlanken Pfosten erbeben. Kurz darauf stieß das zweite Boot gegen das erste, dann das dritte und so fort, und mit jedem Stoß erbebte die Plattform von neuem. Ceolric sprang an Land und blickte sich auf dem noch immer schwankenden Steg um, ob jemand seine Ungeschicklichkeit bemerkt habe. Er murmelte eine Entschuldigung vor sich hin, an sich und die Boote gerichtet, die nun so majestätisch wie Schwäne auf dem Wasser trieben.

»Beeil dich, Junge!«, durchdrang die Stimme seines Vaters den Nebel.

Verwirrt blinzelte er in die Richtung des *Meerhengstes*, der im dicht über der Wasseroberfläche wogenden Nebel kaum mehr zu erkennen war (der Nebel glich dem Dampf in einem Kessel, wie er hungrig dachte), und bemerkte, dass die Ruderer bereit waren, das Schiff in Richtung Meer zu rudern.

Er band das erste Boot mit einem flüchtigen Knoten am Steg fest und ließ die anderen im Wasser treiben. Ohne sich über sein Handeln Rechenschaft abzulegen, rannte er den Steg entlang und stürzte sich von dessen Ende ins Wasser.

Der Kälteschock traf ihn so hart, dass er meinte, die Beine würden ihm den Dienst verweigern, doch irgendwie trugen sie ihn doch, halb watend, halb rennend, inmitten einer Gischtwolke eisiger Tropfen, die ihm Brust und Schultern nässten, bis das Wasser tief genug zum Schwimmen war. Er spürte jetzt die Strömung und paddelte nach Hundeart unbeholfen Richtung Schiff, wohl wissend, dass der Fluss ihn den Ruderern entgegentreiben würde, und er konnte bereits den *Meerhengst* sehen und erinnerte sich an längst vergessen geglaubte Lektionen und ruderte mit den Armen und machte gleichzeitig Schwimmbewegungen mit den Beinen, und so trugen ihn der Fluss und seine eigene Kraft zu dem langen Ruderschaft, den man ihm entgegenstreckte. Die freundlichen Hände seiner Gefährten reckten sich ihm entgegen, als er das Ruder hochkletterte.

»Gut gemacht«, brummte sein Vater. »Zieh dir was Trockenes an und ruh dich eine Weile aus. Später werden wir dich auf der Ruderbank brauchen.«

Ungeachtet seines barschen Tons wusste Ceolric, dass sein Vater mit ihm zufrieden war. Er eilte zu seiner Truhe und zog einen frischen Umhang und eine Hose hervor.

Noch ehe er die nassen Kleidungsstücke ausgezogen hatte, waren sie unterwegs und glitten zwischen den mit grauem Gesträuch bestandenen Ufern den Fluss entlang.

Vor Tagesanbruch flussabwärts zu fahren, war ein riskantes Unterfangen, doch Garulf wollte unbedingt mit der Flut auslaufen. Hier in der Flussmitte war die Strömung unsichtbar, verborgen unter einer dicken Nebeldecke, die die Sicht erschwerte und die Geräusche dämpfte, sodass es schien, als rührten die Ruder lediglich in Wasserdampf.

Garulf hatte einen Mann im Bug postiert, der nach Baumstämmen und anderen im Wasser treibenden Hindernissen Ausschau halten sollte, doch gegenwärtig mussten sie blind navigieren und darauf vertrauen, dass die Götter sie vor einem Zusammenstoß bewahren würden. Im lautlosen Griff der Strömung kamen sie nun rasch voran.

Das graue Gebüsch machte grauem, bewaldetem Sumpfland Platz. Im Osten hellte sich der Himmel auf, der Wind nahm zu, dünnte den Nebel aus und wehte Meeresgeruch heran. Zitternd vor Kälte sog Ceolric witternd die Luft ein und erschnupperte das Gesuchte: die Schwanenroute, die Walstraße, rückte allmählich näher.

Garulf durchdrang mit weitsichtigem Seefahrerblick den Nebel.

»Achtung!«, rief er plötzlich. »Steuerbordseite - Ruder anlegen! Backbordseite - rudern!«

»Baumstamm voraus!«, rief der Ausguck, doch dank Garulfs Kommandos hatte der *Meerhengst* das Hindernis bereits umschifft. Jetzt bestand die Gefahr, dass sie quer schlugen.

»Alle Ruder!«, brüllte Garulf. »Gemeinsam, Männer! Rudern!«

Ceolric, der noch immer zitterte, blickte seinen Vater an. Wicga half Garulf am Steuerruder und bemühte sich, das Schiff wieder auf Kurs zu bringen, mit blassem Gesicht und Falten, die unter dem Bart tief eingegraben waren.

Allmählich schwenkte der Bug des *Meerhengstes* herum, bis er wieder parallel zur Strömung ausgerichtet war. Die Männer stimmten einen Triumphgesang an, der über das graue Sumpfland hallte. Wicga überließ das Steuerruder erneut Garulf und wischte sich erschöpft den Schweiß von der Stirn.

Zum zweiten Mal an diesem Morgen wunderte Garulf sich darüber, wie alt sein Vater geworden war.

Garulf hatte ihnen gesagt, dass dieser Wegabschnitt der gefährlichste wäre. (Eigentlich gab es überhaupt keine ungefährlichen Abschnitte - das Meer war stets gefährlich.) Hinter der Flussmündung lag die Insel Wectis, die Isle of Wight. Zwischen dem

Westrand der Insel und dem Festland gab es eine schmale Fahrrinne, die die windgeschützten Leegewässer der Insel vom offenen Meer trennte. An der Mündung dieser Passage lagen die Needles, mehrere hohe, weiße Felsen, die an abgebrochene Zähne erinnerten. Von den Felsen ausgehend erstreckte sich ein flacher Strand fast bis über die ganze Mündung hinweg. Er blockierte die starken Gezeitenströmungen, staute das Wasser auf und konnte einen gefährlichen, unberechenbaren Wellengang hervorrufen.

Die restliche Fahrtstrecke über den Fluss verlief ohne besondere Vorkommnisse. Ceolric übernahm für eine Weile ein Ruder, damit einer der älteren Männer seine Muskeln entspannen konnte, und stellte fest, dass ihm ganz warm davon wurde, auch wenn die Anstrengung für ihn nicht groß war.

Als die Sonne höher stieg, löste sie den Nebel auf und enthüllte das triste Ufer. Abermals fragte sich Ceolric, was Cerdic Elesing veranlasst haben mochte, an einem solch unwirtlichen Ort zu landen, dann erinnerte er sich an das alte Gerücht, wonach Cerdics Vorfahren aus dieser Gegend stammten.

Als der *Meerhengst* das Mündungsdelta hinter sich ließ, befahl Garulf, die Ruder einzuholen. Anschließend wurde das Segel an Seilen aus gefetteter Tierhaut gehisst. Das Schiff beschleunigte so rasch, dass weniger erfahrene Seefahrer wie Ceolric beinahe von den Beinen gerissen wurden und sich an einem Tau festhalten oder sich vorbeugen mussten. Immer schneller segelten sie, und Ceolric hätte am liebsten einen Freudentanz aufgeführt, während er mit gefrorenem Lächeln seinen Pflichten nachging, bis er die Needles erblickte und sah, was sie an der Mündung der Fahrrinne erwartete.

Der Friese spuckte in die Hände und packte das Steuerruder fester. Überall brodelte weißes Wasser, die kurzen, steilen Wellen liefen kreuz und quer durcheinander und brachen mit schaumigen Kronen.

Der *Meerhengst* schüttelte sich. Brecher überschwemmten Bug und Seiten des Schiffes und nahmen der Besatzung die Sicht. Das Schiff rollte – einen schrecklichen Augenblick lang fürchtete Ceolric, es werde sich nicht wieder aufrichten –, kämpfte gegen die Kreuzseen an, wurde hierhin und dorthin geschleudert und torkelte wie ein Mann, der von allen Seiten Schläge einsteckt.

Dann hatte der *Meerhengst* auf einmal die stetige Dünung des offenen Meeres erreicht und lief ruhig vor dem Wind, flog prachtvoll dahin, windgetrieben und mit schaumbekränztem Hals, und die Möwen kreisten schreiend um den Mast.

Fortan ging es ruhiger zu. Sie segelten und ruderten nach Westen, ohne sich zu beeilen, und hielten sich möglichst dicht bei der Küste - die bisweilen so weit entfernt war, dass nurmehr ein blaugrau verschwommener Streifen am Horizont wahrzunehmen war.

Wenn Ceolric sich Jahre später an diese Fahrt erinnerte, sah er Garulf am deutlichsten vor sich. Wicga hatte den Friesen an Bord willkommen geheißen und schätzte sich glücklich, über einen solch erfahrenen Mann zu verfügen, denn damals kannten nur wenige Engländer die Gewässer im Westen, an der Küste Dumnoniens.

Einen Teil seiner Erfahrung versuchte Garulf nun an Ceolric weiterzugeben. Er unterwies ihn in der Navigation und im Umgang mit dem Schiff, was ihm in späteren Jahren gut zustatten kam, wenngleich die Lehrmethode rau und schmerzhaft gewesen war.

»Hör gut hin«, sagte der Steuermann am ersten Tag der Reise und stieß Ceolrics Kopf zum Schanzkleid. »Hör dir an, wie die Wellen gegen den Rumpf schlagen.«

Ceolric tat wie geheißen. Zunächst hörte er nichts Ungewöhnliches, bloß das an den Planken entlangrauschende Wasser, verstärkt vom hölzernen Rumpf.

»Achte auf den Rhythmus!«, befahl Garulf.

Allmählich tat ihm der Hals weh. Der Ältere drückte ihn fest nieder, in einem unbequemen Winkel. Aus den Augenwinkeln sah er, dass sein Vater ihn amüsiert beobachtete.

»Hörst du die Gegenbrandung?«

Hinter dem Zischen und Tosen des Wassers war noch etwas anderes verborgen, das kaum wahrnehmbar schien, bis er sich allein darauf konzentrierte und alle anderen Geräusche ausblendete: ein Geräuschmuster ähnlich dem Grunzen eines Schweins, das sich im Schlamm suhlte.

»Hör auf, dich zu winden, und sperr die Ohren auf. Hörst du das saugende Geräusch? Als ob sich jemand aus einem Morast befreien wollte?« Garulf schmatzte mit den Lippen. Wicga lachte laut, der Ältere aber achtete nicht auf ihn. »Und das damit einhergehende Quieken - *oink, oink, oink*?«

»Ja«, sagte Ceolric.

Garulf ließ ihn los. Ceolric richtete sich auf und massierte sich den Hals.

»Und wie nennen wir diesen Ort?«

»Landspitze der Schweine.«

»Gut. Andere Landspitzen klingen zwar ganz ähnlich, aber doch auch anders als diese. Du musst dein Gehör schärfen, Junge, du musst die Geräusche des Meeres unterscheiden lernen.« Er hielt inne und musterte Ceolric einen Augenblick scharf, mit dem Ergebnis offenbar zufrieden. »Und jetzt beschreib mir die Dünung. Wie sieht sie aus? Worin unterscheidet sie sich von der Dünung heute Morgen?«

Er drängte sich an Ceolrics Vater vorbei, und da begriff dieser plötzlich, dass Garulf keine hohe Meinung von Wicga hatte, wenngleich er stets darauf achtete, dem Kapitän die ihm zustehende Ehre zu erweisen.

»Dunkelgrün mit weißen Schaumstreifen«, sagte Ceolric, als ihm bewusst wurde, dass Garulf auf eine Antwort wartete.

»Sehr hübsch!«, spottete der Steuermann. »Wie poetisch! Aber wie bewegt sie sich, mein Junge, wie bewegt sie sich?«

»Ziemlich schnell. Ziemlich glatt.«

»Gut. Sie bewegt sich glatt, sodass unser Bug hindurchschneidet, aber etwas kräftiger als heute Morgen. Stell dir vor, wie die Dünung bei Sturm wäre. Wenn du nun diese Dünung sähest, die Gegenbrandung am Rumpf hören würdest und sich das Wetter verschlechterte, was tätest du?«

»Aufs offene Meer hinaussteuern.«

Garulf klopfte ihm lachend auf die Schulter. »Aus dir wird noch mal ein richtiger Seemann. Gut gemacht. Immer Abstand vom Land halten.« Er blickte sich um, registrierte die Straffheit des Segels und die Positionen der Besatzungsmitglieder.

»Siehst du, wie der Wind nachlässt? Wir brauchen eine kräftigere Brise, sonst müssen wir die Ruder hervorholen und rudern – und du weißt, wie sehr die Männer das hassen. Setz die Ruderer nur dann ein, wenn es unbedingt sein muss. Halte sie frisch für den Moment, da du Geschwindigkeit brauchst. Und jetzt such den Wind!«

Ceolric musterte die Wellen, hielt Ausschau nach den dunklen Stellen, die von einer Brise kündeten. »Dort!«, sagte er und hob zeigend den Arm.

Der Friese schlug ihn gerade so fest, dass es weh tat. »Steh nicht einfach so rum. Tu etwas. Übernimm das Ruder und bring das Schiff auf Kurs.«

Während ihm von dem Schlag noch die Ohren klingelten, hantierte er am Ruder und versuchte, den *Meerhengst* auf den neuen Kurs zu bringen, ohne die Segelstellung zu verändern oder die Besatzung zu den Rudern greifen zu lassen. Garulf meinte, dies mache den wahren Seemann aus: Jeder Tölpel könne den Kurs unter Einsatz der Ruder ändern, doch nur der wahre Meister, der ein Gefühl für sein Schiff habe, schaffe dies mit dem Ruder allein.

Als der Wind das Segel blähte und der *Meerhengst* herumschwenkte, als die Spanten erbebten und der Bug weißen Schaum durchteilte, vergaß Ceolric den Schmerz in seinen Ohren und lachte laut heraus, und selbst Garulf lächelte zustimmend.

Diese Lektionen waren der eine Grund, weshalb Ceolric sich in späteren Jahren so deutlich an den Friesen erinnerte. Ein weiterer Grund waren die Geschichten, die er abends erzählte, wenn das Schiff an einem einsamen Strand lag und die Besatzung sich um ein Lagerfeuer aus Treibholz versammelt hatte.

Am ersten Abend, als sie gegessen hatten – die meisten waren angesichts der bevorstehenden Abenteuer zu aufgeregt, um schlafen zu können –, scherzte ein Mann, der etwa zur gleichen Zeit wie der Friese zur Besatzung gestoßen war:

»Garulf, stimmt es eigentlich, dass du einmal mit dem Herrscher gekämpft hast?«

»Gegen ihn«, verbesserte ihn der Steuermann. »Aber einmal habe ich auch einem seiner Gefährten das Leben gerettet.«

»Gegen welchen Herrscher?«, fragte Wicga.

»Zu meinen Lebzeiten hatte dieses Land bloß einen Herrscher«, antwortete der Friese. »Und zwar König Artus, den Kriegsherrn Britanniens.«

Wicga hob eine Braue, während Ceolric näher rückte, da er sich nichts entgehen lassen wollte.

»Du hast einem seiner Gefährten das Leben gerettet?«, fragte der Kapitän nach einer Weile. »Wann war das? Wie hat sich das zugetragen?«

»Ich hatte in der Stadt Lindinis als Söldner angeheuert«, antwortete der Friese.

»Warum?«, fragte Wicga.

»Ich war jung und hungrig. Das Schicksal hatte mir übel mitgespielt.« Garulf blickte in die Runde, schätzte die Stimmung seiner Zuhörer ein.

»Erzähl uns mehr«, sagte der Mann, der als Erster gesprochen hatte. »Erzähl uns die Geschichte.«

»Diese Geschichte gereicht mir nicht gerade zu Ehre. Denn die meiste Zeit über schwankte ich in meiner Loyalität zwischen den verschiedenen Leuten, die Anspruch darauf hatten. Wenn ich euch davon erzähle, müsst ihr bedenken, dass ich damals noch sehr jung und unerfahren war.«

»Niemand würde einem Mann mit deinen Verdiensten seine Jugendtorheiten vorhalten«, erklärte Wicga gewichtig. »Du genießt entlang der Küste einen guten Ruf als Seemann und als jemand, auf dessen Wort Verlass ist, ob er nun einen Rat erteilt oder sich einem Kapitän verpflichtet. Was immer du uns berichtest, es wird dein Ansehen in unseren Augen nicht schmälern.«

Das Feuerholz knackte und sprühte Funken. Garulf blickte in die Flammen, dann hob er zu erzählen an.

»Es war vor dreißig Sommern. Ich war auf Raub ausgezogen mit einem Mann namens Cunrig, einem Iren, dessen Ahnen sich zu Zeiten des Hohen Königs hier angesiedelt hatten - sein gleichnamiger Neffe ist derzeit der Anführer von Cerdics Kriegerschar. Wir waren ein bunt zusammengewürfelter Haufen: Iren, Friesen, Yten, die sich kaum miteinander verständigen konnten, und die meiste Zeit über stritten wir. Alles ging schief. Es endete damit, dass wir auf offenem Gelände von einer Gruppe britischer Reiter gestellt wurden.«

Er schauderte bei der Erinnerung, und Ceolric, der in den tanzenden Flammen Reiter erblickte, die auf einmal auf Flüchtende einschlugen, schauderte ebenfalls.

»Bloß einige wenige von uns konnten sich an Bord des Schiffes in Sicherheit bringen, und noch weniger überlebten die Heimfahrt. Unterwegs leckten wir unsere Wunden, ohne dass wir uns mit einer Beute hätten trösten können. Wir gerieten in ein Sommerunwetter, und mehrere von uns gingen über Bord.

Anschließend schwor ich, die Seefahrerei aufzugeben, und versuchte, an Land mein Glück zu machen.«

Wicga beugte sich zum Feuer vor und warf ein weiteres Stück Holz hinein. Ein Funkenschauer stob empor und verschwand in der Sommernacht.

»Du bist damals Cerdics Mann gewesen?«, fragte er betont gleichgültig.

Garulf runzelte gereizt die Stirn. »Wie ich schon sagte, wir waren mit leeren Händen heimgekehrt. Cerdics Herrschaft schien damals nicht sonderlich gefestigt, was immer er jetzt, da er sich zum König erklärt hat, behaupten mag. Vor dreißig Jahren war er einer von vielen unbedeutenden Fürsten, und seine Lehnsmänner hatten wenig Zeit für ihn. Er versuchte seine Macht zu festigen, indem er goldene Ringe verschenkte und in seinem Palas den Met in Strömen fließen ließ, auf dass die Männer ihn für mächtiger hielten als seine Rivalen.

Deshalb brauchte er einen Schatz. Und wir sollten ihm diesen Schatz durch unseren Raubzug im Westen verschaffen. Stattdessen hatten wir über die Hälfte der Besatzung verloren. Es hatte den Anschein, als meine es das Schicksal schlecht mit uns, und Cerdic nahm uns bei unserer Rückkehr nicht gerade freundlich auf. Er entband mich von meinem Treueeid und gab mich frei.

Ein paar Jahre zuvor hatte Artus bei der Schlacht von Badon Hill eine ganze Generation unserer Krieger vernichtet. Seitdem war es nur zu kleineren Scharmützeln und Raubzügen wie dem gekommen, von dem ich gerade heimgekehrt war, doch niemand hatte es gewagt, ihm in offener Feldschlacht entgegenzutreten.

Auch unter den Prinzen der Briten herrschte Frieden – oder

jedenfalls so viel Frieden, wie einem streitbaren Volk möglich ist. Artus hatte ihnen den Frieden aufgezwungen und sie im Kampf gegen uns und gegen die Piraten aus dem Norden und Osten geeinigt.

Artus stellte somit den größten Machtfaktor auf dieser Insel dar und stand im Ruf, ein guter Herrscher zu sein, gerecht und großzügig gegenüber jenen, die ihm treu dienten. Da ich dem Meer für eine Weile abgeschworen hatte und Cerdic mich nicht mehr brauchte, nahm ich Speer und Schild und begab mich nach Westen, um Artus meine Dienste anzutragen.«

»Bist du ihm begegnet?«, wollte Ceolric wissen. »Wie war er?«

Garulf lächelte und starrte blicklos ins Feuer, als jemand ein Stück Holz hineinwarf und es erneut aufflackerte.

»Ein großer Mann, gut gebaut, mit kastanienbraunem, ergrauendem Haar. Ich glaube, er war etwa zehn Jahre jünger als ich heute, wenngleich er eher alterslos wirkte. Ähnlich wie Cerdic konnte er einem das Gefühl vermitteln, man sei der interessanteste Mensch in seiner Umgebung. Ich wäre ihm überallhin gefolgt, hätte er mich darum gebeten.«

Er verstummte, und einen Augenblick lang herrschte Schweigen. Wicga bewegte sich unruhig, doch ehe er Garulf zum Fortfahren auffordern konnte, sprach dieser stockend weiter, so als wisse er nicht genau, was er eigentlich sagen wollte.

»Er hatte eine besondere Ausstrahlung. Er war zwar ein Mensch, doch hätte es mich nicht gewundert, wenn er mehr als das gewesen wäre ... Ihr wisst ja, dass man sich erzählt, er sei nicht gestorben, sondern von seinen Wunden genesen, und schlafe nun unter der Erde ...«

Der Friese schüttelte sich, als erwache er aus einem Traum.

»Ich weiß es nicht. Dieses Land ist, alt, sehr alt. Es war schon alt, als die Römer kamen. Überall findet man Spuren derer, die hier lebten: Hügelgräber, die grasbestandenen Kreisflächen alter Lager, verfallene Feldmauern, in Reihen und Kreisen angeordnete Steine. Die Wälder, Flüsse und Hügel sind voller Geister, voller kleiner und großer Gottheiten, voller Oger und Elfen und Schatten. Wenn nun eine solch alte Macht Menschengestalt angenommen hätte und eine Weile unter uns gewandelt wäre, dann wäre sie Artus wohl ganz ähnlich gewesen.«

»Gleichwohl ist er gestorben«, sagte Wicga halsstarrig.

»Ist das nicht das Schicksal aller Menschen? Ist es nicht besser, wenn ein Mensch vor seinem Tod Ruhm erwirbt, sodass seine Taten weiterleben? Sigemund nahm ein schlimmes Ende, doch der Ruhm, den er sich im Kampf gegen den Feuerspucker erwarb, lebt weiter. Auch Hengist starb nach vielen Abenteuern, aber wer wird die Schlacht um Finns Burg vergessen? Und mit Artus verhält es sich ebenso.«

»Warst du bei seinem Ende dabei? Bei der Schlacht von Camlann?«, fragte jemand auf der anderen Seite des Feuers.

»Das war ich. Doch das war fünfzehn, zwanzig Jahre später, und ich stand auf der anderen Seite.«

Wicga brummte etwas und musterte die im Feuerschein funkelnden Augen seiner Gefährten. »Erzähl uns erst einmal, wie es dazu kam, dass du einem Kämpen des Herrschers das Leben gerettet hast.«

»Damals war Artus noch nicht Herrscher«, sagte Garulf. »Er war der Kriegsherr Britanniens. Verschiedene Gruppierungen belegten ihn mit unterschiedlichen Namen. Für die Gebirgsstämme im Westen, wenn sie ihn denn liebten, war er der Kriegsherr oder der Schlachtenlenker. Für die Menschen im Tiefland, die ihn unterstützten, war er der Magister Militum, der Befehlshaber der Armeen Britanniens, der Erbe Ambrosius'. Für die, die ihn hassten oder fürchteten, war er der Tyrann, der Usurpator, ein zu mächtig gewordener Krieger.«

Der Friese wirkte im flackernden Feuerschein bekümmert. Sein Schweigen währte so lange, dass Ceolric schon fürchtete, er wolle nicht weitersprechen, doch dann auf einmal straffte er sich und hob zu erzählen an, stockend zunächst, dann, als die alten Erinnerungen von ihm Besitz ergriffen, immer flüssiger.

»Seine Kriegerschar, die Gefährten, kämpften zu Pferd, aber Reiter taugen wenig, werden sie nicht von Fußsoldaten unterstützt. Reiter können auch nicht tagein, tagaus in der Garnison bleiben; sie müssen ständig in Bewegung sein und auf Patrouille über Land reiten und sich von den Mädchen bewundern lassen. Für die Langeweile des Wacheschiebens in Wind und Regen oder bei Nacht, wenn in jedem Schatten ein Ire versteckt sein kann, der darauf wartet, ihnen die Kehle durchzuschneiden und das Tor für seine Kumpane zu öffnen, sind sie nicht geschaffen.

Artus war kein Narr, müsst ihr wissen. Männer wie mich hat er an der Westküste eingesetzt, die es vor den Piraten von der Insel Ierne zu schützen galt, den Skoten, den Stammesgenossen Cunrigs. Trat jemand wie Cunrig in seine Dienste ein, ließ er sie die Ostgrenze bewachen, damit sie nicht gegen Verwandte oder Stammesgenossen kämpfen mussten.

Ich marschierte von Cerdicesora in nordwestlicher Richtung nach Caer Cadwy, Caddas Burg, der großen Festungsstadt, wo Artus häufig anzutreffen war. Der Sommer neigte sich mittlerweile dem Ende zu, und im Frühjahr und den Sommer über hatten schon Dutzende andere junge Männer die gleiche Idee gehabt wie ich. Als ich in Caer Cadwy ankam, hatte Artus keinen Bedarf mehr für einen Jüngling ohne Ausbildung.

Gleichwohl nahmen er und seine Männer mich freundlich auf. Sie gaben mir zu essen und schickten mich über die große gepflasterte Straße nach Lindinis, in die alte Stadt, die nicht weit von Caer Cadwy entfernt liegt ...«

»Ich will die Geschichte von dem Krieger hören«, maulte jemand auf der anderen Seite des Feuers.

»Sei still, dann bekommst du sie schon zu hören«, sagte Garulf. »Denn es sollte nicht lange dauern, da begegnete ich ihm, einem der Größten unter Artus' Männern, wenngleich ich erst viel später erfuhr, wer er war.«

2

Die Stadtväter von Lindinis brauchten starke Männer, um die Stadtmauer zu verteidigen, und nahmen mich bereitwillig auf. Ich schloss mich einer Gruppe von Männern an, die mir ähnlich waren: harte Männer, ohne einen einzigen Briten in ihrer Mitte, denn Städte sind kein Ort, der Krieger hervorbringt. Das ameisenhafte Getriebe in den Städten lässt die Männer verweichlichen.

Früher einmal war Lindinis die Hauptstadt dieses Landesteils gewesen und hatte an der Stelle stolz aufgeragt, wo die Straße zu den alten Häfen des Severn-Kanals den gewaltigen Fosse Way kreuzt. Doch die Tage ihrer Pracht waren längst Vergangenheit. Viele Bewohner waren entweder geflohen und hatten sich eine neue Heimstatt gesucht, oder aber sie waren infolge der Seuchen gestorben, die die beengten Wohnquartiere regelmäßig heimsuchten.

Nun starb die Stadt einen langsamen, qualvollen Tod. Der Übelkeit erregende Gestank des Alters und des drohenden Verhängnisses hüllte alles ein. Einzelne Stadtteile wirkten sehr alt und aus massivem Stein erbaut, doch die Dachbalken waren entweder zu Staub zerfallen oder unter dem Gewicht der roten Schindeln eingestürzt, sodass viele Gebäude nach oben hin offen waren und Regen und Schnee die einstmals behaglichen Räume verwüsteten.

Die Außengebiete waren als Erste aufgegeben worden, wenngleich einige Bauern sich noch immer an die ausgelaugte Erdkrume klammerten. Die Menschen drängten sich um der Wärme und der Gesellschaft willen im Stadtzentrum zusammen, und wer wollte es ihnen verdenken, konnte doch niemand sagen, welche behaarten Wesen nachts in den Ruinen umherschleichen mochten.

Wie alle Städte gründete sich auch Lindinis auf Magie und Zaubersprüchen und war das Werk von Riesen oder Magiern, aus der Zeit stammend, als Mittelerde noch jung war. Menschen jedenfalls konnten einen solchen Ort nicht erbaut haben, und ganz gewiss mangelte es denen, die jetzt dort lebten, an den nötigen Fertigkeiten, wenngleich sie sich nach Kräften bemühten, die Schäden auszubessern. Denn wie hätten die Römer ohne Magie den Stein so mühelos schneiden sollen wie wir das Holz, wie hätten sie die verborgenen Bruchstellen finden sollen, um die Blöcke zu formen, die sie aufeinander stapelten? Der Mörtel, den sie mischten, muss das Blut zahlreicher Opfer enthalten haben, das von Menschen wie Tieren, denn er verband die Steine weitaus fester als jeder andere Mörtel, den ich gesehen habe. Doch die Zeit hatte ihren Tribut eingefordert, und auch die Magie schwindet mit den Jahren.

Bisweilen, wenn Wind und Kälte in den langen Winternächten ihr Zerstörungswerk verrichteten, vernahmen wir das Geräusch, mit dem irgendwo in der Dunkelheit ein weiteres Haus einstürzte: ein Rumpeln, das scheinbar endlos widerhallte.

Ich blieb den Herbst und den bitterkalten Winter über dort. Als eigentlich schon hätte Frühling sein sollen, war der Boden noch immer gefroren, und das Sumpfland im Nordwesten war von Eis gesäumt, das im schwachen Schein der Wintersonne glitzerte, während der Himmel grau und trüb war. Nachts heulte der Sturm um die Mauern und brachte Graupelschauer oder neuerlichen Schnee, und wir, die wir auf der Mauer Wache hielten, mummten uns fester in unsere dicken wollenen Umhänge und bliesen auf unsere klammen Finger, damit sie nicht erfroren.

Auch die Stadtmauer war verfallen und auf weite Strecken aufgrund loser Steine gefährlich. Niemand war in der Lage, sie instand zu setzen. Ein großer Mauerabschnitt und die Überreste des Nordosttores waren eingestürzt und durch eine Palisade ersetzt worden, die mittlerweile ebenfalls alt und baufällig geworden war. In der Mitte befanden sich zwei Mauerreste, und daran war das Holztor befestigt, das tagsüber offen stand. Dahinter lag eine Barriere aus Schutt und verschiedenen Hindernissen, die es uns erleichterte, die Besucher zu überwachen - wer herein wollte, musste einen geringen Obulus entrichten.

Wir hatten ein kleines Wächterhäuschen mit einem Kohlenbecken, an dem wir uns wärmten, während einer draußen Wache hielt, und wenn ein Reisender auftauchte, stürzten wir alle hinaus und nahmen hinter der Barrikade Aufstellung.

Dort sah ich ihn zum ersten Mal, über den Rand eines Schilds hinweg, während ich hinter einem Hindernis hockte. Der Aufpasser hatte gerufen, und daraufhin waren wir nach draußen geeilt. Wir zitterten im kalten Wind. Mein Platz war am Ende der Reihe, wo mir nichts passieren konnte, denn ich war dem Knabenalter kaum entwachsen. Von diesem Standort aus konnte ich alles gut überblicken.

Sie näherten sich von Caer Cadwy her, die Schatten auf den Fersen, und wollten sich noch vor Einsetzen des Schneefalls hinter der Stadtmauer in Sicherheit bringen. Er ritt an der Spitze, auf einem braunen Pferd, in lässiger Haltung und vor der Kälte durch einen dicken Kapuzenumhang geschützt, die Finger mit dicken Lederhandschuhen umhüllt.

An seinem Sattel hing ein mit Wurfspeeren gefüllter Köcher, doch er streckte nicht die Hand danach aus, als er im Trab durchs Tor ritt, und griff auch nicht nach dem Schild, den er auf den Rücken geschnallt hatte.

Er zügelte sein Pferd und gab den nachfolgenden Reitern das Zeichen zum Anhalten. Sein Blick schweifte über uns hinweg und verharrte auf unserem Hauptmann Folcwalda, Sohn Frodis, einem grimmigen Südsachsen, der mit Aelle bei der Schlacht von Badon Hill gekämpft hatte. Folcwalda erwiderte seinen Blick mit angelegtem Speer, wobei ihm der Hass ins Gesicht geschrieben stand. Er war ein großer, harter Mann mit einem Kettenhemd unter dem Umhang, ein Mann, mit dem ich mich auch heute noch nur ungern anlegen würde, aber dieser *weala*, dieser Brite, trieb sein Pony unvermittelt der Barrikade entgegen, drängte Folcwalda in die Enge und forderte ihn heraus, den ersten Schritt zu tun.

»In Artus' Namen«, sagte der Reiter gelassen.

Folcwalda spuckte aus. »Was wollt Ihr?«

»Ich habe etwas mit dem Stadtrat zu besprechen. Gebt den Weg frei.«

Um zu zeigen, dass wir uns durch Artus' Namen nicht im Mindesten beeindrucken ließen wandte der Hauptmann sich langsam um und winkte uns ebenso bedächtig zu, worauf wir die Sperren beiseite zogen, damit die Pferde passieren konnten.

Der Reiter ritt langsam durch die Lücke, den Blick nach vorn gerichtet, wenngleich er den Hass und die Feindseligkeit meiner Kameraden wohl im Rücken gespürt haben muss.

»Ihr werdet einen Führer brauchen«, knurrte Folcwalda. »He, du da!«

Er zeigte auf mich, und ich rannte vor, wobei ich auf dem vereisten Pflaster ausrutschte.

»Geleite diese *wealas* zu den Stadtvätern«, sagte er in unserer Sprache.

Der Reiter wandte sich um und blickte auf uns nieder. »Es ist nicht so, das wir hier fremd wären«, sagte er in derselben Sprache. »Schließlich ist das hier unser Land.«

»Nicht mehr lange«, brummte der Hauptmann. Er versetzte mir einen Stoß, sodass ich beinahe gegen das Pferd geprallt wäre, das schnaubend seitwärts tänzelte.

»Das wird sich zeigen, Saesonite.« Er brachte das Pony wieder unter Kontrolle und zeigte auf mich. »Dann los, Bursche.«

Lindinis war ein seltsamer Ort, halb verlassen und voller Gespenster. Kluge Leute hatten mir gesagt, die Stadt sterbe, weil sie ihre Existenzberechtigung verloren habe. Der Handel zwischen Dumnonien und den Ländern jenseits des Severn-Meeres hatte stark nachgelassen – jetzt wurden hauptsächlich heimische Waren gehandelt. Da es nur wenige Reisende gab, mangelte es den Handwerkern, die früher ihre Waren auf dem Markt feilgeboten hatten, an Kunden. Die tüchtigen Handwerker wanderten zu den Höfen der Gebietsfürsten ab (die Besten wandten sich nach Caer Cadwy), wo sie ihre Waren an die Krieger und deren Damen verkaufen konnten. Bloß die weniger Tüchtigen blieben übrig und auch jene, die der Vorstellung, wie ihre Vorväter zu leben, so verbunden waren, dass sie den Wandel der Zeiten ignorierten.

In der Stadtmitte aber herrschte noch etwas Leben, sogar an einem Nachmittag wie diesem; die Menschen gingen mit gesenkten Köpfen ihren Geschäften nach und schauten kaum hoch, ganz so, als wären Artus' Krieger ein gewohnter Anblick in den Straßen.

Die Straßen waren das Seltsamste an diesem seltsamen Ort. Sie verliefen gerade wie Speerschäfte und boten keinen Schutz vor dem Wind: einige von Norden nach Süden, andere von Osten nach Westen. Zum Glück waren viele der schmaleren Gassen – wenn auch nicht alle – nach herkömmlicher Art angelegt, sodass man dem Auf und Ab des Bodens bereitwillig folgte. Zwischen den großen und kleinen Straßen und den Gassen lagen die Gebäude wie Inselchen in einem vielarmigen Fluss nahe der Mündung, und deshalb wurden sie von den Bewohnern auch Inseln oder Insulae genannt.

Ich hatte bereits einige dieser Insulae betreten. Die Wände waren häufig mit magischen Darstellungen dunkeläugiger, mitten in einer Bewegung erstarrter Götter und Göttinnen geschmückt, sodass die Räume etwas von einem Tempel hatten.

Als wäre dies nicht schon eigenartig genug gewesen, gab es diese magischen Bilder auch auf dem Boden, und zwar in Form hübscher Steinmosaike. Die Alten, die Magier und ihre Bediensteten, die in diesen Häusern lebten, als Mittelerde noch jung war, müssen seltsame Umwege gegangen sein, wenn sie es vermeiden wollten, auf ihre Götter zu treten.

Die meisten Häuser im Stadtzentrum waren noch bewohnt, und einige Läden hatten an den Straßenkreuzungen geöffnet, um die herum Lindinis erbaut war und wo der Fosse Way - innerhalb der Stadtmauern Cardo Maximus genannt - die Straße zum Severn-Kanal kreuzte, die als Decumanus Maximus bezeichnet wurde. Diese Kreuzung wurde vom Marktplatz mit dem dahinter liegenden Rathaus beherrscht. In der Nähe lag der Gasthof, das älteste Gebäude der Stadt und, zumindest von außen betrachtet, das am besten erhaltene.

Der Anführer der Reiter hatte mich einmal freundlich angelächelt und mich anschließend nicht weiter beachtet. Die ganze Zeit über hatte ich ihn verstohlen beobachtet und mich gefragt, wer das wohl sein mochte. Im Kopf ging ich die Liste von Artus' Gefährten durch. Cei, der für seine große Körperkraft berühmte blonde Hüne, war es nicht. Auch nicht Bedwyr, der hatte nur eine Hand. Und auch nicht Lleminawg, ein Ire mit einem Akzent, an dem es diesem Manne mangelte. Dann vielleicht Gwalchmei oder Caradoc, oder Anwas Leichtfuß oder Erin oder Atlendor ...

Die Liste schien endlos. Damals kannten wir die Namen von Artus' Gefährten so gut wie die Namen der Anhänger Hengists: vielleicht sogar besser, denn Männer wie Ordlaf und Guthlaf waren längst tot, diese aber lebten.

Wer immer er war, er zügelte am Marktplatz sein Pferd und wartete, bis die anderen sich um ihn versammelt hatten. Sodann erteilte er Anweisungen, wobei er so rasch sprach, dass ich ihm kaum folgen konnte.

»Moried, nimm die Hälfte der Männer. Suche den Stadtältesten auf und setze ihn von unserer Anwesenheit in Kenntnis. Verlange die Übergabe eines Hauses von angemessener Größe, das sich notfalls leicht verteidigen lässt, und zwar für eine Nacht.«

Ein junger Mann mit einem karierten Umhang grüßte lässig und riss sein Pferd herum, wobei der Stander an seinem Speer im eisigen Wind flatterte.

»Die Übrigen folgen mir zum Südwesttor.« Er wandte sich um und musterte mich ausgiebig mit kaltem Blick. »Du hast deine Pflicht getan, Bursche. Komm mit oder bleib hier, ganz wie du willst.«

Ich nahm an, dass Folcwalda es vorgezogen hätte, wenn ich geblieben wäre, doch in Wahrheit war ich begierig darauf, mehr von diesen magischen Wesen zu sehen.

»Und wenn uns die saesonitischen Hunde in die Quere kommen?«, fragte jemand über meinen Kopf hinweg.

Der Anführer lächelte nun ganz anders als zuvor und lockerte demonstrativ das Schwert in der Scheide, dann setzte er sein Pony wieder in Bewegung. Ich folgte ihm, während sich die Männer hinter mir lachend in zwei Gruppen aufteilten.

An der Südwestseite der Stadt lag das ehemalige Armenviertel, ein Gewirr von schmalen Gassen und elenden Hütten. Im Laufe der Jahre hatten sich die Hütten bis auf die Straße ausgebreitet, sodass man sich nun ständig gezwungen sah, Holzhütten und Abfallhaufen auszuweichen. Die Abwasserkanäle am Straßenrand waren aufgrund dieser Veränderungen stellenweise verstopft, sodass das Schmutzwasser und Schlimmeres stinkende, halb gefrorene Lachen bildete oder als Eisschicht die Straße bedeckte.

Als wir die Stadtmauer erreichten, ging die kraftlose Sonne gerade unter, und in den schmalen Gassen sammelte sich Dunkelheit. Auch dieses Tor wurde von Söldnern bewacht, und wie meine Kameraden auf der anderen Stadtseite blickten sie uns wortlos entgegen.

»Ich bin Artus' Mann«, sagte der Reiter, bewusst einfache Worte wählend, damit sie ihn auch verstanden. »Wir wollen hier mit einer Abordnung Agricola von Dyfeds zusammentreffen.«

»Mit einer Abordnung?«, wiederholte der Hauptmann und senkte den Speer. Er musterte uns, und als er mich sah, weiteten sich seine Augen ein wenig.

»Mit einer Gruppe von Reitern. Mit Reitern wie uns.«

»Ja, ja«, sagte der Hauptmann ungeduldig. Er hieß Sigebeorn und war im Unterschied zu seinem Gegenstück, dem grimmigen Folcwalda, ein gutmütiger Mann. »Ich weiß, was eine Abordnung ist. Vor kurzem hat sich schon jemand nach ihr erkundigt. Ein Mann aus dem Norden, ein Tätowierter.«

Sigebeorn führte einen Finger an die Wange und drehte ihn herum, was als Hinweis auf die Tätowierungen der Pikten gemeint war.

»Hat er gesagt, was er von ihnen will?«

Der Hauptmann bleckte grinsend die gelben Zähne inmitten des struppigen Barts. »Er hat uns Gold angeboten, wenn wir ihm eine Unterkunft für die Nacht verschaffen. Ihr werdet uns mehr Gold geben, wenn wir das nicht tun, hab ich Recht?«

»Nein.« Der Anführer der Reiter schwang sich aus dem Sattel und fröstelte leicht im kalten Wind. Jetzt, da er neben mir stand, sah ich, dass er nicht so groß war, wie ich gedacht hatte. »Du wirst ihm sagen, was er wissen will.«

Sigebeorn schnaubte und klopfte mit dem Speerschaft auf den Boden. »Hier draußen ist es kalt. Drinnen brennt ein Feuer.« Er zeigte auf das verfallene Wächterhäuschen.

Der Brite nickte und folgte Sigebeorn nach drinnen. Seine Männer blickten skeptisch drein, folgten ihm jedoch nach, bis auf einen, der bei den Pferden blieb. Ich wartete einen Augenblick, dann schlüpfte auch ich in den Raum und gesellte mich zu meinen Landsleuten.

An den Wänden standen Steinbänke. Der Brite nahm an der einen Seite Platz und wir an der anderen, als hielten wir eine wichtige Beratung ab, bei der über das Schicksal ganzer Völker entschieden werden sollte. Die Reiter versuchten, ihren Widerwillen vor dem Gestank der ungewaschenen Körper und des Bärenfetts zu verbergen. (Vor dreißig Jahren schmierten sich die Angehörigen unseres Volkes Fett oder Lehm ins Haar, und wenn man nicht daran gewöhnt war, setzte einem der Geruch arg zu.)

»Wie lautet Euer Name?«, fragte Sigebeorn und bot ihm eine Flasche mit einer trüben Flüssigkeit an.

Der Reiter probierte davon, und da es ihm offenbar schmeckte, genehmigte er sich einen herzhaften Schluck.

»Mab Petroc«, antwortete er und reichte die Flasche zurück.

Der Hauptmann runzelte die Stirn. »Starker Sohn?«

»Wenn dir das besser gefällt. Es ist bloß ein Name.«

Sigebeorn brummte etwas Unverständliches und reichte die Flasche weiter. Als ich an der Reihe war, nahm ich einen großen Schluck, da ich hinter meinen Kameraden nicht zurückstehen wollte, und hätte mich beinahe verschluckt. In der Flasche befand sich mit Schnaps versetztes Sauerbier, das mir in der Kehle brannte. Währenddessen fuhr der Hauptmann fort:

»Auch bei uns hat ein Name manchmal eine bestimmte Bedeutung, manchmal nicht. Ich bin Sigeferths Sohn, Sigebeorn von den Secgan. Siegreicher Krieger hieße das in Eurer Sprache.« Er grinste. »Sa, Sa. Ich lebe, und meine Gegner sind tot. Das ist schon eine Art Sieg, nehme ich an.«

»Der Secgan? Was ist das für ein Stamm?«

»Wir sind Freunde der Ingwine, der Ostdänen. Ein kleines Volk mit kargem Land.«

»Aber mit gastfreundlichen Söhnen«, sagte Mab Petroc, während die Flasche abermals kreiste. »Gehört ihr alle dem Stamme der Secgan an?«

»Nein, nein.« Sigebeorn zeigte auf seine Männer. »Beanstan ist ein Bronding, Garmund und Hussa gehören zu den Angeln – und der junge Bursche heißt Garulf und ist ein Friese.«

»Dann ist also gar kein Saesonite unter euch?«

Sigebeorn lachte. »In diesem Land sind wir alle Saesoniten, stimmt's? Oder *Eingl*, wie Ihr sagt.« Er hob die kräftigen Schultern. »Aber das spielt keine Rolle. Wir alle sind Krieger.« Er berührte den Sachs an seinem Gürtel, das einschneidige Kriegsmesser, von dem die Sachsen ihren Namen haben.

»Und was hat dich nach Lindinis geführt?«

»Ich habe einen Mann mit wohlhabender Verwandtschaft getötet. Bei den anderen verhält es sich ähnlich.« Sigebeorn beugte sich vor und senkte die Stimme, und ich bemerkte, wie Mab Petroc ein wenig vor der Alkoholfahne, die dem Mund des großen Mannes entwich, zurückzuckte. »Artus. Der Magister Militum ...« Er hatte Mühe mit der Aussprache. »Braucht er noch Krieger?«

»Jederzeit. Außerdem ist er großzügiger als der Stadtrat.

Komm nach Caer Cadwy, wenn du von hier fortkannst, und sag, Mab Petroc habe dich geschickt.«

»Ich danke Euch. Hier gefällt es mir nicht.« Er schauderte und sagte voller Ernst: »Zu viele Gespenster.«

Die Tür öffnete sich, und Moried kam herein. Da Fremde zugegen waren, salutierte er förmlich und sagte:

»Die Abordnung ist in Sicht, mein Herr. Ich habe beim Kommandanten ein Haus für Euch besorgt.«

Mab Petroc nickte. »Gut gemacht. Meine Freunde haben berichtet, ein Pikte habe sich nach den Männern aus Dyfed erkundigt.«

»Ein Tätowierter«, sagte Sigebeorn zuvorkommend. Abermals drehte er den Finger auf der Wange. »Die farbige Linie ging im Kreis - das Wort dafür kenne ich nicht.«

»Eine Spirale?« Mab Petroc malte etwas in den Staub. »Sah die Tätowierung so aus?«

Sigebeorn nickte, erfreut darüber, dass der Brite ihn verstanden hatte. »Ja, eine Spirale. Ein solches Zeichen habe ich noch nie im Gesicht eines Mannes gesehen. Auf Steinen ja, aber nicht in einem Gesicht.«

»Ein Labyrinth«, sagte Moried, über Mab Petrocs Schulter blickend. »Eigenartig. Ich kann mir keinen Reim darauf machen. Und weshalb sollte ein Pikte nach einer Abordnung aus Dyfed Ausschau halten?«

»Das hat er nicht gesagt. Aber er hat uns Gold versprochen, wenn wir ihm sagen, wo sie übernachten.«

Moried blickte besorgt zu Mab Petroc, der ungeduldig abwinkte.

»Und? Wo übernachten wir?«

»An der Decumanus Maximus.« Er blickte seinen Herrn hilfeheischend an.

»Nur zu. Ich möchte, dass uns der Pikte findet. Sagt meinem Freund Sigebeorn, wo wir übernachten.«

»In der fünften Insula.«

Sigebeorns Miene hellte sich auf. »In dem großen Haus. Das kenne ich.« Er wandte sich an Mab Petroc und sagte gewissenhaft: »Passt auf der Treppe auf. Das Holz ist bis auf halbe Höhe morsch. Mein Freund Wulf wäre dort beinahe eingebrochen.«

»Wir werden uns in Acht nehmen«, versprach Mab Petroc feierlich. »Ganz gewiss.«

Er erhob sich von der Bank, streifte den Staub vom Umhang und klopfte dem Secgan auf die Schulter. »Vergiss nicht. Komm nach Caer Cadwy, wenn deine Dienstzeit um ist. Du wirst willkommen sein.«

»Das tue ich«, sagte Sigebeorn und nahm Haltung an, während die Briten in die Kälte hinaustraten.

Als sie verschwunden waren, wirkte es leer im Raum. Wir warteten schweigend, bis Sigebeorn Platz genommen hatte.

»Dieser Mann gefällt mir«, sagte Sigebeorn schließlich. »Er hat nicht versucht, mich zu bestechen.«

»Jedenfalls nicht mit Gold«, sagte Beanstan. »Stattdessen hat er dir eine Anstellung bei Artus angeboten.«

»Erst als ich ihn darum gebeten habe.« Er lehnte sich zurück, rülpste zufrieden und hakte grinsend die Daumen hinter den Gürtel.

»Wir haben die Wahl, meine Freunde. Wir können hier tatenlos sitzen bleiben. Wir können das Gold des Pikten annehmen und uns heute Nacht am Angriff auf das Haus beteiligen. Oder wir helfen Mab Petroc.«

»Was ist das für ein Mann?«, fragte Hussa.

Sigebeorn lachte leise in sich hinein. »Das weißt du nicht?«

Seit der Reiter seinen Namen genannt hatte, hatte ich angestrengt nachgedacht. Von Mab Petroc hatte ich noch nie gehört, doch er hatte bei der Vorstellung so stolz geklungen, dass er wohl kaum einen falschen Namen genannt hatte.

Der Hauptmann genoss es offenbar, mehr zu wissen als wir. »Überlegt einmal!«, sagte er. »Hier drinnen ist es warm, dennoch hat er weder den Umhang noch die Handschuhe abgelegt – er hat nicht einmal die Kapuze zurückgeschoben!«

Hussa zuckte die Achseln. »Ich nehme an, er wollte nicht erkannt werden. Die meisten von uns haben in der Vergangenheit gegen Artus' Männer gekämpft. Vielleicht fürchtete er ja eine Blutfehde ...«

»Dieser Mann kennt keine Furcht!«, schnaubte Sigebeorn, und ich, der ich still in der Ecke saß, konnte ihm da nur zustimmen.

»Ich finde, wir sollten das Gold des Pikten annehmen und trotzdem dem Briten helfen«, platzte Beanstan heraus.

Die anderen nickten zustimmend. Ich glaube, wir waren alle von Mab Petroc beeindruckt, auch die Zweifler unter uns.

»Was ist mit Folcwalda?«, fragte ich zögernd.

»Was soll mit ihm sein?«, knurrte Hussa verächtlich, denn er mochte den Sachsen nicht.

»Wenn ihm der Pikte Gold anbietet, wird er es annehmen und kämpfen. Er hasst Artus' Männer.«

»Er hasst alle und jeden«, bemerkte Beanstan, worauf die anderen lachten.

»Als Angehörige der Stadtwache haben wir gelobt, den Frieden innerhalb der Stadtmauer von Lindinis zu wahren«, sagte Sigebeorn. »Es ist klar, wo unsere Pflicht liegt. Sollte Folcwalda seinen Eid um des Piktengoldes willen brechen, müssen wir den Preis bezahlen, den die Götter von uns verlangen.«

Sigebeorn und Folcwalda konnten einander nicht ausstehen. Weil er älter war und schon länger in Lindinis diente, war Folcwalda der befehlshabende Hauptmann. Der ehrgeizige Sigebeorn verstand es besser, mit den *wealas* zu reden, deshalb gab er die Befehle der Stadtväter weiter. Der eine schien mürrisch und griesgrämig, der andere heiter und unbeschwert. Beide waren groß und kräftig und teilten mit und ohne Waffen kräftige Hiebe aus, und die zwischen ihnen bestehende Rivalität wunderte niemanden.

»Machst du mit, Garulf?«

Sigebeorn fixierte mich mit seinen stahlblauen Augen, die sein Lächeln Lügen straften, und da wusste ich, dass ich mein Leben verwirkt hätte, gäbe ich eine andere als die erwartete Antwort. Doch ich gab die Antwort aus freien Stücken und hätte mich auch durch keine Drohung davon abhalten lassen.

»Dann los, Bursche, und bleib so lange wie möglich bei den *wealas*.«

Draußen war es nach der stickigen Hitze im Wachhäuschen bitterkalt. Die eisige Luft tat mir in den Lungen weh; hustend trank ich einen weiteren Schluck von Sigebeorns Bier, das mit Schnaps versetzt war.

»Da sind sie, Herr«, sagte Moried und zeigte die Straße entlang.

Hin und wieder taumelte eine dicke weiße Schneeflocke aus dem schiefergrauen Himmel herab. In der Ferne, nahe des Horizonts, näherte sich langsam eine Gruppe von Reitern.

»Weshalb wolltet Ihr, dass der Saesonite dem Pikten sagt, wo er uns finden kann?«, fragte Moried mit besorgter Miene. Er hatte mich noch nicht gesehen, obwohl ich glaube, dass Mab Petroc sich meiner Anwesenheit bewusst war.

»Besser hier als irgendwo unterwegs«, antwortete er. »Außerdem löst sich ja vielleicht alles in Wohlgefallen auf.«

Moried brummte skeptisch.

Die nassen Flocken sammelten sich am Fuße der Mauern, schmolzen dahin und ließen dunkle Flecken auf den grauen Steinen zurück. Der Wind nahm zu und heulte durch die Risse in den verwitterten Holztoren, pfiff durch die Straßen, durchdrang meinen Umhang und veranlasste die Briten, die Köpfe zu senken und im Windschatten des verfallenen Pförtnerhäuschens Schutz zu suchen.

Mab Petroc und Moried harrten an Ort und Stelle aus, wo sie der zunehmenden Gewalt des Sturms ausgesetzt waren. Der Himmel dunkelte rasch ein, der Schnee fiel jetzt dichter, wurde vom tosenden Wind durchs offene Tor geweht und blieb auch liegen.

Ich stellte mich zitternd hinter sie und schlug die Hände zusammen, da mir die Finger steif wurden. Moried spürte meine Anwesenheit und drehte sich mit finsterem Blick zu mir um, Mab Petroc aber legte ihm die behandschuhte Hand auf den Arm.

»Lasst ihn. Später werden wir vielleicht noch froh sein, dass er da ist.«

Der Jüngere hob verwundert die Brauen.

»Hat der Stadtälteste irgendwelche Schwierigkeiten gemacht?«

Das Verhältnis zwischen Artus' Männern und den Stadtoberen von Lindinis war angespannt. Von den Stadtbewohnern hatte ich erfahren, dass der Posten des Stadtältesten vor hundert Jahren sehr wichtig gewesen war, doch mittlerweile war es nur mehr ein inhaltsleerer Titel in einer leeren Stadt.

Im Westen, wo die Sonne unterging, erstrahlte der Himmel in einem bösartigen Licht. Der Wind heulte durch die hinter uns liegenden Gassen, und auf einmal wehten uns die Flocken so dicht entgegen, dass wir nur ein paar Schritte weit sehen konnten.

Mab Petroc spähte angestrengt in den Sturm. Wenn die Reiter sich an die Straße hielten, konnte nichts schief gehen, doch in einem solchen Schneesturm verlor man leicht die Orientierung. Zu sehen war bloß das Schneetreiben, und Mab Petroc schüttelte den Kopf und bedeutete Moried und mir, ihm in den zweifelhaften Schutz des verfallenen Wächterhäuschens zu folgen.

»Die kleine Ratte hat sich über die Ausgaben beklagt!«, übertönte Moried das Heulen des Windes. »Ich habe ihm gesagt, er solle die Ausgaben Artus in Rechnung stellen. Daraufhin hat er gelacht, und da habe ich das Messer gezogen.«

»Und weiter?«

Moried grinste. »Er meinte, wir seien schlimmer als die Saesoniten – Bedienstete eines machtgierigen Kriegsherrn, der sich für etwas Besseres halte.«

Mab Petroc schnaubte und blickte mich an. »Nicht besonders taktvoll, da doch so viele Saesoniten hier stationiert sind.«

»Hätte er das einem von ihnen ins Gesicht gesagt, ich hätte ihm die Kehle durchgeschnitten, und das ist mein voller Ernst!«, sagte Moried.

Ein Schemen tauchte im Toreingang auf, ein gebeugter Schatten auf einem zitternden Pony. Das Pferd tat noch ein paar Schritte, dann blieb es stehen, als wäre es zu dem Schluss gelangt, es habe jetzt, da die Stadt erreicht war, seine Pflicht getan. Weitere Reiter tauchten auf und drängten unter dem Torbogen hindurch, die Kleider nass vom Schnee, die Gesichter unter Kapuzen und hinter Schals verborgen, mit hängenden Köpfen, als wären sie mit ihren Kräften am Ende.

»Vortepor von Dyfed?«, rief Mab Petroc und trat hinaus in das Schneetreiben. »Willkommen in Lindinis!«

Die Neuankömmlinge brachten kaum ein Wort heraus. Alle waren erschöpft, und die Krieger unter ihnen schienen von vorausgegangenen Kämpfen gezeichnet. Die Pferde waren blutig, die Holzschilde gesplittert, und viele ritten in eigentümlicher Haltung, als ob sich unter ihren Umhängen schwere Verletzungen verbargen. Am Ende kamen mehrere Pferde, die mit Toten beladen waren.

»Was ist geschehen?«, fragte Mab Petroc.

Vortepor von Dyfed schlug die Kapuze zurück. Er war jung, kaum älter als ich, das rundliche Gesicht von roten Flecken bedeckt, die sich scharf von der blassen Haut abhoben.

»Ein Hinterhalt. In den Hügeln am Fuße der Hochmoore.« Offenbar bereitete ihm das Sprechen große Mühe.

»Schließt die Tore!«, befahl Mab Petroc. »Formiert Euch und eskortiert unsere Gäste zum Haus.«

Die Männer beeilten sich, seinen Anweisungen nachzukommen, und bildeten einen Ring um die Neuankömmlinge, den jeder Angreifer zuerst hätte durchdringen müssen, um an die Männer aus Dyfed heranzukommen. Im verblassenden Tageslicht wirkten sie bedrohlich, gefährlich, und ich wich an die Wand des Wachhäuschens zurück, denn ich wusste, dass sie mich als Spion betrachteten.

Der Mann, der sich Mab Petroc nannte, winkte mich jedoch zu sich. Ich ging zu ihm, darauf bedacht, sein Pony nicht zu erschrecken. (Ich hatte gehört, dass manche Briten ihre Pferde daraufhin abrichteten, in Schlachtformation mit Zähnen und Hufen zu kämpfen, und wollte nicht die Probe aufs Exempel machen.)

»Folge mir, mein Junge. Ich möchte wissen, ob sich noch jemand für uns interessiert.«

Ich nickte betroffen. Trotzdem hatte ich Verständnis für seine Denkweise. Jeder, der mich sah, würde mich für einen von Sigebeorn oder Folcwalda beauftragten Spion halten. Mich wunderte bloß, dass er mir bereits vertraute. Mir kam das ein wenig voreilig vor, dabei hatte er bislang nicht den Eindruck auf mich gemacht, als überstürze er etwas.

(Und dennoch, wenn ich darüber nachdenke, er hatte sich seit dem Betreten der Stadt wie ein Mann verhalten, der nicht um seine eigene Sicherheit besorgt ist; er hatte Folcwaldas Herausforderung ohne zu zögern angenommen; er war durch die

Straßen geritten, ohne einmal zur Seite zu schauen: und er hatte sich von Sigebeorn in das Wachhäuschen führen lassen, als sei dieser ein alter Freund, dem er vertraute.)

Jedenfalls tat ich wie geheißen. Die Straßen waren nun verlassen, die Stadtbewohner hatten der Wind und das Schneetreiben in die Häuser getrieben. Die Briten legten ein flottes Tempo vor, denn sie wollten vor Einbruch der Dunkelheit am Ziel sein, und ich schlich hinter ihnen her und sah mich beständig um, ob ich verfolgt würde.

Im Dunkel bekam man es in Lindinis leicht mit der Angst zu tun. Die Briten ritten durch die schmalen Seitengassen und suchten den kürzesten Weg zu dem ihnen zugewiesenen Haus. Die Gebäude ragten bedrohlich über mir auf, auf einer Seite kahle Wände, deren Eintönigkeit nur hin und wieder von einem kleinen quadratischen Fenster durchbrochen wurde, auf der anderen verfallene, von Säulen gestützte Holzbalkone, in deren Schatten sich eine ganze Armee hätte verbergen können.

Es war nicht schwer, sich die gemalten Figuren hinter diesen kahlen Wänden vorzustellen, die Götter, Dämonen und Hexen, die die alten Römer verehrt hatten. Es hieß, sie erwachten nach Sonnenuntergang zum Leben und wanderten durch die widerhallenden leeren Räume, über die sie so lange schon wachten.

Schon bald hatte ich die Reiter aus den Augen verloren. Der Wind drückte gegen meinen Rücken, und jedes Mal, wenn ich mich umsah, blieb der Schnee an meinen Lidern kleben und blendete mich. Der Spur der Pferde konnte ich jedoch mühelos folgen, außerdem hörte ich noch ihr Hufgeklapper. Bisweilen rutschten sie auf den vereisten Pflastersteinen aus, und ich erwartete, jeden Augenblick hinter einer Ecke auf ein gestürztes Pony zu stoßen, denn die Tiere hatten sehr erschöpft gewirkt.

Doch offenbar waren sie kräftiger, als es auf den ersten Blick ausgesehen hatte. Hinter jeder Biegung stieß ich auf die immergleichen dunklen, halb von wirbelnden Schneeflocken verdeckten Wände und die Spuren, die immer weiter in die Stadt hineinführten. Ich war mir nicht sicher, was ich am meisten fürchtete: die Tätowierten mit ihren scharfen Messern oder die Zähne und Krallen der unheimlichen Götter.

Ich war der Fährte so lange gefolgt, dass ich zunächst völlig überrascht war, als sie aus der schmalen Gasse auf eine breitere Durchgangsstraße führte. Zu meiner Rechten leuchteten Fackeln. Ich tappte über die vereisten Wagenspuren auf sie zu; Mab Petroc wartete zu Pferd vor einem kleinen Tor, das die anderen bereits durchquert hatten.

»Irgendwelche Vorkommnisse?«

Ich schüttelte den Kopf.

»Gut gemacht. Ich danke dir.«

Er warf mir einen silbernen Anhänger zu, winkte mir Lebewohl, ritt durchs Tor und ließ mich auf der Straße stehen.

Ich wollte ihm etwas nachrufen, ihn vor dem drohenden Angriff warnen, doch ich ließ es sein. Das ging mich nichts an. Ich hatte Artus meinen Speer angeboten, und er hatte ihn zurückgewiesen.

Ich stand dort inmitten des Schneetreibens im Dunkeln, starrte den warmen Lampenschein an, der hinter der hohen Mauer hervordrang, und fragte mich, wie es wohl wäre, zu ihnen zu gehören. Nach einer Weile bekam ich kalte Füße und setzte mich wieder in Bewegung, ziellos zunächst, da ich nicht wusste, ob ich zu Sigebeorn oder Folcwalda zurückkehren sollte.

Ich war noch nicht weit gekommen, als ich einen Stoß in den Rücken bekam, der den Rand des umgeschnallten Schilds schmerzhaft gegen meine Rippen drückte. Ich taumelte, ließ den Speer fallen. Jemand trat mir gegen die Beine, ich stürzte und verlor das Bewusstsein.

Die Kälte erweckte mich wieder zum Leben. Sie war in alle Knochen eingedrungen, die Art von Kälte, die mit einem Fieber einhergeht. Ich zitterte am ganzen Leib, klapperte mit den Zähnen und hörte mich stöhnen.

Ich befand mich in einem kleinen, dunklen Raum mit einem qualmenden Feuer in einer Ecke. Hustend setzte ich mich auf und klopfte mir gegen die Seiten, um die Kälte zu vertreiben.

»Er ist wach«, knurrte eine wohlbekannte Stimme.

Neben mir hockten Frodis Sohn Folcwalda und noch ein anderer Mann. Der Raum wurde von einem Wandleuchter erhellt, der flackernde Schatten auf die Gesichter warf. Folcwalda wirkte so grimmig und bedrohlich wie eh und je, der andere aber schien einem Albtraum entsprungen - schlimmer noch als die Gespenster, mit denen ich mich bei der Durchquerung der Stadt geängstigt hatte.

Er war untersetzt, gut gebaut - nicht so groß wie Frodis Sohn, aber das waren ohnehin nur wenige. Sein dunkler Haarschopf hätte ungekämmt gewirkt, wäre sein Gesicht nicht von zwei Zöpfen eingerahmt gewesen, was darauf hindeutete, dass seine wilde Erscheinung absichtsvoll herbeigeführt war. Seine Haut wirkte im trüben Licht dunkel. Auf die Wangen hatte er je eine grüne Spirale tätowiert, wodurch sein Gesicht einen unpersönlichen Eindruck machte. Dies allein war schon erschreckend, doch am schlimmsten schienen seine Augen zu sein. Leblosere Augen hatte ich noch nie gesehen; sie glichen schwarzen Höhlen, in denen sich auch nicht die kleinste Gefühlsregung zeigte.

Ich erkannte in ihm eines der Wesen wieder, die nachts umherwandelten, ein Trollkind, ein Geschöpf der Finsternis: ein Wesen aus dem Hochmoor, von den Wolfshängen und windumtosten Hochebenen jenseits der uns bekannten Länder.

»Stell ihm Fragen«, sagte er in kaum verständlichem Sächsisch zu Folcwalda.

»Was hast du auf der Straße getan?«

»Sigebeorn hat mich gebeten, den *wealas* zu folgen«, stammelte ich benommen.

»Was hat dir ihr Anführer gegeben?«

»Nichts.«

Er krallte die Finger in meine Blutergüsse, und ich schrie auf. Der Tätowierte hinter ihm lächelte.

»Einen Anhänger«, sagte ich. »Einen silbernen Anhänger. In meinem Beutel.«

»Warum?«

»Zum Dank dafür, dass ich sie durch die Stadt geleitet hatte.«

Folcwalda kniff die Augen zusammen. »Du hast sie von hinten geleitet? Lüg mich nicht an, Bürschchen.«

»Ich habe sie zu den Stadtvätern geführt. Dann brachte ich die Hälfte ihrer Leute zum Südwesttor, wo Sigebeorn den Befehl führt. Ich glaube, die Reiter wollten sich über mich lustig machen.«

»Sa, sa!«, zischte Folcwalda. »Und Sigebeorn? Was hat er vor?«

Ich tat überrascht. »Hauptmann, das weiß ich nicht. Er hat mir gesagt, ich solle den *wealas* folgen und mich vergewissern, dass sie auch zu dem Haus reiten. Seine Pläne kenne ich nicht.«

Der Tätowierte hatte derweil nach einem neuen Binsenlicht gesucht und es in den Halter gesteckt, bevor das alte verlöscht war. Ohne sich umzudrehen, sagte er barsch: »Du lügst. Sag uns die Wahrheit, sonst trifft dich mein Fluch.«

Von hinten beleuchtet, wandte er das Gesicht zu mir um. »Es gab schon mal einen jungen Burschen, der nicht reden wollte. Als ich ihn verfluchte, verfaulte sein Fleisch und fiel binnen einer Nacht von den Knochen ab.« Er leckte sich gierig über die Lippen. »Ich erinnere mich noch an seine Schreie, mit denen er mich am Schlafen hinderte.«

Ich blickte entsetzt zu Folcwalda, der leicht nickte.

»Sigebeorn will das Gold von euch annehmen und euch verraten, wo die *wealas* schlafen. Mehr weiß ich nicht. Mehr hat er mir nicht gesagt.«

Es entstand ein langes Schweigen, während sie auf mich herunterblickten. Ich fror noch immer, zitterte jedoch ebenso sehr vor Furcht wie vor Kälte. Der Tätowierte machte mir Angst, und ich bezweifelte nicht, dass es in seiner Macht stand, mich mit einem schrecklichen Fluch zu belegen.

»Was wollt Ihr?«, flehte ich zu Frodis Sohn. »War ich nicht immer loyal, habe ich mir meinen Met nicht redlich verdient? Ich begreife das alles nicht.«

»Der weiß nichts«, knurrte Folcwalda. Er ließ mich los und trat zurück, machte mir Platz zum Aufstehen.

»Ein Unschuldiger«, murmelte der Tätowierte. Er starrte mich noch eine Weile durchdringend an, dann winkte er mich fort.

»Schick ihn zu deinen Leuten rüber. Wir müssen uns unter vier Augen unterhalten.«

Folcwalda öffnete eine Tür und schob mich in einen hellen, warmen Raum. Während ich blinzelnd auf der Schwelle verharrte und mich zu orientieren versuchte, schloss sich hinter mir die Tür.

Der Raum war größer als der andere, doch es waren so viele Männer anwesend, dass er beengt wirkte. Wo ich auch hinsah, überall starrten mich tätowierte Gesichter an, feindselig und unmenschlich, kalt und verschlagen. Auf den ersten Blick sahen sie mit den dunklen Haarschöpfen, den dünnen Zöpfen und den grünen Spiralen alle gleich aus. Die meisten waren emsig damit beschäftigt, Langmesser und Speerklingen zu wetzen, oder sie überprüften ihre Schilde und Rüstungen. Sie unterhielten sich halblaut, und das Geräusch ihrer Stimmen mischte sich mit dem Kratzen der Schleifsteine. Als sie zu dem Schluss gelangten, dass ich uninteressant für sie sei, wandten sie sich wieder ihrer Arbeit zu und beachteten mich nicht weiter.

In einer Ecke befand sich eine Gruppe von Männern, die sich von den Pikten fern hielten. Ich drängte mich zu ihnen durch, darauf bedacht, keinen der Pikten anzustoßen und ihren Blicken auszuweichen. Meine Kameraden von der Stadtwache begrüßten mich freundlich.

»Was ist passiert?«, fragte ich. »Wo sind wir hier?«

»Wir warten«, antwortete Oswine, der kaum älter war als ich. »Wir warten auf Folcwaldas Anweisungen, dann fallen wir wie der Blitz über den *weala* her.«

»Was sind das für Leute?« Ich deutete auf die Pikten.

»Freunde und Verbündete aus dem hohen Norden. Sie haben sich der heiligen Aufgabe verschrieben, einen von den Lords von Dyfed geraubten Gegenstand wiederzubeschaffen. Das ist ein rechtmäßiges Anliegen, und wir sind aufgrund unseres Treueids verpflichtet, ihnen zu helfen.«

Dies verkündete er mit erhobener Stimme, ohne sich daran zu stören, dass andere ihn hörten. Sodann setzte er grinsend und in gedämpftem Ton hinzu: »Außerdem hasst Folcwalda Artus und dessen Männer. Die Nordländer werden als Erste angreifen. Wir von der Stadtwache hören zwar den Lärm, treffen aber zu spät ein, um das Gemetzel zu unterbinden.«

Ich blickte mich im Raum um. Es waren etwa ein Dutzend Angehörige der Stadtwache und doppelt so viele Pikten zugegen. Ich überlegte, wie viele Krieger Mab Petroc mitgebracht hatte – vierzehn, fünfzehn? Die Männer aus Dyfed würden den Kampf nicht entscheidend beeinflussen können.

»Sie rechnen damit, dass ihr sie angreift.«

Oswine hob eine Braue. »*Wir*«, sagte er. »Sie rechnen damit, dass *wir* sie angreifen.«

»Ich bin unbewaffnet.« Ich breitete die Arme aus.

»In der Ecke. Folcwalda brachte deine Waffen her, nachdem die Pikten dich niedergeschlagen hatten.« Er fuhr sich durch den Bart, auf den er stolz schien, denn er war dicht und üppig. »Wir sind unseren Gegnern weit überlegen. Die Männer aus Dyfed sind erledigt - die Nordländer haben ihnen zugesetzt, seit sie in Dumnonien gelandet sind.«

»Weshalb haben sie ihnen nicht den Rest gegeben, bevor sie Lindinis erreichten?« Die Frage lag nahe, wenngleich sie mir erst jetzt eingefallen war.

»Weil die Nordländer damals noch nicht ihre volle Stärke hatten. Sie haben sich nach und nach eingeschlichen, einige über Land, andere übers Meer, und sich erst heute getroffen.« Er blickte sich im Raum um, senkte die Stimme: »Mit diesen Narben im Gesicht fallen sie überall auf. Wären sie zusammen hergekommen, hätte alle Welt Bescheid gewusst.«

Ich nickte, denn das klang überzeugend. Von der Bewegung wurde mir jedoch schwindelig, und ich setzte mich auf den Boden, bis sich mein Kopf wieder klar anfühlte.

Einige Zeit später traten Folcwalda und der Anführer der Pikten in den Raum. Neben Frodis Sohn wirkte der Pikte mit seinem vernarbten Gesicht und dem wüsten Haarschopf wie ein Geschöpf der Nacht. Ich wusste, dass sich Folcwalda allein von der Gier nach Gold leiten ließ.

Der Pikte unterhielt sich nuschelnd mit seinen Gefolgsleuten, sodass ich Mühe hatte, ihn zu verstehen. (Damals wusste ich noch nicht, dass man eine fremde Sprache am besten von einem Mädchen lernt, unter einer warmen Decke während der langen Wintermonate.) Allerdings verstand ich, dass er nicht von einer heiligen Reliquie sprach, sondern mehrmals eine Frau erwähnte, wenngleich ich nicht begriff, welche Rolle sie bei alledem spielte.

Am Ende des Raums befand sich eine große verriegelte Tür. Ich nahm an, dass dies einmal ein Lagerraum oder eine Werkstatt gewesen war, denn durch die Tür hätte selbst ein Karren gepasst, und der Boden war von Abwasserrinnen durchzogen. Als der Tätowierte geendet hatte, gab er ein Zeichen, worauf alle Lichter gelöscht wurden. Wir warteten eine Weile im Dunkeln, dann wurde die Tür entriegelt und geöffnet.

Es hatte aufgehört zu schneien, und der Mond schwebte inmitten der funkelnden Sterne wie ein vor dem Wind laufendes Kriegsschiff. Der Boden war hart gefroren und mit jungfräulichem Schnee bedeckt.

Die Pikten brachen als Erste auf; sie lockerten die Waffen in den Scheiden und packten die Wurfspeere fester. Sie bewegten sich lautlos, wie Jäger, die sich an einen im Dickicht versteckten Eber anschleichen. Folcwalda ließ ihnen einen kleinen Vorsprung, dann folgte er mit festem Schritt und zermalmte das Eis unter seinen Füßen.

Der Wind heulte durch die Gassen. Von den Dächern lösten sich rumpelnd kleine Schneelawinen, die unsere Spuren verdeckten. Bisweilen stürzten auch Schindeln herab und zerschellten auf dem eisenharten Boden. In der Ferne klapperten Türen und Fensterläden, während die Stadt dem endgültigen Verfall ein Stück näher rückte.

Bald darauf gelangten wir zu der Hofmauer des Hauses, in dem die Briten schliefen. Der dem Hof zugewandte Teil des Hauses war besser zugänglich als der zur Straße hin, und vom Hof führte auch die Treppe, von der Sigebeorn gesprochen hatte, zum Obergeschoss. Hätten wir die Mauer erst einmal überwunden, wäre es nicht schwer, uns Einlass in den Unterschlupf unserer Gegner zu verschaffen.

Die Pikten verteilten sich und warteten auf das Zeichen zum Angriff. Wir hielten uns im Hintergrund und warteten erst einmal ab, wie sich die Situation entwickeln würde. Einen Augenblick lang herrschte Stille. Der Wind legte sich, als hielten die Götter den Atem an.

Dann ertönte ein Schrei.

Er durchschnitt die Luft wie das Geheul einer brünstigen Füchsin, wurde leiser und setzte mit neuer Kraft wieder ein, um scheinbar endlos anzuhalten. Oswine ließ das Schwert fallen, von dem unheimlichen Laut seiner Kraft beraubt. Selbst

Folcwalda, der grimmige Veteran der Schlacht von Badon Hill, zuckte zusammen und schlug das Zeichen des Hammers.

Der Laut war aus dem Haus gekommen. Einige von uns vergaßen die Absprache und rannten zur Mauer, um in den Hof zu spähen.

Der Hof lag in jungfräulichem Weiß da. Der Ursprung des Geheuls musste sich im Haus befinden.

Riegel klapperten, Türen öffneten sich. Fackeln übergossen den Schnee mit rötlichem Schein. Stimmenlärm ertönte, während das Haus erwachte. Ein Mann rannte die Holztreppe hoch, das dumpfe Echo seiner Schritte drang bis zu uns, die wir uns im Dunkeln, außerhalb der Reichweite der Fackeln, versteckt hielten. Er rüttelte am Riegel, hämmerte gegen die Tür, rief den unten stehenden Männern zu:

»An mir ist niemand vorbeigekommen. Das Geräusch kam von hier oben.« Er hämmerte mit dem Speerschaft gegen die Tür. »Aufmachen, in Artus' Namen!«

Ich starrte auf die Gruppe, die sich am Fuß der Treppe versammelt hatte. Einige der Männer - die auf Wache gewesen waren, als der Schrei ertönte - waren vollständig bekleidet, mit Kettenhemden und Winterumhängen. Andere trugen bloß einfache Umhänge und waren mit dem bewaffnet, was gerade zur Hand gewesen war - mit Schwert, Langmesser oder Speer.

Auch Mab Petroc befand sich unter ihnen. Er stand barhäuptig und mit bloßen Armen inmitten seiner Männer und trug nicht einmal einen Umhang, wenngleich er seltsamerweise noch immer die dicken Lederhandschuhe übergezogen hatte. Er blickte zu dem Wachposten auf dem Treppenabsatz hoch.

»Brich die Tür auf, Goronwy!«, rief er.

Goronwy drehte sich um, als habe er Mab Petroc wegen des Getrommels mit dem Speer nicht gehört. Er beugte sich über das Geländer, und in diesem Augenblick wurde er von einem Speer getroffen. Die Wucht des Aufpralls, dessen Echo dumpf im Hof widerhallte, schleuderte ihn gegen die Tür. Er ließ den Speer aus seiner Hand fallen und schwankte, fasste sich an den Rücken, und dann sprudelte Blut aus seinem Mund, als ob er sich übergäbe, und überzog den Schnee mit einem Muster dampfender Löcher. Das Holzgeländer gab unter seinem Gewicht nach und er stürzte kopfüber von der Plattform.

Die Pikten schwärmten über die Mauer, ehe Goronwys Körper auf dem Boden aufschlug, und schleuderten ihre Speere. Mehrere Briten brachen zusammen, die Übrigen warfen die Fackeln weg, denn durch die Helligkeit boten sie ein einfaches Ziel. Die Fackeln zischten im Schnee, viele aber brannten weiter und warfen unheimliche Schatten an die Wände.

Mab Petroc sprang vor und rief: »Her zu mir! Her zu mir!« Er schlug dem vordersten Gegner die Beine weg und wäre beinahe mit dem nachfolgenden Mann zusammengeprallt, wehrte dessen Langmesser ab, indem er mit dem Unterarm das Handgelenk des Pikten blockierte, fasste das Schwert weiter vorn und rammte es seinem Gegner in den Bauch.

Einen Augenblick lang war er ganz auf sich allein gestellt und zog die Pikten an wie eine Flamme die Motten, ohne sich mit einem Schild schützen zu können.

Oswine stieß an meiner Seite bewundernd den Atem aus: bewundernd und auch bedauernd, denn niemand konnte gegen eine solch große Übermacht lange aushalten.

Dann begann Mab Petroc ernsthaft zu kämpfen, und ich vergaß alles - die schneidende Kälte, meinen schmerzenden Schädel, die Rivalität zwischen Folcwalda und Sigebeorn -, als ich seinen Umgang mit dem Schwert beobachtete. Auf einmal begriff ich, weshalb Artus' Männer in der Schlacht angeblich unbesiegbar waren.

Seine Bewegungen waren gar nicht sonderlich schnell. Ich wusste, dass andere Gefährten schneller waren - Lleminawg der Tänzer besaß angeblich die Schnelligkeit einer zubeißenden Schlange -, dabei hatte ich immer gedacht, sie wären alle dazu ausgebildet, auf die gleiche Weise zu kämpfen.

Er bewegte sich langsam, so langsam, dass ich zunächst nicht erkennen konnte, wie er die Füße stellte, da sich um ihn herum Pikten drängten. Trotzdem war er nie an der Stelle, wo sie hinzielten, sodass ihre Klingen die leere Luft durchteilten oder sie bei dem Versuch, an ihn heranzukommen, übereinander stolperten. Es war, als gehorche bei ihm die Zeit anderen Gesetzen, sodass er keiner Eile bedurfte.

Um ihn herum färbte sich der Schnee im Fackelschein allmählich schwarz. Gefallene lagen am Boden, andere brachten sich stöhnend vor seiner Klinge in Sicherheit.

»Sie haben Angst vor ihm«, sagte Folcwalda, »und die Angst macht sie unbeweglich.«

Er hob das Schwert. »Bildet Keilformation. Wehrt die *wealas* mit den Speeren ab. Wir nehmen uns den Haupteingang vor.«

Ich wechselte Blicke mit Oswine, dem ebenso unbehaglich zumute war wie mir. Mab Petroc hatte derweil die Wucht des Angriffs gebrochen, und wenngleich die Angreifer die anderen Briten nach wie vor daran hinderten, ihm zu Hilfe zu kommen, hatten sie das Überraschungsmoment doch nicht mehr auf ihrer Seite.

Das Kampfgetümmel war am Fuße der zum Obergeschoss hinaufführenden Treppe, wo vermutlich die Abordnung aus Dyfed untergebracht war, am dichtesten. Die obere Tür war noch immer geschlossen, doch hinter einem kaputten Fensterladen bewegte sich eine Gestalt. An anderer Stelle hinderte eine Gruppe von Pikten die Überlebenden von Artus' Mannen daran, das Haus zu verlassen; wenn sie sich mit unserer Hilfe Einlass verschafft hätten, würden sie das Gebäude in Brand setzen und die Verteidiger ausräuchern.

»Jetzt!«, rief Folcwalda.

Wir setzten über die Mauer, schlugen einen weiten Bogen um Mab Petroc und das Gemetzel und rannten mit angelegten Speeren und überlappenden Schilden auf das Haus zu. Zwei Briten versuchten, uns den Weg zu verstellen, wurden aber vom Angriffskeil niedergetrampelt.

Wir hatten den Hof etwa zur Hälfte überquert, derweil ich verzweifelt überlegte, ob ich mich auf Folcwaldas Seite schlagen oder mich davonschleichen sollte, als eine gewaltige Stimme ertönte.

»Stehen bleiben!«

Mich hätte fast der Schlag getroffen. Sigebeorn war endlich eingetroffen, und mit ihm mindestens ein Dutzend unserer Leute.

Der Keil verlor an Zusammenhalt, als einige von uns sich zu der neuen Bedrohung umdrehten.

»Ich bin für Sigebeorn«, flüsterte ich Oswine zu, riss mich, ehe einer der unseren mich niederhauen konnte, los und rannte auf die Neuankömmlinge zu, wobei ich den Schild zum Zeichen, dass ich niemanden angreifen wollte, von mir abhielt.

»Eidbrecher!«, rief mir jemand nach - vielleicht war es sogar der arme Oswine. Ich reagierte nicht darauf, denn Beanstan und Hussa klopften mir auf den Rücken und hießen mich in ihren Reihen willkommen.

Nun ergriff der einst so fröhliche Sigebeorn mit ernster Stimme das Wort.

»Nicht Garulf ist der Eidbrecher! Wir sind die Stadtwache von Lindinis, nicht die Erfüllungsgehilfen dieser Wilden. Die Leute, die ihr angegriffen habt, haben die Stadt wie alle Menschen guter Absicht durchs Tor betreten. Diejenigen, die ihr verteidigt, haben sich wie Diebe über die Mauer geschlichen, um ihre unehrenhaften Absichten unter dem Schleier der Dunkelheit zu verbergen.

Folcwalda! Du bist nicht der Richtige, uns anzuführen. Leg dein Schwert nieder. Und ihr anderen, schließt euch uns an.«

Einen Augenblick lang sah es so aus, als fände er Gehör. Folcwaldas Anhänger traten verlegen von einem Bein aufs andere und blickten einander unsicher an. Sie brachten es nicht über sich, gegen ihre Kameraden zu kämpfen.

Dann ergriff Frodis Sohn das Wort.

»Sigebeorn von den Sicga, deine Machtgier kennt keine Grenzen. Ich gebe hier die Befehle, nicht du, und ich führe lediglich den Willen der Stadtväter aus. Artus' Männer sind ebenso überheblich wie du. Man muss sie in die Schranken weisen - und dich auch!«

Sigebeorn stürzte sich mit hoch erhobenem Schwert knurrend auf ihn, wohl mit der Absicht, dem Streit rasch ein Ende zu machen. Folcwalda trat zur Seite und führte einen so kräftigen Hieb gegen den Schild des Secgan, dass die Späne flogen. Sigebeorn taumelte, und ehe er sich wieder gefangen hatte, traf ihn Frodis Sohn am Rumpf und durchteilte Kettenhemd und Fleisch. Sigebeorn fiel auf die Knie nieder. Folcwalda holte abermals aus und ließ das Schwert auf den ungeschützten Kopf von Sigeferths Sohn niederkrachen.

Es war so schnell vorbei, dass wir Zuschauer wie Narren Augen und Maul aufsperrten.

Folcwalda richtete sich mit bluttriefendem Schwert auf. Wir vergaßen die Kämpfe um uns herum, die Schreie und das Waffengeklirr. Wir hatten nurmehr Augen für diese große graue Gestalt.

»Ich bin der Anführer der Stadtwache«, sagte er. »Wagt jemand, mir zu widersprechen?«

»Ja!«, rief Beanstan und schleuderte einen Speer auf den großen Mann.

Folcwalda wehrte ihn mit dem Schild ab, was wie ein Signal auf beide Gruppen wirkte. Im nächsten Augenblick gingen wir uns gegenseitig an die Kehle, drängten mit Speer und Schild aufeinander ein. Ich sah, wie der arme Oswine zu Boden fiel, wie sich der Bart, auf den er so stolz gewesen war, blutig färbte, während Hussa aufgrund des Gedränges auch dann noch an meiner Seite aufrecht blieb, als er längst schon tödlich verwundet war. Schließlich bildeten sich zwei Reihen erschöpfter Männer, die sich auf ihre Speere stützten. Zwischen uns lagen im aufgewühlten Schnee mehrere gute Krieger beider Seiten.

Ich blickte mich verstohlen um. Die Kämpfe waren fast zum Erliegen gekommen. Die meisten Nordländer lagen am Boden, und die wenigen Überlebenden versuchten, sich über die Mauer in Sicherheit zu bringen. Der Mann, der sich Mab Petroc nannte, trat mit Moried und ein paar anderen, die brennende Fackeln hielten, auf uns zu. In deren rotgoldenem Schein wirkte er müde und erschöpft, viel älter als zu Anfang.

»Es ist zu Ende!«, rief er in unserer Sprache. »Es ist aus. Legt die Waffen nieder und geht nach Hause. Ist Sigebeorn bei euch?«

Alle schwiegen. Dann nahm Folcwalda zwischen den beiden Reihen Aufstellung und trat gegen einen der Toten.

»Hier, *Weala*. Da liegt er. Ich habe ihn getötet. Willst du dich zu ihm gesellen?«

»Geh nach Hause, Saesonite«, sagte Mab Petroc erschöpft. »Geh heim.«

Folcwalda richtete sich zu voller Größe auf und schwenkte

die mächtige Klinge hin und her, sodass sie die Luft schwirrend durchteilte.

»Ich bin hier zu Hause.«

Mab Petrocs behandschuhte Hand sank auf den Knauf seines Schwertes nieder. Moried fiel ihm in den Arm, und einen Moment lang ähnelten sie den erstarrten Gestalten der römischen Götterbilder, mit denen damals, als Mittelerde noch jung war, die Wände geschmückt wurden.

Das große Schwert stieg empor und sank nieder.

Ich glaube nicht, dass Folcwalda Niedertracht im Sinn hatte. Ich glaube, dass er von Stolz und Zorn überwältigt wurde und gedankenlos zuschlug.

Ebenso wenig überlegte ich, bevor ich handelte. Mein Warnschrei überraschte mich ebenso sehr wie alle anderen.

Mab Petroc stieß daraufhin Moried beiseite, aus der Reichweite des Schwertes fort. Er zog seine Waffe, wurde jedoch auf dem falschen Fuß erwischt, und als Folcwaldas Schild aus schwerem Lindenholz gegen seine Rippen krachte, wich er zurück, taumelte und rutschte auf dem Eis aus.

Ihr müsst bedenken, dass er weder Kettenhemd noch Lederwams trug und keinen Schild besaß, sodass er sich lediglich mit dem Schwert gegen Frodis Sohn zur Wehr setzen konnte. Zudem war er müde, kampfesmüde, denn er hatte die Wucht des Angriffs ganz allein aufgefangen. Folcwalda war obendrein ein gerissener Kämpfer mit der Erfahrung zahlreicher Kriegszüge. Mit Sigebeorn, auch dieser kein schlechter Krieger, war er mühelos fertig geworden.

Und so schauten wir zu und warteten darauf, dass Frodi seinen kleineren Gegner niederhauen würde. Die riesige Klinge zischte und fauchte auf der Suche nach Beute, schlug Funken aus den Pflastersteinen, wenn sie den Schnee durchdrang.

Die Kämpfer umkreisten einander. Folcwaldas Gesicht lugte so grimmig und unerbittlich wie eh und je hinter seinem Schild hervor. Abermals wechselten sie die Stellung, und nun sah ich Mab Petrocs Gesicht. Er lachte, von Kampfeslust erfasst, und er lachte noch immer, als er den Kampf mit einem Hieb beendete, der Folcwaldas Kettenhemd spaltete und tief in seinen Bauch eindrang.

Mab Petroc drehte die Klinge herum, zog sie hervor und trat einen Schritt zurück. Folcwalda, der nicht glauben wollte, dass er tödlich verwundet war, schwankte wie ein Baum im Sturm. Dann stürzte er nach vorn, wie eine vom entscheidenden Axthieb getroffene Eiche, und schlug so fest auf dem Boden auf, dass dieser erzitterte.

»Wer hat eben gerufen?«, fragte Mab Petroc.

Sein Haar war schweißverklebt, und er atmete schwer, doch auf mich - damals war ich noch sehr jung - wirkte er wie ein Kriegsgott - als wäre Tiw, der Krieger, wieder zum Leben erwacht.

Meine Kameraden wichen vor mir zurück.

Er lächelte. »Ich danke dir, Führer.«

Moried, der zusammen mit seinem Herrn von Folcwaldas Klinge gestorben wäre, hätte ich ihn nicht gewarnt, legte seinem Anführer den Arm um die Schultern. »Dein Silber war gut angelegt«, sagte er und geleitete Mab Petroc zum Haus.

»Das war nicht der Grund«, rief ich ihnen nach. »Ich habe es nicht wegen des Silbers getan.«

Ich weiß nicht, ob sie mich hörten.

3

»Dreißig Jahre später quält mich noch immer der Gedanke, Moried könnte geglaubt haben, ich hätte mich kaufen lassen«, sagte Garulf und ließ den Blick über die Gesichter der Zuhörer schweifen.

Er ergriff ein Trinkhorn und befeuchtete sich die Kehle. Die Schatten ließen die Falten auf seinen Wangen überdeutlich hervortreten, dennoch sah Ceolric auf einmal wieder den Jüngling vor sich, der Mab Petrocs Männer durch die unheimlichen Straßen der sterbenden Stadt geleitet hatte.

»Und weiter?«, fragte Ceolric, der die Spannung nicht länger ertrug. »Wer war dieser Mann? Was wurde aus dem Anführer der Pikten? Was haben sie von den Leuten aus Dyfed gewollt?«

»Was war das für ein Schrei, der Mab Petroc aufweckte, bevor die Pikten angriffen?«, wollte ein anderer wissen. »Mach schon, Garulf, du wirfst mehr Fragen auf, als du Antworten gibst.«

»Gilt das nicht ganz allgemein für unser Leben hier in Mittelerde?«

»Wer war Mab Petroc?«, wiederholte Ceolric.

Garulf lächelte, so wie Sigebeorn, der zum Tode verurteilte Secgan, wohl gelächelt hätte, hätte man ihm die gleiche Frage gestellt. Auf einmal begriff Ceolric, was sein Vater an dem Friesen nicht mochte, nämlich diese selbstgefällige Heimlichtuerei, die Neigung, sein Wissen anderen vorzuenthalten. (Doch das war ungerecht - Garulf hatte sich bei seinen Erklärungen zu Navigation und Seemannschaft nicht zurückgehalten.)

»Die Antwort ist in der Geschichte enthalten. Denkt drüber nach, dann werdet ihr schon darauf kommen.« Garulf streckte sich und gähnte. »Und was die anderen Fragen betrifft, so bin ich mir nicht sicher. Das Volk von Dyfed besaß einen Schatz, den die Tätowierten Artus nicht überlassen wollten, aber was für ein Schatz das war, vermag ich nicht zu sagen.«

Er trank noch einen Schluck und blickte mit seinen weitsichtigen Seefahreraugen in die Runde.

»Ich kann Euch bloß dieses sagen. Kurz darauf segelte Artus mit seinen treuesten Gefährten nach Norden. Er war eine Zeit lang fort, so lange, dass schon gemunkelt wurde, er sei tot. Als er wieder auftauchte, wurde er als Herrscher bezeichnet - oder als Amheradwyr, wie die Briten sagen.«

Einen Augenblick lang herrschte Stille, während der Wind in die Asche blies und den Rauch in der Bucht verwirbelte. Am Himmel funkelten die Sterne, und der zunehmende Mond schien auf das leere Meer. Landeinwärts heulte ein Wolf, und die Männer warteten gespannt.

»Du hast gesagt, Mab Petroc wäre wie ein Gott gewesen, wie der leibhaftige Tiw«, sagte Wicga bedächtig, als hätte er lange und gründlich darüber nachgedacht.

»Ja, das habe ich gesagt«, meinte Garulf. »So wirkte er auf mich, nachdem er Folcwalda erschlagen hatte.«

»Ah«, machte Wicga und nickte vor sich hin. Der Friese beobachtete ihn mit stiller Belustigung, und Ceolric beobachtete die beiden Männer, ohne etwas zu begreifen.

»Erzähl uns von Camlann!«, rief jemand.

»Aye, erzähl uns von Camlann und von Artus' Tod!«, schrie ein anderer.

Der Friese gähnte und schüttelte den Kopf. »Heute Abend nicht mehr. Ich muss schlafen, denn wir müssen in aller Frühe mit der Flut auslaufen. Vielleicht morgen, wenn ihr mögt. Morgen werde ich euch von Camlann erzählen.«

VIERTES KAPITEL

Früher einmal war seine Rechte berühmt gewesen für ihre Kraft, denn sie konnte es sogar mit dem Händedruck Glewlwyds, mit dem festen Griff aufnehmen, der damals, als die Welt noch jung war, Artus als Pförtner diente.

(Mit seiner Linken sah es freilich ganz anders aus.)

Wie er sie so anschaute, während er sich zur Hütte zurückschleppte, hätte er am liebsten geheult. Die blauen Adern traten knotig hervor, die Knochen waren deutlich zu sehen und die Knöchel geschwollen. Sein Handgelenk wirkte spindeldürr.

Er war ein alter Mann, und der Fieberanfall hatte ihn dem Tod näher gebracht, als er wahrhaben wollte.

Das Mädchen wartete oben auf dem Hang, das Haar von der untergehenden Sonne flammend rot gefärbt. Als sie seinen schleppenden Gang bemerkte, kam sie den Hang heruntergerannt und hatte den Weg, über den er sich zum Holzholen in den Wald geschleppt hatte, im Nu hinter sich gebracht. Sie nahm seinen Arm und er stützte sich bei ihr auf.

Ihr lieblicher und gesunder Duft erinnerte ihn an Sommerabende und die um den Palas von Caer Cadwy kreisenden Schwalben.

Sie sprach aufmunternd auf ihn ein, versuchte ihn zum nächsten Schritt zu verlocken und schalt ihn aus, weil er zu weit gegangen sei, doch er hörte nicht auf sie, sondern träumte von der Vergangenheit ...

»Budoc! Lass uns hier eine Rast einlegen.«

Sie drückte gegen seine Schultern (die schmal und knochig waren, denn die Muskeln hatte die Krankheit aufgezehrt), doch dies geschah in weiter Ferne, am Ende eines langen, dunklen Tunnels.

»Budoc! Bitte!«

Ihr Gesicht schien angstverzerrt. Sie würde einmal schön werden, und es war nicht recht, dass ihr Gesicht so entstellt wurde.

»Eurgain«, sagte er unvermittelt. Er blinzelte, und die Welt wurde wieder scharf. »Mein liebes Kind.«

Er blickte sich um und erkannte die Stechginsterbüsche wieder, die die Senke mit der Hütte säumten.

»Ich war im Wald«, sagte er entschuldigend.

»Hmmm«, machte sie missbilligend, wobei sie ganz wie ihre Mutter klang. Er verkniff sich ein Grinsen, um ihre Gefühle nicht zu verletzen.

Anscheinend aber hatte sie doch etwas gemerkt, denn sie runzelte die Stirn und musterte ihn von Kopf bis Fuß mit der Ernsthaftigkeit eines Wundarztes, und jetzt konnte er sich nicht länger beherrschen. Seine Lippen zuckten.

»Weshalb lachst du?«, fragte sie misstrauisch.

»Weil ich am Leben bin«, antwortete er voller Verwunderung, denn es stimmte; er war am Leben und war froh darüber.

Zunächst war sie sich unsicher, ob er sich nicht doch etwa über sie lustig machte, dann aber löste sich ihre Anspannung auf einmal in Gelächter auf.

»Ich danke dir für deine Freundlichkeit«, sagte er nach einer Weile und wischte sich die Augen mit dem Saum des Umhangs ab. »Würdest du auch deiner Schwester meinen Dank ausrichten, wenn du heimkommst? Ohne euch beide wäre ich gestorben.«

Eurgain nickte, dann errötete sie bis in die Haarwurzeln. »Mutter hat uns aufgetragen, dich zu besuchen.«

»Das glaube ich gern«, meinte er gelassen. »Aber die Fürsorglichkeit, die ihr mir habt angedeihen lassen, als ich hilflos dalag und das Fieber in mir brannte, die kam von euch und zwar aus freien Stücken.«

»Ja, schon ...« Sie zupfte verlegen am Gras.

»Ich bin euch sehr dankbar«, sagte er sanft.

Sie saßen in kameradschaftlichem Schweigen da und genossen die letzten Sonnenstrahlen, während der Wind von den Klippen wehte und auf der einen Seite die Brandung und auf der anderen die Bäume rauschten.

»Habe ich im Fieber etwas gesagt?«, fragte er.

»Ja, häufig. Du hast Dyfyr und mich mit jemand anderem verwechselt. Und du hast mit Leuten geredet, die nicht da waren.«

»Habe ich Namen erwähnt?«

Sie zupfte an einer Haarsträhne und überlegte angestrengt. »Viele Namen. Einen nanntest du den Falken.« Sie wickelte sich die Strähne um den Finger. »Nein, ich erinnere mich nicht mehr.«

»Teleri? Habe ich Teleri erwähnt?«

»Ja!« Sie klatschte triumphierend in die Hände. »Mit der hast du uns verwechselt.« Sie sah ihn von der Seite an. »War das deine Frau?«

»Nein«, antwortete er schroff.

Sie zuckte zurück, da sie fürchtete, sie habe ihn durch eine allzu persönliche Frage verletzt. Er erinnerte sich daran, wie jung sie war, und setzte in freundlicherem Ton hinzu:

»Hätten sich die Dinge anders entwickelt, wäre sie es wohl geworden.«

Krähen flogen über sie hinweg, unterwegs zum Wald. Eine, die am Rand des Schwarms flog, legte die Flügel an und landete in einer Kiefer.

»Ich begreife nicht, weshalb sie nicht vom Himmel fallen, wenn sie das tun«, sagte Eurgain.

»Die Luft ist ihr Element, daher besteht zwischen ihnen eine enge Beziehung. Wenn man Vögel beobachtet, zumal Möwen, die die gewandtesten Flieger sind, dann scheint es so, als gäbe es am Himmel ähnliche Strömungen wie auf See. Die Vögel reiten darauf, so wie Otter auf den Wellen eines Flusses, und lassen sich von ihnen tragen.«

Sie ließ sich das durch den Kopf gehen und sagte dann: »Du bist nicht wie der andere.«

»Wie welcher andere?«

»Wie der Einsiedler, der vor dir hier war. Er lebte allein, weil er Menschen nicht mochte und die Menschen ihn nicht mochten. Mein Vater hat uns ermahnt, uns von ihm fernzuhalten, weil er immer so reizbar war. Einmal hat er ein paar Jungs dabei ertappt, wie sie ihm nachspionierten, und hätte Owain beinahe den Arm gebrochen. Er war ein Furcht einflößender Mann. Er war unberechenbar.«

Jetzt verstand er ihre Zurückhaltung. »Aber ich bin anders.«

»Ja. Bei dir fühlt man sich sicher. Mutter meint, manche Menschen tun anderen gern weh. Ich glaube, das war so einer.«

»Vielleicht ist er ja deshalb hergekommen, um der Versuchung zu entgehen«, meinte Budoc sanft. »Bisweilen vermögen die Menschen ihre Begierden nicht zu beherrschen, so sehr sie sich auch bemühen. Vielleicht wusste er ja, dass er seine schlechten Seiten niemals in den Griff bekäme, und hat allein gelebt, weil er niemanden verletzen wollte.«

In ihr arbeitete es. Ihre Brauen rückten zusammen, und ihr Blick wandte sich nach innen, bewegt von widerstreitenden Gefühlen: Zorn, Verachtung, Mitleid.

»Du meinst, er war vielleicht gar kein so schlechter Mensch, wie wir geglaubt haben?«

»Möglich wäre es. Vielleicht hat er ja einen langen, mühsamen Kampf gegen seine dunklen Seiten ausgefochten.«

Sie schüttelte den Kopf, hielt ihre Tränen zurück. »Der arme Mann. Der arme, arme Mann.«

Budoc streckte sich und stand auf. »Komm, es wird kühl.«

Sie sprang mit der Leichtfüßigkeit der Jugend auf und fasste ihn beim Arm, um ihm den Hang hinaufzuhelfen.

»Jetzt hat er seinen Frieden gefunden«, sagte Budoc, als sie sich der Hütte näherten. »Welche Dämonen ihn auch ein Leben lang gequält haben mögen, jetzt ist er sie los.«

Als er dem Kloster in der Bretagne beigetreten war, hatte er zunächst darunter gelitten, das unerfahrenste Mitglied der Gemeinschaft zu sein.

Es machte ihm nichts aus, sich von Jüngeren unterweisen zu lassen, vorausgesetzt, diese wussten, was sie sagten. Aber sich von Jünglingen kritisieren zu lassen, die nur das Leben in der abgeschlossenen Welt des Klosters kannten, war ihm schwer gefallen.

Er hatte sich absichtlich keinen der strengen Orden ausgesucht, bei denen der ganze Tagesablauf geregelt war und entweder im Gebet oder mit schwerer körperlicher Arbeit zugebracht wurde, die nur von wenigen Stunden Schlaf unterbrochen wurde. In diesen Klöstern war nicht nur Privatbesitz, sondern auch der Einsatz von Tieren verboten, sodass sich die in Lumpen gekleideten Mönche wie menschliche Ochsen vor den Pflug spannten und von Brot, Kohl und Wasser lebten. Kein Wunder, dass die Sterblichkeit bei ihnen hoch war.

Er hielt diesen übermäßigen Eifer wie viele andere für eine Form frommen Hochmuts, als wollten sie sagen: »Schaut mich an.«

Das Kloster, das er ausgewählt hatte, konnte von den Einkünften aus den ihm vermachten Besitzungen gut leben. Die schwere Arbeit wurde von den Bauern getan, die im Abt nicht nur ein geistiges Oberhaupt, sondern auch einen weltlichen Führer sahen. In den strengeren Orden war die Bibel bisweilen das einzige vorhandene Buch, hier aber gab es eine große Bibliothek und eine Schreibstube, wo Abschriften alter Texte angefertigt wurden.

Dies bedeutete nicht, dass alle Mönche Gelehrte waren. Einige zogen körperliche Arbeit vor, halfen aus freien Stücken auf den umliegenden Höfen mit oder arbeiteten im Gemüsegarten innerhalb der Klostermauern. Andere wiederum waren tüchtige Zimmerleute oder Schmiede und nutzten die Gaben, die Gott der Herr ihnen geschenkt hatte.

Die Ordensregel war einfach, aber bindend. Müßigtum wurde nicht geduldet, doch den Mönchen stand jeden Tag ein wenig Freizeit zu. Privater Besitz war in gewissen Grenzen erlaubt. Die Mahlzeiten waren nahrhaft, jedoch nicht übermäßig üppig, und Budoc speiste kaum schlechter als am Artushof.

Anfangs machte er wie jeder Neuling Fehler. Bisweilen ließ er eine Arbeit ungetan oder verspätete sich zur Messe. Sobald er sich der Verfehlung bewusst wurde, beichtete er sie bereitwillig und nahm die ihm auferlegte Buße auf sich. Es machte ihm nichts aus zu büßen, wenn er gefehlt hatte.

Was ihm hingegen missfiel, auch wenn er durchaus Verständnis dafür hatte, war der Umstand, dass jeder Mönch seines Bruders Hüter war.

Die Ordensregel verlangte, dass jeder Bruder, der bemerkte,

wie einer seiner Mitbrüder sich eines Verstoßes gegen die Klosterordnung schuldig machte, diesen aufforderte, seine Verfehlung zu beichten, bevor er selbst mit dem Abt sprach. Auf diese Weise war der Mönch kein bloßer Informant, sondern ein wahrer Hüter der Ordensregel.

So weit die Theorie. In der Praxis aber hatte dies zur Folge, dass die, die sich beim Abt lieb Kind machen wollten, den Neuling auf Schritt und Tritt beobachteten und auf die unvermeidlichen Verfehlungen warteten. Zeitweise hatte Budoc den Eindruck, ihre Vorhaltungen seien pure Krittelei um ihrer selbst willen.

Ein junger Mann hatte ihn besonders auf dem Kieker.

Salvian war ein Waisenkind und von den Mönchen schon im Säuglingsalter aufgenommen worden. Er hatte keine innere Berufung erfahren, wusste von der Welt aber auch nur das, was er von seinen Mitbrüdern und den wenigen Besuchern in Erfahrung bringen konnte, und dies ermutigte ihn nicht, sich ein eigenes Leben in Freiheit aufzubauen.

Stattdessen suchte Salvian sich ein neues Betätigungsfeld innerhalb des Klosters. Im Alter von vierzehn Jahren (also bei Erreichen der Volljährigkeit) wurde er dabei erwischt, wie er einem Mönch einen Ring stehlen wollte. Die folgenden zwei Jahre verbrachte er mit Buße, flehte Gott stündlich um Vergebung an, schlief auf dem harten Boden, wärmte sich bloß mit ein wenig Heu und verzichtete bei den Mahlzeiten auf Fleisch und Wein.

(So schwer es Salvian fiel, sich mit seiner eingeschränkten Kost zu begnügen, sie wäre in den strengen Klöstern wohl eher als dekadenter Luxus angesehen worden. Die Ordensregel legte genau fest, was ihm erlaubt war: Brot, Gemüse aus dem Garten, Eier und Käse, ein halber Krug Milch und ein ganzer Krug Molke oder Buttermilch.)

Seine Bußzeit endete sechs Monate, bevor Budoc dem Kloster beitrat. Salvian war wieder ein vollwertiges Mitglied der Klostergemeinschaft, seine Sünden waren vergeben, wenn auch nicht vergessen. Aber wenn der Sinn der Bestrafung darin bestand, den Sünder zu Christus zurückzuführen, hatte sie ihn bei Salvian verfehlt. Er war voller Groll und Zorn, und aus einem unerfindlichen Grund reagierte er diesen ab, indem er ständig neue Verfehlungen bei dem Neuen entdeckte.

Jeden Nachmittag arbeitete eine Gruppe von Mönchen, darunter auch Budoc, im Gemüsegarten, jätete das Unkraut und wässerte das Gemüse mit Wasser aus dem Brunnen. Budoc fand Gefallen an dieser geistlosen Tätigkeit und arbeitete gern mit seinen neuen Brüdern zusammen.

Beeinträchtigt wurde der Friede allein durch Salvians Anwesenheit.

Eines warmen Tages ging der junge Mann zu weit. Winwalloe, der seinen berühmten Hut trug, der ihn zur ständigen Zielscheibe freundschaftlichen Spottes machte, arbeitete mit Budoc zusammen in der Außenreihe, wo sie die Erde mit Hacken auflockerten und das Unkraut herauszogen. Hin und wieder richtete Winwalloe sich auf, lächelte Budoc zu und bleckte dabei seine großen gelben Zähne.

Sie waren fast fertig, als Salvian, der sie auf seine Hacke gestützt beobachtete, plötzlich sagte:

»So geht das aber nicht, Bruder Budoc!«

Budoc begriff zunächst nicht, dass der junge Mann mit ihm redete.

»Wie bitte?«

»So geht das nicht!«, fauchte Salvian. »Was ist denn das hier?«

Er deutete an Winwalloe vorbei auf einen hellgrünen Trieb, der aus dem frisch gehackten Boden hervorlugte.

Budoc besah ihn sich. »Das ist eine Kohlpflanze.«

»Mach dich nicht über mich lustig!« Salvian lief puterrot an, an seiner Schläfe pulsierte eine Ader.

Winwalloe beugte sich vor und betrachtete das grüne Ärgernis. »Er macht sich nicht über dich lustig, Bruder«, sagte er mit milder Stimme. »Das ist wirklich ein Kohltrieb.«

Salvian knurrte. »Er strengt sich nicht genug an und ist nachlässig.«

»Unsinn!«, sagte Winwalloe, dessen schlaksiger Körper mit jeder Faser Missbilligung ausdrückte. »Er arbeitet mehr als du. Was hast du heute schon geschafft?«

»Sehr viel!« Salvian trat näher und stieß Winwalloe grob beiseite.

Winwalloe, den er auf dem falschen Fuß erwischt hatte, geriet ins Stolpern und fiel hin, wobei er sich noch bemühte, den zarten Pflänzchen auszuweichen. Der Hut rutschte ihm vom Kopf, sein Pferdegesicht spiegelte Bestürzung wider.

(Artus kippte langsam vom Pferd und verschwand in Schlamm und Dunkelheit ...)

Der junge Mann stürzte sich auf Budoc, die Hacke wie einen Speer angelegt, während die Mönche ringsumher laut riefen. Budoc wich zur Seite aus, ließ den Schaft an sich vorbeigleiten, schwenkte wieder zurück und stieß seinen Speer dem ungeschützten Hals entgegen, während das Blut in seinen Ohren rauschte und er vor Erregung die Zähne bleckte ...

»Nein!«, schrie Winwalloe. »Budoc, nicht!«

Der Schrei weckte ihn aus seiner Trance. Er ließ die Hacke fallen, ehe sie Salvians Hals berührte, und schwankte leicht vor und zurück, während ringsumher Schweigen herrschte.

»Allmächtiger!«, rief einer der Mönche leise aus.

Salvian starrte ihn an, bleich und zitternd, dann wich er vorsichtig zurück.

Winwalloe nahm seinen Hut und wischte ihn ab, bevor er sich wieder aufrichtete. »Ich glaube, mit dir sollte man sich besser nicht anlegen«, bemerkte er trocken.

»Ich hätte ihn umgebracht«, flüsterte Budoc. »Ich wollte ihn töten.«

»Er hat dir auch nicht gerade den Friedenskuss angeboten«, meinte Winwalloe. Als er den Schrecken in Budocs Augen sah, veränderte sich seine Miene. »Du hast ihn nicht getötet, Budoc. Du wärst dazu imstande gewesen, aber du hast es nicht getan.«

»›Si quis autem demui suae praeesse nescit, quomodo ecclesiae dei diligentiam adhibebit?‹«

»Das ist leicht. Die erste Epistel an Timotheus, drittes Kapitel, Vers fünf. Da musst du schon etwas Ausgefalleneres zitieren, wenn du Winwalloe übertölpeln willst«, versuchte er zu scherzen. »›So aber jemand seinem eigenen Hause nicht weiß vorzustehen, wie wird er die Gemeinde Gottes versorgen?‹«

Er klopfte Budoc auf die Schulter. »Aber du hast ihm doch überhaupt nicht weh getan. Deshalb hast du deinem Haus, das heißt, deinem Körper, gut vorgestanden.«

»Bloß deshalb, weil du gerufen hast. Ich glaube, sonst hätte ich ihn erschlagen.«

»Mein lieber Bruder in Christus, was hätte sein können, existiert weder hier noch dort. Du bist in den Kriegskünsten ausgebildet, und als dich dieser junge Narr angriff, hast du reagiert, wie man es dich gelehrt hat. Was wäre natürlicher als das?«

Budoc schüttelte den Kopf. »Die Lust am Töten hat nichts Natürliches an sich.«

»Auch darüber könnte man streiten«, setzte Winwalloe an, verstummte aber gleich wieder, als er Budocs Gesichtsausdruck gewahrte. »Komm, wir gehen zum Abt. Du bist hier nicht der erste ehemalige Krieger, und das Problem wird ihm gewiss nicht neu sein.«

Als er nach Eurgains Weggang allein in seiner Hütte lag, den Bauch voller Haferschleim, den ihre Mutter ihr mitgegeben hatte, war sich Budoc gar nicht so sicher, dass er nach all den Jahren klüger geworden war.

Der Abt hatte ihm einen langen, verständnisvollen Vortrag über die Notwendigkeit, seine Begierden zu beherrschen, gehalten, und die Lust am Töten mit der Fleischeslust verglichen. Vielleicht habe Gott Budoc ja so erschaffen, weil in der Zeit und an dem Ort, wo er lebte, ein Bedarf an solchen Männern bestanden habe?

Budoc hatte dies damals nicht weitergeholfen, und auch jetzt konnte er nicht viel damit anfangen. Wenn er als Mann der Gewalt geschaffen war, dann hatte die Gewalt versagt. Artus war tot, und mit ihm war sein Reich untergegangen, hatte sich in der endlosen Abfolge von Tod und Vernichtung aufgelöst. Budoc hatte sich selbst überlebt.

Er fühlte sich nicht gut. Der Gang zum Waldheiligtum war zu viel für ihn gewesen. Noch immer hatte er das Gefühl drohender Gefahr, doch wann und woher sie drohte, vermochte er nicht zu sagen.

Im Augenblick war es ihm auch gleichgültig.

FÜNFTES KAPITEL

1

Eremon mab Cairbre, der allem, was er sich in den vergangenen fünf Jahren gewünscht hat, endlich ganz nahe ist, beobachtet den Gischtnebel am Bug des Coracle, dann mustert er die Klippen.

Bald.

Sehr bald.

Der Wind steht gegen sie, und die schlanken Ruder aus Eschenholz, die wie alles andere an Bord in eine dicke Fettschicht gehüllt sind, durchteilen die Wellen.

Sein Blick fällt auf den Mann mit der Vogelmaske, der am Steuerruder hockt. War es recht gewesen, den Pikten über Bord zu werfen? Oder hätte er Vortepors Führer zumindest bis zur Ankunft in ihrer Nähe dulden sollen?

Er lacht laut auf.

Vortepors Spitzel.

Schon im ersten Augenblick, als er den Pikten, dessen Gesicht von spiralförmigen Tätowierungen entstellt war, in Vortepors Palas zwischen der Kriegerschar und den Bauern sitzen sah, hatte er gewusst, dass mit ihm etwas nicht stimmte, denn beide Gruppen mieden ihn offenbar. (So wie der Mann mit der Vogelmaske von der Mannschaft gemieden wurde.)

Außerdem hatte er gewusst, dass der für seine schlauen Ränke berüchtigte Vortepor sich irrte, wenn er glaubte, Eremon würde sich von einem Pikten dreinreden lassen.

Die Steilfelsen kommen näher. Noch eine größere Landzunge, dann würden sie endlich in die Bucht mit dem gelben Sandstrand einlaufen, und das Ziel läge zum Greifen nahe vor ihnen.

Er braucht Vortepor von Dyfed nicht.

Er braucht nichts und niemanden, bloß sein Coracle und seine Mannschaft.

Vortepor ...

2

Der Fürst von Dyfed war ein korpulenter Mann mit kleinen, harten Äuglein, die zwischen den Gesichtsfalten und den Tränensäcken beinahe verschwanden. Er atmete schwer und flach, und seine olivfarbene Haut glänzte von Schweiß, als er sich die wenigen Schritte vom stickigen Palas zu der Bank vor der Tür schleppte, von der man auf das Tal mit den Obstgärten und das dunstverschleierte Meer Aussicht hatte.

Zwei Leibwächter begleiteten ihn und passten ihre Schritte den seinen an, damit sie ihm unter die Arme greifen konnten, sollte er ins Stolpern geraten. Die drei Männer waren kräftig gebaut, dennoch fragte sich der ein paar Schritte nachfolgende Eremon, ob ihre Kräfte ausreichen würden, den fetten Mann zu halten, sollte er erst einmal aus dem Gleichgewicht geraten.

Vortepor ließ sich schnaufend auf die Bank niederfallen und hob das Gesicht in die Abendsonne. In der Höhe erklang der herausfordernde Schrei eines Bussards; der zweite Ton wurde gehalten und verklang. Irgendwo krähte ein Hahn.

»Ihr seid gekommen«, sagte der dicke Mann. Der mit dem Duft von Äpfeln, frisch gemähtem Gras und Meeresgeruch beladene Wind spielte mit seinem schütteren weißen Haar.

Eremon nickte. »Ich halte Euren Sohn als Geisel fest.«

Die Falten und Tränensäcke ordneten sich zu einem Ausdruck, den Eremon nicht zu deuten vermochte. Die beiderseits der Bank postierten Leibwächter beobachteten ihn voller Verachtung, die Rechte gefährlich dicht am Heft des Langmessers.

»Ich habe viele Söhne«, sagte Vortepor. Seine Stimme klang höher, als man aufgrund seiner Korpulenz erwarten mochte, und war dazu geeignet, sich in einem Saal Gehör zu verschaffen. Es schien die Stimme eines Darstellers zu sein, eine trainierte Stimme: eine unnatürliche Stimme.

Eine kalte Faust presste sich um Eremons Herz. Er würde es nicht schaffen, lebend von hier fortzukommen, aber wenn er schnell genug wäre, könnte er mit der Handkante die dicke Nase, aus der sich weiße Haare kräuselten, in die Stirn hineintreiben, bevor die Leibwächter ihre Messer zückten ...

»Es besteht kein Anlass zur Beunruhigung. Wenn ich Euch töten wollte, wärt Ihr schon tot.«

Die Worte hallten durch seinen Kopf, sinnlose Laute, deren Bedeutung er nicht fassen konnte. Dann auf einmal verstand er sie, worauf er sich ein wenig entspannte.

Der dicke Mann zeigte lächelnd seine gelben Zahnstummel vor, die an das Gebiss eines alten Hundes erinnerten.

»Setzt Euch«, sagte Vortepor und klopfte neben sich auf die Bank. »Holt Wein und lasst uns dann allein«, wandte er sich an die Leibwächter.

Eremon ließ sich behutsam auf der Bank nieder; die Schieferplatte fühlte sich kalt an. Obwohl er fast einen ganzen Kopf größer war als der ältere Vortepor, kam er sich neben diesem Koloss klein und schwächlich vor. Außerdem konnte er ihn riechen: Der schale Wein- und Schweißgeruch wurde nur unvollkommen von einem süßlichen Parfüm überdeckt.

»Wenn ich Euch töten wollte, wärt Ihr bereits tot«, wiederholte Vortepor mit einem Anflug von Genugtuung.

»Was wollt Ihr von mir?«

»Ich will, dass Ihr mir helft.«

Eremon betrachtete die gepflegten, sich zum Meer hin absenkenden Obstgärten und die Felder auf den Hängen, dann hob er den Blick zum Dachgesims des Palas empor - dabei war dies eine der kleineren Besitzungen, die dem Fürsten von Dyfed gehörten.

»Ich?«, sagte er, und legte seinen ganzen Zweifel in dieses eine Wort.

»Ja, Ihr«, sagte Vortepor, nahm von einem der Leibwächter einen Becher mit Wein entgegen und winkte den Mann dann fort. An seiner feisten Hand funkelten Ringe wie kaltes Feuer.

Er wartete, bis der Mann außer Hörweite war und das Klirren der Rüstung allmählich in der Ferne verklang, dann fuhr er fort:

»Ich brauche Eure Hilfe, aufgrund dessen, was Ihr seid und was Euch geschehen ist.« Vortepor sackte ein wenig zusammen, und die hölzerne Armlehne knarrte, als er sich darauf stützte.

»Ihr seid der Nachfolger Cairbres von den hundert Schlachten. Ihr wurdet geboren als Eremon von den Eoganacht Maigi Dergind i nAlbae, Eremon vom Lande der Kinder Eogans in der Ebene des Oak-Flusses auf der Insel Albion.« Die Worte strömten wie eine Beschwörung aus dem Mund des korpulenten Mannes hervor. »Eure Vorfahren kamen zu Zeiten Gworthigerns des Mageren, der sich Hoher König von Prydein nannte, auf diese Insel, so wie die Meinen etwa eine Generation früher hierher kamen, um das Vermächtnis des Kaisers Magnus Maximus anzutreten, der auch Macsen Wledig genannt wird.«

Eremon lächelte in sich hinein, denn er kannte eine andere Version dieser Geschichte.

»Doch ungeachtet Eurer Herkunft seid Ihr ohne Besitz.«

Eremons Lächeln verflüchtigte sich, als sich der dicke Kopf zu ihm umwandte. Er sah die großen Poren in der kränklichen, schweißglänzenden Haut und die Aknenarben, die sich über den Fleischmassen spannten, die Vortepor im Laufe der Jahre angesetzt hatte.

»Ich habe mein Schiff und meine Mannschaft«, knurrte er.

»Und Ihr schlagt Euch als Pirat und Plünderer an den Küsten und Buchten Britanniens durch. Ihr führt das Leben eines jungen Mannes, Eremon mab Cairbre, und wenngleich Ihr noch jung seid, so verstreichen die Jahre doch rascher, als Ihr Euch in Eurem Alter vorstellen könnt.«

Eremon schluckte und starrte in die Krater auf Vortepors Kinn, aus denen ein paar graue Barthaare sprossen, die dem Rasiermesser entgangen waren.

»Wenn Ihr erst einmal so alt seid wie ich – falls Ihr überhaupt so lange lebt, was ich bezweifle –, werdet Ihr zu schwach sein, um die eine Hälfte Eurer Zeit auf dem Meer und die andere mit der Jagd nach Beute zu verbringen. Dann werdet Ihr Euch wünschen, Ihr besäßet noch das Land am Ufer des Oak.«

Die kieselharten Augen suchten seinen Blick und hielten ihn fest. »Selbst wenn Ihr im Laufe der Jahre nicht so fett werden solltet wie ich, werdet Ihr Euch nach Eurem Land zurücksehnen.«

»Auch schon jetzt vergeht kein Tag, ohne dass ich daran denke«, sagte Eremon leise.

»Und Ihr hadert mit Euch, weil Ihr es verloren habt? Seid aufrichtig!«

»Ja ... schon«, räumte er widerwillig ein, was er bislang noch nie getan hatte. »Und dennoch ...« Er zögerte, zupfte an einem langen Zopf, der ihm über die Schulter hing, und zwirbelte das blonde Haar. »Aber ich bin mir nicht sicher, ob ich nicht alles wieder genauso machen würde.«

Das aufgedunsene Gesicht verzerrte sich zu einer Art Lächeln. »Warum?«

»Weil ... Das ist schwer zu erklären.« Er dachte an den Wein und die Gelage. »Weil die kleinen Fürsten etwas an sich hatten, eine Selbstgefälligkeit oder Selbstgerechtigkeit, die mir zuwider war. Ich bin zwar bei Gereint aufgewachsen, aber stets ein Außenseiter geblieben, ein Barbar, der bloß geduldet wurde, der Nachfahre von Männern, die hier vor hundert Jahren die Küsten unsicher gemacht hatten. Natürlich erwähnten sie es nie, dafür waren sie zu gut erzogen, aber man sah es ihnen an und konnte es ihren Unterhaltungen entnehmen, wenn sie sich unbelauscht wähnten.«

»Ich weiß«, sagte der Dicke leise. »Ich weiß.« Er trank geräuschvoll und verschüttete ein paar Tropfen roten Weins.

»Und deshalb«, sagte er nach einer Weile, »seid Ihr wie Eure Vorfahren Seeräuber geworden und habt an den Küsten Dumnoniens geplündert. Ihr seid zu kühn geworden, Eure Nachbarn kamen hinter Euer Geheimnis, taten sich unter der Führung eben jenes Gereint zusammen, der Euch groß gezogen hat, vertrieben Euch vom Land Eurer Vorfahren und verurteilten Euch zu einem Leben im Exil.«

»So war es«, sagte Eremon und nickte. »Einen ganzen Tag lang habe ich gegen sie gekämpft ...«

»Und hattet Glück, dass Ihr mit dem Leben davongekommen seid.« Vortepor rülpste laut. »Keine ungewöhnliche Geschichte in diesen wilden und großtuerischen Zeiten.«

Vortepor rülpste erneut. Sein Tonnenbauch wabbelte heftig und er tätschelte sich mit seinem schweren Arm die Brust (die irgendwo in den formlosen Fleischmassen seines zusammengesunkenen Leibes verborgen war). Das Fleisch an seinem Unterarm bebte, als der Ärmel seines Gewands bis zum Ellbogen hochrutschte. Er hantierte an der verzierten Gürtelschnalle und strengte sich mächtig an, den Ledergürtel etwas anzuziehen, damit er ihn von der Nadel herunterschieben konnte. Seine Hand war zwar nicht breiter oder länger als die Eremons, dafür aber doppelt so dick: ein hässlicher Fleischbrocken, der Schweißflecken auf dem polierten Silber der Schnalle zurückließ. Als sich der Gürtel endlich lockerte, seufzte Vortepor erleichtert.

»Ich möchte mit Euch reden. Eben noch, als Ihr glaubtet, Ihr wärt in eine Falle geraten und ich wäre bereit, das Leben meines Sohnes für Euren Tod hinzugeben, habt Ihr erwogen, mich zu töten.«

Eremon zupfte an seinem Zopf; das Haar fühlte sich drahtig an.

»Ihr habt den stolzen Blick eines Falken, in dessen Tiefe der Wahnsinn funkelt«, sagte der Dicke. Er klang so, als habe er diese Bemerkung schon einmal zu jemand anderem gemacht.

Der Wind rührte vor der Bank, wo zahllose Füße im Laufe der Zeit die Erdkrumen zermahlen hatten, den Staub auf, drückte das Gras nieder und brachte das Laub der Apfelbäume im Abendlicht zum Tanzen.

»Es gab einmal einen Mann namens Lleminawg, der zu Artus' Gefährten gehörte«, sagte Vortepor.

»Der älteste Bruder meines Vaters«, meinte Eremon.

»Ja«, sagte Vortepor. In seinem Gesicht bildeten sich neue Gebirge und Klüfte, und zahlreiche Falten durchzogen die schlaffe Haut unter den Tränensäcken, in denen seine Äuglein ruhten. Sein Atem blubberte wie aus einem flachen Tümpel aufsteigende Luftblasen. Nach einer Weile begriff Eremon, dass Vortepor lachte, wenngleich ihm der Anlass für seine Heiterkeit entgangen war.

»Was wisst Ihr eigentlich von Eurer Familiengeschichte?«, fragte Vortepor, als er wieder Luft bekam.

Eremon betrachtete seinen Daumen, biss ein abgestorbenes Hautfitzelchen davon ab und spuckte es aus. »Nicht viel.«

»Und was wisst Ihr über die vergangenen sechzig Jahre?«

Er zuckte die Achseln. »Sehr wenig. Das, was die Barden singen.« Er imitierte den Singsang weniger erfolgreicher Geschichtenerzähler. »Es war einmal ein König, und der war weise, edel und gut ...«

Abermals lachte Vortepor, schnaubte und blubberte, bis Eremon meinte, der dicke Mann müsse ersticken.

»Märchen für Kinder«, sagte Eremon, als Vortepors Gekeuche aufgehört hatte. »Aber mehr weiß ich nicht.«

Der dicke Mann richtete sich auf der Bank auf und trank gierig aus dem Becher, wobei ein neuerlicher Tropfenregen die Flecken auf seinem Gewand mehrte.

Mehrere Fliegen kreisten ziellos um ihre Köpfe, dann flitzten sie unvermittelt alle in die gleiche Richtung davon. Ein junger Hahn - vielleicht derselbe, den sie zuvor gehört hatten - krähte auf der anderen Seite des Palas triumphierend. Im Dachstroh raschelte etwas. Ein Falke zog am wolkenlosen Himmel seine Kreise, schwebte anstrengungslos auf seinen ausladenden Schwingen dahin.

»Ich habe ihn gehasst«, sagte Vortepor. »Vom ersten Augenblick an habe ich ihn gehasst, und das umso heftiger, als meine Antipathie völlig ungerechtfertigt war.«

»Wen meint Ihr?«

»Artus. Den Amheradwyr. Artus, den Schlachtenlenker Britanniens.«

»Aus welchem Grund?«

Vortepor wischte sich übers Gesicht, verschmierte die Schweißperlen auf seiner fettigen Haut. »Zum ersten Mal bin ich ihm nach der Schlacht von Badon Hill begegnet, als er die Saesoniten nach hundertjährigem Kampf vernichtend geschlagen hatte.«

Er verstummte, während Eremon darauf wartete, dass er fortfuhr, und das aufgedunsene, schlaffe Gesicht mit der gleichen Genauigkeit musterte wie Untiefen bei der schwierigen Annäherung an ein Land.

Vortepors Magen knurrte. Er verlagerte die Haltung. »Dies sind grausame, barbarische Zeiten.« Er hustete, rülpste geräuschvoll, massierte sich den Bauch. »Jeder kleine Fürst mit einer bewaffneten Gefolgschaft nennt sich *Brenhin* oder *Rex*, falls er einen Priester hat, der Latein schreiben kann. Wir übernehmen die Sitten und Gebräuche der Iren und verleihen uns Titel, die umso grandioser sind, als sie jeden Inhalts entbehren.« Er stieß erneut auf, atmete pfeifend ein und mit einem gedehnten Seufzen wieder aus. »Wir gleichen den Saesoniten, die sich *König* oder *Ealdorman* nennen, wenn sie auch nur über drei bewaffnete Gefolgsleute verfügen. Dies alles dient bloß dazu, unsere Eitelkeit zu befriedigen!« Er räusperte sich und spuckte einen grünlichen Schleimklumpen aus.

Eremon, der ihm nicht folgen konnte, runzelte die Stirn.

»Ich bin jetzt seit fast fünfundzwanzig Jahren Hoher Lord von Dyfed«, sagte Vortepor mit neuem Elan. »Jetzt werde ich alt und bin umgeben von Feinden. Im Süden, jenseits des Severn-Meeres, lässt Custennin von Dumnonien neuerdings seine Muskeln spielen. Im Norden hockt Maelgwn der Große auf der Insel Mona, erweitert das Netz, das sein Vater auf dem Festland gesponnen hat, und zwingt seine aufsässigen Landsleute, die Erben Cuneddas, seine Vorherrschaft anzuerkennen. Custennin und Maelgwn sind jung und ehrgeizig und haben vor kurzem das gefestigte Erbe ihrer Väter angetreten. Und ich stecke mitten drin, ich, der ich seit Artus' Tod bei Camlann keinen Herrscher über mir anerkannt habe.«

Eremon schüttelte den Kopf. »Das verstehe ich nicht. Was hat das mit mir zu tun?«

»Ich kann niemandem vertrauen.« Die Hängebacken sackten herab und bebten, als besäßen sie ein Eigenleben. »Meine Verwandten verfolgen eigene Ziele. Meine Söhne warten auf meinen Tod, damit sie endlich um mein Erbe streiten können.« Die Äuglein blinzelten. »Wisst Ihr, wie Lleminawg gestorben ist?«

Eremon fühlte sich von der Frage übertölpelt.

»Lleminawg? Nein ...« Eine schwache Erinnerung aus seiner Kindheit wurde in ihm wach: Er lag im Dunkeln an einem zugigen Ort neben einer warmen Feuerstelle, während sich Erwachsene unterhielten. »Ich glaube, das geschah nach der Schlacht von Badon. Der Herrscher begab sich ins nördliche Iardomnan, zu den Westinseln, um ein Piratennest auszuräuchern, und Lleminawg kam im Verlauf der Auseinandersetzungen ums Leben.«

»Damals bezeichnete er sich noch nicht als Herrscher. Erst *nach* dem Tod deines Onkels beanspruchte Artus die Oberherrschaft über ganz Prydein. Bis dahin bezeichnete er sich wie zuvor Ambrosius lediglich als Kriegsherr, als Magister Militum per Britannias.«

»Das verstehe ich nicht.«

»Weshalb solltet Ihr auch? Ihr seid ein Kind dieser unwissenden, zerrissenen Zeit, da sich, wie ich schon sagte, jeder kleine Fürst zum Herrscher aufschwingt. Als Artus Krieg führte, brauchte er keinen Titel. Erst als er die Saesoniten geschlagen hatte, träumte er vom Herrschertum. Die Dichter, die Ruhmessänger, hatten sich angewöhnt, ihn *Amheradwyr llywiaudir llawur* zu nennen, was nicht mehr und nicht weniger bedeutete, als dass er die Schlacht beherrschte – in dem zweifachen Sinne, dass er die Armee Prydeins befehligte und stets den Sieg davontrug.«

Er verstummte erneut, und wieder wartete Eremon darauf, dass er fortfuhr, während der Wind in den Apfelbäumen rauschte und die Strahlen der untergehenden Sonne auf die Landschaft fielen.

»In gewisser Weise war es meine Schuld.« Das aufgedunsene Gesicht legte sich erneut in Falten. »Artus hatte den Krieg gewonnen und suchte nun nach einem Weg, auch den Frieden zu gewinnen. Wer braucht schon einen Kriegsherrn, wenn der Krieg vorbei ist? Gewiss nicht die Prinzen Prydeins, das kann ich Euch versichern. Sie hätten mit Freuden ihre langwierigen blutigen Fehden fortgeführt, die der Kampf gegen die Saesoniten nur vorübergehend unterbrochen hatte, ein bloßes Zwischenspiel in der Schlacht, bei der es darum ging, herauszufinden, wer von ihnen Gworthigern den Mageren als vorherrschende Macht auf der Insel ersetzen sollte.

Durch Zufall brachte ich Artus auf den Weg zur Herrschaft.«

Er tupfte sich mit dem Ärmel den Schweiß von der Stirn.

»Natürlich wurde ich von denen, die klüger waren als ich, benutzt. Und dabei hielt ich mich für so schlau!« Er atmete geräuschvoll aus und schüttelte bewundernd und bedauernd den Kopf. »Aber damals war ich noch jung.«

Das Fleischgebirge wogte und die Bank knarrte unter dem

Gewicht. Einer der Leibwächter, der außer Hörweite in der Nähe gewartet hatte, sprang herbei, um Vortepor zu helfen, dieser aber winkte ihn fort. Das faltige Gesicht glättete sich, an seiner Schläfe pulsierte eine Ader, und die Halssehnen traten aus dem erschlafften Fleisch hervor.

Eremon beobachtete gefesselt, wie sich der Lord von Dyfed japsend und schnaufend, gleich einem Mann, der mit einem Bären rang, von der Bank hochwuchtete. Auf einmal - bislang hatte er noch nicht darüber nachgedacht - wurde ihm klar, dass der Unterschied zwischen einem gewöhnlichen Mann und einem dicken darin liegt, dass der Dicke ständig ein großes Gewicht mit sich herumschleppen muss, das er niemals ablegen kann. In Vortepors Fall schien es so, als habe man ihm große Mehlsäcke aufgeladen, deren Inhalt sich ständig verlagerte und von oben nach unten und von einer Seite zur anderen floss, je nachdem, ob er aufrecht stand, saß oder lag.

Gegenwärtig nahmen die Säcke neue Formen an. Die Stummelbeine kämpften ums Gleichgewicht, die Füße wendeten sich nach außen, um dem Zug des Bauches entgegenzuwirken, und der Oberkörper schwankte vor und zurück, während sich der Brustkasten mühsam hob und senkte.

»Kommt«, sagte Vortepor - zumindest meinte Eremon dies zu verstehen, doch es hätte auch bloß ein Schnaufer sein können.

Der Dicke schaukelte so weit vor, dass er vornüber zu kippen drohte, dann rückten im letzten Augenblick die Beine nach. Auf einmal bewegte sich Vortepor aus eigener Kraft, ohne fremde Hilfe, und trippelte wie ein Schwachsinniger los, mit vor Konzentration angespannter Miene. Eremon musste sich beherrschen, um nicht herauszulachen, gleichzeitig aber wurde ihm bewusst, welche Kraft und Willensstärke es erforderte, um diesen Fleischberg überhaupt in Bewegung zu setzen.

Der Palas - Eremon bezeichnete den Saal gewohnheitsmäßig so, denn seit kurzem wurde er von einem großen Lord und dessen Gefolgsleuten bewohnt - war in Wirklichkeit bloß ein großer Bauernhof, in dem das auf der Besitzung tätige Gesinde aß und schlief. Der Hof war aus Holz erbaut, die Ritzen zwischen den Wandbrettern waren mit einer Mischung aus Dung und

Stroh abgedichtet, der festgetrampelte Boden wies zahlreiche Grate und Vertiefungen auf.

Vortepor blieb am Eingang stehen und hielt sich am Türrahmen fest, während er darauf wartete, dass sich seine Augen an das Halbdunkel gewöhnten. Eremon verharrte neben ihm und wusste nicht, ob er ihm auf dem unebenen Boden unter die Arme greifen sollte.

»Lleminawg starb, damit Artus Herrscher werden konnte«, sagte Vortepor. »Euer Onkel wurde für den Ehrgeiz eines anderen geopfert.« Er funkelte Eremon mit seinen schwarzen Äuglein an, forderte ihn zu einer Entgegnung heraus. »Was haltet Ihr davon?« Die Frage knallte wie ein Peitschenhieb.

Eremon hob bedächtig die Schultern. »Das ist lange her, damals war ich noch nicht geboren. Jetzt sind die Artusgefährten alle tot. Was geht es mich jetzt noch an?«

»Sind sie tatsächlich alle tot? Seid Ihr Euch da sicher?« Ein Speichelrinnsal zog sich aus Vortepors Mundwinkel, hing am Kinn wie eine Spinne am Faden, dehnte sich und riss und verschwand im Staub.

»Wenn noch jemand lebte, wäre er mittlerweile sehr alt.« Kaum hatte er es ausgesprochen, fiel ihm ein, dass die Gefährten jetzt kaum älter wären als sein Gastgeber, einige sogar jünger. »Außerdem sind die Besten bei der Schlacht von Camlann gefallen«, versuchte er seinen Schnitzer wieder gut zu machen. »Cei, der Lange Mann, starb schon Jahre vorher. Gwalchmei der Falke wurde bei einem Scharmützel in Gwent getötet. Gereint der Ältere fiel bei Llongborth.«

»Ja, ja«, meinte Vortepor ungeduldig. »Ich kenne die Geschichten ebenso gut wie Ihr, wenn nicht besser. Jahrelang hat mich jeder umherziehende Barde mit Episoden aus dem Leben des Herrschers ergötzt.« Seine Miene veränderte sich. »Von Camlann schweigen sie und auch vom Tod des Herrschers, denn sie wissen, dass ich meine Hand dabei im Spiel hatte.«

Er lachte leise in sich hinein und schaukelte dabei vor und zurück, bis er genug Schwung geholt hatte, um den Palas mit seinem seltsamen Watschelgang zu durchqueren.

Eremon folgte ihm verwirrt, denn dass Vortepor an Medrauts Aufstand beteiligt gewesen sein sollte, war ihm neu. Zwar waren Lleminawg und Gereint der Ältere gestorben, als er selbst noch nicht geboren war - und als Cei und Gwalchmei gefallen waren, war er noch zu jung gewesen, um an solch fernen Ereignissen Anteil zu nehmen -, doch bei der Schlacht von Camlann war er bereits ein junger Mann gewesen. Er erinnerte sich noch gut an ihr ungläubiges Staunen, als sie erfuhren, dass Artus tot war - Artus, der immer dagewesen war, der Fels, an dem sich die kleinlichen Intrigen der niederen Lords brachen und in Schaum auflösten, der Mittelpunkt und Achsnagel Albions. Die zu seinem Sturz führenden Ereignisse waren endlos beredet, jeder einzelne Schritt genau untersucht worden.

Vortepor von Dyfed aber, der damals eine unbedeutende Rolle am Westrand Britanniens spielte, war, so weit er sich erinnern konnte, in diesem Zusammenhang niemals erwähnt worden. (Seitdem hatte sich einiges verändert: Nach dem Zusammenbruch der Mitte hatten die Randgebiete neue Bedeutung gewonnen, sodass Vortepor schließlich für sich in Anspruch nehmen konnte, einer der mächtigsten Herrscher im Süden und Westen zu sein.

Was die Frage aufwarf, inwieweit auf die Erinnerungen des alten Mannes Verlass war.

Vortepor watschelte bis zu einem großen Stuhl am anderen Ende des Raumes. Der wuchtige Thron war aus schweren Eichenplatten gefertigt und mit steifen, leblosen Schnitzereien verziert, die Jagdszenen darstellten.

Er ließ sich darauf nieder, während ein Gefolgsmann ihm ein Kissen in den Rücken stopfte und ein anderer am Sitzpolster herumnestelte. Nach einer Weile beruhigte sich sein Atem wieder - zunächst hatte es davon im Gesims gerauscht wie von einer Frühlingsbö. Dann machte er sich an einem der Stifte zu schaffen, die die Lehnen des Throns mit dem Sockel verbanden.

»Er geht kaputt«, sagte er. »Ich nehme ihn überall hin mit, jetzt, da ich für gewöhnliche Möbel zu schwer geworden bin.« Er lachte pfeifend, seine Äuglein verschwanden zwischen den Speckfalten, dann wurde er unvermittelt wieder ernst und rief:

»Bringt ihm einen Stuhl! Herrgott noch mal! Soll der Gast des Herrschers etwa stehen bleiben, bis es dunkel geworden ist?«

Ein Sklave sprang mit einem Klappstuhl herbei und stellte ihn vor den Thron.

Eremon nahm Platz und wartete. Draußen fütterten die Schwalben ihre Jungen und kreisten schreiend und schnatternd um den Palas, während aus weiterer Ferne das gedämpfte Klappern der Köche herandrang, die die Speisen bereiteten.

Vortepor hatte ihn als Gast bezeichnet, was anderswo bedeutet hätte, dass er nichts zu befürchten bräuchte. In die Gastfreundschaft des Dicken aber hatte er keinerlei Vertrauen - was im umgekehrten Fall nicht anders gewesen wäre -, und wenngleich der Lord von Dyfed im Augenblick gut aufgelegt schien, konnte sich seine Stimmung doch jederzeit ändern.

»Ich möchte, dass Ihr etwas für mich findet«, sagte Vortepor nach einer Weile. »Für Euch wäre es nutzlos, mir hingegen bedeutet es sehr viel. Wenn Ihr Erfolg habt, erhaltet Ihr von mir Land in Dyfed und werdet in meine Kriegerschar aufgenommen.«

»Und wenn es mir nicht gelingen sollte?«

Der dicke Mann schwenkte seine feiste Hand. »Selbst wenn Ihr scheitern solltet, werde ich Euch unter Umständen belohnen.« Er sackte noch tiefer auf dem Thron zusammen und verschmolz mit dem Schatten, sodass seine Stimme körperlos wirkte.

»Drei Jahre nach der Schlacht von Badon habe ich zum ersten Mal den Artushof besucht. Mein Vater, Agricola, der Beschützer der Demetae, auch Aircol mit der langen Hand genannt, war bekannt für seine altmodische Rechtschaffenheit. Kennt Ihr die Geschichte meiner Vorfahren? Wusstet Ihr, dass die Herren von Dyfed *Beschützer* genannt wurden?«

Entweder entging Vortepor sein Kopfnicken, oder er übersah es mit Absicht.

»Als der Spanier Magnus Maximus, Macsen Wledig, Truppen aus Britannien abzog, um gegen den römischen Usurpator zu kämpfen, wusste er, dass Dyfed verloren wäre, wenn er nicht starke Arme auftriebe, die es in seiner Abwesenheit verteidigen könnten. Mein Ahne Eochaid mac Artchorp, der Häuptling der irischen Dessi, war der mächtigste der Piraten, die damals an den Küsten von Dyfed auf Beute auszogen, daher beschloss

Macsen Wledig, den Wolf zum Hirten zu machen, und ernannte ihn zum Herrscher über Dyfed, ließ ihn Treue schwören und versicherte sich seiner Loyalität zusätzlich mit großzügigen Geschenken. Macsen nahm Eochaids Söhne als Leibwächter mit, und so wurde ihnen der Titel Beschützer verliehen, was eine große Ehre und ein Zeichen des Vertrauens war.«

Eremon hatte gehört, sie wären ungeachtet der Titel, die ihnen Macsen verlieh, um sie zu beschwichtigen, bloße Geiseln gewesen, die das Wohlverhalten ihres Vaters sicherstellen sollten. Doch um der Gerechtigkeit Genüge zu tun, musste man anerkennen, dass es auch schon früher vorgekommen war, dass Geiseln sich die Sache des Geiselnehmers so vollständig zu Eigen machten, dass beide Seiten schließlich ihre eigentliche Stellung vergessen hatten. Es hieß, Gwalchmei sei zunächst als Geisel an Artus' Hof gekommen, dennoch zählte er beim Tod des Amheradwyrs zu dessen engsten Vertrauten.

»Im Laufe der Zeit stellten wir unsere Nützlichkeit unter Beweis. Hundert Jahre lang blieben wir loyal, ganz gleich, wer die Macht in Britannien ausübte. Zunächst war dies Vitolinus aus Glevum, der sich Hoher König nannte und zumeist Gworthigern der Magere genannt wird. Er war es, der als Erster die Saesoniten nach Britannien hereinließ, so wie Macsen meine Vorfahren aus den gleichen Motiven ins Land gelassen hatte.«

»Aber Hengist war zu schlau für ihn.«

Die Ringe funkelten im Halbdunkel, als der alte Mann die Hand schwenkte. »Das ist nicht so einfach. Wir waren hier im Westen damit beschäftigt, gegen die skotischen Piraten aus Irland zu kämpfen – gegen Plünderer wie Euch, Eremon mab Cairbre. Was im Osten geschah, betraf uns nicht.«

Er hörte sich an, als wäre er selbst dabeigewesen, was ausgeschlossen war. So verschwommen Eremons Vorstellung von weiter zurückliegenden (und auch näheren) Ereignissen schien, er war sich doch bewusst, dass Vortepor von Geschehnissen sprach, die sich vor mindestens hundert Jahren zugetragen hatten. Bisweilen hatte er Mühe, dem alten Mann zu folgen: Vortepor sprach britisch mit einem ganz anderen Akzent, als er in Dumnonien, wo er selbst aufgewachsen war, verbreitet war, außerdem spickte der Dicke seine Rede mit Latinismen, die Eremon unverständlich waren.

»Dann rückte das Haus des Ambrosius in den Vordergrund. Wir unterstützten ihn mit Kriegern, die wir bei unserem Kampf gegen die Skoten eigentlich kaum entbehren konnten. Zu der Zeit standen die Herren Prydeins Seite an Seite gegen den gemeinsamen Feind, doch im Laufe der Jahre stellte sich heraus, dass die Saesoniten zu zahlreich waren, als dass man sie vollständig von der Insel hätte vertreiben können. Die Lords im Osten fanden sich mit ihren neuen Nachbarn ab und schlossen Bündnisse mit ihnen, um ihre alten Fehden weiterzuverfolgen ...«

»Heißt das, die Briten wollten die Saesoniten damals gänzlich außer Landes jagen?«, warf Eremon ein, dessen Interesse geweckt war.

»Gewiss.«

»Aber Artus hat dies niemals versucht?«

»Nein. Zu seiner Zeit konnten wir allenfalls darauf hoffen, sie in ihren Gebieten im Osten einzudämmen.« In der dunklen Masse des Throns blitzten gelbe Zähne auf, als der alte Mann grinste. »Außerdem gab es Saesoniten, die *für* den Amheradwyr kämpften, so wie manche Briten *gegen* ihn kämpften.«

Eremon stieß einen leisen Pfiff aus. »Das habe ich nicht gewusst.«

»Das erwähnen die Barden auch nicht in ihren Liedern. Andererseits ist dies nicht das Einzige, was sie unerwähnt lassen.«

Der Jüngere nickte, als er sich daran erinnerte, wie elend er sich nach seinem ersten Scharmützel gefühlt hatte; damals hatte er sich schier das Herz aus dem Leib gekotzt. (Doch das war lange her, und später hatte er entdeckt, dass es ihm Spaß machte, andere leiden zu sehen.)

»Wie auch immer, mein Vater Agricola unterstützte weiterhin Artus und betrachtete ihn als Ambrosius' Erben. Wir brachten große Opfer, damit der Kriegsherr in den neun Schlachten, die er ausfocht, Krieger aus Dyfed an seiner Seite hatte. Nach Badon, wo die Saesoniten vernichtend geschlagen wurden, erschien es uns einleuchtend, dass die Opfer einer Entschädigung bedürften.«

»Entschädigung?«, wiederholte Eremon.

»Wir hatten den Lowlands gegen die Saesoniten Beistand gewährt. Jetzt benötigten wir selber Unterstützung gegen die Skoten, die unsere Küsten heimsuchten.« Vortepor atmete pfeifend aus. »Natürlich fürchteten wir auch unsere Nachbarn im Norden, die Söhne Cuneddas, das war ein ehrgeiziger Clan. Mein Vater wurde allmählich alt, und ich war sein Erbe, aber Ihr wisst ja, wie verwundbar ein Königreich ist, wenn die Macht von einer Generation an die nächste übergeht. Hätte Artus zu erkennen gegeben, dass er mir Schutz gewähren wolle, hätte mich dies beim Tod meines Vaters vor ihren Übergriffen bewahren können.«

Eremon rutschte unbehaglich auf dem Stuhl. Es war stickig im Palas, obwohl die Türen offen standen.

»Ihr möchtet wissen, was das mit Euch zu tun hat«, sagte Vortepor, der seine Unruhe bemerkt hatte. »Geduldet Euch, bald werdet Ihr es verstehen.«

»Meine Männer werden sich allmählich fragen, weshalb ich so lange fortbleibe«, sagte Eremon. »Sie misstrauen Eurem Versprechen, mir sicheres Geleit zu gewähren.«

»Obwohl ich ihnen einen meiner Söhne als Geisel überstellt habe?«

Eremon hob viel sagend die Schultern.

»Schickt ihnen eine Nachricht«, meinte Vortepor in abweisendem Ton. »Ihr habt doch bestimmt eine geheime Losung vereinbart, mit der Ihr ihnen kundtun könnt, dass Ihr aus freien Stücken hier verweilt.«

»Allerdings«, erklärte der Jüngere grinsend.

Vortepor klatschte in die Hände. Das Geräusch hallte trocken im düsteren Saal wider. Ein Bediensteter kam herbeigeeilt, um die Befehle seines Herrn entgegenzunehmen, und auf einmal erwachte der Raum zum Leben, als Eremons Nachricht wiederholt und auswendig gelernt wurde – und auch Anweisungen gegeben wurden, wo das Schiff zu finden sei und wie man sich ihm zu nähern habe, um die Hinrichtung des Geiselprinzen zu vermeiden.

Als dies geschehen war, hatten die Bediensteten und Sklaven den Saal fürs Abendessen vorbereitet. Die langen, aufgebockten

Tische hatte man von den Wänden abgerückt und die Bänke und Liegen aus den Verschlägen geholt, wo sie tagsüber aufbewahrt wurden. Die Kerzen verbreiteten in dem schäbigen Gebäude ein mildes Licht und zeigten es von seiner besten Seite. Vortepors Krieger und die auf der Besitzung tätigen Arbeiter kamen hereingeschritten oder -geschlurft und suchten sich einen freien Platz. Eine Prozession von Bediensteten schleppte aus der Küche verschiedene Gerichte herbei, während andere Met oder Ale in bereitstehende Gefäße aus Holz, Horn oder Glas einschenkten.

Als die mitten im Palas sitzenden Krieger sich über Speis und Trank hermachten, schwoll der Lärm immer mehr an. Nur bei den noch immer offen stehenden Türen ging es leiser zu, denn dort saßen die Bauern, Handwerker und Arbeitskräfte, die auf der Besitzung lebten und arbeiteten, denn diese fühlten sich eingeschüchtert von den groben und prahlerischen Kriegern, die sie nur ein-, zweimal im Jahr bei einem von Vortepors seltenen Besuchen zu Gesicht bekamen.

An der hohen Tafel, zur Rechten des Beschützers – auf dem Ehrenplatz – sitzend, erinnerte sich Eremon mit einem Anflug von Wehmut der Zeiten, da auch er allabendlich in einem zivilisierten Palas gespeist hatte. Seit der verhängnisvollen Kette von Ereignissen, die Ursache seines Exils waren, hatte er nicht mehr in der Gesellschaft eines zumindest nominellen christlichen Fürsten und dessen Gefolge gespeist.

(Mittlerweile sah er ein, dass die Abenteuer seiner Jugend katastrophale Folgen gehabt hatten, was ihm vor seiner Begegnung mit Vortepor nicht möglich gewesen wäre. Eine Unternehmung, die dazu führte, dass man mit einer Hand voll Gefolgsleuten über einen Kiesstrand rannte und darauf hoffte, dass man die nächste Landspitze noch vor Einsetzen der Flut erreichte, während einem der frühere Herr samt Nachbarn auf den Fersen war, ließ sich nicht anders als verhängnisvoll bezeichnen. Bis heute wusste er nicht, ob einer von ihnen mit dem Leben davongekommen war.)

Die letzten Sommer hatte er auf dem Meer verbracht und seinen Unterhalt mit Raubzügen an der West- und Südküste Britanniens bestritten – in einem Gebiet, das in den vergangenen zwei Jahrhunderten so gründlich ausgeplündert worden war, dass in Küstennähe nur wenig übrig blieb, das die Mühe lohnte. Die Winter hatte er in Irland bei seinen entfernten Cousins verbracht - nie zweimal hintereinander bei demselben - und das wenige, das er während der Raubsaison an sich gerafft hatte, für die Sicherheit eines Palas eingetauscht, vor dem der Wind mit den Wölfen um die Wette heulte.

Die langen Winter waren ihm besonders zuwider. Ungeachtet seiner Abstammung und des Blutes der irischen Könige, das rein und unverfälscht in seinen Adern kreiste, war er kein richtiger Ire, jedenfalls nicht in den Augen der Bewohner dieses Landes. Für sie war er ein Mischling, ein abtrünniger Brite, ein Fremder von jenseits des Meers: ein Cruithne, denn so bezeichneten sie die Bewohner der Nachbarinsel.

Die traurige Ironie dabei war, dass die Briten ihn stets als Iren betrachtet hatten, als einen Skoten, einen Eindringling. Zwar waren er, sein Vater und sein Großvater in Britannien geboren, doch sie waren stets Außenseiter gewesen, Menschen, deren Frauen von ihren barbarischen Verwandten abstammten und die Teil eines komplizierten Netzes von Familienbanden waren.

Beide Volksgruppen betrachteten ihn als Fremden. Zumindest in Britannien hatte er vor der Kette von Ereignissen, die ihn schließlich ins Exil verbannten, eine einigermaßen wichtige Stellung eingenommen. In Irland war er ein lästiger Bittsteller, der mit dem Einsetzen der Herbststürme auftauchte und dessen bescheidener Wohlstand fast ausschließlich auf dem Sklavenhandel beruhte - denn trotz des ganzen Geredes über goldene Becher und goldene Ringe bestand der Großteil der Beute nicht aus irgendwelchen Schätzen, sondern aus Gefangenen, die als Arbeitskräfte oder Huren Verwendung fanden.

(Oder als beides. Es war kein Zufall, dass in Ierne seit einigen Jahren das Sklavenmädchen, die *cumal*, die Verrechnungseinheit war, deren Wert bei drei Kühen lag.)

Die Viehlords von Irland, zu denen auch seine fernen Verwandten gehörten, fanden nichts dabei, wenn Landbesitzer im Sommer auf Raub auszogen und bei ihrer Heimkehr Beute mitbrachten, darunter auch Sklaven. Allerdings missbilligten sie es, wenn ein Mann ständig Sklaven nahm und das Waffengeklirr und das Vollbringen von Heldentaten nicht der Hauptgrund für seine Raubzüge waren. Ihnen kam es nicht darauf an, was man tat, sondern *wie* man es tat – Eremons Ansicht nach ein Beleg dafür, wie wild und barbarisch sie waren.

Er blickte sich um. Vortepors Gefolgsleute waren in prächtige gold- und purpurfarbene Gewänder gehüllt, während er schmutzige, nahezu farblose Kleider trug. Die meisten hatten sich mit Ringen, Armreifen und Broschen herausgeputzt, während seine Finger und Arme vollkommen schmucklos wirkten und sein Umhang von einer Brosche zusammengehalten wurde, deren Vergoldung längst abgeblättert war.

Wie er so die langen Tische musterte, fiel Eremon eine Person auf, die offenbar weder zur Kriegerschar noch zu den Einheimischen gehörte. Dieser Mann saß im Niemandsland zwischen den beiden Gruppen und speiste gierig mit gesenktem Kopf, ohne den Lärm ringsumher zu beachten.

»Wer ist das?«

Vortepor blickte von seinem Teller auf, das Kinn glänzend von Fett. »Der Mann, der für sich allein sitzt?« Er trank einen Schluck und rülpste lautstark. »Das ist ein Pikte.«

Eremon runzelte die Stirn und spielte mit einer Scheibe Braten herum. »Was macht er so weit im Süden?«, fragte er, als klar wurde, dass Vortepor von sich aus nicht mehr äußern würde.

Der Dicke lachte. »Pikten waren von Anfang an in die Geschichte verwickelt«, sagte er. »Hört zu, denn ich will Euch von meiner ersten Begegnung mit Artus erzählen. Dann werdet Ihr es vielleicht verstehen.«

3

Ich war nicht immer dick (erzählte Vortepor, umgeben von schmausenden Kriegern). Zwar war ich kräftig gebaut, doch in meiner Jugend kein schlechter Krieger. Fünf Jahre lang befehligte ich die Krieger meines Vaters Agricola und kämpfte mit ihnen gegen die skotischen Piraten, die unsere Küsten unsicher machten.

Anfangs wirkten die Raubzüge ungeplant, doch immer häufiger fanden wir uns am falschen Ort ein, da wir einer Finte aufgesessen waren, während eine ganze Flotte von Schiffen über einen ungeschützten Küstenabschnitt herfiel.

So kamen wir darauf, dass hinter diesen Angriffen ein kluger Kopf steckte und dass die einzelnen Gruppen sich einen Anführer gewählt hatten, der Zeit und Ort der Überfälle festlegte.

Da die Besten unserer Krieger nach Osten zogen, um Artus und den britischen Herrschern bei ihrem Kampf gegen die saesonitische Bedrohung beizustehen, blieb uns nichts anderes übrig, als das Spiel der Piraten, die unerwartet zuschlugen und gleich wieder verschwanden, mitzuspielen. Bisweilen hatten wir Glück und kamen ihnen zuvor, sodass wir am Strand warteten, während sie sich mit ihren wendigen Coracles der Küste näherten. Doch meistens kamen wir zu spät und trafen nur mehr auf qualmende Ruinen, während die Überlebenden die Toten und ihre als Sklaven verschleppten Verwandten beklagten.

Ich habe gesagt, mein Vater sei ein loyaler Mann gewesen. Sein Leben lang hielt er dem jeweiligen Herrscher Britanniens die Treue und trachtete danach, die Bedürfnisse Dyfeds mit denen der ganzen Insel in Einklang zu bringen.

Dann traf die Nachricht vom großen Sieg bei Badon Hill ein. Zunächst wagten wir nicht zu hoffen. Die Wilden waren auch früher schon geschlagen worden, doch nach ein, zwei Jahren formierten sie sich stets neu und setzten ihren Kampf um die Vorherrschaft über das reiche Tiefland fort.

Im Laufe der Monate, als die Saesoniten in ihren Gebieten im Osten eingeschlossen blieben oder untereinander zu kämpfen begannen, wurde uns jedoch klar, wie vernichtend ihre Niederlage bei Badon gewesen war.

(Und es ist wahr, dass die Saesoniten von jenem Tag an bis heute, da dreißig Jahre vergangen sind, in den ihnen zugewiesenen Grenzen blieben. Gewiss, es gab kleinere Scharmützel, und ihre Bauern machen sich noch immer auf die Suche nach neuem Land, doch sie stellten keine solche Bedrohung mehr dar wie in meiner Jugend.)

Mein Vater und ich berieten uns miteinander. Zu der Zeit hatte er die Blüte seiner Jahre längst hinter sich gelassen und war ein alter Mann, ausgelaugt von der Bürde des Königtums. Ich übernahm immer mehr Verantwortung und wusste, es würde nicht mehr lange dauern, bis mein Vater seine Drohung endlich wahrmachen, sich in eine religiöse Gemeinschaft zurückziehen und mich an seiner Stelle zum Herrscher ernennen würde.

Mein Vater war ein frommer Mann, doch dessen ungeachtet halte ich den freiwilligen Verzicht auf die schwer erkämpfte Macht für ein merkwürdiges Ansinnen, das ich mir nicht zu Eigen zu machen gedenke.

Wenngleich Artus Agricola und Dyfed eine Menge schuldete, war er mir persönlich nicht verpflichtet - allenfalls hatte er Grund, mich nicht zu mögen, denn ich hatte mich stets dagegen ausgesprochen, unsere besten Krieger zu entsenden, auf dass sie in seinen Kriegen ihr Leben ließen. Daher hatte ich keinen Anlass zu glauben, er werde mir gegen meine Feinde beistehen, wenn ich erst einmal Herrscher über Dyfed wäre.

Wenn ich aufrichtig bin - und ich wüsste nicht, was dagegen spräche, da mich bei dem Lärm, den diese Trunkenbolde veranstalten, ohnehin keiner hört -, muss ich sagen, dass ich damals bei gewissen selbstgerechten Leuten keinen besonders guten Ruf besaß. (Seitdem ist er noch schlechter geworden, ich weiß. Man sagt, ich hätte meine eigene Tochter genötigt: Darauf kann ich nur erwidern, dass die Vaterschaft eine zweifelhafte Angelegenheit ist - außerdem hat sich das Weibsstück gar nicht mal so sehr gesträubt.)

Ich brauchte Artus' Unterstützung, um meinen Thron gegen die Ränke der Söhne Cuneddas im Norden zu verteidigen. Damals war das ein räuberisches Völkchen, stets darauf erpicht, seinen Einfluss auszudehnen. Ihr Anführer war Cadwallon, der wie mein Vater Langarm genannt wurde, was ganz wörtlich, aber auch im übertragenen Sinn gemeint war. Sein Sohn ist dieser Maelgwn, der jetzt meine Grenze bedroht.

Ich brauchte Artus, aber brauchte Artus auch mich? Monatelang zerbrach ich mir den Kopf darüber, wie ich es anstellen sollte, mir den Kriegsherrn zu verpflichten.

Mein Vater hatte mir schon vor längerer Zeit diese Besitzung übertragen, damit ich die Kunst des Regierens im Kleinen übte, als Vorbereitung auf den Tag, da ich über ganz Dyfed herrschen würde. Ich hielt hier Hof - zugegeben, es war ein kleiner Hof, aber unübertroffen, was die gebotenen Unterhaltungen betraf.

Vor dreißig Jahren ging es in Britannien zivilisierter zu als heute. Damals lebten noch Leute, deren Väter unter römischer Herrschaft zur Welt gekommen waren und die sich an den wohlhabenden Kleinadel und ihre hübschen Landhäuser im Tiefland erinnerten, an die großen Städte mit ihren öffentlichen Gebäuden und ihren Märkten, auf denen Waren aus aller Welt feilgeboten wurden - sie erinnerten sich sogar noch an solche Kleinigkeiten wie die, dass die Römer nahezu wertlose Metallstücke gegen Güter oder Dienstleistungen eintauschten, was ich nie so recht begriffen habe.

Außerdem war es damals trotz der Übergriffe der Saesoniten in Britannien sicherer als heute. Ein Barde konnte kreuz und quer durchs Land reisen, ohne Räuber fürchten zu müssen.

Einer kam mal hierher, spät im Winter, im dritten Jahr nach der Schlacht von Badon, als die Berge noch verschneit und nur wenige Reisende unterwegs waren. Dieser Barde stammte von einer Insel im Nordwesten Britanniens, die zu jener langen Inselkette gehört, die die äußerste Flanke Prydeins vor der Gewalt des Meeres schützt. Iardomnan nennt man diese Inseln: die Westinseln am Rand der Welt.

Diese besondere Insel diente später einem großen Piraten und Räuber als Unterschlupf, der sich als Meereskönig bezeichnete: Hueil mab Caw. Dieser Hueil war es, der viele zerstreute Gruppen von skotischen Abenteurern unter seinem Oberbefehl vereinigte. Der Barde wollte, dass ich die Insel angriff, ich aber hielt es für geraten, mich nicht auf die Streitkräfte Dyfeds allein zu verlassen.

Das Gebiet um die Insel war ein seltsames Gewässer, gefährlich und nur den einheimischen Fischern vertraut, berüchtigt für plötzliche Flutwellen und starke Strömungen, da das Meer dort durch schmale Meerengen gezwungen wird. Selbst mit dem Barden als Führer brauchten wir erfahrene Seeleute, und davon gab es in Dyfed nur wenige. Außerdem wussten wir nicht, wie viele Krieger Hueil aufbieten konnte. Die Inseln liegen nicht weit von der Nordküste Iernes entfernt, und es gab stets enge Verbindungen dorthin - so wie Dyfed enge Verbindungen zum südlichen Ierne unterhielt.

Daher schien es mir geraten, mich an Artus zu wenden.

Im Rückblick wurde mir klar, dass der Barde von vorneherein vorgehabt hatte, Artus nach Iardomnan zu locken. Damals entsprach dies jedoch auch meinen Wünschen, denn indem ich ihn um Unterstützung bat, erkannte ich nicht nur die Überlegenheit des Kriegsherrn an, sondern signalisierte ihm auch, dass ich die von meinem Vater begonnenen Beziehungen fortzuführen gedachte.

Um Erfolg zu haben, mussten wir Hueil in seinem Unterschlupf stellen. Wir mussten gleich zu Beginn der Segelsaison zuschlagen, was bedeutete, dass wir keine Zeit verlieren durften.

Mit Erlaubnis meines Vaters stellte ich eine kleine Abordnung zusammen, darunter war auch der Barde. Wir beabsichtigten, über Land zu reisen, erst nach Osten, um das Severn-Meer zu umgehen, dann in südwestlicher Richtung nach Caer Cadwy. Am ersten Tag, noch ehe wir Dyfed hinter uns gelassen hatten, wurden wir von Tätowierten angegriffen.

Sie überraschten uns in einem Tal - ich gestehe, ich war leichtsinnig, denn ich glaubte uns noch auf sicherem Gebiet - und setzten uns übel zu. Es blieb uns nichts anderes übrig, als zurückzukehren und unsere Wunden zu lecken.

Ich vermochte mir keinen Reim auf den Angriff zu machen. Die Tätowierten, die Kaledonier, Pehten, Pikten - wie immer man sie nennen will - lagen meines Wissens weder mit mir noch mit Dyfed im Streit.

Wir sandten die Kriegerschar unter dem Befehl eines meiner Brüder auf Patrouille aus. Währenddessen schickte ich Boten über Land zu Artus, setzte ihn von meinem geplanten Besuch in Kenntnis und ging das Wagnis ein, ein Schiff anzuheuern und das Severn-Meer zu überqueren. Ihr wisst besser als ich, welch großes Wagnis dies gegen Winterende darstellt. Aber Gott oder die Götter waren wohl auf unserer Seite, denn wir hatten gutes Wetter, das erst endete, als wir in Dumnonien landeten.

Sodann stießen wir auf Schwierigkeiten. Wir tauschten von einem der Lords des Hügellandes Pferde ein und ritten los. Die Schneestürme setzten am folgenden Abend ein, und wir waren zwei Tage lang in einem namenlosen Dorf gefangen, wo wir nur das zu essen hatten, was wir bei uns trugen. So gefroren hatte ich mein Lebtag noch nicht.

Schließlich legten sich die Stürme, und wir konnten weiterreiten, doch einen halben Tagesritt vor der Stadt Lindinis griffen uns die Tätowierten ein zweites Mal an. Ich hatte keine Ahnung, wie sie uns aufgespürt hatten. Ebenso wenig wusste ich, welche Absichten sie verfolgten; klar war bloß, dass sie uns töten wollten. Irgendwie gelang es uns, sie abzuwehren, worauf wir uns inmitten eines weiteren Schneesturms nach Lindinis schleppten.

Zu meiner Erleichterung hatte Artus uns eine Eskorte entgegengeschickt, die von einem gewissen Mab Petroc befehligt wurde. Wie alle Gefährten Artus' war er ein hochmütiger Teufel, der sich um alle, die er für Provinzler hielt, nicht scherte. Im Laufe des Abends musste ich ihn mehrmals daran erinnern, dass mein Vater sich wiederholt mit eigenen Kriegern an Artus' Feldzügen beteiligt hatte.

Mab Petroc quartierte uns im oberen Stockwerk eines alten Hauses ein, während er mit seinen Männern zu ebener Erde Wache hielt. Im Obergeschoss war es kalt und feucht, der Putz bröckelte von den Wänden, die Holzbalken waren aufgrund ihres Alters schwarz und braun verfärbt. In den Ecken wuchs Schimmel, und man musste gut aufpassen, wohin man auf den morschen Bodenbrettern trat.

Wir hatten ein einziges Kohlenbecken, uns zu wärmen. Zwar hatten die Männer in den Vorgebäuden etwas Holz gefunden, doch dies reichte nicht aus, um das Feuer die ganze Nacht hindurch zu unterhalten, und schon bald sanken die Flammen in sich zusammen, und zurück blieb rote Glut.

Ich wickelte mich in meinen Umhang und rollte mich auf einem sauberen Plätzchen zusammen, war jedoch zu erschöpft, um gleich einzuschlafen. Ich hörte, wie der Wind an den Fensterläden und Dachschindeln rüttelte. Draußen vor dem

Haupteingang rollte etwas über die Straße; irgendwo schlug knarrend eine Tür.

Schon als Knabe hatte ich eine Abneigung gegen Städte, und als Mann hasste ich sie geradezu. Ich konnte die Geräusche nicht einordnen. Auf dem Land vermochte ich Eule, Wolf und Fuchs zu unterscheiden, und das Rauschen des Windes in den Bäumen war mir vertraut, in der Stadt aber hörte sich jede verrostete Angel und jede lose Schindel an, als werde das Haus von einer Streitmacht umzingelt.

Diese Nacht war besonders schlimm. Es war kaum anzunehmen, dass der Stadtgouverneur zuließe, dass Artus' Männern oder der Gesandtschaft aus Dyfed etwas zustieß, doch man musste stets mit ehrgeizigen Hitzköpfen rechnen, auch so nahe bei Caer Cadwy.

Außerdem hielten sich noch die Pikten in der Nähe auf. Zweimal hatten sie es versucht. Wenn sie verhindern wollten, dass wir mit Artus sprachen, blieb ihnen nicht mehr viel Zeit, denn spätestens am Mittag des folgenden Tages würden wir bei ihm eintreffen.

Ich fiel inmitten der schlafenden Männer in einen unruhigen Halbschlaf. In der Ecke schnarchte Fingal, der eine gebrochene Nase hatte. Die Laterne flackerte im Luftzug, und über die Wände tanzten lange Schatten, während die Temperatur immer tiefer sank, das Holz herunterbrannte und das leise Gemurmel der Wachposten von unten heraufdrang.

Als Fingal sich erhob, um sich zu vergewissern, dass unser Wachposten noch auf der Hut war, blickte ich ihm nach, dann glitt ich in einen Albtraum; der Wind hob das Dach so mühelos ab, wie man einen Haselnussstecken schält, und kalter Schnee wehte herein und hüllte mich in eine feuchte Decke, die meine Hilferufe erstickte. Als Fingal zurückkam, wurde ich wach, sah, wie die schmale Schattengestalt behutsam über die Schlafenden hinwegtrat, und hörte, wie er sich mit einem zufriedenen Brummen wieder zum Schlafen niederlegte, dann glitt ich in einen weiteren Traum, in dem der Wind um das kalte Haus heulte, in dem ich mit meinen Gefährten schlief und auf die Morgendämmerung wartete.

Der Schrei hallte durch meinen Traum und veranlasste mich,

mich kerzengerade aufzusetzen und nach dem Schwert zu greifen. Ich hatte den Raum zur Hälfte durchquert, als die anderen sich gerade regten, und zog die Klinge so heftig aus der hölzernen Scheide, dass diese in die Ecke flog.

Wir hatten einen Wachposten an der Tür zur Treppe aufgestellt, denn wir verließen uns auf Artus' Mannen, die draußen postiert waren. Der Wachposten drehte sich zu mir um und schüttelte den Kopf.

»Das war nichts, Herr. Der Barde hatte einen Albtraum.«

Damit hatte er wohl Recht gehabt. Fingal bemühte sich bereits, den Barden zu beruhigen, der, gehüllt in den schweren Reiseumhang mit Kapuze, aufrecht dasaß. Der Mund des Barden zuckte, und von den Wänden hallten mehrere tiefe Laute wider. Ich rieb mir fest die Augen, froh über die Störung, denn so konnte ich mich vergewissern, dass ich wach war und nicht mehr träumte. Keiner von uns glaubte, dass diese Laute aus einer menschlichen Kehle stammten.

Jemand hämmerte gegen die Tür und verlangte Einlass. Draußen waren laute Rufe zu vernehmen, doch die schienen einer anderen Welt zugehörig. Wir alle, auch der Wachposten, achteten allein auf die vermummte Gestalt in Fingals Armen und die grässlichen Geräusche.

Man sagt, Cadwy, der große Held Ostdumnoniens aus der Zeit vor dem Erscheinen der Römer, der Held, dem so viele Orte im Südwesten Prydeins ihren Namen verdanken, habe sich einmal mit einer kleinen Schar von Gefährten einer Streitmacht von Kriegern und Druiden gegenüber gesehen. Ohne sich von der Übermacht einschüchtern zu lassen, habe er drei gewaltige Schreie ausgestoßen. Der Erste zerbrach die Waffen in den Händen seiner Gegner. Der Zweite verwandelte ihre Streitwagen in Kleinholz und gab die Pferde frei. Der Dritte tötete jeden einzelnen Druiden.

Bis zu jener Nacht hatte ich dieser Geschichte keinen Glauben geschenkt.

Ich pflegte damals einen alten Trinkbecher auf längere Reisen mitzunehmen, ein hübsches Gefäß aus dickem grünem Glas, worin Blasen eingeschlossen waren. Ich hatte ihn auf einem Sims abgestellt und für den Fall, dass ich vom Wein, den ich vor dem Schlafengehen getrunken hatte, Durst bekommen sollte, mit Wasser gefüllt. Der Becher geriet durch das Geräusch in Schwingung und summte.

Draußen hämmerte jemand gegen die Tür, dennoch konnte niemand den Blick vom grünen Glas und dessen verzerrtem Inhalt abwenden. Die Wasseroberfläche kräuselte sich und nahm die Form eines Mundes an; die Lippen spitzten sich immer mehr, bis sie auf einer Höhe mit dem Rand des Glases waren.

Auf einmal zerbrach das Glas, Splitter flogen umher und Wasser spritzte. Im gleichen Augenblick prallte etwas gegen die Tür, und wir vernahmen ein Gurgeln, das nur von einem armen Teufel stammen konnte, der sein Leben aushauchte.

Es war, als hätte uns ein Albtraum freigegeben. Der Barde legte sich wieder hin, scheinbar unbeeindruckt von der Aufregung ringsumher. Ich suchte meinen Schild, während sich die anderen bewaffneten, und dann hätte ich die Tür aufgerissen und mich in den Kampf gestürzt, hätte Fingal mich nicht zurückgehalten.

»Ruhig, Vortepor, ruhig«, sagte er, den weißen Bart von der Feuersglut gerötet. »Wir haben heute schon einen schweren Kampf hinter uns. Sollen Artus' Männer ruhig auch einen Teil der Last tragen. Wir können jederzeit eingreifen, falls wir gebraucht werden.«

Widerstrebend gab ich ihm Recht. Die Pikten wollten verhindern, dass ich mit dem Kriegsherrn sprach. Um ihre Pläne vereiteln zu können, musste ich am Leben bleiben, und dies ließ sich am besten dadurch sicherstellen, dass ich mich aus den Kämpfen heraushielt.

Verdrossen vor mich hinbrummelnd spähte ich durch die wackligen Fensterläden auf den Hof hinunter. Es war, als blickte ich in den Tartarus; mir bot sich eines jener Bilder dar, wie sie die Priester als Warnung an die Sünder so liebevoll ausmalen. Der Hof war mit Schnee bedeckt, und eine Hand voll weggeschleuderter Fackeln zischten am Boden und verbreiteten einen gelbroten Schein. Der hinter Wolkenfetzen hervortretende Mond übergoss die Szenerie mit kaltem Licht.

Das jungfräuliche Weiß war bereits von Blut besudelt. Der Anführer von Artus' Männern, der, der sich Mab Petroc nannte, hatte sich mitten unter die Pikten gestürzt. Entweder er war wahnsinnig oder von Todessehnsucht besessen.

Ich mache mir nicht viel aus Schwertern, Langmessern und Schilden. Schon als junger Mann schien mir, es müsse wirksamere, feinere Wege geben, seine Ziele zu erreichen, als nackte Gewalt. Auf Grund meiner hohen Geburt und meiner Stellung war ich, wie ich schon sagte, dennoch zum Krieger ausgebildet worden und hatte mich dabei als tüchtig genug erwiesen, um die Kriegerschar meines Vaters anführen zu können, ohne mich zum Narren zu machen.

Obschon ich selbst niemals ein großer Krieger gewesen bin, so vermochte ich doch zu würdigen, was dort unten geschah.

Mab Petroc metzelte sie dahin.

Seine Bewegungen glichen einem Gedicht, in dem jede Silbe am richtigen Platz steht und keine Zeile unausgewogen ist - sie folgten einem vollkommenen Rhythmus, wirkten zielstrebig und ohne Eile.

Er hatte keinen Schild, keine Rüstung, keinerlei Schutz, und was er tat, wirkte vollkommen unangestrengt.

Bedeutende Krieger stellt man sich zumeist als hoch gewachsen vor, wie Cei oder Artus - oder auch wie Euch. Allein schon die Größe verleiht ihnen einen Vorteil. Was ich in meiner Jugend vollbrachte, hatte ich nicht zuletzt meinen breiten Schultern und meiner kräftigen Statur zu verdanken.

Mab Petroc war durchschnittlich groß. Er war muskulös und sehnig, jedoch nicht in übertriebenem Maß. Und dennoch durchtrennte er Fleisch und Knochen, als werde jeder Hieb mit der Kraft eines Riesen ausgeführt. Seine Körperbeherrschung war bemerkenswert.

Trotzdem glaube ich, dass er im Kampf eher seinen eigenen Tod als den seiner Gegner suchte. Während ich so in den Hof hinunterblickte, kletterte eine Gruppe von Saesoniten über die Mauer und machte Anstalten, sich den Pikten anzuschließen. Eine zweite Gruppe folgte ihnen - dies waren Söldner im Dienste der Stadt, die die Tore bewachen sollten -, und nach dem üblichen Wortwechsel, zu dem die Saesoniten stets Zeit finden, fielen sie übereinander her.

Mittlerweile waren die Pikten geschlagen, entweder tot oder

auf der Flucht begriffen. Mab Petroc und ein paar andere gesellten sich zu den Neuankömmlingen, und schon nahm er sich den größten von ihnen im Zweikampf vor - was völlig unnötig war, soweit ich erkennen konnte.

Natürlich tötete er ihn.

Am Morgen ritten wir nach Caer Cadwy weiter.

Damals - wie auch heute noch, wie ich glaube - hatte jeder seine eigene Vorstellung von Caer Cadwy, die auf den Beschreibungen der Barden und Geschichtenerzähler beruhte.

Artus hatte die Festung selbst erbaut und schätzte sie aus diesem Grund auch höher als alle anderen, und wenn man an ihn denkt, stellt man ihn sich im Palas vor, wo er inmitten seiner Krieger und deren Damen Hof hielt. Meistens verbrachte er dort den Winter, während er im Sommer im Land umherritt und sich dem Volk zeigte, wie es von einem Herrscher erwartet wird.

Wir hatten alle vom Bau der Festung gehört, der sich über viele Jahre hinzog, in denen Artus sein Hauptaugenmerk auf die Unterwerfung der Saesoniten richtete - denn das prächtige Caer Cadwy musste wie so viele andere Dinge auf die kurzen Ruhepausen zwischen den unablässigen Auseinandersetzungen warten. Der Bau währte so lange, dass er erst im Jahr vor der Schlacht von Badon abgeschlossen wurde.

Ich wusste natürlich, wie die Festung aussah: Das wussten alle. Ich hatte von dem buckligen Hügel, der die umliegende Ebene wie ein auftauchender Wal beherrschte, erzählen hören. Ich wusste, dass der Hügel seit undenklichen Zeiten mit einer Reihe von Wällen und Gräben befestigt war, die den Konturen der steilen Hänge folgten. Ich wusste, dass man vom Gipfel aus meilenweit in alle Richtungen sah, den Osten ausgenommen, wo wogende Hügel die Ebene begrenzten. Man hatte mir den Ausblick im Nordwesten geschildert, wo das große Ynis Witrin deutlich zu sehen war und sich wie der Busen einer Göttin aus den Lagunen der Marsch erhob, dahinter die schimmernden Buchten des Severn-Meeres, und man hatte mir geschildert, wie es sich anfühlte, wenn einem der Wind ins Gesicht wehte und man über das große Tal von Lindinis hinweg nach Südosten zu den durotrigischen Hügeln blickte.

Die defensiven Vorteile lagen auf der Hand. Außerdem war die Festung strategisch günstig gelegen: weder so nahe an den umstrittenen Gebieten, dass sie ständig bedroht gewesen wäre, noch so weit davon entfernt, dass die Krieger nicht jeglichen Bedrohungen hätten begegnen können.

Artus hatte die innerste Befestigung neu gebaut. Zunächst hatten seine Baumeister auf dem alten Wall eine Bruchsteinmauer errichtet und diese mit dicken Balken verstärkt. Dann hatten sie eine Brustwehr aus Holz mit einem Laufgang an der Innenseite hinzugefügt und diese mit dem Holzrahmen der Mauer verbunden, sodass sich mögliche Angreifer einer schier unüberwindlichen Befestigung gegenübersahen, während sich die Verteidiger mühelos umherbewegen konnten. Die fertig gestellte Mauer war mehrfach mannshoch, etwa zwölfhundert Schritte lang und umschloss ein riesiges Gebiet.

Zwei Tore führten durch die Befestigungen hindurch, das eine in der Südwest-, das andere in der Nordostecke. Über jedem Tor ragte ein mächtiger Turm auf, erbaut nach dem Vorbild der Türme des gewaltigen Nordwalls, den die Römer erbaut hatten, um die piktischen Barbaren fern zu halten, und die Straße führte in einer Art Tunnel durch die Befestigung hindurch.

Innerhalb der Mauer befand sich eine kleine Stadt mit Handwerkern und gut ausgebildeten Arbeitskräften - es gab Fein-, Huf- und Waffenschmiede; Töpfer, Weber und Gerber; Zimmerleute und Steinmetze; Juweliere und Ärzte -, außerdem noch die Krieger mit ihren Stallburschen, Bediensteten und Familien. Im umliegenden Land bauten die Bauern in der Gewissheit, dass ihre Felder unter dem Schutz der Artusgefährten standen, Getreide für die Pferde und die Bewohner der Festung an.

Klingt beeindruckend, nicht wahr?

Und das war es auch. Es war wirklich beeindruckend, vor allem wenn man wie ich des Getriebes ansichtig wurde. Die prächtigen Umhänge der Krieger, die edlen Pferde, die die Hauptstraße entlangstolzierten, das Knarren der mit Waren beladenen Handkarren, der Duft der Kochfeuer ...

Ich habe keine Ahnung, wie es heute dort aussieht. Ich könnte mir vorstellen, dass die Mauern bröckeln, dass Brennnesseln und anderes Unkraut in den Gräben wachsen, dass die Dächer eingestürzt sind und Wind und Regen ihr Zerstörungswerk begonnen haben.

Schließlich ist es zehn Jahre her, dass Caer Cadwy aufgegeben wurde.

Man sagt, Gwenhwyvar habe auf der Mauer auf Nachricht vom Schlachtfeld in Camlann gewartet, und als der Bote meldete, dass Artus seine Feinde zwar erneut geschlagen habe, er selbst aber beim letzten Angriff gefallen sei, habe sie weder rechts noch links geschaut, sondern sei von der Mauer herabgestiegen und durch das große Tor hinaus in die Abenddämmerung geritten, und niemand wisse, wohin sie geritten und was aus ihr geworden sei ...

Doch ich schweife ab. Damals lag dies alles noch zwanzig Jahre in der Zukunft.

Ich erinnere mich, wie wir durch die kalte und öde Landschaft ritten, während das Eis unter den Hufen unserer Pferde knirschte. Die Schneedecke war dünn, und ich fühlte mich todmüde, als hätte ich die ganze Nacht nicht geschlafen, sodass ich mir unter dem gewaltigen grauen Himmelsgewölbe nackt und ausgeliefert vorkam.

Die Atmosphäre jener Zeit ist mir noch immer gegenwärtig: die vom Schlafmangel schmerzenden Augen, der Geruch des eiskalten Windes, der über das gefrorene Marschland strich, die blasse Sonnenscheibe, die kraftlos gegen die Wolken ankämpfte, das dunkle Wasser, das in den Entwässerungsgräben, die das Land kreuz und quer durchzogen, träge dahinfloss.

Wir ritten paarweise. Mein Nebenmann war Fingal, der trotz der gestörten Nachtruhe so weltmännisch wirkte wie eh und je. Mab Petroc, der darüber zürnte, dass wir so nahe bei Caer Cadwy angegriffen worden waren, hatte zwei Kundschafter vorgeschickt und sich dann unmittelbar vor uns gesetzt. Er ritt barhäuptig (alle anderen trugen Kapuzen, um Ohren und Wangen vor dem schneidenden Wind zu schützen), und ich erinnere mich noch, wie sein langer brauner Zopf zwischen den Schultern auf und ab hüpfte und wie sich Feuchtigkeit darauf niederschlug und gefror.

Wir alle waren müde und witterten hinter jedem Busch einen Hinterhalt, und mir fiel auf, dass einige von Mab Petrocs Männern Speere in den behandschuhten Händen hielten.

Die Straße erstreckte sich auf einem Wall schnurgerade durchs flache Land. Wir konnten unter der dünnen Schneedecke, die stellenweise geschmolzen und wieder gefroren war, die Umrisse der Felder erkennen, und die zahlreichen Schlaglöcher und Furchen deuteten darauf hin, dass sie sogar im Winter stark besucht wurde, wenngleich keine Menschen zu sehen waren. Die Gehöfte lagen entweder in Senken oder windgeschützt hinter Gehölzen, und aufgrund des starken Windes waren keine Rauchfahnen zu sehen.

Als der Hagel einsetzte, hatten wir die Stadtmauer bereits aus den Augen verloren, sonst hätten wir wohl kehrt gemacht und uns in ihren zweifelhaften Schutz begeben. Die großen Hagelkörner brannten im Gesicht und ließen die Ponys scheuen, trommelten gegen die Schilde, die wir auf den Rücken geschnallt hatten, und prallten von Steinen auf der Straße ab.

»Wir müssen uns einen Unterschlupf suchen!«, rief Mab Petroc und zeigte auf einen flachen, von schlanken schwarzen Bäumen gekrönten Hügel, der in Bogenschussweite zu unserer Rechten lag. Wir lenkten die Pferde herum.

»Vielleicht hätten wir noch eine Weile in Lindinis warten sollen«, brummte Fingal, als er steifbeinig absaß und mit den Füßen aufstampfte, um die Durchblutung anzuregen. Er spähte missmutig zur Straße hinüber, auf das weiße Eis, das sich in den Rinnen sammelte, dann blickte er aufs flache, von einer dünnen Schneedecke bedeckte Land hinaus.

»Dort hätten uns die Flöhe bei lebendigem Leib aufgefressen«, erwiderte ich. »Außerdem war es dort nicht sonderlich erholsam.«

Ein kalter Wind wehte über die Ebene und rauschte im schütteren Geäst. Er durchdrang unsere dicken Umhänge und Gewänder, sodass Krieger und Pferde gleichermaßen zitterten.

»Wozu die Eile?« Mab Petroc zupfte an seinem Umhang, mummte sich fester ein.

»Wir wollen uns Artus' Unterstützung versichern, bevor die Skoten im Frühjahr wieder unsere Küsten unsicher machen«, sagte Fingal, der die Arme zusammenschlug, um sich zu wärmen.

»Außerdem«, fügte ich hinzu, »gibt es einen in unserer Mitte, der uns drängt, nicht zu säumen.«

Fingal blickte mich finster an, Mab Petroc aber folgte meinem Blick mit den Augen. Bis auf einen Mann waren alle unserem Beispiel gefolgt und abgesessen - und sammelten sich nun in respektvollem Abstand. Der einsame Reiter überragte die anderen, gehüllt in ein formloses graues Gewand, das Gesicht unter einer langen Kapuze verborgen und reglos im Sattel sitzend, obwohl er sich der Gewalt des Sturms entgegenstemmen musste. Am Schwanzriemen war die Harfe befestigt, verpackt in einem ledernen Beutel.

»Ist das der, der weiß, wo sich die Piratenfeste befindet?«, fragte Mab Petroc so leise, dass ich allein ihn verstehen konnte.

Ich nickte, da ich mir Fingals Missbilligung deutlich bewusst war. »Ja, und das ist noch nicht alles. Der Barde behauptet, viele Dinge zu wissen, die für den Kriegsherrn von Prydein von Interesse sind.«

Mab Petroc runzelte die Stirn und blickte vom missmutigen Barden zu mir herüber. Ich glaube, er verstand, dass sich hinter meiner Andeutung noch etwas anderes verbarg, dass ich mit dem Ehrgeiz des jungen, unerprobten Kriegers darauf brannte, an dem mit dem Barden verknüpften Ruhm teilzuhaben, bloß weil ich mich fern der Heimat befand, von Männern umgeben, die viel erfahrener waren als ich.

Fingals finsterer Blick drohte sein Gesicht zu spalten. Ich verstand den Wink und schwieg. Wissen bedeutet Macht, und im Laufe der Jahre habe auch ich herausgefunden, was Fingal damals bereits wusste: Je weniger Zeit man jemandem lässt, Neuigkeiten zu verdauen, desto eher verhält er sich so, wie man es von ihm erwartet - vorausgesetzt, man versetzt ihm einen Stoß in die richtige Richtung.

Als der Sturm nachließ, ritten wir weiter. Schwärme schwarzer Vögel flogen über uns hinweg, unterwegs zu den Wäldern zu unserer Rechten. Ich kauerte mich im Sattel zusammen, die Hände in dicke Lederhandschuhe gemummt, das Gesicht fühllos von der Kälte. Meine Gedanken wandten sich von den körperlichen Unnannehmlichkeiten ab und konzentrierten sich auf die Straße, die erstaunlich gerade war, wie es die von den Römern erbauten Straßen häufig sind. Wenn wir ihr weiterhin folgten, würden wir irgendwann nach Caer Vadon gelangen, das die Römer Aquae Sulis nannten, die Wasser von Sul, und anschließend, in nordöstlicher Richtung quer durch Albion hindurch, jenseits von Lindum zur Nordsee. Damals wie heute war es mir Anlass zum Staunen, dass, wenn man sich einer Straße anvertraut wie der Strömung eines Flusses, man durch das Land zu fremden Orten getragen wird, die man sich nie hätte träumen lassen.

Doch währenddessen fror ich und fühlte mich schrecklich schutzlos. Der Boden beiderseits des Weges war beständig sumpfiger geworden, während der Wall allmählich angestiegen und die Fundamente stärker geworden waren, sodass die Straße nun mehrere Fuß oberhalb des umliegenden Morasts verlief.

Dieser Teil der Straße war in besserem Zustand: Der Schlamm und der Dreck, die sich darauf gesammelt hatten, waren entfernt und die Schlaglöcher mit Kies zugeschüttet worden, sodass die Pferdehufe auf einmal wieder über Steine klapperten, was sie seit mehreren Meilen nicht mehr getan hatten.

»Bald biegen wir nach Süden ab!«, rief Mab Petroc, dessen Stimme laut in der Leere widerhallte.

Am südlichen Horizont war eine unregelmäßige Hügelkette zu sehen, die viel näher stand, als es zunächst den Anschein gehabt hatte. Einer der Hügel ragte höher auf als die anderen und wirkte massiger: Ich machte Gebäude auf der Kuppe aus und ein dunkles Straßenband, das sich durch die schneebedeckten Befestigungen wand.

»Caer Cadwy!«, sagte er.

Es sah ganz anders aus, als ich es mir vorgestellt hatte, wenngleich die Beschreibungen durchaus zutreffend gewesen waren. Jetzt verstand ich, weshalb darin von einem buckligen Hügel die Rede gewesen war. Der Buckel wirkte bloß anders, als ich ihn mir ausgemalt hatte.

»Ist das groß!«, rief ich einfältig aus, denn vorübergehend

hatte ich vergessen, dass ich der Prinz von Dyfed und damit nicht leicht zu beeindrucken war.

Mab Petroc lächelte. »Das ist Artus' Festung«, sagte er, mehr nicht.

(Das missfiel mir bei den Gefährten: dass sie sich von vornherein für überlegen hielten.)

Bald darauf gelangten wir zu einer Abzweigung. Die alte Römerstraße führte weiterhin schnurgerade durchs Land, doch eine neuere Straße führte in südlicher Richtung zwischen heckenbestandenen Erdwällen einher, die den Sturm weitgehend abhielten.

Die Hügel ragten immer höher auf, je näher wir ihnen kamen. Jetzt stießen wir auch auf die ersten Lebenszeichen: am Fuße des Hügels drängten sich mehrere Hütten; ein kleines Dorf, das noch aus der Zeit vor dem Ausbau der Festung stammte. Die Straße führte mitten durchs Dorf, dann beschrieb sie eine scharfe Biegung und bog sich in weitem Schwung den Hang hinauf.

Es gab - und gibt - mehrere Orte, die nach dem Helden Cadwy benannt sind. Zwei weitere fallen mir auf Anhieb ein: Din Cadwy, das vom Heiligen Congar zu Zeiten Gworthigern des Mageren gegründete Kloster, und die verlassene Hügelfeste nördlich der großen Stadt Isca, in deren Nähe Cadwys Wald liegt.

Doch nur ein Ort trug den Namen *Caer* Cadwy: Cadwys Festungsstadt.

In ganz Albion gab es nichts Vergleichbares. Viele Prinzen, darunter Kynfawr in Westdumnonien und Cadwallon Langarm im Norden Gwynedds, hatten alte Hügelfesten neu in Besitz genommen, doch deren Befestigungen drängten sich in einer Ecke der alten Befestigungen zusammen wie eine inmitten der Ruinen eines Palasts errichtete Hütte. Allein Artus unternahm das Wagnis, die ganze Anlage neu zu befestigen, denn niemand sonst wäre in der Lage gewesen, sie auch zu halten.

Unwillkürlich war ich von den Befestigungen beeindruckt. Die äußeren Gräben waren neu ausgehoben worden, sodass der Hang ein steiles Labyrinth von rutschigen Steigungen und ungeschützten Senken war, wo mögliche Angreifer den Geschossen der Verteidiger schutzlos ausgeliefert wären. Die Bäume, die an den Hängen nachgewachsen waren, hatte man gefällt, und die verbliebenen Stümpfe stellten weitere Hindernisse dar, die die Angreifer hätten überwinden müssen. An den weniger steilen Stellen war der Hang mit Gestrüpp bewachsen.

Dann kam die innere Mauer. Als ich sie erblickte, gaffte ich mit offenem Mund wie irgendein Bauerntölpel.

Die Mauern am Hof meines Vaters Agricola waren ebenfalls aus Steinen errichtet, die man in den umliegenden Hügeln gebrochen hatte, doch im Vergleich zu diesen Befestigungen waren sie geradezu schlicht.

Ich hatte schon häufiger römische Bauwerke gesehen. Die hohen Mauern und die Häuser der Stadt Caer Moridunon, die kleineren Festungen in meiner Heimat, sowie die im Verfall begriffenen Überbleibsel von Lindinis am Abend zuvor. Diese Bauten aber waren alt, so alt wie die Zeit, und dies hier war neu, nicht von längst zu Staub zerfallenen Gespenstern erbaut, sondern von Menschen aus Fleisch und Blut, wie sie im Augenblick neben mir ritten.

Ich hatte auch noch nicht so kunstvolle Zimmerarbeiten gesehen wie die Palisade auf der Mauer, bei der die Verbindungen nahtlos ineinander griffen, das Holz gut abgelagert und mit einem Schutzmittel behandelt war, sodass man meinte, es wäre erst gestern verbaut worden.

Was das große Tor betraf, so verschlug es mir den Atem. Ich zügelte mein Pferd und starrte den Turm an.

Nach einer Weile stieß Mab Petroc mich an und zeigte auf das Flügeltor. Am Eingang des Tunnels, der unter dem Turm hindurchführte, erwartete uns ein geduldig lächelnder Mann, der beinahe so breit wie hoch war.

Als er sich unserer Aufmerksamkeit sicher war, trat er vor, neigte den Kopf und verkündete mit kraftvoller Stimme:

»Ich heiße Euch, Vortepor, Sohn Agricolas, und alle, die sich in Eurer Begleitung befinden, willkommen in Caer Cadwy und am Hofe Artus', des Magister Militums, Befehlshaber der Armeen Britanniens. Ich bin Glewlwyd der Pförtner, und Lord Artus hat mich gebeten, Euch zum Gästehaus zu geleiten, damit Ihr Euch waschen und erfrischen könnt, bevor Artus Euch empfängt.«

Mir war bewusst, dass uns große Ehre zuteil wurde, wenngleich sie vermutlich eher meinem Vater galt als mir. Glewlwyd mit dem kräftigen Griff war eine der legendären Gestalten am Artushof, und er ließ sich nur selten dazu herab, Besucher zu begrüßen. Es hieß, er übe sein Amt ausschließlich an den drei großen jährlichen Festen aus, nämlich zu Weihnachten, zu Ostern und zu Pfingsten, und ließe sich sonst vertreten.

Ursprünglich war er Pförtner bei Gwenhwyvars Vater gewesen, und damit verknüpft war eine jener seltsamen Geschichten, die dem Kriegsherrn anhafteten wie Eisenspäne einem Magneten - ein weiterer Beweis dafür, dass Artus kein gewöhnlicher Mann war, denn diese Geschichte folgte einem altbekannten Muster und wurde schon seit undenklichen Zeiten erzählt. (Ich glaube zwar, dass sie sich tatsächlich zugetragen hat, bezweifle aber, dass alles so glatt gelaufen ist wie in der geschönten Fassung, die die Barden erzählen.)

Als Artus noch ein mittelloser Gefolgsmann des Ambrosius war und noch nicht zu seinem Nachfolger ernannt, erblickte er in einem überfüllten Palas die Prinzessin Gwenhwyvar und beschloss, sie zu seiner Frau zu machen. Er umwarb sie und gewann ihr Herz, dann hielt er um ihre Hand an, doch ihr Vater wollte sie ihm nicht zur Frau geben und meinte, sie sei Melwas, dem Herrscher des Sommerlandes, versprochen. Daher ging Artus verkleidet zu ihrer Hochzeit und wurde von Glewlwyd mit dem kräftigen Griff eingelassen, obwohl dieser ihn erkannte und seine Absichten ahnte. Nachdem Artus Gwenhwyvar unter den Augen der versammelten Gäste entführt hatte, fiel Glewlwyd in Ungnade und wurde in den Kerker geworfen; später jedoch, als Artus zu Ruhm und Ehren gelangt war, veranlasste er Glewlwyds Freilassung und ernannte ihn zu seinem Pförtner, zum Pförtner des Kriegsherrn von Prydein.

Es fällt mir schwer, mir das Erstaunen zu vergegenwärtigen, das bei meinem ersten Besuch in Caer Cadwy über mich kam. All diese Leute waren überlebensgroße Helden für mich - vermutlich hielten sie sich auch selbst dafür. In gewisser Weise wunderte es mich nicht, dass Mab Petroc am Abend zuvor die

Pikten erschlagen hatte: Von Artus' Gefährten erwartete man nichts Geringeres.

Ich folgte Glewlwyd benommen durch den dunklen Durchgang unter dem Turm und durchs Innentor. Dahinter lag die weitläufige Festung, und eine gepflasterte Straße wand sich zum Palas auf der Kuppe empor.

Ich nahm undeutlich wahr, wie Mab Petroc sich verabschiedete und mit seinen Männern hügelan ritt, doch mit den Gedanken war ich nicht bei der Sache. Ich war in einem Traum gefangen, im Traum Caer Cadwy.

Wir saßen ab und streckten die steifen Glieder. Bedienstete führten die Ponys weg und schleppten das Gepäck zum Gästehaus hoch. Aus den Augenwinkeln bemerkte ich, wie der Barde eifersüchtig die Harfe umklammerte und sie niemandem geben wollte.

Glewlwyd führte uns durch das Städtchen. Trotz meiner Müdigkeit war ich von der Zurschaustellung von Artus' Macht und Reichtum gefesselt. Obwohl es viele Häuser in Caer Cadwy gab - von den Stallungen, Scheunen und Werkstätten ganz zu schweigen -, wirkte es nicht so eng wie andere Festungen.

Es gab jede Menge Freiflächen. Ein Teil des Geländes war dem Gemüseanbau vorbehalten, ein anderer Teil diente als Weide für die Pferde der Gefährten, und ein paar Stellen waren für Getreide reserviert. Es gab auch Obstgärten, denn die Gegend war berühmt für ihre Äpfel. Einige der wohlhabenderen Gefährten und Handwerker hatten Gärten hinter ihren Häusern oder um sie herum angelegt; bisweilen handelte es sich um eine Abfolge von mit Statuen verschönten Höfen im römischen Stil, dann wieder eher um eine Wildnis mit einer Rasenfläche in der Mitte - nach Art der Briten. Selbst um diese Jahreszeit war die Wirkung sehr hübsch, denn die Pflanzungen milderten die Strenge der Holzhäuser.

Dabei musste man freilich bedenken, dass dies alles gerade mal zehn, zwölf Jahre alt war. Das Holz war kaum verwittert, und auf Schritt und Tritt sprang einem diese Frische ins Auge.

»Was meint Ihr?«, fragte Glewlwyd, als wir schließlich das Gästehaus erreichten.

Ich schüttelte sprachlos den Kopf.

»Dies ist Artus' Traum von dem, was sein könnte«, sagte der Pförtner. »Wir übernehmen das Beste der Römer, würzen es mit einer Prise britischer Lebensart und borgen uns von den Saesoniten aus, was bei ihnen gut ist. Wir, die wir hier leben, sind sehr stolz auf Caer Cadwy.«

»Mit gutem Grund«, erwiderte Fingal gewandt. »Mit gutem Grund.«

Das Gästehaus erwies sich als ein Palas im Kleinen, der dreimal so viele Reisende hätte aufnehmen können. Krüge mit heißem Wasser standen für uns bereit, neben den Schüsseln lagen Handtücher. Ein munteres Feuer brannte in der Mitte des Raumes, und an der Wand hatte man auf einem Tisch Brot, Fleisch und Honigkuchen bereitgestellt.

»Macht Euch frisch!«, sagte Glewlwyd und schwenkte die Hand. »Wenn Ihr etwas braucht, wendet Euch an die Bediensteten. Lord Artus erwartet Euch, doch es besteht kein Grund zur Eile.«

Ich wusch mir mit dem dampfenden Wasser den Staub von Händen und Gesicht und schwelgte in der Wärme, dann zog ich frische Kleider an. Eine Zeit lang war ich zu beschäftigt, um auf meine Begleiter zu achten.

»Wollt Ihr Euch nicht erfrischen, Herr?«, hörte ich im Hintergrund einen der Bediensteten fragen.

Ich wandte mich um und erblickte an der Tür den Harfenspieler, der die Kapuze noch immer nicht abgenommen hatte; die Bediensteten umringten ihn wie die Meute den Hirschen. Mit seinen langen, knochigen Fingern drückte er sich die Harfe an den Leib und wollte sich seine Last nicht abnehmen lassen.

»Lasst die Lady in Ruhe«, sagte ich. »Gibt es einen Ort, wo sie sich von Blicken ungestört umziehen kann?«

Kurze Zeit herrschte bestürztes Schweigen, dann setzten die Entschuldigungen ein.

Wir waren überein gekommen, die Verkleidung der Bardin solange aufrecht zu erhalten, bis wir Caer Cadwy erreichten, obwohl ich sie als Frau nicht sonderlich attraktiv fand und unsere Reise kaum gefährlicher geworden wäre, hätte sie sich von Anfang an zu erkennen gegeben. Doch wir hatten es nun einmal so beschlossen und mussten uns folglich daran halten. Ich gestehe, dass ich die allgemeine Verblüffung sehr genoss.

Schließlich hörten die Bediensteten auf, zu Kreuze zu kriechen, und geleiteten sie in einen Nebenraum. Wir waren unter uns. Ich blickte mich um, dann flüsterte ich Fingal zu:

»Ich finde, man hat uns freundlich aufgenommen.«

»Weshalb sollten sie auch nicht? Ist dies nicht Artus' Machtzentrum, und hat Euer Vater seine Loyalität nicht ein dutzend Mal unter Beweis gestellt?«

»Ich weiß nicht«, sagte ich unbehaglich. »Sie müssen wissen, dass ich mich hartnäckig dagegen ausgesprochen habe, Artus' Streitmacht mit unseren besten Kriegern zu verstärken.« Ich vergewisserte mich noch einmal, dass uns niemand zuhörte, dann sagte ich: »An diesem Ort komme ich mir vor wie ein Barbar.«

Fingals unverwandter Blick verriet nichts von seinen Gedanken. »Es ist wahr, dass wir von der Grenze Britanniens stammen, aus dem Hügelland, das die Römer im Unterschied zum Tiefland niemals vollständig in Besitz genommen haben. Und es ist ebenfalls wahr, dass unsere Vorfahren Piraten waren, die die Küsten von Dyfed unsicher machten, bis Magnus Maximus, auch Macsen Wledig genannt, den Wolf mit einem Wolf austreiben wollte und Eochaid mac Artchop, Häuptling der irischen Dessi und Mächtigster der Piraten, zum Herrscher von Dyfed ernannte.«

»Den Großvater des Großvaters meines Vaters.«

»So ist es. Euer Vater Agricola ist der fünfte Herrscher von Dyfed seit Macsens Zeiten, und all die Jahre über waren wir loyal, auch als es so aussah, als ob Britannien zerfallen würde. Darauf kann man stolz sein, und daher ist es nicht verwunderlich, dass Artus und seine Bediensteten uns als Ehrengäste willkommen heißen.«

Ich nickte langsam und holte tief Luft. »Ihr habt Recht. Es ist bloß so, dass ich, der ich das Kampfgetümmel nicht scheue, mich durch die Tieflandbewohner irgendwie ... *gehemmt* fühle. Das sind die Helden meiner Kindheit. Mein Leben lang habe ich Geschichten über ihre Heldentaten gehört.«

Fingals Lächeln vertiefte sich. »Vergesst nicht, dass einige der

Ihren unserem Volk entstammen. Nicht alle in Artus' Palas sind Euch fremd.«

Ich packte meinen unbenutzten roten Umhang aus, legte ihn an und fixierte ihn mit einer kostbar gearbeiteten runden Silberbrosche.

»Ihr seht aus wie ein Prinz«, sagte Fingal.

»Wie ein Prinz aus einem alten Land!«, meinte hinter uns jemand.

Wir drehten uns um, und da stand sie: eine hoch gewachsene Frau, der das dichte schwarze Haar über die Schultern in den Rücken floss, angetan mit einem Gewand von einem so tiefen, dunklen Blau wie der Himmel in der Dämmerung, geschmückt mit bronzenen Schließen und silbernen Spangen, die wie kleine Sonnen und Sternbilder funkelten.

»Lady Teleri«, sagte ich und wiederholte es noch einmal, so überwältigt war ich von der Verwandlung meiner Reisegefährtin.

Als sie am Hof von Dyfed auftauchte, war sie mir zunächst ganz durchschnittlich vorgekommen, keines zweiten Blickes würdig. Sie war eine beeindruckende Erscheinung - als Bardin, meine ich, denn ich hatte nicht die Absicht, ihre Qualitäten in anderer Hinsicht zu testen -, und weibliche Barden gab es so wenige, dass sie schon Seltenheitswert hatten. Wenn sie nicht sang und spielte, war sie nahezu schüchtern und fiel unter den Frauen meines Hofes, die seit jeher aufgrund ihrer Schönheit ausgewählt werden, nicht auf. Wäre ich älter gewesen, hätte mich dies kaum gewundert - ich hätte wohl erkannt, dass sie zu den Frauen gehörte, die nicht nur ihr Aussehen, sondern auch ihr ganzes Wesen ebenso leicht verändern können wie ihre Garderobe, und dass die gedämpfte Teleri, die ich bislang kannte, ebenso wenig die wahre Teleri war wie ich der pflichtbewusste Sohn Agricolas, der zu sein ich vorgab.

Sie trat in den Raum, und in ihrem grobknochigen Gesicht spiegelte sich Belustigung wider, als sie sagte: »Vergesst nicht, Lord Vortepor, dass Dyfed so alt und stolz ist wie kein anderes Land der Insel Albion. Vergesst nicht, dass Dyfed niemals Artus' Hilfe in Anspruch genommen hat, sondern bereitwillig seine Kriegerschar mit einem steten Strom seiner besten Krieger verstärkt hat. Jetzt, da die letzte Schlacht geschlagen ist und die saesonitischen Hunde im Zwinger hocken, bittet Dyfed um Unterstützung gegen seine alten Feinde, die Skoten des Westmeeres.«

»Und bedenkt auch«, setzte Fingal hinzu, »dass die Nachfahren Cuneddas im Norden, Cadwallon Langarm von Gwynedd und seine Cousins, ihr Land von der Plage der irischen Siedler nahezu befreit haben. Wenn diese Unternehmung abgeschlossen ist, werden sie ihr Augenmerk nach Süden auf Dyfed richten.«

»Ja«, sagte Teleri. »Die Söhne Cuneddas sind eine gierige Dynastie und werden Dyfed ebenso verschlingen wie so vieles andere zuvor, wenn Artus Eurem Vater und dessen Erben nicht seine Unterstützung gewährt.«

»Deshalb brauchen wir ein Zeichen, mein Prinz«, fuhr Fingal eifrig fort. »Ein Zeichen, das beweist, dass Artus an Dyfed und sein Herrscherhaus glaubt. Ein Zeichen an die Adresse der Söhne Cuneddas, das ihnen sagt: ›Finger weg!‹«

»Nun gut!« Ich hob die Hand. »Ich weiß. Ich habe verstanden.«

Ich war von allem überwältigt: von der Tatsache, dass ich hier war, hier in Caer Cadwy, und von seinem Luxus, seiner Pracht und Größe; von den wohl klingenden Namen und der Aussicht, diese berühmten Männer in Kürze kennen zu lernen. Denn Teleri, die sich auf einmal von einer Maus in einen brüllenden, staatsmännischen Löwen verwandelt hatte, war bloß eine Merkwürdigkeit unter vielen. Wäre nicht alles so neu für mich gewesen, hätte mir ihre Verwandlung wohl zu denken gegeben, so aber ging ich darüber hinweg.

Der oberste Bedienstete trat hüstelnd vor, nachdem er zuvor außer Hörweite gewartet hatte. »Meine Herren, meine Dame. Der Magister Militum erwartet Euch.«

»Meine Harfe«, sagte Teleri und verschwand im Nebenraum.

Fingal blickte ihr mit zusammengekniffenen Augen nach. »Merkwürdig«, sagte er. »Wir glaubten, sie sei auf unser Geheiß mitgekommen, nun aber scheint mir, sie ist aus eigenem Antrieb hier.«

Ich runzelte verständnislos die Stirn, doch ehe ich etwas

sagen konnte, war Teleri zurückgekehrt, abermals in den Reiseumhang gehüllt.

Die Bediensteten geleiteten uns aus der Wärme des Gästehauses hinaus in den heftigen Wind, der über die Hügelkuppe wehte, zwischen den Holzhäusern pfiff und heulte und von weiterem Schneeregen oder Schnee kündete.

Ich mummte mich zitternd in meinen roten Umhang.

»Es ist nicht mehr weit, mein Herr!«, rief der oberste Bedienstete und trottete geduckt über den gepflasterten Weg. Wir folgten ihm, Umhänge und Haar umklammernd (der Wind zerrte an Fingals Pony, den er zum Ausgleich für seinen kahlen Fleck lang trug); allein Teleri, die in ihrem Kapuzenumhang gut geschützt war, kam offenbar ungeschoren davon.

Der Palas lag in der Mitte der Stadt, auf dem höchsten Punkt des Plateaus, und überragte die übrigen Gebäude wie eine Kuh die Kälber; ein rechteckiges Gebäude, über einundzwanzig Doppelschritte lang und elf Doppelschritte breit; das hohe Dach mit Holzschindeln gedeckt; die Strenge der Linien wurde an der Längsseite von überdachten Eingängen aufgelockert.

Glewlwyd mit dem kräftigen Griff erwartete uns an einem dieser Eingänge.

»Tretet ein, meine Herren, tretet ein!«, sagte er, als wir uns ihm näherten. »Dies ist nicht der rechte Tag für Förmlichkeiten.«

Er geleitete uns durch die Tür, schlug sie hinter uns zu und sperrte damit Wind und Wetter aus.

Im Inneren herrschten Glanz und Herrlichkeit.

Alles schien zu funkeln und zu glänzen, selbst die Wände, an denen kostbare Näharbeiten und schimmernde Waffen hingen, weiße Schilde und Paraderüstungen aus bläulich schimmerndem Eisen oder polierter Bronze.

Mitten durch den Saal zog sich zwischen den langen Tischen einher, an denen die Krieger schmausten, eine Reihe von Feuergruben hin, und von den mächtigen Deckenbalken hingen emailleverzierte Bronzeschalen, gefüllt mit Öl und einem schwimmenden Docht. Das Licht der Lampen und der Feuergruben wurde hin und her, auf und ab gespiegelt, und die Bronzeschalen funkelten golden wie kleine Sonnen.

Die Tische waren gedeckt mit polierten Trinkhörnern, Gefäßen aus grünem Glas, silbernen und goldenen Kelchgläsern, die alle im Feuerschein funkelten. Parallel zu den Tischen waren mit weißen Fellen bedeckte Bänke und Liegen aufgestellt, und darauf saßen oder ruhten die prächtig gekleideten und mit Ringen geschmückten Krieger: Männer sämtlicher Stämme Albions.

Mir erschien dies wie eine Halle der Sidhe, der Prächtigen, die unter den Hügeln leben, der gefallenen Engel, die zu gut für die Höllenqualen sind.

Eine kleine Gruppe von Männern in der Nähe des Eingangs hatte uns bemerkt, und diese klopften nun auf den Tisch, stampften auf den Boden und riefen: »Dyfed! Dyfed! Vortepor von den Demetae! Gwortepor mab Aircol!« (Aircol bedeutet im Dialekt von Dyfed Agricola.)

Ich grinste, denn ich kannte einige dieser Männer und wusste, dass sie aus Dyfed stammten, dann, als Glewlwyd mich durch den Mittelgang zum niedrigen Podest am Ende der Halle geleitete, wurde ich wieder ernst.

Viele der Krieger drehten sich nach uns um, und das gemurmelte ›Demetae‹ (die alte römische Bezeichnung für das Volk von Dyfed) folgte mir wie eine Woge. Die meisten Männer wirkten freundlich oder auch bloß neugierig, einige wenige aber schauten finster drein und spuckten in die Feuergruben. (Ich hörte es hinter mir zischen, wenngleich ich starr geradeaus blickte und so tat, als bemerke ich es nicht.)

Dies waren die Männer aus Gwynedd und den angrenzenden Gebieten, die von den Erben Cuneddas regiert wurden: von Cadwallon Langarm, seinem Bruder Ewein Weißzahn und deren Cousins Kevyr, Meilir und Yneigr. Einige waren klein und dunkelhaarig, typische Hügelbewohner, wie man sie in Dyfed findet; andere waren hoch gewachsen und hatten blondes oder rotes Haar, wie die Söhne Cuneddas auch.

Dann vergaß ich die Männer aus Gwynedd. Vor mir auf dem Podium erwachte eine Legende zum Leben: der Erretter Albions, der Kriegsherr Prydeins; der Sieger der Kämpfe an den Furten des Clearwater und des Blackwater, der Eroberer des Flusses Bassas, des Kaledonischen Waldes und der Festung

Guinnon, der Verteidiger der Stadt der Legion, der Herrscher der Gesprenkelten Küste und der Hügel von Agned bei den Ruinen Bravoniums, der Sieger von Badon Hill; der Unvergleichliche, der Unbesiegbare, Artus, der Magister Militum – Artus, der Herr über die Krieger Britanniens.

Artus war ein großer, stattlicher Mann. Sein Haar war kastanienbraun und dabei leicht angegraut, nach römischer Art kurz geschnitten, und er trug einen königsroten Umhang. Er war glatt rasiert und hatte ein energisches, aber offenes Gesicht.

Damit ist nur wenig gesagt.

Neben ihm stand ein Hüne von einem Mann mit flachsfarbenem, grau gesträhntem Haar, der größte Mann, den ich je gesehen hatte. An seiner anderen Seite stand ein jüngerer Krieger mit einem Falkengesicht und wildem, stolzem Blick. Allein schon diese beiden (es waren Cei und Gwalchmei) hätten in jeder Menschenmenge die Blicke auf sich gezogen: der große Mann wegen seiner Statur, der Krieger wegen seines Profils. Gleichwohl bemerkte ich sie zunächst nicht, denn ich hatte allein für Artus Augen.

Neben ihm hatte kein anderer Platz.

Ich konnte ihn von Anfang an nicht leiden.

Irgendwie gelang es mir, mich zusammenzureißen, und ich salutierte nach Art der Römer, wie es meine Ahnen, die Magnus Maximus dienten, gelernt hatten. Dann hob ich mit trockenem Mund zu sprechen an, darum bemüht, meinen Dyfed-Akzent zu unterdrücken, damit alle mich verstanden:

»Ich grüße Euch, Herr über die Armeen der Insel. Desgleichen entbiete ich meinen Gruß auch allen Anwesenden. Möget Ihr niemals weniger mächtig sein als zu dieser Stunde, und möge Euer Ruhm niemals verblassen, denn Ihr schützt das Land vor aller Unbill.«

Artus neigte den Kopf und erwiderte: »Seid willkommen, Vortepor, Sohn Agricolas; seid willkommen, Ihr und alle in Eurer Begleitung.«

Seine Stimme füllte den Palas und hallte vom Gebälk wider, gleichwohl hatte er weitaus natürlicher gesprochen als ich.

»Kommt, setzt Euch zu uns«, fügte Artus in leiserem Ton hinzu und winkte mich lächelnd zu sich aufs Podium.

Artus und die Umstehenden traten auseinander, sodass ich nun den großen Stuhl oder Thron sah, den sie verdeckt hatten. Darauf saß eine Dame mit goldfarbenem Haar, und in diesem Augenblick meinte ich, sie sei die schönste Frau, die ich je gesehen oder von der ich gehört hatte, denn sie war noch schöner als die legendäre Fflur, um deretwillen Caswallons Sohn Beli als Schuster verkleidet nach Rom gereist war, nachdem Julius Caesar sie ihm geraubt hatte.

»Lady Gwenhwyvar«, sagte ich, und sie deutete lächelnd auf den Stuhl an ihrer Seite.

Manchmal erwache ich mitten in der Nacht und frage mich, ob sie wohl noch lebt und was die Zeit aus ihrem goldenen Haar gemacht haben mag.

Ich hasste Artus, hasste alles, wofür er stand, Gwenhwyvar aber konnte ich nicht hassen.

Der törichte Medraut setzte das Gerücht in die Welt, sie sei Artus untreu gewesen, was gelogen ist, doch die Menschen sind leichtgläubig. Auf diese Weise ziehen sie sie auf ihre Ebene hinab, erniedrigen sie und Artus, die sonst so hoch über der Masse stünden wie die Sterne über der Erde.

Es mag Euch wundern, dass ich so von Artus und Gwenhwyvar spreche. Doch an jenem ersten Nachmittag stand ich dicht davor, in ihren Bann zu geraten, und einen Rest jener Faszination habe ich mir bis heute bewahrt, denn obschon ich die saesonitischen Fußsoldaten, die bei Camlann kämpften, mit Gold und Silber bezahlte, konnte ich mich von ihrer Magie doch nicht ganz freimachen.

Ich brachte meine Bitte um Beistand vor und beobachtete Artus, während er sich beriet. Ich konnte erkennen, dass Gwalchmei dafür war, während Cei eher zauderte, und wusste, dass die Angelegenheit im Rat erörtert werden würde, bevor Artus eine Entscheidung träfe. Ich wusste jedoch auch, dass Artus' Meinung den Ausschlag geben würde: Wenn er es für geraten hielt, würde Hueils Piratennest ausgehoben werden.

Das war einer der Gründe, weshalb ich ihn hasste. (Natürlich gab es so viele Gründe, wie er Facetten hatte; sein Wesen entzog sich einem, und wenn man meinte, man verstünde ihn und seine Beweggründe, dann überraschte er einen von neuem.)

Artus setzte stets seinen Willen durch. Vor ihm hatten Ambrosius und sein Vater ein halbes Jahrhundert lang ohne den geringsten Erfolg gegen die Saesoniten gekämpft. Artus hatte verkündet, es werde fünfzehn Jahre dauern, sie in ihre Gebiete zurückzudrängen, und so geschah es auch.

Diese Art von Erfolg bringt Hochmut hervor, einen Hochmut, der für uns gewöhnliche Sterbliche nicht darum leichter erträglich wird, weil er zufällig gerechtfertigt ist.

Ich hörte den dreien fasziniert zu. Ich war vorübergehend vergessen. Gwalchmei machte einen Vorschlag, Cei erhob Einwände, dann schlug Artus eine Änderung vor. Ich hatte gehört, dass Artus und seine engsten Gefährten häufig so beieinander saßen und sich unterhielten, wobei jeder seine Ansichten kundtat, bis sie zu einer Übereinkunft gelangten. Ich hätte mir nicht vorstellen können, dass mein Vater die Regierungsgeschäfte auf die gleiche Weise betrieb, und auch ich habe mich niemals dieser Methode bedient, fand es aber gleichwohl interessant, dabei zuzuschauen.

Im Palas spielte eine Harfe, deren Töne die sich vertiefende Stille ausfüllten, denn die Krieger verstummten nach und nach und lauschten.

»Glaubt Ihr, es ist die Sache wert?«, fragte Artus.

Gwalchmei nickte, während sich ein breites Grinsen über seine Züge breitete. »Wir sind seit Cat Coit Celidon, der Schlacht im Kaledonischen Wald, nicht mehr in den Norden vorgestoßen.«

»Und die fand im Flachland statt«, sagte Cei. »Wenn wir auf den Inseln zuschlagen, werden wir deren Bewohnern ins Gedächtnis rufen, dass Ihr der Beschützer ganz Britanniens und nicht bloß der des Südens seid.«

Die Harfe spielte im Hintergrund weiter, eine wehmütige, eindringliche Weise.

»Wir haben uns zu lange auf den Kampf gegen die Saesoniten hier im Süden beschränkt«, sagte Gwalchmei. »Als Dyfnwal von Strathclyde Fergus mac Erc und seinen Brüdern Lorn und Angus die Halbinsel Kintyre als Lehen gab, verzichtete er darauf, Euch zuvor um Erlaubnis zu fragen.«

Dies war ein Hinweis auf die kürzlich getroffene Abmachung zwischen dem bedrängten Lord von Strathclyde, dessen Gebiet zwischen den römischen Wällen lag, obwohl er behauptete, sein Herrschaftsgebiet reiche weiter nach Norden. Um seine Westgrenzen zu schützen, übereignete er einen Teil des fraglichen Landes Fergus von Dal Riada, dem gewalttätigsten der Skoten, die seine Küsten unsicher machten.

Meiner Ansicht nach – und dies war die Haltung des Mannes, der bald der Herrscher von Dyfed sein würde – ging das allein Strathclyde etwas an. Mit Artus und dessen Gefährten hatte dies nichts zu tun. Sie aber sahen in ihrem Hochmut die Sache anders. Sie glaubten, jede Entscheidung, die das Land oder die Herrschaft betraf, bedürfe Artus' Zustimmung, so als sei er der Herr der Prinzen von Prydein und nicht ihr Diener.

Cei gähnte und kratzte sich die Rippen. »Ehrlich gesagt glaube ich, dass sich Dyfnwal lediglich vor vollendete Tatsachen gestellt sah«, meinte er. »Um die Männer von Dal Riada im Westen zu vertreiben, während gleichzeitig die Pikten im Osten angreifen, dazu sind mehr Krieger nötig, als Strathclyde aufzubieten vermag. Ist man von Feinden umzingelt, tut man gut daran, einen von ihnen als Verbündeten zu gewinnen.«

Artus nickte. Er wandte sich mir zu und fasste seine Schlussfolgerungen zusammen: »Grundsätzlich halten wir Euren Vorschlag für vernünftig. Eine Strafaktion in den nördlichen Gewässern würde die Häuptlinge von Iardomnan daran erinnern, dass der Magister Militum einen langen Arm hat. Zuvor aber will ich mich von der Machbarkeit überzeugen, außerdem möchte ich wissen, ob Euer Informant tatsächlich über verwertbare Informationen hinsichtlich der gegnerischen Festung verfügt.«

Ich setzte zu einer Bemerkung an, Artus aber bedeutete mir zu schweigen. Mir schwirrte bereits der Kopf von der Anstrengung, der Unterhaltung zu folgen. Zwar kannte auch ich mich ein wenig mit Regierungsgeschäften aus – als zukünftiger Herrscher von Dyfed kam ich kaum darum herum –, doch dies hier lief in einem viel größeren Maßstab ab, als ich mir vorgestellt hatte, und zudem mit einer bemerkenswerten Beiläufigkeit.

»Lasst uns jetzt der Bardin lauschen«, flüsterte Artus. »Wir unterhalten uns später. Das Mädchen, das Ihr mitgebracht habt, ist gut.«

Überrascht wandte ich mich zum Saal herum.

Teleri hatte den ihr zugewiesenen Platz an der Tür, inmitten der Männer aus Dyfed, verlassen und war auf den Mittelgang hinausgetreten. Nun näherte sie sich langsam dem Podium, und nach und nach verstummten die Männer.

Das blaue Gewand schimmerte im warmen Licht der Feuer und der Hängeschalen, und ihr Schmuck funkelte und glitzerte, als sie vom Licht in den Schatten wechselte. Ihr grobknochiges Gesicht konnten weder die Zuhörer im Saal noch die Herren und Damen auf dem Podium erkennen: für Teleri gab es nur die Harfe und die Musik.

Ich hörte, wie neben mir jemand scharf den Atem einsog. »Sie ist wunderschön«, murmelte Gwalchmei.

Stirnrunzelnd musterte ich erneut diese seltsame Frau, diese ungesellige Reisegefährtin. Ich konnte erkennen, dass sie eine fesselnde, in gewissem Sinne sogar attraktive Erscheinung war, doch meinem Schönheitsideal entsprach sie nicht. Ihre Ausstrahlung verdankte sie ihrer Kleidung und Haltung, nicht ihrem Gesicht und ihrer Gestalt. (Mit Gwenhwyvar verhielt es sich anders ... Gwenhwyvar wäre auch dann wunderschön gewesen, wenn sie in Sack und Asche gegangen wäre.)

»Wer ist das?«, fragte Gwalchmei.

»Sie heißt Teleri. Sie ist unsere Führerin auf den Westinseln.«

Während Teleri spielte und die Töne wie Regentropfen in die Stille des Saales fallen ließ, trugen die Bediensteten unauffällig ein Festmahl auf, die geringeren Damen des Hofes kamen hinter der Trennwand hervor und nahmen ihre Plätze ein, und das Mahl begann, ohne dass gesprochen wurde - was ich weder in diesem noch in einem anderen Palas je wieder erlebt habe.

Als Teleri schließlich endete, hallten die Beifallsrufe vom Gebälk wider. Sie blickte zu Artus auf und rief:

»Herr, ich bitte Euch um eine Gunst!«

»Die Gunst sei Euch gewährt, so sie denn angemessen ist«, erwiderte er auf ebenso förmliche Weise.

»Angemessen ist sie, Herr, und leicht zu gewähren.«

»So sprecht«, befahl er.

»Ich bitte um folgende Gunst. Wenn das Festmahl geendet hat, wenn die Trinkhörner und Kelchgläser mit hellem Met oder blutrotem Wein aufgefüllt werden, wenn die Artisten antreten, um die Anwesenden mit ihren Kunststücken zu unterhalten, dann möchte ich, mit Eurer Erlaubnis, eine Geschichte vortragen, die mir zu Ohren gekommen ist, eine Geschichte vom Anbeginn der Zeit.«

»Eine heidnische Geschichte?«, fragte Artus mit der Andeutung eines Lächelns um die Lippen.

Sie senkte den Kopf, sodass ihr das lange schwarze Haar in Wellen über die Schultern fiel.

»Das mag schon sein, Herr.«

»Nun gut«, meinte er. »Dies wird nicht das erste Mal sein, dass eine Gesellschaft von Christen einer heidnischen Geschichte zuhört. Und dies schadet auch nicht, denn in den Geschichten unserer Ahnen ist häufig Weisheit verborgen.«

»Dies ist ganz in meinem Sinne, Herr.«

»Und in meinem«, erklärte er ernst. »Die Gunst sei Euch gewährt.«

Sie verneigte sich und begab sich zu ihrem Platz bei der Tür.

»Wer ist das?«, fragte Gwalchmei.

Ich schüttelte den Kopf. »Ehrlich, ich weiß es nicht.« (Und das entsprach der Wahrheit, obwohl ich geglaubt hatte, sie zu kennen.) »Sie stammt aus dem hohen Norden, von den Inseln und Buchten, die unter dem Namen Iardomnan zusammengefasst werden. Doch sie ist keine Skotin.«

»Dann vielleicht eine Piktin?«, fragte Cei.

»Sie hat einen schwachen Akzent, doch seine Herkunft ist mir unbekannt.« Gwalchmei runzelte die Stirn. »Ich habe geglaubt, ich würde die meisten Dialekte Britanniens kennen.«

»Ihr seid weit gereist?«, fragte ich höflich, um das Gespräch in andere Bahnen zu lenken.

Cei legte mir seinen schweren Arm auf die Schultern und lachte brüllend. »Aber sicher ist er das, mein Junge. Ihr habt hier Gwalchmei vor Euch. Er mag zwar wie ein unschuldiger Knabe aussehen, aber er ist der Anführer von Artus' Reiterei, nach Artus, Bedwyr und mir der viertgefährlichste Mann in Caer Cadwy (und somit von ganz Prydein).«

Mir schoss das Blut in die Wangen.

»Sei still, Cei«, sagte Gwalchmei. Er wandte sich an mich. »Ihr dürft nicht vergessen, dass sich Männer und Frauen aus allen Gegenden Britanniens am Artushof aufhalten. Menschen aus dem Westen, landloses Volk aus dem Osten, das von den Saesoniten vertrieben wurde, Menschen aus den Midlands und auch einige aus den nördlichen Königreichen – sogar eine Hand voll Pikten aus der Gegend jenseits von Bannog sind hier anzutreffen. Ich vernehme ihren Akzent, ohne mich auch nur erheben zu müssen. Hört mal!«

Aus dem Stimmenlärm im Palas lösten sich verschiedene Stränge heraus: der Singsang von Gwynedd; die schnarrende Aussprache der Dumnonier; der leise, latinisierte Akzent von Calchwinyth von den Kalkfelsen; die leiernde Sprechweise von Elmet; die harten Laute aus dem unwirtlichen Norden; das gutturale Gebell der Saesoniten.

»Aber eine Stimme wie die der Lady Teleri«, sagte Gwalchmei, »habe ich noch nie gehört, wenngleich ich bei ihr Anklänge an die Sprechweise der Iren und Pikten heraushöre. Ich glaube, ihre Muttersprache ist nicht das Britische.«

»Also, wer ist sie?«, wollte Cei wissen.

Auf einmal war ich mir seiner Größe sehr deutlich bewusst, des langen linken Arms, der lässig auf der Sofalehne ruhte und mir mühelos hätte den Hals brechen können. Als er mir ins Gesicht sah, bemerkte ich voller Entsetzen (denn bei einem solchen Mann erwartete man kein gewöhnliches Gebrechen), dass er wohl allmählich erblindete.

»Ich weiß nur sehr wenig über sie«, sagte ich unsicher. »Sie kam vor gut einem Monat zu mir und meinte, sie habe eine Lösung für unsere Schwierigkeiten mit den Skoten ...«

»Weshalb wandte sich sich an Euch? Weshalb nicht an Euren Vater?«, fragte er scharf.

»Ich ... ich weiß es nicht. Vielleicht weil mein Vater alt ist und ich der Erbe bin ...«

»Ihr seid sein einziger Erbe?«, fragte Gwalchmei.

»Ja. Anders als die Männer von Gwynedd teilen wir das

Erbe nicht unter den Söhnen auf. Bei uns bekommt der designierte Erbe alles.« Ich plapperte einfach drauflos, und das war mir auch bewusst. »Beim Tod meines Vaters – der hoffentlich noch lange auf sich warten lässt – werde ich Herrscher von Dyfed.«

»Auf diese Weise vermeidet ihr die Bruderkriege, die Gwynedd periodisch heimsuchen«, bemerkte Gwalchmei.

»Faszinierend«, sagte Cei mit triefendem Sarkasmus. »Aber sagt, weshalb wollt Ihr nicht über diese Frau reden?«

Ich hätte mich beinahe an einem Fleischbrocken verschluckt.

»Aus irgendeinem Grund macht sie Euch Angst.« Der große Mann musterte mich mit klugem, forschendem Blick. »Oder gibt es ein Geheimnis, das Ihr uns nicht enthüllen wollt?«

»Nein, nein«, stammelte ich wenig überzeugend. »Es ist bloß ...«

Einstweilen rettete mich Glewlwyd mit dem festen Griff, der sich gerade erhob und mit seiner dröhnenden Stimme um Ruhe bat, auf dass die vom Magister Militum gewährte Gunst erfüllt werde.

4

Als der dicke Mann verstummte, schlug Eremon die Augen auf. Die Feuer waren heruntergebrannt, und im ganzen Saal verabschiedeten sich Vortepors Krieger voneinander und torkelten betrunken zu ihren Schlafquartieren. Die Bauern und Bediensteten hatten sich bereits entfernt, bevor das Trinkgelage einsetzte, da sie andernfalls zur Zielscheibe derber Späße geworden wären.

Die Sklaven räumten die Liegen und Tische fort und legten Felle und Polster aus für die, die im Palas nächtigen würden. Vortepor saß gedankenversunken vor den Überresten seiner Mahlzeit und beobachtete das Getriebe.

»Was ist mit meinem Onkel?«, fragte Eremon.

Der mächtige Kopf schwenkte in seine Richtung, die kleinen Augen musterten ihn.

»Mit Eurem Onkel?«

»Ich dachte ...« Eremon fragte sich verwirrt, ob er womöglich eingenickt war, sodass ihm Vortepors lange Geschichte entgangen war.

»Lleminawg, das Opfer«, brummte der Dicke. »Ja.« Er schnupperte an den vor ihm liegenden Knochen, entdeckte einen, an dem noch ein paar Fleischfetzen hingen, und machte sich darüber her.

»Die Frau hat sie verhext. Sie hat alles vorhergesagt, bloß dass ein Opfer nötig wäre, hat sie nicht erwähnt.« Er schnaubte. »*Das* hat sie verschwiegen.«

Ein Sklavenmädchen beugte sich vor, um die Essensreste abzuräumen. Ringe blitzten im Zwielicht auf, als Vortepor unter ihren Rock griff und seine feiste Hand zwischen ihren Schenkeln vergrub. Sie sog scharf die Luft ein und fiel vor ihm auf den Tisch. Seine Finger bewegten sich wie dicke Würmer, die sich an einem Stück Aas labten.

Das Mädchen war noch sehr jung, eigentlich noch ein Kind, doch als sie den Kopf wandte (während sie vor Lust leise stöhnte), bemerkte Eremon, dass ihre Augen unverhältnismäßig alt und erfahren wirkten. Er war kein Mann, der sich um die Gedanken oder Gefühle anderer Leute scherte, dennoch tat sie ihm irgendwie Leid.

In diesem Augenblick fasste er einen Entschluss. Er würde auf Vortepors Angebot eingehen und ihm versprechen, was dieser hören wollte. Und sobald er diesen Ort hinter sich gelassen hätte, würde er alles tun, um Vortepors ehrgeizige Pläne zu vereiteln.

»Die Geschichte, die Teleri vorgetragen hat«, sagte der Dicke, als wäre das Mädchen gar nicht anwesend. »Das war eine Beschwörung. Eine Einladung. Als sie geendet hatte, konnte Artus nicht anders, als nach Norden zu den Inseln Iardomnans zu segeln und Hueil und sein Seeräuberbündnis zu vernichten. Es war unausweichlich, dass er sich bei seiner Rückkehr zum Herrscher Prydeins erklärte.«

Das Mädchen wand sich stöhnend. Vortepor zog die Hand zurück, schnupperte an seinen Fingern und ließ sie vom Mädchen ablecken.

»Er hat von dort etwas mitgebracht. Einen Talisman, ein Symbol seiner Herrschaft. Das bestgehütete Geheimnis in Artus' langer Karriere. Nach seinem Tod verschwand es.«

»Wie Gwenhwyvar?«, fragte Eremon, dem es allmählich dämmerte.

»Wie Gwenhwyvar, die, nachdem sie die Nachricht von Artus' Tod erhalten hatte, aus Caer Cadwy fortritt, ohne sich auch nur einmal umzusehen.«

Er stieß das Sklavenmädchen so heftig weg, dass es bäuchlings auf dem Boden landete. Dort blieb sie atemlos einen Augenblick lang liegen, dann rappelte sie sich hoch und brachte sich in Sicherheit.

»Gwenhwyvar hat gewusst, dass es aus war«, fuhr er fort, ohne das Mädchen zu beachten. »Artus hatte keinen Erben. Seine Söhne waren tot – Llacheu war von Ceis Hand gestorben, Anir hatte Artus eigenhändig getötet. Medraut hatte sich als zu ungeduldig erwiesen und vorzeitig das zu erlangen versucht, was ihm auch von allein in die Hände gefallen wäre. Was die anderen Prinzen betraf, die Männer, die bereits über irgendeinen Teil von Prydein herrschten, so hassten wir einander und hätten niemals zugelassen, dass einer von uns die Vorherrschaft erlangte. Jetzt, da Artus und Medraut tot waren, gab es niemanden mehr, den wir als unseren Herrn anerkannt hätten.«

»Und Ihr wollt diesen Talisman finden?«

Der Dicke rülpste und schüttelte sich am ganzen Leib. Der mit Schnitzereien verzierte Thron knarrte bedenklich.

»Nein, nicht finden. Ich weiß, wo er ist. Ich weiß es bereits seit drei Monaten.«

»Ihr wisst es?«

Vortepor nickte. »Kurz nach der Schlacht von Camlann trat ein Mann einem Kloster in Amorika bei. Damals nannte er sich Budoc, zu Ehren des Abts von Laure – Ihr wisst vielleicht, dass die meisten Leute einen neuen Namen annehmen, wenn sie ein frommes Leben beginnen.«

»Diesen Wunsch habe ich nie verspürt«, bemerkte Eremon trocken.

»Nein? Ich auch nicht.« Der Dicke lächelte bei der Vorstellung. »Dieser Budoc verließ das Kloster vor etwa drei Jahren und meinte, er wolle in das Land seiner Kindheit zurückkehren, um sein Leben in Einsamkeit zu beschließen. Wenn er derjenige ist, für den ich ihn halte, dann wurde er in der Gegend des Oak-Flusses geboren - wo Ihr gelebt habt, bevor Ihr den guten Gereint erzürntet. Meine Männer haben das Gebiet abgesucht und sich nach einem Einsiedler erkundigt, der in den vergangenen drei Jahren dort aufgetaucht ist.«

»Das ist bestimmt keine leichte Aufgabe«, meinte stirnrunzelnd Eremon. »Diese frommen Männer tauchen häufig just in dem Moment auf, da ihr Vorgänger stirbt. Als spürten sie, wann sie gebraucht werden. In der Vorstellung der Landbewohner verschmelzen sie miteinander, zumal dann, wenn sie den Namen ihres Vorgängers annehmen.« Vortepor musterte ihn abschätzend. »Ausgezeichnet. Ihr habt das Problem erkannt. Meine Männer haben ihn zunächst nicht gefunden, weil sie auf die Frage, wie lange sich der fromme Mann schon am Waldheiligtum aufhalte, ›*Schon immer!*‹ zur Antwort bekamen.«

»Am Waldheiligtum?«

»Das Nemeton an der Porthyle-Bucht. Der heilige Wald.«

»Den kenne ich.«

Der Dicke schnaubte. »Natürlich kennt Ihr ihn. Das ist einer der Gründe, weshalb Ihr hier seid, nämlich weil Ihr Euch dort auskennt.«

Er schnippte mit den Fingern und wartete, bis Wein nachgeschenkt wurde. »Dieser Einsiedler traf vor drei Jahren ein, kurz nach dem Tod seines Vorgängers. Er nennt sich Budoc und ist im passenden Alter. Er praktiziert eine Mischung aus Christen- und Heidentum, genau das, was man erwarten würde.« Er trank und verschüttete dabei Wein auf sein Gewand. »Ich bin sicher, dass dieser Budoc vom Waldheiligtum derselbe Budoc ist, der nach der Schlacht von Camlann dem Kloster in Armorika beitrat.«

»Und wer ist dieser Budoc?«

»Der Mann, dem Artus und Gwenhwyvar das Geheimnis anvertrauten, das Artus von Iardomnan mitgebracht hat. Der Mann, der nun den Schlüssel zur Herrschaft über Albion in Händen hält. Der Mann, den ich einmal als Mab Petroc kannte.«

SECHSTES KAPITEL

1

Der letzte Tag des Dorfes begann wie alle anderen.

Woran Eurgain sich später am deutlichsten erinnerte, war, dass ihre ältere Schwester Dyfyr sich mit ihrer Mutter darüber gestritten hatte, wer die Wäsche zum Fluss tragen solle. Zumindest ging es vordergründig darum, doch Eurgain wusste, dass es im Grunde etwas ganz anderes war, und wie sie so das erschöpfte, müde Gesicht ihrer Mutter sah, war sie sich gar nicht so sicher, dass sie es wirklich wissen wollte.

Wie gewöhnlich endete der Streit damit, dass Dyfyr mit einem Weidenkorb voller schmutziger Wäsche losstürmte, während ihre Mutter seufzend die Asche zusammenkehrte.

»Eurgain, wann hast du den Einsiedler zum letzten Mal besucht?« Sogar ihre Stimme klang nach einer solchen Auseinandersetzung mit Dyfyr erschöpft.

»Gestern Abend. Ich habe ihm den Haferbrei gebracht, den du zubereitet hattest.«

»Ja, das hast du mir gesagt«, meinte ihre Mutter und schüttelte zerknirscht den Kopf. »Du hast gesagt, er habe sich überanstrengt. Besuchst du ihn am Abend wieder? Ich möchte nicht, dass der arme alte Mann hilflos seiner Krankheit überlassen bleibt, und wenn deine Schwester so bockig ist, hat es keinen Sinn, sie zu fragen.«

»Ja, ich gehe zu ihm. Es ist ein schöner Spaziergang durch den Wald, außerdem mag ich ihn.«

Eine Weile räumten sie schweigend die Hütte auf.

»Die Männer müssten gegen Mittag wiederkommen«, sagte Eurgain schließlich.

Ihre Mutter nickte. »Hast du die Kuh schon gemolken?«

»Ja. Der Kübel steht bei der Tür.« *Dort, wo ich ihn immer hin-*

stelle, dachte sie, sagte jedoch nichts. In diesem Augenblick konnte sie den Groll ihrer Schwester zumindest teilweise nachvollziehen. »Und ich habe auch nach den Schafen gesehen.«

»Braves Mädchen.« Wenn ihre Mutter lächelte, wirkte sie viel jünger. »Hast du auch etwas Getreide mitgebracht?«

Eurgain nickte.

Um diese Jahreszeit sammelte jede Familie täglich Getreide von einem kleinen Privatbeet ein. Das gemeinschaftliche Getreide würde erst später geerntet werden.

Das Gartengetreide wurde üblicherweise von Hand gerupft. Dann gab es drei Möglichkeiten, es zum Mahlen vorzubereiten. Zum einen konnte man die Getreidekörner mit einem Stock aus der Ähre lösen, die Spreu abtrennen und das Korn dann unter ständigem Umrühren vorsichtig in einem Topf über dem Feuer rösten. Oder man röstete es mitsamt der Spreu in einer Feuergrube, zündete es an und siebte anschließend das rußgeschwärzte Korn.

Die dritte Methode war die schnellste, und diese wendeten Eurgain und ihre Mutter jetzt an. Sie breiteten ein altes Fell auf dem Boden aus und setzten sich darauf. Dann nahmen sie sich jeweils eine Garbe vor und zündeten sie mit einem brennenden Span aus dem Feuer an. Dann schlugen sie in dem Augenblick, da die Hülse verbrannte, gegen die Garbe, wodurch das Korn auf das Fell fiel. Als sie fertig waren, kehrten sie das Getreide in einen Topf und rösteten es.

Eurgains Mutter wischte sich den Schweiß von der Stirn und sagte: »Du räumst hier auf, und ich mahle das Getreide. Wenn die Männer heimkommen, wird das Brot fertig sein. Wenn du magst, schau mal nach Gwyl und frag sie, ob du ihr mit den Kindern helfen kannst. Du könntest mit ihnen einen Spaziergang am Strand machen und etwas Tang sammeln. Wir haben kaum noch Tanggebäck, und Gwyl kann bestimmt etwas brauchen.«

Ihre Mutter lächelte verschmitzt. »Und geh Dyfyr aus dem Weg, sonst beklagt sie sich.«

Das war das letzte Mal, dass Eurgain ihre Mutter sah.

Es war ein wundervoller Morgen. Sie holte die beiden Kinder von der überlasteten Gwyl ab (in letzter Zeit war sie ständig überlastet) und ging mit ihnen zum Strand, wobei sie sich von dem Fluss fern hielt, wo ihre Schwester jetzt auf den Kleidern tanzte, um den Schmutz herauszubekommen. (Während ihr jetzt noch das lange rote Haar beim Tanzen um die Schultern schwang und sie von einer eigenen Familie träumte, würde sie vor Einsetzen der Flut tot sein.)

Sie sammelten ein wenig rosafarbenen Tang. Edar entdeckte in einer Pfütze eine Krabbe, Bran stopfte sich den Bauch mit Muscheln voll, bis ihm übel würde, und dann stauten sie einen der kleinen Bäche, bis er ein riesiges Gebiet mitsamt der Gehöfte überschwemmte, sodass die Menschen sich in einem großen Schiff in Sicherheit bringen mussten, so wie Dwyvan und Dwyvach, als der See der Fluten über die Ufer trat und die ganze Welt überschwemmte ...

»Mein Vater hat ein Boot!«, prahlte Bran. »Er sagt, wenn ich älter bin, nimmt er mich mit zum Fischen.«

»Mich auch, mich auch!«, rief Edar und hüpfte von einem Fuß auf den anderen, wobei er versehentlich gegen den Damm trat, sodass das Wasser wieder abfloss.

»Dich nicht«, meinte Bran verächtlich. »Du bist zu ungeschickt.«

»Seht mal!« Eurgain deutete zur Bucht hinaus. »Ist das nicht das Boot von deinem Papa?«

Die Kinder ließen sich leicht ablenken und blickten sogleich aufs windgekräuselte Wasser hinaus. Die runden Coracles kehrten vom morgendlichen Fischfang heim, und man hörte, wie die Männer sich von Boot zu Boot über ihren Fang unterhielten.

»Da ist Papa!«, sagte Bran, der scharfe Augen hatte. »Dort links. Und hinter ihm ist Großvater, der rudert langsamer. Siehst du sie, Edar?«

Der kleine Junge blinzelte in die blendende Helligkeit. »Ja«, meinte er unsicher.

Eurgain hob ihn hoch und nahm ihn Huckepack. Im Gegensatz zu seinem Bruder war er ein schwächliches Kind und wog nicht viel. Vergangenen Winter hatten sie geglaubt, sie würden ihn verlieren, so schlimm war sein Husten gewesen. Zwar hatte er sich wieder erholt, doch es hatte lange gedauert, bis seine

Wangen sich wieder rosig färbten, und er war immer noch nicht so lebhaft wie zuvor.

Sie spürte, wie das Leben in ihm pochte, als er mit seinem Bauch gegen ihren Hinterkopf drückte und sich in ihrem Griff wand.

»Ich seh ihn, ich seh ihn! Papa, Papa!«

Seine dünne Stimme wurde vom Tosen der Brandung verschluckt, doch einer der Männer bemerkte ihn und winkte, dann rief er den Vater und Großvater des Jungen an. Sie änderten den Kurs und näherten sich nun geradewegs Eurgain und den Kindern. Die kleinen, ovalen Boote lagen tief im Wasser.

»Muss wohl ein guter Fang gewesen sein«, meinte Bran, der die Boote schon häufig vom Meer hatte heimkehren sehen.

»Klar war es ein guter Fang«, sagte Edar, vor Aufregung ganz zappelig. »Papa und Großvater bringen immer die größten Fische heim.«

Da hat er nicht ganz Unrecht, dachte Eurgain und zuckte zusammen, als der Junge von ihren Schultern abzusteigen versuchte und dabei eine Haarsträhne einklemmte. Jago und Beli wussten genau, wo die besten Fische zu finden waren. Vater und Großvater arbeiteten zusammen, spannten gemeinsam ein Netz aus und zogen es, wenn sie eine Bewegung spürten, wieder hoch, bis ihre Coracles zusammenstießen und sie den Fang einholen konnten. Meistens brachten sie mehr und bessere Fische heim als die anderen Männer.

»Eurgain!«, rief Beli, als er das flache Wasser erreicht hatte. »Wieder mal mit den beiden Rackern unterwegs? Gwyl und ich sind dir ja so dankbar. Ich weiß gar nicht, wie sie zurecht kommen sollte, wenn du und Dyfyr nicht aushelfen würdet.«

Er paddelte ein wenig rückwärts, damit das leichte Boot nicht auf Grund lief.

»Uns macht's Spaß. Wir kümmern uns gern um die beiden Jungs.«

»Wenn du erst mal eigene hast, siehst du das bestimmt anders«, erklärte er, doch sein Lächeln strafte seine Worte Lügen. Seine beiden Kinder, die in die Brandung vorgerannt waren, zeigten jedenfalls keinerlei Anzeichen von Ängstlichkeit.

»Wir haben uns gedacht, wir nehmen sie mit nach Hause. Damit du ein bisschen Ruhe hast.«

»Das ist nett von euch«, spielte Eurgain das Spiel mit, denn sie wusste genau, wie gern er mit seinen Kindern prahlte.

(Später war sie froh, dass sie zumindest den letzten Heimweg gemeinsam zurückgelegt hatten.)

Sie watete ins Wasser hinaus und hob Edar zu seinem Vater ins Boot. Es war eng darin, obwohl der Junge so klein war. Coracles waren nicht für zwei Personen gedacht, und der Boden war mit Fischen bedeckt, deren silbrige Flossen allmählich stumpf wurden.

Bran war bereits weiter hinausgewatet und kletterte nun selbständig in Jagos Boot, das heftig schaukelte.

»Sollen wir was von dem Tang mitnehmen?«, fragte Beli und deutete auf den rosafarbenen und roten Tang am Strand.

»Sieht so aus, als wärt ihr schon voll beladen«, erwiderte sie. »Es fehlt nicht mehr viel, und das Boot läuft voll. Keine Sorge. Ich schaff das schon.«

»Sitz still, Junge!«, knurrte Jago und lenkte sein schwer beladenes Boot ins kabbelige offene Wasser hinaus. »Wenn du nicht aufhörst herumzuzappeln, kentern wir!«

Ohne die Jungs war es still am Strand. Eurgain schleppte den Tang zum Wasser und wusch die Sandkörner ab, die daran festgeklebt waren, als Edar den Damm eingetreten hatte, dann tat sie ihn in den Korb und verschloss den Deckel.

Sie hockte sich hin, fasziniert vom weißen Schaum, der an ihren Zehen leckte, und vom schaumbesetzten goldfarbenen Sand, in den ihre Zehen allmählich einsanken ...

In diesem Augenblick erscholl eine so mächtige Stimme, dass sie das Gleichgewicht verlor und nach hinten gegen den Korb kippte.

»Weg vom Strand!«

Der Kopf tat ihr weh. Sie wälzte sich herum und richtete sich auf allen vieren auf. Sie konnte nicht mehr scharf sehen: Die Welt war in eine Unmenge kleiner Flecken auseinander gebrochen, während sie den Sand unter ihren Knöcheln spürte und das Rauschen der Wellen am Strand hörte.

»Lauf weg, lauf weg, lauf weg!«

Es war eine Frauenstimme, die sie jedoch nicht kannte.

Riesige Schwingen klatschten ihr gegen die Ohren. Ihr war übel, als hätte sie zu lange in der Sonne gelegen, und sie hatte große Angst. Ihr Blick stellte sich wieder scharf, und sie erblickte eine bleiche, farblose Welt.

Am Strand war niemand zu sehen.

Abermals ertönte die Stimme, diesmal aus größerer Entfernung: »Lauf! Versteck dich im Wald!«

Da wurde Eurgain klar, dass eine Göttin zu ihr sprach.

Sie richtete sich auf und schwankte benommen. Den Korb ließ sie stehen. Sie rannte los, unbeholfen zunächst und leise wimmernd. Schwerfällig stapfte sie durch den Sand, stolperte über eine Ansammlung von Treibholz und wäre beinahe gestürzt. Sie hielt erst an, als sie den Baumschatten am Rande des Strands erreicht hatte.

»Versteck dich!«, hatte die Stimme gesagt. Sie blickte sich hektisch um, geriet in Panik, als sie nicht gleich ein geeignetes Versteck erspähte, und lief tiefer in den Wald hinein.

Irgendwo stieß ein Vogel einen Warnruf aus. Zunächst glaubte Eurgain, sie selbst sei gemeint, dann wurde ihr bewusst, dass der Ruf aus größerer Entfernung gekommen war. Sie erstarrte und spitzte die Ohren: In der Ferne vernahm sie den Warnruf eines Rotkehlchens.

Irgendetwas näherte sich ihr, etwas Schreckliches. Sie spürte, wie es sich durch den Wald bewegte, spürte den Druck, der sich allmählich aufbaute.

Eine Amsel flog über sie hinweg und rief *»Sinc-sinc-sinc!«*

Sie drang in ein Haselnussdickicht ein, zwängte sich zwischen den Zweigen hindurch, kroch auf allen vieren tiefer hinein. Schließlich blieb sie reglos liegen, versuchte, ihren keuchenden Atem zu beruhigen, und spähte durchs dichte Laubwerk.

Eben noch hatte sie sonnengesprenkelten Waldboden angeschaut, im nächsten Augenblick stand dort ein mit einem dunklen Gewand bekleideter Mann, der mit dem Schatten verschmolz. Als er in den Sonnenschein hinaustrat, konnte sie ihn deutlicher erkennen. Er sog witternd die Luft ein, als wüsste er, dass er beobachtet wurde, und schwenkte den schmalen Kopf hin und her.

Als er ihr das Profil zuwandte, sah sie, dass er auf dem Schädel einen Keil ausrasiert hatte, der von Ohr zu Ohr reichte. Das Nackenhaar fiel ihm in fettigen schwarzen Locken auf die Schultern; das Stirnhaar hing ihm strähnig in die Augen. Sein Gesicht war schmal und boshaft, und die kahlen Stellen auf seinem Schädel waren von hässlichen Beulen und knochigen Höckern verunstaltet.

Er blickte sie an. Seine Nasenflügel bebten. Sie hörte, dass er wie ein Jagdhund schnuppernd die Luft einsog, dann verschwand er wieder.

Sie wartete, wagte nicht, sich zu rühren.

Abermals rief die Amsel.

Eurgain vermutete, dass der Mann nicht die alleinige Ursache für die Unruhe der Vögel war: Dafür hatte er sich viel zu leise bewegt und war so geschickt wie der König der Hirsche durchs Dickicht geschlüpft. Er war ein Vorbote, der für eine größere Gruppe den Weg auskundschaftete.

Dann sah sie die anderen.

Angeführt wurden sie von einem großen Mann mit blondem Haar und braunem Bart. Seine Wangen waren von Narben entstellt, den geröteten Kratern einer Hautkrankheit. Er trug ein altes Kettenhemd, dessen Ringe im Sonnenschein silbrig funkelten. Zunächst konnte sie sich keinen Reim darauf machen, denn dergleichen hatte sie noch nie gesehen, dann aber fielen ihr die Geschichten ein, die Jago bisweilen an Winterabenden erzählte, und da wusste sie auf einmal, was für ein Mann dies war.

Hinter ihm kamen magere, halb verhungerte Gestalten, bewaffnet mit Speeren und kleinen runden Schilden, die Gewänder zerrissen und häufig geflickt. Einige waren barfuß.

Sie bewegten sich unbeholfen. In der Nachhut stolperten manche so häufig, dass man annehmen musste, sie seien krank. Eurgain wartete, zitternd vor Angst, unfähig, einen klaren Gedanken zu fassen. Sie wusste nicht, was sie tun sollte. Sie ging die verschiedenen Möglichkeiten durch, bis sie Kopfschmerzen bekam, und blieb unentschlossen hocken.

Wenn sie in den Wald liefe und versuchte, vor ihnen das Dorf zu erreichen, würden die Fremden sie hören, es sei denn, sie schlug einen weiten Bogen, und dann würde sie das Dorf nicht mehr rechtzeitig erreichen.

Viel einfacher wäre es, sie bliebe hier.

Wäre der Schwarzgekleidete nicht gewesen, hätte sie sich nicht von der Stelle gerührt. Sie war sich ziemlich sicher, dass er sie nicht entdeckt hatte - sonst hätte er wohl etwas unternommen -, aber ganz sicher war sie sich nicht.

Er war der Furcht erregendste Mensch, den sie je gesehen hatte.

Sie musste ein besseres Versteck finden. Und sie musste herausfinden, was im Dorf geschah. Es bestand immer noch die Möglichkeit, dass die Fremden ganz woandershin wollten.

(*Ja, sicher,* sagte eine Stimme in ihrem Kopf, die nichts Göttliches an sich hatte, denn es war bloß ihre eigene Stimme, mit der sie Selbstgespräche führte, *hier kommen auf dem Weg vom Meer ständig mit Speeren bewaffnete Männer vorbei.*)

Eurgain kroch aus dem Dickicht heraus und richtete sich auf, streifte Blätter und Zweige ab.

Sie wusste noch immer nicht, was sie tun sollte, folgte aber, ohne eine bewusste Entscheidung getroffen zu haben, der Fährte der Fremden, wobei sie sich ein wenig seitlich hielt und jede Deckung ausnutzte.

So arbeitete sie sich bis zu einer Ansammlung von Farnpflanzen im Schatten einer großen Eiche vor, schlängelte sich zwischen den Stengeln hindurch und betete zu den Göttern, dass die schwankenden Wedel ihre Anwesenheit nicht verrieten. Behutsam teilte sie die schlanken Pflanzen.

Die Fremden hatte sich auf der lang gestreckten Böschung verteilt, die die Felder vom Wald trennte. Ganz oben befand sich eine Dornenhecke, und dahinter hatten sie Aufstellung genommen, ohne dass sie vom Dorf aus zu sehen waren. Eine kleine Gruppe war weiter ins Tal hinein vorgedrungen und blockierte den Pfad, der den Hang hinunterführte; Eurgain konnte die weißen Schilde gerade so eben ausmachen.

Über den Hüttendächern flirrte die von den Kochfeuern erwärmte Luft. Einige ältere Kinder spielten Fangen: Einer der Jungs mochte Bran sein, doch das war aus der Entfernung schwer zu erkennen.

(Ihre Mutter würde sich bereits fragen, wo sie bliebe.)

Zwei Gestalten schlenderten auf die Coracles am Strand zu. Ein dritter Mann saß auf dem Boden und hatte etwas Dunkles auf dem Schoß; anhand der Armbewegungen schloss sie, dass er ein Netz ausbesserte.

Sie begriff nicht, warum nichts geschah. Warum griffen die Fremden nicht an, jetzt, da sie das Dorf mehr oder weniger umzingelt hatten? Worauf warteten sie?

Wenn sie jetzt aufstünde und riefe, die Arme schwenkte und so viel Lärm wie möglich machte, könnte sie ihre Familie vielleicht noch warnen.

(*Was könnten sie schon ausrichten?*, sagte die Stimme in ihrem Kopf.)

Auf einem Eichenast saß eine große schwarze Krähe. Während Eurgain noch ihren Mut sammelte, schwang sich die Krähe plötzlich in die Luft und flog über die Felder hinweg aufs Dorf zu.

Der Fischer mit dem Netz war aufgestanden und blickte zur Bucht. Die anderen beiden Männer gesellten sich heftig gestikulierend zu ihm. Eurgain schob noch ein paar Farnwedel beiseite, ohne auf die Geräusche zu achten, die sie dabei machte.

Zwei Schiffe hatten die Mündung der Bucht umrundet und näherten sich dem Ufer, mit geborgenen Segeln und unermüdlich sich hebenden und senkenden Rudern, sieben an jeder Seite. Im Heck eines jeden Schiffes stand ein Mann mit Kettenhemd, der die Ruderer mit Rufen anfeuerte.

Auf einmal brach im Dorf Chaos aus. Die Kinder, die Ball gespielt hatten, rannten zum Strand, um zu sehen, was los war. Als sie die Bote erblickten, spritzten sie auseinander. Menschen tauchten in den Eingängen der Hütten auf und verschwanden wieder, als sie sahen, was geschah, um gleich darauf mit kleinen Kindern und irgendwelchen Habseligkeiten im Arm wieder aufzutauchen. Männer schrien, Frauen kreischten und Kinder weinten, Hunde bellten und Hühner gackerten, und alle Geräusche mischten sich miteinander und stiegen zu Eurgain empor.

Die Krähe, die auf einem Dach gesessen hatte, flog durchs Tal davon und folgte dem Pfad, bis sie vor den Bewaffneten abschwenkte.

Das Boot an der Spitze holte die Ruder ein und glitt durch die Brandung auf den Strand zu, wobei es ein breites Kielwasser hinter sich herzog. Die anderen folgten in dichtem Abstand.

Der Krieger mit dem Kettenhemd setzte als Erster den Fuß an Land. Zwei Dorfbewohner rannten auf ihn zu, da sie vielleicht hofften, die anderen würden sich zurückziehen, wenn sie den Anführer töteten. Einer hielt einen Speer in der Hand, der andere (sie meinte Beli zu erkennen, war sich aber nicht sicher) eine Sense.

Sie erreichten den Krieger gleichzeitig. Er wich zur Seite aus, versetzte dem Speerträger einen Hieb in den Nacken, als dieser an ihm vorbeistolperte, dann wandte er sich lässig um und schlug dem zweiten Mann die Beine weg, bevor er die Sense heben konnte.

Er überließ es seinen Männern, den sich am Boden windenden Dörflern den Rest zu geben, und wandte sich zum Dorf. Die Klinge wischte er an einem Lumpen ab.

Ein älterer Mann mit wehendem weißem Haar (Eurgain meinte Jago zu erkennen) trat mit einem Bogen in der Hand aus einer Hütte hervor. Der Krieger hielt keinen Augenblick inne, auch dann nicht, als der alte Mann den Bogen anlegte und schoss. Stattdessen - und Eurgain mochte es kaum glauben, denn sie hatte den fliegenden Pfeil nicht erkennen können - leckte das Schwert durch die Luft wie eine graue Flamme, während der Krieger unbeirrt weiterging. Der Bogenschütze begriff offenbar nicht, weshalb er sein Ziel auf diese kurze Distanz verfehlt hatte, denn er versuchte gar nicht erst, einen zweiten Pfeil anzulegen, sondern wartete, bis das Schwert abermals geschwungen wurde und den Bogenschaft und seinen Leib gleichermaßen durchteilte.

Die Menschen flohen über den landeinwärts führenden Pfad. Eurgain hörte das Geschrei der Säuglinge, sie hörte, wie Männer und Frauen einander Mut zusprachen, sah, wie sie die Kleinkinder aufhoben und mitschleppten.

Einer der Knaben rannte ein Stück weit vor, bog um die Biegung und sah, was sie erwartete. Er blieb unsicher stehen und blickte sich um. Etwas blitzte im Sonnenschein auf. Der Knabe fiel nach hinten, seine Beine zuckten krampfhaft, seine Fersen trommelten auf den Boden.

Als der nächste Dörfler den tödlich verletzten Knaben erreichte, hob er ihn hoch, ohne die auf ihn wartenden weißen Schilde zu sehen, und rannte geradewegs in die Speere.

Die anderen spritzten auseinander, rannten über die Felder und verteilten sich auf dem Hang, ohne auf das reife Getreide Rücksicht zu nehmen. Die Klügsten rannten auf dem kürzesten Weg zum Wald.

Die Männer, die den Pfad blockierten, stützten sich auf ihre Speere und schauten zu, während sie sich lachend unterhielten.

Die flüchtenden Dorfbewohner rannten mit gesenkten Köpfen keuchend den Hang hinauf und bemerkten die Fremden erst, als diese sich hinter der Hecke aufrichteten.

Niemand entkam.

Weder die Männer noch die Frauen, und auch nicht die Kinder.

Die Menschen rannten kopflos umher, versetzten Schafe und Rinder in Panik, suchten hier und dort nach einem Ausweg.

Der Schwarzgekleidete stand auf dem Wall, der die Felder vom Wald trennte. Mit verschränkten Armen beobachtete er voller Genugtuung das Gemetzel.

Einige starben einen rascheren Tod als andere.

Der zarte Edar hatte Glück. Ein Mann im Kettenhemd packte ihn bei den Fersen, schleuderte ihn gegen einen Felsen und zerschmetterte ihm den Kopf. Lachend warf der Mann den Leichnam beiseite.

Oma Afan, die zu alt und schwach war, um das Lager zu verlassen, wurde in einer Decke aus der Hütte getragen und in die Luft geworfen, immer höher und höher, bis sie über die Dächer emporstieg, und jedes Mal zählten die Männer mit. Als sie bei zehn angekommen waren, zogen sie die Decke weg und ließen die alte Frau auf den Boden fallen.

Gwyls Bruder Rhun, Edars und Brans Onkel, wurde von drei mit Langspeeren bewaffneten Männern in die Enge getrieben. Sie pieksten und stachen ihn, zwangen ihn zu tanzen und trieben die Speerklingen desto tiefer in seinen Leib, je schwächer er wurde. Als ihn die Kräfte verließen, erschlugen sie ihn mit den Speerschäften, und das Geräusch der Schläge drang sogar bis an Eurgains Ohr, die auf dem Hang weinte.

Als sie wieder hinschauen konnte, erblickte sie den wirren roten Haarschopf ihrer Schwester Dyfyr, die sich zwischen den in wilder Flucht begriffenen Rindern versteckte. Die Rinder aber wollten nicht dorthin, wohin sie wollte. Sie klatschte einer Kuh auf die Flanke, versuchte sie dem Wald entgegenzutreiben. Das Tier aber brach bockend aus, machte rasend vor Angst kehrt und rannte wieder aufs Dorf zu.

Dyfyr ließ die Rinder hinter sich und lief auf die Böschung zu, rannte mit wedelnden Armen über die Weide, dem sicheren Wald entgegen, obwohl sie doch wissen musste, dass der Weg versperrt war.

Die Männer auf der Böschung sahen ihr entgegen. Der Schwarzgewandete rief einen Befehl. Drei der Angreifer lehnten ihre Speere und Schilde an die Hecke und sprangen aufs Feld hinunter, um das Mädchen abzufangen. Einer rieb sich zwischen den Beinen und rief etwas Anzügliches; Dyfyr wandte sich ihm entgegen, was die anderen mit brüllendem Gelächter quittierten. Im letzten Augenblick sprang sie beiseite, sodass er ins Leere griff. Wutschreie traten an die Stelle des Gelächters.

Das Mädchen erreichte die Hecke an einer Stelle, die bloß dreißig bis vierzig Schritte von Eurgains Versteck entfernt war. Sie rannte die Böschung hoch, sprang über die Hecke, geriet ins Stolpern und stand eine Weile aufrecht da, als dunkle Silhouette vom Himmel abgehoben.

Auf einmal kippte sie nach vorn, rollte hilflos die Böschung hinunter und landete im flachen Graben. Zwischen ihren Beinen hing ein Speerschaft.

Der Mann mit dem pockennarbigen Gesicht näherte sich ihr und zerrte sie mit einer Hand hoch. Eurgain hörte, wie ihr Gewand zerriss.

Der Mann schleuderte Dyfyr die Böschung hoch und sprang ihr nach. Er zog sie auf die Beine und riss ihr das Gewand vom Leib, dann warf er sie abermals zu Boden.

Die Männer johlten, als sie die langen, braun gebrannten Gliedmaßen und die bleichen Brüste sahen, und sie stürzten herbei, um zuzuschauen und dem Mann mit dem Kettenhemd zu helfen, der die Hose herabließ und sich auf das Mädchen legte. Dyfyr schrie einmal auf, dann verstummte sie.

Anschließend schleppte man sie zusammen mit den anderen jungen Frauen zu den Hütten und warf sie dort zu Boden, wo die Kinder zuvor Ball gespielt hatten. Die restlichen Männer wechselten sich ab und machten auch dann noch weiter, als sie sich schon längst nicht mehr rührte.

Und auch dies sah Eurgain in ihrem Versteck im Farn mit an, und zwar trockenen Auges, denn sie hatte keine Tränen mehr übrig. Schließlich übermannte sie das Entsetzen.

2

Sie folgten der gewundenen Straße die Steilfelsen hinunter. Der große Mann redete und lachte, während sie zwischen den Kiefern einherritten, und sein Monolog wurde allein vom Knarren des Leders und dem Magengrollen der Ponys durchbrochen.

»Hier ganz in der Nähe musst du den Speer abbekommen haben«, sagte er, als sie auf ebenem Boden angelangt waren. »Ich erinnere mich noch, dass wir Eremon und seine Männer die Klippen hinunterjagten, aber der Rest ist verschwommen. Wie lange ist das her, Nai? Fünf Jahre oder länger?«

Sie ritten am schmalen Strand entlang, zwischen dem Kiesstreifen, an dem die Wellen leckten, und der unbewegten blauen Oberfläche der Süßwasserlagune einher, die hinter Schilfpflanzen verborgen war.

An jenem Tag vor fünf Jahren, so erinnerte sich Nai, war der See schiefergrau gewesen, und nur dort, wo der Wind das Wasser aufpeitschte, hatte es weiß aufgeblitzt. In seiner Erinnerung war alles grau: der Himmel, das Meer, das Ödland zwischen dem Schilf und dem Kiesstrand.

Sie hatten am Morgen gekämpft, auf den Klippen, und die irische Reiterei hatte sich schließlich aus dem Getümmel gelöst, war geflohen und hatte die Fußsoldaten ihrem Schicksal überlassen. Gereint hatte sie mit seinen jüngsten und ausdauerndsten Kriegern verfolgt, und sie waren den langen Herbstnachmittag über geritten, während die Ponys eins nach dem anderen zu lahmen begannen. Hin und wieder, wenn sie den Skoten zu dicht auf den Pelz rückten, war es zu kleinen Scharmützeln gekommen.

Schließlich hatten sie die Iren gestellt, hier auf dem schmalen Strand. Nai war an der Spitze der britischen Angreifer geritten - die erschöpften Pferde hatten sie zum Trab angetrieben, die müden Männer schlugen mit erschreckender Langsamkeit aufeinander ein -, und dann war er an Eremon geraten, den Anführer der Iren, einen Mann, den er seit seiner Kindheit kannte.

Er schauderte. Er sah noch immer vor sich, wie die Speerspitze, stumpfrot vom Blut eines anderen, auf ihn zustieß, und erinnerte sich deutlich, wie er sich im Sattel zur Seite geworfen hatte und dass der Speer ihm gefolgt war, und er hatte gewusst, dies war sein Tod, und er konnte nichts dagegen tun.

Vor lauter Erschöpfung hatte er Eremons Schnelligkeit unterschätzt. Er hätte wissen müssen, dass der Ire so flink wie eine Katze war.

»Dieser Eremon war schnell«, sagte Gorthyn, als hätte er seine Gedanken erraten. »Aber das galt für die ganze Familie. Er war mit Lleminawg dem Hüpfer verwandt, dem Gefährten Artus', und in der Schlacht waren nur wenige Lleminawg dem Iren an Schnelligkeit überlegen.« Er summte eine alte Weise vor sich hin.

Nai musste darüber lächeln, dass sein Freund den Kopf voller Geschichten hatte. Der große Mann fing seinen Blick auf und lachte.

»So verrückt er auch war, er war ein guter Anführer«, meinte Gorthyn. »Serach war ein guter Mann. Zu anderer Zeit und an anderem Ort hätte ich Freundschaft mit ihm schließen können. Ich wüsste gern, wie es ihnen nach der Rückkehr nach Ierne erging. War bestimmt nicht leicht. Schließlich waren sie hier geboren.«

Nai hob fragend eine Braue und deutete auf das gerade Band der Straße.

»Ein Galopp? Warum nicht. Das wird diesen Gaul wieder munter machen. Hast zu lange im Stall gestanden, nicht war, mein Hübscher?«, sagte der große Mann und tätschelte seinem Pony den Hals.

Sie gaben den Ponys die Fersen und stürmten, einen Kiesschauer hinter sich lassend, aus reiner Lebenslust über die Straße. Der große Mann johlte laut, womit er die Wasservögel auf dem See erschreckte, die aufflogen und sich erst wieder niederließen, als die Reiter längst verschwunden waren.

»Es ist ungewöhnlich, so weit im Westen Saesoniten anzutreffen«, sagte Gorthyn, als die Ponys keuchend und schnaubend allmählich wieder langsamer wurden. »Hoffentlich bedeutet das nicht, dass der Friede des Amheradwyr jetzt ein Ende hat. Zehn Jahre ist es her, dass er von uns gegangen ist. Eine lange Zeit, wenn man bedenkt, dass seine Gegner allein durch seinen Ruf im Zaum gehalten wurden.«

Er blickte sich um und fügte zusammenhanglos hinzu: »Diese Gegend erinnert mich an Camlann.«

Nai brummte fragend.

»Warum?« Der große Mann hob die Schultern. »Teilweise wegen der Ereignisse, die hier stattgefunden haben. Hier haben wir gegen ehemalige Kameraden gekämpft, und du wärst um ein Haar getötet worden. Dass du überlebt hast, Cousin, verdankst du vor allem deiner Jugend. Teilweise liegt es auch an der augenblicklichen Stimmung. Das Meer, der See, das Schilf – das alles erinnert mich an das Marschland am Rande des Schlachtfelds, wo der Amheradwyr gefallen ist. Mein Vater hat es mir genau geschildert.«

Als die Kunde von Medrauts Aufstand den Westen Dumnoniens erreichte, hatte Kynfawr die niederen Lords der Region, darunter auch Gereint, zu sich bestellt, seine gesamte Kriegerschar mobilisiert und war Artus zu Hilfe geeilt. Gereint hatte fast alle seine Krieger mitgenommen, darunter auch Erfai, Gorthyns Vater. Nur die ganz Jungen und die ganz Alten hatte er zum Schutz seiner Burg zurückgelassen.

Die dumnonische Streitmacht war zu spät gekommen. Nai erinnerte sich noch gut daran, wie Erfai bei seiner Rückkehr den Zurückgebliebenen berichtet hatte, wie sie das Schlachtfeld die ganze Nacht lang nach dem Amheradwyr abgesucht hatten.

Gerade erst dem Knabenhaus entwachsen, hatte Nai damals

ein völlig falsches Bild vom Schlachtfeld gehabt. Er hatte sich vorgestellt, die Toten lägen da, wie sie gefallen waren, Freund und Feind säuberlich getrennt, an Gesicht und Leib ohne Entstellung, abgesehen von den sauberen Wunden, die sie niedergestreckt hatten.

Von Erfai erfuhr er nun, dass es sich in Wahrheit ganz anders verhielt.

Mit Ausnahme der Saesoniten, die deutlich unterschiedene Rüstungen trugen, war nur schwer zu erkennen, wer auf welcher Seite gekämpft hatte. Die Krähen und Raben hatten sich erst über die Augen und dann über das weichere Fleisch hergemacht; Wölfe und Füchse hatten sich um die Überreste gebalgt und Fleischfetzen in ihren Bau geschleppt. Die meisten Gefallenen hatten Ringe und Armreifen, Broschen und Schmucknadeln getragen, und die menschlichen Aaskrähen, die offenbar nach jedem Kampf auf dem Schlachtfeld auftauchten, hatten eifrig Wertsachen von den Leichen abgeschnitten. Rüstung, Waffen und Kleidung - dies alles war nützlich und wertvoll, und auch dies hatten die Plünderer geraubt.

Es hatte geregnet, der Boden war aufgeweicht. Im Laufe der Kämpfe waren die Pferde wieder und wieder über die Toten getrampelt, hatten die Gesichter entstellt und die Toten tief in den Morast hineingedrückt. Bloß eine Hand voll Toter wurde anschließend identifiziert.

Artus war nicht darunter. Und auch nicht Medraut, Iddawg, Bedwyr, Atlendor, Erim oder Caradoc ...

Die Liste derer, die nun in einem Massengrab am gewundenen Fluss Cam ruhten, war endlos.

»Vielleicht hat Gereint sich ja geirrt«, meinte Gorthyn. Nai schreckte aus seinen Träumereien auf.

»In welcher Beziehung?«, fragte er.

»Ich rede von dem saesonitischen Schiff«, sagte Gorthyn ungeduldig. »Vielleicht handelt es sich ja bloß um ein paar Plünderer, die ihr Glück versuchen.« Er ließ den Blick über die öde Kies- und Schilflandschaft schweifen und lachte trocken.

»Jetzt verfluchen sie sich bestimmt für ihr Pech.«

»Schon möglich«, meinte er zurückhaltend.

Gorthyn streckte die Beine. Sein Pony stellte die Ohren auf, und als es kein Kommando bekam, fiel es wieder ins gemächliche Schritttempo zurück.

»Ja, du hast wohl Recht. Allein die Erinnerung an Artus hält sie zurück. Früher oder später werden sie wieder erstarken.« Der große Mann seufzte. »Ich weiß nicht, Cousin. Ich hatte gehofft, wir wären ein Leben lang sicher.«

Nai zuckte die Achseln.

Die Erinnerung an Camlann werden wir nicht los, dachte er. Sie prägt unser Leben. Niemand von uns vermag zu vergessen, was hätte sein können. Hätte Artus weitergelebt, würde jetzt nicht überall Gesetzlosigkeit herrschen. Custennin würde es nicht wagen, die Versprechen zu brechen, die er seinen Gefolgsleuten gegeben hat, und sich in seinem Bemühen, einen Erben zu zeugen, eine Frau nach der anderen nehmen. Dann wäre er dem Amheradwyr verantwortlich.

Und auch Eremon würde nicht im eigenen Revier wildern. Vielleicht wäre er wie zuvor sein Verwandter Lleminawg in Artus' Dienste eingetreten, und Dovnuall Frych, der anderen so gerne Schmerzen zufügte, hätte es ihm nachgetan. Beide hätten besseren Gebrauch von ihren Fähigkeiten gemacht.

Und aus mir wäre nicht Nai der Stumme, Nai der Schweigsame geworden, der Mann mit der stockenden, krächzenden Stimme. Dann würde ich ebenso munter plaudern wie Gorthyn und gälte als weniger weise.

Er lächelte wehmütig vor sich hin und trieb sein Pony an, um zu Gorthyn aufzuschließen, der bereits den Aufstieg in die Steilfelsen am Rande des lang gestreckten Kiesstrands begonnen hatte.

3

Dank des günstigen Windes und des guten Wetters, die sie sich mit dem Wotan geopferten Pferd erkauft hatten, kam der *Meerhengst* auf seiner Reise nach Westen gut voran.

Die Besatzung hielt unterwegs Ausschau nach Anzeichen dafür, dass die Gerüchte zutrafen, wonach die Gegend sich leerte und die Bewohner entweder übers Meer nach Armorika flüchteten oder an den Folgen der Seuchen starben, die das

Land seit mindestens hundert Jahren heimsuchten. Doch sie entdeckten immer wieder die dünnen Rauchsäulen der Kochfeuer – und einmal sogar eine dicke schwarze Rauchwolke, die Erinnerungen an brennende Landhäuser weckte, sodass die Männer vor Vorfreude lachten.

In den ersten beiden Tagen der Reise fielen die Uferfelsen glatt und steil ins Wasser ab, und Möwen umkreisten in Erwartung von etwas Essbarem den Mast. Ceolric ließ sich auch weiterhin von Garulf unterweisen und lernte, die Muster des Windes und der Wellen und das Brandungsgeräusch zu deuten. In den folgenden Jahren unternahm Ceolric diese Fahrt viele Male, sodass sich seine Erinnerungen vermischten. Vielleicht hatten die blauen Klippen erst bei einer der folgenden Fahrten einen solchen Eindruck auf ihn gemacht, und sie hatten erst später das Schiff auf eine abgelegene Landzunge hochgezogen, die wie ein Kopf geformt und sogar von Gras gesäumt war, das an Haar erinnerte.

Bestimmte Dinge aber vergaß er nicht. Wie sie so an der roten Küste entlangsegelten, fragte er Garulf nach dem Namen der Flussmündung, an der sie am Morgen vorbeigekommen waren, worauf Garulf antwortete: »Usc oder Isc«, sodass er sich eine Zeit lang fragte, ob sie überhaupt von der Stelle gekommen waren und ob nicht der Wind oder eine tückische Strömung sie an den Ausgangsort zurückversetzt hatte, bis Garulf lachend erklärte, die beiden Flüsse hätten den gleichen Namen.

Am zweiten Abend waren sie noch müder als am ersten. Der Schlafmangel machte sich bemerkbar, und vom Meer her wehte ein kalter Wind, sodass sie sich dicht ums prasselnde Feuer scharten, ein wenig plauderten und zwischendurch immer wieder eindösten. Bloß Wicga wirkte so munter wie eh und je.

»Erzähl uns mehr vom Herrscher und seiner Reiterei«, sagte er zu Garulf und stieß den Friesen an. »Ich habe noch nie gegen die Briten gekämpft. Sind die Reiter wirklich so gefährlich, wie man sagt?«

Garulf schreckte hoch und betrachtete stirnrunzelnd seine steifen Gelenke. Er brummte etwas und blickte abschätzend in die Runde, bevor er antwortete.

»Gefährlich? Ja, sie sind gefährlich. Sie sind schnell, lassen einen Hagel von Speeren auf ihre Gegner niedergehen, und wenn man geschwächt ist, greifen sie mit Lanze und Schwert an.«

»Und stoßen sie auch kräftig zu?«, fragte Wicga eifrig. »Ich könnte mir vorstellen, dass die Wucht des Aufpralls sie aus dem Sattel wirft.«

»Die tüchtigen Reiter nicht. Die weniger Erfahrenen schon, aber die Tüchtigen sind schlau. Sie klammern sich mit den Waden fest - nicht mit den Knien, wie man bisweilen hört -, und irgendwie schaffen sie es, den Stoß abzufedern.«

»Hast du das selbst gesehen?« Wicga beugte sich mit funkelnden Augen vor.

»Allerdings.«

»Bei der Schlacht von Camlann«, meinte Ceolric, der an Garulfs Lippen hing und unbedingt mehr erfahren wollte.

»Ja, bei der Schlacht von Camlann«, wiederholte Garulf. »Ich bin eine Weile in Friesland gewesen und hatte die Kunst erlernt, den Bug durch die gelben Wellen zu lenken, denn man kann nie genug über das Meer wissen.

Dann kehrte ich ins Land der Gewisse zurück. Bieda suchte Männer für seinen Palas, wo der Met reichlich floss - und es tat gut, wieder in den Gefilden meiner Jugend zu weilen. Cerdic gab damals Ruhe und leckte seine Wunden, denn Artus und die Lords von Dumnonien waren seiner ständigen Übergriffe überdrüssig geworden und hatten ihm den Palas über dem Kopf angezündet. Er konnte von Glück sagen, dass er mit dem Leben davonkam, doch Cerdic hatte schon immer Glück gehabt.«

Garulf lachte leise in sich hinein und schüttelte eingedenk von Cerdics Glück den Kopf.

»Bieda wünschte sich Ruhm und Ehre, er wollte seinen Rivalen Cerdic Flesing übertreffen. Sagt man nicht: ›Ein Anführer giert nach Macht‹?« Er lachte glucksend und blickte durchtrieben zu Wicga.

»Bieda hat seinen Gefolgsleuten reichlich Ringe geschenkt, und wir wussten, dass wir dafür einen Preis würden entrichten müssen. Doch dazu waren wir bereit.

Viele Briten wurden unter Artus' Herrschaft unruhig - zwanzig Jahre lang hatte er sie daran gehindert, sich gegenseitig an die Kehle zu gehen, eine undankbare Aufgabe. Jetzt versuchten sie, das Joch abzuschütteln, und zu diesem Zweck gingen einige von ihnen ein Bündnis mit Männern wie Bieda ein, der ihnen Land und Reichtümer versprach. Das Spiel, das sie spielten, war altbekannt, auch ihr Hoher König Wotalin hatte es zu Zeiten ihrer Großväter eine Zeit lang mit großem Erfolg gespielt, und sie hatten keinen Anlass, an seinem Gelingen zu zweifeln.

Ich glaube nicht, dass sie Artus' Tod wünschten. Ich glaube, sie wollten ihm lediglich ein wenig die Flügel stutzen und seine Macht beschneiden. Sie wollten, dass er wieder Anführer der Streitmacht Britanniens würde, Diener der Prinzen und nicht ihr Herr. Wenn sie jedoch gründlicher darüber nachgedacht hätten, wenn sie nicht von der eigenen Gier geblendet gewesen wären, hätten sie erkannt, dass ein Mann wie Artus nichts Geringeres als ein Herrscher sein kann, ganz gleich, wie man ihn nennen mag.«

»Du scheinst die Geschehnisse zu bedauern«, sagte Wicga.

»Allerdings. Als Artus noch lebte, war diese Insel ein besserer Ort. Ja, ich weiß, es klingt merkwürdig, da ich doch selbst bei Camlann gekämpft habe. Ich habe gegen ihn gekämpft, weil ich Biedas Mann war, ein Krieger, der seinem Herrn folgen musste, jedoch nicht, weil ich Artus für meinen Gegner hielt.«

»Aber wenn Artus noch lebte, wären wir nicht hier!«, entgegnete Wicga.

»Wohl wahr. Damals waren die Grenzen genau gekennzeichnet und wurden gut bewacht, und niemand wagte es, sein Gebiet auszudehnen oder neue Königreiche zu gründen. Ich fand das gar nicht so schlecht.«

»Gar nicht so schlecht!«, wiederholte Wicga. »Wenn du so denkst, weshalb bist du dann bei uns?«

Garulf lächelte. »Weil die Welt so ist, wie sie ist, und nicht so, wie sie sein sollte. Artus ist tot, und das finde ich bedauerlich.«

»Erzähle uns von Camlann«, drängte Ceolric.

»Camlann«, sagte er, schloss die Augen und schaukelte mit dem Oberkörper vor und zurück. »Bieda führte uns dorthin. Wir wollten uns mit seinen neuen Verbündeten vereinigen, doch hätten wir gewusst, was uns erwartete, wären die meisten wohl umgekehrt.«

Er schauderte. »Ich hatte noch nie bei einer solchen Schlacht mitgekämpft. Es war ein Gemetzel. Tausende wurden abgeschlachtet, eine ganze Generation von Kämpfern fand den Tod. Heutzutage treffen auf dem Schlachtfeld höchstens ein paar hundert Mann aufeinander, und wenngleich in den alten Geschichten von mächtigen Heeren und von Tausenden von Toten die Rede ist, an denen sich die Raben labten, als wären derlei Armeen ganz alltäglich gewesen, so glaube ich doch, dass die fahrenden Sänger den Ruhm ihrer Helden überhöhen.«

»Bis sieben Männer, Räuber; bis fünfunddreißig Männer, eine Bande; mehr als fünfunddreißig, eine Armee«, zitierte Wicga ein altes Sprichwort.

»Bieda und seine Nachbarn - jedoch nicht Cerdic, der hätte dies niemals getan! - hatten eine große Streitmacht mobilisiert, eine Armee von fast vierhundert Mann, alle in Schlachten erprobt. Dazu kamen noch deren Bedienstete und Gefolgsleute. Wir marschierten, denn im ganzen Land der Gewisse gab es nicht genug Ponys für eine solche Streitmacht, und die Pferde, die die *ealdormen* auftreiben konnten, fanden beim Transport der Vorräte Verwendung.

Das Jahr war für eine solche Unternehmung bereits weit fortgeschritten. Die Streitmacht zu sammeln, die Krieger zu bewaffnen und Vorräte für sie anzulegen, hatte Monate in Anspruch genommen. Ich erinnere mich, dass sich das Laub bereits färbte, als wir den Avon überquerten und auf feindliches Gebiet vordrangen, wobei wir einen Bogen um den Fahlen Wald schlugen; die Blätter fielen ab, und die Nächte wurden länger.

Es war ein schlechter Sommer gewesen. Regen und Pflanzenfäule hatten die Ernte verdorben, und die Wege waren vom letzten Winter her noch immer nicht getrocknet. Der Morast war schlimmer, als wenn wir unter Staub zu leiden gehabt hätten, und wir kamen nur langsam voran.

Schließlich erblickten wir das Marschland, das die Nordflanke Dumnoniens schützte. Hier erwarteten uns einige Verbündete, und hier erfuhren wir auch, dass Artus anrückte und all seine Getreuen um sich scharte.

Selbst ich zweifelte daran, dass wir klug handelten, doch seinem Herrn muss man folgen, und ich hatte in Biedas Palas geschmaust, hatte seinen Met getrunken und Ringe von ihm angenommen.«

Garulf lächelte versonnen. »Er hat uns natürlich übertölpelt, wie es seine Art war. Niemand rückte so rasch vor wie er. Eines Morgens erwachten wir vom Getöse der Kriegshörner und wussten - wenngleich wir es kaum glauben mochten -, dass der Kriegsherr Britanniens auf dem Schlachtfeld erschienen war.

Du hast mich gefragt, ob Reiter gefährlich seien. Dies waren Artus' Gefährten, die das Kriegshandwerk beherrschten wie niemand sonst, und neben ihnen wirkten wir wie Kinder, die auf Eseln ritten. Sie durchteilten unsere Reihen, machten kehrt und preschten abermals vor, blitzschnell, der blaue Stahl ihrer erhobenen Klingen funkelte in der Morgensonne.

Wir mussten handeln. Gegen eine tüchtige Kavallerie gibt es nur eine Verteidigung, nämlich den Schildwall, wobei man sich im Quadrat aufstellt und die Speere wie die Stacheln eines Igels nach außen zeigen. Und dann muss man *standhalten*. Entsteht eine Lücke, dringt der Gegner ein, und alles ist aus.

Es war furchtbar. Wir standen Schulter an Schulter, Schild an Schild, dicht an dicht, und wagten nicht, uns zu rühren. Der Himmel bewölkte sich, es begann zu regnen: ein feiner Nieselregen, der die Bogensehnen durchtränkte, bis sie unbrauchbar waren, der einen bis auf die Haut durchnässte und das Gras rutschig machte.

Sie ritten in einer lang gestreckten Formation, die an die bunten Bänder im Haar eines Mädchens erinnerte, hin und her, sodass man meinte, sie müssten zusammenstoßen, was sie aber nie taten. Und währenddessen deckten sie uns mit einem Hagel von Wurfspeeren ein. Ringsumher brachen Männer getroffen zusammen, einer nach dem anderen, und jedes Mal rückten wir enger zusammen, um die Lücke zu schließen und mit den Schilden auf Tuchfühlung zu bleiben. Ohne es zu merken, bewegten wir uns wie eine Krabbe seitwärts, da sich jeder hinter dem Schild des Nebenmanns zu verstecken suchte. Die Briten drängten uns allmählich ins sumpfige Gelände am Rande der Marsch.

Nach und nach fielen unsere Schilde zu Boden, entweder weil sie gesplittert und dermaßen mit Speeren beschwert waren, dass sie nichts mehr nutzten, oder weil der Schildträger tot oder tödlich verwundet war.

Irgendwann setzte Stille ein. Die Briten stellten ihr Kriegsgeschrei ein, die Schlachthörner verstummten, und die Reiter zogen sich zurück. Erst jetzt wurde mir bewusst, wie weit wir uns bereits von unserem Ausgangspunkt entfernt hatten und wie nahe wir dem tückischen Sumpf gekommen waren.

Ein Mann ritt mit gezücktem Schwert vor die britischen Reihen. Er musterte uns, schätzte die Verluste ein, die wir erlitten hatten, trabte wie ein Gutsbesitzer an uns vorbei, der seine Herde prüft. Dies war Bedwyr, der Erste unter Artus' Gefährten, seit Ceis Tod sein engster Freund: nach Artus der gefährlichste Mann in ganz Britannien, auch wenn man es ihm nicht ansah.

Er musterte uns eine ganze Weile, fasste ohne Eile einen Entschluss - er gab den Reitern ein Zeichen -, und das war der Anfang vom Ende.

Hat man euch schon einmal geschildert, wie die Gefährten angegriffen haben? Erst machen sie einen mit dem Hin- und Hergetanze mürbe, stürmen vor, sodass man meint, sie wollten einen über den Haufen rennen, schwenken aber im letzten Augenblick wieder ab, und dann kommt auf einmal der Moment, da sie die Lanzen senken. Dann hat man vielleicht noch zehn Herzschläge lang Zeit, sich zu sagen: *Das war's!*

Dabei stoßen sie ein Geschrei aus, das ganz anders ist als das Gejohle, das sie zuvor vernehmen ließen. Eine Art Summen, das tief aus der Kehle kommt - ich kann es nicht nachmachen, außerdem hört es sich bei einer solchen Masse von Kriegern ohnehin ganz anders an. Ihr müsst euch vorstellen, dass es aus dreihundert Kehlen gleichzeitig aufsteigt, ein fürchterlicher Lärm, der einem das Blut in den Adern erstarren lässt, ein übernatürlicher Laut, der dann einsetzt, wenn sie dem Gegner den Todesstoß versetzen wollen. Etwas Grauenerregenderes habe ich noch nie gehört.

Unser Widerstand brach zusammen, wie Bedwyr erwartet

hatte. Es war, als versuche ein Damm aus Sand dem Meer zu trotzen: Erst brach ein Teil weg, dann der nächste, die Lücken verbreiterten sich, und auf einmal waren vom Damm nurmehr ein paar vereinzelte Inselchen übrig, die im nächsten Augenblick ebenfalls fortgerissen wurden.

Ich erinnere mich nicht mehr an viele Einzelheiten. Ich sah, wie Bieda von einem Schwerthieb niedergestreckt wurde; ich sah, wie sich die Äxte seiner Leibgarde, die ihn zu schützen versuchte, hoben und senkten; ich sah, wie Speere zerbrachen und Schilde splitterten. Ich wurde von einem Pony angerempelt und stürzte in den Schlamm; ich hörte, wie die Hörner zum Sammeln riefen, worauf die Reiter sich zurückzogen und den Rest den Fußsoldaten überließen.

Ich befand mich inmitten des hohen Schilfs am Rande des Sumpfes. Als ich mich aufrappelte, sah ich, dass die Reiterei sich zurückzog, um einer neuen Bedrohung zu begegnen, und dann musste ich wegrennen und mich verstecken, denn die Soldaten setzten uns nach.

Hinterher hieß es, alles sei von Anfang an so geplant gewesen und wir hätten zusammen mit einem Teil unserer Verbündeten Artus aufs Schlachtfeld locken sollen, damit eine zweite Streitmacht über ihn herfallen konnte, während er so in die Zweikämpfe verwickelt war, dass er seine Mannen nicht rechtzeitig neu formieren konnte.

Ich glaube das nicht. Ich war dort und hatte einen ganz anderen Eindruck. Ich glaube, der zweite Teil unserer Streitmacht erschien einfach zu spät auf dem Schlachtfeld, durch Zufall oder aufgrund von jemandes Unvermögen, jedoch nicht, weil es so geplant gewesen wäre. Allenfalls verhielt es sich genau umgekehrt: Wie ich schon sagte, hatte der Herrscher schneller zugeschlagen als vermutet und unsere Anführer überrascht, bevor sich die ganze Streitmacht sammeln konnte.

Ich hatte mehr Glück als die meisten. In dem Durcheinander gelang es mir, mich durchs Schilf davonzustehlen. Nicht viele kehrten lebend von Camlann heim, und das gilt für Freund und Feind gleichermaßen. Hinterher sagte man mir, die Schlacht hätte solange angedauert, bis kaum mehr jemand auf den Beinen war, bis der Boden bedeckt war von den Leichen der Krieger und Pferde, bis die Wasser des Sumpfs tiefrot gefärbt waren vom vergossenen Blut.«

Er verstummte, griff nach einer Wasserflasche, befeuchtete sich die Kehle und sann kopfschüttelnd den Erinnerungen nach.

»Hast du mit angesehen, wie es Artus ergangen ist?«, fragte jemand.

»Nein. Ich habe ihn nicht gesehen.« Er zuckte die Achseln. »Der Einzige, den ich erkannt habe, war Bedwyr, und das auch nur deshalb, weil er allein ins Niemandsland zwischen den Fronten geritten kam.«

»Ich habe gehört, Artus sei als Letzter gefallen«, sagte Wicga.

Garulf lachte. »Davon singen die Barden. So klingt es einfach besser, meinst du nicht auch? Ich habe keine Ahnung, wie es ihm erging. Wie ich schon sagte, so viel ich weiß, habe ich ihn nicht gesehen. Später hörte ich, er sei beim ersten Kavallerieangriff verwundet worden und habe anschließend nicht mehr an der Schlacht teilgenommen, doch dieser Mann meinte auch, Bieda sei von Bedwyr eigenhändig getötet worden, und das entspricht meines Wissens nicht der Wahrheit.«

»Sa, sa«, machte Wicga. Er blickte nachdenklich ins Feuer. »Jetzt sind Artus' Gefährten alle tot. Kein Einziger ist mehr am Leben, denn der Letzte fiel bei Camlann. Dein Bedauern kann ich teilweise nachvollziehen, Garulf, denn es ist immer traurig, wenn etwas Schönes endet. Aber sag mir eines. Sind die dumnonischen Reiter, denen wir in Kürze begegnen werden, ebenso gefährlich wie die Gefährten?«

Garulf hob die Schultern. »Einige schon. Seit der Schlacht von Camlann sind gerade mal zehn Jahre vergangen. Viele der noch lebenden Krieger sind von den Gefährten ausgebildet worden, vor allem hier im Westen. Was ihnen fehlt, ist ein Anführer vom Schlage Artus', doch so einen wird es so bald nicht mehr geben.«

»Tja.« Wicga ließ den Blick über den Rand des Feuerscheins schweifen, verweilte hier und da und musterte abschätzend den einen oder anderen Mann. »Wenn sie uns angreifen – was sie früher oder später tun werden –, müssen wir den Ort der Begegnung wählen. Und wir müssen standhalten, was immer geschehen mag.«

»Das ist nicht schwer«, sagte einer der Männer.

»Ich hoffe nicht«, erwiderte Wicga, und in seiner Stimme lag eine kalte Drohung, die sogar Ceolric, seinem Sohn, einen Schauder über den Rücken jagte.

4

Wieder einmal erwachte Budoc aus einem Albtraum, befreite sich keuchend aus den Tiefen des Schlafs und blickte sich hektisch um, bis sein Atem sich allmählich beruhigte, der Schweiß auf seinem Leib trocknete und er erkannte, dass er sich in Sicherheit befand.

Er hatte geträumt, er ritte mit dem Falken durch die Wälder am Meer zum Dorf.

»Skoten!«, sagte der Falke und hob zeigend den Arm.

Drei Schiffe aus Holz und Fell, größer als die von den Dörflern benutzten Coracles, zerrten im ruhigen Wasser des Flusses an den Ankern.

Budoc trieb sein Pony zum Galopp an und wollte den Hang hinunterreiten, der Falke aber packte seine Zügel und hielt ihn zurück.

»Nicht so, Cousin. Willst du ihnen allein und unbewaffnet entgegentreten? Das wäre voreilig und sähe dir gar nicht ähnlich.«

Budoc blickte an sich hinunter und erwartete, seine Rüstung zu sehen. Zu seinem Erschrecken aber war er in das Einsiedlergewand gekleidet und trug weder Waffe noch Schild.

Der Falke hielt die Zügel unbeirrt fest. »Ich habe bei Perrydon am Flussufer gegen die Skoten gekämpft, als ich fiel, alter Freund. Ich möchte nicht, dass du auf die gleiche Weise umkommst.«

Budoc wandte sich im Sattel um und musterte das scharfe Profil des Falken. »Das hatte ich vergessen«, sagte er. »Du bist Ynyr Gwent zu Hilfe geeilt, der von Vitolinus abstammte. Honorius pflegte er sich zu nennen und gab vor, ein Römer zu sein.«

»Und ich kehrte nicht mehr zurück«, sagte der Falke mit abgewandtem Gesicht.

»Einige Leute meinten, es sei Heimtücke im Spiel gewesen, und Ynyr oder seine Leute hätten dich verraten.«

»Das stimmt«, murmelte der Falke, doch Budoc wusste nicht, ob er damit meinte, dies sei behauptet worden, oder ob er den Verrat bestätigte.

»Was ist mit den Dorfbewohnern?«, fragte Budoc und spähte zu den Hütten hinunter.

»Für die ist es zu spät. Deine Gebete haben sie nicht retten können.« Der Falke lachte, ein hartes, bitteres Lachen, wie er es zu Lebzeiten niemals hatte hören lassen. »Deine Gebete haben nicht ausgereicht. Das hättest gerade du wissen müssen, Budoc.«

Jetzt erst sah ihm der Falke ins Gesicht.

Budoc sog scharf den Atem ein und unterdrückte den Schrei, der ihm in der Kehle hochstieg.

Der Falke war schon lange tot. Die rechte Kopfseite bestand aus schwärzlichem Fleisch und gesplittertem weißem Knochen. Der Hieb musste ihn auf der Stelle getötet haben, wenngleich in seinen Augen ein unnatürliches Feuer glomm, als er den Einsiedler fixierte und sagte:

»Irgendwann ereilt uns alle dieses Schicksal. Besser, im Zweikampf vom Schwert zu sterben, als frömmelnd inmitten von Klosternarren vor einem Altar zu knien.«

Budoc ließ den Atem langsam entweichen und rang um Fassung.

Der Falke ließ die Zügel los, beugte sich vor und legte Budoc die Hand auf den Arm. Der Einsiedler zuckte zurück und hätte beinahe aufgeschrien.

»Willst du dich bis ans Ende deiner Tage verstecken? Willst du hier auf der Landzunge verschrumpeln? Der Krieg hat bei Camlann nicht geendet, ebenso wenig wie bei Badon. Mit deinem Frömmlertum bereitest du uns Schande, Cousin. Ist dir schon mal der Gedanke gekommen, der Herrgott könnte deiner ständigen Bitten überdrüssig werden?«

Budoc hatte das entstellte Gesicht dicht vor Augen. Er konnte den üblen Atem des Falken riechen, den Grabgestank, der an seinen Kleidern hing.

»Sie suchen nach dir, Cousin. Nimm deine Sachen, den Inhalt der Truhe, die du zum Kloster und von dort wieder nach Britannien geschleppt hast, und verbirg alles an einem sicheren Ort. Dann versteck dich und halte dich bereit - glaub mir, sie werden dich finden.«

Die Augen loderten wie die Scheiterhaufen, auf denen die Gefallenen verbrannt wurden. Ächzend vor Ekel wehrte sich Budoc gegen den Griff des Falken, während dessen Augen immer größer wurden, und er stürzte ihnen entgegen, während er sich bemühte, aus dem Albtraum zu erwachen, in dem sich ein alter Freund in einen zornigen Fremden verwandelt hatte.

»Gwalchmei«, murmelte er in der behaglichen Düsternis der Hütte. Gwalchmei, der Falke, der Beste der Fußsoldaten und der Beste der Reiter; Gwalchmei, der niemals unverrichteter Dinge von einer Unternehmung zurückgekehrt war, der Neffe des Herrschers mit der flinken Zunge.

Seltsam, dass er von Skoten träumte. Es war mindestens dreißig Jahre her, dass sie mit ihren Coracles die Küste im Süden heimgesucht hatten, wenngleich die Nord- und die Westküste noch immer von ihnen unsicher gemacht wurden; mindestens fünf Jahre war es her, dass Gereint mab Cadwy die letzte irische Siedlung am Oak-Fluss zerstört hatte.

Der Traum musste mit seiner Vision am Tümpel in Verbindung stehen. Wenn die Skoten tatsächlich kämen - das schien unwahrscheinlich, doch im Laufe der Jahre hatte er gelernt, seinen Träumen zu vertrauen, vor allem denen, die so eindrucksvoll waren wie dieser letzte -, wie sollte er sich dann verhalten?

Gwalchmeis Spötteleien hatten ihn geschmerzt. Hatte er tatsächlich gefrömmelt?

Als er auf dem Schlachtfeld von Camlann lag, den Plünderern hilflos ausgeliefert, hatte er ein Gelübde abgelegt. Falls er überlebte, würde er Mönch werden. Er würde sich nach Armorika begeben, in die Bretagne, und dort in einem Kloster studieren und den Rest seines Lebens darauf verwenden, über die Unendlichkeit Gottes nachzusinnen.

War er tatsächlich selbstsüchtig gewesen, wie Gwalchmei es angedeutet hatte?

Der Abt hatte ihn vor den Gefahren übermäßigen Fastens und Meditierens gewarnt. Schon viele Mönche waren der Versuchung erlegen, zu ihrem eigenen Nutzen nach Visionen zu suchen. Kasteite man sein Fleisch, war es ganz leicht, in einen Trancezustand einzutreten, den Körper hinter sich zu lassen und Engelschöre den Lobpreis Gottes singen zu hören - oder was immer man sich wünschte.

Noch schlimmer und gefährlicher war die Art von spirituellem Rausch, der von einem zu tiefen Nachsinnen über die unsagbare Gottheit herrührte, den ewigen Augenblick, da der Meditierende eins mit dem Schöpfer war.

Er hatte derlei Maßlosigkeit zu vermeiden gesucht. Anderseits ließ sich nicht leugnen, dass er regelmäßig beim Beten oder Meditieren über das Mysterium jedes Zeitgefühl verloren hatte. An sich war nichts falsch daran, vorausgesetzt, dies war Gottes Werk und nicht das seine, das Werk eines bloßen Sünders.

Budoc ging in der Hütte auf und ab. Er hatte lange geschlafen - die Krankheit hatte seine Schlafgewohnheiten durcheinander gebracht. Er vernahm Vogelgezwitscher, das Gekrächze der Raben in den Bäumen. Alles wirkte ganz wie immer.

Am besten, er ging mal im Dorf nachschauen. Sollten die Skoten bereits gelandet sein, könnte er anschließend überlegen, wie es weitergehen sollte. Andernfalls könnte er den Einheimischen von seinem Traum erzählen und sie dazu auffordern, landeinwärts zu flüchten. Sie betrachteten ihn als heiligen Mann, der in einer langen Tradition stand, die bis in eine längst vergessene Vergangenheit zurückreichte; genau der Richtige für prophetische Träume. Die Chancen standen gut, dass sie auf ihn hören würden.

Falls sich dies alles als falscher Alarm herausstellte, würden sie ihm natürlich nie wieder Gehör schenken. Doch das glaubte er nicht.

Er trat ins Freie, blinzelte in den Sonnenschein und näherte sich dem Weg an den Steilfelsen. Nach ein paar Schritten blieb er stehen, denn die Abschiedsworte des Falken waren ihm eingefallen.

»Verbirg deine Sachen.«

Er ging zur Hütte zurück und holte die mit Schnitzereien verzierte Truhe hervor, die er von Caer Cadwy zum Kloster und von dort wieder über das Schmale Meer zu diesem abgeschiedenen Winkel Dumnoniens geschleppt hatte. Dem Maultier, das er für den letzten Teil der Reise erworben hatte, war die Truhe zuwider gewesen, und es hatte sich jedes Mal gesträubt, wenn er sie ihm auf den Rücken gebunden hatte. Bisweilen hatte Budoc sich gefragt, ob er sich nicht etwas vormachte und ob es wirklich nötig war, diesen sperrigen Gegenstand weiter mitzuschleppen, doch sein Inhalt bedeutete ihm viel.

Ganz oben lagen acht sorgfältig eingewickelte mundgeblasene Kelche aus kostbarem grünem Glas, die einmal seinem Großvater gehört hatten; sie waren ganz anders gearbeitet als die primitiven Gläser, die man heutzutage herstellte, und stellten die einzige materielle Verbindung zu seinem römischen Vorfahren dar. Unter den Glassachen lagen ein knielanges Gewand aus prächtigem rotem Stoff und eine dazu passende Kniehose, die damals, als er noch in Artus' Diensten gestanden hatte, den Grundstock seiner Paradeuniform gebildet hatten. Und darunter lag das Schwert, das er bei der Schlacht von Camlann getragen hatte. Die Klinge war noch immer scharf, auch wenn er nicht vorhatte, sie noch einmal im Zorn zu schwingen.

Nicht alle Gegenstände in der Truhe gehörten ihm. Vor allem einer davon befand sich nur vorübergehend in seiner Obhut; er hatte Artus und Gwenhwyvar feierlich gelobt, ihn aufzubewahren.

(Besonders Gwenhwyvar ...

Das Gesicht versteinert und bleich, mit tiefen Furchen von der Nase zum Mund, das tropfnasse Haar an den Kopf geklatscht, über die Pritsche gebeugt, auf der er hilflos abwartete, ob er leben oder sterben würde ...

Und ihre Stimme so kalt und unerbittlich wie Mond und Sterne, als sie ihn aufforderte, weiterzuleben und sein Gelübde zu erfüllen ...)

Budoc schulterte die schwere Truhe und wandte sich zur Landzunge an der Mündung der Bucht.

Als er die Steilfelsen erreichte, keuchte er. Er stellte die Truhe ab, massierte sich die schmerzende Schulter und hielt Ausschau nach einem geeigneten Versteck.

An dieser Stelle fielen die Felsen nahezu senkrecht zum rastlosen Meer ab, und es gab zahllose Spalten und Höhlen. Die auf den Absätzen nistenden Vögel ließen sich nicht von ihm stören, als er über die Kante in den Abgrund hinunterblickte. In der Tiefe brachen sich die Wogen donnernd inmitten von weißem Gischt und schäumten gegen die Felsen.

In weiterer Ferne machte er auf dem Meeresgrund blaue, grüne und olivfarbene Muster aus. Auf der anderen Seite der Bucht war das Wasser flacher und der Strand mit rotem Tang bedeckt, der bei den Felsen wuchs, die sich wie Betten, die vom endlosen Ansturm der Wellen weich geklopft wurden, in flachen Schichten landeinwärts neigten.

Er entdeckte eine Spalte in der Felswand, die groß genug war, die Truhe aufzunehmen, und senkte sie mit zitternden Armen behutsam ab. Als sie ein Stück weit außerhalb der Reichweite seiner Arme zur Ruhe kam, fragte er sich unwillkürlich, wie er sie jemals wieder hochholen sollte.

Zumindest für den Moment war sie in Sicherheit und nur dann sichtbar, wenn man sich weit über die Kante vorbeugte. Niemand würde sie finden, der von ihrem Vorhandensein nichts wusste.

Zufrieden richtete er sich auf, begab sich zum Strand hinunter und folgte dem Weg, den er im Traum entlanggeritten war. Die Sonne stand hoch am Himmel und das Meer funkelte in dem grellen Licht.

Nichts rührte sich, abgesehen von ein paar Seevögeln, die weit draußen nach Fischen tauchten.

Er wusste, dass etwas nicht stimmte, wusste es mit kalter, Übelkeit erregender Gewissheit. Um diese Tageszeit war die Hauptfangzeit bereits vorbei, dennoch hätten noch ein paar Coracles in der Bucht zu sehen sein müssen, dunkle Punkte, die immer zu zweien waren, obwohl jeder für sich fischte. Außerdem hätte er den Rauch der Kochfeuer über den Baumwipfeln sehen müssen.

Vorsichtig ging er weiter, wobei er die Deckung der Bäume

ausnutzte und Fertigkeiten einsetzte, die er mindestens zehn Jahre lang nicht mehr gebraucht hatte.

Der Anblick, der sich ihm bot, als er eine Stelle erreichte, von wo aus er auf das Dorf hinunterblicken konnte, ohne selbst gesehen zu werden, überraschte ihn nicht. Am Strand lagen drei Coracles, Kriegsboote der Skoten.

Er war zu spät gekommen.

SIEBENTES KAPITEL

1

Der *Meerhengst* schwenkte herum, das große grüne Segel füllte sich mit dem Abendwind, und das Schiff folgte der rotgoldenen Spur, die die untergehende Sonne aufs Wasser gelegt hatte.

Das Boot bebte unter Ceolrics nackten Füßen wie ein lebendiges Wesen. Wicga, sein Vater, wandte sich grinsend zu ihm um, die Lippen rosig inmitten des braun-weißen Barts.

»Pass gut auf, mein Junge«, übertönte er das Rauschen des Windes und des Meeres, »und merk dir, wie man's macht!«

Die Landzunge wurde größer und wirkte wie eine massive Landmasse. Der *Meerhengst* wandte sich zum Ufer und schüttelte sich unter dem Druck des Windes, während die Mannschaft sich bemühte, den Bug herumzuschwenken.

Die nachfolgenden Wellen waren schneller als das Schiff, und die Planken knarrten und bewegten sich, als sie von der Dünung überholt wurden, sodass es sich anhörte, als bewegte sich eine Rattenhorde über den Rumpf.

Auf einmal lag die schmale Mündung der Bucht vor ihnen. Zu beiden Seiten schäumte das Wasser gegen die Steilfelsen an, und salziger Gischt spritzte Ceolric ins Gesicht und blendete ihn.

Die einen Hengst darstellende Gallionsfigur nickte leicht, als der aufsteigende Bug ins Stocken geriet. Das Schiff wirkte auf einmal wie ein Pferd, das sich bereit macht für den Sprung, und dann warf es sich in die Lücke zwischen den Felsen und ließ in seiner Eile, das Ziel der Reise zu erreichen, die Wogen hinter sich.

Garulf der Friese mühte sich am Steuerruder ab (das selbst im günstigsten Fall nur beschränkten Einfluss auf den Kurs hatte) und versuchte, das Schiff am Westufer entlangzusteuern, denn sie wussten, dass die Fahrrinne dicht hinter der Mündung von seiner Sandbank verengt wurde und dass wahrscheinlich der Mast brechen würde, wenn sie bei dieser Geschwindigkeit aufliefen.

Dann waren sie durch, ehe sie Zeit gehabt hatten, sich zu fürchten, und durchteilten das ruhigere Wasser des überfluteten Tals. Das Segel erschlaffte, als sie in den Windschatten der Landzunge gerieten, und ihre Fahrt verlangsamte sich immer mehr, bis Wicga alle Mann an die Ruder rief.

Und so endete die Fahrt, wie sie begonnen hatte: Das Schiff brachte sich wie ein vielbeiniges Meerestier in einer kleinen Bucht in Sicherheit, während die Besatzung lachte und grummelte.

Es war eine Fahrt voller Glanz und Herrlichkeit gewesen, die es mit den legendären Reisen ihrer Vorväter spielend aufnehmen konnte. Der von Wotan gesandte Wind hatte sie nicht im Stich gelassen, nicht einmal am dritten Tag, als sie den Ort erreichten, wo die senkrecht abfallenden Felsen schroffen Klippen und tiefen Einschnitten Platz machten, vielfach gefalteten Vorgebirgen und von Wogen und Brandung umtosten Felstürmen, sodass Wicga das Schiff weiter auf See hinaussteuerte.

Er hatte gefürchtet, der *Meerhengst* könnte von einer Strömung erfasst und gegen die schroffen Felsen geschleudert werden. Ceolric, der ihn beobachtete, hatte bemerkt, dass er außerdem befürchtete, der Wind, der seit dem Aufbruch von Cerdicesora stetig geweht hatte, könnte sich legen, sodass Gefahr bestand, weit draußen in tiefem Wasser in eine Flaute zu geraten.

Doch der Wind hatte sie nicht im Stich gelassen, und als sie sich abermals dem Land näherten, erblickten sie eine lang gestreckte Landzunge, die sich wie ein halb untergetauchtes Ungeheuer, von dem nur Hals und Schultern zu sehen waren, in die Wogen vorschob, und Garulf meinte, nun sei es nicht mehr weit bis zu ihrem Ziel.

Daraufhin sprach Wicga den Männern Mut zu und wiederholte, was er zuvor gesagt hatte. In diesem Land hätten schon andere binnen einer einzigen Generation ein Königreich aufgebaut, das den Angriffen seiner Nachbarn standzuhalten vermochte. Hier im Westen könnten sie es ihnen nachtun. Sie näherten sich bereits herrenlosem Land, bewohnt von harmlosen Bauern und Fischern; schon bald würden sie den geschützten Ort erreichen, an den Garulf sich erinnerte, und dort würden sie an Land gehen und das Königreich der Sae-ware, der Seefahrer, gründen.

Als er verstummte, lag die Landzunge weit achteraus, ein dunkler Schatten am Horizont.

Ceolric war seinen Pflichten eifrig nachgegangen, während sein Vater sprach. Da ihm die Ansprache schon gut bekannt war, hörte er gar nicht mehr hin - wenngleich er darauf achtete, an den passenden Stellen aufmerksam dreinzuschauen. Stattdessen beobachtete er Garulf am Steuerruder.

Das von den Jahren auf See wettergegerbte Gesicht des Friesen zeigte einen geistesabwesenden Ausdruck, den Ceolric nicht zu deuten vermochte. Während Wicga mit seiner Ansprache fortfuhr, wurde Ceolric klar, dass Garulf angestrengt nachdachte, ob über die Worte des Kapitäns oder etwas anderes, vermochte er nicht zu erkennen.

Schließlich erwachte der alte Mann aus seiner Versunkenheit. Er winkte Ceolric zu sich und erzählte ihm von der Meeresbucht, der sie sich näherten.

Für Ceolric sah die Küste überall mehr oder weniger gleich aus, eine konturlose Ansammlung von abgerundeten Felsbuckeln, die aus der Ferne harmlos wirkten, in Wahrheit aber Felsen, Untiefen, tückische Strömungen und Wogen verbargen, die immer steiler wurden, je näher man ihnen kam.

Erst als Garulf darauf zeigte, sah auch er die Fahrrinne, die westlich des Seeschlangenkopfs landeinwärts führte; ansonsten hätte er die Lücke zwischen den Steilfelsen nicht bemerkt.

Als die Sonne dem Meer entgegensank und Garulf das Ruder übernahm, um sie unbeschadet in die Bucht hineinzusteuern, betete Ceolric zu seinen Ahnen und zu Wotan, dem Gott des Windes und des Krieges, Begründer seiner Linie und Herr der Magie.

Nun waren sie am Ziel.

Die Männer bewegten die Ruder in stetigem Rhythmus, den

sie notfalls stundenlang beibehalten konnten, untermalt vom Knarren der Klampen und Blöcke und dem gedämpften Knattern des Segels, das sich zusammenfaltete und an der Rah herabgelassen wurde. Von seinem Platz am Ruder aus blickte Ceolric ans Ufer. Auf der Backbordseite fielen die schroffen Felsen steil ins Meer ab. Möwen und Tölpel klammerten sich an die schmalen Absätze oder kreisten schreiend in der Luft, ohne das vorbeifahrende Schiff zu beachten. Wie er so schaute, stürzte sich ein Tölpel von den Klippen, fing sich ab und tauchte dann. Eine weiße Feder markierte die Stelle, wo er verschwunden war. Nach einer Weile tauchte der dunkle Kopf wieder auf, im Schnabel einen Fisch, den er sogleich hinunterwürgte.

Auf der anderen Seite schien der Hang weniger steil. Bewaldete Hügel grenzten an mächtige, mit Napfschnecken besetzte Felsplatten, die mit rotem und braunem Tang bedeckt waren. Langhälsige Vögel trippelten über die Felsen und senkten immer wieder den Hals, um eine Delikatesse aufzupicken.

»Kein Mensch zu sehen«, murmelte einer der Männer.

Ceolric verkniff sich ein Lächeln.

»Die Dörfer liegen versteckt«, erklärte Garulf vom Steuerruder aus. »Stellt euch vor, auf einer Sitzbank läge eine abgehauene linke Hand. Dann fahren wir am Handgelenk entlang. Der Daumen ist der Fluss, den dort drüben die Landzunge verdeckt, und wurde von einer Axt bis zum Gelenk gespalten, sodass er sich an der Grenze des Flachwassers teilt.«

Er schwenkte zur Vedeutlichung die Hand in der Luft.

»Der Zeigefinger ist ein zweiter, viel längerer Meeresarm, der sich etwas oberhalb des Daumens öffnet. Mittel- und Ringfinger bilden die Hauptfahrrinne, liegen dicht zusammen und gabeln sich erst am Vorderglied. Somit bleibt nur noch der kleine Finger übrig, der am ersten Knöchel abgeschnitten ist. Der Eingang liegt gegenüber dem Daumen.«

Ceolric versuchte blinzelnd, sich die Meeresbucht vorzustellen.

»Die Einheimischen leben gut versteckt vor den Blicken Neugieriger entlang dieser Fahrrinnen.« Garulf lachte, als er Ceolrics Gesichtsausdruck bemerkte. »Keine Bange. Ich glaube, nach Westen hin, zwischen Ringfinger und kleinem Finger, gibt es weitere Flussmündungen. Es ist Jahre her, seit ich zum letzten Mal hier war, und ich kann mich nicht mehr genau erinnern. Ich wollte euch bloß eine grobe Vorstellung geben.«

An der Steuerbordseite tauchte eine kleine Bucht auf. Über den gelben Sand ergoss sich ein funkelnder Bach.

»Gehen wir hier an Land?«, fragte einer der Männer erwartungsvoll.

Wicga überlegte einen Augenblick, während die Ruderer sich ausruhten und der *Meerhengst* getragen vom eigenen Schwung weiterglitt. Die Wellen gurgelten leise am Rumpf.

»Nein, heute Abend lieber nicht. Solange, bis wir uns ein Bild von den Einheimischen gemacht haben, gehen wir besser kein Risiko ein. Heute Nacht behalten wir noch Wasser unter dem Kiel und wechseln uns mit der Wache ab. Garulf, Ceolric, ihr beide nehmt die Wasserschläuche, füllt sie auf und erkundet ein wenig die Umgebung, falls die Luft rein ist.«

Sie fuhren so dicht ans Ufer, wie es ohne aufzulaufen möglich war. Die beiden Männer ließen sich ins kalte Wasser hinab und wateten durch die Brandung an den Strand, dann folgten sie dem Bachlauf bis zu den Felsen und den Bäumen.

»Hier ist es gut«, meinte Garulf, als sie auf eine Mulde stießen, die tief genug war, um die Schläuche zu füllen, ohne dass allzu viel Sand hineingeriet. »Ich fülle die Schläuche; du passt auf.«

Ceolric blickte sich um. An zwei Seiten wurde die Bucht von etwa doppelt mannshohen Felsen begrenzt, die leicht zu erklimmen waren. An der dritten Seite, unmittelbar vor ihm, stieg der Boden allmählich zu einem bewaldeten Tal hin an; als er am Fluss entlangspähte, meinte er eine von Bäumen gut abgeschirmte Weide auszumachen.

Besorgt legte er die Hand auf das Langmesser an seiner Hüfte. Garulf versteifte sich und flüsterte:

»Was gibt es?«

»Nichts. Bloß ein Vogel im Unterholz.« Jetzt erst bemerkte Ceolric, dass der Ältere ebenso angespannt war wie er, und bewunderte den Friesen für seinen Mut, in hilfloser Haltung die Schläuche aufzufüllen, während er sich ganz auf die Wachsamkeit des Jüngeren verlassen musste.

»So. Fertig.« Garulf richtete sich schwerfällig auf, mit knackenden Gelenken und erschöpft blinzelnd. »Ich glaube, wir sind hier sicher. Die Leute, die hier leben, sind Bauern und Fischer, keine Krieger. Allerdings beobachtet uns jemand aus dem Wald.«

Ceolric zuckte zusammen und packte den Messerknauf fester. »Wo?«

Der Friese lächelte. »Es wird nicht schaden, wenn wir ihm zeigen, dass wir ihn bemerkt haben. Hinter der Kiefer mit dem krummen Wipfel, am rechten Flussufer. Das helle Gesicht hebt sich ein wenig vom dunklen Baumstamm ab. Hast du ihn gesehen? Gut.« Er reichte die Hälfte der mit Trinkwasser gefüllten Wasserschläuche Ceolric. »Ich glaube, das ist bloß ein Hirte. Wahrscheinlich lassen sie Schafe oder Rinder auf der Wiese weiden. Trotzdem - dein Vater wird heute Nacht wohl besonders wachsam sein.«

»Sollen wir noch die Umgebung erkunden?«

Der Ältere schürzte die Lippen, schüttelte den Kopf. »Nein. Nein, sie sollen ruhig glauben, wir wären Reisende, die einen sicheren Hafen für die Nacht gesucht haben. Wenn wir jetzt auf Erkundung gehen, werden sie uns beobachten und merken, dass wir uns mehr fürs Land als fürs Meer interessieren. Gegenwärtig stellen wir keine Bedrohung für sie dar. Abgesehen vom Vieh besitzen sie nichts Wertvolles, und das würden wir ja wohl kaum an Bord unterbringen, nicht wahr? Wenn wir uns nicht um sie kümmern, werden sie uns in Frieden lassen und darauf hoffen, dass wir morgen weitersegeln.«

Er wandte dem unbekannten Beobachter den Rücken zu und schritt zielstrebig in die Brandung hinaus, wo das Schiff sanft in der Dünung schaukelte. Als Ceolric ihm folgte, verspürte er ein unangenehmes Prickeln zwischen den Schulterblättern.

Hilfreiche Hände streckten sich ihnen entgegen und zogen sie an Bord, dann durchteilten die Ruder abermals das Wasser und beförderten sie vom Strand weg, worauf sie auf Befehl das Kapitäns dem Ankerplatz zustrebten, den er für die Nacht ausgewählt hatte.

Garulf wiederholte, was er bereits am Strand zu Ceolric gesagt hatte. Wicga nickte zustimmend und musterte die Gesichter der Männer daraufhin, ob jemand anderer Meinung war. Ein, zwei Männer murrten leise, da sie sich gern die Beine vertreten hätten, dann aber begannen sie sogleich darüber zu streiten, wer die erste Wache übernehmen solle.

Wie bei den meisten Schiffen dieser Bauart war auch die Mannschaft an Bord des *Meerhengstes* in vier Wachen eingeteilt. Die erfahrensten Seeleute waren die Männer im Bug, deren Aufgabe es war, nach Felsen Ausschau zu halten; die zweite Gruppe war für das Rahsegel und fürs Schöpfen auf See verantwortlich. Dies waren die zwei Wachen vor dem Mast. Die beiden Wachen hinter dem Mast waren am unerfahrensten und für den Anker, die Festmacheleinen und das Wasserschöpfen im Hafen zuständig. Ceolric, der zum ersten Mal auf See war, gehörte zur vierten Gruppe, der Heckwache, und es war unvermeidlich, dass Wicga den Streit dadurch beilegte, dass er sie für die erste Wache einteilte.

Allmählich dämmerte es. Die grünen Hügel färbten sich blau und lösten sich in verschwommene helle und dunkle Flecken auf. Nachtvögel flitzten über der Meeresbucht hin und her und machten sich über die ausschwärmenden Mücken her. Am anderen Ufer heulte ein Hund - ein unheimlicher Laut, der unvermittelt wieder abbrach. Die Männer wickelten sich einer nach dem anderen in ihre Umhänge und schliefen ein.

Kurz darauf war es vollständig dunkel geworden. Der Mond würde erst später aufgehen, außerdem hatte sich der Himmel bei Sonnenuntergang zugezogen, sodass er nur wenig Licht spenden würde. Ceolric ertappte sich dabei, dass er statt seiner Augen die Ohren gebrauchte und auf die gegen den Rumpf klatschenden Wellen lauschte, ihren Rhythmus abzählte und auf die eine Welle wartete, die sich lauter anhörte als die anderen. Er hörte den Kies, der mit einem zischenden Unterton den Strand hinabgezogen wurde. Er hörte das Rascheln der Blätter im Wind. Er hörte das Schnarchen seiner schlafenden Kameraden, die Bewegungen derer, die mit ihm zusammen Wache hielten.

Der Angriff überraschte sie alle.

2

Die Krieger standen auf der Klippe, und die salzige Brise zauste ihnen das Haar, während sie blinzelnd aufs Meer hinausblickten.

Das lange, schlanke Kriegsschiff lief vor dem Wind, das Rahsegel bauschte sich, der Bug war von weißem Gischt umschäumt.

Nai fand es wunderschön.

»Ich hatte gedacht, sie wären uns weiter voraus. Wahrscheinlich war der Wind für sie ungünstig«, sagte stirnrunzelnd Gorthyn.

Sie traten ein wenig zurück, um nicht gesehen zu werden. Hinter ihnen grasten friedlich die Ponys und ließen hin und wieder ein leises Schnauben vernehmen.

»Sieht so aus, als beabsichtigten sie, in die Porthyle-Bucht einzulaufen. Gutes Ackerland, aber für Piraten ist dort nur wenig zu holen«, überlegte Gorthyn laut.

Nai hustete.

»Vielleicht wollen sie hier bloß eine Nacht bleiben«, sagte der große Mann. »Möglich wäre es. Doch ich fürchte, Gereint hatte Recht, als er meinte, diese Piraten suchten neues Siedlungsland.«

Seufzend wandte er sich um und überprüfte den Sattelgurt seines Ponys. Nai beobachtete weiterhin das Schiff und fragte sich, welche Gegenden es wohl durchsegelt haben mochte, was für Männer sich an Bord befänden und ob sie jetzt, am Ende der Reise, eher tatendurstig oder vorsichtig wären. (Er fürchtete ebenfalls, Gereint könne Recht gehabt haben: Dies waren keine gewöhnlichen Piraten, die einen Rastplatz suchten, sondern Siedler, die das fruchtbare rote Ackerland in Besitz nehmen wollten.)

»Was mir Sorge macht, Cousin«, rief Gorthyn über die Schulter, »ist der Umstand, dass die Bucht angreifbar ist. Diese saesonitischen Hunde töten bisweilen um des Tötens willen, wie ein Fuchs im Hühnerstall.«

Das Schiff wendete dort, wo die allmählich ersterbende Sonne das Wasser zum Funkeln brachte, und schwenkte herum, sodass Gorthyn nun die unregelmäßigen Streifen auf dem Segel sah.

»Habe ich dir schon mal erzählt, wie Cei und mein Großonkel bei Penhyle gegen die Saesoniten gekämpft haben?« Gorthyn ergriff die Zügel und machte Anstalten aufzusitzen. »Ruhig, Breitbauch, ruhig«, zischte er.

Nai nickte. *Mehr als einmal,* dachte er, sich ein Lächeln verkneifend.

Er machte Gestalten an Deck aus, halb verdeckt durchs gebauschte Segel. Von seiner Warte aus schien es so, als hielte das Schiff geradewegs aufs Land zu, doch er wusste, dass die Mündung der Bucht durch einen Hügel verdeckt wurde.

»Das war ein richtiges Geplänkel, o ja«, meinte Gorthyn bedauernd, als er sich in den Sattel schwang. »Aber soviel ich weiß, waren sie seitdem nicht mehr hier.«

Begleitet vom Geschrei der Seevögel ritten sie an den Steilfelsen entlang und überließen es den Pferden, sich einen Weg durch den Ginster zu suchen.

Das Schiff war mittlerweile hinter einer Landzunge verschwunden. Keine Spur war von ihm zurückgeblieben, die die Vollkommenheit der Wogen gestört hätte, die der Küste zustrebten.

»Selbst Penhyle an der Biegung ist bloß ein großes Dorf.« Gorthyn dachte laut nach. »Ich war vor Jahren mal da, als ich Gereint beim Einsammeln der Steuern half. Du hast dich zu der Zeit gerade von deiner Verletzung erholt.«

Und ich habe um Seradwen getrauert, dachte Nai, *die mich verlassen hatte, um einen Bauern zu heiraten, kurz bevor wir aufbrachen, um mit Eremon und seinen skotischen Räubern ein Ende zu machen.*

Sie war eine schöne Frau, mit langen Beinen und vollen Brüsten, viel zu klug, um sich mit einem Mann zu begnügen, der sein Leben damit verbringt, im Dreck zu wühlen. Aber sie war auch keine Kriegerbraut, wenngleich sie eine ganze Weile lang meine Geliebte war, denn sie spottete über unsere angeblich kindische Waffenliebe, unsere endlosen Streitereien, was nun besser sei, das Langmesser oder das Schwert. Sie fand es lächerlich, wenn wir Rinder oder Schafe raubten, und meinte, dies sei ein

Spiel für Betrunkene, bei dem es bloß darum ginge, herumzuschreien und die Speere zu schwenken. Die Einzigen, die dabei ums Leben kamen, waren die, die vom Pferd fielen, was erstaunlich leicht passierte, wenn man betrunken war.

»Die andere Seite der Bucht kenne ich nicht so gut, aber soweit ich mich erinnere, ist da nichts«, unterbrach Gorthyn seinen Gedankengang.

Nai hob fragend eine Braue.

»Na ja, du weißt schon, was ich meine. Die Menschen finden ihr Auskommen, und der Boden ist fruchtbar, aber sie sind nicht reich. Das sind einfache Leute. Ich bezweifle, dass es überhaupt Christen sind. Das sind Heiden«, setzte er hinzu.

»Morgen sind wir schlauer«, meinte er nach kurzem Schweigen.

An diesem Abend kamen sie nicht mehr viel weiter. Als sich die Dämmerung herabsenkte, gelangten sie in ein kleines Tal mit einem dem Meer entgegenstürzenden Bach, und hier rasteten sie. Sie waren noch immer mehrere Meilen von der Bucht entfernt, doch es hätte keinen Sinn gehabt, weiterzureiten und im Dunkeln auf unbekanntes Gelände vorzudringen.

Außerdem waren sie beide hungrig und hatten keine Bedenken, in dieser Entfernung vom Schiff der Sachsen ein Feuer zu entfachen.

Sie einigten sich wortlos über die Verteilung der Aufgaben; Nai kümmerte sich um die Ponys, während Gorthyn Feuerholz sammelte. Dann brieten sie ein Stück Speck, verzehrten das heiße, noch brutzelnde Fleisch und spülten mit Wasser aus dem Bach nach.

Anschließend unterhielten sie sich, zwei alte Freunde und Stiefbrüder, die sich schon so lange kannten, dass sie keine Geheimnisse voreinander hatten. Sie redeten über Mädchen, die sie geliebt, und Männer, die sie gehasst hatten, über Pferde und Jagdhunde und längst gefallene Kameraden, über die Jagd auf Rotwild und Wildschweine im Sommer und auf Wölfe im Winter.

Schließlich zogen sie Strohhalme, wer die erste Wache übernehmen sollte, und Nai fiel es zu, wach zu bleiben, während Gorthyn sich an der Feuersglut in seinen Umhang wickelte.

Nai rückte vom Feuerschein ab. Dort, wo das Tal steil abfiel, fand er im Schatten einen bequemen Stein, und darauf ließ er sich nieder.

Er rechnete nicht mit einer Störung. Das Feuer war in der engen Talmulde gut versteckt, und der aufsteigende Rauch wurde vom Meereswind rasch zerstreut. Der Weg an den Klippen wurde kaum mehr benutzt, und die nächste Siedlung lag ein gutes Stück Weges entfernt.

Früher einmal war dies wohl Weideland gewesen, das die Bauern gemeinsam genutzt hatten. Als er den Ponys die Fußfesseln angelegt hatte, war ihm ein halb im hohen Gras verborgener Steinkreis aufgefallen, und er vermutete, dass die Hirten darauf einmal eine kleine Schutzhütte aus ineinander geflochtenen Zweigen errichtet hatten.

Wie lange war das her? Hundert Jahre? Zweihundert, dreihundert? Er wusste es nicht. Er wusste bloß, dass es lange her war, so lange, dass diejenigen, die die Hütten erbaut hatten, mittlerweile zu Staub zerfallen waren - und mit ihnen auch all ihre Hoffnungen und Ängste.

Gorthyns Vater Erfai war es gewesen, der ihm den Blick für derlei Dinge geschärft hatte. Wohin man in Dumnonien auch kam, überall fanden sich Spuren der Vergangenheit: Hügelgräber und Steinhaufen, Steinreihen und Steinkreise. Es gab kaum einen verteidigungsfähigen Ort, der nicht irgendwann befestigt worden, keinen Fluss, dessen Ufer nicht irgendwo von Menschenhand verändert worden war.

Erfai hatte ihm auch gezeigt, dass das Land selbst sich im Laufe der Jahre veränderte. Die meisten Leute hielten das Land für unwandelbar, als wäre es auf ewig in Äcker oder Weiden und Waldland unterschieden. Als Nai und Gorthyn noch Knaben waren, hatte Erfai sie zu dem Ort mitgenommen, wo *sein* Vater geboren war: zu einem mittlerweile verfallenen römischen Bauernhaus.

Er hatte sie auf die Felder hinausgeführt und sie auf die Büsche und Schösslinge hingewiesen, die das Land allmählich zurückeroberten. »Der Wald kehrt zurück«, hatte er gesagt - und es stimmte. Schon als Knaben konnten sie erkennen, dass die alten Feldmauern im Verlauf weniger Jahre überwuchert wurden, und man musste schon sehr aufmerksam sein (wie Erfai oder sie selbst, jetzt, da man sie darauf aufmerksam gemacht hatte), um zu bemerken, dass alle Bäume gleich alt waren. Die meisten Leute hätten angenommen, dort habe schon immer ein Wald gestanden.

»Der Wald kehrt zurück«, murmelte Nai vor sich hin.

Eine Eule strich über die Talmulde hinweg und schwenkte ab, als sie die Ponys bemerkte. Die Pferde schnaubten, stampften ein wenig und beruhigten sich wieder.

Der Stein war kalt, trotz des dicken Umhangs. Nai erhob sich mit geschmeidigen Bewegungen, um keine eventuell vorhandenen Beobachter zu erschrecken, und ging ein wenig auf und ab, um sich zu wärmen.

Der Mond stand jetzt so hoch, dass auch das Talinnere erhellt wurde. Der Bach ergoss sich als silbernes Band ins Meer, und dort, wo die unmittelbare Sicht verdeckt wurde, wogte Nebel.

Das Feuer war mittlerweile stark heruntergebrannt und spendete kaum mehr Licht. Nai näherte sich den Ponys und hielt sich im Schatten, da er sehen wollte, wann sie ihn bemerken würden.

Schon nach wenigen Schritten wandte Schwarzfell, sein eigenes Pferd, den Kopf und stellte die Ohren auf. Nai erstarrte, und Schwarzfell schlief wieder ein, da er keine Gefahr witterte.

Ein Fuchsrüde kam von den Bäumen am andere Ende der Talmulde herangetrottet, verharrte mit erhobener Vorderpfote und witterte, blickte zu den Ponys hin und näherte sich dann dem Bach. Er trank ohne Eile, danach putzte er sich, bevor er wieder mit der Dunkelheit verschmolz.

Mittlerweile überzeugt davon, dass weit und breit keine anderen Menschen zugegen waren, entspannte sich Nai. Er kehrte zum Stein zurück und setzte sich, versenkte sich in den Anblick der Sterne. Da waren die sieben Sterne von Artus' Streitwagen, der Große Bär, die Himmelsachse, die sich unablässig um den unbewegten Mittelpunkt aller Dinge dreht, das einzige Sternbild, das nie im Meer verschwindet. Und darüber stand Caer Arianrhod, die Burg des Silberkreises, die Krone des Nordwinds, wohin Artus sich mit all seinen Männern begeben hatte, von denen nur sieben zurückgekehrt waren.

Das Betrachten der Sterne strengte die Augen an. Er schloss sie für einen Moment und trat in einen tranceartigen Zustand ein. Auf einmal war er sich jedes Windhauchs bewusst, jedes Raschelns im hohen Gras, jeder Bewegung ringsumher.

Bäume. Er sah sie mit geschlossenen Augen: große Eichen, die im Frühlingswind schwankten, sich biegende Äste, flatternde junge Blätter und umherpeitschende Zweige. Die Bäume waren alt, sie waren schon alt gewesen, als die Hirten in der Talmulde ihre mittlerweile verschwundene Schutzhütte gebaut hatten; sie waren alt gewesen, als der heldenhafte Caswallon sich als Schuster verkleidet hatte und nach Rom gesegelt war, um die wunderschöne Fflur zu suchen, die ihm der kahlköpfige Cäsar geraubt hatte; sie waren alt gewesen, als Cadwy mit drei gewaltigen Schreien die feindlich gesinnten Flussmänner in die Flucht geschlagen und ihre Druiden getötet hatte; sie waren alt gewesen, als Myrddin und Taliessin als Sterbliche über die Erde gewandelt waren ...

Nai erwachte unvermittelt aus der Trance, bereit, das Pony zu satteln und die Eichen zu beschützen, ganz gleich, welche Gefahren ihnen drohen mochten. Sie riefen nach ihm, sangen ihre Not über das Wasser und die Hügel hinaus, ein tiefes, getragenes Lied, das in der Erde wurzelte, das vom Standhalten handelte, vom Ausharren und von Schnee und Hagel im Winter und der sengenden Sonne im Sommer, vom Warten, Wachestehen, Beschützen ...

»Wo?«, fragte er. »Wo seid ihr?«

»Hier«, sangen sie. *»Wir sind hier.«*

Äste zeichneten sich vor dem Himmel ab. Das Licht fiel durchs Laub. Moos auf Steinen. Aus dem Boden quellendes Wasser. Ein alter Mann, das Gesicht hinter Bart und Haar verborgen ...

»Komm«, sangen sie. *»Komm.«*

Dann war es vorbei, und er stand fröstelnd in der Senke, obwohl ihm nicht kalt war, und Wolkenfetzen wogten vor dem Antlitz des Mondes, der sich bemühte, das Gewölk zu durchdringen.

3

Als Eurgain noch ein Kind war, sang ihre Mutter ihr Schlaflieder vor, lustige kleine Lieder wie dieses:

Dinogads Mantel ist weich,
Mama hat ihn aus Marderfell gemacht.
An festen Nähten reich,
Damit das Kindchen nicht friert bei Nacht.

An Winterabenden, wenn der Wind um die Hütte pfiff, nach einem Einlass suchte und am Riegel zerrte, kuschelten sich die Kinder an der Wand unter die Decken und spähten scheu an den Pfosten vorbei, die sie vom Wohnbereich trennten und wo in der Grube das rötliche Feuer glomm.

Die Erwachsenen versammelten sich im Wohnbereich und besprachen alle möglichen Dinge, interessante und langweilige, und die Kinder lauschten ihrem langsamen Sprechrhythmus und hofften, die Mutter würde nicht bemerken, dass sich der Feuerschein in ihren Augen spiegelte. Wenn sie es bemerkte und die Schlafenszeit gekommen war, kam sie herüber und sang ihnen mit lieblicher Stimme, die sich deutlich von der brummenden Unterhaltung der Männer abhob, etwas vor.

Eurgain regte sich im Schlaf, die Stimme ihrer Mutter entfernte sich, obwohl sie noch immer das Gemurmel der Männer vernahm, die sich darüber unterhielten, mit den Coracles auf die Bucht hinauszufahren.

Es war kalt. Vielleicht war das Feuer ausgegangen. Sie öffnete einen Spalt weit die Augen und fragte sich, weshalb ihre Mutter mit Singen aufgehört hatte, bevor sie richtig eingeschlafen war. Das Feuer schien weit entfernt, ein schwaches Leuchten unten im Tal, und es schien, als habe ihr Bettzeug Wurzeln geschlagen und hülle sie ganz ein.

Der Boden war feucht. Das Farnkraut glitzerte im Mondschein. Sie schüttelte sich, denn sie begriff nicht, was sie hier mitten in der Nacht eigentlich tat.

Sie lag am Waldrand, oberhalb des höchstgelegenen Feldes. Eigenartig. Noch eigenartiger war, dass im Dorf offenbar gefeiert wurde, denn auf dem Platz inmitten der Hütten brannte ein großes Feuer, und Gestalten bewegten sich schlurfend im Kreis, als tanzten sie.

Eurgain hörte, wie sie sich unterhielten, denn die Geräusche trugen weit in der unbewegten Nachtluft. Ihre Stimmen klangen seltsam, beinahe fremd, und sie verstand nur einen Teil der Worte.

Eine Stimme war lauter als die anderen. Es war die Stimme eines zornigen Mannes, der sich heftig mit seinen Kameraden stritt. Irgendetwas stimmte mit seiner Aussprache nicht, denn er sprach die Ps und Bs falsch aus (Laute, zwischen denen sie selbst keine deutliche Unterscheidung machte), und gab stattdessen einen scharfen, schneidenden Laut von sich.

Wenn er von Kindern sprach, nannte er sie ›*clanna*‹, und wenn er die britischen Reiter erwähnte, nannte er sie ›*Cruidni*‹ und nicht ›*Prydani*‹ oder ›*Britanni*‹. Wenn sie sich anstrengte, konnte sie ihn verstehen, doch sie musste sich dabei so sehr auf die einzelnen Worte konzentrieren, dass sie den Sinn kaum mehr begriff.

Er sagte, sie hätten die Kinder nicht töten sollen, was ihr vernünftig vorkam. Sie persönlich sah nicht ein, weshalb überhaupt jemand getötet werden musste, ob nun Erwachsener oder Kind. Ihr tat es immer Leid, wenn in den Geschichten, die der alte Jago erzählte, ein Krieger starb, auch wenn er nur deshalb in der Geschichte vorkam, damit der Held ihn töten konnte, und sie fragte sich häufig, was wohl seine Mutter und seine Schwester dabei empfunden haben mochten, dass sein Leben von einem Schwert oder Speer vorzeitig beendet worden war.

Dann sagte der Mann, der Herrscher werde seine Krieger herschicken, seine Reiter, und der Ort sei nicht günstig, um ihnen zu trotzen.

Da hat er wohl Recht, murmelte sie vor sich hin. Ihre Leute würden zornig werden, wenn die Fremden anfingen, vor dem Einbringen der Ernte auf den Feldern zu kämpfen. Mit ihrem Geschrei würden sie das Wild verscheuchen, mit ihren schweren Ponys ohne Erlaubnis übers Land reiten und zu jeder Tages- und Nachtzeit Nahrung und Unterkunft verlangen ...

Sie sah das zornige Gesicht ihres Vaters vor sich, die an den Schläfen und am Hals pochenden Adern, die sich rot färbenden Wangen. Wenn er wütend wurde, war er ausgesprochen Furcht einflößend.

Auf einmal hielt Eurgain mit offenem Mund inne.

Einen Augenblick lang hatte sie das Gefühl, sie schwanke am Rande eines gewaltigen Abgrunds.

Sie blickte auf ihre Hände nieder, die sich vom dunklen Erdboden abhoben. Dies waren nicht die Hände eines kleinen Mädchens. Die Adern traten hervor, und das war, wie man ihr gesagt hatte, ein Zeichen dafür, dass sie nun eine Frau war, was bedeutete, dass sie nicht nur Kinder bekommen konnte, sondern auch zu einem voll verantwortlichen Mitglied der Dorfgemeinschaft geworden war.

Sie richtete sich jäh auf. Sie schwitzte, obwohl ihr eben noch kalt gewesen war.

Die Leute im Dorf gingen zum Strand. (Wer waren diese Leute, und was hatten sie in ihrem Dorf zu suchen? Was machte sie hier allein am Hang?)

Sie hoben die Coracles an und schleppten sie ins Wasser. Ein Mann hatte die Arme erhoben und den Kopf so weit in den Nacken gelegt, dass es aussah, als wäre er ausgerenkt. Die anderen beobachteten ihn.

Eurgain folgte seiner Blickrichtung mit den Augen und sah zum Himmel hoch.

Dünne Wolkenschleier zogen an den Sternen vorbei. Um den Mond hatten sich größere Wolken gesammelt, die wogten und brodelten, als wehte ein gewaltiger Sturm, wenngleich Eurgain nicht der leiseste Windhauch erreichte.

Sie blickte auf den Mann am Strand nieder, und auf einmal wusste sie, was er da tat. Er rief die Wolken an und befahl ihnen, den Mond zu verhüllen.

Aus dieser Entfernung konnte sie sein Gesicht nicht erkennen, zumal der Mond sich verdunkelt hatte, doch sie konnte sich denken, wie er aussah. Sein Gesicht war schmal und wirkte so bösartig wie das des Hermelins, den sie versehentlich an der Feldmauer in die Enge getrieben hatte und der sie fauchend angesprungen und dabei die messerscharfen Zähne gebleckt hatte. Außerdem hatte der Mann sich einen Streifen Haar ausrasiert, der von Ohr zu Ohr reichte, und im Nacken fiel es ihm bis auf die Schultern. Seine Augen waren schwarz und unerbittlich, sein Blick durchdringend.

Dies alles wusste sie, weil ... weil ... Weil sie ihn schon einmal gesehen hatte, und dann war etwas Fürchterliches geschehen, an das sie sich nicht gern erinnerte.

Die Coracles schwammen nun auf dem Wasser. Ein jedes zog ein dunkles V durch die Wogen, das das gebrochene Licht des Mondes reflektierte, der gegen die vom Mann mit dem geschorenen Kopf heraufbeschworenen Wolken ankämpfte; und in diesem Licht machte sie mehrere dunkle Köpfe hinter und neben der kleinen Flotte aus.

Fünf oder sechs riesige Gestalten schlichen am Strand entlang, paddelten ein Stück weit ins Wasser hinaus und brachten sich sogleich wieder in Sicherheit. Es hätten Wölfe sein können, doch dafür waren sie zu groß und zu langgliedrig. Falls es Hunde waren, so hatte sie dergleichen noch nie gesehen, und sie begriff nicht, woher sie gekommen waren.

Eurgain hatte vorgehabt, sich in Abwesenheit der Fremden ins Dorf hinunterzuschleichen und nach ihren Eltern zu suchen, die sich mittlerweile bestimmt sehr sorgten, doch die Tiere machten ihr Angst, und sie hielt es für geraten, sich nicht von der Stelle zu rühren.

Sie war wohl wieder eingenickt, denn auf einmal hörte sie laute Rufe und ein Platschen, gefolgt von Waffengeklirr. Über ihr krächzte ein Vogel, und tiefer im Wald fielen andere Vögel in sein Protestgeschrei ein.

Die Hunde am Strand warfen die Köpfe zurück und stießen ein Geheul aus, das über dem Wasser widerhallte. Ein Hund begann aufgeregt zu bellen. Der Rasierte trat zwischen sie und beruhigte sie, dann führte er sie am Strand entlang in die Richtung des Lärms.

Als sie nicht mehr zu sehen waren, befreite Eurgain sich aus dem Farnkraut. Sie war ganz steif. Als sie sich aufrichtete, wurde ihr schwindlig, und sie meinte schon, sie würde ohnmächtig. Bloß weil sie die Fingernägel in die Handflächen grub, verlor sie nicht den Kopf.

Die taunassen Felder funkelten im Mondschein. Schatten jagten über den Hang, sammelten sich an den Hecken. Die Schafe und Rinder waren durch das Gebell aufgewacht und drängten sich unruhig in den Ecken der Weiden zusammen. Das reifende Korn war stellenweise niedergetrampelt.

Eurgain schaute in die farblose Landschaft hinaus und versuchte sich zu erinnern, doch ihr Kopf machte nicht mit und beschwerte sich hartnäckig, sie friere und sei hungrig und müsse sich zuerst darum kümmern.

Sie war so hungrig wie noch nie.

Eurgain hatte von Hungersnöten gehört, als Folge schlechter Ernten oder weil die Felder aufgrund der Dummheit der Menschen, die ständig gegeneinander kämpfen mussten, verwüstet worden waren, bloß vorstellen können hatte sie sich den Hunger nicht.

An der Bucht wimmelte es nur so von Leben. An der Felsenküste gab es Napfschnecken, Wellhornschnecken, Miesmuscheln, Herzmuscheln, Kammmuscheln, Austern, Krabben, Hummer und Kaurischnecken. Die Fischer setzten Netz, Schnur und bisweilen auch die Harpune und brachten Hundshaie, die etwa mannsgroß wurden, Schellfische, Makrelen, Rochen, Meeräschen, kleine Haie, Engelbarsche und Graue Meeraale heim.

Dann gab es da noch das Wildgeflügel, das mit dem Bogen oder mit Netzen gefangen wurde, Delikatessen wie Enten, Gänse oder Schwäne. Außerdem war das umliegende Land an Nahrung ebenso reich wie das Wasser; es gab wilde Ochsen, Rotwild, Wildschweine, Otter, Dachse, Baummarder, Füchse, Wiesel, Hasen, Wühlmäuse und sogar Fledermäuse.

Soweit man zurückdenken konnte, hatte niemand im Dorf je gehungert. Selbst wenn die Ernte schlecht ausfiel, gab es noch immer Nahrung im Überfluss, nicht zu vergessen den essbaren Tang, die Pilze und Wurzeln des Waldes.

Warum war sie dann so hungrig?

Sie hatte am Morgen gegessen, ehe sie von zu Hause aufgebrochen war. Fisch und Brot, hinuntergespült mit Schafsmilch.

Bei dem Gedanken daran lief ihr das Wasser im Mund zusammen. Als sie die beiden Jungs holen gegangen war, hatte ihre Mutter gerade mit dem Backen angefangen. In der Hütte wartete jetzt bestimmt frisches Brot auf sie - na ja, so frisch wäre es wohl nicht mehr, nicht einmal mehr ofenwarm, aber immer noch frisch genug.

Brot und Honig. Das wäre gut. Sie hatte einen leeren Magen, der vor lauter Leere so fest gegen das Kreuz drückte, dass es weh tat.

Wie lange war es her, dass sie etwas gegessen hatte?

Sie hatte sich mit dem armen Bran ein paar Muscheln geteilt, die er am Morgen am Strand gefunden hatte. (Warum *armer* Bran? Edar war der Arme, der Schwache, der Unbeholfene. Mit Bran war alles in Ordnung.)

Dann hatte sie heute also ausreichend gegessen. (Gestern - der Mond stand hoch am Himmel.) Nicht übermäßig viel, nicht so viel wie am Tag zuvor, aber ausreichend. Da sie in einem Land der Fülle lebten, hielten sie Korpulenz nicht für eine Tugend - im Gegensatz zu manch anderen Leuten, die in der Leibesfülle ein Zeichen von Wohlstand sahen -, und es würde ihr nicht schaden, eine Weile zu hungern. Ihre Schwester Dyfyr hatte einmal drei Tage gehungert, um abzunehmen.

(Dyfyr, das rote Haar von Dreck und Schweiß verklebt, sich auf dem Hof wälzend, mit den Beinen austretend, während ein magerer Mann auf ihr lag und unter dem Gejohle seiner Kameraden in sie hineinstieß ...)

Eurgain schauderte.

Was war mit ihr los? Wie kam sie nur dazu, sich dergleichen vorzustellen, noch dazu mit ihrer eigenen Schwester als Opfer?

(Es war wirklich geschehen.)

Sie schwankte im Stehen. Die Augen hatte sie geschlossen, und in der Nähe stöhnte jemand, bedeutungslose Laute, die auf einmal viel aussagekräftiger wirkten als Sprache. Alles drehte sich um sie, als hätte sie sich wie früher als Kind immer wieder um die eigene Achse gedreht und sich dann auf den Boden fallen lassen, der schwankte und bockte wie das Meer.

Das Stöhnen kam aus ihrem eigenen Mund. *(Eigentlich hatte sie es schon die ganze Zeit über gewusst.)* Irgendwie war sie inmitten des hohen Grases und der Brombeersträucher am Waldrand auf die Knie niedergesunken. Ein Dorn piekste sie am

Schienbein, ein zweiter Dorn hatte sich unterhalb der Kniescheibe in die weiche Haut gebohrt.

Ihre Familie und ihre Freunde waren tot.

Sie waren schon lange tot.

Deshalb war sie so hungrig. Einen ganzen Tag lang war sie umhergelaufen, hatte sich versteckt und die Fremden beobachtet und war den großen Hunden aus dem Weg gegangen, die sie mitgebracht hatten.

Sie hatte die Augen so fest geschlossen, dass es beinahe weh tat. Die Hände hatte sie flach auf die Augenhöhlen gepresst, denn sie wollte nichts sehen.

Da gab es eine Gruppe von Männern, schlecht genährt, einige mit Sachen bekleidet, die sie kannte, andere noch immer mit schäbigen Lumpen, die so häufig geflickt waren, dass die ursprünglichen Kleidungsstücke gar nicht mehr zu erkennen waren. Einige trugen Speere in der Hand und kleine Schilde auf dem Rücken und blickten immer wieder zum Wald. Andere – und diese Männer gingen in der Mitte, sodass die Bewaffneten sie vom Wald abschirmten – hielten jeweils zwei bis drei Gegenstände in der Hand, helle Gegenstände, die an den blutverschmierten Haaren hin und her pendelten und gegeneinander prallten, sodass sich in einer sinnlosen Verhöhnung des Lebens blutleere Wange an blutleerer Wange rieb, die grässlich verzerrten Gesichter noch immer erkennbar.

An der Spitze ging der Mann mit dem teilweise geschorenen Schädel. Er schritt kräftig aus und ließ sich als Einziger nicht vom Wald einschüchtern. Im Gehen sang er eine Beschwörung, die sie nicht verstehen konnte, wenngleich ihr die fremdartigen Worte eigentümlich vertraut erschienen, und dann bemerkte sie, dass seine Schritte dem Rhythmus des Gesangs angepasst waren, und da wusste sie, dass sie einen großen Zauberer vor sich hatte, einen jener Männer, die es verstanden, sich die Waldgeister auf eine Weise gefügig zu machen, wie es ihr trotz ihrer engen Bindungen unmöglich war.

Sie hatte alles verloren. Familie, Freunde und Zuhause. Jetzt würde man ihr auch noch ihren Gott und ihre Göttin nehmen. Was konnten sie ihr, der letzten überlebenden Anhängerin, schon nützen, wenn die Fremden einen Weisen bei sich hatten, der von gleich zu gleich mit ihnen verkehrte?

Um den Fluss der Erinnerungen zu unterbinden, presste Eurgain die Handflächen immer fester gegen die Augen.

Sie hatte die Gruppe passieren lassen, da sie annahm, die Fremden wollten zum Waldheiligtum, und von der Zeremonie des Zauberers wollte sie nichts miterleben. (Da die Köpfe ihrer Verwandten dabei Verwendung fanden, musste es sich um etwas Böses handeln; um einen alten Ritus, der nichts, aber auch gar nichts mit ihrer Lebensweise zu tun hatte.) Stattdessen war sie durchs Unterholz fortgekrochen, sich des Umstands bewusst, dass der dunkle, Angst einflößende Blick des Mannes mit dem teilweise geschorenen Schädel sich ringsumher durchs Laubwerk brannte, obwohl er mit seinem Gesang keinen Augenblick ins Stocken geraten war. Sie war bis zum Strand gekrochen, wo sie Tags zuvor noch mit den Kindern gespielt hatte.

Dann gab es eine Erinnerungslücke. Das Nächste, woran sie sich erinnerte, war das Bellen der Hunde, die ein Reh jagten, das sich ihr durchs Unterholz näherte. Vor Entsetzen gelähmt war ihr klar geworden, dass die Göttin, die am Strand zu ihr gesprochen hatte, sie im Stich gelassen hatte und dass sie diesmal entdeckt werden würde, dass man sie auf den Boden werfen und wie ihre Schwester und ihre Cousinen missbrauchen würde.

Blindlings floh sie in die entgegengesetzte Richtung wie das Reh (ein heller Schemen, der im Schattenmuster des Waldes verschwand), wohl wissend, dass sie zu viele Geräusche machte, während Brombeerranken und Zweige sich in ihren Kleidern und in ihrem Haar verfingen. Sie warf sich zwischen eine Ansammlung von Steinen, krabbelte durch den Dreck (scharfe Sandkörner drangen unter ihre Fingernägel), zwängte sich durch eine zu schmale Lücke, sodass sie sich die Rippen quetschte, drehte sich in der Höhle um und spähte wie ein verängstigtes Tier aus dem Eingang.

Als Erstes tauchten die Hunde auf; mit der Nase am Boden flitzten sie hin und her und stockten kaum, als sie an der Stelle vorbeikamen, wo ihre eigene Fährte einsetzen musste. Ein

Hund aber, ein schlankes, langbeiniges Tier mit kräftigen Pfoten, zögerte kurz, als ihm die fremde Witterung in die Nase stieg, kein Rehgeruch, aber ebenfalls der Ausdruck von Angst, die Witterung eines Wesens, das darum flehte, nicht gejagt und gerissen, zerfleischt und ausgeweidet zu werden, noch ehe es sein Leben ausgehaucht hätte (die Vorstellung war so lebendig, dass sie einen Aufschrei unterdrücken musste). Der Hund blickte geradewegs zu ihrem Versteck, mit wissendem Blick und grinsender, geifernder Schnauze.

Auf einmal verschwand er und folgte den anderen Hunden.

Dann kamen die Jäger, drei an der Zahl, hoch gewachsene, in dunkles Leder gekleidete Männer mit wippendem blondem Haar, die den Hunden trittsicher folgten, und sie erkannte in ihnen die drei mit Kettenhemden bekleideten Krieger wieder und schloss daraus, dass der an der Spitze Beli und Jago getötet hatte.

Sie hielten an der gleichen Stelle an, wo sich auch der Hund befand; ihr Atem ging gleichmäßig, als hätten sie lediglich einen Spaziergang hinter sich.

Der, den sie für den Anführer hielt, sagte mit kaum verständlichem Akzent: »Die Hunde werden das Wild stellen.«

Der Größte der drei rammte den Speer in den Boden und fuhr sich durchs Haar.

»Ich dachte, wir würden den Mann jagen, nicht das Reh«, meinte er und band den Lederriemen neu, der sein Haar im Nacken zusammenhielt.

»Ach, was soll's!« Der Anführer räusperte sich und spuckte aus. »Ob heute oder morgen, das ist doch egal, meinst du nicht, Serach?«

Der dritte Mann, dessen Gesicht von Narben entstellt war, lachte. »Der Druide meint, wir können nicht aufbrechen.«

Der Große, Serach, sagte etwas, das Eurgain nicht verstand.

»Er ist so zuverlässig wie jeder andere Magier«, erwiderte der mit den Narben.

»Also ist auf ihn kein Verlass«, knurrte Serach und setzte voller Bitterkeit hinzu: »Hättest du deine Leute besser in der Gewalt, bräuchten wir den Druiden nicht.«

»Es reicht!«, sagte der Anführer und hob warnend die Hand.

»Das Gemetzel habe ich nicht gewollt, aber unerfahrene Männer geraten nun mal leicht in Rage, wenn das Töten einsetzt. Was geschehen ist, lässt sich nicht mehr ändern – wenngleich dein Verhalten auch nicht gerade untadelig war, Dovnuall Brecc.«

Dovnuall kratzte sich grinsend zwischen den Beinen. »Das rothaarige Mädchen hat sich so aufreizend gewunden. Verzeih mir, Eremon.«

Der Anführer lachte, und selbst Serach lächelte bitter. Eurgain, die in der Höhle alles mit ansah, hätte sich beinahe übergeben.

»Wir werden Arbeitskräfte brauchen, die uns ernähren«, sagte Eremon bedächtig. »Morgen oder übermorgen überfallen wir die Stadt.«

»Penhyle?«, fragte Serach. »So bald schon?«

»Wir müssen den Männern etwas zu tun geben. Wenn sie erst einmal auf Sklaven aufpassen müssen, werden sie auch leichter zu kontrollieren sein.«

Serach blickte skeptisch drein, doch Eremon beachtete ihn nicht.

»Was den alten Mann betrifft ...« Eremon schaute sich um und blickte unmittelbar auf Eurgains Versteck. Wie ein kleines Kind beim Versteckspiel kniff sie die Augen zusammen (als könnte er sie nicht sehen, wenn sie ihn nicht sah) und hielt die Luft an.

»Der Druide behauptet, sein Zauber werde verhindern, dass der alte Mann flieht«, sagte Eremon, und nun, da sie die Augen geschlossen hatte, klang seine Stimme trotz des fremden Akzents auf einmal ganz freundlich.

»Die Magie des Druiden wirkt im Geheimen. Der alte Mann wird hier festgehalten, ohne es zu merken. Er wird gar nicht auf die Idee kommen, von hier fortzugehen. Sein Pflichtgefühl wird ihn hier festhalten. Nachdem er es nicht geschafft hat, den Dorfbewohnern zu helfen, wird er glauben, er müsse als Sühne das Waldheiligtum davor bewahren, geschändet zu werden.«

»Das begreife ich nicht«, sagte Dovnuall.

Zitternd vor Hass und Abscheu öffnete Eurgain wieder die Augen. Dovnuall stocherte mit dem Speerschaft auf dem Boden herum. Seine Unterarme waren muskelbepackt, dicker als ihr Bein. Er schwenkte den Kopf hin und her und blickte von Serach zum Anführer und wieder zurück.

»Das macht nichts«, sagte Eremon. »Der alte Mann wird nicht flüchten, mehr brauchst du nicht zu wissen. Der Druide meint, er spüre die Macht: nicht die des Waldes allein, sondern noch etwas Mächtigeres.« Er grinste grausam. »Der alte Mann wird bleiben, und früher oder später werden wir ihn finden - und bei ihm auch das, wonach wir suchen.«

»Aber nicht mit den Hunden, die Vortepor dir geschenkt hat«, murmelte Serach. »Die eignen sich besser für die Rotwildjagd. Hört mal, sie treiben das Wild zurück!«

»Wir haben noch Zeit genug«, sagte Eremon.

Er lehnte sich lässig an einen Baumstamm und blickte Serach an. »Morgen. Morgen überfallen wir Penhyle und nehmen dort Sklaven, kräftige Männer und Frauen. Wir töten nur, wenn es notwendig ist, Serach, was dir bestimmt recht sein dürfte. Einige Einwohner werden entkommen. Sie werden entkommen, weil ich, Eremon von den Eoganacht Maigi Dergind i nAlbae, Eremon aus dem Land der Kinder Eogans im Tal des Oak-Flusses in Albion, es so will. Sie werden entkommen, weil ich, Eremon, der Erbe Cairbres von den Hundert Schlachten, ihnen gestattet habe, zu entkommen, und aus keinem anderen Grund. Hast du mich verstanden?«

Serach nickte unterwürfig. »Ich habe verstanden, mein Prinz.«

»Ich will nicht, dass ihre Häuser niedergebrannt werden«, fuhr Eremon fort und fixierte diesmal den Mann mit dem Narbengesicht. »Ich rede mit dir, Dovnuall Brecc. Ich weiß, du zündelst gern. Diesmal lässt du das Stroh in Ruhe, ganz gleich, wie sehr es dir in den Fingern juckt. Der Überfall ist eine Warnung und dient dazu, Beute und Sklaven zu machen. Ich möchte, dass den Überlebenden Häuser bleiben, in die sie zurückkehren können, wenn wir fort sind.«

»Wie Ihr es wünscht, mein Prinz«, sagte Dovnuall unterwürfig.

»Der Druide wird uns das Herz des Landes verschaffen. Ich will nicht über eine Wüste herrschen.«

»Und wenn die Krieger kommen? Unsere Bauern vermögen gegen ausgebildete Kämpfer nichts auszurichten«, sagte Serach.

»Bis Gereint oder Custennin ihre Männer entsenden, werden wir das Land nach alter Weise an uns gebunden haben, mittels Blutsbande und durch den großen Ritus des Ins-Leben-Rufens. Es wird uns auf eine Weise gehören, die diese Bastarde, diese Schwächlinge, niemals begreifen werden.«

»Jetzt haben die Hunde das Reh gestellt«, bemerkte Serach trocken, und tatsächlich hatte sich das Hundegebell in der Tiefe des Waldes ein wenig verändert.

Serach zog den Speer aus dem Boden.

Sie blickten sich an und lachten, dann eilten sie in die Richtung, aus der das Gebell kam, und wetteiferten miteinander, wer das Reh als Erster erreichen würde.

Als sie fort waren, kroch Eurgain aus ihrem Versteck hervor. Das meiste hatte sie nicht verstanden, doch als Eremon seine Titel aufzählte, hatte sie sich an Geschichten erinnert, die von einer mindestens eine Tagesreise im Osten gelegenen Skotensiedlung handelten. Deren Bewohner waren so hochmütig geworden, dass die hiesigen Lords sich zusammengeschlossen hatten, um sie zu vernichten. Damals war sie noch ein Kind gewesen und ihre Mutter *(die jetzt tot war, ermordet von diesen Piraten)* jung und schön.

Sie wollten Penhyle angreifen, das Städtchen in der Biegung der Bucht. Dort würden sie nur wenig Beute finden. Der Ort war nicht reich. Sie war einmal mit ihrem Vater und ihrem Onkel dort gewesen. Die Frau ihres Onkels war in Penhyle geboren und hatte dort noch viele Verwandte. Es gab dort einen Markt, auf dem Wolle gegen Eisenwerkzeuge getauscht wurde, und ihr Vater hatte ihr eine Bronzenadel geschenkt, die sie noch immer benutzte.

Ihr Vater. Hatte der Ire seinen Kopf geschwenkt, als sie im Gebüsch gekauert hatte, oder war es der Kopf ihres Onkels gewesen? Sie hatte nicht genau hingeschaut.

Abermals wurde sie von Entsetzen überwältigt.

An dies alles erinnerte sie sich, als sie schwankend am Rand der Felder oberhalb des Dorfes stand.

Alle Menschen, die sie geliebt hatte, waren tot.

Und zwar seit beinahe anderthalb Tagen.

Es war gleichgültig, was sie jetzt tat. Wenn sie zu den Häusern hinunterginge und die Männer kehrten zurück, oder der Zauberer mit dem rasierten Kopf käme mit diesen unglaublich schlauen Hunden am Strand zurückspaziert, dann würde sie sterben, und niemand würde um sie trauern, keine Menschenseele.

Sie öffnete die Augen. Die Wolken hatten sich zerstreut, und der Kampfeslärm war verstummt. Die Felder leuchteten im Mondschein. Zu ihren Füßen funkelte ein mit silbrigen Tautropfen besetztes Spinnennetz. Wenn sie sich bewegte, würde es zerreißen.

Die Piraten sangen auf dem Wasser, ein Lied von Tod und Zerstörung. Zwar verstand sie den Text nicht, konnte aber dem Rhythmus entnehmen, wovon es handelte.

Sie war am Verhungern. Sie war noch nie im Leben hungrig gewesen, nicht einmal mitten im Winter, nicht einmal in ihrer Kindheit, als der Schnee die Erde fast einen Monat lang bedeckt hatte, was in dieser Gegend noch nie vorgekommen war.

In den Hütten gab es bestimmt noch etwas zu essen, doch das Risiko schien zu groß. Besser war es, im Wald zu darben. Und obwohl sie meinte, sie stünde kurz vor dem Verhungern, wusste sie doch, dass es noch lange dauerte, ehe es für sie gefährlich würde.

Sie wandte sich um und drang in den Wald ein.

4

Eingelullt vom Geplätscher der Wellen, die gegen den hölzernen Schiffsrumpf schlugen, war Ceolric eingeschlafen.

Ein Schrei weckte ihn unvermittelt, und er blickte sich um. An der anderen Seite des Bootes fiel etwas klatschend ins Wasser, dann hörte es sich an, als wehrte sich jemand gegen das Ertrinken. Er sprang auf und wollte gerade das Messer ziehen, als sich eine Hand auf seine Schulter legte.

Er drehte sich um, zog das Messer vollständig aus der

Scheide (alles geschah mit traumartiger Langsamkeit) und erblickte ein bleiches Gesicht, das ihn über das Schanzkleid hinweg angrinste.

Der Mond war aufgegangen und versuchte, sich von den Wolken freizukämpfen. Funkelnde Wassertropfen fielen aufs Deck, als der Mann sich an Bord zog, in Händen einen dünnen Speer.

Ohne zu überlegen holte Ceolric über die linke Schulter aus und legte sein ganzes Gewicht in den Hieb. Er traf den Mann am Hals und schleuderte ihn über Bord.

Ein heftiger Schlag traf ihn im Rücken, wirbelte ihn herum. Er stürzte in den Schiffsbug hinein und schlug mit dem Kopf gegen eine Truhe. Einen Augenblick lang war er vom Schmerz gelähmt, und als er wieder zu sich kam, wurde überall auf dem *Meerhengst* gekämpft.

Eine halb nackte Gestalt warf sich auf Garulf, der sich mit einem Kurzspeer bewaffnet hatte. Der Friese rammte seinem Gegner mit Bedacht den Speer in den Leib, dann, als der Mann sich am Schaft entlang vorbeugte und ihm mit einem Dolch vor dem Gesicht herumfuchtelte, schrie er auf. Garulf ließ den Speer los und stieß den Mann auf eine Ruderbank.

Zwischen Ceolric und dem Friesen tobte der Kampf Mann gegen Mann, deshalb konnte dieser nicht erkennen, wie es weiterging. Die Angreifer waren kleiner und leichter als die Saesoniten, aber ebenso wild und todesmutig. Ceolric rappelte sich hoch. Seine Hände zitterten und der Kopf tat ihm weh. Verzweifelt blickte er sich nach einer Stelle um, wo seine Kameraden den Angreifern standhielten, entdeckte zunächst aber keine. Dann sah er seinen Vater.

Wicga lehnte mit dem Rücken am Mast. Mit beiden Händen das Breitschwert schwingend und seine Mannschaft unablässig anfeuernd, hatte er um sich herum ein wenig Platz geschaffen. Und da gesellte sich auch schon Garulf zu ihm, der unverletzt schien und eine Streitaxt in Händen hielt, und eine Zeit lang gelang es ihnen, die Angreifer im Zaum zu halten.

Ceolric versuchte, sich zu ihnen durchzukämpfen, und wurde in ein Handgemenge mit einem nassen Mann verwickelt. Der Rand eines kleinen Schilds drückte gegen seinen Brustkasten, und mit der freien Hand packte er ein schweißnasses Handgelenk, während er sich bemühte, das Messer seines Gegners von seiner Kehle fern zu halten. Er rammte dem Mann das Knie in den Unterleib und schlug mit aller Kraft auf ihn ein, während er meinte, seine Rippen müssten unter dem Druck des Schildrands brechen. Der Mann brach zusammen und Ceolric schleuderte ihn beiseite.

Wolken trieben am Mond vorbei, sodass es auf einmal dunkel wurde, doch der Kampf nahm seinen Fortgang. Die Angreifer waren überall, sie brüllten in einem fremden Dialekt und bedrängten die Besatzung wie ein Rudel Hunde einen Hirschen.

Ceolric sah mit an, wie sein Vater starb, durchbohrt von einem Langspeer, der ihn von hinten traf. Kurz bevor das geschah, kam der Mond wieder hervor, sodass die Klinge stumpf aufleuchtete, als sie in Wicgas Rücken eindrang. Der Kapitän taumelte und ließ das Schwert fallen. Ein Blutschwall ergoss sich aus seinem Mund, und er prallte gegen den Mast, als sein Gegner den Speer aus seinem Leib riss.

Ceolric konnte nicht begreifen, was geschah. Seine Freunde starben, einige rasch und andere langsam, und das Deck war übersät mit Leichen.

Garulf schwankte auf ihn zu, sein Mund bewegte sich. »Schwimm, mein Junge, schwimm. Spring über Bord und schwimm zum anderen Ufer. Das sind Dämonen, keine Menschen.«

Er zögerte, während ihn der Ältere, dessen Hände vor Angst oder Wut zitterten, zum Schanzkleid drängte und ihn über Bord stieß.

Das Wasser umtoste ihn. Er meinte, die Lungen würden ihm platzen, und war vollständig orientierungslos. Als er auftauchte, blieb es um ihn herum dunkel, denn der Mond war abermals hinter den Wolken verschwunden.

Unbeholfen trat er Wasser und versuchte sich zu orientieren. Der Kampfeslärm war hinter ihm, deshalb wandte er sich in die andere Richtung, in der er das Ufer vermutete, und betete zu den alten Göttern, dass ihn die Ebbe oder eine tückische Strömung nicht ins Meer hinauszögen.

Zwar konnte er einigermaßen schwimmen (nach Hundeart, mit Händen und Beinen paddelnd), doch so weit hatte er noch nie schwimmen gemusst. Das Wasser war kalt, jedoch nicht so kalt, wie es ihm am Abend vorgekommen war, und er schluckte mehrere Mund voll Wasser, bis er seinen Rhythmus gefunden hatte.

Schließlich vernahm er das Tosen der Brandung. Während er heftig atmend abermals Wasser trat, kam der Mond hervor. Seine Arme und Beine waren mittlerweile bleischwer. Vor sich machte er weißen Gischt aus und dahinter ein schwarzes Riff, deshalb änderte er die Richtung und ließ sich von den Felsen weg in das ruhigere Wasser einer kleinen Bucht treiben.

Halb watete, halb kroch er aus dem Gischt hervor und brach anschließend oberhalb des Saums aus Zweigen und Tang, der die Wassergrenze bei Flut markierte, auf dem trockenen, knochenweißen Sand zusammen.

TEIL ZWEI

ERSTES KAPITEL

1

Als Budoc den ersten Schock, skotische Coracles zu sehen, überwunden hatte, fielen ihm noch andere Dinge auf.

Bei den Hütten standen Wachposten. Genaues konnte er nicht erkennen, denn sie hielten sich im Schatten (mit Absicht?), aber sie waren da. Das Gras auf den Weiden war niedergetrampelt, und stellenweise machte er Schleifspuren aus.

Als er den Blick umherschweifen ließ, nahm er immer mehr Einzelheiten wahr. Einen Arm, den Teil eines Rumpfes, zwei Füße, die hinter einer der Hütten hervorlugten. An einer Wand waren rundliche Gegenstände gestapelt. Auf dem Dach hockte eine gut genährte Krähe.

Es war nur allzu klar, was mit den Dörflern geschehen war.

Hinter den Hütten lag ein grüner Hügel. Vom Gipfel aus, das wusste er, konnte man nicht nur die Bucht, sondern auch das Land weithin überblicken. Wäre er der Anführer der Skoten gewesen, hätte er dort ein, zwei Wachposten aufgestellt, denen die etwas kümmerlichen Kiefern ein gutes Versteck bieten würden.

Ja, da waren sie.

Heller Stoff, aufblitzendes Metall. Mindestens zwei Männer, wahrscheinlich drei.

Unter normalen Umständen wäre dies eine gute Gelegenheit gewesen, sich unbemerkt davonzustehlen. Dem Stand der Aufräumarbeiten nach zu schließen, musste der Überfall schon vor einer ganzen Weile erfolgt sein. Die Wachposten wirkten gelangweilt und nachlässig, denn sie hatten offenbar keinen Anlass, mit einem Angriff zu rechnen.

Aber das waren keine normalen Umstände. Er war zu geschwächt, um große Entfernungen zurückzulegen. Und wenn er wegliefe, wohin sollte er sich wenden? In Penhyle gab es keine Krieger. Die nächste Streitmacht befand sich in Din Erbin, in Gereints Feste am Ufer des Oak-Flusses, und das war für einen unberittenen alten Mann ein weiter Weg.

Und wenn er hier bliebe, was dann?

Gwalchmei hatte ihm geraten, sich zu verstecken, weil ›sie‹ hinter ihm her wären. Er wusste nicht, wer damit gemeint war, doch er hatte genug Zutrauen zu seinen Träumen, um den Rat zu beherzigen. Schließlich hatte Gwalchmei auch mit dem Dorf Recht behalten.

Also würde er sich verstecken, abwarten und darauf hoffen, dass ihm mit der Zeit schon etwas einfiele.

Nachdem er zu einem Entschluss gelangt war, wandte Budoc sich vorsichtig in Richtung seiner Hütte. Er glaubte nicht, dass der Anführer der Skoten auf dieser Seite des Dorfes Wachen aufgestellt hatte - hier drohte keine Gefahr -, dennoch verhielt er sich so, als müsse er sich in Acht nehmen.

Er bewegte sich von Schatten zu Schatten, horchte auf die Warnrufe der Vögel und des kleinen Waldgetiers und setzte seine Füße mit Bedacht, um auf keinen herumliegenden Zweig zu treten. Immer wieder blieb er stehen und schnupperte, zögerte im sonnengesprenkelten Schatten wie ein Tier, das sich vor Jägern fürchtet.

Er kam dicht an einer Hirschkuh mit Kitz vorbei, hielt sich aber auf der Windseite, damit sie keinen Verdacht schöpften, und zwängte sich durchs Gebüsch, ohne die Zweige zu bewegen, so lautlos wie das Gespenst, als das er sich bisweilen fühlte.

Vom Weg an den Klippen hielt er sich fern. Dort wäre die Gefahr entdeckt zu werden zu groß gewesen. Er blieb im Wald, wo es zahllose Verstecke gab, und schlug einen Bogen um die Lichtungen und das eigentliche Waldheiligtum.

Schließlich gelangte er in Sichtweite der Hütte. Obwohl er sicher war, dass keine Skoten in der Nähe waren, hockte er sich hinter einem Gebüsch nieder und wartete, während eine Spinne seinen Schenkel als Befestigungspunkt für ihr Netz benutzte und sich dicht neben seinem Kopf ein kleiner grüner Vogel niederließ und vom Sommer sang.

Die Hütte lag versteckt in einer Senke. Dahinter erhob sich

eine steile Felsenböschung, die jede Annäherung von dieser Seite erschwerte, wenn nicht gar unmöglich machte. Auf dem Pfad, der zur Tür führte, waren keine Spuren auszumachen, und auch die Hütte wirkte verlassen.

Er wartete, bis der grelle Mittagssonnenschein dem milden Abendlicht wich; währenddessen hatte sich abgesehen von den Vögeln und Insekten nichts gerührt.

Schließlich zwängte er sich durchs Gebüsch und näherte sich dem Pfad von der Seite, wobei er die Stengel und Ranken teilte, als watete er durch tiefes Wasser. Die Deckung verließ er erst, als er bei der Tür angelangt war.

Die ledernen Angeln knarrten, als er die Tür aufdrückte. Das einzige Versteck befand sich unmittelbar hinter der Tür. Mit einer Schnelligkeit, die er sich gar nicht mehr zugetraut hätte, trat er in die Hütte, dann erst wurde ihm bewusst, dass er unbewaffnet war.

Zum Glück hielt sich niemand in der Hütte auf.

Jetzt war Eile geboten. Er wählte die wenigen Habseligkeiten aus, die er für nützlich erachtete, und rollte alles in überzählige Kleidungsstücke ein. Wasserschläuche, Proviant, ein kleines Messer, Nadel und Faden ...

In einer Ecke lehnte ein Speer an der Wand, eine Jagdwaffe, plump und schlecht ausbalanciert im Vergleich zu den Speeren, die er gewohnt war. Er nahm sie trotzdem mit.

Dann stand er lauschend im Eingang und fürchtete auf einmal, die Skoten könnten in der Zwischenzeit die Hütte gefunden haben. Die Vögel zwitscherten weiterhin munter vor sich hin. Die Luft schien rein, daher schloss er hinter sich die Tür und schlich unter heftigem Herzklopfen den Weg entlang, bis er wieder in Deckung gehen konnte.

Natürlich hatte er viel zu viel mitgenommen, mehr als er über größere Strecken tragen konnte. Er schwitzte bereits. (Der herabtropfende Schweiß brannte ihm in den Augen; er fing ihn mit der Zunge auf und fand seinen Geschmack scharf und unangenehm.) Er musste sein Gepäck aufteilen und im Wald und in den Steilfelsen verstecken. Falls, oder vielmehr wenn die Skoten ihn jagen würden, könnte er auf verschiedene Proviantlager zurückgreifen.

Den Rest des Abends verbrachte er damit, sichere Verstecke zu suchen: eine Baumhöhle im Wald, einen Kamin in den Steilfelsen, inmitten einer Ansammlung von Ginsterbüschen. Für alle diese Orte gab es mehrere Fluchtwege, sodass er sich den Verstecken unbemerkt würde nähern können.

Zu seiner Überraschung stellte er fest, dass es ihm Spaß machte.

Die erste Nacht im Freien verbrachte er im Geäst einer Eiche, eingekeilt zwischen zwei Ästen und mit dem Rücken an den Stamm gelehnt. Obwohl er es recht bequem hatte, fand er keinen Schlaf.

Insgeheim wusste er, dass er die Nachtstunden eigentlich im Gebet oder mit Meditationen über seine Seelenverfassung hätte zubringen sollen. Er versuchte es auch kurz, doch jedes Mal lenkte ihn etwas ab: das Rascheln der Blätter im Wind, die Rufe der Nachtvögel, ein Jucken zwischen den Schulterblättern.

Stattdessen verlor er sich in Erinnerungen an Ereignisse, die ihm so deutlich vor Augen traten, als spielten sie sich jetzt und hier ab.

Cei, der Lange Mann, der Beste und Tapferste von allen, den Arm um seine reizende Tochter Celemon gelegt, während er kurzsichtig eine neue Brosche betrachtete ...

Der lachende Lleminawg, wie er Tanzschritte vorführte ...

Der in eine ernsthafte Unterhaltung vertiefte Gwalchmei, weit auf den Tisch vorgebeugt, um seinen Argumenten Nachdruck zu verleihen ...

Die Harfe spielende Teleri, die, den Kopf leidenschaftlich zurückgeworfen, im Palas von Caer Cadwy eine geheimnisvolle Geschichte vortrug ...

Artus.

Artus, der Magister Militum.

Wenn er die Augen schloss, sah er vor sich, wie er den Palas leicht humpelnd durchschritt und wie alles ringsumher lebendig wurde, als er sich von der Tür zum Podium begab ...

Nein.

Das stimmte nicht.

Das Humpeln war erst später gekommen, *nach* der ersten Begegnung mit Teleri. In gewisser Weise hatte sie es vorhergesagt, ob wissentlich oder durch Zufall, darüber war er sich nie klar geworden.

Noch einmal.

In der Kohlenpfanne knisterte die schlechte Kohle, die übers Severn-Meer herangeschafft wurde. Artus streckte die Arme aus, um sich zu wärmen - auf den braun gebrannten Händen zeichneten sich zahlreiche kleine Narben ab, die dicken Finger waren dicht mit sandfarbenen Haaren besetzt.

Cei stand in der Ecke, den Kopf leicht gesenkt, das schüttere blonde Haar hing ihm ins Gesicht. Stirnrunzelnd betrachtete er die Landkarte auf dem Tisch.

Artus sagte mit seiner tiefen, wohlklingenden Stimme: »Jemand sollte ihnen entgegenreiten. Bis zum Abend werden sie bei diesem Wetter höchstens bis Lindinis kommen.« Und Cei schnitt bei der Vorstellung, das behagliche Caer Cadwy verlassen zu müssen, eine Grimasse.

Es war, als trüge es sich in diesem Augenblick von neuem zu – und was hätte er nicht dafür gegeben, wenn es wahr gewesen wäre. Achselzuckend hätte er sich erboten, an Ceis Stelle hinauszureiten ...

2

Als sich Vortepor und die Gesandtschaft aus Dyfed in der Obhut Glewlwyd des Pförtners befanden, sah Mab Petroc seine Aufgabe als erledigt an.

Er überließ es Moried, die Verletzten zu den Wundärzten und die Toten zur Begräbnisstätte zu bringen, und begab sich gleich zu Artus.

Der Kriegsherr war allein und las eine Schriftrolle. Als Mab Petroc klopfte und eintrat, blickte er verärgert auf, doch da er sah, in welchem Zustand sich sein Besucher befand, glättete sich seine Stirn.

»Ihr habt gekämpft? In Lindinis?« Er erhob sich und ließ Mab Petroc auf seinem Stuhl Platz nehmen. »Ist das dein eigen Blut?«

Mab Petroc blickte auf sein Gewand nieder. »Nur zum kleineren Teil.«

»Was ist geschehen? Gab es Tote?« Er schenkte Wein in ein Kelchglas ein und drückte es Mab Petroc in die Hand.

»Leider ja. Sechs Tote, fünf Verwundete. Moried kümmert sich um sie.« Da er krampfhaft zitterte, hob Artus das Glas an seine Lippen. Mab Petroc schluckte gierig.

Der Kriegsherr zog einen zweiten Stuhl heran. »Hinterher kommt einem immer alles schlimmer vor«, meinte er. »Tief durchatmen, Cousin, tief durchatmen.«

Mab Petroc wollte lachen, obwohl er kurz davor stand, in Tränen auszubrechen.

»Pikten«, sagte er, als er sich wieder gefasst hatte. »Die Gesandtschaft aus Dyfed wurde die ganze Zeit über von Pikten verfolgt. Jemand wollte verhindern, dass sie mit dir sprechen.«

Artus blickte ihn erstaunt an. »Merkwürdig. Was sollte der Norden gegen Vortepor von Dyfed haben?« Er tippte auf die Schriftrolle. »Ich las gerade Tacitus. Er gibt eine faszinierende Beschreibung des Nordens vor vierhundert Jahren. ›Die Nächte sind kurz ... Bei wolkenlosem Himmel sieht man die ganze Nacht über den Widerschein der Sonne.‹«

Da er wusste, dass Artus ihm Zeit geben wollte, sich zu erholen, trank Mab Petroc noch einen Schluck Wein und genoss die Wärme, die sich in ihm ausbreitete. Dann fasste er zusammen, was Vortepor und sein Berater Fingal ihm mitgeteilt hatten, und berichtete Artus in allen Einzelheiten, was geschehen war.

Als er geendet hatte, hob Artus die Brauen. »Die Sache mit den Pikten verstehe ich. Aber war es wirklich nötig, gegen die Saesoniten zu kämpfen?« Der Kriegsherr lehnte sich zurück und musterte ihn bedrückt. »Ich habe dich ihnen entgegengeschickt, weil ich glaubte, es handele sich um eine Routineangelegenheit.«

Mab Petroc wich seinem Blick aus. »Es schien mir der leichteste Weg, ein Ende zu machen.«

»Sie ist tot, Cousin. Sie ist seit drei Jahren tot.« Artus schlug mit der Faust auf den Tisch und hob die Stimme. »Du warst nicht bei ihr, weil du für mich gegen die Saesoniten gekämpft hast. Aber selbst wenn du zugegen gewesen wärst, hättest du nichts ausrichten können. Garwen ist am Gelbfieber gestorben, wie viele andere auch.«

»Ich weiß«, stöhnte er. »Das weiß ich doch.«

»Weshalb spielst du dann mit deinem Leben?«

Das Schweigen währte lange. Schließlich sagte Artus in gewohntem Ton:

»Spiralförmige Tätowierungen. Das erinnert mich dunkel an etwas - an eine Geschichte, die ich vor Jahren mal an einem Lagerfeuer gehört habe.« Er zupfte sich gereizt am Haar. »Nein, es fällt mir nicht mehr ein.«

»Ich könnte die Gefährten danach fragen. Talorcan stammt aus der Gegend jenseits von Bannog - vielleicht weiß er ja mehr.« Petroc zögerte, dann fuhr er fort:

»Mit Moried zusammen habe ich die Leichen untersucht. Wir haben beide im Norden gekämpft und hatten dort mit Pikten zu tun, die Angreifer aber gehörten einem uns unbekannten Stamm an.«

»Was schlägst du vor?«

Mab Petroc schenkte sich aus dem Flakon auf dem Tisch Wein nach. »Wenn wir von Pikten sprechen, dann meinen wir doch die Bemalten Männer des alten Kaledonischen Bundes, nicht wahr?«

Artus nickte. »Red weiter.«

»Einige haben dauerhafte Tätowierungen, andere tragen Kriegsbemalung. Einige sind groß und rothaarig, andere breit und dunkelhaarig und haben eine rötliche Hautfarbe.« Er trank einen Schluck Wein, behielt ihn einen Augenblick lang im Mund, dann schluckte er bedächtig. »Ich weiß, dass es im Laufe der Jahre zu einer starken Durchmischung gekommen ist, weshalb es unsinnig wäre, von Stammestypen zu sprechen - ich meine, sogar im Westen Dumnoniens, dessen Bewohner bekannt sind für ihre breiten Schultern und kurzen Beine, gibt es große, blondhaarige Männer wie Cei.«

»Im Norden hat es weniger Veränderungen gegeben«, sagte Artus. »Tacitus hat die Kaledonier stets als rothaarig und langgliedrig beschrieben. Interessanterweise glaubte er, sie seien germanischer Herkunft.«

»Tatsächlich? Das ist mir neu.« Mab Petroc schwieg und ordnete seine Gedanken. »Ich will damit sagen, dass die Männer, die ich gestern gesehen habe, keinen mir bekannten Nordländern glichen. Sie waren breitschultrig und kräftig, was häufig vorkommt, aber ihre Haut war dunkel, nicht rötlich. Auch die Webart ihre Kleidung war Moried und mir unbekannt.«

»Heißt das, du glaubst nicht, dass es Pikten waren?«

Mab Petroc sog scharf den Atem ein und nahm noch einen Schluck. »Ich weiß es nicht. Ich habe keine Ahnung, was das für Leute waren. Pikten in dem Sinne, dass sie tätowiert waren und Waffen von nordländischer Machart hatten ...« Er verstummte, denn ihm wurde bewusst, wie unbestimmt sich das alles anhören musste.

Artus erhob sich und schritt unruhig auf und ab.

»Wer immer das war, sie standen wohl in Verbindung mit Iardomnan, mit diesem Hueil und seiner Bande skotischer Seeräuber. Deine Vermutungen erscheinen mir durchaus zutreffend. Erkundige dich bei den Gefährten aus dem Norden, ob sie etwas wissen. Spiraltätowierungen vergisst man nicht so leicht.«

Unvermittelt drehte er sich um. »Was hältst du eigentlich von Vortepor und Fingal?«

»Vortepor ist noch übler als sein Ruf. Selbst wenn er mir sagte, die Sonne werde morgen im Osten aufgehen, würde ich ihm nicht glauben. Seine Männer fürchten ihn, und ich wette, er neigt zur Grausamkeit. Davon abgesehen klingt er ganz vernünftig. Jetzt, da die Saesoniten keine unmittelbare Gefahr mehr darstellen, wird es Zeit, dass wir etwas unternehmen, um die Westküste Britanniens zu schützen, und ein Schlag gegen Hueil wäre ein guter Anfang. Dies würde bedeuten, dass du stillschweigend hinnehmen müsstest, dass er seinem Vater nach dessen Tod nachfolgt, aber ...« Mab Petroc zuckte mit den Schultern.

»Wir sind noch nicht so weit, dass wir uns in die Angelegenheiten anderer Königreiche einmischen könnten«, meinte Artus nachdenklich.

»Fingal liebt es, an den Geheimnissen der Großen teilzuhaben. Er ist ein Strippenzieher, ein Ränkeschmied.«

»Du magst ihn nicht?«, fragte Artus amüsiert.

Mab Petroc grinste. »Zunächst glaubte er, ich werde ihm nützlich sein. Nach dem Überfall aber, als er mich hatte kämpfen sehen, kam er wohl zu dem Schluss, ich sei verrückt. In seiner Welt herrschen die Schlauen, und nur die Narren kämpfen.«

»Gibt es Neuigkeiten von Agricola?«

»Das lässt sich schwer einschätzen. Sie haben von ihm gesprochen, als herrsche er noch immer und als wäre Vortepor lediglich sein Emissär. Ich bin mir nicht sicher. Es wäre möglich, dass er den Winter nicht gut überstanden hat und dass Vortepor nun der wahre Herrscher von Dyfed ist.«

»So, so.« Artus schritt mit weit ausgreifenden Schritten auf und ab. »Dann wollen sie also, dass ich die Westinseln am Rand der Welt angreife. Und einige der Nordländer, die nur dem Namen nach Pikten sind, halten es für geraten, fünfhundert Meilen weit zu reiten und ihr Leben dafür zu opfern, dass mich diese Bitte nicht erreicht.«

»Das ergibt keinen Sinn.«

»Da hast du allerdings Recht. Diese Tätowierten scheinen mir Angehörige eines Kultes zu sein. Verehrer der Göttin, der Schlange.« Artus wirbelte auf dem Absatz herum, wobei sein Haar im Schein des Kohlenbeckens rötlich aufleuchtete. »Könnte es nicht sein, dass Vortepor einen Kult gegen sich aufgebracht hat?«

»Kann ich mir gut vorstellen. Er ist ein junger Hitzkopf.« Mab Petroc leerte sein Glas und fuhr in ernsthafterem Ton fort: »Aber warum sollte man ihn ausgerechnet in Lindinis angreifen, so nahe bei Caer Cadwy? Das kann kein Zufall sein.«

»Bestimmt nicht. Deine erste Hypothese scheint mir wahrscheinlicher, wenngleich sie so, wie du sie formuliert hast, keinen Sinn ergibt.« Artus warf sich auf den Stuhl und spielte an der Drachenbrosche herum, die seinen Umhang zusammenhielt. »Ich muss allmählich Vortepor begrüßen. Ich habe Glewlwyd gebeten, unsere Gäste noch ein wenig aufzuhalten.«

Er seufzte. »Als wir bloß kämpfen mussten, war alles einfacher, Cousin. Drei Jahre sind seit der Schlacht von Badon vergangen, drei Jahre voller Intrigen und Ränke. Wir brauchen ein

Symbol, um das Königreich im Frieden ebenso zu einen wie im Krieg.«

Er schüttelte den Kopf und wandte sich wieder den näher liegenden Dingen zu. »Lass deine Wunden versorgen. Und dann such Talorcan und die anderen Nordländer auf und erkundige dich nach den Spiraltätowierungen. Komm in den Palas nach, wenn du fertig bist.«

Als die Wundärzte seine Verletzungen versorgt hatten, stand Mab Petroc zitternd auf dem windumtosten Hügel. Himmel und Landschaft waren gleichermaßen grau und nichts sagend, mit Ausnahme der Festung Ynis Witrin, die sich über den farblosen Sümpfen des Nordwestens erhob.

Artus war sehr nachsichtig gewesen. Er selbst, der er sich stets zugute hielt, sich wie ein römischer Krieger und nicht wie ein wilder Barbar zu verhalten, war vergangene Nacht so leichtsinnig wie ein unerfahrener Jüngling gewesen. Er hätte mehr Wachposten aufstellen sollen. Wäre der Schrei nicht gewesen – *Wer hat eigentlich geschrien?*, fragte er sich plötzlich –, wären sie im Haus eingeschlossen worden.

Er blickte sich nach jemandem um, den er nach Talorcan fragen könnte. Abgesehen von einer Hand voll Leuten, die dringenden Angelegenheiten nachgingen, war die Festungsstadt nahezu verlassen. Die meisten Männer waren im Palas und warteten dort auf das Erscheinen der Gesandtschaft aus Dyfed, oder sie hielten sich in der behaglichen Wärme ihrer Häuser auf.

Die dritte Person, die er ansprach, schlug vor, in den Stallungen nachzusehen, daher wandte er sich hügelabwärts und schlug einen Bogen um das Gästehaus, im Geiste noch immer mit dem nächtlichen Überfall und seinem Versagen beschäftigt.

Als er Talorcan entdeckte, war dieser in eine Unterhaltung mit einem Pferdearzt vertieft und besprach gerade die Genesungsaussichten eines alten Braunen, der kraftlos in der Box lehnte.

»Ben habe ich bei der Schlacht von Badon geritten, obwohl er damals seine beste Zeit schon hinter sich hatte«, sagte Talorcan. »Fünfmal den Hügel rauf und wieder runter. Erinnerst du dich noch, Cousin?«, wandte er sich beinahe flehentlich an Mab

Petroc, als könnte dessen Bestätigung das Pferd wunderbarerweise wieder gesund machen.

»Gewiss«, erwiderte er, obwohl es nicht stimmte. Er erinnerte sich, dass Talorcan hinterher darüber gesprochen hatte, doch an die eigentliche Schlacht erinnerte er sich nur verschwommen.

»Und bei Bassas, als ich noch jung war, hat er die Saesoniten wie Getreide niedergetrampelt.« Talorcan schlang dem Hengst die Arme um den Hals und küsste ihn auf die geäderte Schnauze. »Ach, Rudvrych mit dem edlen Herzen!«

Mab Petroc und der Pferdearzt wechselten Blicke. »Das ist das Alter«, erklärte der Arzt. »Gegen das Alter sind selbst die Besten machtlos.«

Im trüben Winterlicht wirkte Talorcans dunkelbraunes Haar gegen das rötliche Fell des Hengstes nahezu schwarz. Seine Gesichtsfarbe war im Unterschied zur weißen Haut der Iren und der dunklen Haut der Iberer selbst im Kummer leicht rötlich. Wie er ihn so anschaute, hatte Mab Petroc keinen Zweifel, dass die Angreifer aus der vergangenen Nacht anderer Herkunft gewesen waren.

Er nannte sein Begehren. Talorcan runzelte unwillig die Stirn, denn er ließ sich nur ungern von seinem Kummer ablenken, dann gab er Rudvrychs Kopf widerstrebend frei.

»Spiralen. Davon habe ich schon mal gehört ...« Wie zuvor schon Artus versuchte auch er, eine flüchtige Erinnerung zu fassen. »Die Westinseln. Etwas Geheimnisvolles, längst Vergessenes. Ein Kult, der für sich in Anspruch nimmt, eine kostbare Reliquie zu bewahren.« Er zupfte an einer Haarlocke. »Tut mir Leid. Was immer es ist, es hat keinen großen Eindruck auf mich gemacht. Eine Kindergeschichte, die von einem Inselclan handelt, der sich *Plant Menestyr* nennt, Kinder des Kelchbewahrers. Was es bedeutet, weiß ich nicht mehr.« Er zuckte die Achseln. »Ich glaube, sie dienten als Kinderschreck – du weißt schon, was ich meine.« Er ahmte die hohe Stimme eines Kindermädchens nach: »Sei nur ja brav, sonst kommen die Söhne Menestyrs und schleppen dich in ihr Labyrinth.«

»Und wie ging es weiter?«

»Hm? Oh, ich glaube, dann ist man gestorben. Ja, so war es.

Einzig und allein der rechtmäßige Herrscher über das ganze Land konnte das spiralförmige Labyrinth unbeschadet durchschreiten. Für jeden anderen war es tödlich.« Er tätschelte dem Hengst den Hals, gab beruhigende Laute von sich. Die stumpfen Augen blinzelten dankbar.

»Du könntest Degaw fragen. Ihr Vater lebte an der Westküste, bis er von den Skoten vertrieben wurde.«

Mab Petroc bedankte und verabschiedete sich, damit sich Talorcan in Ruhe um sein sterbendes Pferd kümmern konnte.

Früher hatten er und seine Frau viel Zeit mit Talorcan und Degaw verbracht. Nach Garwens Tod hatte er begonnen, die Häuser ihrer gemeinsamen Freunde zu meiden, anfangs, weil er nicht an sein Versagen und seinen Verlust erinnert werden wollte, später, weil er sich schämte, sie so lange vernachlässigt zu haben. Wenn er Garwens Freunden begegnete, erwähnten sie sie nicht, als wäre das Thema zu gefährlich, um es anzusprechen.

Im ersten Jahr hatte er sich keine Gedanken darüber gemacht. Anderthalb Jahre später kam es ihm seltsam vor, dass ihr Name niemals erwähnt wurde. Jetzt, drei Jahre nach ihrem Tod, hatte er bisweilen den Eindruck, sie habe niemals existiert und ihr gemeinsames Leben sei ein Traum gewesen oder der Vorstellung entsprungen, und er wünschte sich sehnlichst, jemand, irgendjemand, würde ihm mit einer Bemerkung den nötigen Ansatzpunkt liefern, damit er anderen von den Dingen erzählen könnte, die sie für ihn real gemacht hatten: von den blonden Locken in ihrer Stirn, dem tiefen Kichern, das sie immer dann von sich gab, wenn sie nervös war, von der Art und Weise, wie sie beim Nachdenken den kleinen Finger der linken Hand krümmte und am Nagel knabberte ...

Talorcan und Degaw lebten auf der Westseite des Städtchens, in einem Haus aus mit Lehm beworfenem Flechtwerk - mit einem ordentlichen Strohdach. Die Wände hätten mal wieder getüncht werden müssen, doch das galt nach dem Winter für die meisten Häuser.

Er klopfte zaghaft an die Tür, sich seiner Unsicherheit wohl bewusst. Von drinnen vernahm er Kinderlärm - eine Frau sang leise ein Schlaflied. Er klopfte erneut, lauter diesmal, worauf der Gesang abbrach.

Die Tür öffnete sich. Er schnupperte Kochdüfte, und sogleich knurrte ihm der Magen.

»Hungrig? Wenn du magst, kannst du mit den Kindern mitessen.«

Sie lehnte sich an den Türrahmen, eine kleine Frau, die an den Hüften allmählich Fett ansetzte.

»Wenn du Talorcan sprechen willst, der ist im Stall. Rudvrych, sein Pferd, frisst nicht mehr, aber schließlich ist er auch schon sehr alt.«

»Ich weiß. Ich wollte dich besuchen.«

Einen Augenblick lang musterte sie ihn forschend, dann bat sie ihn herein.

»Setz dich«, sagte sie und drängte ihn zu einem Hocker am Herd, während ihre beiden kleinen Söhne auf den Fersen zurückschaukelten und große Augen machten. »Gib mir deinen Umhang. Sonst wird er in der Asche noch schmutzig.«

Es war warm im Haus. Über dem Feuer brodelte ein Kessel und füllte den Raum mit dem Duft von Hühnereintopf. Er schloss die Augen und wäre am liebsten eingeschlafen, hier am Feuer, während draußen der Wind ums Strohdach heulte.

»Danke.« Er hatte laut gesprochen, um sein Magenknurren zu übertönen.

»Du bist hungrig«, sagte sie. »Gibt es im Palas nichts mehr zu essen?«

»Gestern habe ich in Lindinis übernachtet.«

Sie holte vier Schüsseln hervor, schöpfte Eintopf hinein und bediente als Erstes die Kinder. »Das Brot steht auf dem Tisch. Iss, Mann. Seit ... seit Badon hast du an Gewicht verloren.«

»Talorcan meinte, du könnest mir vielleicht helfen«, sagte er nach längerem Schweigen.

»Was? Ein großer Krieger wie du braucht Hilfe? Du überraschst mich. Ich dachte, du kämst allein zurecht.«

»Bitte«, sagte er und hob hilflos die Hand.

»Wie geht es deinem Sohn?«, fragte sie lebhaft. »Lebt er noch immer bei der Verwandtschaft seiner Mutter? Hast du ihn in letzter Zeit mal gesehen?«

»Es geht ihm gut und er wächst schnell heran. In ein paar Jahren kann er hierher nach Caer Cadwy kommen.«

Sie schöpfte noch etwas Eintopf in seine Schüssel. Die beiden Knaben saßen mit offenem Mund da und blickten einander verwundert an. Sie spürten, dass ihre Mutter zornig war, wussten aber nicht, weswegen.

»Gut. Eine Schande, dass sein Vater ein Fremder für ihn ist, aber das ist wohl auch nicht schlimmer, als ihn in fremde Hände zu geben.«

»Heute Morgen habe ich sechs Tote heimgebracht«, sagte er, um das Thema zu wechseln.

»Jemanden, den ich kenne?«

»Ich schätze, du kanntest sie alle.« Er spulte die Namen herunter und beobachtete, wie sich ihre Miene veränderte.

»Was ist geschehen?«

Er berichtete es ihr, ohne ihr seine Fehler zu verschweigen. Als er geendet hatte, legte sie die Arme auf den Tisch und lächelte ihn reumütig an.

»Ich wurde als Kreonin geboren«, erklärte sie versonnen. »Wir waren ein kleines, weit verstreutes Volk und lebten in der Wildnis westlich der Großen Schlucht, in einer gebirgigen Gegend mit vielen Seen und Inseln. Bald nach meiner Geburt wurde mein Vater von den Skoten vertrieben und musste bei seinen Verwandten an der Ostküste Zuflucht suchen. Obwohl wir in der Fremde lebten, bestand er darauf, dass ich mich, da ich zur Frau wurde, dem althergebrachten Ritual unterzog.«

Sie streifte die Ärmel zurück und enthüllte die Unterarme, die sie stets bedeckt hielt. Von den Handgelenken bis zu den Ellbogen war die Haut grün und blau gefärbt.

»Diese Zeichen sieht man nicht mehr häufig«, sagte sie mit einer Mischung aus Stolz und Verlegenheit. »Der Brauch war bereits im Aussterben begriffen, als ich noch ein Mädchen war.«

Bei genauerem Hinsehen erkannte Mab Petroc, dass das, was er zunächst für ein formloses Farbgemenge gehalten hatte, in Wahrheit Muster waren. Vor einem blauen Hintergrund - und einen Augenblick lang vergaß er, dass man die Haut mit zahllosen Nadelstichen durchbohrt hatte, um anschließend Färberwaid in die Wunden zu reiben - sah man ein Gewirr ineinander verwobener Blätter und Stengel. Hinter den Blättern waren Gesichter auszumachen, große und kleine, freundliche und bösartige.

Sie ballte die Fäuste, sodass die Tätowierungen nahezu lebendig wirkten. »Sie hören bei den Ellbogen nicht auf«, meinte sie leise.

»Hat es ... hat es weh getan?«, fragte er, während ihm durch den Sinn ging, dass sie die Frage wahrscheinlich schon öfter gehört hatte.

»Ja. Aber die kreonischen Frauen lassen sich den Schmerz nicht anmerken.«

»Hat Talorcan auch solche Tätowierungen?« Er überlegte angestrengt, ob er ihn schon einmal unbekleidet gesehen hatte.

»Nein. Er stammt aus Decantae, dort herrschen andere Gebräuche. Dort bemalt man sich vor dem Kampf Gesicht und Körper, doch das tut Talorcan nicht mehr, seit er sich dem Kriegsherrn angeschlossen hat.«

Sie zog die Ärmel wieder herunter, dann sammelte sie die leeren Schüsseln ein, wischte sie aus und stapelte sie auf dem Tisch. Die Kinder spielten wieder auf dem Boden, von der Erwachsenenunterhaltung gelangweilt.

»Die Männer, die uns vergangene Nacht überfallen haben ... Talorcan hat gemeint, du wüsstest vielleicht etwas über sie.«

»Wenn sie spiralförmige Tätowierungen hatten, waren das Söhne Menestyrs.« Sie schnaubte verächtlich. »Ja, von denen habe ich schon gehört. Sie leben auf der Schatteninsel, wo Cuchulain angeblich von der Kriegerfrau Scatha im Gebrauch der Waffen unterwiesen wurde. Es heißt, sie gehörten zu den Attecotti, wenngleich ich zu behaupten wage, dass das einem Südländer wie dir wenig sagt.«

Er deutete ein Achselzucken an. »Ich gestehe mein Unwissen.«

»Die Attecotti sind das alte Volk. Sie behaupten, sie hätten als Erste hier gelebt.«

Ihre Worte beschworen das Bild weißhaariger Männer und Frauen herauf, die an Stöcken gingen. Dann erst begriff er, was sie meinte. »Sie waren die Ersten?«

»Die ersten Bewohner dieser Insel. Ihre Einstellung zu uns

entspricht unserer Haltung gegenüber den Saesoniten und den Skoten und davor den Römern. Wir sind Eindringlinge für sie.«

Er überlegte angestrengt. »Aber die Insel gehört uns!«, widersprach er. »Prydein. Die Insel der Mächtigen. Vor unseren Ahnen lebte hier niemand.«

»Die Attecotti behaupten, sie wären die Ersten gewesen«, wiederholte sie. »Sie glauben, ihre Vorväter hätten die Steinkreise angelegt, die Hügel und Ebenen benannt und die Wälder bewohnbar gemacht, lange bevor Prydein, der Sohn Aed des Großen, die Insel erobert hat.« Mit einem verschmitzten Lächeln setzte sie hinzu: »Und wenn man es recht bedenkt, muss er sie jemandem abgenommen haben, wenn er sie erobert hat.«

»Aber ...« Er verstummte verwirrt.

Degaw schaute zu, wie die Jungs mit Tannenzapfen eine Schlacht nachstellten. »Sie sprechen eine eigene Sprache, weder Britisch noch Irisch«, sagte sie, als sie sicher war, dass er nicht fortfahren würde. »Sonst unterscheiden sie sich nicht sehr von uns - wenngleich man rotes Haar, das bei den Kaledoniern weit verbreitet ist, bei ihnen nur sehr selten findet.«

Er nickte. Die Kaledonier waren der mächtigste der alten Stämme des Nordens, die dominierende Kraft in der lockeren Allianz der Barbaren, die allgemein als Pikten bezeichnet wurden.

»Sie haben eigenartige Gebräuche«, sagte sie ernst, was ihn zum Lächeln veranlasste, denn das Gleiche sagten die romanisierten Südländer von den Pikten, die angeblich wie Hunde in aller Öffentlichkeit kopulierten und bei denen das Mutterrecht galt.

»Die Kinder Menestyrs sind einer der größeren Clans. Sie werden von Seherinnen angeführt, oder man könnte auch sagen« - sie runzelte die Stirn - »von Priesterinnen. Die Männer sind viel unterwegs, ziehen zu Lande und zu Wasser auf Raub aus und haben es vor allem auf Sklaven abgesehen, die sie in Ierne verkaufen. Der männliche Anführer des Clans wird stets Pedrylaw Menestyr genannt.«

»Der Erfahrene Kelchbewahrer?«

»Ja. So wird er genannt. Ich weiß nicht, wie man in seiner

Sprache dazu sagt.« Nachdenklich schaute sie ihre Söhne an, die die Schlacht von Mount Badon nahezu vollendet hatten. »Hat Talorcan dir von dem Labyrinth erzählt?«

»Sei brav, oder du musst das Labyrinth der Kinder Menestrys durchqueren?«, sagte er mit hochgezogenen Brauen.

»Das gibt es wirklich«, meinte sie. »Es heißt, außer den Priesterinnen könne es niemand unbeschadet durchschreiten.«

»Talorcan meinte, mit Ausnahme des Oberherrschers der ganzen Insel,« bemerkte Mab Petroc.

Sie lachte. »So sagt man. Aber die Attecotti haben niemals irgendwelche Herrscher anerkannt, deshalb heißt das so viel wie ...« Sie stockte, riss die Augen auf und sagte überdeutlich: »Niemand. Keine Menschenseele.«

Der Wind heulte jetzt, was er eben noch nicht getan hatte. Kleine trockene Schneeflocken wehten Mab Petroc waagerecht ins Gesicht und brannten auf der Haut. Der Himmel war schwarz und bedrohlich, nur im Westen zeigte ein schwacher Schimmer den Sonnenstand an. Fröstelnd mummte er sich fester in den Umhang und wäre beinahe mit zwei Gestalten zusammengeprallt, die aus der Kapelle hervorgeeilt kamen.

»Cousin!«, sagte eine Stimme, und eine kräftige Hand packte ihn beim Arm und hielt ihn fest. »Was für ein Tag! Wird der Winter denn niemals enden?«

Im Rinnstein sammelte sich der Schnee in kleinen weißen Haufen, die zusehends größer wurden.

Die beiden Männer waren so vermummt, dass er ihre Gesichter nicht sehen konnte, den irischen Akzent aber erkannte er wieder.

»Lleminawg? Ich dachte, du wärst nach Haus geritten, um dort den Winter zu verbringen.«

»Das bin ich auch«, sagte der andere und nahm das Halstuch vom Mund, damit er besser zu verstehen war. »Aber im Haus meines Vaters war es langweilig, und wie ein Narr glaubte ich, der Frühling stünde vor der Tür und es wäre an der Zeit, wieder tätig zu werden.« Weiße Zähne blitzten in dem sonnengebräunten Gesicht auf. »Mir scheint, du hast dich ganz allein amüsiert, hab ich Recht?«

Mab Petroc brummte etwas Unverständliches.

»Der Bischof und ich, wir sind unterwegs zum Palas, um die Frau singen zu hören«, sagte Lleminawg.

»Die Frau? Welche Frau?«

»Na, die Frau, die ihr heute Morgen mitbrachtet. Die Frau aus Dyfed.«

Er schüttelte den Kopf und kam sich dumm und begriffsstutzig vor. »Welche Frau meinst du?«

Lleminawg lachte, was aber nicht unfreundlich klang. »Dein Verstand arbeitet wohl heute etwas langsam. Die Bardin, Cousin, die Bardin.«

»Und sie soll vortragen?«

»So ist es.«

»Sie hat sich vom Herrscher eine Gunst erbeten«, erklärte der zweite Mann. Mab Petroc blinzelte in den Schneesturm, und als er Bischof Enoch erkannte, verdüsterte sich seine Stimmung. »Einer der Geistlichen hat mir davon erzählt. Sie bat den Herrscher um Erlaubnis, vor dem versammelten Hof eine heidnische Geschichte vortragen zu dürfen.« Empörung schwang in seiner Stimme mit.

»Eine heidnische Geschichte?«, wiederholte Mab Petroc nachsichtig. »Wir haben schon häufiger an langen Winterabenden heidnische Geschichten gehört.«

»Keine wie diese!«, gab der Bischof über die Schulter zurück. »Nicht aus dem Munde einer Unbekannten, die die letzten Tage allein in der Gesellschaft von Männern verbracht hat.«

»Der Bischof sorgt sich um unsere Moral«, meinte Lleminawg sarkastisch, sodass Mab Petroc sich unwillkürlich fragte, was der Ire, der nicht gerade für seinen religiösen Eifer bekannt war, in der Kapelle gemacht hatte.

»Der Weg des Herrn ist mühsam«, sagte der Bischof, »was Ihr wohl bedenken solltet.« Er blieb auf einer überdachten Veranda stehen und blickte finster zum Himmel auf. »Und Ihr, mein Herr. Wie ich höre, klebt wieder einmal Blut an Euren Händen.«

»Ich bin ein Krieger. Das Blut an meinen Händen ermöglicht es Euch, ungestört zu beten.«

Der Bischof schnaubte. »Ein Scheinargument. Wenn Ihr

und Euresgleichen Euch Christus wahrhaft anbefehlen würdet, gäbe es keinen Grund für Gewalttätigkeiten. Die Katastrophen, die über unser Land hereingebrochen sind, sind die unmittelbare Folge unserer Unfähigkeit, Gottes Gesetze zu befolgen, und die Plagen dienen dazu, uns wieder auf den rechten Pfad zu leiten. Allein dadurch, dass wir uns vollständig in Seine Hände geben, können wir darauf hoffen, unsere Feinde zu überwinden.«

Dies war ein altes Argument, und Mab Petroc hatte keine Lust, es an einem eiskalten Nachmittag auf einer zugigen Veranda erneut zu erörtern. Er wechselte das Thema.

»Was ich gerne wissen wollte, habt Ihr schon einmal von einem Kelch gehört, einer heiligen Reliquie? Sie könnte sowohl heidnischer wie christlicher Herkunft sein.«

»Nein«, antwortete der Bischof. »Noch nie.«

Lleminawg tippte sich mit dem Fingernagel an die Zähne. »Es werden viele Geschichten darüber erzählt. Über Kelche und Kessel. Der Hohe König von Ierne, Cormac Mac Art, besaß einen goldenen Kelch, der zwischen wahr und falsch unterscheiden konnte, ein Geschenk von Manannan Mac Lir. Finn hatte von den Riesen einen heilkräftigen Kelch erhalten. Tadg Mac Nuada besaß einen Kelch, der aus dem Land der Unsterblichen stammte und Wasser in Wein verwandelte ...«

Der Bischof schnaubte ungeduldig. »Ketzerei! Eine bloße Nacherzählung des Wunders, das Christus bei der Hochzeit zu Kana vollbracht hat.«

»Aber die Kelche«, sagte Mab Petroc. »Existieren die noch?«

»Seid Ihr verrückt, mein Herr?«, stammelte der Bischof. »Natürlich existieren sie nicht mehr, weil es sie nie gegeben hat. Das sind bloße Hirngespinste, vom Teufel ersonnen, um Narren den Verstand zu verwirren.«

Lleminawg hob viel sagend die Schultern. »Es heißt, es gäbe einen goldenen Kelch, der sich einstmals in Cormacs Besitz befand und zum Königsschatz von Tara gehörte. Aber ich war noch nie dort.«

»Du hast auf den Westinseln nie davon gehört?«

Der Ire schüttelte den Kopf. »Weshalb fragst du?«

Mab Petroc blickte Bischof Enoch lächelnd an. »Kommt«,

sagte er. »Der Sturm lässt nach. Wir wollen den Vortrag der Frau doch nicht verpassen.«

3

Budoc veränderte die Haltung auf den Ästen. Es war eine warme Nacht, und er schwitzte schon wieder, wenngleich er sich noch deutlich an die Kälte des langen Winters vor dreißig Jahren erinnerte.

Es entbehrte nicht einer gewissen Ironie, dass er in einer drückend schwülen Sommernacht, allein in einem Baum hockend, an die erzwungene Kameradschaft jenes eiskalten Winters zurückdachte.

Er erinnerte sich, wie es gewesen war, wenn sich die dienstfreien Krieger, auch die, die eigene Häuser besaßen, im Palas versammelten und am warmen Feuer schliefen, während der Wind durchs Gebälk pfiff.

Tagsüber und am Abend erzählten sie einander Geschichten (einige davon wahr, die meisten nicht) oder ließen alte Feldzüge wieder aufleben, indem sie mit Kleidungsstücken Gebirge auf den Tischen bauten. Tannenzapfen dienten als Bäume, Flussläufe wurden mit Wollstreifen nachgebildet, und kleine Holzstückchen stellten die Kämpfer dar, die hin und her gerückt wurden.

Oder aber sie würfelten und spielten um ihren Schmuck; oder sie spielten Brettspiele wie Gwythbull, wo es darum ging, einen Ring von Jägern zu durchbrechen, oder Tawlboard, bei dem der Königsstein und die vier Gefolgsleute die Felder in der Mitte einnahmen und die acht Angreifer drumherum gruppiert waren.

Oder aber die Krieger unterhielten sich über den rechten Umgang mit Pferden: wie lange sie auf einer Weide grasen durften, bevor der Boden sauer wurde; über die Vorteile von Korn, das sie stark und ausdauernd machte.

Oder sie sprachen über den Gebrauch und die Eigenarten der Waffen: über die Vor- und Nachteile des Langmessers im Vergleich zum Schwert; über die Eignung von Eschen- und Eichenholz zur Herstellung von Speerschäften; über den Niedergang der Schleuder als Kriegswaffe und die mangelhafte Verlässlichkeit des Bogens bei schlechtem Wetter.

Und natürlich unterhielten sie sich auch über Frauen: zum einen über die Mädchen niederer Geburt, die sie verführt hatten, zum anderen über unerreichbare Wesen wie Ceis Tochter Celemon oder Lady Gwenhwyvar, Frauen, mit denen sie, wenn überhaupt, mit äußerster Zurückhaltung sprachen, ganz anders, als es sonst ihre Art war.

Ein Wind erhob sich und raschelte im Laub. Die Nacht war wolkenlos, und durch die Lücken im Blätterwerk konnte er die Sterne bei ihrem langsamen Tanz um die Erde beobachten: die schöne, in Ketten gelegte Andromeda; den geduldigen Bärenhüter, den Fahrer des Wagens; den seitwärts fliegenden Schwan.

Er war ruhiger geworden, und der Anblick der fernen Sterne, die ihren unabänderlichen Kurs verfolgten, machte ihn schaudern. Er bewegte sich unbeholfen und fragte sich, ob er nicht doch besser in der Hütte geblieben wäre. Doch auch dort hätte er sicherlich keinen Schlaf gefunden, denn beim leisesten Knacken eines Zweigs wäre er hochgeschreckt.

Außerdem war er hungrig.

Seine Gedanken wandten sich Caer Cadwy zu.

An Festtagen - und davon gab es viele - schlugen die Krieger sich die Bäuche voll: mit Hammelfleisch, Rinderbraten, mit Lamm und Schwein oder mit Wildbret, falls die Jagd erfolgreich verlaufen war, serviert mit gesundem Gemüse und wohlschmeckendem Brot. Und dazu tranken sie funkelnden gelben Met und starken Rotwein - oder, wenn ihnen dies lieber war, helles oder dunkles Bier oder Bragget, das gewonnen wird, indem man Honig mit Ale vergärt, und selbst den Stärksten von den Beinen haut, wenngleich es an Winterabenden wundervoll wärmt.

(Bei dem Gedanken ans Essen lief dem in der Baumkrone hockenden Budoc das Wasser im Mund zusammen. Er hatte seit Jahren nicht mehr gut gegessen.)

Wenn der Lärm sich nach dem Schmaus gelegt hatte, traten

die Unterhalter auf, die Jongleure, Zauberer und Akrobaten, und narrten mit ihren Tricks selbst die besonnensten Köpfe.

Am liebsten aber hörten die Krieger Geschichten von früher in gesprochener wie gesungener Form und die neuen Geschichten, in denen sie selbst und ihre Gefährten vorkamen: Geschichten von Kämpfen und gefahrvollen Unternehmungen und berühmten Entscheidungsschlachten, von Männern, denen großes Unglück widerfuhr und die gleichwohl aufgrund ihres Selbstvertrauens am Ende siegreich blieben, und von großer Liebe, die sich gegen alle Widrigkeiten durchsetzte.

Besonders beliebt war die Geschichte von Gwenhwyvars Hochzeitsfest, als Artus sie mit ihrem Einverständnis im letzten Augenblick entführt hatte, gerade als ihr Vater die Heirat mit Melwas, dem jungen Prinzen des Sommerlandes, bekannt geben wollte.

(Wenn diese Geschichte erzählt wurde, gab es keinen Mann im Saal, der nicht gewünscht hätte, bei der Hochzeit dabeigewesen zu sein und Artus und Gwenhwyvar geholfen zu haben, was nur wenige von sich sagen konnten - Cei zählte zu ihnen und auch Bedwyr, der Erste seiner Gefolgsmänner und nun der ranghöchste seiner Offiziere.)

Doch auch die besten Geschichten verlieren bei ständiger Wiederholung an Reiz, und selbst die angenehmsten Gefährten entwickeln lästige Angewohnheiten, wenn man zu lange mit ihnen zusammenlebt. Man fürchtete bereits, der Winter, der dritte nach der Schlacht von Badon Hill, werde niemals enden, denn wenn denn einmal die Sonne schien und vom nahenden Frühling kündete, so war der Himmel am nächsten Tag wieder grau, und es schneite oder graupelte. Bisweilen meinten die Krieger, sie würden bis in alle Ewigkeit in Caer Cadwy festsitzen.

Budioc bewegte sich unruhig auf dem Baum. Die raue Rinde schnitt ihm in die Beine, obwohl er ein Polster aus überzähligen Kleidungsstücken geformt hatte. Seine Gliedmaßen waren steif, sodass er sich fragte, ob er am Morgen überhaupt würde hinunterklettern können oder ob er zwischen Himmel und Erde ausharren müsste, bis die Skoten ihn fänden.

Er hatte recht daran getan, Vortepor zu misstrauen. Schon bei der ersten Begegnung hatten seine Motive klar auf der Hand gelegen - er wollte sich mit dem Kriegsherrn Artus so eng verbinden, dass niemand es wagen würde, ihm die Herrschaft über Dyfed streitig zu machen. Dies war ebenso offensichtlich gewesen wie die schmachtenden Blicke, die er Gwenhwyvar zugeworfen hatte. Ein abstoßender Mann. Niemand hatte ihn gemocht, wenngleich er sich der Höflichkeit befleißigt hatte, die man von dem Sohn eines alten, treuen Verbündeten erwarten konnte.

In späteren Jahren war Vortepor noch verschlagener geworden. Er hatte Unruhe bei den Saesoniten des Südens und des Ostens gesät und sich als mitbetroffenes Opfer eines tyrannischen Herrschers präsentiert. Dabei war er schlau vorgegangen: Artus hatte nie ausreichende Gründe für einen direkten Angriff gefunden, und ohne entsprechende Beweise hätte jedes bewaffnete Vorgehen gegen Vortepor ihn den anderen Prinzen Britanniens entfremdet.

Bischof Enoch hätte gesagt, das über Britannien hereingebrochene Unheil sei die unmittelbare Folge der Gottlosigkeit seiner Bewohner gewesen. Die Briten waren Sünder, die sich zahlreiche Verfehlungen hatten zuschulden kommen lassen, genau wie die Israeliten der Bibel. Um sie zu bestrafen und wieder auf den rechten Pfad zu lenken, hatte Gott Plagen übers Meer geschickt.

Zuerst waren die Pikten und Skoten wie vom Honig angelockte Insekten von Norden und Nordwesten kommend in ihren Coracles ausgeschwärmt. Gottesfürchtige Männer, die fest zu ihrem Glauben standen, hatten sie zurückgetrieben. Dann hatten sich die Briten der Sünde ergeben und vergessen, dass nicht die Waffen, sondern Gottes Beistand ihnen Schutz verlieh. Diesmal hatte der Herr in Gestalt der Saesoniten eine weitaus schlimmere Plage geschickt.

Und abermals hatte der Herr eine Weile in seinem Zorn innegehalten; dies waren die goldenen Jahre von Artus' Herrschaft. Die Briten aber wurden rückfällig und kehrten wie Hunde, die von ihrem eigenen Erbrochenen angezogen werden, zu ihrem sündigen Lebenswandel zurück. Die Lektion musste ihnen wieder und wieder eingebleut werden.

Budoc konnte diese Sichtweise nachvollziehen. Im Kloster in

Armorika hatte er das große Geschichtsbuch des Orosius, Bischof von Tarragona in Spanien und mit Augustinus befreundet, teilweise gelesen. Orosius glaubte, die Weltgeschichte setze nach und nach Gottes Willen um. Die Menschen seien dabei je nach ihrer Wesensart entweder hilfreich oder hinderlich.

›Wenn die Welt und der Mensch von einer gütigen und gerechten göttlichen Vorsehung geleitet werden‹, hatte Orosius geschrieben, ›und wenn der Mensch schwach und uneinsichtig ist, dann bedarf er der gütigen Anleitung; missbraucht er aber seine Willensfreiheit, bedarf es unerbittlicher Strenge.‹

Als er auf dem Schlachtfeld von Camlann lag und auch noch während seiner späteren Genesung, hatte er geglaubt, Artus sei vor allem an der selbstsüchtigen Dummheit der Prinzen Albions gescheitert.

Die Rolle, die die Verräter Medraut und Iddawg spielten, war in gewisser Weise von zweitrangiger Bedeutung. Die Herren Prydeins waren es gewesen, die die Hoffnung auf dauerhaften Frieden zerstört hatten. Männer wie Vortepor - den man bei seiner Geburt besser hätte aussetzen sollen - und sein Rivale Cadwallon aus Gwynedd.

Die Geschichte Britanniens seit dem Abzug der Römer und dem Zusammenbruch der staatlichen Autorität war geprägt von kleinen Prinzen, die einander ständig zu übervorteilen suchten. Wegen ihrer Eifersüchteleien war es gegen die Pikten und Skoten zu keinem gemeinsamen Vorgehen gekommen, sodass germanische Söldner eingesetzt werden mussten. Als die Söldnertruppen rebellierten, hatten es die Prinzen nicht geschafft, sich unter dem Hohen König Vitolinus oder dem Hause Ambrosius zu einen. Beherrscht von Eigennutz, hatten sie erst die eine, dann die andere Seite unterstützt.

Artus hatte sie zur Räson gebracht, doch auch weiterhin schnappten sie nach der Hand, die sie fütterte, denn sie waren nun mal räudige Köter. Und schließlich stürzten sie ihn, indem sie Medraut und die Saesoniten die Arbeit tun ließen, die selbst zu verrichten sie zu feige waren.

War das Gottes Wille gewesen? Oder zeigte sich darin bloß die Dummheit der Menschen? Budoc gähnte und versuchte, an etwas anderes zu denken.

Es war schade, dass er keinen Grund gefunden hatte, den jungen Vortepor zu töten. Vielleicht hätte er es ja als Unfall tarnen können. Agricola hatte bestimmt gewusst, was für ein Mensch sein Erbe war, und er hatte noch andere Söhne gehabt, die seinen Platz hätten einnehmen können. (Die meisten waren mittlerweile tot, aus fadenscheinigen Gründen ermordet, da sie Vortepors Herrschaft hätten gefährden können.)

Freilich hätte er ohne Vortepor Teleri nicht kennen gelernt.

Selbst aus dem Bösen erwuchs bisweilen etwas Gutes.

4

Mab Petroc, Lleminawg und Bischof Enoch betraten den Palas zusammen mit einer Hand voll anderer Nachzügler, die die Aussicht angelockt hatte, nach der endlosen Wiederholung altbekannter Lieder einmal etwas Neues zu hören. Sie setzten sich in der Nähe der Tür auf eine Bank, als Glewlwyd auch schon um Ruhe bat.

Teleri stand mit dem Rücken an der holzverkleideten Wand, welche die Frauenplätze vom Hauptsaal trennte. Hinter ihr befanden sich die geschnitzten Bildnisse Cadwys, der mit Ungeheuern rang und Schlachten austrug. Die Harfe hielt sie in der Hand.

»Ich werde Euch eine alte Geschichte vortragen«, sagte sie, »und gefährlich ist sie auch.« Obwohl sie die Stimme nicht erhoben hatte, war sie dennoch im ganzen Saal zu verstehen.

»Eine gefährliche Geschichte«, wiederholte sie lächelnd.

»Wir glauben nicht, dass Geschichten gefährlich sein können, mit Ausnahme der böswilligen Gerüchte, die den guten Ruf unschuldiger Männer und Frauen zerstören.

Unsere Ahnen aber wussten von der Macht des Geschichtenerzählens, einer Macht der Beschwörung, des Fesselns, des Erschaffens.

Auch der Geschichte, die ich heute Abend vortragen werde, ist eine solche Kraft zu Eigen. Und sie ist so groß, dass manche meinen, wer die Geschichte begönne, müsse sie auch zu Ende erzählen, wenn er nicht auf der Stelle sterben wolle. Andere behaupten, noch niemand habe diese Geschichte je vollendet, jedenfalls nicht in ihrer wahren Form. Sie glauben, wer es unternehme, sie zu erzählen, habe sich zum Tod verurteilt und werde mit den letzten Worten auf den Lippen sterben.«

Das Publikum lauschte gebannt.

»Mein Leben lang war ich Bardin und Geschichtenerzählerin. Wie jeder Barde kenne ich die einmal fünfzig Haupt- und die zweimal fünfzig Nebengeschichten. Ich weiß, welche Geschichte man bei einer Hochzeit vorträgt, auf dass die Ehe fruchtbar sein möge, welche beim Einzug in ein neues Haus, auf dass Gott es segnen möge, und welche im Palas eines Königs, der im Begriff ist, in die Schlacht zu ziehen.

Bedenkt nun, dass ich wie der Held, der stets nach immer mächtigeren Widersachern Ausschau hält, wie der Juwelier, der stets neue und immer bessere Schmückstücke herstellen und wie der Koch, der immer aufregendere Gerichte ersinnen muss, dass auch ich immer neue Höhen meiner Kunst zu erklimmen habe.

Als ich die Geschichte aller Geschichten vernahm, wusste ich, dass ich sie mir aneignen musste ... *und dass ich sie eines Tages würde vortragen müssen.*«

Sie hatte die Stimme zu einem Flüstern gesenkt und legte nun eine kurze Pause ein, mit gesenktem Kopf, als sammelte sie Kraft.

»Es ist nicht leicht, einen Lehrer zu finden. Weit bin ich gereist, kreuz und quer durch Albion - von Blathaon, dem Vorgebirge der Wölfe im hohen Norden des Piktenlandes, bis zum wilden Penwith Point im Südwesten Dumnoniens; von Crigyll auf der Insel Mon bis nach Sarre auf der Insel Ruoihm, die die Saesoniten Thanet nennen.

Beschwerlich waren meine Reisen. Zahlreiche Nächte verbrachte ich im Schutz einer zugigen Hecke, nur die Sterne leisteten mir Gesellschaft. Viele Tage verbrachte ich in den verfallenen Städten Britanniens, wo Efeu und Unkraut wuchern, und befragte die alten Männer und Frauen, die die Überreste unserer Kultur bewahren. Ich besuchte viele religiöse Einrichtungen, sprach mit Mönchen und Nonnen, las Dokumente, die so alt waren, dass sie mir unter den Händen zu Staub zerfielen.

Ich besuchte die heiligen Orte der Heiden, las die Inschriften der Steinmonumente im Norden und Westen.

Endlich fand ich das Gesuchte. Tief im Wald von Celidon, abseits aller Straßen und Wege, stand eine kleine Hütte, aus Stein und Holz erbaut. Und in dieser Hütte lebte ein so gebeugtes und verhutzeltes Wesen, dass ich noch immer nicht weiß, ob ich einen Mann oder eine Frau vor mir hatte.«

Sie schaute grinsend hoch, ihr Tonfall wurde beiläufiger. »Ihr habt sicher alle von den ältesten Lebewesen gehört: vom Hirschen von Kilguri, der Amsel aus dem Gadarn-Wald, dem Adler von Gwernabwy, der Eule von Coombe Colwith, dem Lachs aus dem See Llow. Seit jener Begegnung bin ich der Ansicht, es fehlt einer auf der Liste: der Alte aus dem Wald von Celidon.«

Sie wurde wieder ernst. »Dem Vortrag der Geschichte gingen verschiedene Fasten- und Reinigungsrituale voraus. Der Alte wollte sie mir nur unter der Bedingung zu Gehör bringen, dass alle Voraussetzungen erfüllt wären.

Als er den Vortrag beendet hatte, legte sich der Alte auf die Pritsche. Die magere Brust hob sich einmal, dann rührte er sich nicht mehr. Sein Werk war vollbracht.«

Sie streifte mit den Fingern über die Saiten der Harfe.

»Damals gelobte ich, diese Geschichte bloß ein einziges Mal vorzutragen, und zwar im Palas des größten Herrschers dieser Insel. Einzig und allein an Artus' Hof würde ich die Geschichte vom Jungen Sohn erzählen, den einige Mabon und andere Pryderi oder Peredur nennen.

Und dies ist die Geschichte.«

Sie entlockte der Harfe einen scharfen Missklang. Einen Augenblick lang herrschte Stille, und wir hielten den Atem an, dann setzte kraftvoll und einschmeichelnd ihre Stimme ein, während draußen der Wind pfiff und heulte.

Am Anfang, vor der Ankunft der Eroberer und Könige von jenseits des Meeres, lebte hier das Volk, im Leibe der Göttin. Das Volk hatte viele Namen für das Land und für die Herrin, je nach ihrer Stimmung – oder nach der Stimmung der Herrin. Bisweilen nannten sie das Land ›Albion‹, denn die weiße Kreide war ihr Wahrzeichen. Manchmal nannten sie das Land wegen seiner Üppigkeit und Milde auch ›Honiginsel‹. Oder sie sprachen vom ›seeumkränzten grünen Raum‹, was eine gute Beschreibung des Landes war, so wie sie es wahrnahmen.

Das Volk lebte in verstreuten Gemeinschaften, die durch unwegsame Eichenwälder, Gestrüpp und Sümpfe voneinander getrennt waren. Die Täler waren von den Flüssen überschwemmt, die Hänge mit dichtem Gestrüpp bewachsen. Der Wald war gefährlich, voller Bären, Wildschweine, Luchse und Wölfe, auch Dämonen und Geister gab es darin.

Das Volk aber rodete unter der Anleitung und dem Schutz der Herrin und ihres Geliebten kleine Flächen, baute darauf Häuser und pflanzte Getreide an, und allmählich drängte es den Wald und die darin lebenden Geister zurück.

Eine Zeit lang ging es allen gut, wenngleich sie nach wie vor den Wald und dessen böse Bewohner fürchteten.

Dann befand die Herrin, die so alt und weise wie die Sterne war und schöner als das Firmament mit seinen Wolken, dass die Zeit gekommen sei.

Sie legte sich mit ihrem Geliebten einen Tag und eine Nacht und nochmals einen Tag nieder, und alle Tiere des Feldes und die Vögel der Luft und die Fische des Wassers versammelten sich um sie, schauten zu und bewachten sie, denn es war für sie an der Zeit, einen Sohn zu zeugen. Und auch das Volk war zugegen.

Dieser Sohn war die Hoffnung des Volkes. Er würde nicht als Krieger erscheinen (wenngleich er notfalls auch kämpfen würde), nicht als Jäger (wenngleich er hin und wieder auch jagen würde) und auch nicht als Magier (wenngleich er dreimal in seinem Leben große Wunder vollbringen würde). Er würde als Kind des Friedens erscheinen, als Heiler, als Sämann und Anleger von Gärten, als Züchter von Pferden und Zähmer von Schweinen. Durch seine Hand würde es mit den Gespenstern und Geistern, die im Walde schnatterten, ein Ende haben; durch seine Hand würde das undurchdringliche Dickicht gerodet werden, das die Dörfer voneinander trennte.

Er würde dem Volk nur Gutes bringen: Er wäre die Sonne, die das Getreide wärmte, der milde Wind und der sanfte Regenschauer, der liebliche Tau, der vom Himmel fällt; die auf den Feldern umhertollenden Lämmer und die muhenden Kälber; die Fische im Fluss und die Vögel am Himmel.

Zu seinen Lebzeiten würde Fülle herrschen, und aus diesem Grund lautete sein Name - sein erster Name, sein wahrer Name, der Name, den er vor allen anderen führte - *Gwair*, was in der Sprache des Volkes Erwecker bedeutet, Beschleuniger des Lebens. Er wäre der Ursprung allen Strebens, der Quell des Lebens, der Kessel der Inspiration.

Damals aber lebten auch noch Andere im Wald, Andere, die der Herrin und ihrem Volk nicht wohlgesonnen waren. Diese Anderen waren die Geister und Gespenster der Vergangenheit, Wesen des dunklen Zaubers, wild und gefährlich. Der Mächtigste unter ihnen war Pwill, der Graue Mann, der die Herrin für sich begehrt hatte und mit ihr seinen eigenen Sohn zeugen wollte.

(Dieses Kind hätte dem Volk nicht Leben, Liebe und Gelächter gebracht, wie Gwair es tun sollte. Stattdessen hätte es Tod, Hass und Kummer gebracht.)

Als die Stunde nahte, zog sich die Herrin zusammen mit sechs Frauen in eine Höhle am Hang zurück. Ihre Wehen waren schwer und währten lange. Es war keine leichte Geburt, die Geburt ihres Sohnes Gwair.

Er wurde am ersten Mai geboren, zur besten Jahreszeit. Auf den Feldern knieten die Tiere nieder, die Vögel sangen, und die Fische sprangen in die Luft, denn sie wussten, dass in ihm die Welt wiedergeboren worden war. Im ganzen Land entzündete das Volk mit Reibhölzern Freudenfeuer, um seine Geburt zu feiern, und die Menschen wuschen sich im Morgentau das Gesicht und schmückten sich mit grünem Laub.

Am dritten Abend nach seiner Geburt fiel die erschöpfte Herrin in einen tiefen, heilsamen Schlaf. Die Frauen, die sie begleitet hatten, nickten eine nach der anderen ein, während die Kerzen, die sie in der Höhle aufgestellt hatten, herunterbrannten und flackernd erloschen und das Feuer zusammensank, bis nurmehr graue Asche und ein wenig Glut übrig blieb.

Sie schliefen bis zum Morgen, und als sie erwachten, war das Kind verschwunden.

Teleri verstummte, während die Harfe weiter tönte.

»Ihr alle habt diese Geschichte bereits vernommen. Das lese ich in Euren Gesichtern. Das göttliche Kind, das zu Sommerbeginn erscheint, um die Welt neu zu erschaffen, und bei seiner Geburt geraubt wird - dies ist eine wohlbekannte Geschichte, und es gibt ebenso viele Fassungen wie Erzähler. Jede Frau weiß, was es bedeutet, ein Kind zur Welt zu bringen und es wieder zu verlieren, und auch jeder Mann weiß in seinem Innersten, was es bedeutet, ein Kind zu zeugen, das vorzeitig stirbt.«

Die Harfe spielte fort, und sie hob abermals zu erzählen an.

Als Gwair geraubt wurde, ertönte ein lauter Donnerschlag, und als die Sonne aufging, war das Land in Nebel gehüllt. Das Laub verdorrte an den Bäumen, das Getreide ging ein, das Vieh wurde krank und starb. Das Land wurde unwirtlich.

An seinem Hof sah Teyrnon, der Geliebte der Herrin, das Unheil mit an, und da wusste er, dass jemand seinen Sohn geraubt hatte. Er sammelte seine Streitmacht und rief seine Brüder und Verwandten zu Hilfe.

Als Erster kam Nudd der Fischer, Herrscher über das Grenzland am Meer. Er war ein großer Heiler, wenngleich der Tag kommen würde, da er sich selbst nicht mehr würde heilen können. Als Nächste kamen Taliessin mit der Goldenen Stirn zusammen mit Myrddin dem Propheten, und dies waren mächtige Magier. Als Letzte kamen Taran, Beli und Bran, und diese drei verstanden sich auf alle Künste, angefangen vom Harfenspiel über das Schmiedehandwerk bis zum Kampf und zur Jagd. Jeder dieser Helden brachte eine Kriegerschar mit, was insgesamt sieben Heere ergab, und diese sieben Heere waren die erste Armee Albions, das wir Prydein nennen.

Teyrnon beriet sich mit seinem Bruder Nudd und mit Taliessin und Myrddin. Sie lasen in den Sternen und den Meereswogen, beobachteten den Vogelflug am nebelverhangenen grauen Himmel, befragten die Gebeine ihrer Ahnen.

Anschließend wussten sie, dass Gwair nicht mehr in dieser Welt weilte, sondern im Land der Schatten und der Dunkelheit, in jenem Land, aus dem noch keiner zurückgekehrt war - im

Reich des Grauen Mannes. Und sie wussten, dass sie die Grenzen dieser Welt würden überschreiten müssen, um ihn zurückzuholen.

»Wisst Ihr, die Ihr für Artus kämpft, wie es weiterging?«, fragte Teleri schelmisch, während ihre Finger über die Saiten glitten. »Wisst Ihr, wie diese Helden mitsamt ihren Gefolgsleuten mit drei Schiffen über den Rand der Welt hinaussegelten? Habt Ihr von den Schlachten gehört, die sie schlugen, von den Wundern, die sie erblickten, und den Todesfällen, die sie unterwegs zu beklagen hatten? Es wäre ein ganzes Jahr nötig, ihre Abenteuer zu erzählen, und selbst dann noch bliebe vieles unerwähnt.«

Die Musik imitierte das gegen unbekannte Küsten anbrandende Meer, das Klirren der Waffen und den Donner gewaltiger Unwetter, das Gebrüll von Ungeheuern und das Seufzen des Windes.

Schließlich gelangten die, die überlebt hatten, an einen Ort, der weder Land noch Meer war, wo das Wasser so dick wie flüssiger Schlamm schien und wo die Wogen sich langsam und träge bewegten, ganz anders, als sie es kannten. Der Wind, der sie hierher gebracht hatte, kam völlig zum Erliegen.

Eine endlose Weile waren sie zwischen der flachen Meeresoberfläche (falls es denn ein Meer war) und dem grauen Himmelsgewölbe gefangen. An diesem Ort gab es weder Farben noch Leben.

Um die bedrohliche Stille nicht zu brechen, unterhielten sich die Menschen im Flüsterton, warfen Taue von Schiff zu Schiff, um sie aneinander zu binden, und griffen schließlich zu den Rudern.

Allmählich nahmen sie Fahrt auf, ganz langsam zunächst, denn es war sehr mühsam, die fremdartige zähe Flüssigkeit mit den Rudern zu durchteilen.

Taliessin und Myrddin bemalten sich die Gesichter, der eine weiß, der andere rot, und schickten sich an, ihre besonderen Kräfte heraufzubeschwören. Nudd stand im Bug und zeigte den Kurs an, während andere ihre Waffen bereit machten und die Klingen mit leisen Beschwörungen für den Kampf wappneten.

Nebel wogte über dem Meer. Das Kielwasser blieb unverändert, wie eine Schlittenspur im Schnee; das unheimliche, langsame Auf und Ab der Wellen vermochte ihm nichts anzuhaben. Die Ruderer zitterten und blickten sich über die Schulter um, da sie sehen wollten, wohin Nudd sie führte.

Taliessin und Myrddin begaben sich nach vorn, sodass alle drei Boote nun einen Mann im Bug hatten, und dies war kein gewöhnlicher Mensch, sondern ein Meister der Magie.

Ihre Anfeuerungsrufe durchbrachen die Stille.

Die Schiffe wurden immer schneller, gewannen mit jedem Ruderschlag an Schwung. Sie durchpflügten die zähe Flüssigkeit und drangen immer weiter in den sich verdichtenden Nebel vor, bis die Ruderer nicht mehr über ihre Hände hinausblicken konnten.

»Ruder hoch!«, befahl Nudd, worauf die Stangen aus der klebrigen Flüssigkeit gehoben wurden. Knirschend glitten die Schiffe über ein festes Hindernis hinweg, dann auf einmal mussten die Männer blinzeln, denn die Sonne blendete sie.

Teleri hob abermals die Harfe und sang:

Es war ein Gefängnis,
Den jungen Prinzen zu bannen,
denn Gwair wurde gut bewacht
Von Pwills wachsamen Mannen,
Und der See umschloss ihn
Wie eine Kette aus blauem Stahl.

Die Schiffe kamen langsam inmitten der ungewohnten Helligkeit zum Stillstand. Hinter ihnen schwappte sauberes Wasser, das unter der Sommersonne blau wirkte, während vor ihnen ein großer grüner Hügel mit eigentümlichen Terrassenhängen aufragte. Am Fuße dieses Hügels, dicht am Strand, befand sich eine Palisade aus dicken Baumstämmen. Aus dem Inneren stiegen dünne Rauchfahnen empor.

Die Männer tauchten die Ruder in den See, wuschen den Schlamm von den Klingen ab und ruderten aufs Ufer zu. Ein Schwarm Kraniche flog über sie hinweg, geradewegs auf den

Hügel zu, und Teyrnon lächelte, denn dies bedeutete, dass sich die Herrin sogar hier im Land des Grauen Mannes bei ihnen befand.

Dann sahen die, die nicht zu sehr mit Rudern beschäftigt waren, dass vor der Palisandenwand ein makaberer Saum weißer, rundlicher Gegenstände aufgereiht war: die Schädel ihrer Vorgänger, die so leichtsinnig gewesen waren, diesen Ort anzugreifen. In diesem Augenblick tauchten rufende und schreiende Gesichter über der Palisade auf, und es wurden Messer und Speere geschwenkt, die in der Sonne funkelten.

Die Schiffe flogen übers Wasser dahin. Im Inneren der Festung erscholl dumpfes Getrommel und das Dröhnen von Gongs - die Verteidiger schwenkten ihre Waffen und hüpften Furcht erregend auf den Befestigungen umher. Glühend heiße Steine flogen den Menschen um die Ohren und fielen zischend in den See; Ruderer schrien auf und brachen zusammen, doch die Schiffe rückten immer weiter vor.

Taran, Beli und Bran richteten sich ungeachtet der Geschosse auf und begannen ihre Namenslieder zu singen. Als Taran sang, entzündeten sich die Eichenstämme der Palisade, sodass die Verteidiger auf den Erdboden stürzten. Als Beli sang, entwirrten sich die Weidenzweige der Häuser und Barrieren. Als Bran sang, hoben sich die Erlenfundamente, auf denen die Siedlung erbaut war, aus dem schlammigen Untergrund.

Teyrnon stieß ein gewaltiges Triumphgeschrei aus, worauf den wenigen Verteidigern, die noch aufrecht standen, die Messer und Speere in den Händen zersprangen. Die Kochfeuer blieben in dem Durcheinander ohne Aufsicht, sodass alsbald Flammen an den Trümmern der Feste leckten.

Die Harfe beschwor das Dröhnen der Trommeln und Gongs herauf, das Schnappen und Zischen der Schleudern, die Schreie der Sterbenden, das Chaos am Ufer, als die Festung und die dazugehörigen Gebäude aufgrund der starken Magie von Teyrnons donnerndem Schrei auseinander brachen.

»Ihr, die Ihr Soldaten seid, wisst besser als ich, wie es weiterging«, sagte Teleri. »Sie kämpften inmitten der Trümmer, die Krieger des Volkes und die Überlebenden der Anderen, während ringsumher das Feuer wütete. Sie kämpften Mann gegen Mann und benutzten als Waffe, was gerade zur Hand war. Die Anderen wollten nicht aufgeben und wehrten sich mit Zähnen und Klauen, selbst dann noch, als sie bereits schwer verletzt waren. Und die Kämpfer des Volkes fielen einer nach dem anderen, trotz ihrer Magie, bis nur noch die sieben Lords aufrecht standen.«

Die letzten Töne verhallten in der Stille des Palas.

Erschöpft musterten sie die Toten, ihre getreuen Gefolgsleute, die mit den Leichen der Anderen vermischt auf dem Schlachtfeld lagen.

»Der Kampf ist vorbei«, sagte Myrddin. »Lasst uns zum See zurückgehen und den Gestank des Krieges abwaschen, auf dass wir die letzte Etappe in einer Verfassung antreten, die unserer würdig ist.«

Und so schritten sie durch Asche und kokelnde Feuer, zwischen den Leichenbergen der Streitmacht Prydeins und ihrer Feinde hindurch zum See, wo die Wellen sanft ans Ufer schwappten.

Dort wuschen sie sich und ihre Kleidung, um sich auf das Kommende vorzubereiten. Als sie zum Fuß des Hügels zurückkehrten, richtete einer der Toten sich unvermittelt auf und durchbohrte Nudds Hüfte mit einem Langspeer. Der Fischer schrie auf.

Ehe das Echo seines Schreis verklungen war, hatte Teyrnon dem Anderen auch schon mit dem Schwert den Kopf abgeschlagen. Anschließend sammelten sie sich, während Taliessin den Speer aus der Wunde zog und das Blut stillte.

»Die Verletzung ist nicht tödlich«, sagte der mit der Goldenen Stirn.

»Die Heilung aber«, erwiderte Myrddin, »wird sich über alle Zeitalter der Welt erstrecken. Ich war ein Narr, dass ich die Verschlagenheit Pwills nicht vorhergesehen habe.«

Teyrnon beschattete die Augen und blickte mit grimmiger Miene zum Hügel hoch.

»Ich muss allein weitergehen. An diesem Ort und zu dieser Zeit obliegt das Handeln mir allein.«

Seine Gefährten wechselten Blicke, dann nickten sie. Sie verstanden ihn, denn auch sie waren entweder schon der Geliebte der Herrin gewesen oder würden es noch werden, so wie sie Ihr Vater waren und Ihr Sohn. Sie wussten, dass diese Unternehmung schon viele Male durchgeführt worden war und sich auch noch viele Male wiederholen würde, und sie wussten, dass es diesmal ihre Aufgabe war, bei dem verwundeten Fischer zu warten, während Teyrnon weitergehen und den Spiralentanz tanzen musste.

Am Fuße des Hügels befand sich ein doppelt mannshohes Steinmonument, das im Laufe der Jahre verwittert war. An einem seitlichen Vorsprung hing an goldenen und silbernen Bändern ein großes Horn. Teyrnon nahm das Horn und blies dreimal mit aller Kraft hinein. Beim dritten Mal zersplitterte das Horn. Als der Ton verhallt war, schritt Teyrnon an dem Stein vorbei.

Und so erklomm der Große Herr den ausgehöhlten Hügel und vollführte die heilige Schrittfolge, während seine Verwandten von unten zusahen. Er tanzte drei Schritte vor und einmal mit der Sonne um den Hügel herum, dann einen Schritt zurück und einmal gegen die Sonne um den Hügel herum, anschließend verharrte er und schöpfte Atem. Mit ernster Miene begann er von neuem: ein Schritt zurück und einmal mit der Sonne um den Hügel, dann drei Sprünge vor und einmal gegen die Sonne um den Hügel.

Die Zuschauer bemerkten, dass er mittlerweile schwer atmete und stark schwitzte. Er wischte sich den Schweiß von der Stirn, dann trat er abermals drei Schritte vor und machte eine Umkreisung rechts herum, dann trat er einen Schritt zurück und tanzte links herum. Schließlich trat er ein letztes Mal einen Schritt zurück und tanzte mit der Sonne, bis er eine dunkle Stelle dicht unterhalb der Kuppe erreichte.

Dort bückte er sich und verschwand.

Auf diese Weise betrat er die Burg auf dem terrassierten Hang, wo es sogar zu Mittag dunkel ist, es sei denn man entzündet Fackeln. Er betrat sie durch die Tür in der Mitte des Labyrinths und durchquerte den düsteren Gang mit rechteckigem Querschnitt, der geradewegs in die Tiefen des Hügels führte, indem er auf allen vieren an unsichtbaren Verzierungen vorbeikroch, die wie Hände an seiner Kleidung zerrten und sein Fortkommen erschwerten.

Schließlich spürte er, dass er in einen leeren Raum gelangte. Es war stockdunkel, kein Lichtschimmer fiel aus dem schmalen Gang, durch den er gekrochen war. Er wartete und lauschte und meinte, ringsumher leises Atmen zu vernehmen, das von den Wänden und von dem durch Kragsteine gestützten Dach widerhallte.

Er wusste (schließlich war er der Geliebte der Herrin), dass er in einer kreisförmigen Kammer mit drei Wandnischen stand: eine befand sich unmittelbar vor ihm, die beiden anderen zur Rechten und zur Linken. Das Atmen schien aus den Nischen zu kommen.

In einer Hand hielt er nach wie vor das Schwert. Er hob es über den Kopf und holte damit aus; die Klinge durchteilte zischend das lichtlose Dunkel. Funken stoben, als sie auf den Steinboden traf, worauf das Schwert zu leuchten begann.

»Ich bin gekommen, meinen Sohn zu holen!«, rief er. Seine Stimme hallte laut in der Kammer wider. Kleine Steine und Staub rieselten von der Decke.

Im hellen Licht der Klinge sah er blinzelnde Gesichter: neun Gestalten, eine jede mitten in der Bewegung erstarrt, die Augen mit dem Arm beschattend.

»Wo ist mein Sohn?«

Die Gestalten traten vor, jeweils zu dritt aus einer Nische kommend, und umringten ihn, sodass sie schmale Schatten an die gebogene Wand warfen.

Nun sah er trotz der schweren Umhänge, dass sie weiblichen Geschlechts waren: drei Mädchen standen links, drei Frauen in der Mitte, drei alte Weiber rechts. Er schwang das Schwert, sodass sie vor dem Licht zurückzuckten, und rief erneut:

»Wo ist er?«

»Er ist hier.«

Er konnte nicht erkennen, wer gesprochen hatte. Während er noch zögerte, rückten sie ein wenig näher, und als sie sich bewegten, wurde sein Schwert ein wenig dunkler – nicht viel, doch es reichte aus, die lastende Dunkelheit noch spürbarer zu machen.

»Bringt ihn her!«, befahl er.

Auf einmal befand sich ein Junge zwischen ihm und den Frauen, in einen goldenen, ausladenden Kelch von der Form einer Wasserlilie geschmiegt. Unterhalb des Randes (dies sollte verhindern, dass die Lippen des Trinkenden damit in Berührung kamen) war ein Band aus dunkelblauer Emaille, das mit weißen Perlen besetzt war.

»Eine Frage, Herr, ehe Ihr fortgeht.«

Die Stimme ertönte aus dem Schatten hervor, der sich sammelte, als das Schwert an Leuchtkraft verloren hatte.

Er wartete, die Linke ausgestreckt, um das Kind zu ergreifen und wegzulaufen. (Obwohl er wusste, dass er es mit den Frauen auf den Fersen niemals durch den Gang schaffen würde.)

»Wem dient dein Sohn?«

»Die Stimme flüsterte und sang in der Kammer«, sagte Teleri, mit dem Fingern über die Saiten streichelnd.

Und da hörte das Publikum, wie die Frage in dem dunklen Raum widerhallte, und Teyrnon wusste, dass alles umsonst sein würde, wenn er nicht die richtige Antwort wüsste.

Er schloss die Augen, worauf sich die Finsternis noch vertiefte.

Und da hatte er eine Eingebung. Auf einmal verstand er alles. Er richtete sich zu voller Größe auf und sagte:

»Er dient allen Wesen auf der Insel Albion. Ich, Teyrnon, beschwöre dies im Namen seiner Mutter.«

»Wem dient dein Sohn?«

Ein zweites Mal wurde die Frage gestellt, diesmal aus größerer Nähe, drängender als zuvor und mit einem triumphierenden Unterton. Die Worte hallten endlos in dem engen Raum wider.

»Er dient allen Wesen auf der Honiginsel«, antwortete er.

»Auch den Dienern Pwills, des Grauen Mannes?«, fragte die Stimme aus großer Nähe.

»Allen Wesen im Seeumkränzten Grünen Raum«, antwortete er ein drittes und letztes Mal.

»Dann geh und nimm dein Kind mit!« Die Stimme krächzte laut, ob vor Freude oder Schmerz, vermochte er nicht zu sagen.

Er beeilte sich nach Kräften und zitterte trotz all seiner Macht und obwohl er der Geliebte der Herrin war. Er kroch mit dem Jungen in den Armen durch den Gang, während ihm das unheimliche Geflüster auf den Fersen folgte.

Der Rückweg schien viel länger als der Hinweg, und das Kind war schwer und wurde immer schwerer. Die Dunkelheit lastete auf ihm, und das Schwert an seinem Gürtel (von dem nurmehr ein schwacher Schimmer ausging) baumelte zwischen seinen Beinen und behinderte ihn. An den Verzierungen schürfte er sich Gesicht und Körper auf, und er beugte sich unbeholfen vor, um das Kind zu schützen, sodass er sich kaum mehr bewegen konnte.

Schließlich zeichnete sich ein verschwommener Schemen vor ihm ab. Dies war die Öffnung, durch die er vor einer Ewigkeit den Gang betreten hatte. Erschöpft kroch er darauf zu, den Jungen fest an seine Brust gedrückt. Seine Knie und Ellbogen bluteten bereits.

Lange Zeit rückte die Öffnung kein Stück näher, und er hatte den Eindruck, sie sei schon immer da gewesen, er käme nicht von der Stelle und alles sei Illusion, Einbildung, eine Art Tagtraum von einem besseren Ort.

Ihm schwanden allmählich die Kräfte, und sein keuchender Atem tönte ihm laut in den Ohren. »Um der Herrin willen!«, schluchzte er schließlich mit letzter Kraft und unternahm eine letzte Anstrengung, im Wissen, dass er verloren wäre, wenn er es jetzt nicht schaffte.

Plötzlich stand er inmitten des blendend hellen Sonnenscheins und der grünen Natur, als sei er aus einem dunklen und gefährlichen Schoß wiedergeboren worden.

Und wie er so in die Helligkeit blinzelte, war es, als werde ein Schleier von seinen Augen genommen, und er sah, dass der Hang, auf dem er stand, sich inmitten seines Heimatlandes befand, und ringsumher war Frieden und Fülle, und das Gezwitscher der Vögel seiner Herrin tönte ihm in den Ohren.

Teleri spielte ein letztes Stück auf der Harfe und beschwor das Vogelgezwitscher im Hochsommer herauf, dann legte sie die Hände flach auf die Saiten, sodass plötzlich Stille herrschte.

5

So unvermittelt wie Teyrnon, der große Lord, mit seiner kostbaren Last aus der Dunkelheit ins Licht gelangt war, erwachte nun Budoc und wusste einen Augenblick lang nicht, wo er sich befand.

Sonnenschein fiel durchs Laub, und auf allen Zweigen und Blättern funkelte der Tau. Er blinzelte in die schmerzende Helligkeit, atmete die warme Luft und bewegte vorsichtig die Glieder, die nach der langen Reglosigkeit ganz steif waren.

Drei Schiffsladungen aus Prydein, so stachen wir in See,
Nur Sieben kehrten zurück von der Todesfeste.

Auf dieses Lied hatte Teleris Geschichte aufgebaut - wenngleich sie wahrscheinlich behauptet hätte, es habe sich genau andersherum verhalten, und die Geschichte habe es vor dem Lied gegeben.

Ihrer Aussage, die Geschichte könnte dem Erzähler gefährlich werden, hatte er keinen Glauben geschenkt. Vielleicht dem *Zuhörer*, jedoch nicht dem Vortragenden.

Ihnen, den Kriegern der mächtigsten Streitmacht in ganz Britannien, den Artusgefährten, war sie gewiss gefährlich geworden. Sie hatte sie in einen Zustand der Trunkenheit versetzt, wie eine Vision aus einer anderen Welt.

Er richtete sich auf, balancierte auf dem gebogenen Ast und lehnte sich an den Stamm. Jetzt, da es an der Zeit war, sein Versteck zu verlassen, zögerte er merkwürdigerweise und suchte nach Ausflüchten, um noch eine Weile auf dem Baum ausharren zu können.

Das Kleiderbündel konnte er hier lassen und zwischen zwei Äste stopfen. Auch eine volle Wasserflasche und einen Teil des Proviants, gut verpackt zum Schutz vor Ungeziefer.

Er aß etwas Brot und Käse, um seinen knurrenden Magen zu besänftigen, und vergegenwärtigte sich seine Lage. Er musste herausbekommen, was die Skoten taten und weshalb sie in der Porthyle-Bucht gelandet waren. Seiner Vision im Tümpel nach zu schließen hatten sie es auf das Waldheiligtum abgesehen. Es war seine Pflicht, ihnen nach Möglichkeit Widerstand zu leisten.

Ganz einfach. Gleichwohl hatte er keine Ahnung, wie er das anstellen sollte.

Er kam sich hilflos vor. Eine Art geistiger Lethargie hatte von ihm Besitz ergriffen. Sein Verstand war zu nichts nutze, er schaffte es nicht, über den Augenblick hinauszudenken, und verlor sich stattdessen in Erinnerungen. In mancherlei Hinsicht erschienen ihm die Ereignisse, die sich vor dreißig Jahren zugetragen hatten, wirklicher als die Geschehnisse der Gegenwart - wenn er die Augen schloss und Teleris Bild heraufbeschwor, sah er jede Hautpore, jedes Fältchen vor sich ...

Er nahm sich zusammen, bevor es zu spät war.

Er spähte durchs dichte Laubwerk auf den sonnengesprenkelten Waldboden hinab und fragte sich, ob seine Schwäche eine Folge der Krankheit war.

Jedenfalls musste er jetzt etwas unternehmen, sonst würde er sich nie wieder von der Stelle rühren.

Den Speer unbeholfen mit der verkrüppelten Linken umklammernd, kletterte und rutschte er am Stamm hinunter und landete so unsanft auf dem Boden, dass ihm vom Aufprall die Zähne weh taten.

Voller Widerwillen musterte er den Speer. Sah man von der Hacke ab, mit der er um ein Haar den jungen Mönch Salvian getötet hätte, war es zehn Jahre her, dass er im Zorn zur Waffe gegriffen hatte. Die alten Fertigkeiten hatte er nicht verlernt; sie schliefen unter einer dünnen Haut wie eine frisch verschorfte Wunde und konnten beim kleinsten Anlass wieder hervorbrechen.

Dies war immer schon sein Fluch gewesen. Cei hatte den Kampf an sich geliebt und hatte im Wettstreit geschwelgt, im Zusammenprall von Schwert und Schild. Artus wiederum hatte den Kampf als bittere Notwendigkeit betrachtet, als etwas, das man um des Zieles willen ertragen musste.

Budoc hatte das Töten gemocht.

Dies war seine Sünde, der Grund, weshalb er alleine lebte, ohne Freunde und Verwandte.

Er lehnte den Speer an den Baumstamm und begab sich tiefer in den Wald hinein.

Sehr viel später vernahm er von der anderen Waldseite her das aufgeregte Gebell der Hunde. Es hörte sich an, als werde am Rande des Jagdgebiets ein Rudel in Stellung gebracht, und mit jähem Entsetzen wurde ihm klar, auf welches Wild man es hetzen würde.

Ihr auf- und abschwellendes Geheul, ihr trauriges, gieriges Lied, schallte durch den Wald.

Er begann zu laufen, huschte wie ein Gespenst zwischen den Bäumen einher und ließ sich von den örtlichen Gegebenheiten leiten, während er angestrengt über einen Fluchtweg nachsann. Er musste im Wald bleiben: Das offene Gelände an den Klippen wäre zu gefährlich. Er musste irgendwie seine Spur verwischen ...

Und wenn er von Baum zu Baum kletterte? Könnte er die Hunde damit narren?

Nein, hier nicht. Die Stämme standen zu weit auseinander, die Äste waren zu schwach. Er würde bloß herunterfallen und sich womöglich etwas brechen.

Sie näherten sich rasch und bellten laut im Eifer der Jagd. Er konnte erkennen, dass dies Kampfhunde waren, keine Mastiffs, wie die Briten sie früher angeblich in der Schlacht eingesetzt hatten, sondern wilde Tiere, wie sie in Ierne für die Jagd auf Wölfe und Rotwild gezüchtet wurden: schwer, mit dichtem Fell, langen Beinen und länglicher Schnauze, trotz ihres Gewichts ausgesprochen flink. Er hatte schon einmal mit ihnen zu tun gehabt und wusste, wie gefährlich sie selbst schwer bewaffneten Kriegern werden konnten, die Schulter an Schulter standen. Auf sich allein gestellt, hatte man nicht die geringste Chance gegen sie.

Durch Verwehungen von verrottendem Laub eilte er einen Hang hinunter, immer wieder ausrutschend und sich unter Ästen und Zweigen hindurchduckend, in denen sich sein Haar verfing.

Am Talgrund gab es einen schlammigen, sumpfigen Bach voll angeschwemmten Unrats. Am Ufer hinterließ er Fußabdrücke, doch er hatte keine Zeit, sich deswegen Sorgen zu machen, denn er musste sich durch den Schlick zum Kiesbett durchkämpfen.

Stromaufwärts oder stromabwärts?

Wenn er stromabwärts ginge, würde der Wind aus der Richtung der Hunde kommen, die seinem weit geschwungenen Fluchtweg folgten. Das Risiko dabei war, dass er näher an die Jäger herankäme, die der Meute folgten.

Sein Instinkt sagte ihm, dass er sich dem Feind nähern musste, anstatt sich in zielloser Flucht vor ihm hertreiben zu lassen.

Er folgte der Strömung und bewegte die Füße durchs Wasser, um möglichst wenig Lärm zu machen. Das Sandalenleder sog sich rasch mit Wasser voll und wurde rutschig, und wenn er sich umblickte, sah er die Wirbel im Schlamm, die er hinter sich zurückließ.

In geduckter Haltung gelangte er zu einer Ansammlung von Weiden, die vor allem, was mit der Nase jagte, keinerlei Deckung boten. Gleichwohl blieb er stehen und schöpfte Atem. Sonnenstrahlen spielten auf der schmutzigen Wasseroberfläche und verwandelten die braune Erde des gegenüberliegenden Ufers in funkelndes Gold.

Die Hunde heulten in einem fort, und in der Ferne vernahm er Rufe und Gelächter.

»In Deine Hände befehle ich meinen Geist«, murmelte er und brach einen Weidenzweig, streifte die Blätter ab, bis er den nackten Zweig, der so biegsam war wie eine Peitsche, in Händen hielt.

Er machte ohne Eile einen Knoten hinein, obwohl die Hunde immer näher kamen, dann einen zweiten unterhalb des ersten, und zog ihn mit den Zähnen zu, als ihm die Linke nicht so gehorchen wollte, wie sie sollte.

»Vergib mir«, murmelte er, warf den Zweig in den Bach und beobachtete, wie er von der trägen Strömung davongetragen wurde. Einmal drohte er sich am Rand zu verfangen, doch dann setzte er seinen Weg unbeirrt fort.

Als der Zweig nicht mehr zu sehen war, folgte er ihm, und zwar weniger vorsichtig als zuvor, denn die Meute war mittlerweile ganz nahe, und ihr Gebell übertönte sein Geplätscher. Im Gehen hielt er am immer breiter werdenden Ufer Ausschau nach einer geeigneten Stelle, um wieder in den Wald einzudringen.

Irgendwo hustete ein Reh. Als er hochschaute, erblickte er aufgestellte rötliche Ohren und ein spitzes Gesicht, das ihn ansah, dann blitzte der weiße Leib auf, als das Reh davonsprang und durchs Unterholz brach.

»Vergib mir«, murmelte er erneut und zog sich an einem überhängenden Ast aus dem Bach.

Hinter ihm schlugen die Hunde an, denn sie hatten das Reh gewittert, und dann rannten sie auch schon den Hang hoch, ohne ihn zu beachten, großen grauen Wölfen ähnlich, die nichts als ihre Beute im Sinn hatten.

Als sie verschwunden waren, ließ er sich zu Boden fallen, wischte sich grünen Staub von Händen und Kleidung. In der Ferne johlten die Jäger, riefen sich Ratschläge und Anweisungen zu. Mit etwas Glück - und mit Gottes Beistand - würde das Reh sie noch eine Weile beschäftigen.

In der Zwischenzeit konnte er sich ein Versteck suchen - diesmal nicht auf einem Baum, denn von Bäumen hatte er einstweilen die Nase voll. Er würde zur anderen Waldseite überwechseln und dabei seine Fährte nach allen Regeln der Kunst verwischen.

Am frühen Nachmittag hatte er sich bei den Felsen in der Nähe der Klippen in Sicherheit gebracht, so weit vom Dorf entfernt, wie es möglich war, ohne die Halbinsel zu verlassen.

Dass er den Hunden entkommen war, verdankte er, wie so vieles andere, Teleri. Sie hatte ihn nach seiner Begegnung mit dem Anführer der Tätowierten, dem Pikten, der sich Pedrylaw Menestyr nannte, den Zauber der *Dlui Falla*, der flatternden Strähnen, gelehrt.

(In all den Jahren im Kloster hatte er über dieses Wissen nie gesprochen. Er hatte gehört, dass man in Ierne anders verfuhr, dass dort ein Druide Priester werden konnte, ohne sich von seinen besonderen Gaben lossagen zu müssen, doch in den Überresten Galliens waren die magischen Praktiken alter Zeiten nicht gern gesehen und galten als Teufelswerk.)

Pedrylaw Menestyr. Der Erfahrene Kelchbewahrer. Budoc betrachtete ihn noch immer als Pikten, als einen der Tätowierten. Doch in Wirklichkeit entstammte er einer Tradition, die viel älter war als der Kaledonische Bund.

Dlui Falla, die Kunst der flatternden Strähnen, ging wie die Überlieferung, an der Perylaw Menestyr teilhatte, auf die Zeit zurück, als die ersten Menschen das Land benannt und bezeichnet hatten.

Man nahm einen Strohhalm, ein Büschel Heu, eine Schnur - notfalls tat es auch ein Weidenzweig - und traf gewisse Vorkehrungen, die die Kräfte in dem jeweiligen Gegenstand bündelten. (So versuchte der zivilisierte Römer in ihm etwas zu beschreiben, das sich eigentlich der Beschreibung entzog, da es dabei weniger um den Intellekt, als vielmehr um den Instinkt ging.) Man konnte damit jemanden verfluchen oder Freunde oder sogar Feinde herbeirufen - was er heute getan hatte, als er das Reh herbeigelockt hatte, um die Hunde abzulenken. Oder aber man konnte damit bei anderen Visionen heraufbeschwören, die einem die Seele des Opfers dienstbar machten - was Pedrylaw Menestyr vor fast dreißig Jahren um ein Haar bei ihm gelungen wäre.

Er schauderte, als er sich daran erinnerte.

Hätte Artus ihn nicht gerettet, wäre er der Sklave des Pikten geworden.

ZWEITES KAPITEL

1

Während die Harfenklänge in den Echos des Saales verklangen, saßen Teleris Zuhörer schweigend da und blinzelten verwundert - wie der Große Lord Teyrnon, als er Gwairs düsterem Gefängnis entkommen war.

»Ist die Geschichte schon zu Ende?«, flüsterte jemand, und im Saal wurde gehustet und mit den Kleidern geraschelt, während die Männer halblaut miteinander tuschelten, noch immer ganz von der Erzählung gefangen.

Mab Petroc veränderte die Haltung auf der Bank und bemerkte, dass der neben ihm sitzende Lleminawg die Frau hingerissen anstarrte. Allmählich dämmerte es ihm, und er erinnerte sich an die letzten Worte, die Degaw von den Kreonen beim Abschied gesprochen hatte.

»Solltest du die Kinder Menestyrs aufsuchen wollen, nimm Talorcan nicht mit.«

Er hatte ihre Hände ergriffen und sie sanft festgehalten. »Darüber habe nicht ich zu entscheiden, das weißt du. Falls wir in den Norden aufbrechen, wird Artus bestimmen, wer mitkommt und wer zurückbleibt.«

Sie lachte bitter und erwiderte den Druck seiner Hände.

»Ich fürchte die Attecotti.« Sie schnitt eine Grimasse. »Aus keinem besonderen Grund. Aber in meiner Kindheit waren sie in den Geschichten, die man uns erzählte, immer mächtige Zauberer, heimtückisch und voll böser Absichten. Und du wirst sie bestimmt aufsuchen, Cousin. Jetzt, da die Saesoniten ein für allemal besiegt sind, muss der Kriegsherr seinen Kriegern etwas zu tun geben, sonst fangen sie miteinander noch Streit an.«

»Ich werde versuchen, ihn herauszuhalten«, hatte er versprochen. »Ich werde es versuchen.«

Lleminawg bewegte sich. »Da hast du deinen Kelch«, murmelte er. »Rundum mit Perlen besetzt und mit einem Kind darin. Ist das der, den du gemeint hast?«

»Ich glaube schon«, gab Budoc flüsternd zurück. »Ich werde mal mit ihr reden. Möchtest du mitkommen?«

Der Ire grinste ihn an. »Ich möchte, dass du weißt, Cousin, dass ich mich mit Heiratsabsichten trage. Bischof Enoch hat mich gewarnt, diese Teleri sei womöglich ein Geschöpf des Satans, das uns Sterbliche in Versuchung führen soll. Ja, ich begleite dich, aber nur, um dich vor ihren Ränken zu schützen. Ich befinde mich, was Frauen betrifft, dank des Bischofs derzeit im Zustand der Gnade und bin daher unempfänglich für ihre Reize.«

»Ich habe mich schon gefragt, was du in der Kapelle getan hast. Wer ist denn die Unglückliche?«

»Elen, Tudwals Tochter.«

Mab Petroc stieß einen leisen Pfiff aus. »Kynfawrs Schwester? Eine gute Wahl, Cousin. Eine Verbindung mit dem Königshaus von Dumnonien wird die Stellung unserer Familie festigen.«

»So gern ich für mich in Anspruch nehmen würde, dass meine Schönheit allein ihr Herz gewonnen hat«, sagte Lleminawg bescheiden, »muss ich doch eingestehen, dass mein Vater an den Heiratsverhandlungen einen gewissen Anteil hatte.«

»Du meinst, er hat alles arrangiert.« Als Budoc aus den Augenwinkeln bemerkte, dass der Bischof sich zum Gehen anschickte, erhob er sich. »Darauf trinken wir später. Zunächst aber möchte ich mit Lady Teleri sprechen.«

Sie drängten sich durchs Gewühl bis zur Trennwand, wo die Frau soeben die Harfe im Reisebeutel verstaute.

»Lady, verzeiht mir«, sagte Mab Petroc höflich. »Hätte ich gewusst, dass Ihr der Gesandtschaft angehört, hätte ich vergangene Nacht für eine bessere Unterbringung gesorgt.«

Sie richtete sich auf, das Gesicht von der Anstrengung des Einpackens leicht gerötet. Ihre Augen befanden sich auf gleicher Höhe, denn sie war mindestens so groß wie er, und wie er ihr so in die braunen Augen blickte, zogen sich die Pupillen ganz leicht zusammen, und es durchzuckte ihn eine Art Schmerz, sodass er beinahe aufgestöhnt hätte.

»Jagen die Herren am Artushof paarweise?«, fragte sie; um ihre Lippen spielte der Anflug eines Lächelns.

Er ertappte sich dabei, dass er die Beschaffenheit ihres Gesichtes studierte, die kleinen Fältchen, die sich beim Lächeln bildeten, die hellen Sommersprossen, die auf ihrer braunen Haut zu schweben schienen. Die Intensität seines Begehrens bestürzte ihn, und wie aus weiter Ferne vernahm er Lleminawgs Stimme:

»Keineswegs, Lady. Aber da mein Cousin bereits Eure Bekanntschaft gemacht hat, erklärte er sich bereit, die Vorstellung zu übernehmen.«

Es entstand ein Schweigen, und Mab Petroc wusste: Er musste etwas sagen - obwohl er ganz in den Anblick der Fältchen um ihre Augen versunken war.

»Lady Teleri, darf ich Euch Lleminawg mab ...« Er stockte, denn der Name von Lleminawgs Vater wollte ihm nicht einfallen. Dann ging er zur irischen Namensform über: »... mac Niall vorstellen.«

Sie hatte sein Zögern offenbar nicht bemerkt. »Dann seid Ihr also Ire?«, wandte sie sich an Lleminawg. Ihre Stimme klang honigsüß, unter der Oberfläche aber kräftig und rauchig.

»Ja und nein«, antwortete sein Freund.

»Ah, ein Mann mit Geheimnissen, wie alle Iren. Von Euch bekommt man nie eine offene Antwort.«

»Das kommt daher, dass uns bewusst ist, wie sinnlos es ist, Grenzen zu ziehen und die Welt in Kategorien einzuteilen«, erklärte Lleminawg lachend. »Meine Vorfahren stammten aus Ierne, doch wir ließen uns schon vor mehreren Generation auf Einladung des Hohen Königs Gworthigern des Mageren auf dieser Insel nieder.«

»Und Ihr, Lady, woher seid Ihr?«, fragte Mab Petroc.

Ihre Miene verdüsterte sich. »Früher lebte ich in Iardomnan, doch jetzt ...« Ihre Schultern sackten herab. »Ich bin eine heimatlose Wanderin.«

Lleminawg verneigte sich. »Ein guter Barde ist niemals heimatlos.«

»Und ein Barde muss nun einmal reisen«, meinte Mab Petroc. »Ist es nicht so, dass kein wahrer Barde lange an einem Ort bleibt?«

»Es ist, wie Ihr sagt, doch insgeheim sehne ich mich nach dem Land meiner Jugend zurück.« Sie wandte sich ihm zu, wobei ihr dichtes schwarzes Haar an den aufblitzenden bronzenen Schließen und den silbernen Zierknöpfen ihres Kleides vorbeischwenkte.

»Ihr habt uns da eine ... interessante Geschichte vorgetragen«, sagte er und senkte den Blick auf den Anhänger, der in ihrer Halskuhle ruhte.

»Es freut mich, dass sie Euch gefallen hat«, erwiderte sie kühl.

»Ich bitte dich, Cousin«, warf Lleminawg vorwurfsvoll ein. »Interessant ist ein viel zu schwaches Wort. Ich würde eher sagen, sie war *faszinierend.*«

Der Anhänger bestand aus schwarzem Bernstein und hatte die Farbe ihres Haars, und in die Oberfläche waren weiße, ineinander geschlungene Linien eingeritzt.

»Faszinierend? Blasphemisch würde ich dazu sagen.« Bischof Enoch drängte sich zwischen sie, das schmale Gesicht vor Empörung verzerrt. »Es stimmt, wenn man sagt, das Einzige, das leichter ist als ein Funke, sei der Verstand einer Frau, die zwischen zwei Männern steht. Man könnte noch hinzufügen, dass der Verstand der beiden Männer, die sich mit ihr unterhalten, ebenso leicht ist.«

Zorn wallte in Mab Petroc auf. Wäre Lleminawg ihm nicht in den Arm gefallen, hätte er den Bischof mitten im Palas niedergeschlagen. Der Ire grub die Fingernägel in seine Handballen. Der Schmerz brachte ihn wieder zur Vernunft.

Was ist los mit mir?, dachte er und lächelte Lleminawg dankbar an.

Ohne sich der Gefahr bewusst zu sein, in der er schwebte, griff der Bischof Teleri an. »Und blasphemisch ist auch das Kleid, das Ihr tragt und dessen Blau das Kleid der Jungfrau Maria, der Mutter Gottes, verhöhnt.«

»Bischof«, warnte ihn Mab Petroc, der sich nun wieder in der Gewalt hatte, doch Enoch achtete nicht auf ihn.

»›Die Lieder der Dichter sind die Nahrung der Dämonen‹, schreibt der Heilige Hieronymus«, zitierte er salbungsvoll. »Wohl wahr, wohl wahr. Eure Geschichte war eine bunte Mischung aus geschickt verwobenen Lügen ...«

»Bischof!«, wiederholte Mab Petroc mit erhobener Stimme.

»Und Ihr, meine Herren«, fauchte Enoch, »Ihr habt ihre Lügen so gierig aufgeschnappt wie Katzen eine Schale Milch, und jetzt streift Ihr um sie herum wie Rüden um eine heiße Hündin ...«

»Das reicht!«, polterte Mab Petroc.

Seine Stimme dröhnte in ihrer aller Ohren. Der Bischof war blass geworden und vor Mab Petroc zurückgezuckt.

»Ihr beleidigt einen Gast des Magister Militum«, sagte Mab Petroc mit ruhiger Stimme, während sich zahlreiche Köpfe zu ihm umwandten.

Enochs Mund stand offen. Er klappte ihn unvermittelt wieder zu, als sammele er seine Würde, dann funkelte er die drei Personen an, machte auf dem Absatz kehrt und drängte sich durch die schweigende Menge zum Podium.

Nach und nach setzten die Unterhaltungen wieder ein.

Lleminawg blickte verlegen von Mab Petroc zu Teleri. »Ich sollte ihm wohl besser nachgehen. Schließlich möchte ich von ihm getraut werden.«

Er folgte dem Bischof durchs Gewühl. Mab Petroc und Teleri blickten einander an.

»Ich ...«

»Ich ...«

Sie stockten.

Teleri lachte. »Sprecht Ihr zuerst.«

»Ich wollte mich bloß entschuldigen«, sagte er. »Artus hätte lieber einen anderen als Bischof gehabt. Auf seine Art ist er gar nicht so übel, doch dies sind schwere Zeiten. Die Kirche hat sich seit jeher auf die Städte gestützt, und nun, da diese verfallen, betrachtet er alles, was nicht mit seinen Vorstellungen konform geht, als Bedrohung.«

»Ist er ein wichtiger Mann?«

Mab Petroc überlegte kurz. »Die Kirche ist trotz ihres Niedergangs nach wie vor reich. Ja, er besitzt Einfluss, zumal jetzt, da im Land Frieden herrscht.«

»Und dennoch fürchtet Ihr ihn nicht? Wenn Euer Freund nicht eingeschritten wäre, hättet Ihr ihn niedergeschlagen.«

»Ihn fürchten? Nein, Lady. Ich bin froh, dass Lleminawg

mich zurückgehalten hat, denn obschon ich Enoch nicht mag, so achte ich doch sein Amt. Seine Feindschaft aber macht mir nichts aus ...«

Seitlich am Hals hatte sie ein kleines braunes Muttermal, wie ein Schmetterling geformt. Ihre Haut glühte noch von der Hitze im Palas, und der Schmetterling hob sich deutlich davon ab. Er stellte sich vor, wie es wäre, über die Flügel zu lecken, und darüber vergaß er, was er eigentlich sagen wollte.

»Vielleicht sollte ich mir an Euch ein Beispiel nehmen«, meinte sie ruhig.

»Nein«, widersprach er schroff. »Ihr seid Artus' Gast. Was der Bischof denkt, ist nicht von Belang.«

»Ich glaube, am Ende ist es immer wichtig, was andere Leute denken«, murmelte sie so leise, dass er die Ohren spitzen musste.

»Hier drinnen ist es stickig und laut. Hättet Ihr Lust, einen kleinen Spaziergang mit mir zu machen?«

»Draußen?«, fragte sie amüsiert. »Als wir im Gästehaus Quartier bezogen, war es kalt und windig.«

»Mein Haus liegt ganz in der Nähe, und ich sollte mich allmählich mal umziehen.« Er zupfte entschuldigend an seinem Umhang, der mit dunklen Blutflecken beschmutzt war.

»Das solltet Ihr wirklich.« Sie ließ den Blick über die Anwesenden schweifen. »Wisst Ihr, mein Herr, dass Ihr als Einziger nicht herausgeputzt seid?«

»Missfällt Euch das?«

»Es hat eine gewisse Wirkung. Ihr hebt Euch vom Rest der Gesellschaft ab wie eine alte Krähe inmitten weißfiedriger Vögel.«

Er lachte. »Das war keine Absicht. Ich hatte bloß keine Zeit, mich umzuziehen, bevor ich in den Palas kam.«

»Von Regierungsgeschäften in Anspruch genommen?«, fragte sie spöttisch.

Er neigte den Kopf. »Sechs Männer wurden gestern Nacht getötet und weitere verwundet. Ich möchte wissen, warum.«

Unvermittelt wurde sie wieder ernst. »Ich begleite Euch.«

In die Umhänge vermummt entfernten sie sich aus dem Lichtschein und der Wärme des Palas. Teleri hatte sich die Harfe über den Rücken gehängt.

Es schneite heftig, die dicken weißen Flocken wurden vom schneidenden Wind vorbeigetrieben, ließen sich auf Dächern und dem Boden nieder, sammelten sich an den Wänden in eigentümlich geformten Verwehungen.

Schon nach wenigen Schritten waren ihre Schultern weiß und feucht. Der Sturm nahm plötzlich zu, der Wind heulte über den Hügel, und ein wirbelnder weißer Vorhang löschte alles aus, mit Ausnahme des kleinen Raums, den sie einnahmen. Mab Petroc taumelte unter der Wucht einer Böe und hielt sich an der Frau fest, worauf er ihr tiefes, melodisches Kichern im Ohr vernahm.

»Ist das klug?«, rief sie. Ihr knochiges Gesicht war eine Ansammlung dunkler Höhlungen und glühte vor Erregung.

Der Schnee klebte an seinen Lidern fest, sodass er kaum mehr etwas sah. Er blinzelte, ergriff ihre Hand und geleitete sie hügelabwärts, indem er sich gegen den Wind stemmte und sich vom Instinkt leiten ließ, ohne sich vom irren Tanz der Schneeflocken beirren zu lassen.

Die Haustür war festgefroren, das Eis haftete an den Pfosten und an der Türkante. Sie mussten sich gemeinsam dagegenstemmen, um sie zu öffnen, dann zogen sie die Tür gleich wieder zu, und währenddessen begrüßte sie eine große Rauchwolke, die von der Feuerstelle aufstieg.

Teleri wedelte hustend den Rauch beiseite, ließ die Harfe zu Boden gleiten und streifte den Schnee vom Beutel ab.

»Ihr lebt allein?«, fragte sie und blickte sich in dem kahlen Raum um.

»Wenn es im Palas eng wird, schläft Moried bisweilen hier.« Er kniete neben der Feuerstelle nieder und fachte das Feuer wieder an. »Doch sonst lebe ich seit dem Tod meiner Frau allein.«

Sie schüttelte den Umhang aus und verteilte dabei kleine Tropfen Schmelzwasser auf dem Boden.

»Das ist nicht das, was ich erwartet habe. Ich habe es mir bei Euch größer vorgestellt.«

Er lächelte bitter. »Meine Ansprüche sind bescheiden. Die meiste Zeit verbringe ich im Palas oder in Artus' Gemächern. Ich besitze nicht viel.«

»Abgesehen von den Schwertern und Schilden.« Sie nickte zu den Waffen hin, die den einzigen Schmuck im Raum darstellten.

»Ich bin nun mal ein Krieger«, sagte er. »Das ist mein Werkzeug.«

»Und sind das besondere Waffen?« Sie fuhr mit den Fingern über das Drahtgeflecht eines Schwertknaufs.

»Nein. Sie sind besser als die meisten, aber etwas Besonderes sind sie nicht.«

Sie wandte sich mit gespielter Überraschung zu ihm um. »Dann sind das also keine Kriegstrophäen, die Ihr besiegten Gegnern abgenommen habt? Ihr habt sie nicht in mondbeschienener Nacht auf einem einsamen Hügel oder im Wald im Zweikampf gewonnen? Sie wurden nicht von einem lahmen Schmied in einer Schutzhütte unter einer Eberesche eigens für Euch geschmiedet, in einem Hochmoor, wo der Wind pfeift und heult und wo sich keine Menschenseele hinwagt?«

Unwillkürlich musste er lachen. »Nein. Ich habe nie ein magisches Schwert besessen, und wenn ich eines hätte, würde ich es wahrscheinlich zerbrechen oder verlieren.«

»Ihr enttäuscht mich. Nachdem der junge Vortepor Euren Wagemut so lebhaft geschildert hat, hatte ich einen Mann mit einem Zauberschwert erwartet.« Sie musterte ihn, die rosige Zungenspitze spielte um ihre leicht geteilten Lippen. »Ist es wahr, dass Ihr gestern Nacht die meisten Angreifer eigenhändig getötet habt?«

Auf einmal fühlte er sich ernüchtert. Ihr Gesichtsausdruck war ihm nur allzu gut bekannt, denn er hatte ihn schon häufig bei Frauen gesehen, die ihm ganz ähnliche Fragen gestellt hatten. Er hatte gemeint, sie sei anders. Leichtsinnigerweise hatte er sie nach der Vorstellung im Palas beurteilt und daraus geschlossen, sie sei klug und erfahren und nicht auf Nervenkitzel aus zweiter Hand aus.

»Ja«, antwortete er kurz angebunden. »Was wisst Ihr über sie?«

Sie nahm behutsam auf einem Hocker am Feuer Platz, glättete den blauen Stoff ihres Kleides und ließ ihr Haar herabfallen, sodass es ihr Gesicht einrahmte.

»Was ich über sie weiß?«, wiederholte sie. »Dass sie mich durchs ganze Land gejagt haben, von einem Ort zum anderen, wie Hunde ein Reh. Dass sie mitleidlos diejenigen getötet haben, die mir halfen oder sie bei ihrer Suche behinderten. Dass sie zahlreich sind und nicht alle spiralförmige Tätowierungen tragen. Dass sie Freunde und Verbündete haben, wo man es am wenigsten erwartet, sodass ich mich nicht einmal hier in Caer Cadwy sicher fühle.«

»Warum?«, fragte er in schroffem Ton.

Als sie sich bewegte, wanderten Schatten über ihr Gesicht.

»Weil ich ein Geheimnis hüte.«

»Was für ein Geheimnis?«

»Eines, das sie bewahren wollen.«

Er seufzte schwer. »Sechs Männer sind tot, weil ich gestern Abend nicht genügend Wachen aufgestellt hatte. Wollt Ihr mir den Grund verraten?«

»Die meisten leben noch, weil ich einen Warnruf ausstieß.«

»Das stimmt«, sagte er und stürzte sich auf die Frage, die ihn schon länger beschäftigte. »Wie habt Ihr sie bemerkt?«

»Ich habe ihre Anwesenheit gespürt. Ich habe sie im Schlaf gespürt, so wie die Tiere auf dem Feld die Anwesenheit des über ihnen kreisenden Falken spüren.«

»Was sind das für Leute?«

»Sie nennen sich Kinder Menestyrs und hüten einen Schatz, der so alt ist, dass nur noch wenige über seinen Ursprung Bescheid wissen.«

»Und Ihr seid eine dieser wenigen?«

»Ihr habt die Geschichte gehört, die ich vortrug.«

Er ließ sich auf einen Hocker niederfallen, wobei sein Umhang durch die Asche der Feuerstelle schleifte. Er verzog das Gesicht, löste das Gehenk und legte das Schwert beiseite.

»Ich will noch einmal von vorn anfangen. Lady, wer seid Ihr, und woher kommt Ihr?«

»Ihr kennt meinen Namen. Und ich habe Euch bereits gesagt, dass ich aus Iardomnan stamme.«

»Weshalb reist Ihr mit dem Gefolge eines Prinzen aus Dyfed?«

»Ich bin eine Bardin. Ich gehe dorthin, wo man meiner Dienste bedarf.«

»Aber Ihr seid doch wohl aus eigenem Entschluss hier und nicht auf Wunsch Eures Gönners.«

Sie runzelte die Stirn. »Sagen wir, auf beiderseitigen Wunsch. Caer Cadwy ist in ganz Prydein berühmt. Natürlich wollte ich es besuchen und vor Artus im Palas vortragen.«

»Weshalb weicht Ihr meinen Fragen aus?«

»Tue ich das? Ich habe sie alle wahrheitsgemäß beantwortet.«

Er öffnete seinen Umhang und warf ihn beiseite.

»Wer ist Euer Gönner?«

Ihre Lippen zuckten. »Wenn ich einen Gönner habe, dann Vortepor von Dyfed.«

»Nicht Agricola?«

»Nicht Agricola«, bestätigte sie.

»Aber Agricola war damit einverstanden, dass Ihr seine Gesandtschaft begleitet? Ihr habt bereits zugegeben, dass Eure Anwesenheit eine Gefahr für die Menschen in Eurer Umgebung darstellt.«

»Agricola ist alt und müde. Jahrelang hat er erst Ambrosius und dann Artus die Treue gehalten. Jetzt fordert er etwas zurück, und er glaubt, ich könne ihm dabei helfen.«

Er musterte sie im unsteten Feuerschein und musste sich eingestehen, dass er sich getäuscht hatte. Worauf immer diese Frau aus war, es war kein bloßer Nervenkitzel. Dann hatte er ihre Miene also missdeutet, als sie ihn gefragt hatte, ob er die meisten Angreifer eigenhändig erschlagen hätte.

»Was ist mit Eurer Hand passiert?«, fragte sie leise, beugte sich über die Feuerstelle und berührte sie.

»Eine alte Verletzung, aus der Zeit, als ich noch jung und leichtsinnig war.«

Sie zog seine Hand zu sich heran und legte sie sich auf die Brust. Er spürte durch den Stoff hindurch ihre Körperwärme.

»Ihr kommt mir vor wie ein Mensch, der im Winter erstarrt ist«, sagte sie.

Er suchte nach einer schlagfertigen Entgegnung, doch es fiel ihm nichts ein.

»Es hat Euch missfallen, dass ich den Anschein erweckte, ich sei allein an Eurem geschickten Umgang mit dem Schwert interessiert«, meinte sie, ihn unverwandt musternd. »Wie geht es nun weiter? Soll ich Euch fragen, ob Ihr Euch auch auf andere Waffen versteht?«

Unwillkürlich musste er lächeln.

»Und was würdet Ihr darauf erwidern? Würdet Ihr Ausflüchte vorbringen und fortgehen?« Sie nickte vor sich hin. »Ja, ich glaube schon.«

Sie bewegte seine verkrüppelte Hand zu der Brosche, die das Gewand an der Schulter zusammenhielt.

»Aber angenommen, ich sagte Euch, nicht Euer geschickter Umgang mit irgendwelchen Waffen habe mich angezogen. Angenommen, ich sagte Euch, Ihr hättet mich interessiert, weil Ihr Artus nahe steht. Würdet Ihr mir dann glauben?«

Sein Daumen und sein Zeigefinger trafen sich auf der Schließe der Brosche.

»Nein, Lady, ich würde Euch nicht glauben. Ich besitze auch einen gewissen Stolz.«

Er drückte zu, und die Nadel schnappte aus der Schließe. Die Brosche löste sich vom Stoff.

»Und außerdem«, setzte er hinzu, »wäre das bloße Zeitverschwendung. Was wir hier tun, wird keinerlei Einfluss auf Artus haben.«

Mit einem rätselhaften Lächeln streifte sie das Gewand ab. Es fiel in blauen Wellen zu Boden, die gar kein Ende mehr zu nehmen schienen.

Anschließend lagen sie ermattet auf dem Lager und schauten dem Spiel der Flammen zu.

»Willst du mir jetzt die Wahrheit sagen?«, fragte er. »Wer bist du, und was ist dein Begehr?«

»Mein Begehr (von dir einmal abgesehen) ist ganz einfach. Ich möchte, dass Artus mit einer Streitmacht nach Nordwesten segelt und die Piraten in Iardomnan vernichtet.«

»Was bedeuten sie dir?«

»Ich bin eine Bardin. In Prydein und Ierne gilt als ehernes Gesetz, dass ein Barde ungehindert umherreisen kann, ohne Angst haben zu müssen und behindert zu werden. Diese Piraten haben an der Westküste Britanniens äußerst gefährliche

Aktivitäten entwickelt. Sie haben ganze Dörfer niedergebrannt und die Einwohner versklavt. Damit muss Schluss sein.«

»Gleichwohl stammst du selbst aus Iardomnan«, meinte er nachdenklich.

»Das ist ein weiterer Grund, weshalb sie vernichtet werden sollten. Sie entehren mein Heimatland. Sie haben einen Anführer, Hueil mab Caw, der sie auf eine Weise zusammengeschmiedet hat, wie es seit den Zeiten Drust mab Erps, als unsere Großeltern noch jung waren, nicht mehr der Fall gewesen ist.«

»Und die Kinder Menestyrs? Welche Rolle spielen die bei alledem?«

»Gar keine. Sie verfolgen mich, weil ich früher einmal eine der Ihren war. Mit Heuil und seiner Bande haben sie nichts zu tun.«

»Wie es aussieht, nehmen sie eine Menge in Kauf, um dich zu fangen.«

»Allerdings.« Sie zögerte, dann fuhr sie fort: »Ihretwegen habe ich Iardomnan verlassen. Ich habe mich zu sehr für ihre Geheimnisse interessiert.«

»Hatte das etwas mit deiner Reise zu tun, die dich bis zum Alten aus dem Celidon-Wald geführt hat?«

»Am Anfang schon.« Sie lächelte träge und streifte mit dem Zeigefinger über seine Schulter. »Schon als Kind war ich neugierig. Aber wie steht es mit dir? Woran ist deine Frau gestorben?«

Er wandte sich ab. »Sie starb am Gelbfieber.«

»Das tut mir Leid.« Sie runzelte die Stirn. »Viele Menschen sind am Gelbfieber gestorben. Weshalb fühlst du dich schuldig?«

Sie wartete auf seine Antwort, während die Flammen tanzten und der Wind heulte. Nach einer Weile sagte sie:

»Hast du sie so sehr geliebt?«

»Ich war nicht bei ihr, als sie starb.« Er hatte ganz leise gesprochen, sodass sie sich anstrengen musste, ihn zu verstehen. »Ich war bei Artus. Es handelte sich um den Feldzug, der mit der Schlacht von Badon Hill endete. Sie wollte mich bei sich haben - sie wusste, dass sie sterben würde -, ich aber hatte etwas Wichtigeres vor.«

Er lachte bitter auf. »Das Leben einer Frau gegen das Leben künftiger Generationen.«

»Konnte Artus dich denn nicht entbehren?«

»Ich glaube nicht«, antwortete er bekümmert. »Jedenfalls wollte ich das glauben. Wer weiß?« Seufzend richtete er sich auf. »Mein ganzes Leben lang hatten wir gegen die Saesoniten gekämpft. Jetzt schien das Ende auf einmal zum Greifen nahe. Der letzte Sieg. Ich wollte daran teilhaben.«

Sie starrte blicklos ins Feuer. »Bei Badon überkam mich zum ersten Mal die Kampfeswut. Bis dahin hatte ich mich immer in der Gewalt gehabt und gewusst, was ich tat. In der Schlacht ergriff kühle Überlegung von mir Besitz, als betrachtete ich alles von außen und wöge Risiken und Chancen gegeneinander ab.«

»Ich verstehe«, sagte sie.

»Bei der Schlacht von Badon wurde alles anders. Die Kampfeswut überwältigte mich. Seitdem ist es mir gleich, ob ich getötet werde oder nicht.«

»Und deine Frau?«

»Garwen?« Er blickte mit tränennassen Augen zu ihr auf. »Man überbrachte mir die Nachricht, sie sei am Vorabend der Schlacht verschieden.«

Sie legte ihm den Arm um die Schultern und hielt ihn fest, während er den Tränen freien Lauf ließ.

»Niemand spricht von ihr. Es ist, als hätte es sie nie gegeben. Heute Nachmittag habe ich eine Freundin besucht, als ich gerade an sie dachte. Wir sind um das Thema herumgeschlichen wie die Katze um den heißen Brei. Degaw wollte eigentlich sagen, ich hätte seit Garwens Tod abgenommen, brachte es aber nicht über sich, ihren Namen auszusprechen.«

Er wischte sich die Tränen ab. »Mir ging durch den Sinn, was ich alles über sie zu erzählen hätte: wie sie die Stirn in Falten legte, wie sie kicherte, wenn sie sich unsicher fühlte, wie sie beim Nachdenken am Nagel des kleinen Fingers kaute ... Diese Dinge haben sie ausgemacht.«

Teleri hob eine Braue. »Diese Dinge haben sie ausgemacht?«, wiederholte sie mit einem sarkastischen Lächeln. »Das klingt mir eher nach einer Aufzählung ihrer Angewohnheiten. Ich finde, die Gedanken, Gefühle und Überzeugungen machen eine

Persönlichkeit aus.« Nach kurzer Pause setzte sie in versöhnlicherem Ton hinzu:

»Bisweilen erinnert ihr Krieger mich an die Saiten meiner Harfe. Sind die Saiten zu locker, klingt die Harfe nicht. Sind sie zu straff gespannt, reißen sie. Doch selbst dann, wenn sie genau die richtige Spannung haben, können sie dennoch jederzeit reißen. Mit euch verhält es sich ganz ähnlich.«

Er äußerte einen erstickten Laut, der Zustimmung bedeuten mochte.

»Sie hat dich gewiss sehr geliebt. Und du sie offenbar auch. Ich glaube, du brauchst dir nicht vorzuwerfen, dass du das öffentliche Wohl vor das private gestellt hast. Die meisten wären wohl der Ansicht, du habest lediglich deine Pflicht getan.«

Er fasste sich wieder und blickte ihr ins Gesicht. »Eine schöne Geschichte, mit allen Zutaten einer großen Tragödie, meinst du nicht auch?«

Sie erwiderte unverwandt seinen Blick. »Ich werde nicht davon singen. Aber du solltest wissen, dass die Leute darüber sprechen: Sie sprechen davon, dass du deine Frau so sehr geliebt hast, dass du über ihren Tod nie hinweggekommen bist.«

»Ja«, meinte er bekümmert. »Das tun sie. Und sie irren sich.«

Sie atmete scharf ein. »Ich war mir nicht sicher«, murmelte sie.

»Du hast es geahnt, o ja.« Er erhob sich und legte Feuerholz nach. »Ja, ich habe sie einmal geliebt. Als wir älter wurden, entfremdeten wir uns jedoch – oder jedenfalls entfremdete ich mich ihr. Ich glaube, sie blieb sich gleich, während ich mich veränderte.«

»Das ist nicht verwunderlich. Du bist Artus gefolgt.«

»Und das tue ich noch immer. Ich werde ihm folgen bis an mein Lebensende«, sagte er kühl, so als hätte er sich durch das Weinen aller Gefühle entledigt. »Was ich bedaure, ist, dass ich in der Liebe versagt habe, und ich fühle mich schuldig, weil ich sie verriet. Sie hatte etwas Besseres verdient, als ich ihr gab.«

»Wäre sie nicht gestorben, was wäre dann?«

»Tja«, meinte er. »Was wäre dann? Ich wollte ihr nichts Böses, doch ihr Tod hat mich aus einer lieblosen Ehe befreit. Auch deshalb fühle ich mich schuldig, obwohl ich insgeheim erleichtert bin.«

Sie musterte ihn ihm Feuerschein, streckte die Arme zu ihm aus.

»Komm her«, sagte sie.

Er erwachte von einem Klopfen an der Tür. Teleri war verschwunden, wenngleich er noch ihren Geruch am Kissen wahrnahm und den Abdruck ihres Körpers auf der Decke sah.

»Wer ist da?«

»Moried. Darf ich reinkommen? Es ist kalt auf deiner Schwelle.«

»Ja, komm rein«, sagte er, bedeckte seine Blöße mit dem Umhang und beugte sich aufs Feuer hinunter, das nurmehr vor sich hinkokelte.

»Ich habe Euch Wasser mitgebracht«, sagte Moried munter. »Habt Ihr gut geruht, mein Herr?«

Mab Petroc forschte in Morieds Miene nach Anzeichen von Sarkasmus, entdeckte aber bloß gute Laune darin.

»Spielst du heute meinen Diener?«, brummte er, als er Moried den Krug abnahm.

Der Jüngere grinste. »Das war gestern ein schönes Fest. Als Teleri ihren Vortrag beendet hatte, haben auch die Bediensteten mitgemacht. Sie schlafen noch immer den Rausch aus.«

Er wartete, bis Mab Petroc sich den Kopf gewaschen hatte. »Am Haupttor steht ein Mann, der sich nach dir erkundigt hat. Er ist tätowiert, wie die Männer, mit denen wir es in Lindinis zu tun hatten.«

»Tätowiert?«, wiederholte Mab Petroc überrascht. »Was will er dann hier? Und weshalb fragt er nach mir und nicht nach Artus?«

Er trocknete sich ab und kleidete sich zitternd vor Kälte an.

»Cei war dort und hat mit Glewlwyd mit dem festen Griff gesprochen«, bemerkte Moried.

Mab Petroc erstarrte, einen Stiefel in der Hand. »Sonst noch jemand?«

»Ein paar junge Burschen.« Moried zögerte, dann setzte er zusammenhanglos hinzu: »Der Pikte ist sehr kräftig gebaut.«

»Ist er allein?«

»Nein. Er hat eine kleine Eskorte mitgebracht.«

Mab Petroc legte den Schwertgürtel an. »Dann komm«, sagte er und wandte sich zur Tür. Moried folgte ihm.

Draußen blendete ihn zunächst der funkelnde Schnee auf den Dächern. Als er wieder scharf sah, stellte er fest, dass man die Gasse geräumt hatte: Die größten Schneewehen hatte man abgetragen und den Schnee im Windschatten der Häuser in schmutzigen Haufen zusammengeschoben. Auf dem Pflaster hatte sich stellenweise schwarzes Eis gebildet, dennoch eilte er so schnell er konnte zum Hauptweg, der zum Tor hinabführte.

Hier war der Schnee bereits niedergetrampelt. Jemand hatte Kies verstreut, um der Glätte zu begegnen, weshalb er besser vorankam.

Neben dem Weg hatten die älteren Kinder eine Rutschbahn angelegt, und eine Zeit lang übertönte ihr Geschrei alle Geräusche mit Ausnahme der Schritte Morieds. Es waren auch noch andere Leute in der gleichen Richtung wie sie unterwegs, offenbar von Neugier getrieben. Als sie die Kinder hinter sich gelassen hatten, hörten sie Lleminawg rufen, und als Mab Petroc sich auf dem tückisch glatten Weg vorsichtig umwandte, machte er hinter sich den Iren aus, mühelos erkennbar an dem karierten Umhang, der er stolz wie ein Abzeichen trug.

»Bischof Enoch hat sich gestern Abend beim Kriegsherrn über dich beklagt«, keuchte Lleminawg, als er sie erreicht hatte.

Mab Petroc gähnte. »Und was hat Artus darauf erwidert?« Er tat so, als interessiere ihn die Antwort nicht.

»Dass du so viel Blut für die Kirche vergossen hättest wie kaum ein anderer.« Lleminawg rutschte auf einer vereisten Stelle aus und ruderte mit den Armen, um das Gleichgewicht zu wahren. »Worauf der Bischof erwiderte, du wärst von einer Frau verhext worden und stündest dermaßen unter ihrem Bann, dass du gestern Abend um ein Haar handgreiflich gegen ihn geworden wärst.«

»Und weiter?«

»Artus meinte, er solle sich nicht lächerlich machen.«

Mab Petroc blieb verblüfft stehen. »So rundheraus?«

Lleminawg zuckte die Achseln. »Er hat sich eines höflichen Tons bedient, nahm aber kein Blatt vor den Mund.«

Eine Weile gingen sie schweigend weiter, und der Ire blickte immer wieder seinen Freund an, bis er sich nicht mehr beherrschen konnte.

»Stimmt das?«

»Was meinst du?«

»Dass du verhext worden bist?«

Mab Petroc setzte zu einer zornigen Entgegnung an, dann aber lachte er laut heraus. »Weißt du was, Cousin? Möglich wäre es schon.«

Einen Augenblick lang vergaß er seine Umgebung und sah nur noch vor sich, wie der Feuerschein über ihr Gesicht, ihre Brust und ihre langen kräftigen Beine spielte, wobei sich unter ihren Brüsten und unterhalb des Nabels dunkle Schatten sammelten. Er verspürte eine Art Freude, wie er sie zuletzt als junger Mann empfunden hatte, als er Garwen umwarb, und deren Tiefe ihn ganz unvorbereitet traf, da er nicht mehr damit gerechnet hatte.

Moried musterte ihn, als habe er den Verstand verloren, sodass Mab Petroc nur umso lauter lachen musste. Am liebsten hätte er gesungen, getanzt, auf dem Eis herumgetollt, ihren Namen in großen Lettern in den Schnee geschrieben, damit alle sähen, dass er sie liebte.

Lleminawg schüttelte ernüchtert den Kopf. »Ausgerechnet du«, meinte er. »Erliegst den Reizen einer Fremden ... Wäre mir das passiert, das könnte ich verstehen, aber du, Cousin ...«

»Wäre es dir passiert, dann würdest du es verstehen?«, wiederholte Mab Petroc spöttisch. »Was du für einen Unsinn redest.«

»Du bist bekannt für deine kühle Art und deine Zurückhaltung, sodass man sich schon fragt, ob du überhaupt Gefühle hast wie andere Menschen auch ...«

Er hörte Lleminawg nicht länger zu, sondern blickte Moried an, der ihm seit Cynons Tod bei Agned in der Schlacht den Rücken freihielt, und fragte sich, ob er, der ihm von all den Gefährten am nächsten stand, wohl ebenso dachte.

»Wir sollten uns besser beeilen«, sagte er.

Zwischen dem Pförtnerhaus und der Mauer hatte sich ein Kreis von Schaulustigen gebildet, der sich in langsamem Rhythmus weitete und wieder zusammenzog. Aus dem Inneren des Kreises ertönte eine Art Vogelgezwitscher, ein eigentümlich unmelodisches Pfeifen. Verwundert näherte sich Mab Petroc mit seinen Begleitern dem Menschenauflauf, der sich teilte, um ihn durchzulassen.

In der Mitte des Kreises hockte eine dunkle Gestalt, mit dem Rücken zur Mauer. Der Mann spielte auf einer Knochenflöte. Hinter ihm standen kerzengerade vier Männer, die Speere gen Himmel gerichtet und mit Schilden auf dem Rücken. Sie glichen den Fremden, gegen die Mab Petroc in Lindinis gekämpft hatte. Ihre tätowierten Gesichter wirkten teilnahmslos, doch ihre umherhuschenden Augen verrieten ihre Unruhe.

Cei stand neben dem Flötenspieler und musterte finster die Eskorte. Auf der anderen Seite ragte die massige Gestalt des Pförtners Glewlwyd auf. Die meisten Leute hätten sich von diesem Paar einschüchtern lassen, nicht jedoch der Pikte, der in dem dunklen Umhang seelenruhig dasaß und den Kopf über sein Instrument gebeugt hatte.

Er blies einen letzten schrillen Ton, dann legte er die Flöte beiseite.

»Der Lange Mann möchte mit mir ringen, doch ich habe ihm gesagt, wir wären für derlei Torheiten beide zu alt«, sagte er ohne aufzusehen. »Dabei würde nichts herauskommen. Soll er doch mit dem Fass da ringen, wenn er Ertüchtigung braucht.« Er ruckte mit dem Kopf in Glewlwyds Richtung.

Cei runzelte die Stirn und setzte zu einer Entgegnung an, dann besann er sich.

Der Pikte zupfte an einem der dünnen Zöpfe, die ihm ins Gesicht hingen. Er wirkte geistesabwesend und schien den gefrorenen Boden und den bitterkalten Wind nicht zu bemerken.

Mab Petroc wartete, während Moried hinter ihm von einem Fuß auf den anderen trat und Lleminawg sich auf die Hände pustete, um sie zu wärmen.

Der Pikte klopfte den Speichel aus der Flöte. »Ich habe etwas verloren, Krieger. Man sagt, jetzt befände es sich in deinem Besitz. Dieser Gegenstand ist allein für mich von Wert. Ich bitte dich, ihn mir zurückzugeben.«

»Um welchen Gegenstand handelt es sich?«, fragte Mab Petroc.

»Um eine Sklavin.«

Mab Petroc zuckte die Achseln. »Ich besitze keine Sklavin, die einmal dir gehörte.«

Der Pikte hob den Blick. Seine Augen waren so dunkel und undurchdringlich wie schwarzer Bernstein. »Bisweilen gibt sie sich als Bardin aus. Eine hoch gewachsene Frau mit schwarzem Haar und dunkler Hautfarbe. Sie nennt sich Teleri.«

Ein Murmeln ging durch die Menge.

Mab Petroc sagte ganz sanft: »Über Lady Teleri kann ich nicht verfügen. Ich kann dir nicht helfen.«

Der Pikte hob verärgert die Brauen, als erschien ihm Mab Petroc besonders begriffsstutzig.

»Ich will nichts weiter als diese Frau. Sie gehört mir, sie war meine Sklavin und ist weggelaufen. Man hat mir gesagt, sie stünde unter deinem Schutz. Gib sie mir.«

»Das steht mir nicht zu. Und obwohl es stimmt, dass sie unter meinem Schutz steht – du müsstest dich mit deinem Begehr doch an einen Größeren als mich wenden. Denn sie steht auch unter dem Schutz des Magister Militum.«

Cei brummte zustimmend, worauf der Pikte ihn wie einen zum unpassenden Zeitpunkt knurrenden Hund missbilligend musterte.

»Dem Langen Mann knurrt der Magen.« Er holte einen Strohhalm unter dem Umhang hervor und steckte ihn durchs Mundstück der Flöte, bewegte ihn darin hin und her.

»Wer erhebt da eigentlich Anspruch auf Lady Teleri?«, erkundigte sich Mab Petroc höflich. »Wo ist dein Heimatland, und wie sieht dein Stammbaum aus?«

Der Pikte schaukelte auf den Fersen zurück und stimmte einen Singsang an:

»Ich bin nicht aus Albion, sondern aus Albany; nicht aus Prydein, sondern aus Pritdyn. Ich stamme aus Manaw; von Arran komme ich. Das bittere Wasser überquerte ich in meinem silbernen Streitwagen. Pedrylaw Menestyr heiße ich, und ich verlange mein Recht!«

Seine Stimme schwoll zu einem Schrei an, und er sprang geschmeidig auf, in der einen Hand den Strohhalm, in der anderen die Knochenflöte.

»Ich erkenne deinen Anspruch nicht an«, entgegnete Mab Petroc kühl, »und bin bereit, dafür auch mit Leib und Leben einzustehen.«

Der Pikte stieß ihm den Strohhalm entgegen und fuchtelte damit herum, was an eine Schlange erinnerte, die nach der geeigneten Stelle zum Zubeißen suchte. Dabei murmelte er unablässig vor sich hin:

»Krankheit, Tod und ein kurzes Leben sollen dem Krieger beschieden sein, der meine Forderungen zurückweist. Mögen die Speere in der Schlacht den Krieger niederstrecken, der mir meinen Besitz vorenthält. Möge ihn das Land ebenso zurückweisen, wie er mich zurückweist, und mögen die Steine hoch auf seinem Grab gestapelt sein.«

Mab Petroc konnte sich nicht bewegen. Seine Füße waren wie festgewurzelt, als stünde er unter dem Bann eines Albtraums. Das hassverzerrte Gesicht des Pikten wurde immer größer und größer, die Zöpfchen hüpften auf und ab.

Er konnte den Blick nicht von den Spiralen auf den Wangen des Mannes abwenden. Die grünen Linien hoben sich als harte Grate von der dunklen Haut ab und wurden immer härter und dunkler, je mehr sich der Pikte in Wut steigerte. Mab Petroc ertappte sich dabei, dass er das Muster der ineinander verschlungenen Linien zu ergründen suchte, die siebenfach zur Mitte strebten. Doch es waren gar nicht mehrere Linien, sondern eine einzige, die sich einwärts bog, dann wieder nach außen und schließlich wieder nach innen, nach innen, dann wieder nach außen, nach außen, in Kreisen, immer neuen Kreisen, bis sie schließlich in die Mitte gelangte und ihn mit sich zog, ihn aufsaugte ...

Er war verloren, und am schlimmsten war, dass er sich dessen bewusst war.

Dann vernahm er auf einmal eine tiefe, wohlklingende Stimme, so kraftvoll und ruhig wie das Meer im Sommer.

»Es reicht. Verschwinde, Pedrylaw Menestyr. Verschwinde von meinem Land und lass diese Leute in Ruhe.«

Auf einmal konnte Mab Petroc sich wieder bewegen. Er taumelte auf dem hart gefrorenen Boden Caer Cadwys, seine Nerven vibrierten, und er wusste nicht genau, wo er war und was um ihn herum geschah. Unmittelbar vor ihm befand sich ein grüner Erdhügel, auf den sich über mehrere Terrassen hinweg ein Pfad hinaufwand. Auf der Kuppe stand ein zottelhaariger Riese, der einen Speer auf ihn gerichtet hatte, dessen Klinge wie Feuer loderte.

Als Mab Petroc blinzelte, verschwand die Vision.

Der Pikte senkte den Strohhalm, der auf einmal seiner Magie Qualität verlustig gegangen war und nun nichts weiter als eine verdorrte Getreideähre war.

Der Ausdruck des Pikten veränderte sich, als er Mab Petroc über die Schulter blickte. Sein Zorn und seine Feindseligkeit verflüchtigten sich, verwandelten sich in Überraschung, und dann kam noch ein drittes Gefühl dazu, das Mab Petroc wegen der grünen Tätowierungen zunächst nicht bestimmen konnte.

Langsam, beinahe unbeholfen sank der Pikte auf die Knie nieder und neigte den Kopf. »Artus«, sagte er. »Artus Amheradwyr.«

Diese Haltung behielt er bei, während der Wind sein Haar zauste und die Menge reglos wartete. Dann richtete er sich rasch auf und entfernte sich klaglos und ohne sich umzusehen, wurde vom dunklen Tunnelgang durch die Festungsmauer verschluckt, und seine Männer eilten ihm nach.

2

Budoc schüttelte den langen Traum von der Vergangenheit ab. Die Sonne stand bereits tief, was bedeutete, dass er mehrere Stunden verloren hatte.

Von der Felsspalte aus, in der er sich versteckt hatte, ließ er den Blick langsam von links nach rechts schweifen, dann kehrte er zum Ausgangspunkt zurück, senkte den Blick ein wenig und wiederholte die Musterung. Auf diese Weise erfasste er jede Stelle zweimal aus dem gleichen Blickwinkel, und wenn sich zwischen der ersten und zweiten Musterung etwas verändert hätte, so wäre es ihm nicht entgangen.

So weit er erkennen konnte, regten sich im Gras nur Mäuse und Vögel. Alles wirkte ganz wie immer. Die Vögel zwitscherten unbekümmert in den Kiefern am Waldrand, und die Möwen zogen ihre Kreise.

Verehrung, das war das dritte Gefühl im Gesichtsausdruck des Pikten gewesen, das er zunächst nicht hatte bestimmen können.

Dreißig Jahre war das jetzt her. Damals war er jung gewesen, wenngleich er geglaubt hatte, sein Leben sei bereits zur Hälfte vorbei.

Jetzt war er nicht mehr jung. Er hatte es nicht geschafft, die Dorfbewohner zu schützen – weder Eurgain und Dyfyr, die freundlichen Schwestern, die sich um ihn gekümmert hatten, als er krank und hilflos gewesen war, noch ihre Mutter, die sie geschickt hatte. Wenn er das Waldheiligtum schützen wollte, brauchte er Hilfe, starke Arme und ausgebildete Krieger.

Budoc kroch zwischen den Felsen hervor, obwohl er nicht ausschließen konnte, dass er von der Deckung des Waldes aus beobachtet wurde. Das hielt er jedoch für unwahrscheinlich, denn ein derart bedachtsames Vorgehen hätte nicht zu den Männern gepasst, die ihn jagten. Bislang waren sie brutal und geradeheraus vorgegangen und durchkämmten mit Hunden den Wald, was viel Lärm mit sich brachte.

Er bewegte sich geduckt durchs Gras und nutzte jede Deckung aus. Falls ihn doch jemand beobachtete – er hatte die rätselhafte Vogelmaske, die er im Tümpel erblickt hatte, nicht vergessen –, würde er sich keinen Moment täuschen lassen. Doch zumindest half es gegen das Prickeln zwischen seinen Schulterblättern.

Der Wind wehte über die Landzunge und rührte im salzverbrannten Gras, was an Meereswellen erinnerte. Er ließ sich auf alle viere nieder und kroch die letzten paar Schritte zum sicheren Ginster, der sich an die dünne Erdkrume klammerte, wobei er sich dicht am Rand der Steilfelsen hielt und seine Bewegungen dem Schwanken des Grases anpasste.

Beinahe schwamm er, verteilte sein Gewicht auf Zehen, Knie und Finger und stellte die Knie weit aus, damit sich sein Hinterteil nicht hob. Diese Technik hatte er seit Jahren nicht mehr angewendet, und alsbald verspürte er einen ungewohnten Schmerz in der Brust und in den Halsmuskeln.

Die bleichen Zweige des Stechginsters waren ein willkommener Anblick. Mit einem Seufzer der Erleichterung richtete er sich in dem stachligen Gebüsch auf, massierte sich Hals und Brust. Er war zu alt für derlei Spielchen, zu alt und in zu schlechter Verfassung.

Er blickte den Weg zurück, den er gekommen war. Er hatte keine sichtbare Spur hinterlassen - wenngleich ein guter Spurenleser zweifellos platt gedrückte Grashalme entdeckt hätte. Wichtiger noch, am Waldrand war keine Bewegung auszumachen.

Gleichwohl hatte er den Eindruck, am Rande seines Gesichtsfelds sei etwas nicht in Ordnung. Es war nichts Greifbares, nichts, das er einem Begleiter hätte erklären können, bloß ein eigentümliches Gefühl von drohender Gefahr.

Er ließ den Blick wieder und wieder umherschweifen, bis er mit allen Einzelheiten von Schatten und Licht vertraut war. Was immer ihn störte, war weniger greifbar, und unter anderen Umständen hätte er es der Einbildung zugeschrieben.

(Ein weiß gesprenkelter Vogel mit langen, spitz auslaufenden Flügeln und blinden Augen, hinter sich wogende Dunkelheit.)

Budoc schauderte und blickte in die andere Richtung, zur Bucht und zum offenen Meer.

In der Tiefe schäumte die Brandung, das Zischen und Tosen erfüllte die Luft. Schreiende Möwen ließen sich auf der Luftströmung treiben; Tölpel stürzten sich ins Wasser. Die Wellen schäumten über die Felsen und den Sandstreifen an der Mündung der Fahrrinne.

Er blinzelte gegen die blendende Helligkeit des Meeres an, das mit zahllosen funkelnden Lichtpünktchen übersät war. Die Sonne schien rotgolden, das Meer war aus Schattierungen von Grün, Blau und Grau zusammengesetzt.

Und da war ein Schiff, das sich wie eine Erscheinung der Mündung der Meeresbucht näherte, mit windgeblähten Segeln und starker Krängung, den Bug in Gischt getaucht.

In Budocs Innerem regte sich etwas. Dies war ein richtiges Schiff, kein schwimmendes Fass wie das, mit dem er von der Bretagne nach Britannien gesegelt war. Dies war ein seetüchtiges Fahrzeug, das auf der Walstraße reiste, die Art von Kielboot, mit dem Hengist die grauen Einöden des Nordmeers überquert hatte, als er in der Zeit von Roms Zusammenbruch dem Ruf Vitolinus', des Hohen Königs, gefolgt war.

Der Steuermann kannte das Gewässer offenbar, denn er verzichtete auf den Einsatz der Ruderer, wich der Sandbank aus und hielt sich dicht am Westufer.

Budoc sah die dunklen Köpfe der Ruderer, die auf den Bänken auf ihren Einsatz warteten, und auf einmal, genau in dem Augenblick, da das Schiff in den Windschatten der Landzunge geriet, spreizten sich die Ruder ab wie Beine und bewegten das Schiff zur Leeseite der Klippen, wo es außer Sicht verschwand.

Als er sich mittels Wahrsagerei bemüht hatte, Unterstützung gegen die Machenschaften Vortepors und der skotischen Krieger zu finden, hatte er ein saesonitisches Langschiff auf dem Wasser erblickt. Damals hatte er das Schiff als Trugbild - als Sinnestäuschung - abgetan.

Die Wahrsagerei war sehr unzuverlässig. Er erinnerte sich, wie Teleri ihm diese nahe liegende Wahrheit eingebleut hatte, als sie ihn in der magischen Kunst unterwies, damals, als die Streitmacht Britanniens, die *teulu* Prydeins, sich anschickten, in den unbekannten Norden zu segeln.

3

Den Rest des langen Winters über und während des darauf folgenden eiskalten Frühlings scharte Artus alle um sich, die auch nur das Geringste über Iardomnan wussten. Eine Hand voll Seefahrer, die Nachfahren derer, die in Zeiten der Römer zur See fuhren, die Luxusgüter der Zivilisation in den Norden schafften und dort gegen warme Felle und Wolldecken eintauschten, für die die Inseln einmal berühmt gewesen waren. Dann noch zwei Priester, die danach trachteten, die Heiden zu bekehren, und glücklicherweise mit dem Leben davongekommen waren. Ein paar Pikten, darunter Talorcan und Degaw, die die lange Reise nach Süden unternommen hatten, da sie wie Motten von der Strahlkraft Artus' Ruhms angezogen wurden.

Teleri war es, die sie alle an den Doppelsinn des Namens erinnerte. Iardomnan war ein irisches Wort, und wie viele irische Worte hatte es mehrere Bedeutungen. Im wörtlichen Sinn bedeutete es ›das Land im Westen‹, womit die Westinseln und die angrenzenden Küstenstreifen gemeint waren; im übertragenen Sinn bedeutete es ›das Hinterland‹ oder ›das Land jenseits der bekannten Welt‹.

(Die Gelehrten am Artushof glaubten, der Doppelsinn rühre von der alten Sitte her, Häuser mit dem Eingang nach Osten zu errichten: Daher wies die Rückseite nach Westen.)

Iardomnan war angeblich ein unwirtliches, nebliges und regnerisches Land. Die Einheimischen stammten wahrscheinlich von britischen und irischen Einwanderern ab, die Folge von über die Jahrhunderte sich hinziehenden Wanderungsbewegungen. Ihren kargen Lebensunterhalt bestritten sie mit Piraterie und Raub, ihr Leben wurde von Hungersnöten, Krankheiten, Gewalt und vom Meer verkürzt.

Keine zwei Informanten erzählten die gleiche Geschichte, und wenngleich Teleri behauptete, dort geboren zu sein, musste sie doch eingestehen, nicht jede einzelne Insel oder jeden Küstenabschnitt zu kennen. Es war ein Land der Gegensätze. Einige Inseln waren dicht bewaldet, andere nahezu unfruchtbar. Einige waren groß, andere klein. Auf einigen wurde Britisch gesprochen, auf anderen Irisch. Einige Einheimische waren friedliche Bauern mit Höfen, wie man sie auch in Prydein fand; andere waren Krieger und lebten in Rundtürmen, wie man sie nur im Norden antraf, oder in runden, aus Holz und Stein erbauten Festungen, wie es sie auch im Süden gab.

Es war leichter, die Einheimischen unter der verschwommenen Bezeichnung *Skoten* - Räuber - zusammenzufassen, denn auch die scheinbar friedlichen Bauern und Fischer zogen in schweren Zeiten auf Raub aus.

In einer Hinsicht aber stimmten alle Berichte überein: In dieser Gegend waren Land und Meer entlang der zerklüfteten Küste so eng gemischt, dass man nie sicher war, was nun ein

Vorgebirge und was eine Insel, was eine Meerenge und was ein landumschlossener Meeresarm war. In den Meerengen peitschten sich Strömung und Gegenströmung gefährlich auf, aus heiterem Himmel begann es plötzlich zu stürmen. Dies waren gefährliche Gewässer, begrenzt von felsigen Küsten. Schon viele Holzschiffe waren hier verloren gegangen und spurlos verschwunden, und nicht einmal die lederbespannten Coracles der Einheimischen, die Stöße verkraften konnten, von denen ein massiveres Schiff gesunken wäre, schienen hier sicher zu sein.

Ein Angriff auf Iardomnan bedurfte sorgfältiger Planung.

Vortepor brach von Caer Cadwy auf, sobald das Wetter besser wurde, und nahm Artus' Beistandsversprechen mit auf den Weg. Teleri begleitete ihn nicht.

Seit Pedrylaw Menestyr sich durch den Tunnelgang in der Befestigungsmauer entfernt hatte, war er nicht mehr gesehen worden. Obwohl Cei mehrere Erkundungstrupps ausgeschickt hatte, sah es ganz danach aus, als seien die Pikten ebenso unbemerkt verschwunden, wie sie aufgetaucht waren.

Teleri fand es amüsant, dass Menestyr Anspruch auf sie erhoben hatte.

»Ich und eine Sklavin?«, meinte sie zu Mab Petroc. »Ein Barde kann nicht versklavt werden. In Prydein ist ehernes Gesetz, dass ein Barde, gleich ob alt oder jung, männlich oder weiblich, überall freundlich aufgenommen werden muss. Einen Barden zu versklaven, stellt in Prydein ein schweres Verbrechen dar, was immer die wilden Saesoniten sagen mögen.«

Sie saßen im Palas und spielten Tawlboard. Mab Petroc rückte den Königsstein stirnrunzelnd in Richtung Mittelfeld.

Teleri lachte, zog einen ihrer Krieger und verstellte dem König den Weg.

»Dass ich eine Bardin bin, steht außer Zweifel«, sagte sie ernsthaft. »Das lässt sich leicht beweisen, denn jemand, der kein Barde ist, könnte nicht all die Geschichten vortragen, die ich kenne.«

Er schaute hoch und wurde sogleich von ihrem Gesicht abgelenkt, dessen Flächen und Senken ihm ein steter Quell der Freude waren.

»Was hat Menestyr damit gemeint, als er Artus ›Amheradwyr‹ nannte?«, fragte er und rückte einen Gefolgsmann zwei Felder vor.

Sie reagierte sogleich, und da wurde ihm klar, dass er verloren hatte, wenn sie nicht bald einen Fehler machte.

»Vielleicht hat er damit Artus' angeborene Majestät anerkannt«, sagte sie. »Oder er wollte ihm schmeicheln, um mit heiler Haut aus einer Lage herauszukommen, in die er sich leichtsinnigerweise hineinmanövriert hatte.«

»Mehr steckte nicht dahinter?« Er rückte einen weiteren Gefolgsmann vor, doch es war bereits zu spät.

»Mag sein«, sagte sie, ganz aufs Spiel konzentriert. Teleri bezog einen weiteren Krieger in den Angriff ein.

»Er befand sich nicht in Gefahr.« Er zog den König in die Deckung der Gefolgsleute zurück. »Glewlwyd hatte ihm sicheres Geleit versprochen.«

»Fordert Cei alle Besucher zum Ringkampf heraus?« Ihr Angriff war mittlerweile gut in Gang gekommen.

»Bloß dann, wenn er glaubt, einen einigermaßen ebenbürtigen Gegner vor sich zu haben.« Abermals wich er zurück. »Weil Cei so groß ist, halten ihn die Leute für einen Narren. Er bestärkt sie gern in diesem Eindruck, indem er närrische Dinge tut.«

Sie ergriff einen Stein und hielt ihn hoch. Sie brauchte bloß noch einen bestimmten Zug zu tun, und das wussten sie beide.

»Die Aussage dieses Spieles ist«, sagte sie zusammenhanglos, »dass die Welt ein unwirtlicher Ort ist und dass die Kräfte im Zentrum sich ständig vor Angriffen von außen schützen müssen.« Sie setzte den Stein aufs Mittelfeld.

»Fällt der König, fällt das ganze Reich. Ein Reich ohne Herrscher ist kein Reich, denn dann herrscht Chaos.«

Zum Zeichen der Niederlage kippte er den König um. »Und wenn der Herrscher keinen Erben hinterlassen hat?«

»Dann muss sich jemand zum Herrscher erklären.«

Teleri berichtete den Männern, die Artus als Schiffsführer ausgewählt hatte, stundenlang, was sie über die Küsten und Strömungen wusste.

»Wäre es nicht besser, wenn die Lady mitkäme?«, meinte einer der Seeleute.

Artus blickte von Teleri zu Mab Petroc und wieder zurück.

»In der Tat, und ich hoffe, sie willigt ein.« Traurigkeit schwang in seiner Stimme mit. »Trotzdem sollte man für alle Möglichkeiten gewappnet sein.«

Verwundert schaute Mab Petroc Teleri an. Sie sah auf die Wachstafel nieder, in die sie als Navigationshilfe die Umrisse einiger Inseln eingeritzt hatte. Mit dem Stift nahm sie, leise vor sich hinmurmelnd, soeben eine Änderung vor.

»Die ähnelt eher einem Höcker: so. Und die ist vom Meer her gesehen eher abgerundet, jedoch bewaldet, und durch einen Einschnitt ergießt sich ein Bach ins Meer.«

Sie kräuselte die Oberlippe, wobei Fältchen entstanden, die sich irgendwann nicht mehr glätten würden. Mab Petroc hätte gern gewusst, wie alt sie war. Er vermutete, dass sie etwas jünger war als er, aber sicher war er sich nicht, denn sie sprach kaum von ihrer Vergangenheit und wechselte das Thema, wann immer er darauf zu sprechen kam.

Der Schmetterling an ihrem Hals bewegte die Flügel, als sie sich umwandte, dann wurde er von ihrem langen schwarzen Haar verdeckt.

»Weshalb bist du so bekümmert?«

Er rang sich ein Lächeln ab. »Ich habe gerade gedacht, dass ich es nicht ertragen könnte, dich zu verlieren.«

»Das wirst du auch nicht, wenn es in meiner Macht steht.« Sie hatte so unbefangen geantwortet, als wären sie allein. »Ich werde mich an dich klammern wie das Efeu an einen Baum.«

Mab Petrocs Lächeln vertiefte sich. Er beugte sich vor und küsste sie, ohne die Seeleute und Artus zu beachten, der den Kopf senkte, um den Schmerz in seinen Augen zu verbergen.

Als die Frühlingsstürme abflauten, begab sich der Hof von Caer Cadwy nach Kelliwig in Kernow, das im Westen lag. Dass der Hof im Frühjahr auf Reisen ging, war nicht ungewöhnlich. Obwohl innerhalb seiner Mauern längst ein Städtchen entstanden war, blieb Caer Cadwyr nach wie vor hauptsächlich ein Militärstützpunkt, der vom umliegenden Land versorgt wurde. Im langen Winter hatten sich die Vorratslager bedenklich geleert, sodass es für den Hof geraten schien, sich woanders hinzubegeben.

Ungewöhnlich war, dass Cei und die Schiffsführer vorausritten. Kelliwig lag an der Nordwestküste Dumnoniens, und obwohl es kein großer Hafen war, reichte der Platz doch aus, die Flotte aufzunehmen, die Artus für den Angriff auf Iardomnan gesammelt hatte. Dadurch, dass der ganze Hof auf Reisen ging, hoffte er, die Bewegungen der Streitmacht zu verschleiern und sie auf die wartenden Schiffe zu schaffen, ehe seine Pläne bekannt wurden.

Sie kamen nur langsam voran, denn der Zustand der Straßen verschlechterte sich von Jahr zu Jahr. Der Fosse Way hörte irgendwo hinter Isca auf und machte einem beschwerlichen Weg Platz, der dem Gebirgsgrat folgte, der wieder den großen Wald im Norden von den Hochmooren im Süden trennte. Die Kavalkade dehnte sich über fast eine Meile und umfasste ganze Familien mitsamt dem Hausrat, der auf Ochsen- und Maultierkarren transportiert wurde; als die Straße schlechter wurde, brachen immer häufiger die Räder.

Wenn möglich schlugen sie das Nachtlager in der Nähe von Landhäusern oder Gehöften auf, nicht immer zur Freude der Bewohner. Doch auf diese Weise konnten sich wenigstens die älteren und schwächeren Mitglieder des Hofes vor dem unaufhörlichen Nieselregen in Sicherheit bringen, der sie nach Westen begleitete.

Um dem von den Karren aufgewühlten Schlamm zu entgehen, ritten viele der Kolonne voraus. Selbst Artus und Gwenhwyvar ließen die sich vorwärtskämpfende Kavalkade bisweilen im Stich und ritten mit ein paar ausgewählten Gefährten ein Stück weit über das Rückgrat Dumnoniens hinweg und hielten Ausschau nach einem geeigneten Lagerplatz für die Nacht.

An einem der wenigen trockenen Nachmittage zügelten mehrere Reiter in den Hügeln oberhalb von Fastwater die Pferde und betrachteten für eine Weile das Spiel von Licht und Schatten auf den Bäumen im Norden und auf dem braunen Ödland im Süden.

»Seht mal, da ist Rauch«, sagte Gwenhwyvar. »Hier leben mehr Menschen, als man meinen möchte.«

Die Männer folgten ihrem Blick mit den Augen. Aus der Ferne betrachtet bildeten die Bäume ein frühlingsgrünes undurchdringliches Blätterdach, so dicht und massiv, dass kaum denkbar schien, dass jemand darunter lebte. Blickte man jedoch genauer hin, bemerkte man dünne Rauchsäulen, die in den Himmel stiegen, grau und weiß und bisweilen vor dem Himmelsblau kaum zu erkennen.

»Bevor die Saesoniten kamen, muss es im ganzen Osten so ausgesehen haben«, erklärte Teleri versonnen. »Friedlich, voller Menschen ...«

»... die von der Außenwelt unbehelligt lebten«, setzte Mab Petroc im gleichen Tonfall hinzu.

Gwenhwyvar lachte, was nicht unfreundlich klang. »So denken Liebende«, sagte sie. »Aus der Ferne mag es idyllisch wirken, doch ich bezweifle nicht, dass Ihr, wenn Ihr von Feuerstelle zu Feuerstelle rittet, feststellen würdet, dass die Menschen dort ebenso von kleinlichem Hass und Eifersüchteleien betroffen sind wie alle anderen auch.«

»Und außerdem«, sagte Artus, »ist der Osten kaum als Wüste zu bezeichnen. Ich habe schon des Öfteren gedacht, dass ein saesonitischer Oberherr wahrscheinlich nicht schlimmer ist als jeder andere auch.«

»Die Saesoniten sind Heiden!«, wandte Mab Petroc ein.

Artus blickte ihn amüsiert an. »Das stimmt allerdings«, bestätigte er und wandte sich an Teleri. »Ich wüsste gern von Euch, wie es Euch, die Ihr ihn besser kennt als wir, gefallen würde, in einem von Vortepor beherrschten Land zu leben.«

Sie schauderte. »Überhaupt nicht.«

»Oesc von Kent ist, nach allem, was man hört, ein guter Oberherr. Ein besserer jedenfalls, als Vortepor es wäre.« Er tätschelte seinem Pferd den Hals. »Wenn ich die Wahl hätte, würde ich lieber unter dem Heiden Oesc als unter dem Christen Vortepor leben.«

Begleitet von lautem Hufgetrappel ritten sie weiter und bogen in der Deckung eines kleinen Wäldchens nach Süden ab. Vor ihnen erstreckte sich das Moor: wogende, gefaltete Hügel hoben und senkten sich in Braun- Gelb- und Grüntönen, die in der weiten Ferne einen Stich ins Purpurfarbene oder Blaue hatten.

»Lebt hier jemand?«, fragte Teleri.

»Nicht mehr viele Menschen«, antwortete Mab Petroc. »Früher waren es einmal mehr, und man findet noch ihre verfallenen Häuser und Heiligtümer.«

»Und ihre Schutzwälle«, sagte Artus, in die Ferne blickend. »Den Hinterlassenschaften nach zu schließen, müssen sie sehr zahlreich gewesen sein.«

»Natürlich«, stimmte Teleri zu. »Das hatte ich ganz vergessen. Ihr seid beide hier geboren.«

Mab Petroc lachte. »Nicht ganz. Etwas südlicher, im fruchtbaren Land zwischen dem Hochmoor und dem Meer.«

»Dann bist du also gar nicht fern der Heimat?«

Er blickte zu Artus und Gwenhwyvar. »Heimat? Heimat ist dort, wo Verwandte leben, und diese beiden stehen mir mit Ausnahme meines Sohnes näher als jeder andere Mensch.«

Sie nickte, und eine Zeit lang ritten sie schweigend hinunter zum Tal, wo der Fastwater zwischen Birken, Haselnusssträuchern, Eichen und Eschen dahinfloss.

»Ich glaube, so wird es nicht mehr lange weitergehen!«, rief Artus über die Schulter hinweg. Da der Weg steil war, hatte er sich weit im Sattel zurückgelehnt und streckte die Beine vor. »Ich komme mir vor wie bei einem Ausflug.«

»Vielleicht ist das ja durchaus zutreffend«, meinte Gwenhwyvar und warf ihr Haar zurück. »Es ist schon seltsam, doch ich habe mir immer vorgestellt, dass alles vorbei wäre, wenn die Saesoniten erst einmal geschlagen wären, und dass wir für den Rest unseres Lebens in Frieden lebten.« Sie machte eine vage Geste. »Wahrscheinlich habe ich mir nie eingehendere Gedanken darüber gemacht. Mir ist gar nicht in den Sinn gekommen, dass einmal so viel zu organisieren wäre und so viele Entscheidungen getroffen werden müssten.«

»Was tut der Kriegsherr, wenn der Krieg vorbei ist?«, fragte Teleri leise.

»Der Krieg hört niemals auf«, erwiderte Artus düster. »Jetzt geht es gegen die Skoten. Als Nächstes werden wir uns mit

Herrschern wie Vortepor von Dyfed befassen müssen oder mit den Söhnen Cuneddas. Und die Saesoniten werden wir auch nie ganz in den Griff bekommen. Und dann werden andere kommen und ins Land drängen.«

»Und was ist mit Eurer Autorität?«, fragte Teleri sanft.

Artus hob bekümmert die Schultern. »Ich bin der Magister Militum, kraft meines Vorgängers und der Prinzen und Ältesten Britanniens. Mir obliegt die Verteidigung der Insel.«

»Ihr habt die Insel mit unerhörtem Geschick verteidigt. Doch das Land hat sich seit Eurer Jugend gewandelt. Jahr für Jahr geht mehr verloren. Die Städte, früher einmal das Zentrum römischer Kultur und Herrschaft, verfallen. Wilde Tiere hausen dort, wo einmal weise Männer über das Geschick des Staates nachgesonnen haben. Jeder kleine Landbesitzer hält sich für berufen, seine Nachbarn zu unterjochen. Die Gebirgsstämme im Westen erfinden komplizierte Stammbäume und geben sich als Erben Roms aus. Noch eine Generation, dann wird es kein Britannien mehr geben, bloß einen Haufen zerstrittener Barbaren, die sich allein durch ihre Sprache von den Saesoniten unterscheiden.«

Artus blickte sie spöttisch an, dann zügelte er sein Pferd und schwang sich behende aus dem Sattel. »Ich glaube, wir sind für heute weit genug geritten. Vielleicht sollte jemand anders als ich in dem Landhaus im Tal unser Erscheinen ankündigen. Es wird sie gewiss in helle Aufregung versetzen, wenn der Magister Militum unangekündigt auf ihrem Hof erscheint.«

Auch die anderen saßen ab und blickten auf das Gehöft im Tal hinunter, auf die ordentlich bestellten Felder und die Ochsen, die den Pflug zogen, während hinter ihnen Vögel über den frischen Furchen kreisten.

»Was schlagt Ihr vor?«, wandte sich Artus an Teleri. »Wir haben getan, was wir konnten, um die Dunkelheit abzuwehren. Von Rom oder von den Überresten des Reiches ist keine Hilfe zu erwarten. Romulus und Julius Nepos waren die letzten Kaiser des Westens, und es ist fünfzehn Jahre her, dass Odovacer ihrer Herrschaft ein Ende setzte.«

»Es stimmt, Rom hat uns im Stich gelassen. Das Reich ist wie Britannien von verfeindeten Stämmen zum Einsturz gebracht worden. Britannien aber, unser Albion, könnte noch gerettet werden, wenn ein Mann die Herrschaft über die Insel für sich beanspruchte.«

Artus setzte zu einer Entgegnung an, sie aber überging seinen Einwand.

»Etwas Neues könnte geschaffen werden. Wenn es einen Mann gäbe, den die Saesoniten im Osten und die Pikten im Norden sowie die Gebirgsstämme im Westen und die Magistrate des Tieflands gleichermaßen anerkennen würden - *falls* es einen solchen Mann gäbe, Artus, dann könnte er sie alle unter seiner Herrschaft vereinen.«

»Vitolinus hat sich zum Hohen König ernannt. Ambrosius der Ältere trug ein purpurfarbenes Gewand. Beide waren auf ihre Art große Männer, dennoch haben sie keinen dauerhaften Frieden zustande gebracht.«

»Sie waren nicht Artus. Euch ist eine Kraft und Majestät zu Eigen, die ihnen fehlte.«

Sie wartete, und die anderen warteten mit ihr. Die Geschichte kannte viele Männer, die von Heerführern zu Herrschern großer Reiche aufgestiegen waren: Theodosius, Maximus, Constantius III. - auch der große Julius Caesar. Gwenhwyvar und Mab Petroc war außerdem bewusst, dass dieser Gedanke nicht neu war und dass Artus schon häufig darüber nachgedacht und mit seinen engsten Vertrauten darüber gesprochen hatte.

»Dieses Gespräch ist kein Zufall«, sagte Artus. »Alles was Ihr getan habt: dass Ihr Euch Vortepor angeschlossen, ihn nach Caer Cadwy begleitet und an meinem Hof die Geschichte von Gwairs Entführung vorgetragen habt, dies alles lief auf diesen Augenblick hinaus.«

Sie neigte bejahend den Kopf. »Beinahe alles«, sagte sie mit einem Blick zu Mab Petroc.

»Ihr führt mich mit der Herrschaft über Albion in Versuchung. Steht es Euch zu, mir das Herrscheramt anzutragen?«

»Mir steht es zu, Euch zu einer Prüfung aufzufordern. Und Ihr seid der Erste, dem die Prüfung angeboten wird, seit das Symbol der Herrschaft nach der Niederlage Caradoc mab Brans gegen die römischen Legionen im Norden versteckt wurde.«

Er musterte sie unverwandt. »Weshalb bräuchte ich dieses

Symbol? Vitolinus hat es nicht gehabt und Ambrosius auch nicht.«

»Sie sind gescheitert.«

»Und wenn ich es in meinen Besitz bringe, werde ich Erfolg haben?«

Sie hob die Schultern. »Wer weiß das schon? Aber ohne es würdet Ihr es gewiss nicht schaffen.«

»Ich habe noch nie von einem solchen Symbol gehört«, bemerkte Mab Petroc bedächtig. »Und wäre ich ein Landbesitzer in Elmet oder Loidis, so würde der Umstand, dass der Magister Militum im Besitz eines heidnischen Herrschaftssymbols ist, seinen Anspruch auf das Herrscheramt in meinen Augen gewiss nicht untermauern. Ich würde dies als Wahnvorstellung irgendwelcher wilder Stammeskrieger abtun. Dass Artus der Heerführer ist, hätte für mich mehr Gewicht.«

»Die Streitmacht Britanniens.« Teleri nickte verständnisvoll. »Gewiss. Aber Ihr braucht diese Leute nicht zu überzeugen. Die, die auf dem Gebiet der früheren befriedeten Provinz Britanniens leben und deren Großväter loyale Bürger Roms waren - die werden Euch ohnehin folgen.«

Sie schritt über den Grasboden und wandte sich plötzlich Artus zu, der ein paar Schritte weiter unten am Hang stand, sodass ihre Augen auf gleicher Höhe waren.

»Es geht um die anderen«, sagte sie leidenschaftlich, »um die Menschen an der Grenze, die dort leben, wo römisches Gesetz und Brauchtum nie sonderlich tief verwurzelt waren - diese Menschen müsst Ihr überzeugen. Und bei denen haben die alten Geschichten noch immer große Bedeutung, nicht nur bei den ganz Jungen und den ganz Alten. Tatsächlich gewinnen die alten Geschichten dort sogar an Kraft.«

Artus musterte sie einen Augenblick lang mit ausdrucksloser Miene. Dann schwang er sich in den Sattel und blickte auf seine drei Begleiter herunter.

»Gwenhwyvar? Was meinst du?«

Gwenhwyvar fuhr sich durchs Haar und saß geschmeidig auf.

»Da du auf jeden Fall die Inseln angreifen willst, warum nicht?« Ihr Pony tänzelte nervös, sie beruhigte es mit erfahrener Hand. »Was den Rest betrifft, so stehen wir jetzt, nachdem der Krieg gewonnen ist, vor der noch schwereren Aufgabe, den Frieden zu gewinnen. Und wenn das Herrschersymbol dabei hilfreich ist, warum nicht?«

»Cousin?«

Mab Petroc hob Teleri in den Sattel und wandte sich zu dem Mann um, dem er von Jugend an diente.

»Ja, Amheradwyr, lasst es uns versuchen«, sagte er mit freundschaftlicher Ironie. »Du hast eben gesagt, es gebe nicht mehr viele Gelegenheiten, so wie heute gemeinschaftlich auszureiten. Ich glaube, du könntest Recht behalten und dies könnte das letzte Mal sein, dass wir gemeinsam zu Felde ziehen. Anschließend wirst du ein zu bedeutender Mann sein, als dass du dein Leben aufs Spiel setzen dürftest, und Cei, Gwalchmei und der Rest von uns werden deine Leutnants sein und nicht mehr als einfache Krieger kämpfen.«

Er saß ebenfalls auf und grinste seinen Freund an, voller Liebe zu Teleri und daher zur ganzen Welt. »Falls dies unser letztes gemeinsames Abenteuer ist, sollte es dabei um mehr gehen, als darum, einen Räuber in die Schranken zu verweisen.«

Artus nickte bedächtig. »Manche Leute werden sagen, der Ehrgeiz treibe mich dazu, nach dem Purpurmantel zu greifen. Vielen wird unser Vorhaben nicht gefallen, darunter sind gewiss auch die Landbesitzer des Tieflands, von denen du offenbar glaubst, sie würden mich rückhaltlos unterstützen.« Er seufzte, während die anderen ihn angespannt beobachteten.

»Vitolinus, Ambrosius – letztlich sind sie deshalb gescheitert, weil die Prinzen und Großgrundbesitzer Britanniens sie nicht unterstützen wollten.«

»Und aufgrund der zwischen ihnen herrschenden Rivalität«, rief Gwenhwyvar ihm in Erinnerung. »Du hast keinen Rivalen. In Britannien genießt niemand einen solchen Ruf wie du.«

»Noch nicht«, warf Artus ein. »Nicht, solange alles gut geht. Aber irgendwann wird einer auftauchen.« Er blickte nachdenklich zu den fernen Hügeln hinüber, dann schüttelte er sich.

»Was wir in Caer Cadwy geleistet haben, ist nicht gering zu veranschlagen. Zwar ist es vor allem eine bewaffnete Festung, doch wir haben einen Ort des Friedens daraus gemacht, wo unterschiedliche Menschen aus Prydein sich begegnen und zusammenarbeiten können.« Er wandte sich an Mab Petroc.

»Ein letztes Abenteuer, hast du gesagt. Ich glaube, nach all den Jahren der kriegerischen Auseinandersetzungen wäre der Friedensschluß an sich schon ein Abenteuer. Wahrscheinlich wird er sich sogar als die schwierigere Aufgabe erweisen. Doch es wird leichter sein, wenn ich mehr bin als der bloße Befehlshaber der britischen Streitmacht.«

»Die Zeit ist reif für einen Herrscher«, sagte Mab Petroc ganz ohne Ironie. »Es ist sogar schon höchste Zeit. Die Insel muss befriedet werden, und das kann nur ein Herrscher leisten.«

Wenn das Lager aufgeschlagen war, versammelte sich allabendlich eine Gruppe von Männern, um sich im Gebrauch der Waffen zu üben. Die Teilnehmer wechselten, je nachdem, wer gerade Zeit hatte, doch der harte Kern blieb stets der gleiche. Cei, Lleminawg, Gwalchmei, Talorcan, Moried und Mab Petroc fanden sich unweigerlich auf einem freien Plätzchen ein, um sich zu ertüchtigen.

Artus' Männer kämpften stets paarweise und gaben einander abwechselnd nach hinten Deckung, doch in den Übungen wechselten sie häufig den Partner, um das Durcheinander einer Schlacht nachzustellen. Die meisten Männer bevorzugten instinktiv eine bestimmte Waffe, sei es nun das Schwert, das Langmesser oder den Kurzspeer, doch einen Teil der Zeit verwandten sie darauf, sich im Gebrauch ungewohnter Waffen zu üben.

Vor allem aber übten sie zu Fuß, denn sie würden keine Pferde nach Iardomnan mitnehmen können. Sie erlernten die Kunst des Schildwalls neu, wobei jeder nicht nur sich selbst, sondern auch seinen Nachbarn mit dem Schild schützte, und übten sich daran, wie die legendären römischen Legionen im Gleichschritt vorzurücken.

Zum Ende der Übungen inszenierten sie bisweilen Zweikämpfe und probierten neue Bewegungen an einem realen Gegner aus. Dies zog die meisten Zuschauer an, und häufig wurden auch Wetten abgeschlossen. Mab Petroc gewann von Gwalchmei ein neues Paar pelzgefütterte Stiefel, indem er darauf wettete, dass Moried allein mit dem Langmesser den mit Speer und Schild bewaffneten Talorcan besiegen würde, und verlor sie prompt wieder, als Talorcan die Revanche gewann.

Nach der Ertüchtigung begab Mab Petroc sich zu seinem Zelt, wo er Teleri vorfand, die ihn eine andere Form von Verteidigung und Angriff lehrte.

Er wollte sich nie wieder von Männern wie Pedrylaw Menestyr verhexen lassen. Teleri lehrte ihn, sich zu schützen und zu wehren. Und auch noch vieles andere brachte sie ihm bei, denn so wie man reiten lernen muss, bevor man zu Pferd kämpfen kann, muss man zahlreiche Fertigkeiten erwerben, ehe man in der Lage ist, sich gegen einen Druiden zu behaupten.

Sie lehrte ihn, mittels Wasser oder mithilfe eines Kristalls Vergangenes und Zukünftiges zu ergründen und echte von falschen Visionen zu unterscheiden. Sie lehrte ihn Namen und Eigenschaften von Kräutern und Pilzen, die Sprache der Vögel und vieles über Wald und Stein, über das Land an sich.

Eines aber brauchte sie ihm nicht erst beizubringen, und das war Disziplin. Das jahrelange Kriegerdasein kam ihm gut zustatten, zumal seine Fähigkeit, sich vollständig auf eine Sache zu konzentrieren. Als Folge davon fiel es ihm leicht, sein Bewusstsein dem größeren Universum zu öffnen.

»Über Artus wusste ich Bescheid«, sagte sie am letzten Abend vor der Ankunft in Kelliwig. »Du aber hast mich überrascht. Bei dir trügt der Schein, genau wie bei Cei. Nach außen hin bist du ein Krieger, nichts als Muskeln und Narben« - sie streichelte über seine Brust, berührte nacheinander die alten Verletzungen -, »doch in deinem Innern bist du ganz anders.«

Sie lächelte melancholisch. »Du bist viel tiefer, als ich erwartet habe. Du bist ein Mann, der sich auf einem Gebiet entweder auskennt oder keine Ahnung davon hat. Eigentlich hätte ich mir das denken können. Ein außergewöhnlicher Führer zieht auch außergewöhnliche Gefolgsleute an.«

Er lachte. »Wie lautet noch das alte Sprichwort? Man soll einen Herrscher nach seinen Beratern beurteilen?«

»Ja«, sagte sie versonnen. »Aber da steckt noch mehr dahinter. Du bist hier, weil es dein Schicksal ist, hier zu sein, und das gilt auch für Cei, Gwenhwyvar und Lleminawg.«

Sie wälzte sich auf die Seite (im Kerzenschein glänzte der Schweiß auf, der sich in ihrer Rückenkuhle gesammelt hatte) und schwieg, sodass er sich später fragte, was sie eigentlich gemeint hatte.

»Ich muss die Wachposten kontrollieren«, sagte er nach einer Weile, zog sich an und trat hinaus in die Nacht.

Es war nicht kalt, aber feucht, denn ein feiner Nebel war aus den Tälern aufgestiegen und vertiefte die Dunkelheit. Von den Bäumen tropfte es. Die Wachposten hatten sich in ihre langen Kapuzenumhänge gemummt und sich so gut es ging untergestellt. Sie verschmolzen mit den Bäumen und Büschen, und nur ein gelegentliches Husten oder Schniefen verriet ihren Aufenthaltsort.

Den Außenposten an der Straße behielt er sich bis zuletzt vor. Er war am weitesten vom Lager entfernt, und bis er ihn erreichte, würden sich seine Augen an die Dunkelheit gewöhnt haben. Er wusste, dass Talorcan, mit dem er seit der Begegnung im Stall nur ein paar Worte gewechselt hatte, das Kommando führte, und wollte in Erfahrung bringen, wie der Pikte über den Feldzug nach Iardomnan dachte.

Als die Fackeln des Lagers hinter ihm lagen, schien der Nebel sich zu verdichten. Stellenweise reichten die Büsche bis an den Rand des Pfads und ragten schwarz neben dem etwas helleren Weg auf, und obwohl er bei Nacht eigentlich gut sah, ging er mit ausgestreckten Armen, wie ein Blinder.

»Achtung, ein Schlagloch!«, flüsterte hinter ihm eine muntere Stimme, sodass er unwillkürlich zusammenschreckte.

Er blieb stehen und wartete, spähte in die Dunkelheit. »Wer ist da? Wo bist du?«

»Unter dem Baum, Cousin«, antwortete die Stimme. »Drei Schritte nach links, und pass auf den Findling auf.«

»Talorcan?«

»Aye. Die anderen haben sich weiter vorn im Halbkreis verteilt. Abgesehen von ein paar merkwürdigen Geräuschen, die vor einiger Zeit zu vernehmen waren, ist nichts zu vermelden. Vielleicht war es ein Wildschwein, dessen Schlaf gestört wurde, aber was es aufgeweckt hat ... Tja, die Dreifaltigkeit und die himmlischen Geister würden dir zweifellos Aufschluss darüber geben können, nicht jedoch wir armen Sterblichen, und das ist die Wahrheit, Cousin.«

Mab Petroc tappte zum Baum. Ein Schatten löste sich vom Stamm und geleitete ihn über den unebenen Boden, zog ihn in den Schatten hinein.

Hinter dem Baum fiel der Untergrund steil zu einem Tal ab, eigentlich war es eher eine Schlucht. Auf den Hängen gab es nur wenig Unterholz, sodass er trotz des Nebels und der Dunkelheit einigermaßen gute Sicht auf den Talgrund hatte, den jeder Fremde, der sich dem Lager nähern wollte, hätte durchqueren müssen. Bloß entlang des Baches, der sich plätschernd und gurgelnd einen Weg zwischen den Felsen hindurch suchte, war der dichte Bewuchs nicht einsehbar.

»Die Stelle ist gut gewählt«, sagte er.

»Das stimmt. Nicht dass ich glaubte, jemand wäre so verrückt, eine Annäherung zu versuchen, aber man weiß ja nie.« Talorcan knuffte ihn in die Rippen. »Hier. Probier mal. Man muss die Nässe mit Flüssigem vertreiben.«

Der Pikte hatte sich vom Tod seines Pferdes offenbar wieder erholt.

»Wie geht es Degaw?« Mab Petroc reichte ihm die Flasche zurück, während sich die Wärme bis in seine Zehenspitzen hinein ausbreitete. (Schade um die pelzgefütterten Stiefel, aber sie waren für die Füße des Falken geschustert worden.)

»Ach, ganz gut. Danke der Nachfrage, Cousin.« Talorcan wandte den Kopf ab und blickte zur anderen Seite der Schlucht, die hin und wieder aus dem Nebel hervortrat.

»Macht sie sich Sorgen wegen unserer Unternehmung?«

Der Pikte rückte näher an den Baumstamm. »Aber ja, das tut sie.« Er verstaute die Flasche unter seinem Umhang. »Du weißt ja, wie Frauen sind. Sie ahnt zukünftiges Unheil. ›Nur Sieben kehrten zurück‹, wie der Dichter sagt.«

Er wandte sich zögernd Mab Petroc zu, nahm seinen Mut zusammen. »Verzeih mir, aber sie mag Teleri nicht. Sie glaubt, Artus mache einen Fehler, wenn er ihr vertraut.«

Mab Petroc versteifte sich unwillkürlich. Talorcan hob beschwichtigend die Hand und sprach weiter, wobei er vor lauter Unsicherheit beinahe ins Plappern geriet.

»Natürlich ist ihr aufgefallen, dass du dich verändert hast, und das findet sie gut. Du warst in letzter Zeit so fern, so unnahbar. Seit Garwens Tod hast du nur noch dann gelacht oder gescherzt, wenn es ums Kämpfen ging. Jetzt bist du beinahe wieder der Alte, abgesehen davon, dass du die Kritik an deiner Geliebten nicht verträgst. Aber was wissen wir schon von ihr? Nichts. Gleichwohl bittet sie uns, die Beschützer Prydeins, in unbekanntes Gebiet zu segeln und nach einem geheimnisvollen Gegenstand zu suchen, bloß weil in irgendwelchen alten Geschichten die Rede davon ist.«

Mab Petroc bezähmte seine Wut, indem er mehrmals tief durchatmete, und bemühte sich, gelassen zu antworten. »Und du? Was denkst du?«

»Ich?« Talorcan schüttelte den Kopf. »Ich zerbreche mir nicht den Kopf. Ich bin Artus' Mann, das reicht. Ich führe aus, was er mir aufträgt, und kämpfe, wenn er es von mir verlangt. Das Wie und Warum überlasse ich ihm.«

»Aber wie denkst du über Iardomnan?«

Seine weißen Zähne blitzten in der Dunkelheit auf. »Ich *will* dorthin, Cousin. Seit der Schlacht von Badon Hill haben wir nicht mehr als Armee gekämpft, und es sieht nicht so aus, als würden wir es so bald wieder tun. Die Saesoniten sind geschlagen. So lästig die Skoten auch sind, sie treten zumeist doch nur in kleinen Gruppen auf. Was die niederen Lords von Prydein betrifft, so mögen sie zwar grollen, doch nicht einmal die größten Hitzköpfe unter ihnen würden es wagen, uns offen die Stirn zu bieten. Dies ist unsere letzte Chance, Ruhm zu erwerben, und ich möchte sie nutzen.«

Mab Petroc hörte nicht mehr zu. Auf der anderen Talseite huschte parallel zum Hang ein Schatten durch den Nebel, und noch mehr folgten ihm nach, insgesamt vier oder fünf, die kleiner waren und sich langsamer bewegten.

Die Gestalt an der Spitze hielt an, und die anderen folgten ihrem Beispiel. Als sich der Nebel teilte, sah er, dass es sich um einen Hirschen handelte, dessen Fell im Licht der Sterne grau wirkte. Er witterte und schwenkte unruhig den Kopf.

»Uns wittert der nicht«, flüsterte Talorcan ihm ins Ohr. »Der Wind steht falsch.«

Der Hirsch schrie. Der Laut hallte durchs Tal, durchbrach jäh die Stille. Er schrie erneut, dann floh die Herde und verschwand über die Hügelkuppe.

»Was ist da los?«, murmelte Talorcan vor sich hin. »Sind das Menschen oder ...«

Sie trotteten im Gänsemarsch am Grat entlang: zuerst eine Dreiergruppe, dann vier oder fünf weit auseinander gezogen, schließlich fünf oder sechs Tiere, die ohne Eile dicht hintereinander gingen, schwarz und silbrig im Licht der Sterne.

»Auf das Wild haben sie es nicht abgesehen«, meinte der Pikte. »Wahrscheinlich sind sie auf Aas aus.«

Die Wölfe verschwanden lautlos in Nacht und Nebel, dann war auf dem Hang wieder alles ruhig.

»Hast du den Leitwolf gesehen?« Talorcan holte die Flasche unter dem Umhang hervor. »Hier, Cousin, trink einen Schluck. Das war der am Ende, in der letzten Gruppe, der Einzige mit aufgerichtetem Schweif. Das Tier an der Spitze ist vermutlich der weibliche Leitwolf gewesen.« Er setzte die Flasche an und schluckte. »Wölfe haben eine bestimmte Rangfolge, genau wie wir Menschen. Der Zweithöchste in der Rangfolge gibt den Weg vor und führt die Jagd an, während der Leitwolf seine Kräfte für den Notfall schont. Wölfe sind klug.«

»Woher weißt du das alles?«

»Ich habe als Knabe oft die Wolfsrudel in den Bergen beobachtet. Das war Teil meiner frühen Ausbildung. Meine Stammesgenossen legten bisweilen Wolfsfelle an, wenn sie auf Raub auszogen. Sie schlichen sich an die feindlichen Wachposten an, scharrten und stampften und schnüffelten wie ein Wolf auf der Pirsch. Im letzten Augenblick sprangen sie hoch und warfen sich auf sie.«

Mab Petroc brummte, dachte über Talorcans Worte nach, dann lachte er leise in sich hinein. »Was wilde Geschichten betrifft, bist du genauso schlimm wie Lleminawg.« Er gähnte und streckte sich. »Ich lege mich wieder hin. Wir sehen uns, wenn es hell wird.«

Noch immer leise vor sich hin lachend, machte er sich auf den Rückweg. Sich dem erhellten Lager zu nähern, war leichter, als sich davon zu entfernen, außerdem hatten sich seine Augen mittlerweile so gut an die Dunkelheit gewöhnt, dass ihn der Fackelschein blendete.

Außer den Wachposten schliefen alle. Er weckte Gwalchmei, der ihn ablösen sollte, und begab sich zu seinem Zelt.

Im Innern war es stockdunkel und stickig. Als er noch jünger war, hatte er auf Feldzügen ungeachtet der Feuchtigkeit - in den Umhang gemummt - öfter im Freien geschlafen. Jetzt, da er älter geworden war und bei Hofe eine herausragende Stellung einnahm, erwartete man von ihm ein entsprechendes Verhalten, doch bisweilen (und so auch heute) sehnte er sich nach den alten Zeiten zurück.

Andererseits hatte man im Zelt den Vorteil einer gewissen Privatsphäre - da die Zeltwände die Geräusche lediglich dämpften, war diese vielleicht nur eingebildet, doch zumindest konnte einen niemand sehen. Dies hatte sich in den vergangenen Tagen als nützlich erwiesen, und die schlechte Luft nahm er gern dafür in Kauf.

Im Eingang verharrte er in gebückter Haltung. Er nahm einen seltsamen Geruch wahr, den er nicht kannte oder vielmehr in einem Zelt nicht erwartete. Den Schweißgeruch eines Mannes, gemischt mit dem Geruch von Wollfett und seinem eigenen Schweiß.

»Teleri?«, flüsterte er, als fürchtete er, sie zu wecken.

Doch da wusste er bereits, dass das Zelt leer war.

Gleichwohl zündete er mit Feuerstein und Zunder die Lampe an - wenn er sich eine Fackel geholt hätte, wäre es schneller gegangen, doch darauf kam er in der Aufregung nicht -, und als sie brannte, sah er, dass er sich nicht getäuscht hatte.

Teleri war verschwunden.

4

Von Trauer überwältigt hockte er inmitten des Ginsterdickichts am Rande der Steilfelsen. Das Gefühl von Einsamkeit war so übermächtig, als habe er erst gestern ihr Verschwinden bemerkt.

Sie hatte weder ihn noch Artus jemals angelogen. Sie hatte zugelassen, dass sie ihre Äußerungen missdeuteten und falsche Schlussfolgerungen zogen, doch belogen hatte sie sie nie.

Er hatte sie geliebt.

Er liebte sie noch immer, würde sie lieben bis ans Ende seiner Tage.

Und wenn möglich, würde er sie sogar über das Grab hinaus lieben.

Der Wind nahm zu, schüttelte die dornigen schwarzen Zweige mit den Stechginsterblüten.

Während er von der Vergangenheit geträumt hatte, war es Nacht geworden.

In plötzlicher Panik richtete er sich auf. Dies war keine bloße Nachwirkung seiner Krankheit. Er musste ein Narr gewesen sein. Dies war ein Zauber, die Art von schwarzer Magie, vor der Teleri ihn gewarnt hatte. Der Zauber diente dazu, die Willenskraft des Opfers zu schwächen, das sich in endlosen Tagträumen verlor.

Er war wirklich ein Narr gewesen. Das rettende Gegenmittel lag in Lumpen eingepackt in der Holztruhe, versteckt in einer Spalte in den Steilfelsen, die er nur bei Tageslicht wiederfinden würde. (Und selbst wenn er sie wiederfände, würde er die Truhe aus eigener Kraft nicht bergen können.)

Immer mehr Wolken sammelten sich am Himmel, schmale Streifen, die an den Sternen vorbeizogen. Es sah aus, als segelte der Mond auf einem aufgewühlten Meer, wie ein Schiff, dessen Bug bisweilen in die Wogen schnitt, das sich aber jedes Mal wieder langsam aufrichtete. Die Wolken verdichteten sich, und der Wind pfiff durchs Gebüsch, drang durch sein geflicktes Gewand, wehte vom Meer zum Himmel hoch, wie er es noch nie erlebt hatte.

Das Rauschen des Windes steigerte sich zu einem Heulen. Der Ginster schwankte wie irr, bloß die schwarzen Kiefern am Waldrand wirkten unbehelligt. Schatten rasten übers Gras, durch das er vor einiger Zeit so mühsam gekrochen war, als verfolgten sie verborgene Absichten, während der Mondschein in der Helligkeit schwankte wie eine Lampe bei starkem Luftzug.

Er zwängte sich zwischen den Ginsterdornen hindurch, an denen sich sein Gewand verfing. Dann war er draußen und rannte über den Grasstreifen zum sicheren Waldrand, verfolgt von den Schatten, während ihm der Wind den Atem verschlug und die Angst ihm die Brust zusammenpresste.

TEIL DREI

ERSTES KAPITEL

1

Eurgain hockte hinter der Laubverwehung und beobachtete den Mann mit dem kahl geschorenen Kopf.

Er stand allein in der Mitte des Gehölzes. Die anderen Skoten warteten am Rand der Lichtung, die drei Anführer von den anderen deutlich abgesetzt und auf ihre Speere gestützt.

Sie wusste jetzt, dass im Laufe der Nacht etwas geschehen sein musste. Offenbar war ein saesonitisches Schiff in die Bucht eingelaufen und vor Anker gegangen, um auf den Morgen zu warten. Die Skoten waren durchs Wasser gepaddelt oder geschwommen, hatten es angegriffen und die ganze Besatzung getötet. Am Morgen hatten sie die abgetrennten Köpfe ihren übrigen Trophäen hinzugefügt.

Das Gehölz, der uralte heilige Ort ihres Volkes, bestand aus kreisförmig angeordneten Eichen, die halb so alt waren wie die Zeit und eine grüne Wiese umschlossen. Mitten auf der Wiese befand sich ein Steinbecken, von einer Quelle gespeist, sodass es selbst im trockensten Sommer mit frischem Wasser gefüllt war.

Der Druide füllte eine Schöpfkelle, schritt von einem Pfahl zum nächsten und spritzte jeder Trophäe ein wenig Wasser ins Gesicht, das sich mit dem geronnenen Blut mischte und rot gefärbt ins Gras tropfte.

Sie biss sich auf die Lippen, sonst hätte sie aufgeschrien.

Als der Druide seinen Rundgang beendet hatte, löste er einen Steinhammer vom Gürtel und schlug damit dreimal mit aller Kraft gegen das Becken. Das Becken barst, das Wasser ergoss sich auf den Boden.

Eine Zeit lang war lediglich das Rauschen des Windes in den Blättern zu vernehmen. Nicht einmal die Krähen, die sich in Erwartung eines Festmahls versammelt hatten, gaben einen Laut von sich.

Auf ein Kopfnicken des Druiden hin trat Eremon, der Anführer der Skoten, mit einem Bündel auf den Armen vor. Der Druide streifte sein dunkles Gewand ab; sein Leib war bleich und unbehaart, die Arme dünn, die Rippen standen hervor. Eremon half ihm in ein Gewand, das aus dem Fell eines Bullen gearbeitet war; er taumelte unter dem Gewicht, die Beine drohten nachzugeben. Dann setzte Eremon dem Druiden eine Maske auf: eine Maske in der Form eines weiß gesprenkelten Vogels, dessen Flügel auf die Schultern des Mannes hinabhingen.

Der Krieger zog sich an den Rand der Lichtung zurück. Der Druide wartete, die Vogelschwingen flatterten im Wind.

Auf einmal sprang er mit einem gewaltigen Schrei in die Luft, dann rannte er von Baum zu Baum und umarmte einen jeden wie eine lang vermisste Geliebte, wobei er unablässig schluchzte und jammerte.

Eurgain drückte sich tiefer ins Laub hinein und wagte kaum mehr zu atmen.

Mit ausgreifenden Schritten und wiederholten Luftsprüngen wanderte der Druide von Eiche zu Eiche, pfeifend und rufend, unter schrillem Gelächter, schreiend wie ein Raubvogel, muhend und bellend, grunzend wie ein Wildschwein, blökend wie ein Hirsch.

Als er jeden einzelnen Baum berührt hatte, tänzelte er zum zerstörten Becken, hin und her schwankend und mit brechender Stimme schreiend und heulend:

»Das Land ist wüst und leer; niemand kennt es. Es hat keinen Namen, keine Bewohner. Leer ist das Land und ohne Abgrenzungen.«

Der Wind zauste die Flügelfedern, die ihm auf den Rücken hinabhingen.

Dann stellte er sich auf einem Bein ins Wasser, das sich aus dem Becken ergossen hatte, und stimmte einen Singsang an:

»Land der vielen Rehe, umschlossen vom Meer, scheue Rehe im Wald, purpurfarbenes Moos auf den Steinen, Brombeeren an den Büschen, kaltes Wasser in den Bächen, Eicheln an den

Eichen, Schlehen an den Dornsträuchern, Wildschweine im Gehölz, Nüsse an den Haselnusssträuchern, Heidelbeeren an den Hängen.

Rehe in den Eichengehölzen, Wildschweine auf der Wiese, Honigwaben in den Bäumen, Forellen in den Bächen.

Fruchtbar das Meer, fruchtbar das Land, viel verzweigt die Bäche, schnell fließend die Flüsse, lieblich die Tümpel, tief die Brunnen.

Tau auf dem Gras, sanft der Regen, fettes Gras auf den Wiesen, Getreide auf den Feldern, gerodet die Lichtungen, gut gebaut die Häuser, die Gräber gepflegt.

Bläulich funkelnde Speere, bereit sich zu röten, kräftig die Arme der Männer; schön die Frauen, die Kinder mit geraden Gliedern.

In diesem Land am Meer, in diesem Land der Freuden, dem Land Eremons, ist Mac Cairbre der König.«

Eurgain spürte, wie sich ein Wind erhob, der die Laute fliehender Tiere herantrug. Die Krähen flogen krächzend auf, kreisten einmal über dem Gehölz und wandten sich dann zum Meer.

Es war, als sei der Wald ringsumher in Bewegung geraten. Sie war im Dorf geboren und hatte, abgesehen von einer Reise zu der Stadt an der Biegung des Meeresarms, ihr ganzes Leben hier verbracht. Sie und ihre Familie hatte in diesem Gehölz den Geistern gehuldigt, hatten im Wald gejagt und Beeren gesammelt. Als Kind hatte sie im Wald gespielt, hatte Talmulden und Senken durchwandert, bis sie jeden einzelnen Baum kannte. Die Geister waren ihre Geister, bisweilen wohlgesonnen und dann wieder zornig, jedoch stets gegenwärtig und ansprechbar, geliebt und gefürchtet und tiefer verehrt als alles Vertraute.

Sie waren verschwunden. Die Geister kannten sie nicht mehr.

Die Bäume sahen auf einmal anders aus, fremd und feindselig. Sogar das Gewirr der abgestorbenen Äste, der Windbruch, der hier vor sich hin moderte, und das Moos und die Pilze, die sich von Jahr zu Jahr immer weiter ausgebreitet hatten und die sie schon als Kind beim Spiel mit ihrer Schwester und ihren Kusinen als Versteck benutzt hatte, wirkten verändert, fremd und unbekannt.

Dies war *ihr* Land gewesen, das Land ihrer Familie, schon seit Generationen. Könige und Eroberer und Oberherrn kamen und gingen, verlangten ihren Anteil an der Fülle, während die Dorfbewohner den Boden bestellten und fischten und ein ruhiges Leben führten. Streit gab es nur untereinander, und die Elemente - Wind, Regen, Dürre und das Meer - blieben sich stets gleich.

Die Gebeine ihrer Ahnen ruhten in Grabhügeln oder Flachgräbern oder wurden von den Gezeiten des rastlosen Meeres blank gewaschen, ihr Fleisch düngte die Erde, die das Getreide hervorbrachte, oder nährte die Fische, die in den Netzen gefangen wurden.

Am Anfang, zu Anbeginn der Zeit, waren ihre Ahnen in ein unbewohntes, formloses Land gekommen, in eine ungestaltete Ödnis. Nach und nach hatten sie die Wildnis geformt, den Wald, die Lichtungen, die Bäche, die Grate, die Hügel, die Flüsse. Indem sie dem Land mit ihren Geburten, Taten und Toten Bedeutung verliehen, hatte sie das Land im Verlauf eines lang währenden Prozesses aus dem Nichts erschaffen, das die ersten Siedler einst vorgefunden hatten.

Und jetzt hatte der Druide alles zunichte gemacht. Er hatte die Geister vertrieben und das ursprüngliche Chaos wiederhergestellt. Dann hatte er es im Namen Eremons in Besitz genommen, indem er zunächst seine Leere und dann die zukünftige Fülle und Fruchtbarkeit besang.

Er hatte sie in ihrem eigenen Land zur Fremden gemacht, zur Ausgestoßenen, ausgesetzt in einem unbekannten Wald.

Besser wäre es, sie wäre tot.

Budoc spürte es auch. Eben noch hatte er die Wasserschläuche in einem Bach aufgefüllt und versonnen die Lichtreflexe auf dem Wasser betrachtet. Im nächsten Augenblick hatte er sich aufgerichtet, und die Wasserschläuche waren vergessen. Er griff nach einer nicht vorhandenen Waffe an seinem Gürtel, lauschte auf das Geschrei der Krähen.

Er wandte sich um, musterte das Unterholz und hätte sich nicht gewundert, wäre einer der Skoten mit angelegtem Speer auf ihn zugerannt gekommen. Der Gestank von verbranntem

Fleisch stieg ihm in die Nase, als träumte er wieder einmal von Camlann.

Ringsumher stieß das Getier des Waldes Angst- und Warnrufe aus. Er spürte die Bewegung, spürte, dass die Tiere vor einer unbekannten Störung mitten im Wald flohen.

Er schnappte nach Luft, es wurde ihm schwindlig, sodass er um ein Haar in den Bach gestürzt wäre. Ein großes Gewicht lastete auf ihm, drückte ihn auf den Boden nieder. Er wälzte sich auf den Rücken und rang nach Atem. Mit bebenden Lippen blickte er zum Himmel mit den weißen Wolkenbändern auf.

So ähnlich musste es sich anfühlen, wenn man starb. Er hatte schon erlebt, wie jemand aus heiterem Himmel niedergestreckt worden war, wie er sich verkrampft und an die Brust gefasst hatte und schwer atmend zusammengebrochen war, während seine Lippen blau anliefen. Wer Glück hatte, starb auf der Stelle. Die weniger Glücklichen überlebten und waren fortan nurmehr ein Schatten ihrer selbst.

So war es Glewlwyd mit dem kräftigen Griff ergangen. Der Pförtner hatte über Schmerzen in der Brust und in der Seite geklagt, jedoch nur beiläufig, da er sie auf eine Muskelzerrung zurückführte. Dann war er eines Tages wie ein geschlachteter Ochse auf der Veranda des Palas zusammengebrochen. Vier starke Männer hatten ihn ins Innere geschleppt, und weder Ärzte noch Priester hatten es vermocht, ihn wieder zu Kräften zu bringen. Fast ein Jahr lang hatte er in seinem vom Schlag getroffenen Körper dahingesiecht, mit schiefem, sabberndem Mund, ohne sprechen zu können, des Lebens überdrüssig.

Budoc wehrte sich gegen den zunehmenden Druck. Es knackte ihm in den Ohren. Die Luft wurde ihm aus den Lungen gesaugt. Seine Brust wogte wie der Blasebalg eines Schmieds.

Die Bäume riefen ihn, sangen von ihrer Angst und ihrem Schmerz, von Äxten, Keilen und Sägen, von lebendigen Wurzeln, die aus dem Erdreich gerissen wurden, von zerschmetterten Wasserbecken und sich auf den Boden ergießendem Wasser. Die Geister derer, die zu Lebzeiten den Wald mit ihrer Hände Arbeit, mit Opfergaben und später dann mit ihren Leibern genährt hatten, stöhnten und wehklagten ringsumher;

denn die Geister der Ahnen wurden heulend aus ihrer Zuflucht vertrieben.

Er versuchte, mit seiner verkrüppelten Hand ein Kreuz zu schlagen - der andere Arm war unter seinem Rücken eingezwängt -, doch die Muskeln gehorchten ihm nicht. Er konnte bloß hilflos in den Himmel starren.

Ein schwarzer Schemen schwebte auf den Luftströmungen, beschrieb über ihm einen großen Kreis, faltete die Flügel zusammen und stürzte in die Tiefe, dann spannte er sie wieder auf und flog davon, sich überschlagend wie ein Akrobat der Lüfte.

Mit den Augen verfolgte er die Flugbahn, während eine tiefe Stimme in seinem Innern ihm sagte, dass dies vielleicht das Letzte sei, was er auf Erden sähe. Die Raben und Krähen veranstalteten im Wald noch immer einen kreischenden Lärm, der sogar das Pfeifen in seinen Ohren übertönte.

Auf einmal stellte er fest, dass er wieder Luft bekam.

Stöhnend richtete er sich auf. Er fühlte sich benommen und ihm war schwindelig. Er schüttelte den Kopf, um die Ohren wieder freizubekommen, entfernte sich taumelnd vom Bach und ließ sich ins Gras niedersinken.

Ringsumher herrschte Stille. Sogar die Krähen gaben Ruhe.

Er stützte den Kopf auf die Knie und nahm sich vor, nicht wieder krank zu werden. Dann hob er den Kopf und atmete ein paarmal tief durch, sog die Luft in die Lungen und ließ sie so langsam wie möglich wieder entweichen.

Er spürte weder den Wald noch die Anwesenheit der Geister, ob sie nun wirklich waren oder bloß eingebildet. Das Gefühl der Nähe zu ihnen war mit der drückenden Last verschwunden, bloß das Gefühl von Bedrohung und Verlassenheit war übrig geblieben.

Er wusste, was das bedeutete. Die Skoten hatten das Waldheiligtum geschändet. Doch ihre Beweggründe entzogen sich seiner Erkenntnis.

2

Ceolric erwachte mit dem Geschmack von Salz und Sand im Mund.

Es war kurz nach Sonnenaufgang. Ringsumher zwitscherten die Vögel, Möwen kreisten über dem Heiligtum und stießen darauf hinab. Im Wald muhte klagend eine Kuh. Der Morgen kündete von einem weiteren sonnigen, warmen Tag.

Es war Ebbe. Er näherte sich über den Strand dem Wasser, grub seine bloßen Füße in den feuchten, festen Sand und blickte zum gegenüberliegenden Ufer. Er war weiter abgetrieben worden, als er gedacht hatte, und befand sich fast auf gleicher Höhe mit der Mündung der Bucht. Den letzten Ankerplatz des *Meerhengstes* konnte er von hier aus nicht sehen, denn ein zerklüfteter Felsvorsprung, dessen Fuß mit Tang und Muscheln bedeckt war, verdeckte ihm die Sicht.

Er blickte sich unsicher um. Er war hungrig, hatte jedoch nichts zu essen und abgesehen vom Messer an seiner Hüfte auch nichts, womit er etwas hätte fangen können. *(Nicht ans Messer denken. Am besten gar nicht an vergangene Nacht denken.)*

Da ihm nichts Besseres einfiel, lief Ceolric den Strand hoch und gelangte vom festen goldgelben Sand zu dem geriffelten weißen Puder, der an seinen feuchten Zehen festklebte, und von dort zu den Bäumen, die die Bucht säumten. Er streifte ziellos umher, bis er auf einen Pfad stieß – ob von Menschen oder Tieren ausgetreten, war nicht zu erkennen –, der offenbar parallel zum Meeresarm verlief.

Er bewegte sich möglichst leise von Schatten zu Schatten und wich den abgebrochenen Zweigen auf dem Boden aus, jederzeit bereit, den Pfad beim geringsten Hinweis auf andere Menschen zu verlassen.

Nach einer Weile bemerkte er, dass sich etwas verändert hatte. Er war dermaßen darauf konzentriert gewesen, kein Geräusch zu machen und den Ästen und Zweigen auszuweichen, dass er gar nicht auf die Umgebung geachtet hatte.

Irgendwann war der Weg vom Meer abgeschwenkt. Er erinnerte sich, eine Zeit lang zwischen dicken Baumstämmen, die an den unbemoosten Stellen grau oder weiß waren, einhergegangen zu sein. Doch was für Bäume dies gewesen sein mochten, wusste er nicht mehr, bloß dass sie groß gewesen waren.

Hier waren die Bäume kleiner, die Stämme standen weiter auseinander, und es gab kaum Unterholz. Es war auch viel heller, und in der Nähe hörte er Rinder muhen.

Er blieb stehen und blickte sich um. Der Pfad wirkte hier breiter und wurde offenbar überwiegend von Menschen benutzt. Die Bäume waren gefällt worden, und aus den Stümpfen sprossen zahlreiche neue Triebe.

In der Nähe musste es eine Siedlung geben. Die Triebe wurden geerntet; man brauchte sie für Zäune und Gatter, außerdem dienten sie wohl als Brennmaterial und die Rinde zum Färben.

Er näherte sich zwischen den dünnen Trieben hindurch dem Waldrand, dann blickte er von einem Hang auf eine Ansammlung kleiner Felder, die durch hohe Erdwälle getrennt waren, einige davon mit dichten Dornenhecken bewachsen. Zunächst wunderte er sich über die Wälle, dann aber wurde ihm klar, dass sie dem Vieh Schutz vor Wind und Regen boten und vermutlich auch dazu dienten, die wilden Tiere des Waldes abzuwehren.

Jenseits der Felder lag ein kleiner Fluss, in den ein Bächlein mündete. Am Ufer waren fünf, sechs Lehmhütten aufgereiht, die Dächer gedeckt mit einer Mischung aus Schilf und Farn. Die Stützbalken, die ihnen Form gaben, ragten aus den Wänden hervor, sodass die Hütten unfertig wirkten. Im Ufergras lagen ein paar kleine Coracles.

Im tiefen Flusswasser schwoiten drei weitaus größere Schiffe an den Ankern, als könnten sie es gar nicht erwarten, wieder auf Fahrt zu gehen. Dies waren allerdings keine Holzschiffe wie der *Meerhengst*, sie bestanden vielmehr aus einem lederbespannten Rahmen. Skotische Schiffe.

Abgesehen von den Schafen und Rindern auf den Weiden und den Schiffen im Wasser regte sich nichts. Soweit er erkennen konnte, hielt sich niemand in den Hütten auf.

Er verharrte lange am Waldrand. Er war hungrig und hatte Durst: Vielleicht gab es in den Hütten ja etwas zu essen, und der Fluss stellte eine große Verlockung dar. Doch aus irgendeinem Grund brachte er nicht den Mut auf, die Weiden zu überqueren.

Sich die Lippen leckend und sich selbst einen Feigling schimpfend zog er sich schließlich in den Wald zurück. Wäre er etwas jünger gewesen, hätte er sich wahrscheinlich auf den Boden gelegt und geweint; so aber sagte er sich, dass er ein Mann sei, und dies hielt ihn aufrecht, und wenn sich seine Augen bisweilen verschleierten und ihm Tränen über die Wangen liefen, so sah es niemand.

Ohne darauf zu achten, wohin er ging, wanderte er landeinwärts, weg von der Bucht und tiefer in den Wald hinein. Er bahnte sich einen Weg durchs Brombeergebüsch, in dem sich seine Kleidung verfing und das ihm die Haut zerkratzte, und ließ sich von den örtlichen Gegebenheiten leiten, ohne sich Gedanken darum zu machen, wohin er ging.

Die Bäume wurden immer älter und größer. Aus dem Unterholz vernahm er Rascheln und Zirpen, und einmal schreckte er ein Reh auf und sah seinen weißen Schwanz aufblitzen, als es sich ins Dickicht flüchtete.

Die umgestürzten Bäume ähnelten gestrandeten Meeresungeheuern; die kahlen Äste griffen nach dem Himmel, die Stämme waren tief in Brombeergebüsch und hohem Gras begraben. Einige wiesen Axtkerben auf, die meisten aber moderten ungenutzt vor sich hin.

Er kletterte über einen mit Wurzeln verwobenen Wall aus Steinen und Erde, sprang auf der anderen Seite hinunter und watete durch den schlammigen Bach. Als er sich umsah, bemerkte er, dass das Ufer einmal eine Trockensteinmauer gewesen war; mittlerweile waren die Steine von Gras und Moos überwachsen. Er hatte keine Ahnung, wer es gewesen sein könnte, der einmal versucht hatte, den Lauf des Wassers mitten im Wald zu lenken. Dann kam er darauf, dass hier in früheren Zeiten vielleicht gar kein Wald gestanden hatte.

Vorstellen konnte er es sich schon. Er hatte unterwegs das Gestrüpp gesehen, das auf verlassenen Feldern gedieh, die Birkenschösslinge, die sich überall ausbreiteten und von Eichen und Eschen gefolgt wurden. Aus den Erzählungen der Alten wusste er, dass die Felder, wenn sie nicht ständig bestellt wurden, alsbald unter einem undurchdringlichen Dickicht verschwanden, das es nicht mehr lohnend erscheinen ließ, sie wieder in Gebrauch zu nehmen. Außerdem wusste er, dass nach einem Mannesalter (angenommen, der Mann starb friedlich im Bett, was nicht häufig vorkam) das verfilzte Gestrüpp verdorrte und das Land, falls gewünscht, wieder bestellt werden konnte.

Dieser Wald machte einen anderen Eindruck. Die Bäume waren alt. Einige Eichenstämme waren umgestürzt, weil sie abgestorben waren - und wie jedermann wusste, wurden Eichen mehrere hundert Jahre alt.

Also wer hatte den Damm gebaut, der so alt war, dass das Land ihn bereits wieder verschluckt hatte?

Er blickte sich mit Unbehagen um. Das Vogelgezwitscher war verstummt. Als im Laub ein Windstoß raschelte, schreckte er zusammen. Auf einmal regte sich etwas Namenloses. Der Waldboden war sonnengesprenkelt, und ringsumher warf das Blätterdach Schatten. Es war, als sei der Wald von fieberhafter Unruhe erfüllt.

Er schluckte trocken, wagte jedoch nicht, von dem schlammigen Wasser zu trinken. Er hatte zu viele Geschichten im Kopf, Geschichten von jungen Männern und Frauen, die sich im Wald verlaufen und von einer Quelle getrunken hatten, worauf sie eingeschlafen waren und beim Aufwachen festgestellt hatten, dass Jahrhunderte vergangen und alle ihre Lieben zu Staub zerfallen waren.

Der Bach plätscherte den Hang hinunter. Er wandte sich um und folgte seinem Lauf, folgte der dunklen, von Stechpalmen gesäumten Linie des Damms, kletterte über umgestürzte Büsche und wich Brombeerdickichten aus, wobei er darauf achtete, nicht zu weit von der gewählten Richtung abzukommen.

Nach einer Weile erreichte er einen Ort, wo die Bäume gestutzt waren; nicht wie die, die er in der Nähe des Dorfes vorgefunden hatte, sondern vor langer Zeit. Denn die Triebe waren inzwischen selbst wieder zu richtigen Bäumen herangewachsen.

Er hatte mittlerweile vollständig die Orientierung verloren und schloss lediglich aus dem einfallenden Licht, dass er sich ungefähr in südlicher Richtung bewegte, auf die Klippen an der Mündung der Bucht zu. Wenn er dem Bach weiter folgte (der Wall war mittlerweile verschwunden), würde er sich wahrscheinlich in der Nähe des kleinen Strandes wiederfinden, an dem er zu sich gekommen war.

Wahrscheinlich. Er konnte sich natürlich auch täuschen und war vielleicht gar nicht so weit gekommen, wie er glaubte. Vielleicht lag dieses Gehölz ja viel näher beim Ersten, als er gemeint hatte; vielleicht war es sogar ein Teil von diesem.

Er schob den Gedanken beiseite, atmete tief durch und versuchte ruhiger zu werden. Er hatte schon davon gehört, dass Leute im Wald in Panik geraten waren und geglaubt hatten, sie hätten sich verirrt, obwohl dies gar nicht der Fall gewesen war; die Stille und Abgeschiedenheit und das Gefühl, hinter Büschen und Baumstämmen hervor beobachtet zu werden, hatte sie in Angst versetzt; schließlich waren sie Hals über Kopf losgerannt ...

Reglosigkeit machte alles bloß noch schlimmer.

Vielleicht schlichen *sie* sich ja bereits an ihn an, huschten von Baum zu Baum, schlängelten sich durchs Unterholz. (Die Geräusche, die er eben noch so unbekümmert Tieren zugeschrieben hatte - vielleicht hatten *sie* ihn ja die ganze Zeit über beobachtet.)

Welche Geister diesen Ort auch bewachen mochten - und er hatte keinen Zweifel, dass sie zahlreich und mächtig waren -, sie würden in ihm einen Eindringling erkennen. Die Gebeine seiner Ahnen ruhten nicht in diesem Humus, die Asche seiner Vorväter war an anderem Ort vom Wind zerstreut worden; er hatte sich nicht von der Sommerfülle des Ortes genährt und auch nicht den Hunger im Winter durchlitten.

Jeden Augenblick würde sich ihm eine Hand auf die Schulter legen, und wenn er sich umdrehte, würde er die Kapuzenwesen erblicken, gekleidet in lange, blattfarbene Gewänder, die Gesichter tief in den Kapuzen verborgen, Wesen aus einem Kinderalbtraum. Er würde sich umdrehen, von den Knochenfingern dazu gezwungen, und dann würden sie die Kapuzen zurückstreifen und ihn zwingen, ihnen ins Gesicht zu blicken.

Er floh.

Ceolric rannte, bis er keine Luft mehr bekam. Irgendwann überquerte er einen Grat und schlitterte auf der anderen Seite ins Tal hinab.

Nach einer Weile kam er sich töricht vor. Nichts hatte ihn gejagt, nichts hatte ihm übel gewollt. Er hatte nicht einmal etwas gesehen. Dieser Teil des Waldes wirkte freundlicher, eher wie der Wald in der Nähe seines Vaters Palas, als er noch ein Junge war. Hier gab es Vögel, viele verschiedene Arten, die sangen und zwitscherten, wie Vögel es eben tun. Und irgendwo in der Nähe trommelte ein Specht.

Am Talgrund fand er noch einen Bach, dessen klares Wasser über ein Kiesbett plätscherte. Er kniete am Ufer nieder und trank in tiefen Zügen, wobei er daran denken musste, wie er zusammen mit Garulf die Wasserschläuche gefüllt hatte. Ob der Friese wohl noch lebte? Er glaubte es nicht. Das Gesicht des Steuermanns war zuletzt blutüberströmt gewesen, als hätte er eine schwere Schädelverletzung davongetragen ...

(An den Kampf ums Schiff wollte er sich lieber nicht erinnern. Er hatte grässliche Dinge gesehen, unglaubliche Dinge. Daran wollte er nicht denken.)

Er ging weiter und kletterte zur Landzunge über dem offenen Meer hoch, in der unbestimmten Hoffnung, ein freundlich gesonnenes Schiff zu entdecken, das er auf sich aufmerksam machen könnte.

Die Bäume rückten immer weiter auseinander, dann hörte der Wald ganz auf: nicht unvermittelt wie oberhalb der Felder, vielmehr wurden die Lücken ganz allmählich immer größer, bis er auf einmal durch hohes Gras und Wildblumen schritt und der Boden nicht mehr anstieg, sondern zu den Steilfelsen am Meer hin abfiel.

Die aus Stein erbaute Hütte bemerkte er erst, als er sie fast schon erreicht hatte. Sie lag in einer Mulde, gut geschützt vor den Meeresstürmen. Sie war kleiner als die Lehmhütten, die er zuvor gesehen hatte, und viel sorgfältiger gebaut. Die Art der Steine, die man dazu verwandt hatte, war ihm unbekannt: Sie waren klein, flach und grünlich gefärbt.

Die Tür hing in den Angeln, die Bretter waren gesplittert und gebrochen. Das Farn beiderseits des Weges war niedergetrampelt, und zwar erst vor kurzem, den Knickstellen nach zu schließen.

Falls die Skoten hier gewesen waren, war kaum damit zu rechnen, dass sie so bald wiederkommen würden, und es schien durchaus möglich, dass er in der Hütte etwas zu essen oder zu trinken finden würde.

Ceolric spähte nervös umher, dann rannte er auf die Hütte zu. Im Innern herrschte stinkende Unordnung. Ein Teil des Dachs war heruntergerissen, als ob die Skoten nach etwas gesucht hätten, und der Boden war mit Dachstroh übersät. Dazwischen lagen Holz- und Lederteile, die Überreste eines Bettrahmens. Die Wände waren mit fremdartigen Zeichen und Symbolen beschmiert, deren Bedeutung er bloß erahnen konnte. In einer Ecke hatte ein Mensch und in einer anderen ein Hund einen Kothaufen hinterlassen. Beide waren von Fliegen umschwärmt. Das Stroh wirkte feucht und faulig.

Hier gab es nichts mehr für ihn zu holen. Fröstelnd trat er wieder in die Sonnenwärme hinaus, die Hoffnungslosigkeit seiner Lage neu vor Augen.

Er befand sich in Feindesland, mehrere Tagesreisen von der nächsten Siedlung seines Volkes entfernt - und er war allein. Er würde seine Schiffskameraden nie wiedersehen, nie wieder mit ihnen am Lagerfeuer sitzen und Garulfs Erzählungen lauschen. Er würde niemals den wahren Namen des Mannes erfahren, dem Garulf in der sterbenden Stadt Lindinis das Leben gerettet und der sich Mab Petroc genannt hatte. Wicga hatte eine Vermutung gehabt, wer es gewesen sein könnte, und hatte es ihm später, wenn sie sich in ihrer neuen Heimat eingerichtet hätten, sagen wollen, doch Wicga würde nie wieder mit ihm sprechen.

Ceolric taumelte schwer atmend von der Hütte fort, dem sicheren Wald entgegen und nur einen Gedanken im Kopf: Er wollte sich auf die Landzunge stellen und auf ein vorbeisegelndes Schiff warten. Doch es würden keine Schiffe auftauchen, und selbst wenn eins käme und man ihn entdeckte, würde es wohl kaum anlegen, um einen Fremden an Bord zu nehmen.

»Wer bist du?«

Er wirbelte herum und senkte die Hand auf das Messer an seinem Gürtel.

Neben einem Ginsterbusch stand ein alter Mann, den sehnigen Arm zu einem Spinnennetz ausgestreckt, das sich von den harten grünen Dornen deutlich abhob. Es schien, als habe er es soeben gesponnen und begutachte nun sein Werk.

»Wer bist du?«, wiederholte er in Ceolrics Sprache, jedoch mit ausgeprägtem Akzent.

Ceolric starrte ihn wortlos an.

»Keine Antwort? Dann lass mich mal raten.« Der Mann trat lächelnd einen Schritt vor, ohne sich von der Drohung mit dem Messer beeindrucken zu lassen.

»Du kommst von dem Schiff, das ich gestern Abend gesehen habe, stimmt's? Ich nehme an, ihr seid irgendwo an Land gegangen und wurdet im Verlauf der Nacht überfallen. Ich habe Schreie und Waffenlärm gehört. Die Angreifer haben euch besiegt, hab ich Recht? Ihr seid ein paar Tage zu spät gekommen, um leichte Beute zu machen.« Er sprach jetzt ganz leise, benutzte aber immer noch den germanischen Dialekt. »Jedenfalls haben die Skoten Custennin die Arbeit abgenommen.«

Als er Ceolrics verständnislosen Blick bemerkte, setzte er hinzu: »Custennin. Er ist ein - wie sagt ihr noch gleich dazu?« Er schnippte mit den Fingern. »Der Stammesführer. Nein, das ist falsch. Der *König*. Nach dem Wort habe ich gesucht. Er ist hier der König. Vielleicht kennst du ihn ja unter dem Namen Constantinus.«

Ceolric kam zu dem Schluss, dass der Mann nicht feindlich gesinnt war. Gefährlich wirkte er jedenfalls keineswegs. Er hatte etwa die Durchschnittsgröße des Bewohners des Westlandes und war somit erheblich kleiner als Ceolric. Das in den Ecken schüttere weiße Haar fiel ihm auf die Schultern und verhedderte sich in seinem Vollbart. Seine Kleidung war voller Grasflecke und Rindenstücke, als hätte er im Freien geschlafen. Das knielange Gewand wirkte mehrfach gestopft und nahezu farblos. Vor allem aber der Blick, mit dem er Ceolric unter buschigen Brauen hervor musterte, und die Art und Weise, wie er den linken Arm schwenkte, um seinen Worten Nachdruck zu verleihen, wirkten harmlos.

»Wir sind nicht an Land gegangen. Wir haben geankert, im Schutz der Hügel.«

»Ah«, meinte der alte Mann triumphierend. »Ja, das war auch klüger. Und wie ist es den Skoten gelungen, euch zu überwinden? Bist du der einzige Überlebende?«

Ceolric musterte ihn misstrauisch, doch die Frage des Fremden erschien ihm unverfänglich. »Ja, ich bin allein. So viel ich weiß, hat außer mir niemand überlebt.«

»Und weiter?«

»Ich ... ich weiß nicht. Auf einmal waren sie überall. Die Wache muss wohl geschlafen haben.« Er fröstelte und umklammerte das Messer wie einen Talisman.

Der alte Mann runzelte die Stirn. Sein Akzent wurde auf einmal stärker, er sprach stockender. »Was hast du gesagt? Es tut mir Leid, doch ich habe diese Sprache lange nicht mehr gesprochen.«

Ceolric wechselte in seine Muttersprache. Wicga hatte ihn regelmäßig üben lassen, denn er war der Ansicht, die Gabe, sich mit den Einheimischen unterhalten zu können, sei zu wertvoll, um sie zu verlernen.

»Ich hatte geschlafen. Als ich erwachte, kletterten sie gerade von allen Seiten an Bord. Sie haben uns überrascht. Als Wicga, mein Vater, getötet wurde, stieß Garulf mich ins Wasser und befahl mir zu schwimmen.«

Er stockte und blickte den alten Mann trotzig an.

»Eigenartig«, murmelte dieser. »Du hast den Akzent der Winkelleute.« (Ceolric sagte sich, er habe sich wohl verhört.) »Hast du Hunger?«

»Ja. Großen Hunger.«

Daraufhin wandte sich der alte Mann wortlos um und ging in den Wald. Nach kurzem Zögern folgte ihm Ceolric.

Der alte Mann führte ihn weit in den Wald hinein, durch dichtes Gebüsch, das bis zu ihren Köpfen aufragte, und unter tief hängenden Zweigen hindurch, bis Ceolric die Orientierung vollständig verloren hatte.

Schließlich hielt er an und bedeutete dem jungen Mann, auf einem Baumstumpf Platz zu nehmen. Ceolric zögerte erneut, dann erinnerte er sich seiner guten Manieren, ging in die Hocke und überließ den Baumstumpf seinem Gastgeber, der vorübergehend hinter einem mächtigen Eichenstamm verschwunden war.

Kurz darauf tauchte der alte Mann wieder auf, in Händen ein Brettchen mit Brot und Käse. »Es ist auch noch etwas Fisch da«, meinte er entschuldigend, »doch ich fürchte, der ist mittlerweile in der Hitze verdorben.«

Ceolric entspannte sich. Die alltäglichen Äußerungen des Alten hatten ihn davon überzeugt, dass er nichts von ihm zu befürchten hatte.

Als hätte er seine Gedanken erraten, lächelte der Fremde. Er setzte sich auf den Baumstumpf und sah Ceolric eine Weile beim Essen zu, dann sagte er mit sanfter Stimme:

»Ich heiße Budoc. Das ist nicht mein Geburtsname, ich habe ihn erst später bei meinem Eintritt ins Kloster im Gedenken an den Abt von Laure angenommen. Und wie heißt du?«

Außer dem letzten Satz hatte er kein Wort verstanden. »Ceolric«, antwortete er.

»Wurdest du auf dieser Insel geboren?«

»Aber ja. Meine Mutter war eine hohe Dame, eine Prinzessin der Cantii.«

Der alte Mann grinste. »Das erklärt deinen Akzent. Allerdings habe ich noch nie gehört, dass ein Saesonite sich eine britische Frau genommen hätte, die keine Prinzessin gewesen wäre.«

Ceolric runzelte die Stirn. Machte Budoc sich etwa über ihn lustig?

»Dein Vater – Wicga hast du ihn genannt –, gehörte der zu Oescs Männern?«

»Vor langer Zeit einmal. Dann aber begehrte er ein eigenes Königreich.«

»Ah, ich verstehe. Und da hat er euch hierher geführt?«

»Ja. Er hat gemeint, wenn Cerdic im Land, das der Insel Wectis gegenüber liegt, ein Königreich gründen konnte, dann könnte er es hier ebenfalls schaffen.«

Budoc hob erstaunt die Brauen. »Der alte Renegat. Lebt er noch?«

»Cerdic? Ja, aber er ist mittlerweile ein alter Mann.«

»Das kann ich mir denken. Dann nennt er sich jetzt also König, so, so. Und wie steht es mit Oesc? Ich hörte, er sei tot.«

»Oesc? Oesc ist kurz nach meiner Geburt gestorben.«

Budoc lachte. »Ach, die Mächtigen sind gefallen. Nun gut, alle Dinge sind endlich, mit Ausnahme der Gnade Gottes.« Er schüttelte den Kopf. »Dein Vater wollte mit einer einzigen Schiffsbesatzung ein Königreich gründen? Selbst Cerdic hat dafür fünf Kielschiffe gebraucht.«

»Er wollte ein Lager anlegen, die Gegend erkunden und dann mehr Leute nachholen«, erwiderte Ceolric abwehrend.

Budoc nickte. »Das klingt ganz vernünftig. Aber ich begreife noch immer nicht, warum sein Traum so plötzlich zunichte wurde.«

Sein Tonfall veranlasste Ceolric, von den Speiseresten aufzublicken. Der alte Mann musterte ihn mit undurchdringlicher Miene und überlegte offenbar, was er von dem Bericht des jungen Mannes halten sollte.

»Glaubst du, ich bin weggelaufen?«

»Ich weiß nicht, was ich glauben soll. Noch weniger weiß ich, was ich mit dir anfangen soll.«

ZWEITES KAPITEL

»Das war keine gute Nacht«, klagte Gorthyn. »Ich habe von windgepeitschten Bäumen geträumt, und nicht einmal, als ich dich mit der Wache ablöste, wurde es besser. Die ganze Nacht lang plagten mich Gesichte von Zweigen, bis zum Brechen gebogen, von losgerissenen Blättern, die vom Sturm davongewirbelt wurden ...«

»Nemeton«, sagte Nai, lässig im Sattel sitzend.

Gorthyn musterte forschend seinen Freund. »Ja, sicher, auf der anderen Seite des Meeresarms liegt ein Nemeton. Das hatte ich vergessen. Der Ort muss einmal sehr bedeutend gewesen sein.«

»Heiden.«

Der große Mann nickte und lenkte sein Pony zwischen den honigfarbenen Ginsterbüschen hindurch. »Auf der Waldlichtung verehren sie wohl ihre Gottheit. Ich glaube, Silvanus nennen sie den Gott, falls sie überhaupt einen Namen für ihn haben.«

Es war ein wundervoller Morgen. Die Sonne schien auf den Tau, und vom Meer her wehte ein frischer Wind. Gorthyn streckte sich, atmete tief durch und ließ die Beine baumeln, während er geschmeidig mit den Bewegungen des Ponys mitging.

»Ha!«, machte er. »Es ist schön, am Leben zu sein, auch wenn ich schlecht geschlafen habe.« Er blickte sich nach Nai um, der ihm mit einer Pferdelänge Abstand folgte.

Heute wirkte sein Freund geistesabwesend, tief in Gedanken versunken. Die meisten Krieger waren lärmig und prahlerisch, Männer, die für den Augenblick lebten. Doch Nai war anders. Teilweise lag es daran, dass ihm aufgrund seiner alten Halsverletzung das Reden Schmerzen bereitete, doch er war schon immer ein eher nachdenklicher Mensch gewesen.

Nicht, dass er deshalb ein schlechterer Kämpfer gewesen wäre. Gorthyn ließ sich von ihm in der Schlacht Rückendeckung geben. Er wusste, dass er selbst dazu neigte, ungeachtet der Folgen einfach drauflos zu stürmen. Wenn Nai eine Schwäche hatte, dann die, dass er seine eigenen Fähigkeiten unterschätzte.

Gorthyn seufzte. Nicht weit von hier hatte sein Verwandter Bedwyr - den er insgeheim für den bedeutendsten der Artusgefährten hielt - eine Streitmacht der Saesoniten vernichtet, die das Städtchen Penhyle angreifen wollte. Mittlerweile gab es dort nichts mehr zu holen, doch damals hatte noch Wohlstand in der Gegend geherrscht. Aber das war lange her.

Wie Artus war auch Bedwyr bei der Schlacht von Camlann ums Leben gekommen, und mit ihm hatte das Zeitalter der Helden geendet. Übrig geblieben waren die Normalsterblichen, die in den Ruinen Prydeins lebten.

»Wenn wir hier abbiegen«, rief Gorthyn über die Schulter, »können wir zu dem Weiler reiten, den ich von früher her kenne.«

Nai bekundete mit einem Handschlenker seine Zustimmung, daher riss er das Pony herum und bog vom Küstenweg ab, dem sie so lange gefolgt waren.

Er orientierte sich aus dem Gedächtnis, denn Lebenszeichen waren keine zu sehen, nicht einmal die Rauchfahnen von Kochfeuern. Das Land wirkte menschenleer, und nach einer Weile begann er, sich unruhig umzublicken, und bemerkte aus den Augenwinkeln, dass Nai das Gleiche tat.

Bis sie die Ansammlung von Kiefern erreichten, die sich oberhalb des Weilers an den steilen Hang klammerten, verhielten sie sich so, als bewegten sie sich durch Feindesland, und hielten mehrere Pferdelängen Abstand.

Es war dunkel unter den Kiefern, der Boden schien klumpig und uneben, es gab viel Windbruch, unter braunen Nadeln und Moos verborgen, sodass sie nur im Schritt reiten konnten. Unterholz gab es keines, doch die dünnen Stämme standen so dicht beieinander, dass die Reiter, die immer wieder anhalten, einen neuen Weg suchen oder ein Stück zurückreiten mussten, einander immer wieder aus den Augen verloren.

Als sie ins Helle kamen, hielten sie an. Der Weiler lag am Fuße des Hangs, schäbige Gebäude aus bröckelndem Stein und verrottendem Holz. Ruinen ohne Dach, in die es hineinregnete, mehr war nicht von dem einstmals respektablen Gehöft in der Mitte der Siedlung geblieben. Die kleineren Häuser und die aus Holz erbauten Scheunen waren ebenfalls verfallen, und das Pflaster des Hofs, der sich vom Gehöft bis zum Fluss erstreckte, wirkte rissig und geborsten.

Am Flussufer, in der Nähe der ehemaligen kleinen Anlegestelle, stand eine Gruppe von Männern und Frauen. Sie unterhielten sich aufgeregt und gestikulierten. Als sie das Hufgeklapper vernahmen, verstummten sie und wandten sich zu den Neuankömmlingen um.

»Hat Euch der Hohe Lord Custennin geschickt?«, rief einer der älteren Männer.

»Ja«, antwortete Gorthyn und trieb sein Pony über das unebene Pflaster. Diese Antwort fiel ihm leichter, als die Wahrheit zuzugeben, und vielleicht gelang es ihm ja, die Leute, die offenbar am Rande einer Panik standen, zu beruhigen.

Ohne sich umzusehen, wusste er, dass Nai zwischen den Gebäuden und dem Fluss Aufstellung genommen hatte und den Waldrand im Auge behielt. Er traute den Bauern nicht, und es gefiel ihm auch nicht, an drei Seiten von Wasser eingeschlossen zu sein.

»Dann weiß er also schon Bescheid?«

»Wo sind die anderen?«

»Seid Ihr die Vorhut?«

Die Fragen prasselten auf ihn ein. Gorthyn blickte sich unsicher zu Nai um, der die Schultern hob.

»Dann liegt das Saesonitenschiff also hier? In der Bucht?«, fragte er.

»Das Saesonitenschiff?«, wiederholte der Mann, der sie angesprochen hatte. »Das Saesonitenschiff?« Er lachte laut auf. »Die Saesoniten stellen keine Bedrohung für uns dar, nicht mehr.«

Gorthyn runzelte verständnislos die Stirn. »Soll das heißen, sie sind verschwunden?«

Sogleich plapperten alle drauflos. Gorthyn blickte sich hilflos nach Nai um, dann rief er:

»Es reicht! Du da!« Er zeigte auf den Mann, der anscheinend der Sprecher des Weilers war. »Red du. Die anderen schweigen.« Er wartete, bis es still geworden war, dann erklärte er ganz langsam, als spräche er mit einem Kind:

»Gereint, Custennins Leutnant im Osten, hat uns beauftragt, dem Piratenschiff entlang der Küste zu folgen. Also, wo ist es?«

»Es treibt mit lauter Toten an Bord vor der Kleinen Bucht.« Der Mann leckte sich nervös die Lippen. »Die Dämonen vom anderen Ufer haben gestern die Besatzung getötet.«

»Die Dämonen?«, wiederholte Gorthyn verständnislos.

»Die Skoten. Sie haben Rhodris Leute getötet oder sie als Sklaven genommen. Gestern sind die Skoten mit den Coracles übergesetzt, die sie Rhodris Leuten gestohlen haben, und haben die Saesoniten getötet. Wir müssen fliehen, bevor sie auch uns umbringen.«

Der Mann hatte einen unsteten Blick. Gorthyn vernahm das Knarren des Ledersattels, als Nai hinter ihm zum Speer griff.

Ihm schwirrte der Kopf. Die Sache mit den Skoten vorübergehend hintan stellend, sagte er: »Könnte uns einer von euch zu der Bucht führen, um das Schiff in Augenschein zu nehmen?«

Die Dörfler wechselten Blicke und berieten sich halblaut.

»Wenn sie die Saesoniten sehen, werden sie uns vielleicht glauben«, sagte jemand, und nach weiterer Beratung schoben sie einen jungen Mann vor, eigentlich noch ein Knabe, der wortlos an Gorthyn vorbeiging und auf einen Feldweg einbog.

Die beiden Krieger folgten ihm und ließen den verfallenen Weiler und dessen unerfreuliche Bewohner erleichtert hinter sich.

Der Knabe sprach erst, als sie außer Hörweite seiner Familie waren. »Sie glaubten, Ihr wärt die Vorhut einer Streitmacht, die sie vor den Skoten schützen könnte.«

Er hatte leise gesprochen, sodass die beiden Männer die Bemerkung zunächst gar nicht auf sich bezogen.

Gorthyn kniff die Augen zusammen. »Die Skoten haben seit einer Generation nicht mehr an dieser Küste geplündert«, wandte er ein und duckte sich unter einem überhängenden Ast durch.

»Sagt das mal Rhodris Clan«, erwiderte der Knabe verächtlich. »Wir haben sie gesehen, vor zwei Tagen, als sie sich in fellbespannten Booten näherten. Dann hörten wir die Schreie. Seitdem haben wir uns nicht mehr ans Wasser getraut.«

»Wie groß waren die Boote?«

Der Knabe zuckte die Achseln. »Sie hatten sieben Ruder an jeder Seite.«

»Also mindestens vierzig Männer«, murmelte Gorthyn vor sich hin. »Wohl eher fünfzig.« Es wurde ihm zu lästig, sich ständig ducken zu müssen, daher saß er ab. Nai folgte seinem Beispiel.

»Mein Onkel Cian - das ist der, mit dem Ihr gesprochen habt - meint, wir sollten fortgehen, ehe die Skoten nach uns suchen.«

Gorthyn nickte. »Dein Onkel ist ein kluger Mann. Gereint wird eine Streitmacht schicken, doch es wird noch eine Weile dauern, bis sie eintrifft. Vorher solltet ihr verschwinden.«

»Wir haben das Saesonitenschiff gestern Abend kommen sehen und dachten, die Plünderer würden vielleicht zusammenarbeiten - davon habe ich gehört.« Er blickte den großen Mann fragend an, und dieser nickte. »Gestern Nacht hörten wir Kampflärm. Am Morgen schlichen wir uns an und sahen, was die Skoten angerichtet haben.«

Sie ließen den weichen Nadelboden der letzten Kiefern hinter sich, dann standen sie auf einmal am sonnenbeschienenen Strand.

Die Ponys ließen sie am Waldrand zurück, wo sie das bittere Gras abweiden konnten. Der Knabe näherte sich zielstrebig dem Wasser, streckte den Arm aus und sagte: »Da!«

Inmitten der Brandung scheuerte das Schiff, das sie hatten suchen sollen, an den Felsen. An Deck wimmelte es geradezu: Sie sahen das Grau und Weiß von Möwenfedern, das Gelb der Schnäbel, das Schlagen der Schwingen.

Mit einem schiefen Grinsen schwenkte Nai einladend den Arm. Gorthyn blickte sich nach den Ponys um, dann watete er achselzuckend ins Wasser.

Trotz der ledernen Reithose setzte ihm die Kälte mächtig zu. Beide Beine waren von einem eiskalten Ring umgeben, der mit jedem Schritt höher rückte, bis er den Schritt erreichte, wo die Beine sich vereinigten. Er blickte das Boot nicht als Ganzes an, sondern orientierte sich bloß am Rumpf.

Atemlos packte er das Schanzkleid und zog sich an Deck, ein unbeholfener blonder Bär von einem Mann, der ums Gleichgewicht kämpfte. Kopfüber fiel er aufs Deck und stöhnte angewidert auf, als seine Hand etwas Weiches berührte.

Die Möwen flogen mit donnernden Schwingen davon und beklagten sich lautstark über die Störung. Gorthyn blickte sich rasch um, dann sprang er wieder ins Wasser, ohne sich an der Kälte noch zu stören. Er wollte so schnell wie möglich weg vom Schiff.

»Die Möwen waren fleißig!«, rief er dem amüsierten Nai entgegen. »Und die Fliegen auch.«

Zitternd vor Kälte stapfte er den Strand hoch, dann riskierte er einen Blick zurück. Die Möwen waren bereits zu ihrer Mahlzeit zurückgekehrt.

»Alles Saesoniten, soweit ich erkennen konnte. Von den Köpfen ist nicht mehr viel übrig.«

Der Knabe blickte mit einer Mischung aus Begeisterung und Ekel zum Schiff hinüber. Nai, der hinter ihm stand, hob eine Braue und nickte.

Gorthyn fuhr in schroffem Ton fort: »Die Skoten haben ihre Toten und sämtliche Wertsachen offenbar mitgenommen. Das Schiff haben sie einfach treiben lassen.«

»Später wird die Flut es forttragen«, meinte der Knabe.

»Am liebsten würde ich es anzünden - solange wir jedoch nicht wissen, wie viele Skoten noch übrig sind, sollten wir wohl besser davon Abstand nehmen.«

Er musterte seinen Freund abschätzend. »Wir haben die Wahl, Cousin. Wir können zu Gereint reiten und darauf hoffen, dass wir zurückkehren, bevor die Skoten allzu viel Schaden angerichtet haben. Oder wir teilen uns, und der eine reitet nach Din Erbin, während der andere hier bleibt und tut, was er kann.«

Nai legte die Stirn in Falten und nestelte unbehaglich am Gürtel. Er ruckte den Kopf in Richtung des Knaben.

»Wie wäre es, wenn wir einen von denen schicken. Sie wollen ohnehin fortgehen.« Seine Stimme war ein tonloses Krächzen. Der Knabe zuckte zusammen.

Gorthyn ließ sich das durch den Kopf gehen. Je länger er darüber nachdachte, desto vernünftiger erschien ihm Nais Vorschlag.

»Wärt ihr dazu bereit?«, fragte er den Knaben. »Eine Nachricht nach Osten zu befördern? Es ist bloß einen Tagesmarsch weit«, setzte er hinzu, als ihm einfiel, dass diese Landleute sich wohl noch nie weiter als einen halben Tagesmarsch von ihrem Dorf entfernt hatten.

»Wenn Onkel Cian mich gehen lässt, übernehme ich das«, sagte der Knabe.

»Gut. Folge dem Küstenweg, bis du zu einer ähnlich breiten Meeresbucht wie dieser gelangst. Setz mit der Fähre über - ich werde dir einen Ring mitgeben, den zeigst du dem Fährmann - und steige den Hügel zum Palas hoch. Vor dem Pförtner brauchst du dich nicht zu erschrecken, aber zeige auch ihm meinen Ring und übermittle ihm meine Botschaften. Man wird dir zu essen geben und dir einen Schlafplatz zuweisen, bevor man dich wieder heimschickt - wo immer deine Heimat dann sein wird.«

Nai beugte sich vor und krächzte: »Wie heißt du, mein Junge?«

»Pedrawg.«

Gorthyn lachte. »Ein gutes Omen! So hat auch der Großvater meines Vaters geheißen.«

»Ich habe gehört, er habe die Schlacht bei Camlann überlebt«, bemerkte Nai verschmitzt.

»Nein, nein, das war jemand gleichen Namens, der später Mönch wurde, wenngleich mein Vater zu sagen pflegte ...« Gorthyn brach unvermittelt ab, als er merkte, dass er veräppelt worden war. Pedrawg beobachtete sie verwundert.

Der große Mann rieb sich die Nase und zupfte sich am kurz gestutzten Bart. »Keine Angst, mein Junge. Vor langer Zeit hat ein Verwandter von mir Ruhm erworben, und bisweilen muss ich einfach davon sprechen.«

Sie machten kehrt und begaben sich zu den Ponys. Wegen der nassen Reithose schritt Gorthyn besonders steifbeinig aus.

Auf dem Rückweg zum Weiler ließen sie Pedrawg vorangehen, um sich ungestört unterhalten zu können.

»Am besten erwähnen wir Eremon gar nicht erst«, flüsterte Gorthyn. »Wie die Dinge liegen, misstrauen sie uns, und wenn sie herausfinden, dass wir den Anführer der Skoten kennen, werden sie uns nicht helfen.«

»Falls es wirklich Eremon ist«, sagte Nai.

»Du zweifelst daran?«

»Nein.« Nai schüttelte bekümmert den Kopf. »Nein, ich zweifle nicht daran.«

»Drei Schiffe. Eines für Eremon, eines für Dovnuall und eines für Serach.«

Nai musterte ihn nachdenklich. Gorthyns Miene spiegelte grimmige Entschlossenheit wider. Die schmale Narbe an seiner linken Wange hob sich von der straff gespannten Haut rot ab. Die Narbe war der Grund, weshalb Nai vorgeschlagen hatte, einen Einheimischen Hilfe holen zu lassen. Denn er wusste, dass Gorthyn darauf bestanden hätte, zurückzubleiben, und er wollte verhindern, dass er allein über den Meeresarm übersetzte und Dovnuall Frych zum Zweikampf herausforderte.

»Wir müssen übersetzen«, sagte Gorthyn, als hätte er seine Gedanken erraten.

»Wachposten«, wandte Nai ein.

»Das sind Piraten, Räuber, keine Krieger. Wenn wir weit außen übersetzen, können wir uns an ihnen vorbeischleichen.«

»Und dann?«

Gorthyn wandte sich ihm zu, das Gesicht von Leidenschaft verzerrt. »Ich will sie töten, Cousin. Erst Dovnuall, dann Eremon. Sie haben meinen Vater Erfai gefoltert und ihn dann wie einen Hund abgeschlachtet.«

Nai massierte sich den Hals. Erfai war auch sein Ziehvater gewesen. Sie waren Erfais engste männliche Verwandte gewesen, und es war ihre ehrenvolle Pflicht, seinen Tod zu rächen.

Was sie zu zweit gegen die Skoten ausrichten sollten, konnte er sich nicht recht vorstellen. Wenn man davon ausging, dass es ursprünglich fünfzig Plünderer gewesen waren, wie viele waren dann noch übrig? Die Saesoniten waren tüchtige Kämpfer, die sich bestimmt nicht so leicht überwinden ließen. Angenommen, zehn Skoten waren gestern Nacht getötet oder kampfunfähig gemacht worden (eher waren es mehr), dann blieben noch immer vierzig übrig.

Vierzig gegen zwei.

Ein ungünstiges Verhältnis.

Aber hatten sie denn die Wahl? Sie konnten sich schlecht auf dieser Seite der Bucht herumdrücken, während Eremon am anderen Ufer freie Hand hatte. Es würde mindestens drei Tage dauern, bis Gereint mit seiner Streitmacht einträfe; drei Tage, in denen Eremon seine Stellung auf der Halbinsel ausbauen konnte. Welche Absichten Vortepor von Dyfed auch verfolgen mochte (und Nai bezweifelte nicht, dass er absichtsvoll gehandelt hatte), drei Tage waren eine lange Zeit.

Penhyle war natürlich verwundbar, aber Cians Leute könnten die Siedlung warnen. Es schien unnötig, dass sie sich beide dorthin begaben.

Woraus folgte, dass sie verpflichtet waren, die Überfahrt ungeachtet der Gefahr zu wagen. Andernfalls wären sie sich selbst untreu geworden.

Von einem Krieger wurde nicht erwartet, dass er friedlich im Bett starb. Nur wenige wurden so alt, dass sie graue Haare bekamen. Der Lohn für ein kurzes Leben war unsterblicher Ruhm, und Ruhm erwarb man mit Heldentaten. Die Krieger lebten gut, sie wurden üppig verpflegt, lauschten den Barden und bekamen prachtvolle Kleider, kostbaren Schmuck, Waffen oder Besitzungen geschenkt.

Wenn die Kriegshörner erschallten, bezahlten sie für diese Wohltaten mit ihrem Mut und ihrer Treue: Treue gegenüber ihrem Herrn, gegenüber dem Volk, über das er herrschte, gegenüber ihren Verwandten und Kameraden. Als sie den Met ihres Herrn tranken und seine Geschenke entgegennahmen, hatten sie mutige Versprechungen gemacht: Bloß Feiglinge und Lügner versäumten es, sie auch einzulösen.

Nai und Gorthyn hatte gelobt, den ihrem Herrn Gereint unterstellten Teil von Erbin zu schützen. Ob die gegenüberliegende Küste der Meeresbucht nun zu Erbin oder Tamaris gehörte, war indes strittig.

(Und das lag daran, wie Nai jäh bewusst wurde, dass zu diesem Gebiet ein Waldheiligtum gehörte, das wie alle heiligen Orte traditionsgemäß das Grenzgebiet zwischen verschiedenen Territorien markierte.)

Ob strittig oder nicht, sie waren ihrem Treueeid und zur Verteidigung des dumnonischen Reiches verpflichtet, das von Custennin und dessen Erben beherrscht wurde. Es war ihre Pflicht, den Skoten nach Möglichkeit Widerstand zu leisten, so lange sie auf Verstärkung warteten.

Nai war sich dessen bewusst, und er wusste auch, dass sie die Bucht überqueren und herausfinden mussten, was auf der anderen Seite vorging. Gorthyn, der nicht nur durch den Eid gebunden, sondern auch von Rachegelüsten getrieben war, konnte es offenbar gar nicht mehr erwarten.

Nai aber machte sich Sorgen. Er fürchtete nicht den Tod, nicht einmal den Schmerz - oder vielmehr fürchtete er sie wie jeder vernünftige Mensch, vermochte den Gedanken daran aber zu verdrängen. Allerdings fürchtete er Eremon mab Cairbre. Er fürchtete ihn schon seit seiner Kindheit.

Damals war Eremon ihm stets überlegen gewesen: Er war der bessere Läufer und der bessere Reiter, geschickter im Umgang mit dem Wurfspeer, schneller mit Messer und Schwert, außerdem mit großer Beredsamkeit gesegnet. Aus ihren Übungskämpfen war Eremon stets als Sieger hervorgegangen, und jenem trüben Nachmittag vor fünf Jahren, als die Speerspitze seinen Bewegungen gefolgt war und ihn schließlich aus dem Sattel geworfen hatte, war eine gewisse Unvermeidlichkeit zu Eigen gewesen.

Eremon würde ihn töten, wenn sie einander noch einmal begegneten.

Er fürchtete, von der Hand eines Mannes zu sterben, der so wertlos war wie Eremon mab Cairbre.

Als sie Cian schließlich überredet hatten, sie über den Meeresarm überzusetzen, war es Abend geworden. Er willigte nur unter der Bedingung ein, dass sie außer Sichtweite des Dorfes anlegen würden.

Pedrawg prägte sich die Nachricht an Gereint ein und machte sich auf den Weg. Er hatte die Absicht, unterwegs in einem

Dorf zu übernachten, wo Verwandte von ihm wohnten. Die übrigen Dorfbewohner packten ihre wenigen Habseligkeiten in Coracles und kleine Boote und paddelten einen der Flussläufe hoch; sie wollten am Ufer übernachten und dann landeinwärts ziehen und auf Cian warten. Pedrawg wollte sich bei der Rückkehr am Sonnenstand orientieren und den Weg landeinwärts abkürzen, wobei er sie hoffentlich finden würde.

Es war Flut. Sie führten die beiden widerspenstigen Ponys aufs Fährboot. Beide Pferde waren bereits häufiger über die Mündung des Oak-Flusses übergesetzt, doch jene Fähre war in einem weit besseren Zustand gewesen als die, die ihnen hier zur Verfügung stand. Cians Boot stand kurz vor dem Auseinanderfallen; es wirkte alt und ramponiert, und mehr als die Hälfte der Holzteile hätte ersetzt werden müssen.

»Baut ihr eigentlich nie etwas wieder zusammen?«, brummte Gorthyn, ohne mit einer Antwort zu rechnen.

»Warum sollten wir?«, erwiderte Cian, während er die Fähre aufs offene Wasser hinaussteuerte. »Das Ende der Welt ist nahe. Und bis es so weit ist, kommen wir mit dem aus, was wir besitzen.«

Gorthyn schnaubte, was Nai ein Lächeln entlockte.

Draußen auf dem Wasser wirkte die Bucht viel größer als vom Land aus. Sie hatten sogar erwogen, mit den Pferden ans andere Ufer zu schwimmen; jetzt wurde Nai klar, dass sie es niemals geschafft hätten. Außerdem war der Seegang viel stärker als erwartet; die Fähre, die erschreckend tief im Wasser lag, begann gefährlich zu schaukeln.

Keuchend vor Anstrengung ruderte Cian gegen die Strömung an und erklärte währenddessen atemlos, dass die Flut sie an den gewünschten Landeplatz treiben würde, wenn es ihm gelänge, auf die andere Seite der Hauptströmung zu kommen. Die beiden Krieger nahmen ihn beim Wort, wechselten aber immer dann, wenn sie sich unbeobachtet wähnten, skeptische Blicke.

Nai, der die Ponys hielt und die Beine weit auseinander gestellt hatte, um das Schwanken der Fähre abzufedern, blickte schaudernd aufs graugrüne Wasser nieder. Von seinem Standort am Heck aus, das wahrscheinlich auseinander gefallen wäre, hätte man ihm einen ordentlichen Tritt verpasst, wirkte das Westufer menschenleer. Allerdings machte es einen ganz hübschen Eindruck, wenn man derlei Dinge mochte: Es gab viele kleine, durch graue Felsbänke abgeteilte Strände, dahinter sah man wohlgeformte Bäume - wahrscheinlich war dies gutes Weide- und Ackerland, wie in den Gebieten mit roter Erde im Osten. Zur Linken, zum offenen Meer hin, gab es eindrucksvolle Klippen, die steil zum Wasser hin abfielen. Dies wäre ein guter Ort für eine Felsenfeste gewesen, an drei Seiten von Steilfelsen und Wasser geschützt.

Vielleicht würden sie ja Zeit haben, sich dort einmal umzuschauen. Gereint und Custennin waren stets an gut zu verteidigenden Orten interessiert, und wenn die Piraten sich in Zukunft häufiger in der Bucht blicken lassen sollten, wäre es gut, nahe der Mündung eine Garnison einzurichten.

Das Knirschen von Sand und Schlick unter dem Kiel schreckte ihn aus seinen Gedanken.

»Aussteigen!«, rief Cian. »Beeilt Euch und haltet das Boot fest. Und dann schafft die Pferde an Land.«

Nai hatte nie begriffen, weshalb sich die Leute immer so aufregten, wenn sie Land erreichten. Mit trügerisch schnellen, in Wahrheit aber würdevollen Bewegungen führte er die Pferde in den Schlick und lachte Gorthyn an, der tief in dem grünlichen, übel riechenden Zeug versunken war und sich ans Boot klammerte, als fürchtete er, es könne jeden Augenblick weggetrieben werden.

»Stoßt mich ab!«, rief Cian, dessen Boot jetzt unbeschwert auf den Wellen tanzte.

Gorthyn versetzte der Fähre einen so kräftigen Stoß, dass er beinahe hingefallen wäre. Nai lachte Tränen.

»Der hat uns absichtlich hier abgesetzt!«, japste er nach einer Weile. »Guck dir bloß mal deine dreckige Hose an, du Held.«

Gorthyn blickte der sich entfernenden Fähre finster nach. »Wenigstens haben wir ihm nichts gezahlt.«

»Bloß deshalb, weil wir nichts besitzen, was er brauchen könnte. Was soll ein Bauer schon mit einem Stück Kupfer anfangen?«

Der große Mann befreite sich aus dem Schlick. Die schmatzenden Geräusche, die er dabei machte und die sich wie die saugenden Küsse einer Riesin anhörten, reizten Nai erneut zum Lachen. Gorthyn schritt ohne ihn zu beachten am Ufer entlang, bis er eine Stelle gefunden hatte, wo er problemlos ins Wasser waten konnte. Während er sich wusch, sagte er:

»Der Mann hat Recht gehabt. Das Ende der Welt ist wirklich nahe. Wie lange ist es jetzt her, dass das römische Reich uns im Stich gelassen hat? Seitdem treiben uns die Wilden jedes Jahr ein Stück weiter zurück.«

Er klang verbittert. Nai lächelte kalt, die Narbe an seinem Hals wirkte deutlich von der braunen Haut abgehoben.

»Von Jahr zu Jahr verlieren wir ein Stück dessen, was wir einmal besaßen«, klagte Gortyhn. »Du und ich, wir bezeichnen uns immer noch als Römer, doch unsere Vorväter hätten uns als Stammesleute bezeichnet. Für Menschen wie Cian ist das vermutlich gar kein so großer Unterschied, denn auch sie haben sich in sich selbst zurückgezogen und leben in festgefügten Gemeinschaften, die kaum noch Kontakt zur Außenwelt haben. Mein Vater hat mir einmal erzählt, dass dort drüben früher Boote gebaut wurden, die für die Hälfte der Fischer in dieser Gegend ausreichten. Heutzutage zimmert sich jeder sein eigenes Coracle zusammen und wagt sich nur dann aufs offene Meer, wenn das Wasser spiegelglatt ist.«

Nai zuckte die Achseln. »So geht es schon, seit Artus fiel«, krächzte er. »Weder Custennin noch sein Cousin Gereint können es mit den Ahnen aufnehmen. Es geht mit uns zu Ende, mein Freund, bald werden wir nurmehr Schatten in der Nacht sein. Und auch unsere Lieder wird man vergessen.«

Die gleiche Unterhaltung hatten sie schon häufig geführt.

Als Gorthyn sich wieder sauber fühlte, saßen sie auf und ritten am Strand entlang. Nach einer Weile wandte Gorthyn sich landeinwärts. Nai runzelte zwar die Stirn, folgte ihm aber kommentarlos, den Blick unverwandt auf die Bäume gerichtet. Eine leichte Brise raschelte im Laub, sodass er bisweilen eine Bewegung zu bemerken meinte und sich tief in seinem Innern uralte Ängste regten.

»Cian hat uns ein gutes Stück oberhalb des Dorfes abgesetzt«, sagte Gorthyn leise. »Wenn wir dieser Talmulde folgen, sollten wir auf dem Hang oberhalb der Felder herauskommen. Halte die Waffen bereit, Cousin.«

Nai löste den weiß bemalten Schild von der Kruppe seines Pferdes und schob den Arm durch den Haltegurt. Sogleich fühlte er sich sicherer. Die Speere steckten in einem Köcher, der am Sattel befestigt war; er band den Köcher los und schnallte ihn sich auf den Rücken, sodass er im Notfall bloß über die Schulter zurückzugreifen und die Speere herauszuziehen brauchte. Er nahm vorsorglich einen in die Rechte, und auch der Eschenschaft übte eine beruhigende Wirkung auf ihn aus.

Je weiter sie sich von der Bucht entfernten, desto schmaler wurde das Tal. Schließlich gelangten sie zu einem Weg, eigentlich mehr ein Wildwechsel, der in die richtige Richtung führte, und folgten ihm vorsichtig, aufmerksam lauschend und Ausschau haltend.

Nai, der jetzt mehrere Pferdelängen hinter Gorthyn ritt, stellte fest, dass sich dieser mehr auf sein Gehör als auf seine Augen verließ. Tiere raschelten im Unterholz und Vögel stießen Warnrufe aus, doch sie hatten den Eindruck, die Rufe gälten ihnen und nicht einem im Dickicht versteckten Feind.

Je enger das Tal wurde, desto steiler wurde der Weg, bis die Talmulde schließlich aufhörte und sie den Wald hinter sich gelassen hatten. Sie ließen die Ponys sich eine Weile ausruhen und verschafften sich derweil einen Überblick.

Die Felder fielen sanft zu einem Arm der Meeresbucht ab, und in Strandnähe lag die Ansammlung von Hütten, nach der sie gesucht hatten.

»Der Wald war nicht so groß, wie ich dachte«, erklärte Gorthyn.

Nai nickte zustimmend. Auch er wunderte sich, dass die Felder so nah waren.

»Kein Mensch zu sehen. Aber auf den Feldern sind Tiere«, murmelte Gorthyn.

»Sollen wir zum Dorf reiten? Es wird bald dunkel.«

Sie sahen einander an. Gorthyn kaute auf der Unterlippe.

»Ich weiß nicht. Was meinst du?«

Nai zuckte die Achseln. »Wir beide, zusammen? Da drüben

ist ein Weg, der um die Felder herumführt. Wenn wir den nehmen, können wir notfalls jederzeit kehrt machen.«

Sie lenkten die Ponys auf den Weg und ritten langsam den Hang hinunter, Seite an Seite. Hinter ihnen war die Sonne bereits hinter den Hügeln versunken und überzog den Himmel mit einem ersten Anflug von Rosa. Sie schien noch weit auf die Bucht hinaus, sodass am Ostufer goldene Reflexe auf dem Wasser tanzten, während die beiden Krieger bereits im Schatten ritten.

Sie waren noch nicht weit gekommen, als jemand rief: »Halt! Wartet!«

Gorthyn riss sein Pony herum. Nai hob den Schild und hielt den Speer wurfbereit. Er musterte die Umgebung, um herauszufinden, ob dies eine Falle war.

»Es ist ein Mädchen«, sagte der große Mann.

Nai brummte etwas Unverständliches und ließ den Blick unermüdlich umherschweifen.

»Sie scheint allein zu sein. Sie ist jetzt auf dem Weg und rennt auf uns zu. Ich glaube, es droht keine Gefahr.«

Nai entspannte sich ein wenig, doch seine Augen kamen nicht zur Ruhe.

»Reitet nicht ins Dorf!«, keuchte das Mädchen, als es näher herangekommen war. »Ich bin die einzige Überlebende.«

Am ganzen Leib zitternd blieb sie ein paar Schritte vor Gorthyn stehen. »Sie haben uns gestern überfallen. Ich stand im Wald, dort drüben, und habe alles mit angesehen. Es war wie ein Albtraum. Sie haben wahllos getötet ... Ich bin in der Nacht weggelaufen, habe mich versteckt, bin wieder weggerannt ...«

Sie schauderte.

Gorthyn saß ab, legte ihr den Arm um die Schulter und zog sie schützend an sich. »Ruhig, ganz ruhig«, murmelte er, als beruhigte er ein verschrecktes Pferd.

»Sie haben alle meine Angehörigen umgebracht!« Ihre Stimme schraubte sich in die Höhe.

»Wo sind die Skoten?«, fragte er behutsam.

Sie schauderte erneut, was er eher spürte, als dass er es sah.

»Ich habe sie vom Waldrand aus beobachtet. Gestern Abend sind sie mit den Coracles zu dem anderen Schiff hinausgepaddelt. Ich habe gehört, wie sie gekämpft haben. Es sind nicht viele zurückgekehrt.«

»Wo sind sie jetzt?«

»Sie haben sich landeinwärts zurückgezogen«, sagte sie mutlos. »In den Wald. Aber vielleicht kommen sie ja am Abend wieder, um hier zu schlafen.«

»Dann setz dich hinter mich aufs Pferd. Führe uns zu einer Stelle, wo wir die Nacht über sicher sind.« Er hob sie aufs Pferd, dann saß er auf. »Komm, Nai. Dies mag eine Nacht werden, wie man sie in Liedern besingt!«

»Falls jemand überlebt, der davon berichten kann«, murmelte Nai und gab seinem Pony die Fersen.

Eurgain führte sie zu dem Grat oberhalb der Bucht. Im Licht der untergehenden Sonne leuchtete ihr Haar, das die beiden Männer zunächst für dunkelbraun gehalten hatten, wie poliertes Kupfer. Auf einmal sah Nai, dass sie unter der Schmutzschicht wunderschön war.

Gorthyn blickte sich um, sog schnuppernd die Luft ein. »Offenes Gelände. Da kann man sich nicht so leicht anschleichen. Was meinst du, Cousin? Zwischen den Felsen?«

Nai blickte zu den Findlingen hinüber, die Gorthyn meinte. »Binde die Pferde dort drüben an«, krächzte er. »Kein Feuer. Wir halten bis zum Morgen abwechselnd Wache.« Seine Erklärungen waren eher an das Mädchen als an seinen Gefährten gerichtet.

Eurgain schaute neugierig zu, wie sie das Nachtlager bereiteten. »Wer seid ihr?«, fragte sie, die Waffen mit großen Augen anstaunend.

»Wir stehen in Gereints Diensten. Wir sollten nach dem Piratenschiff Ausschau halten.« Gorthyn hob bedauernd die Schultern. »Wie es aussieht, haben wir mehr herausgefunden, als wir wissen wollten.«

»Die Piraten haben sie gestern Nacht umgebracht«, sagte Eurgain.

»Ich weiß. Ich habe die Spuren des Gemetzels gesehen.«

»Ich habe mich über die Felder hinuntergeschlichen«, sagte sie, als hätte sie ihn nicht gehört. »Ich wusste nicht, was ich tun sollte, wo ich hin sollte, und ich war hungrig. Ich dachte ...« Sie atmete tief durch, dann fuhr sie fort: »Ich dachte, es wäre besser, tot zu sein, als einsam zu verhungern ...«

»Und dann?«, half Gorthyn behutsam nach.

»Dann hörte ich lautes Geschrei. Waffengeklirr, Angst- und Schmerzensschreie.« Sie schauderte. »Ich wollte etwas zu essen stehlen, aber sie hatten die Hunde am Strand zurückgelassen, und bei ihnen stand der Zauberer.«

Ihre Stimme brach, sie begann zu zittern.

Die beiden Männer ließen sich das Gehörte durch den Kopf gehen, während Gorthyn dem Mädchen wortlos die Schulter streichelte und sie zu beschwichtigen suchte, als wäre sie ein Tier.

»Wohin, glaubst du, sind sie verschwunden?«, fragte er, als sie sich etwas beruhigt hatte.

Eurgain musterte ihn erstaunt. »Natürlich in den Wald!«

Er blickte Nai an, der im Schatten der Felsen kaum mehr zu erkennen war.

»In welchen Wald?«

»Na, in den Heiligen Wald!«, rief sie ungeduldig aus.

»Pst!«, machte Nai. »Irgendetwas hat die Pferde erschreckt.« Er sprach ganz leise, statt zu flüstern, denn er wusste, dass die Zischlaute beim Flüstern nachts weiter trugen.

Sie lauschten angestrengt. Weiter unten am Hang schrie eine Eule. Ein kleines Tier raschelte im Unterholz. Die Ponys schnaubten unruhig.

Nai zwängte sich an Eurgain vorbei und bat sie, die Pferde zu beruhigen. Zu Gorthyn sagte er leise: »Siehst du etwas?«

Der große Mann deutete auf die Wiese hinaus.

Obwohl es windstill war, bewegte sich das Gras, schwankte in der sich herabsenkenden Dunkelheit in einem langsamen Rhythmus, der sich allmählich ihrem Versteck näherte.

Nai zog einen Speer aus dem Köcher.

Gorthyn legte ihm warnend den Zeigefinger aufs linke Handgelenk, wartete, tippte es plötzlich zweimal an.

Nai schleuderte den Speer mit aller Macht. Der Speer durchteilte zischend die Dunkelheit und fand im Abstand von zwanzig Schritten sein Ziel.

Etwas richtete sich im Gras auf, drehte sich und brach zusammen. Gorthyn hatte den Eindruck, es handele sich um einen Wolf. Plötzlich richtete es sich noch einmal auf, und diesmal sahen sie, dass es sich um einen Mann handelte, um einen Mann mit einem Speer in der Schulter.

Er taumelte ein paar Schritte vor, versuchte zu laufen, hatte aber keine Kontrolle über seine Beine mehr und fiel aufs Gesicht, wodurch ihm der Speer noch weiter in den Leib getrieben wurde, ehe der Schaft mit einem Knacken brach, das eines der Ponys so erschreckte, dass es leise aufwieherte und stampfte.

Alles ging sehr ruhig vonstatten.

Die beiden Krieger verharrten reglos, obwohl die ganze Welt darauf zu warten schien, dass sie handelten.

Die Eule schrie erneut - in größerer Nähe - und kam ihnen entgegengeflogen, ein heller Schemen, der dicht übers Gras hinwegstrich, über ihre Köpfe flog und hinter den Findlingen verschwand.

»Aufsitzen und weiterreiten?«, fragte Gorthyn.

»Ich glaube, wir sollten besser noch warten.« Nai blickte sich zu dem Mädchen um, das die Ponys hielt. »Es ist fraglich, ob wir ein besseres Versteck finden würden. Warten wir mal ab, was passiert.«

»Der Mond wird erst aufgehen, wenn es richtig dunkel geworden ist. Wenn wir hier bleiben, müssen wir bis zum Mondaufgang warten, sonst brechen wir uns im Wald den Hals.«

Nai lächelte.

Gorthyn schnaubte freundschaftlich. »Nai, der Schweigsame«, spottete er. »Aber wahrscheinlich hast du Recht. Wir sollten hier bleiben und das Schicksal annehmen, das Gott uns zugedacht hat.«

Lange Zeit geschah nichts. Allmählich entspannten sie sich; Gorthyn unterhielt sich weiter mit dem Mädchen, während Nai Wache hielt und beobachtete, wie die Nacht aus den Bäumen im Tal emporstieg. Die ersten Sterne zeigten sich, und in ihrem bleichen Licht sah er den dunklen Umriss des Toten im hohen Gras.

»Wo liegt das Waldheiligtum?«, fragte Gorthyn.

Eurgains Gesicht konnte er nicht erkennen, doch das Erstaunen war ihr deutlich anzuhören. »Natürlich im Tal, unterhalb dieses Grates. Das weiß doch jeder.«

»Ich nicht«, erwiderte er freundlich. »Du darfst nicht vergessen, dass ich nicht aus eurem Dorf stamme. Die andere Seite der Bucht kenne ich recht gut, aber hier bin ich nur ein einziges Mal gewesen, und damals hatte ich es eilig, zur Festung meines Oberherrn Custennin zu kommen.«

»Zum Hohen Lord Custennin?«, fragte sie neugierig. »Wie ist der so?«

»Er ist groß, braunhaarig und sehr heftig. Und wie sieht euer Waldheiligtum aus?«

Sie staunte über seine Unwissenheit. »Das Heiligtum besteht aus einer kreisförmigen Lichtung im Wald. In der Mitte befindet sich ein Steinbecken mit einer Quelle. Man sagt, früher, in der alten Zeit, habe die Quelle in einer Hütte gelegen, aber die gibt es nicht mehr. Wir haben dort jeden Herbst Opfergaben von den Feldern dargebracht.«

Ihr Tonfall hatte sich verändert. Gorthyn vermutete, dass sie sich an eine Geschichte erinnerte, die sie eines langen Winterabends am Feuer vernommen hatte, und einen Augenblick lang konnte er nachempfinden, was die Skoten ihr geraubt hatten – die Wärme und Sicherheit der Heimat, die Geborgenheit in der engen, durch komplizierte Verwandtschaftsbande verwobenen Gemeinschaft.

»Gorthyn!«, rief Nai. »Der Tote ist verschwunden.«

Er bewegte sich vorsichtig vor, hielt sich im Schatten an der Seite der Felsspalte. Der Mond war aufgegangen, und man konnte das Gras am Hang deutlich erkennen. Die dunkle Gestalt war nirgends zu sehen, bloß das niedergetrampelte Gras an der Stelle, wo sie gelegen hatte.

»Am Waldrand hat sich etwas bewegt«, erklärte Nai. »Als ich wieder auf die Wiese sah, war der Tote verschwunden. Der Speer liegt noch da.«

»Sieh mal!«, sagte der große Mann. »Sie haben uns gestellt.«

Einer nach dem anderen traten die Skoten aus der Deckung der Bäume hervor. Ob sie im Mondschein besonders bedrohlich wirkten oder ob er an das dachte, was er im hohen Gras zu sehen gemeint hatte, jedenfalls zitterte Nai vor Angst.

»Ruhig, Cousin, ganz ruhig!«, flüsterte Gorthyn. »Wer immer das ist, gegen kalten Stahl sind sie nicht gefeit. Das haben wir bereits unter Beweis gestellt.«

Sie waren zu Fuß, und der Mondschein färbte ihre braunen Locken silbrig und ließ ihre Haut bleich erscheinen. An der Kleidung aber waren sie als Skoten zu erkennen, denn sie rückten nicht nach Art der Piraten vor, die ihrem Anführer ungeordnet folgten. Stattdessen hatten sie sich wie ein Rudel Jagdhunde in einem weiten Bogen verteilt, dessen Enden die Felsen als Erste erreichten, während die Männer in der Mitte zurückblieben.

»Glaubst du, sie können mit ihren Waffen umgehen?«, murmelte Nai, dessen Angst im Angesicht der Gefahr verflogen war.

»Nicht so gut wie wir«, antwortete Gorthyn in gewöhnlicher Lautstärke. »Du bist der bessere Werfer von uns beiden; stell sie doch mal mit einem Speer auf die Probe.«

Die Fremden hatten kleine weiße Rundschilde dabei und waren mit Speeren und Messern bewaffnet. Der Mann in der Mitte besaß als Einziger ein Schwert. Sie rückten in gleichmäßigem Tempo vor, zuversichtlich und ohne Eile, den Blick auf die Felsen gerichtet und ohne sich mit Blicken gegenseitig Mut zuzusprechen, wie Briten oder Sachsen es getan hätten.

Nai zielte auf eine Gestalt zur Rechten und schleuderte den Speer. Während dieser sein Ziel traf, hatte er bereits den nächsten geschleudert, diesmal auf einen Mann an der linken Seite.

Gorthyn, der die rechte Seite im Auge behielt, sah, wie der Mann, vom Speer in der Brust getroffen, taumelte und die Hände zum Schaft hob. Dann trieb eine Wolke am Mond vorbei, und als es wieder hell wurde, klaffte in der Reihe der Angreifer eine Lücke – und im Gras lag eine dunkle Gestalt.

Der zweite Speer war weniger gut gezielt gewesen. Er traf das Opfer in den Arm und warf es auf die Knie nieder. Der Skote riss sich den Speer heraus und schleuderte ihn auf Nai zurück, jedoch so unbeholfen, dass der Speer bloß harmlos durch die Luft trudelte und gegen einen Felsen prallte.

»Ungeschickt«, höhnte Nai. »Die sind ungeschickt, Cousin. Sollen wir vorrücken und sie auseinander treiben?«

Gorthyn zog das Schwert. Das charakteristische Reibgeräusch des Metalls an der Holzscheide hallte durch die Nacht.

»Warum nicht? Zeigen wir ihnen, dass Gereints Mannen keine Fischer und keine Piraten sind, sondern Krieger.«

In diesem Augenblick ergriff die Kampfeswut von ihnen Besitz, und hätte Eurgain nicht einen unartikulierten Protestschrei ausgestoßen, hätten sie die Deckung der Felsen verlassen und wären den Hang hinuntergestürmt, dem Feind entgegen.

So aber harrten sie in der Mündung der Felsspalte aus und warteten auf den Angriff, der mit unerwarteter Heftigkeit erfolgte. Fauchend und geifernd wie Tiere stürmten die Skoten auf einmal vor. Sie brüllten in ihrer nahezu unverständlichen Sprache und rempelten sich in ihrem Eifer, über die Briten herzufallen, gegenseitig an.

Jetzt konnte Gorthyn seine große Körperkraft ausspielen. So wie er die Beine auf den Boden pflanzte, mit dem Schild alle Angreifer beiseite fegte, die so leichtsinnig waren, sich in seine Reichweite vorzuwagen, und mit dem Schwert auf sie einhieb, hätte er die Mündung der Felsspalte ganz allein halten können. Doch er hatte Nai hinter sich, der darauf achtete, dass ihm niemand in den Rücken fiel.

Plötzlich war es vorbei, und ohne dass sie hätten sagen können, wie es zugegangen war, lagen keine Toten zu ihren Füßen.

»Du hattest Recht«, keuchte Gorthyn, als er die Klinge am Gras abwischte. »Sie sind ungeschickt.«

Nai blickte nachdenklich drein. »Haben wir überhaupt jemanden getötet?«

Gorthyn tupfte das Blut von einem Kratzer an seinem Handgelenk ab. »Das will ich wohl meinen. Aber wo sind die Toten geblieben?«

Eurgain, die in der Zwischenzeit die Ponys beruhigt hatte, näherte sich ihm und wickelte ihm ein Stück Stoff ums Handgelenk. »Ein paar von ihnen sind gefallen«, sagte sie. »Ich glaube, ihre Kameraden haben sie fortgeschleift.« Sie zuckte entschuldigend die Achseln. »Im Mondschein ist das schwer zu erkennen.«

»Achtung!«, rief Nai und sprang wie ein Wahnsinniger mit erhobenem Schild in die Mündung der Felsspalte.

Ein Wurfspeer prallte von Nais Schild ab, was in der Enge der Spalte laut und bedrohlich widerhallte. Ein zweiter Speer traf auf die Felsen und rutschte bis vor Gorthyns Füße. Er blickte darauf nieder.

»Sollten sie etwa besser geworden sein?«, meinte er trocken. »Jedenfalls sehe ich keinen Grund, weshalb sie ausgerechnet an mir üben sollten.«

Ein großer Stein prallte gegen Nais Schild, sodass er gegen das Mädchen taumelte.

»Ich glaube, wir müssen uns davonmachen«, sagte er, als er das Gleichgewicht wiedergefunden hatte.

Gorthyn hockte sich hinter seinen Schild, hob den Speer auf und reichte ihn Nai. »Falls du was siehst ...« meinte er, dann trat er zu den Pferden und schulterte den Schild, damit er den Sitz der Sattelgurte überprüfen konnte.

»Nai, nimmst du Eurgain?«, fragte er.

Nai nickte, ohne sich umzudrehen. Er hielt am Hang Ausschau nach den Skoten. Der Grat lag kalt und kahl im Mondschein da, und wenngleich immer noch vereinzelte Steine angeflogen kamen, konnte er die Werfer nicht erkennen. Ihm kam der Gedanke, dass sie vielleicht einen Fehler machten und besser an Ort und Stelle geblieben wären. Doch in diesem Moment traf ein Speer unmittelbar oberhalb des metallenen Buckels auf den Schild, und das Gewicht zog seinen Arm nach unten. Noch ein Treffer, und er wäre schutzlos gewesen; zum Glück blieb ihm Zeit genug, den Speer herauszureißen, wobei in der Eile die Schildbespannung zerriss und das Holz beschädigte. Dann prallte auch schon der nächste Speer mit einem Funkenregen neben ihm vom Felsen ab.

»Wohin sollen wir reiten?«, fragte Gorthyn. Die Ponys standen bereit; sie zitterten fast ebenso heftig wie das Mädchen, das ihre Zügel hielt.

»Auf offenes Gelände, würde ich meinen«, sagte Nai. »In der Dunkelheit können wir schlecht durch den Wald reiten, außerdem glaube ich, dass sie dort am stärksten sind.« Er kratzte sich am Kopf, was unfreiwillig komisch wirkte. »Wenn wir den

Grat entlangreiten, parallel zur Bucht, in nördlicher Richtung, wie weit reicht dort das offene Land?«, wandte er sich an Eurgain.

»Nicht weit«, antwortete sie mit schwankender Stimme. »Aber wenn wir die entgegengesetzte Richtung einschlagen, müssen wir ein tiefes Tal durchqueren, falls wir dem Wald ausweichen wollen, und das wäre wohl recht beschwerlich für die Pferde.«

»Außerdem würden wir gegen die Klippen getrieben«, brummte Gorthyn. »Lasst uns den Weg nach Norden versuchen.«

Sie saßen eilig auf, und Gorthyn hob das Mädchen hinter Nai aufs Pferd, während dieser sich bemühte, die Wurfgeschosse mit dem Schild abzuwehren, und das Pony stampfte, seitwärts tänzelte und den großen Mann gegen die Felswand drückte, bis dieser die Geduld verlor und ihm einen Nasenstüber verpasste.

»Los!«, rief er, als das Mädchen auf dem Pferd saß, und klatschte dem Pony aufs Hinterteil.

Trotz der schweren Last preschte das Pony so ungestüm aus der Felsspalte ins Freie, dass Nai beinahe den Halt verloren hätte, und als sie um die Findlinge gebogen waren, ging es zum Galopp über und stürmte trittsicher übers graue Gras.

Gorthyn trieb sein Pferd aus der Deckung hinaus und zerrte hektisch an den Zügeln, denn das Tier war in Panik geraten (er selbst stand auch kurz davor) und wäre am liebsten blindlings in den Wald gelaufen, wo der Feind wartete. Eher zufällig brachte er das Pony dazu, Nai zu folgen. Als ein Speer an den Findlingen zersplitterte, wünschte er, er hätte das Kettenhemd auf den Erkundungsritt mitgenommen, und nicht das leichtere Lederwams.

Hinter ihm heulte etwas im Unterholz. Im Vertrauen darauf, dass das Pony den Weg schon allein finden würde, blickte er sich um und sah graue Gestalten, die wie Gespenster zwischen den Bäumen umherhuschten und ihnen folgten. Er bekam eine Gänsehaut.

Der Kamm schwenkte nach Nordwesten ab, und Nai folgte ihm in der Annahme, die Hänge wären zu steil, um mitten in der Nacht in die Tiefe zu galoppieren. Gorthyns Pony, das die anfängliche Panik überwunden hatte, hielt sich nun dicht hinter Nais Pferd, das ungeachtet des Gewichts, das es zu tragen hatte, tapfer ausschritt.

Das Geheul kam aus dem Wald. Mit tränenden Augen musterte Nai das schwarze Laubwerk. Das Mädchen schrie auf. Er blickte wieder nach vorn, lenkte das Pony zur Seite und verfehlte Nai nur knapp.

Aus einem Brombeerdickicht erhob sich eine weiß gekleidete Gestalt, die wie eine Vogelscheuche mit den Armen wedelte, den Kopf in einem seltsamen Winkel zur Seite geneigt. Als Nai das Pony zum Halten gebracht hatte, sah er, dass die Gestalt die Augen geschlossen hatte.

Eurgain schluchzte und schrie an seiner Schulter. Auf einmal wurde ihm bewusst, dass sie immer wieder »Vater, Vater!«, wiederholte.

Gorthyn beugte sich vor und holte mit dem Schwert aus. Er traf bloß mit der Spitze und ritzte die Wange des Wesens, und in diesem Augenblick hoben sich dessen Lider. Nais Pony schnaubte und tänzelte unruhig. Er war jetzt so nahe, dass er die Reflexe des Mondscheins in den feucht glänzenden Augen erkennen konnte, wenngleich er wusste, dass es sich wegen des verdrehten Halses um einen Toten handeln musste.

»Reit weiter!«, rief Gorthyn, doch obwohl sie beide all ihre Reitkünste zusammennahmen, gelang es ihnen nicht, die Pferde an der Gestalt im Brombeergebüsch vorbeizutreiben. Die Ponys bockten, bäumten sich auf, tänzelten, scheuten und rannten im Kreis umher, bloß weitergehen wollten sie nicht.

»Sie werden uns jeden Augenblick erreicht haben!«, rief Gorthyn verzweifelt.

Die grauen Gestalten stürmten zwischen den Bäumen hervor. Sie waren weitaus zahlreicher als erwartet. Nai schleuderte einen Speer, dann trieb er, halb wahnsinnig vor Todesangst, mit dem Schaft eines zweiten Speers das Pony den Weg zurück, den sie gekommen waren, da die Gefahr dort geringer schien. Gorthyn lenkte sein Pferd an Nais rechte Seite, sodass das Mädchen von beiden Schilden geschützt war.

Seite an Seite ritten sie an den nur schemenhaft zu erkennenden Angreifern vorbei. Gorthyn schwang das Schwert, einmal, zweimal, doch obwohl er einen Widerstand spürte, war er sich nicht sicher, ob er getroffen oder bloß sinnlos mit der Waffe herumgefuchtelt hatte.

Da Nai keine Zeit mehr hatte, das Schwert zu ziehen, packte er den Wurfspeer wie eine Lanze, klammerte sich mit den Beinen fest und stach auf einen wolfsartigen Schemen ein. Trotz seiner Vorsichtsmaßnahmen hätte ihn die Wucht des Zusammenpralls beinahe aus dem Sattel geworfen, und er blieb nur deshalb im Sattel, weil er den Speer rechtzeitig losließ.

Dann hatten sie die Angreifer hinter sich gelassen und ritten wieder im kalten Mondschein über den Hügelkamm, folgten ihrer eigenen Fährte im silbrigen Gras, ohne zu wissen, wie es weitergehen sollte.

»Zu den Felsen können wir nicht zurückkehren!«, rief Nai, der stärker krächzte denn je.

»Glaubst du, sie versuchen uns gegen die Klippen zu treiben?«, erwiderte Gorthyn.

Die Ponys atmeten schwer, als sie wieder zu der Ansammlung von Findlingen gelangten, zwischen denen sie sich zuvor versteckt hatten. Die Briten zögerten nicht, sondern ritten weiter, trieben die armen Tiere am Kamm entlang und blickten sich immer wieder zu den Gestalten um, die ihnen in gemächlichem Tempo folgten.

»Die wollen uns fertig machen!«, rief Nai.

Gorthyn nickte; zwar hatte er Nai nicht verstanden, konnte sich aber denken, was sein Gefährte hatte sagen wollen.

Nachdem die Angreifer verhindert hatten, dass sie landeinwärts ausbrachen, saßen sie nun in einem recht kleinen Gebiet gefangen. An zwei Seiten waren sie von Wasser umgeben, vom Meeresarm und vom Meer; an der dritten Seite lagen tiefe Täler, die im Dunkeln praktisch unpassierbar waren. Die vierte Seite wiederum wurde ihnen von den Angreifern verstellt.

Gorthyn ließ Nai ein Stück vorreiten, dann blickte er sich erneut um. Das Rudel hatte sich verteilt; einige bewegten sich schneller als die anderen, wenngleich niemand in vollem Tempo rannte. Er war sich noch immer unsicher, was für Geschöpfe das waren, doch sie schienen den Wölfen näher zu stehen als allen anderen Wesen, wenngleich er bislang geglaubt hatte, diese machten nur in den Geschichten alter Weiber Jagd auf Menschen.

Nai stieß einen lauten Schrei aus, dann verschwanden er, Eurgain und das Pony. Sie hatten das Tal erreicht, vor dem Eurgain sie gewarnt hatte. Gorthyns Pferd bockte, dann rutschte es, angetrieben von dem Geheul, den Hang hinunter, während er das Gewicht möglichst weit nach hinten verlagerte. Das Pony ging immer wieder in die Knie, richtete sich erneut auf und rutschte, getragen vom eigenen Schwung, weiter den Hang hinunter, während sein Reiter von den Brombeerbüschen und überhängenden Ästen zerkratzt wurde, bis sie auf einmal an einem Bachufer ankamen und Gorthyn über den Hals des Pferdes nach vorne fiel und auf dem harten Erdboden landete.

Keuchend vor Anstrengung erhob er sich schwankend und hielt am Rand der Schlucht - die vom Mond unerbittlich ausgeleuchtet wurde - Ausschau nach ihren Verfolgern.

»Alles in Ordnung bei dir?«, erkundigte sich Nai, der abgesessen war und die Beine seines Pferdes untersuchte.

Gorthyn ließ seine weißen Zähne aufblitzen. »Sie kommen uns nicht nach!«, sagte er ungläubig.

»Die haben wohl aufgegeben. Weshalb sollten sie das Risiko eingehen, uns im Dunkeln zu verfolgen, wenn wir bis zum Morgengrauen in der Falle sitzen?« Nai richtete sich auf, und als er sah, dass sein Gefährte noch immer außer Atem war, betrachtete er auch die Beine von dessen Pony. »Das Mädchen hat etwas. Sie will nicht mehr sprechen und bewegt sich auch nicht mehr.«

»Das ist der Schock«, meinte Gorthyn. »Was sie in den vergangenen Tagen durchgemacht hat, hätte die meisten Leute umgebracht. Wir sollten sie möglichst warm einpacken. Was machen die Ponys?«

»Die sind erledigt. Aber wenn sie sich erst einmal ausgeruht haben, wird es schon gehen. Verletzungen haben sie keine, was mir wie ein Wunder vorkommt. Keiner von uns ist in der Lage, noch länger durchzuhalten.« Er musterte den Hang. »Glaubst du, es führt ein Weg daran entlang?«, fragte er unsicher.

»Bestimmt«, meinte Gorthyn zuversichtlich. »Aber ich glaube, du hast Recht. Sie werden bis zum Morgengrauen warten, bis sie uns erneut angreifen.« Er blickte sich um. »Lass uns einen Rastplatz suchen.«

»Dann hier entlang«, sagte Nai und wandte sich stromaufwärts. »In der anderen Richtung liegt das Meer.«

Sie fanden auch in der Nacht keine Ruhe, denn sie sorgten sich um das Mädchen und wegen des Feinds. Obwohl sie sich mit der Wache abwechselten, bekam der, der mit Schlafen an der Reihe war, kaum ein Auge zu und schreckte jedes Mal auf, wenn es im Laub raschelte.

Als sich der Himmel grau färbte, waren sie erleichtert und verzichteten darauf, weiterhin so zu tun, als hielten sie Nachtruhe. Sie richteten sich steifbeinig auf, spritzten sich Wasser aus dem Bach ins Gesicht und versuchten, das Mädchen zu wecken.

»Da steckt mehr dahinter als ein bloßer Schock«, meinte Gorthyn. »Sie hat sich tief in sich zurückgezogen. Sieh nur, wie sie sich zusammengekrümmt hat. Wann ist es passiert? Sie war von Anfang an verängstigt, aber nicht so.«

Nai stellte sich neben ihn und blickte auf Eurgain nieder. »Ich glaube, es geschah, als uns die Gestalt auf dem Hügelkamm zum Umkehren zwang.« Er rieb sich die tief in den Höhlen liegenden Augen. »Sie hat einen ›Vater‹ erwähnt. Zunächst glaubte ich, sie bete, dann aber kam mir der Gedanke, die Gestalt könnte ihr leiblicher Vater gewesen sein.«

Gorthyn schauderte und blickte blinzelnd auf den Bach nieder, von dem Morgennebel aufstieg und dessen schmaler Lauf von Ästen, Laub und Kiefernadeln verstopft war.

»Was glaubst du, warum sie die Verfolgung gestern Nacht eingestellt haben? Hätten sie uns weiter verfolgt, wären wir jetzt tot.«

Nai hustete, räusperte sich, kratzte an der Narbe. »Ich glaube, sie hatten mehr Angst vor uns als wir vor ihnen. Wahrscheinlich hielten sie uns für Kundschafter einer größeren Streitmacht und wollten uns deshalb am Entkommen hindern.«

»Am Entkommen?«

»Von der Halbinsel.«

Gorthyn runzelte die Stirn. »Dann hätten sie Recht gehabt. Wie viele waren es, was meinst du?«

Nai zuckte die Achseln. »Nicht mehr so viele wie zu Anfang. Ich schätze, dass etwa zwanzig noch unverletzt sind. Und dann wären da noch die Hunde.«

Er machte sich daran, die Ponys zu satteln. Gorthyn beugte sich auf Eurgain hinunter, rüttelte sie vorsichtig an der Schulter. Sie rührte sich nicht, daher schöpfte er etwas Wasser aus dem Bach und spritzte es ihr ins Gesicht.

Sie erwachte mit einem Schrei, blickte sich wild um, funkelte ihn an.

Der große Mann grinste. »Ich glaube, ich wäre gern ein Blutegel. Ich habe meine Berufung verfehlt.«

Ihre Augen wurden auf einmal ganz rund und zeigten das Weiße.

»Nicht!«, sagte er scharf. »Bleib bei uns. Wir brauchen dich.«

Sie keuchte, atmete schwer, doch allmählich fasste sie sich wieder, obwohl sie sich immer wieder am ganzen Leib verkrampfte.

»Dann war es also kein Traum«, sagte sie mit schriller Stimme. »Ich hatte gehofft, es wäre ein Albtraum gewesen.«

Nai nahm den Ponys die Fußfesseln ab und führte sie zum Bach. »Wie kommen wir aus diesem Tal heraus?«, krächzte er, ohne sie anzusehen.

»Stromaufwärts«, antwortete sie. »Wo wollt ihr hin?«

Überrascht drehte er sich zu ihr um und starrte sie an. »Du meinst wohl, wo *wir* hinwollen. Du willst doch nicht etwa allein zurückbleiben, oder?«

In ihrem Gesicht zeigte sich Hoffnung. »Heißt das, ihr wollt mich mitnehmen?« Sie blickte unsicher von Gorthyn zu Nai.

»Selbstverständlich nehmen wir dich mit«, sagte Nai gereizt. »Wir können dich doch nicht hier bei diesen Wilden lassen. Für wen hältst du uns?«

Sie schüttelte den Kopf. »Ich weiß nicht. Ich kenne euch nicht. Ich weiß nicht einmal, wer von euch das Sagen hat. Mal scheint es der zu sein« – sie zeigte auf Gorthyn –, »und dann wieder du.«

»Die Frage kann ich dir beantworten«, meinte Nai lachend.

»Das ist ein Geheimnis, also verrate Gorthyn nichts. Ich habe das Sagen, aber weil er so groß und so verletzlich ist, lasse ich ihn in dem Glauben, er träfe die Entscheidungen. Außerdem redet er gern und ich nicht, denn mir tut der Hals weh.«

Sie blickte Gorthyn an, dessen Brauen zuckten. Sie kicherte, warf die Decke ab, die sie die Nacht über gewärmt hatte, und richtete sich auf.

»Danke«, sagte sie ernst und deutete zwei Verneigungen an. »Ich glaube, es geht mir wieder besser.«

»Gut«, erwiderte Gorthyn aufrichtig erleichtert. »Und jetzt«, setzte er schroff hinzu, wobei er auf Eurgain den Eindruck machte, als hätte er sich am liebsten die Hände gerieben, »berichte uns, was du über die Angreifer weißt.«

Sie atmete tief durch, dann sprudelten die Worte nur so aus ihr hervor. »Ich habe mich versteckt und sie belauscht. Sie wollten Penhyle überfallen, und der Häuptling befahl seinen beiden Anführern - die meisten waren halb verhungert, diese drei aber wirkten groß und trugen Kettenhemden - nicht alle Leute umzubringen, sondern ein paar entwischen zu lassen. Er meinte, der Druide werde sich das Land gefügig machen, und ich versteckte mich und beobachtete, wie der Druide tanzte und Beschwörungen sang und den Wald, der mir so vertraut war, in etwas Fremdes verwandelte, und da rannte ich weg. Zuvor aber hatte ich gesehen, dass sie die Köpfe zum Waldheiligtum geschafft hatten, und bei der Gelegenheit hatte ich auch gesehen, wie Eremon, so wurde er genannt, mit den anderen Männern sprach ...«

Gorthyn hob die Hand. »Whoa. Whoa. Eremon, hast du gesagt?«

»Einer der beiden anderen, ich glaube, er nannte sich Dovnuall, Dovnuall Brecc - hatte pockennarbige Haut, weißt du.«

Sie blickte Nai an, der aufmunternd nickte.

»Aber nein, er hat mit dem großen Mann geredet, Serach hieß er, und er sagte, sein voller Name laute ...«

»Eremon von den Eoganacht Maigi Dergind i nAlbae«, krächzte Nai. »Eremon mac Cairbre.«

»Und Serach und Dovnuall Brecc«, bemerkte stirnrunzelnd Gorthyn. »Dann stimmt es also. Dovnuall Frych.« Dies war die britische Namensform. »Der pockennarbige Dovnuall. Mit dem habe ich noch ein Hühnchen zu rupfen.«

»Was sind das für Leute?«, fragte Eurgain. »Kennt ihr sie?«

»Von Kindheit an«, antwortete Gorthyn. »Cairbre herrschte über das Land am Oak-Fluss. Sein Urgroßvater hatte dort zu Zeiten des Hohen Königs Gworthigern des Mageren gesiedelt, und viele Jahre lang lebten sie friedlich mit ihren Nachbarn zusammen. Cairbres Bruder war Lleminawg, der Auserwählte, der an Artus' Seite kämpfte, doch nach Artus' Tod wurden seine Nachkommen zu stolz. Eremon ist wahnsinnig und ist es immer schon gewesen. Er träumte davon, über den Osten Dumnoniens zu herrschen - und wahrscheinlich irgendwann auch über den Westen -, doch seine Herrschaft wäre für die Betroffenen gewiss nicht angenehm gewesen. Deshalb stürzten wir ihn.«

»Leicht war das nicht«, meinte Nai und massierte die Narbe an seinem Hals. »Das habe ich ihm zu verdanken.«

»Und Dovnuall hat meinen Vater getötet«, sagte Gorthyn grimmig.

»Er ...« Eurgain stockte. »Er hat meine Schwester vergewaltigt. Nicht als Einziger, doch er war der Erste.«

»Ich bin der Ansicht, Dovnuall Frych hat bereits zu lange gelebt.« Gorthyn schüttelte den Kopf, als erwache er aus einem Traum. »Dann ist Eremon also tatsächlich nach Prydein zurückgekehrt. Und bei ihm befindet sich ein Druide?«

»Ich erfuhr erst, wer er war, als ich sie belauschte. Er hatte sich den Kopf teilweise kahl geschoren« - sie fuhr sich durchs Haar -, »und sah aus wie ein Wiesel.«

»Wie ein Priester«, knurrte Nai.

Gorthyn grinste. »Nicht alle Priester sehen wie Wiesel aus.«

»Ich meinte das Haar.«

»Alle heiligen Männer, ob Druide oder Priester, rasieren sich den Schädel auf ähnliche Weise.« Der große Mann zuckte die Achseln. »Was macht das schon für einen Unterschied.«

»Dieser hier ist ein Teufel«, sagte Eurgain.

»Da ist er nicht der einzige Priester«, murmelte Gorthyn. »Und er hat am Waldheiligtum ein Ritual vollzogen?«

»Zuerst hat er die Köpfe der Dorfbewohner dorthin gebracht

und sie auf Stöcke gespießt. Dann hat er die Fruchtbarkeit des Landes gepriesen.« Ihre Augen füllten sich mit Tränen. »Er hat es uns weggenommen. Es ist, als hätte es uns nie gegeben.«

Nai legte ihr den Arm um die Schulter. Zunächst versteifte sie sich, wollte sich ihm entziehen, doch als sie merkte, dass er sie bloß trösten wollte, lehnte sie sich an ihn und ließ den Tränen freien Lauf.

»Was meinst du?«, fragte Gorthyn.

»Ich meine, wir sollten uns am Waldheiligtum umschauen.« Nai überprüfte das Bündel Speere im Sattelköcher. »Entweder das, oder wir ziehen uns zurück. Aber es dürfte nicht mehr lange dauern, bis Gereint eintrifft – und die Männer von der Fähre werden die Bewohner Penhyles mittlerweile gewarnt haben. Wir brauchen nichts zu unternehmen, doch eins sag ich dir, Cousin: Die Aussicht auf ein weiteres Kräftemessen mit diesen Halunken erfüllt mich mit Freude.«

Zu seiner eigenen Verwunderung musste er sich eingestehen, dass es stimmte. Seine Angst vor Eremon hatte sich verflüchtigt.

Gorthyn warf den Kopf zurück und lachte. »Du hast Recht. Wie es aussieht, verfügen sie bloß über drei ausgebildete Krieger. Die anderen sind bewaffnete Bauern. Lass uns den Wald erkunden.«

DRITTES KAPITEL

1

Als Ceolric erwachte, war es hell, und die Vögel sangen, Er wälzte sich herum und spürte, dass sich jemand über ihn gebeugt hatte.

»Wer bist du?«, fragte er in seiner Muttersprache, setzte sich so schnell auf, dass ihm schwindlig wurde, und griff nach seinem Messer.

»Ganz ruhig«, sagte jemand in derselben Sprache. »Es droht dir keine Gefahr.«

Er brummte entschuldigend. »Verzeihung«, sagte er auf Britisch. »Ich wusste auf einmal nicht mehr, wo ich war.«

»Komm, brich mit mir zusammen dein Fasten«, sagte der Einsiedler, ebenfalls in seine Muttersprache wechselnd. »Brot und Honig. Das Brot ist schon ziemlich alt, aber man kann schließlich nicht alles haben. Es müssten auch noch ein paar getrocknete Feigen da sein; die habe ich von einem fahrenden Händler bekommen, dessen Fußfäule ich behandelte. Wo hab ich sie bloß hingetan?«

Er wühlte in der Tiefe des Sacks.

Ceolric schaute ihm eine Weile zu, dann sprang er auf, da er ein noch drängenderes Bedürfnis als Hunger verspürte.

Sie hatten die Nacht auf einer Waldlichtung verbracht und sich inmitten eines Dickichts aus Ginster- und Brombeerbüschen vor neugierigen Blicken versteckt. Der Einsiedler hatte Ceolric den Weg durch die Dornsträucher gezeigt und war auf allen vieren vorangekrochen, anschließend hatte er den Eingang hinter Ceolric wieder verschlossen.

Die Lichtung erinnerte Ceolric an die geheimen Orte, an denen er als Knabe gespielt hatte. Einen ganz ähnlichen Unterschlupf hatte er von seinen älteren Brüdern übernommen:

einen Ort, an dem er sich vor den Haussklaven verstecken und ungestört spielen konnte.

Seine Geschwister waren seine einzigen Verwandten, denn sein Vater war tot. Ein Bruder und die beiden Mädchen hatten sich in Cantware niedergelassen, sein ältester Bruder aber hielt sich irgendwo in der Wildnis des Fahlen Waldes auf, an der Westgrenze der Gewisse.

Seine gestrige Panik hatte er vergessen. Allein auf sich gestellt, mit einem Langmesser und seiner Kleidung als einzigem Besitz, hatte er kaum eine Chance, Cantware im Südosten zu erreichen. Der Fahle Wald war eine andere Sache, denn bis dorthin war es kürzer.

Aufgemuntert von diesem Gedanken, begab er sich wieder zur Mitte der Lichtung, wo der Einsiedler zwei Holzbrettchen mit Nahrung auf den Boden gestellt hatte. Der alte Mann hantierte mit dem Sack, bei dem es sich, wie Ceolric jetzt erst bemerkte, um einen fadenscheinigen braunen Umhang handelte.

»Da sind die Feigen!«, sagte der Einsiedler triumphierend und deutete auf die Essbretter.

Ceolric hockte sich hin und aß. »Du lebst nicht schlecht, viel besser als ich erwartet hätte.«

Budoc legte den Sack weg und setzte sich unbeholfen auf den Boden. Seine Bewegungen wirkten steifer als gestern, als wäre er über Nacht gealtert.

»Die Dorfbewohner haben mich versorgt. Weißt du, wir Briten sind es gewohnt, dass Menschen im hohen Alter ein kontemplatives Leben beginnen. Schon damals, als wir noch nicht den Weg Jesus von Nazareths eingeschlagen hatten, war es nicht ungewöhnlich, dass sie sich von ihren Mitmenschen zurückzogen und ein vergleichsweise abgeschiedenes Leben führten. Die weisen Männer früherer Zeiten haben ebenso gehandelt, wenngleich ihnen die Wahrheit nicht offenbart wurde.«

Er schnaubte. »Nein, das ist ungerecht. Sagen wir, sie folgten einer eigenen Wahrheit, einem eigenen Weg, und ich glaube nicht, dass Gott sie deswegen zur Rechenschaft gezogen hat.«

Nachdem Ceolric einen halben Tag in der Gesellschaft des alten Mannes zugebracht hatte, war ihm dessen Ausdrucksweise nicht mehr fremd. Er hatte begriffen, dass Budoc ein Christ war und die Dreifaltigkeit verehrte, und da er einen harmlosen und freundlichen Eindruck machte, hatte er aufgehört, deswegen beunruhigt zu sein.

»Hast du dich wegen deiner Hand zurückgezogen?«, fragte er, den Mund voller Brot.

Budoc machte ein verblüfftes Gesicht. »Wegen meiner Hand? Nein.« Er hielt die Linke hoch und betrachtete sie gleichgültig. Vom kleinen Finger bis zum Daumen zog sich eine dicke weiße Narbe. Die Finger ließen sich zwar bewegen, jedoch nur gemeinsam und nicht sehr weit. Ceolric war aufgefallen, dass er die Linke nur selten gebrauchte.

»Nein, nein. Die Verwundung habe ich mir schon als junger Mann zugezogen. Damals kämpfte ich gegen irische Plünderer, gegen Skoten, irgendwo an der Nordküste Dumnoniens - und ich war leichtsinnig.«

»Du warst ein Krieger?«

Der alte Mann lächelte ihn an. »Ja, ich war ein Krieger. Man möchte es kaum glauben, nicht wahr?« Er richtete sich mit knackenden Gelenken auf und streckte seine sehnigen Arme. »Ich war viele Jahre lang Krieger. Als ich Mönch wurde, befand ich mich bereits im fortgeschrittenen Alter. Ich nehme an, das war etwa zu der Zeit, als du den Umgang mit dem Speer erlernt hast.« Er lächelte wieder, diesmal eher traurig. »Siehst du, ich bin wirklich ein alter Mann, weshalb mir die Anwesenheit der Plünderer in dem Dorf auch so große Sorgen macht.«

Ceolric blickte ihn verständnislos an.

Der Einsiedler zuckte die Achseln. »Viele Jahre lang habe ich nichts anderes getan, als den Wechsel der Jahreszeiten zu beobachten und über das Wesen Gottes nachzusinnen. Gestern hatte ich das Gefühl, etwas sei geschehen.« Er musterte den jungen Mann mit ernstem Blick.

»Nicht weit von hier liegt ein heiliger Ort, der der Mutter und dem Sohn geweiht ist. Weißt du, wovon ich rede?«

»Du meinst die Allmutter und deren Sohn, der stirbt und wieder aufersteht. Baldur den Schönen.«

»In manchen Gegenden dieser Insel wurde er früher auch Mabon genannt, der junge Sohn. Anderswo nannte man ihn

Lleu, den Strahlenden. Aber es ist gleichgültig, wie wir ihn nennen, solange wir ihn nur kennen. Ich kenne ihn als Christus, als den Gesalbten. Gestern wurde das Gehölz, der heilige Ort, entweiht. Jemand versucht, dessen Kräfte für seine eigenen Zwecke zu missbrauchen. Ich muss dem ein Ende bereiten.«

»Weshalb gerade du?«, fragte Ceolric. Nicht einmal einem jungen Krieger hätte er dies zugetraut, schon gar nicht aber diesem alten Mann.

»Sonst kommt niemand infrage. Bist du bereit, mir zu helfen?« Es war weniger eine Frage, eher eine Aufforderung.

Ceolric überlegte einen Augenblick. »›Unglücklich der, welcher allein leben muss‹«, sagte er in seiner Muttersprache.

»›Mutig sein soll der Mensch‹«, erwiderte der Einsiedler in derselben Sprache.

»›Mit ruhmreichen Taten gewinnt ein Mann bei den Seinen Ansehen‹«, schloss Ceolric. Er nickte. »Sie haben meinen Vater und meine Freunde getötet. Zwischen uns herrscht Blutfehde. Sag mir, was ich tun soll.«

»Als Erstes müssen wir herausfinden, mit wem wir es zu tun haben. Wir müssen das Waldheiligtum aufsuchen.«

Sie krochen durch den Tunnel im Dorngestrüpp ins Freie. Budoc verwischte alle Spuren, denn sie würden das Versteck vielleicht noch brauchen. Dann ging er voran.

Ceolric hatte immer geglaubt, er könne sich im Wald unauffällig bewegen, doch der Einsiedler machte überhaupt kein Geräusch, tat nie einen falschen Schritt, brach keinen einzigen Zweig und raschelte auch nicht im Laub. Es war, als schwebte er über den Boden.

»Ich glaube nicht, dass wir dort jemanden antreffen werden«, meinte er über die Schulter hinweg. »Es gibt dort nichts, was für die Plünderer wertvoll wäre, und deshalb haben sie wohl auch keine Wache aufgestellt. Doch es schadet nichts, vorbereitet zu sein.«

Er blieb stehen, fasste hinter einen Baumstamm und zog einen Speer hervor. Er reichte ihn Ceolric, der große Augen machte.

»Schließ den Mund, mein Junge. Sonst fängst du noch eine Fliege.« Er tat ein paar Schritte, dann blickte er sich zu Ceolric um, der ihm nicht gefolgt war. »Den hab ich selbst dort versteckt«, erklärte er ungeduldig. »Komm schon!«

Je tiefer sie in den Wald eindrangen, desto schummriger wurde es, und Ceolric blickte sich immer wieder um und schreckte jedes Mal zusammen, wenn ein Eichhörnchen an einem Baum emporhuschte oder wenn ein Vogel rief.

Auf einmal hob Budoc die verkrüppelte Hand und deutete auf ein Brombeer- und Farndickicht. Dahinter stand eine Eiche, und zu deren Füßen lag eine widerkäuende Hirschkuh, und eine zweite Hirschkuh rupfte Eicheln von tief hängenden Ästen. Im Schattenmuster des Waldes waren beide nur schwer zu erkennen.

Als Ceolric die Hirschkühe bemerkte, witterten sie auch schon Gefahr. Sie sprangen auf, stießen einen Warnruf aus und flüchteten durchs Unterholz.

Budoc schlug in gespielter Verzweiflung die Hände vors Gesicht, dann bedeutete er Ceolric, in Deckung zu gehen.

Ehe sie etwas sahen, vernahmen sie sich näherndes Waffengeklirr und leise Stimmen, dann ritten zwei Männer auf struppigen braunen Ponys auf die Lichtung bei der Eiche, wo die Hirschkühe gelegen hatten, der eine mit einem Mädchen hinter sich.

»... könnten etwas Wild gut gebrauchen«, sagte der Mann, der allein zu Pferd saß.

Wäre Ceolric allein gewesen, hätte er sich tiefer in den Wald zurückgezogen und wäre um sein Leben gerannt. Obwohl er noch nie einheimische Reiter gesehen hatte, konnte er erkennen, dass er gefährliche Krieger vor sich hatte. Der Sprecher war groß, blond - und größer und kräftiger als die meisten Sachsen; der andere war kleiner und magerer, dunkelhaarig und dunkelhäutig, doch ihm war eine gespannte Wachsamkeit zu Eigen, die Ceolric erschreckte. Beide waren gut bewaffnet und hatten Schilde dabei - der des dunkelhaarigen Mannes war ziemlich ramponiert, als wäre er kürzlich in einen Kampf verwickelt gewesen -, und sie trugen tiefbraune polierte Lederwämse.

»Bleib hier!«, flüsterte Budoc und entfernte sich lautlos.

Ceolric beobachtete mit angehaltenem Atem, wie der Einsiedler sich bis vor die Reiter schlich. Erst als er so weit von ihnen entfernt war, dass sein plötzliches Auftauchen nicht mehr bedrohlich wirkte, trat er aus der Deckung.

»Ich grüße Euch!«, rief er und hob zum Zeichen, dass er unbewaffnet war, die Arme.

Ceolric hatte mit einer Reaktion gerechnet, doch die Schnelligkeit des dunkelhäutigen Mannes überraschte ihn. Ehe Budoc den Satz beendet hatte, hielt der Fremde auch schon einen Speer in der Hand und musterte die Umgebung, nachdem er den alten Mann als harmlos eingeschätzt hatte.

»Tritt vor, damit ich dich besser sehen kann!«, sagte der große Mann und zügelte sein Pony.

Er wartete, bis Budoc bis auf wenige Schritte an ihn herangekommen war, dann sagte er: »Bist du allein? Ich muss sagen, du machst einen eher harmlosen Eindruck.«

Das Mädchen beugte sich hinter dem Dunkelhäutigen hervor – wobei sie darauf achtete, seinen Wurfarm nicht zu behindern – und musterte den alten Mann.

»Aber das ist ja der Einsiedler!«, rief sie aus.

»Der bin ich allerdings«, sagte Budoc. »Und ich bin nicht allein. Ich bin in Begleitung eines Freundes. Wir freuen uns, euch zu sehen.«

»Nai?«, fragte der große Mann.

»Hinter der Esche steht einer, fünfzehn Schritte in Richtung Sonnenuntergang«, krächzte der dunkelhaarige Mann. »Sonst ist niemand zu sehen.«

Ceolric staunte sowohl über die krächzende Stimme als auch über den Umstand, dass der Mann ihn mühelos ausfindig gemacht hatte. Er trat vor, den Speer über der Schulter, damit er nicht so bedrohlich wirkte.

»Ein Pirat!«, knurrte der große Mann. Er funkelte den jungen Mann an und ließ den Blick zum Einsiedler und wieder zurück schweifen.

»Du bist von dem Boot, mein Junge, hab ich Recht?«, fragte er mit sächsischem Akzent, als offenbar wurde, dass niemand eine Erklärung abgeben wollte.

Ceolric brauchte eine Weile, bis ihm klar wurde, was der Mann gemeint hatte. »Ja«, antwortete er auf Britisch. »Die Plünderer haben meine Freunde erschlagen, und ich bin entkommen.«

»Bist wie eine Ratte vom sinkenden Schiff geflüchtet«, knurrte der Blonde. »Und wie soll es jetzt weitergehen? Hältst du Ausschau nach Kostbarkeiten, die du stehlen kannst?«

»Ich will Rache nehmen,« entgegnete Ceolric knapp, da er seine Angst nicht durch ein Beben der Stimme verraten wollte.

Der große Mann warf den Kopf in den Nacken und lachte brüllend. Dann beugte er sich im Sattel vor und sagte: »Eins lass dir gesagt sein, mein Junge, der Wald und die Täler in dieser Gegend gehören uns. Auch was darin kreucht und fleucht, gehört uns, und es ist unsere Sache zu entscheiden, ob es leben darf oder sterben muss - und nicht die eines schmutzigen kleinen Diebs.« Er blickte Ceolric unverwandt an.

»Aber weil ich ein nachsichtiger Mensch bin, will ich dir eine Chance geben. Wandere in westlicher Richtung an den Klippen entlang, bis du dir irgendwo ein Coracle stehlen kannst, und dann paddle zu deinen nichtsnutzigen Freunden. Sollte ich dich noch einmal sehen, werde ich dich wie irgendein Ungeziefer töten - einstweilen aber sollst du leben. Und jetzt verschwinde!«

Ceolric blickte unsicher von einem Reiter zum anderen. Bloß in den Augen des Mädchens entdeckte er eine Spur von Mitgefühl. Er schulterte den Speer (der zuletzt auf den Blonden gezielt hatte, wenngleich dieser sich von der Drohung unbeeindruckt zeigte) und schickte sich an, sich durchs Unterholz zu entfernen.

»Warte«, sagte Budoc so leise, dass Ceolric ihn kaum hörte. Er wartete.

»Gorthyn mab Erfai mab Amren mab Petroc«, sagte der Einsiedler und sprach jeden Namen der Ahnenreihe so deutlich aus, dass er im Raum zu schweben schien. »Du bist ein Narr. Du bist ein Narr, wenn du einen Bewaffneten abweist, der dir helfen könnte.«

Gorthyn erblasste, bekreuzigte sich und machte das Zeichen zur Abwehr des bösen Blicks. Dann fasste er sich wieder und sagte mit einem höhnischen Grinsen: »Dieses Arguments hat sich zweifellos auch Gworthigern der Magere bedient, als er die Saesoniten aufforderte, ihm zu helfen.«

Der Einsiedler lachte. »Gut gesprochen! Vielleicht bist du ja doch kein solcher Narr.«

»Wer bist du?«, fragte der große Mann schroff. »Woher kennst du meinen Namen und meine Ahnenreihe?«

»Ich bin Budoc, und wie Eurgain bereits gesagt hat, ich bin ein Einsiedler. Ich habe dich erkannt, weil du deinem Vater ähnelst und weil ich gehört habe, der Sohn des Mannes, den ich einmal kannte, reite mit einem Gefährten namens Nai.« Er hob lächelnd die Hände. »Siehst du? Magie ist dabei nicht im Spiel.«

Gorthyn musterte den alten Mann misstrauisch, dann wandte er sich an das Mädchen. »Kennst du ihn auch ganz bestimmt? Ist er vertrauenswürdig?«

Eurgain machte ein erstauntes Gesicht. »Natürlich kenne ich ihn. Und ob er vertrauenswürdig ist ... Mein Vater hat ihm jedenfalls vertraut. Und ich vertraue ihm auch.«

»Und wo ist dein Vater jetzt?«, murmelte der große Mann und blickte Ceolric auf eine Weise an, die ihm gar nicht behagte.

»Das sind keine Skoten«, krächzte Nai. »Und der alte Mann ist kein Saesonit. Ich glaube, einstweilen sollten wir ihm vertrauen.«

Gorthyn zuckte die Achseln. »Wenn du's auf deine Kappe nimmst«, sagte er.

Nai lächelte bitter.

Die beiden Gruppen tauschten rasch ihre Erlebnisse aus, und Ceolric und der Einsiedler berichteten aus ihrer Sicht, was sich zugetragen hatte. Gorthyn führte das Gespräch, während Nai die Umgebung im Auge behielt.

»Hunde?«, meinte Ceolric, als der große Mann geendet hatte. »Ich habe davon gehört, dass Hunde für den Kampf abgerichtet würden, aber gesehen habe ich noch keine.«

Gorthyn beachtete ihn nicht, sondern wandte sich unmittelbar an den Einsiedler. »Sie haben die Hunde bestimmt zurückgerufen, nachdem sie uns im Wald gestellt hatten. Es ist eigenartig, dass sie uns nicht den Garaus gemacht haben.«

»Vielleicht haben sie sich ja zurückgezogen«, meinte Ceolric eifrig.

Gorthyn blickte ihn so verächtlich an, dass er errötete und sich hinter dem Einsiedler versteckte.

»Der Junge könnte Recht haben«, sagte Budoc nachsichtig. »Offenbar haben sie in kurzer Zeit viele Männer verloren. Ich bezweifle, dass sie sonderlich erpicht darauf sind, sich weiteren Kriegern zu stellen.« Er blickte Eurgain an. »Glaubst du, alle Dorfbewohner wurden getötet?«

Sie nickte verlegen, mit angespannter Miene.

Der Einsiedler streckte die Hand aus - die verkrüppelte, deren Finger im Gegensatz zur Warmherzigkeit der Geste leblos waren - und drückte ihr die Schulter.

»Es tut mir Leid«, sagte er. »Das waren brave Leute.«

Er ließ sie los und blickte mit leicht gerunzelter Stirn zu Gorthyn auf. »Das klingt nach Blutrausch. Ich habe dergleichen auch schon erlebt, und es betrifft nicht die Skoten allein. Wenn der Betroffene erst einmal anfängt zu töten, kann er nicht mehr damit aufhören.«

Der große Mann erwiderte seinen Blick und legte ebenfalls die Stirn in Falten. »Eurgain meint, sie wären auch hier im Wald gewesen.«

»Ich weiß. Ich habe den Zauber ihres Druiden gespürt. Ceolric und ich waren unterwegs zum Gehölz, weil wir versuchen wollten, den Zauber zu brechen.«

»Und wie willst du das anstellen?« In Gorthyns Stimme lag eine Spur Verachtung, die den Zuhörern nicht entging.

Budoc lächelte. »Folgt mir und seht selbst.«

Der große Mann blickte Nai an und schnitt eine Grimasse, dann ließ er den Einsiedler vorgehen.

Eine Weile schwiegen sie, und Budoc hing seinen Gedanken nach. Die vom Wind bewegten Blätter blitzten blau und silbrig auf, und die Luft war mit Pollenduft beladen. Die Vorstellung, dass an einem solch idyllischen Ort etwas nicht in Ordnung war, fiel schwer.

Selbst Ceolric, der eine abergläubische Furcht vor den Wäldern der Insel hatte, fühlte sich versucht, sich mit dem Rücken gegen einen Baumstamm zu setzen und die Sonnenstrahlen zu beobachten, die im Laub tanzten.

Allein Budoc wirkte von alledem unbeeindruckt.

»Wir sind gleich da«, flüsterte er Gorthyn zu. »Sollen wir das Heiligtum gemeinsam betreten oder uns lieber verteilen?«

Der große Mann zügelte sein Pony. »Was meinst du, Nai?«

»Lassen wir die Ponys hier. Wir können nicht alle zu Pferde flüchten, und sollten wir etwas entdecken, könnten sie in Panik geraten. Wir beiden bilden die Vorhut, du mit dem Schwert und ich mit den Wurfspeeren. Dann folgen Eurgain und der Einsiedler, zum Schluss der Saesonit mit seinem Speer.«

Die Briten saßen ab und ließen die Ponys grasen. Vor ihnen war ein Pfad zu erkennen, der sich zu einer Mulde absenkte. Ceolric bildete schmollend den Abschluss und schlug einen weiten Bogen um die Pferde, für den Fall, dass sie austreten sollten.

Das Mädchen blickte sich mit dem Anflug eines Lächelns auf den Lippen nach ihm um. Er straffte sich und schritt ihr nach, beobachtete, wie sich der Sonnenschein in ihrem Haar fing und ihm die Farbe geschmolzenen Kupfers verlieh. *Eurgain* hieß sie. In seiner Muttersprache bedeutete das in etwa ›goldblond‹ oder ›vortrefflich blond‹, ein passender Name für ein so hübsches Mädchen.

»Wozu dient das Waldheiligtum?«, wandte er sich halblaut an Budoc, was lediglich ein Vorwand war, um näher an das Mädchen heranzurücken.

»An diesem Ort haben unsere Ahnen mit dem Land gesprochen. Man sagt, es habe ihnen auch geantwortet.«

Gorthyn war unbehaglich zumute. Das Mädchen hatte für den Einsiedler gebürgt, was bedeuten mochte, dass er tatsächlich der war, für den er sich ausgab – dass er seinen Namen kannte, war allerdings verdächtig. Und was den Saesoniten betraf ... Ungeziefer blieb Ungeziefer, ob Saesonit oder Skote.

Nai bedeutete ihnen, still zu sein. Vor ihnen lag eine große Lichtung. Gorthyn spähte am knorrigen Stamm einer Eiche vorbei nach vorn.

Er erblickte einen doppelten Kreis von Stangen, die ein seltsames Muster bildeten, das er zwar nicht zu ergründen vermochte, das ihn aber dennoch nicht gleichgültig ließ. Auf jedem Stock saß ein blinder Kopf, verstümmelt von den Raben und Krähen, die in den umliegenden Bäumen krächzten.

Gorthyn war nicht so leicht zu erschüttern, doch der Anblick war beinahe zu viel für ihn. Einige Köpfe waren sehr klein, und einige stammten von Frauen.

Nai berührte ihn am Arm. »Ist die Luft rein?«

»Rein?«, murmelte er. »Ja, sicher, die Luft ist rein.« Er schluckte mühsam. »Halte das Mädchen zurück. Das darf sie nicht sehen.«

»Was ist mit dem Jungen?«, flüsterte Nai. »Ein paar von denen waren seine Freunde.«

Gorthyn nickte. »Den auch«, murmelte er, erstaunt über sein Feingefühl.

Vor ihm befanden sich die Überreste eines Walls, der die Lichtung einmal vom Wald getrennt haben musste. Das Erdreich war durchsetzt mit Baumwurzeln, die an Schlangen erinnerten.

Er blickte wieder zu den Stöcken. Außer den Fliegen, die die Köpfe umsummten, regte sich nichts.

»Warte hier auf mich«, flüsterte er Nai ins Ohr. Er kletterte über den Wall, rutschte aus und hätte sich beinahe in den Wurzeln verfangen, dann stand er am Rand der Lichtung und blickte sich lauschend um.

Selbst die Vögel waren verstummt.

Er trat auf die Lichtung hinaus, ganz langsam und zögerlich, die Nerven zum Zerreißen gespannt. Sein Instinkt sagte ihm, dass mit diesem so genannten Heiligtum etwas nicht stimmte, von den Stöcken mit ihrer grässlichen Last einmal ganz abgesehen.

Als er eine Bewegung wahrnahm, schreckte er zusammen, riss den Schild hoch und wandte sich zu der Gefahr um. Nai rief eine Warnung.

Ein weißer Hirsch sprang mit anstrengungsloser Anmut über die Lichtung, in weiten Sätzen zwar, jedoch nicht gehetzt, und Gorthyn, der dies als Wink eines Gottes nahm (welcher Gott das sein sollte, wusste er nicht zu sagen), verharrte vollkommen reglos und wartete ab, was das Tier ihm offenbaren würde.

Es wich den Stöcken geschickt aus, und Gorthyn rannte ihm nach, im feuchten Gras ausrutschend und einmal alle Vorsicht hintan setzend, denn er wollte dem Hirschen unbedingt folgen.

Der Untergrund wurde feuchter und sumpfiger, bis seine Schritte auf einmal schmatzten. Der Hirsch sprang über ein Hindernis in der Mitte des Kreises hinweg, suchte sich einen Weg durchs das Labyrinth der Stöcke und verschwand an der anderen Seite der Lichtung, doch mittlerweile hatte er Gorthyn etwas gezeigt, das ihn vorübergehend alle Gedanken an magische Erscheinungen vergessen ließ.

Er kniete ungeachtet des aufgeweichten Bodens mitten auf der Wiese nieder, grub mit seinen vernarbten Händen die Bruchstücke des Beckens aus und versuchte, das Wasser der Quelle in ihr ursprüngliches Bett zurückzuleiten.

Ceolric, der in der Deckung der Bäume verharrte, als der große Mann auf die Lichtung hinaustrat, fragte sich, ob er nicht besser daran getan hätte, sich allein durchzuschlagen. Der Einsiedler war zwar freundlich, doch als Gorthyn ihn zum ersten Mal ins Auge fasste, hatte er das Gefühl gehabt, nur einen Herzschlag vom Tod entfernt zu sein.

Er fühlte sich in Gesellschaft dieser Fremden unwohl. Und ihr Heiligtum war ihm gleichgültig. Ihm war dabei unheimlich. Das Mädchen freilich schien recht hübsch ...

Sie blickte zum Rand der Lichtung, wo der alte Mann und der dunkelhäutige Krieger durchs Laub spähten. Er folgte ihrem Blick mit den Augen. Der Dunkelhaarige, Nai hieß er, stand reglos wie ein Baum, alle Sinne auf seinen Freund gerichtet - auf die Lichtung. In diesem Augenblick kam er Ceolric wie der gefährlichste Mann vor, dem er je begegnet war, noch gefährlicher als Gorthyn.

Er drehte sich zu Eurgain um, da er meinte, er müsse sie von den entsetzlichen Dingen, die es auf der Lichtung zu sehen gab, ablenken.

»Das mit deiner Familie tut mir Leid«, sagte er verlegen.

»Mir auch,« erwiderte sie kühl.

»Du ... äh ... du kennst die beiden Krieger?«, bemühte er sich, eine Unterhaltung in Gang zu bringen.

Zunächst glaubte er, sie habe ihn gar nicht gehört, und wollte seine Frage bereits wiederholen, als er bemerkte, dass sie ihn aufmerksam anschaute, ihn wie einen eigenartigen Fisch im Fang ihres Vaters musterte.

»Nein. Gorthyn hat es doch erklärt. Wir sind uns gestern Abend begegnet.«

»Oh. Das hatte ich vergessen.« Verzweifelt bemüht, das Erröten zu verhindern, hielt Ceolric den Atem an. Seine Worte klangen halb erstickt. »Kam mir gerade so in den Sinn. Weshalb bezeichnet Gorthyn den Dunkelhäutigen, den mit der krächzenden Stimme, als seinen Neffen?«

»Das tut er gar nicht. Er heißt halt Nai. Ich glaube, das ist gar nicht so ungewöhnlich. Die meisten Namen bedeuten etwas. Ist das bei euch anders?«

Ceolric zuckte die Achseln. »Wahrscheinlich nicht. Ich habe mir bloß noch keine Gedanken darüber gemacht. Ein Name ist solange ein Name, bis man anfängt, eine andere Sprache zu sprechen.«

»Du hast einen merkwürdigen Akzent. Ich dachte immer, Saesoniten verständigen sich wie Hunde mit Gebell und Knurrlauten.«

»Meine Mutter gehörte dem Stamm der Cantii an, die im Osten dieser Insel beheimatet sind. Von ihr habe ich eure Sprache erlernt, doch sie starb, als ich noch jung war.«

»Und jetzt bist du alt?«, fragte sie mit einem Anflug von Verschmitztheit.

»Älter als damals.«

»Das sind wir alle«, meinte sie und wandte sich mit wieder traurigem Gesicht zur Lichtung um.

Ein Schatten fiel auf Gorthyn, der neben den Überresten des Beckens kniete. Der Einsiedler war an seine Seite getreten.

»Nai passt auf«, sagte Budoc grimmig. »Ich habe den Kindern gesagt, sie sollen in Deckung bleiben.«

»Sieh dir bloß mal an, was sie getan haben«, sagte Gorthyn mit gepresster Stimme. »Sieh!«

»Der Hirsch hat es mir gezeigt. Hast du ihn gesehen?«

Der Einsiedler kniete neben ihm nieder. »Ja, ich habe ihn gesehen.« Er half Gorthyn, die Bruchstücke des Beckens zu sortieren, in das sich die Quelle ergossen hatte.

»Was sollen wir tun?«, fragte der große Mann flehentlich. »Wir können es nicht wieder zusammensetzen.«

»Nein«, meinte der Einsiedler bedrückt. »Nein, das ist unmöglich.«

Gemeinsam schaufelten sie mit den Händen den Schlamm und den Dreck aus dem Lauf der Quelle.

»Du hast gesagt, du hättest meinen Vater gekannt«, bemerkte Gorthyn.

Budoc nickte.

»Einer der Skoten, mit denen wir es zu tun haben, hat ihn getötet.«

»Dovnuall Brecc«, sagte der Einsiedler.

Gorthyn blickte ihn erstaunt an. »Woher weißt du das? Wer bist du?«

»Vor langer Zeit bin ich mit deinem Vater und deinem Großvater geritten.« Der alte Mann verzog das Gesicht. »Mein Sohn ist tot. Da ich keine eigene Familie hatte, habe ich den Werdegang meiner ehemaligen Kameraden und deren Kinder verfolgt. Wie ich schon sagte, Magie ist dabei nicht im Spiel.«

Gorthyn richtete sich auf und blickte sich um. Nai hatte sämtliche Stöcke aus dem Boden gezogen und stapelte sie nun aufeinander.

»Was sollen wir damit machen?«, fragte der große Mann. »Wir können sie nicht einfach hier liegen lassen.«

Budoc hob den Arm. »Siehst du den umgestürzten Baumstamm dort drüben?«

Auf der anderen Seite der Wiese lag eine große umgestürzte Eiche, die von einem Wintersturm gefällt worden war. Die Wurzeln hatten mehrere Findlinge und große Steine aus dem Erdreich gerissen.

Gorthyn ging hinüber und bedeutete Nai, ihm zu folgen; jetzt, da Budoc eine Lösung gezeigt hatte, fühlte er sich auf einmal entschlussfreudiger. Er näherte sich der Wurzel der umgestürzten Eiche (die noch Erdreich und Steine umfing, die drei Männer nicht hätten heben können) und spähte in die tiefe Grube, die zurückgeblieben war.

»Wir könnten die Köpfe hier begraben«, sagte er zu Nai.

Aufmerksam beobachtet von den Aasvögeln auf den Ästen schleppten sie die Stöcke zur Grube, legten sie hinein und bedeckten sie mit Erde.

Gorthyn reinigte sich die Hände im sauberen Erdreich. »Wenn wir ein paar Steine draufwälzen und die Zwischenräume mit Erde auffüllen ... Ruf den Saesoniten. Der soll die Arbeit tun.«

Auch das Mädchen kam nach einer Weile hinzu. Der Einsiedler murmelte ein Gebet, während die anderen in respektvollem Abstand warteten - Ceolric nahm sich an Eurgain, die anscheinend wusste, was von ihnen erwartet wurde, ein Beispiel.

»Wenn wir ein paar von den Findlingen zu bewegen versuchen«, sagte Gorthyn, als der Einsiedler geendet hatte, »könntest du, Eurgain, dann vielleicht etwas Erde lockern?«

Sie nickte zustimmend und machte sich an die Arbeit. Sie rüttelte am Wurzelballen, bis das Erdreich nurmehr locker an den weißlichen Wurzeln hing. Währenddessen untersuchten die drei Männer die Findlinge, die im Sonnenschein rosa und grau funkelten.

Gorthyn ging in die Knie, legte die Arme um einen Findling und richtete sich auf. Der Stein löste sich, die Erde gab ihn widerwillig frei. Schwer atmend stolperte der große Mann ein paar Schritte vor und ließ los. Der Stein fiel schwer auf den Boden und rutschte in die Grube.

Gorthyn, der stämmiger wirkte als je zuvor, wandte sich herausfordernd an Ceolric.

Dieser runzelte die Stirn, blickte sich nach einem passenden Stein um und entdeckte einen auf der anderen Seite der Grube. Er war größer als Gorthyns und anders geformt: Der Brite hatte einen Stein ausgewählt, der ebenso lang wie breit war; der Sachse wählte nun einen, der eher Säulenform besaß.

Er ging in die Hocke, legte die Hände um das eine Ende und begann, den Stein aus dem Erdreich zu lösen. Er ließ sich nur schwer bewegen. Als das eine Ende hoch genug war, schob Ceolric die Schulter darunter und richtete sich mühsam auf.

Der Stein kippte, prallte gegen Gorthyns Findling und rammte ihn tiefer in die Grube, worauf er in aufrechter Stellung zur Ruhe kam, wie ein Menhir.

Gorthyn lachte und klopfte dem jungen Mann anerkennend auf den Rücken, dann trat er vor und blickte in die Grube.

»Also, das sollte verhindern, dass jemand sie wieder ausgräbt.« Er blickte Eurgain an, die die beiden Männer angespannt beobachtet hatte, was allerdings bloß Nai aufgefallen war. »Schüttle ein bisschen Erde los, Mädchen.«

Sie ließ einen Erdschauer auf das Loch niederprasseln, wobei sie uralte Gebete murmelte, obwohl sie wusste, dass sie aufgrund der Magie des Druiden wirkungslos geworden waren. Schließlich begann Nai, kleinere Steine in die Grube zu werfen, und Ceolric folgte seinem Beispiel. Bald darauf war die Grube zur Hälfte gefüllt.

Gorthyn ließ noch einen weiteren großen Findling neben Ceolrics Säule fallen, während die anderen die Lücken auffüllten.

»Noch einen«, schnaufte er leicht schwankend.

Nai blickte auf und bemerkte den Gesichtsausdruck des großen Mannes, begnügte sich aber mit einem Kopfnicken, während er den schwitzenden Gorthyn beobachtete.

Schließlich waren sie fertig. Sie stellten sich im Kreis auf und begutachteten ihr Werk.

»Ich glaube, jetzt werden sie in Frieden ruhen«, meinte Ceolric.

Nai lachte sardonisch. »Hoffentlich. Jetzt müssen wir die Skoten bloß noch daran hindern, einen neuen Stapel Köpfe anzulegen.«

Alle blickten ihn an.

»Spürt ihr es nicht?«, meinte er. »Dass etwas nicht stimmt?«

Die anderen nickten, einer nach dem anderen: Eurgain zuerst, denn sie spürte es am stärksten, dann Ceolric und Gorthyn, die beide von der Anstrengung noch ein wenig außer Atem waren, und schließlich auch Nai, der den Einsiedler mit brennendem Blick beobachtete, als habe er einen Gegner in der Schlacht vor sich.

Budoc trat in die Mitte der Lichtung, zu den Überresten des Beckens, in das sich früher die Quelle ergossen hatte.

»Dies geschieht nicht zum ersten Mal. Sie versuchen, mithilfe ihrer Magie die Welt zu verändern.«

Seine Stimme klang volltönend, und er hatte etwas Befehlendes an sich, wie im Augenblick ihrer ersten Begegnung, als er Gorthyn zur Ordnung gerufen hatte.

Wer ist das?, dachte Nai.

»Lasst uns beten«, sagte der Einsiedler, senkte den Kopf und stieß einen gewaltigen Schrei aus, sodass die Aasvögel von den Ästen aufflogen und sich krächzend zerstreuten.

»Steh uns bei, einige Dreifaltigkeit; hab Erbarmen
mit uns, dreifaltige Einheit.
Steh uns bei, die wir der Gefahr ausgeliefert sind wie
auf hoher See,
Auf dass die Ränke unserer Feinde uns nichts anhaben
können.
Schütze uns, Herr, mit deiner unbesiegbaren Macht.«

Das ist kein gewöhnlicher Mann, dachte Nai. *Das war ein Kriegsschrei, wie Cei ihn angeblich bei Badon Hill im Angesicht der saesonitischen Feinde ausgestoßen hat: ein Schrei, der dreimal zwanzig gegnerische Krieger niederstreckte, ehe auch nur eine Waffe gezogen wurde.*

»Hier stehe ich:
Himmelsmacht
Sonnenhelle
Weiß des Schnees
Feuerschein
Macht Gottes schütze mich
Weisheit Gottes verteidige mich
Auge Gottes wache über mich
Ohr Gottes höre mich an ...«

Ceolric schauderte. Zwar wusste er nur wenig über den Gott, den Budoc anrief, doch die Worte kamen ihm bekannt vor, und er spürte die Gegenwart der Kraft, die der Einsiedler beschwor, spürte, wie sich die Luft kräuselte, so wie das Wasser in der Tiefe sich kräuselt, wenn der Leviathan erscheint.

»Diese Mächte rufe ich an
gegen die finsteren Gewalten, die mich bedrängen
gegen die Beschwörungen falscher Propheten
gegen die schwarzen Gesetze des Heidentums
gegen die Täuschungen der Götzenverehrung
gegen den Zauber der Druiden,
gegen alles Wissen, das der menschlichen Seele verboten ist
gegen die blutigen Riten des Krummen Gottes des
Grabhügels ...«

Jetzt erschauerte Gorthyn, denn er hatte Geschichten über den Krummen Gott gehört, den Gebeugten des Grabhügels, den Kinderfresser, der in Ierne hauste, auf der Ebene der Anbetung.

»Der Sohn bei mir, der Sohn vor mir
der Sohn hinter mir, der Sohn in mir
der Sohn unter mir, der Sohn über mir ...«

Während der Einsiedler sein Schutzgebet vollendete, hielt Eurgain den Atem an und betete halblaut zur Mutter und zum Sohn, deren Schrein dies war, flehte um ein Ende des Gemetzels und eine Rückkehr zu dem ereignislosen Leben, das sie vor der Ankunft der Skoten geführt hatte, als sich - abgesehen vom Wandel der Jahreszeiten und dem zeitlosen Kreisen der Sterne um die Weltachse - nichts verändert hatte.

Budoc kniete nieder und tauchte die verkrüppelte Linke in die Quelle. Er warf den Kopf zurück (das weiße Haar flatterte, obwohl kein Wind wehte) und rief zum Himmel empor, wo die schwarzen Vögel sich sammelten und kreisten:

»Verflucht seien die, welche diese Übel gebracht haben,
Verflucht seien die, welche den Bauern und den Fisch
getötet haben,
Verflucht seien die, welche die Insel der Mächtigen suchen,

Verflucht seien die, welche ihre Heiligtümer entweihen,
Verflucht seien die, welche ihre Strände mit Blut besudeln.
Verflucht seien die, welche ihre Ahnen verraten,
Verflucht seien die, welche ihre Ehre vergessen.
Neunmal verfluche ich sie
Dreimal drei Mal
Im Namen des Vaters und des Sohnes und des
  Heiligen Geistes
Im Namen der Schutzherrin und der Mutter und der Tochter
Im Namen der gewöhnlichen Krähe und der
  Saatkrähe und des Raben.«

Als er geendet hatte, hob er die Arme gen Himmel, und die Vögel sanken auf ihn herab und umflatterten seine magere Gestalt, sodass er inmitten des schwarzblauen Schwarms kaum mehr zu erkennen war.

Ceolric wäre ihm am liebsten zu Hilfe geeilt, Nai aber hielt ihn zurück.

»Nein«, sagte er, und seine Stimme klang wie das Krächzen eines Raben. »Das muss so sein.«

Der junge Mann beobachtete entsetzt, wie die Vögel laut krächzend auf dem alten Mann herumkletterten, wie sie fortflatterten, um Platz für andere zu schaffen, wie sie wieder zurückkehrten und lautstark einen Platz einforderten.

»Was hat er getan?«, fragte Gorthyn. »Was hat er getan?«

»Er hat irgendetwas aufgeweckt«, antwortete Nai. »Etwas, das schlief.«

»Wer ist das?« Der große Mann rückte näher an seinen Freund heran, damit der Junge und das Mädchen ihn nicht hören konnten.

»Ich bin mir nicht sicher.« Nai runzelte die Stirn. »Aber ich habe so eine Ahnung.«

Er wollte gerade fortfahren, als die Vögel mit donnernden Schwingen und Spiralen um den Kopf des Einsiedlers beschreibend aufflogen und in der Weite des Himmels verschwanden.

Auf einmal herrschte Stille.

2

Lange Zeit sagte niemand ein Wort. Budoc richtete sich schwankend auf, von Erschöpfung gezeichnet, das Gewand abgerissener denn je, sonst jedoch wunderbarerweise unverletzt.

Nach einer Weile trat Gorthyn unruhig von einem Bein aufs andere, dann wurde er sich dessen bewusst und hörte sogleich damit auf. »Welches ist der kürzeste Weg zum Dorf?«

»Den Hügel hoch, bis zu der Stelle, wo wir uns vergangene Nacht befanden«, antwortete Eurgain. »Und dann über den Weg, den wir gestern Abend einschlugen, den Hang hinunter.«

Gorthyn brummte etwas Unverständliches und schaute zum Himmel hoch. »Es ist noch nicht einmal Mittag«, murmelte er vor sich hin. »Somit bleibt uns bis zum Sonnenuntergang noch reichlich Zeit.« Er wandte sich brüsk zu den anderen um, die ihn ihrerseits musterten - mit Ausnahme von Nai, der seine Aufmerksamkeit wieder dem Wald zugewandt hatte.

»Kommt, lasst uns eine geeignete Stelle suchen, wo wir uns beraten können.«

Es herrschte wortloses Einvernehmen, die Ereignisse, deren Zeuge sie gewesen waren, nicht zu erwähnen, und es schlug auch niemand vor, auf der Lichtung zu bleiben. Stattdessen folgten alle dem großen Mann, und Eurgain half Budoc den Wall hinauf.

»Ich glaube«, sagte Gorthyn, als sie an einem umgestürzten Baumstamm angelangt waren, der eine Weggabelung markierte, »wir sollten dem Dorf einen Besuch abstatten. Wir müssen in Erfahrung bringen, wie viele Skoten noch übrig sind und was sie dort treiben.«

Er blickte Nai an, der das Blätterdach ringsumher musterte, dann fuhr er fort: »Unser weiteres Vorgehen hängt von ihrer Anzahl ab. Bald müsste auch Hilfe eintreffen.« Er seufzte, kratzte sich am Kopf. »Am besten kehrt ihr drei in eines von Budocs Verstecken zurück und wartet dort auf uns. Ceolric ...«

Ceolric schaute bei der Erwähnung seines Namens auf. Er verstand nicht, was das Gerede sollte; wenn es nach ihm gegangen wäre, hätten sie jetzt, da Budoc den Zauber des Druiden gebrochen hatte, auf der Stelle losgeschlagen.

»Wir verschwenden bloß unsere Zeit«, sagte er. »Wir müssen zum Dorf gehen und sehen, wie die Lage dort ist. Und wir sollten zusammenbleiben.«

Gorthyn schaute finster drein. Im Verlauf des Steinhebewettstreits hatte er eine gewisse Sympathie für den jungen Mann entwickelt. Jetzt, da dieser seine Führerschaft infrage stellte, verflüchtigte sie sich wieder. Er setzte gerade zu einer heftigen Entgegnung an, da bemerkte er, dass das Mädchen und der Einsiedler ihn beobachteten: das Mädchen ängstlich, der Einsiedler spöttisch.

»Also gut«, knurrte er. »Gehen wir ins Dorf.« Er wandte sich brüsk um. »Ihr drei geht vor: Nai und ich holen die Ponys und kommen nach.«

Schäumend vor Wut stürmte er zu den Pferden. Nai folgte ihm mit einem schiefen Lächeln.

»Wir sollten besser aufbrechen«, sagte Budoc gelassen. »Ich glaube, er ist nicht in der Stimmung, auf uns zu warten.«

Das Mädchen half ihm vom Baumstamm hoch. Er schob einen tief hängenden Ast beiseite und bog in die andere Weggabelung ein, worauf er so vollständig mit seiner Umgebung verschmolz, dass Gorthyn, als er sich schuldbewusst umsah, nur die beiden jungen Leute bemerkte, die wie Schatten von Baum zu Baum huschten.

»Der Einsiedler«, sagte Nai nachdenklich, als er sich in den Sattel schwang.

Der große Mann brummte etwas.

»Was hältst du von ihm?«

Gorthyn schüttelte den Kopf. »Ich weiß nicht.« Er blickte seinen Gefährten neugierig an. »Was wolltest du mir eben am Waldheiligtum sagen?«

Nai ritt langsam los. »Hast du seine Hand gesehen?«

»Irgendetwas stimmte damit nicht.«

»Ein Schwert hat die Sehnen durchtrennt, schon vor langer Zeit.«

Eine Weile schwiegen sie, und Gorthyn wartete darauf, dass sein Freund seine Gedanken offenbarte.

»Er hat erklärt, er hätte deinen Vater gekannt«, krächzte Nai, was eine Krähe in einem Baumwipfel zu einer Antwort herausforderte.

Nai blickte seinen Gefährten an. »Ein einhändiger Mann, der deinen Vater kannte und jetzt ... ja, was ist er jetzt? Er ist so alt, dass er bei Camlann gekämpft haben könnte.«

Gorthyn zügelte sein Pony. Langsam hob er den Kopf und erwiderte Nais Blick. »Nein«, sagte er ungläubig. Er streichelte sich über den kurz geschnittenen Bart. »Nein«, wiederholte er belustigt. »Nein, das kann nicht sein. Der Onkel meines Vaters starb vor fünfzehn Jahren. Erinnerst du dich an das Lied? ›Nach heftigem Gemetzel fand Bedwyr an Tryfans Seite sein Grab.‹«

Nai hob eine Braue. »Dieselben Dichter haben auch von Ceis Trauer über Bedwyrs Tod gesungen, während ich gehört habe, Cei sei schon lange vor der Schlacht von Camlann getötet worden. Haben Artus und Bedwyr nicht an den Söhnen Menestyrs Rache genommen, nachdem ihr Bruder Gwydawg Cei erschlagen hatte? Wie kann es dann sein, dass Cei um einen Mann getrauert hat, der ihn überlebte?«

»Willst du damit sagen, die Dichter sähen die Wahrheit anders als wir? Da hast du Recht. Doch es fällt mir schwer zu glauben, dass dieser alte Mann einmal der mächtigste Krieger ganz Britanniens gewesen sein soll. Viele Krieger wenden sich im Alter der Religion zu, und es gibt wohl auch viele mit verkrüppelten Händen.«

Nai lachte. »Das sagst du nach allem, was wir soeben mit eigenen Augen gesehen haben? Das war nicht das Werk eines alten Mannes, der Mönch oder Einsiedler geworden ist. Das war hohe Magie.« Er massierte die Narbe an seinem Hals. »Budoc hat die Mächte Albions angerufen, die Mächte der heiligen Insel, die unsere irdischen Königreiche transzendiert, das Reich Brans des Gesegneten und Caws des schlafenden Riesen, des Rabens und der Krähe.«

»Jetzt aber mal langsam!«, meinte Gortyhn, Nai jedoch beugte sich im Sattel vor, ohne den Einwurf zu beachten.

»Wusstest du, dass einige Leuten glauben, Artus' Seele wandere in der Gestalt eines großen schwarzen Vogels auf der Insel umher?«

»Ach was, Cousin!«, protestierte Gorthyn. »Ich weiß eine gute

Geschichte ebenso zu schätzen wie jeder andere - eher mehr. Aber ...«

»Was, aber?« Nai starrte ihn an, bis er den Blick senken musste. »Wer war die Gemahlin des Herrschers, die Mutter seiner Söhne?«

Gorthyn hob abwehrend die Hände. »Was soll das, Cousin? Willst du mir auf den Zahn fühlen?«

»Wer war sie?« Nai ließ nicht locker. So hatte Gorthyn ihn auch schon in der Schlacht erlebt.

»Gwenhwyvar«, antwortete er resiginiert, denn er wusste, er würde erst dann Ruhe bekommen, wenn er das Spiel seines Freundes mitspielte.

»Und wer war ihr Vater?«

»Ihr Vater?«, wiederholte der große Mann verwundert. »Warte mal. Gwenhwyvar verch Ogrvran Gawr«, murmelte er vor sich hin. »Gwenhwyvar ist die Tochter Ogrvran des Riesen gewesen.«

»Ogrvran. Und was könnte das deiner Meinung nach bedeuten?«

»Bedeuten?«, sagte Gorthyn. »Das war sein Name. Es bedeutet ebenso wenig wie der Umstand, dass dein Name Neffe bedeutet.«

»Und wenn doch?«

»Herrgott noch mal!« Der große Mann hob verzweifelt den Blick gen Himmel. »Dann würde der Name bedeuten ... Vran, Bran: Rabe, Krähe, ein großer schwarzer Vogel. Ogr, ogr ... klug heißt das wohl.«

»Dann war der Große Kluge Rabe - der Vater von Artus' Gemahlin. Hast du noch nie vom Riesen Bran gehört, dem Krähenfürsten, dem mächtigen Wächter der Insel, dessen Kopf auch noch lange nach seinem Tod die Insel vor Eindringlingen beschützt hat?«

»Ja, schon ...« erwiderte Gorthyn verunsichert.

»Das alles ist dir bekannt, denn du liebst die alten Geschichten, aber du verstehst sie nicht. Begreifst du denn nicht, dass Bran schläft und sich im Schlaf bisweilen regt und Schatten in die Welt der Menschen wirft? Man könnte sagen, er träumt von Helden, die die Insel vor Gefahren schützen, und dann geschehen seltsame Dinge. Begreif doch endlich, dass der Held immer wieder erscheint, in vielen unterschiedlichen Verkleidungen, gesandt vom Wächter, um seinem Volk beizustehen. Doch welche Verkleidung er auch wählt, sein Zeichen bleibt stets gleich, und dies ist der Rabe und die Krähe. Den Wächter hat Budoc angerufen, die gewaltigen Kräfte Prydeins. Er hat die Magie des Druiden mit seiner eigenen Magie bekämpft.«

Der große Mann wand sich unbehaglich. »Selbst wenn du Recht haben solltest - was ich nicht glaube -, hieße das noch lange nicht, dass Budoc auch Bedwyr ist.«

Er zupfte sich am Bart und schenkte seinem Freund ein schwaches Lächeln

»Das ist bloß eine Geschichte, mehr nicht. Mit unserer Lage hat das nichts zu tun. Das ist das Gleiche wie wenn man über Cei sagt, er habe neun Tage und neun Nächte unter Wasser ausharren oder ebenso lange ohne Schlaf auskommen können.«

Während er sich für das Thema erwärmte, gestikulierte er immer heftiger. »Oder wie die Geschichten über Pferde, die mit sieben Männern auf dem Rücken Tag und Nacht galoppieren, oder über Krieger, die mit einer Hand eine Furt gegen eine ganze Streitmacht zu verteidigen imstande sind.«

»Aber du hast es doch selbst gesehen!«, krächzte Nai. »Du hast das Gleiche gesehen wie ich. Er hat die Vögel herbeigerufen, und sie sind gekommen.«

»Ich habe nicht gehört, wie er sie herbeigerufen hat«, erwiderte der große Mann trotzig. »Sie sind über ihn hergefallen, das gebe ich zu, aber dafür könnte es viele Gründe geben. Hast du schon mal gehört, wie die Priester in der Kirche über die Betrügereien der Druiden gesprochen haben? Wahrscheinlich füttert er sie, sodass sie ihn kennen ...«

Nai brummte vorwurfsvoll. »Ich zweifle nicht daran, dass er sie schon gefüttert hat, und zwar mit den Leichnamen der Männer, die er erschlug. Ich behaupte, er ist Bedwyr.«

Gorthyn überlegte eine Weile mit gerunzelter Stirn. »Das glaube ich nicht«, erklärte er kategorisch.

Nai zuckte die Achseln.

Eine Weile ritten sie schweigend weiter. Der große Mann

sann finsteren Blicks über die Folgerungen nach, die sich aus den Behauptungen seines Freundes ergeben mochten.

»Nein!«, sagte er schließlich. »Das kann nicht sein. Bedwyr muss schon lange tot sein, sonst hätten wir von ihm gehört.«

»Nicht unbedingt, wenn er sich zurückgezogen hat. Wie du selbst gesagt hast, kommt das häufiger vor. Wie steht es denn mit der Herrscherin Gwenhwyvar? Die Barden meinen, sie sei von Caer Cadwy fortgeritten, als sie Kunde von Artus' Tod erhielt, und niemand wisse, was aus ihr geworden ist. Ich glaube jedoch: Auch das ist bloß eine Geschichte, wie die Geschichten über Ceis Tauchvermögen. Mir sind Gerüchte zu Ohren gekommen, wonach sie den Schleier gewählt hat und nun ein Nonnenkloster führt anstatt des Hofs des Amheradwyrs. Wenn sie noch lebt, warum dann nicht auch Bedwyr mit den vollkommenen Sehnen?«

Gorthyn hatte seinen Freund seit Jahren nicht mehr so angeregt und gesprächig erlebt.

»Bedwyr Bedrydant«, wiederholte er. Er schüttelte sich heftig, versuchte die wirren Gedanken zu verscheuchen, die ihm durch den Kopf gingen. »Nein, Cousin, nein! Das glaube ich nicht!«

Nai grinste, denn er wusste, er hatte seinen Freund nahezu überzeugt. »Vielleicht irre ich mich ja«, sagte er in einem Ton, der das genaue Gegenteil bedeutete. »Aber du solltest mir zumindest zugestehen, dass unser Freund Budoc einmal ein bedeutender Mann gewesen ist.«

»Das räume ich gerne ein. Aber Bedwyr? Nein!«

Sie holten die anderen am Waldrand ein, wo der Boden steil zu dem Kamm anstieg, auf dem sie in der Nacht zuvor den Feinden getrotzt hatten. Der Einsiedler bewegte sich langsam und unter Mühen, und Gorthyn, der noch immer nicht glauben mochte, dass Budoc sein Verwandter war, saß aus Höflichkeit ab und bot ihm sein Pferd an.

»Kannst du reiten?«, fragte er, als er sich anschickte, den alten Mann in den Sattel zu heben.

»Ich denke schon«, antwortete Budoc. Gorthyn bemerkte aus den Augenwinkeln, dass Nai sich ein Grinsen verkniff.

Als er im Sattel saß, blickte der alte Mann auf Gorthyn nieder und sagte: »Es wäre vielleicht ganz gut, wenn Nai ein wenig auf Erkundung vorreiten würde. Es gefällt mir nicht, mich in einem Tal zu befinden, ohne zu wissen, was jenseits der Hügel liegt.«

Gorthyn nickte bedächtig. Wenngleich der Einsiedler scheinbar bloß einen Vorschlag gemacht hatte, klang es wie ein Befehl. Jedenfalls war es vernünftig, und der große Mann teilte des Einsiedlers Unbehagen. Außerdem wirkte Budoc jetzt, da er zu Pferd saß, stattlicher, und ungeachtet seiner früheren Zweifel teilte Gorthyn nun Nais Ansicht, dass der Einsiedler einmal das Befehlen gewohnt gewesen sei.

Währenddessen trieb Nai sein Pony den Hang hinauf, und die eisenbeschlagenen Hufe schlugen Grassoden aus dem Boden, die taumelnd wie Vögel bei Sturm in die Tiefe flogen. Drei Hirschkühe, die am Waldrand geäst hatten, flüchteten vor ihm. Ein Schwarm Wildgänse flog vorbei, verlor vorübergehend den Zusammenhalt, nahm abermals V-Formation ein. Es erhob sich ein Wind, der die Bäume schüttelte und das Laub in grünen und gelben Spiralen himmelwärts riss. Auf einmal war die Luft voller Vorzeichen.

Gorthyn öffnete den Mund, wollte Nai in die Sicherheit des Tals zurückrufen. Dann hielt er inne und schalt sich einen Narren, außerdem war es ohnehin schon zu spät. Nai hob sich kurz als Silhouette vom Himmel ab, dann verschwand er.

»Es tut gut, wieder auf offenem Gelände zu sein«, sagte Ceolric, der die Besorgnis des großen Mannes nicht bemerkt hatte. »Ich kann den Wald nicht ausstehen.«

»Ich kann die Täler in Meernähe nicht ausstehen«, fauchte Gorthyn. »Man weiß nie, ob sich nicht irgendwelche Piraten an einen anschleichen.«

»Das ist ein sehr hübsches Tal«, erklärte Ceolric, ohne auf Gorthyns Bemerkung einzugehen. »Wenn man ein paar Bäume roden würde, könnte man hier eine ordentliche Ernte erzielen. Und der Hang scheint als Weideland geeignet.«

Gorthyn schnaubte.

Als Nai sich dem Kamm näherte, erblickte er Grat um Grat, die immer höher aufragten. Als er sich umsah, waren seine Gefährten hinter Erdfalten verborgen. Obwohl er sich bewusst war, dass ein guter Kundschafter Kontakt mit der Hauptstreitmacht hielt, drang er dennoch weiter vor.

Das Pony keuchte, und in seinem Bauch grollte es, als er endlich den Gipfel erreichte. Er gönnte dem Tier eine Ruhepause und musterte derweil die Umgebung. Vor ihm erstreckte sich das hohe, windgebeugte Gras, über das sie gestern Nacht galoppiert waren; dahinter hoben sich die Baumwipfel, die den Hang markierten, der zum Dorf hinunterführte. Durch das Laub funkelte das Wasser des Meeresarms hindurch, der tiefblau unter dem Sommerhimmel lag, und in noch weiterer Ferne machte er die purpurfarbenen Umrisse der Hügel aus, die er und Gorthyn überquert hatten, bevor sie die Fähre fanden.

Die erfrischende Brise führte Salzgeschmack und Möwenschreie mit sich. Wie Ceolric war auch er froh, der Umklammerung des Waldes zunächst einmal entkommen zu sein und wieder Wind im Gesicht zu spüren.

Er ritt langsam am Kamm entlang und hielt Ausschau nach der Ansammlung von Findlingen, zwischen denen sie sich versteckt hatten. Diese war kleiner, als er gemeint hatte, sodass er sich zunächst unsicher war, ob er auch die richtige Stelle gefunden hatte. Doch die Spuren und die Pferdeäpfel waren nicht zu übersehen.

Nai saß ab und warf Schwarzfell die Zügel über den Kopf. Er teilte das Gras und untersuchte das Gelände, auf dem sie gekämpft hatten, hielt Ausschau nach Hinweisen darauf, wohin man die Leichen gebracht hatte. Hatten die Hunde sie weggezerrt, oder hatte er sich das, von der Dunkelheit verwirrt, bloß eingebildet? Mittlerweile war das Gras jedenfalls zu stark niedergetrampelt, um die Vorgänge zurückverfolgen zu können.

Er versuchte, den Weg der Skoten zu entziffern. Von den Felsen bis zum Waldrand bereitete ihm dies keine Schwierigkeiten, doch unter den Bäumen verliefen sich die Spuren, ganz so, als wären die Skoten aus dem Nichts aufgetaucht.

»Wahrscheinlich stimmt das sogar«, murmelte er vor sich hin.

Er saß wieder auf, trieb das Pony zum Trab an und ritt durchs raschelnde Gras den Weg, den er gekommen war, zurück. Die anderen hatten den Gipfel nahezu erreicht, und als Gorthyn ihn sah, stieß er einen gewaltigen Seufzer der Erleichterung aus.

»Ich hatte kein gutes Gefühl dabei«, meinte er.

Nai lächelte. »Da ist niemand. Es sieht so aus, als wären die Skoten aus dem Nichts aufgetaucht. Im Wald sind keine Spuren zu finden.«

Gorthyn schauderte. »Das gefällt mir nicht«, murmelte er und blickte sich mit Unbehagen um. »Das gefällt mir überhaupt nicht.«

Am letzten Grat legten sie eine Verschnaufpause ein. Mit Ausnahme von Budoc, der im Sattel sitzen blieb, nahmen die Männer im Halbkreis Platz, und Nai breitete für Eurgain eine Decke aus. Außerdem verteilte er ein wenig Dörrfleisch, das sie kauten, während sie Kriegsrat hielten.

Gorthyn, der den Einsiedler unverwandt musterte, ergriff als Erster das Wort. »Müssen wir unbedingt alle ins Dorf gehen? Wäre es nicht einfacher und sicherer, wenn Nai und ich allein gingen, und ihr drei zieht euch in den Wald zurück?«

Der alte Mann schüttelte den Kopf. »Nein, ich glaube, es ist besser, wenn wir zusammenbleiben. Solange wir nicht wissen, womit wir es zu tun haben, halte ich es für unklug, unsere schwachen Kräfte zu teilen. Außerdem muss ich gestehen, dass ich neugierig bin - ich möchte die Skoten sehen und nach Möglichkeit in Erfahrung bringen, was sie dazu bringt, solche Massaker zu begehen. Und wenn ich mitkomme, ist es besser, wenn uns auch die jungen Leute begleiten.«

Gorthyn blickte Nai an, der keine Reaktion zeigte. »Also gut. Wir erkunden als Erstes das Dorf. Wenn sich niemand dort aufhält - und da wir den ganzen Tag über keine Plünderer gesehen haben, hat Ceolric wohl Recht, und sie sind fortgezogen - sollten der Saesonit und ich die Hütten erkunden, während Nai bei dir und Eurgain bleibt. Sollten sie aber noch vollzählig im Dorf sein, müssen wir neu überlegen.«

Alle wandten sich Ceolric zu. Dieser errötete, zog das Messer ein Stück weit aus der Scheide, schob es wieder hinein. »Ich bin einverstanden.« Das Mädchen lächelte ihm aufmunternd zu.

Budoc beruhigte ein unruhig tänzelndes Pony und blickte Nai an, der stoisch auf einem Stück Fleisch kaute.

»Bist du einverstanden?«

Nai blinzelte gegen die Sonne an. Er schluckte, zuckte die Achseln und schluckte erneut.

»Dann machen wir es so.«

Sie näherten sich dem Dorf über den Weg, der zwischen dem rasch dahinströmenden Fluss und dem Damm einherführte, der die Felder schützte. Der große Mann ging voran, und Nai bildete die Nachhut, sodass Ceolric, Eurgain und der Einsiedler auf dem Pony die mittleren Positionen einnahmen, was Gorthyn für sicherer hielt.

Als Erstes fiel ihnen die Stille auf.

Am Vortag hatten auf einigen Feldern Schafe geweidet. Jetzt wirkten diese Böden wie ein Schlachtfeld. Blutige Wolle war im Gras verteilt. Überall lagen Tiere, von denen einige die totenstarren schwarzen Beine in die Luft reckten, während andere sich mit gespenstischer Lautlosigkeit noch bewegten. Die Aasvögel hatten ihr Werk bereits begonnen, und vor den Augen der entsetzten Beobachter flog eine Krähe auf, die etwas Glänzendes im Schnabel hielt.

Ein drückender Gestank nach Tod und Hammel lag in der Luft, der so stark war, dass Gorthyn unwillkürlich den Blick gen Himmel hob und nach einer grauen Regenwolke Ausschau hielt.

»Es riecht wie im Herbst, im Blutmonat«, murmelte Ceolric.

»Blutmonat?«, wiederholte Nai.

»Dann wird das Vieh, das wir im Winter nicht ernähren können, geschlachtet und den Göttern dargebracht.«

»Die haben die Hunde auf sie gehetzt«, sagte Budoc leise.

Gorthyns Gesicht war ganz starr vor Abscheu. In der Nähe lag ein totes Mutterschaf, der Bauch weggefressen, das Fleisch zerfetzt. Auf den Hautresten sah man noch Bissspuren.

»Warum?«, fragte er, an niemand Bestimmtes gewandt. Eurgain schauderte, als sie an einem grauen Fellknäuel vorbeikamen. »Das hier lebt noch.«

Gorthyn wappnete sich für den Anblick. Die Eingeweide waren herausgerissen, dennoch weigerte sich das Tier zu sterben und krümmte sich noch immer im Todeskampf. Er zog das Schwert und schlug einmal zu, so fest, dass die Klinge unter dem Tier in den Boden drang.

»Mir scheint ...« Eurgain schluckte mühsam, setzte noch einmal an. »Wir waren niemals so wohlhabend wie Cians Clan am anderen Ufer. Aber diese Verschwendung! Erst haben sie die Menschen niedergemetzelt und jetzt auch noch die Tiere!«

Ceolric legte ihr die Hand auf die Schulter. »Wir werden dem ein Ende bereiten«, versprach er. »Das wird nicht wieder vorkommen.«

Sie legte ihre Hand auf seine. »Ich weiß, du meinst es gut, aber das macht meine Verwandten nicht wieder lebendig.«

Gorthyn hatte die Bemerkung auf der Zunge gelegen, dass die Saesoniten etwas ganz Ähnliches angestellt hätten, wären die Skoten ihnen nicht zuvorgekommen, doch der Einsiedler zwinkerte ihm sardonisch zu. Der große Mann klappte den Mund wieder zu.

»Zwei Coracles sind verschwunden«, krächzte Nai.

Der Fluss verbreiterte sich am Dorf kurz vor der Mündung und floss langsamer. Auch die Gefährten bewegten sich immer langsamer, je näher sie der Siedlung kamen.

Lebenszeichen waren keine zu sehen. Die Hütten wirkten verfallen; der Lehmbewurf war stellenweise abgefallen, sodass man das nackte Flechtwerk sah. Die Holzbalken wirkten schon aus der Ferne wurmzerfressen und morsch. Das Dachstroh war eingesackt, und das Schilf und der Farn hatten ein stumpfes Graubraun angenommen. Der Weiler wirkte abweisend, trotz der Lichtreflexe auf dem Wasser des Meeresarms.

Gorthyn holte tief Luft.

»Willst du hier warten?«, wandte er sich an Budoc.

Der alte Mann legte die Stirn in Falten und blickte zu den Hütten. »Wenn es unbedingt sein muss.«

Zu Ceolric sagte Gorthyn: »Wir nehmen uns die Hütten an der linken Seite vor. Geredet wird nicht, und wir beeilen uns. Verstanden?«

Der junge Mann nickte.

»Nai, hältst du den Speer bereit, für den Fall, dass nicht wir, sondern jemand anders aus einer der Hütten treten sollte?«

»Keine Sorge«, krächzte der dunkelhäutige Mann und rückte den Köcher auf seinem Rücken zurecht.

Budoc reichte dem Mädchen seinen Arm. »Komm, setz dich hinter mir aufs Pony. Dann hat der Krieger eine Sorge weniger.« Er grinste Nai an.

Sie beobachteten, wie der Saesonit und der große Mann sich über den Weg entfernten: beide blond (obschon Gorthyns Haar eine Schattierung heller war), fast gleich groß, der eine aber nahezu doppelt so schwer wie der andere. Beide waren bewaffnet, Gorthyn mit einem Schwert, das in seiner gewaltigen Faust armselig wirkte; Ceolric mit einem Messer, das beinahe so lang wie sein Unterarm war und eine höllisch scharfe Klinge hatte.

»An seiner Seite ist er sicher«, flüsterte Nai Eurgain zu. »Trotz seiner polternden Art würde er im Kampf einen Kameraden niemals im Stich lassen.«

Sie lächelte verlegen, denn sie wollte sich noch nicht eingestehen, dass sie Ceolric mochte. »Ich weiß«, sagte sie. »Ich weiß.«

Trotz seiner Größe bewegte sich Gorthyn geschmeidig wie eine Katze. Als Ceolric ein leises Geräusch machte, warf er ihm einen finsteren Blick zu, dann näherte er sich dem Lederbehang, der den Eingang der ersten Hütte verdeckte, und bedeutete dem jungen Mann, auf der anderen Seite der Türöffnung Aufstellung zu nehmen.

Gorthyns Lippen bewegten sich, als er lautlos zählte und sich wappnete. Er nickte Ceolric zu und hob den Türbehang so weit (das Leder fühlte sich fettig an), dass er sich unter dem Türrahmen hindurchschieben konnte.

Im Innern der Hütte war es heiß und stickig, und es stank nach Verwesung. Er wartete, bis sich seine Augen an die Dunkelheit gewöhnt hatten, und Ceolric folgte ihm. Währenddessen meinte er, das Geräusch schweren Atmens zu vernehmen.

Er trat vor, wich der Feuergrube aus und duckte sich unter den Dachpfosten hindurch, das Schwert in der Hand.

Das Keuchen brach ab. Gorthyn erstarrte, hielt den Atem an und machte eine Gestalt aus, die sich in einem Haufen Häute und Farn verkrochen hatte.

Der Mann schnaufte, keuchte, wälzte sich stöhnend auf die

Seite. Gorthyn schlug einmal zu, worauf der Mann einen erstickten Laut von sich gab.

Abermals wartete er und lauschte.

»Zieh den Türbehang weg.«

Ceolric tat wie geheißen, und das Tageslicht strömte herein.

An den Wänden lagen in Tierfelle gehüllte Leichen, die mit dem Hintergrund nahezu verschmolzen. Gorthyn betrachtete einen Mann, der schon seit einer Weile tot war. Die leeren Augen quollen unter dem dunklen Haarschopf hervor, und alles war mit Blut bedeckt, denn im Todeskampf hatte er sich die Wunden aufgerissen.

»Die sind alle tot«, flüsterte Ceolric. »Weshalb hat man sie so liegen lassen?«

»Eremon«, knurrte Gorthyn. »Mit Schwäche gibt er sich nicht ab. Damit müssen sich seine Anhänger abfinden, andernfalls lässt er sie im Stich.«

Er riss das Fell weg und untersuchte den Leichnam des Mannes, den er getötet hatte.

»Siehst du? In ein paar Tagen wäre er auf jeden Fall gestorben. Er hatte Wundbrand.«

»Er wirkt halb verhungert«, meinte Ceolric angesichts der hervortretenden Rippen und des aufgeblähten Bauchs.

»Das stimmt. Ich nehme an, deshalb sind sie Eremon auch gefolgt. In Ierne gibt es viele unfruchtbare Hochmoore. Alles andere ist besser als der unaufhörliche Hunger.«

»Auch das hier?«

Gorthyn lachte. »Vielleicht hast du Recht. Aber was haben sie denn erwartet? Ich brauchte Jahre, um den Umgang mit Speer, Schwert, Messer und Schild zu erlernen, und bei dir war es sicherlich nicht anders. Eine Waffe macht einen noch nicht zum Krieger, und das mussten sie am eigenen Leib erfahren.«

Er richtete sich auf, wischte seine Klinge an der Decke des Toten ab. »Komm. Wir müssen noch die anderen Hütten untersuchen.«

Die meisten Hütten waren bis vor kurzem bewohnt gewesen - eine war mit Rinderhälften gefüllt, den Überresten der geschlachteten Herde -, doch erst in der Letzten entdeckten sie etwas Lebendiges.

»Ist das ein Wolf?«, flüsterte Ceolric Gorthyn ins Ohr, als sie bei der erkalteten Feuergrube das lang gestreckte graue Wesen entdeckten.

»Dafür ist er zu groß«, murmelte Gorthyn. »Das muss einer von Eremons Hunden sein.«

Er kniete neben dem Tier nieder, das auf der Seite lag. Sein Atem ging ganz flach, es beachtete sie nicht. An der Seite hatte es eine tiefe Wunde, die vermutlich von einem von Nais Speeren stammte. Um den Hund hatte man sich aufmerksamer gekümmert als um die verletzten Männer: Das Fell war abrasiert, und man hatte versucht, die Wunde zu verarzten. Als er die Hand ausstreckte, hob der seinen großen Kopf. Gelbliche Fangzähne schnappten nach seinem Handgelenk. Er riss die Hand zurück, richtete sich auf und trat einen Schritt zurück.

»Ich sollte seinem Leiden besser ein Ende machen«, sagte er und holte mit dem Schwert aus.

Der Hund wich dem Hieb aus. Die Klinge drang in den Erdboden ein. Der große Mann geriet ins Taumeln, während ihm das Tier mit gebleckten Zähnen an die Kehle sprang.

Ceolric warf sich gegen das Tier, sodass dessen Pfoten auf Gorthyns Schultern landeten, ohne Schaden anzurichten. Vom Aufprall ganz benommen, stolperte er über den Steinring, der um die Feuergrube lag und stürzte in die kalte Asche.

Gorthyn ließ das Schwert fallen und packte den Hund am Hals, hob ihn hoch und drückte mit beiden Händen zu. Er spürte den heißen, stinkenden Atem des Tieres im Gesicht.

Die Pfoten scharrten kraftlos an seiner Brust. Gorthyn drückte die Daumen gegen die Luftröhre. Auf einmal warf der Hund sich trotz seiner Verletzung heftig hin und her. Gorthyn schleuderte ihn beiseite und blickte sich nach seinem Schwert um.

»Wotan!«, schrie Ceolric, sprang vor und rammte dem grauen Hund das Messer in den Bauch.

Der Hund tänzelte beiseite, und Ceolric prallte gegen die Hüttenwand, wodurch sich große Lehmbrocken lösten.

Gorthyn schwang das Schwert gegen das Tier, das sich auf der anderen Seite der Feuergrube befand. Abermals wich es aus und schnappte nach dem Handgelenk des Briten. Gorthyn knickte mit dem Knöchel um und stolperte, während das Tier zur Tür sprang.

»Nai!«, schrie Gorthyn mit sich überschlagender Stimme. Als er den Blick auf das Hindernis senkte, über das er gestolpert war, drehte sich ihm der Magen um. Es war ein menschliches Schienbein; das rote Fleisch hing in Fetzen, an beiden Enden schaute der blanke Knochen hervor.

Er hörte, wie ein Speer von der Lehmwand abprallte. Draußen knurrte etwas, knurrte und scharrte am Lederbehang. Donnerndes Hufgetrappel brach sich an den Hüttenwänden.

Gorthyn stürzte zum Eingang, riss den Vorhang beiseite. Nai kam auf ihn zugaloppiert, den Speer wie eine Lanze angelegt. Er sprang in den Eingang zurück, während sich das Pferd aufbäumte, Nai zustieß und den Hund mit dem Speer an die Hüttenwand nagelte. Er knurrte noch immer, biss nach dem Schaft und wollte einfach nicht sterben.

Nai sprang aus dem Sattel und schlug dem Tier den Kopf ab.

Der große Mann lehnte sich erschöpft an den Türrahmen. »Gut gemacht«, sagte er mit schwacher Stimme. »Gut gemacht, Cousin.«

Nai zog den Speer aus der Hüttenwand hervor und putzte die Klinge, bis sie im Sonnenschein wieder bläulich funkelte. »Wo ist der Saesonit? Ich habe dem Mädchen versichert, es würde ihm nichts geschehen.«

»Hier bin ich!«, sagte Ceolric und trat blinzelnd ins Freie. »Der Kopf tut mir weh.«

Gorthyn legte ihm den Arm um die Schultern. »Wir haben es geschafft, mein Freund. Wir haben es geschafft.«

»Tut mir Leid, dass ich nicht mehr tun konnte«, sagte Ceolric und sank langsam zu Boden.

»Du hast deine Sache gut gemacht.« Der große Mann klopfte ihm auf den Rücken, dann begab er sich zu Budoc und Eurgain.

VIERTES KAPITEL

1

Natürlich war es Gorthyn, der ins schlammige Wasser hinauswatete und das Coracle untersuchte, während Nai am Ufer blieb und sich über den Gesichtsausdruck seines Freundes schier ausschüttete vor Lachen.

»Ich glaube, das hier haben sie zurückgelassen!«, rief der große Mann. »Keine Ruder und auch kein Segel.«

»Wenn nicht etwas dagegen spräche, würde ich annehmen, sie seien ein für allemal verschwunden«, sagte Nai zum Einsiedler.

»Und was ist das?«

»Ich kann nachvollziehen, dass Eremon die Schwerverletzten zurücklässt. Das wundert mich nicht im Geringsten. Aber dass er einen seiner wertvollen Hunde im Stich lässt, will mir nicht in den Kopf. Er hätte das Vieh eher erschlagen, als es leiden zu lassen.«

»Dann glaubst du also, er kommt wieder?«

»Sonst hätte er wohl auch das Fleisch der getöteten Rinder mitgenommen«, sagte Ceolric. »Das hätten sie bestimmt nicht zurückgelassen.«

»Es müsste eigentlich noch viel mehr da sein.« Eurgain war den Tränen nahe. »Mindestens noch einmal so viel. Unsere Herde war ziemlich groß.«

Ceolric legte ihr den Arm um die Schultern und zog sie an sich.

»Was meinst du, Gorthyn?«, fragte der Einsiedler, als der große Mann schimpfend aufs Trockene gewatet kam. »Sind die Skoten abgezogen, oder greifen sie zwischendurch vielleicht Penhyle an?«

»Sie sind weg. Die kommen nicht wieder. Alles Verwendbare haben sie aus dem Coracle entfernt.«

Als Nai seine Bemerkung über den Hund wiederholte, zuckte Gorthyn bloß mit den Achseln. »Wer kann schon die Gedankengänge dieses Wahnsinnigen nachvollziehen? Vielleicht hat er sich aus diesem Tier ja nichts gemacht. Der hatte schon immer seine Lieblinge.«

»Was sollen wir jetzt tun?« Ceolric sprach aus, was allen durch den Kopf ging.

»Wir müssen einen Ort finden, der sich verteidigen lässt«, sagte Nai. Er massierte die Narbe an seinem Hals. »Wie sicher ist das Waldheiligtum?«

»Zu fünft müssten wir es gegen einen Angriff verteidigen können.«

»Es wird keinen Angriff geben!«, brummte Gorthyn.

»Das habe ich nicht gemeint.« Nai musterte den Einsiedler, der mittlerweile einen ausgesprochen erschöpften Eindruck machte. »Ist das Waldheiligtum sicher?«

»Es ist nicht leicht einzunehmen - und gewiss nicht von diesem Mann.« Budocs Gesicht wirkte im Sonnenschein sehr blass. »Der Druide hat sicherlich bemerkt, was ich im Waldheiligtum getan habe. Unter den Folgen hatte er gewiss mehr zu leiden als ich. Er wird für eine Weile außer Gefecht gesetzt sein.«

»Gut.« Nai nickte nachdenklich und blickte von einem zum anderen. Ceolric und Eurgain schauten zwar ernst drein, schienen aber ganz zufrieden darüber, dass jemand anders ihnen die Entscheidung abnahm; Gorthyn ließ ihn nicht aus den Augen und achtete auf jedes Wort; der Einsiedler war im Sattel zusammengesunken und hatte die Augen geschlossen.

Nai verfluchte im Stillen die Verletzung, die das Sprechen für ihn so mühsam machte, denn jetzt wäre er gern beredt gewesen. Gorthyn musste er auf seine Seite bringen: die anderen drei würden sich ihm anschließen. Irgendwie musste er Gorthyn davon überzeugen, dass Eremon sich nicht so leicht von seinen Vorhaben abbringen ließ, die sicherlich mit dem Waldheiligtum in Verbindung standen.

»Cousin, du hast mir erzählt, du hättest vorgestern Nacht von windgepeitschten Bäumen geträumt.«

»Das stimmt«, sagte Gorthyn stirnrunzelnd. »Was ist damit?«

»Auch ich habe von Bäumen geträumt, entweder im Schlaf oder in Form eines Tagtraums.«

»Davon hast du nichts erzählt«, gab der große Mann verwundert zurück.

»Weil ich ahnungslos war. Ich hatte nicht begriffen, was es bedeutet.« Nai hob hilflos die Schultern. »Ich bin mir auch nicht sicher, ob ich es jetzt verstehe, doch der Wald ist ein Ort voller geheimnisvoller Kräfte - das haben wir heute selbst erlebt. Ich glaube, der Wald hat uns um Hilfe gebeten.«

Gorthyn lachte laut auf. »Dann haben wir wenig dazu beigetragen. Budoc hat alles Nötige getan.«

Nai verspürte einen Anflug von Triumph. »So ist es. Aber das wäre zu einfach gewesen. Ich glaube, auch wir haben noch eine Rolle zu spielen.« Er deutete auf den Einsiedler, der im Sattel eingeschlafen zu sein schien. »Für ihn war es überhaupt nicht einfach, und es könnte gut sein, dass die Reihe auch noch an uns kommt.«

»Was soll das heißen?«

»Eremon wird zurückkehren. Er hat große Mühen auf sich genommen und bislang nichts erreicht. Ich denke, wir sollten uns entsprechend verhalten, nämlich als befänden wir uns in Feindesland.«

Gorthyn blickte finster drein und strich sich über den kurz geschorenen blonden Bart. »Vielleicht hast du Recht«, räumte er widerwillig ein. »Selbst wenn du dich irren solltest, schadet es doch nicht, vorsichtig zu sein.« Er blickte den Einsiedler an, der auf dem Pony eingenickt war. »Ja, im Wald wirken geheimnisvolle Kräfte, aber was sollte Eremon damit anfangen? Und was hat Vortepor von Dyfed mit alledem zu tun?«

»Vortepor?«, sagte der Einsiedler, ohne die Augen zu öffnen oder den Kopf zu heben.

»Wir wissen, dass Eremon kürzlich mit dem Beschützer von Dyfed zusammengetroffen ist«, sagte Nai, erstaunt darüber, dass der Einsiedler die ganze Zeit über wach gewesen war und zugehört hatte.

»Und du glaubst, es gibt einen Zusammenhang zwischen dieser Begegnung und dem Überfall auf das Dorf?«

Es stand außer Zweifel, dass der alte Mann ganz bei der

Sache war. Er hatte den Kopf schief gelegt, und sein Blick wirkte klar.

»Es scheint so.«

»Das meine ich auch«, murmelte Budoc.

»Wir sollten aufbrechen«, sagte Gorthyn unvermittelt. »Wenn Nai Recht hat, sind wir hier nicht sicher. Wir haben viel zu besprechen und zu bedenken und sollten uns einen gut geschützten Ort suchen, wo wir uns in Ruhe beraten können.«

»Meine Hütte«, schlug der Einsiedler vor. »Sie müsste zuvor gereinigt werden, denn die Skoten haben sie mit ihrer Anwesenheit besudelt. Aber sollten sie zurückkehren, werden sie uns dort sicherlich nicht vermuten.«

Nai lachte, denn das kam ihm vernünftig vor. »Deine Hütte? Warum nicht!«

Trotz seiner Befürchtungen nahmen sie sich die Zeit, vor dem Aufbruch die Satteltaschen mit Proviant und Wasser zu füllen.

Nai und Gorthyn ritten, während die anderen zu Fuß gingen. Der Einsiedler hatte darauf bestanden, denn er fürchtete, er würde wieder einschlafen, wenn er im Sattel bliebe.

Zunächst bewegten sie sich am Strand entlang und machten einen Bogen um die Felder und die Kadaver. Nai blickte auf das funkelnde Wasser der Meeresbucht hinaus, wo es zu dieser Tageszeit eigentlich von fischenden Coracles hätte wimmeln müssen. Doch kein einziges Boot war zu sehen.

Er blickte sich zu Eurgain um, die mit Ceolric hinter ihm ging. Sie weinte leise in sich hinein, und der Junge lief steifbeinig und verlegen neben ihr her und wusste offenbar nicht, ob er sie trösten oder besser nicht beachten sollte. Nai blickte ihn finster an. Ceolric zuckte schuldbewusst zusammen, erwiderte trotzig seinen Blick. Nai schüttelte den Kopf und bedeutete ihm, dem Mädchen den Arm um die Schulter zu legen.

Ceolric öffnete den Mund, klappte ihn wieder zu. Er blickte Nai flehentlich an, doch dieser wiederholte bloß die wortlose Geste. Ceolrics Adamsapfel hüpfte auf und ab, dann legte er Eurgain behutsam den Arm um die Schulter. Sie blieben stehen, während Nai unbeirrt weiterritt.

»Das war freundlich von Euch«, sagte der Einsiedler.

Nai blickte grinsend auf den weißen Haarschopf des Einsiedlers nieder, dann wandte er den Kopf. Gorthyn übersah das Pärchen geflissentlich und machte einen Bogen darum, als gäbe es sie gar nicht.

»Sogar Gorthyn kann taktvoll sein«, murmelte er.

Der Einsiedler lachte und hob das Gesicht in die Sonne.

Nai musterte ihn. Sein Gesicht wirkte energisch, doch seiner Erfahrung nach waren die meisten Einsiedler willensstarke Männer. Die Schwachen waren der Einsamkeit nicht gewachsen und verloren den Verstand. Er konnte sich durchaus vorstellen, dass Budoc in seiner Jugend andere Krieger angeführt hatte: ungeachtet der Unentschiedenheit, die er bisweilen an den Tag legte, war er es offenbar gewohnt, dass man ihm gehorchte. Die Vorgänge im Waldheiligtum waren jedoch etwas anderes, und jedes Mal, wenn er daran dachte, schweiften seine Gedanken zu anderen Dingen ab. Er sann beispielsweise darüber nach, warum die Kiefernnadeln in Strandnähe auf der Unterseite wesentlich heller waren, sodass sich Hell- mit Dunkelgrün mischte, wenn der Wind die Äste bewegte ...

Budocs Beschwörungen - oder was auch immer der alte Mann da im Wald getan hatte - hatten die Welt irgendwie neu erschaffen.

Als sie den Strand und das überschwemmte Tal hinter sich ließen, achtete Nai auf jedes einzelne Blatt und jedes Schattenmuster, als habe er dergleichen noch nie gesehen. Er lauschte auf das Rascheln des Getiers im hohen Gras und auf das Gezwitscher und den Gesang der Vögel.

Auch Schwarzfells struppige Mähne war nicht einheitlich schwarz, sondern aus verschiedenen Brauntönen zusammengesetzt, und auch die Kletten, die an seinem Fell anhafteten, zeigten ein so leuchtendes Grün, dass ihm davon beinahe die Tränen gekommen wären.

Gorthyn, der hinter ihm ritt, hatte seinen inneren Widerstand offenbar aufgegeben. Er hatte sein Pferd gezügelt, damit die beiden jungen Leute aufschließen konnten, und blickte auf den Meeresarm hinaus. Nai wusste, dass er nicht nach Eremons Booten Ausschau hielt, sondern einfach nur die Schönheit der Landschaft auf sich wirken ließ.

Und schön war diese Gegend Dumnoniens mit ihren Wäldern, Bächen und Hügeln gewiss. Auf einmal verspürte Nai eine starke Liebe zu dem Land, zu Dumnonien mit den steilen Tälern und tiefen Einschnitten, ein so machtvolles Gefühl, dass er den Kopf senken und seine Tränen verbergen musste.

»Was wollen die Skoten?«, fragte er den Einsiedler.

»Die Skoten?« Budoc überlegte. »Das Land. Der Druide hat versucht, es sich anzueignen, so wie Pryd oder Pryderi sich einst die Insel Prydein angeeignet hat. Als Erstes hat der Druide die jahrhundertealte Tradition gebrochen, die Eurgains Dorf mit dem Land und das Land mit dem Dorf verband. Er hat etwas Jungfräuliches, Formloses daraus gemacht, es in den Zustand versetzt, den es innehatte, bevor Menschen hierher kamen. Dann hat er den langwierigen Prozess des Benennens, Bezeichnens und Neugestaltens begonnen.«

»Und du hast ihn daran gehindert.«

Der Einsiedler nickte, und Nai verfolgte das Thema nicht weiter.

»Was werden sie jetzt tun?«

Budoc lächelte schief. »Ich hoffe, sie werden fortgehen.«

Nai runzelte die Stirn. »Und was ist mit Vortepor?«

»Ich glaube, Vortepor hat die Expedition ausgerüstet, weil er hoffte, Euer Freund Eremon würde ihm einen Gefallen tun.« Der Einsiedler schwieg eine Weile, da der Weg steiler wurde und er außer Atem geraten war. »Eremon verfolgt seine eigenen Pläne und hat Vortepors Wünsche bestimmt schon vergessen.«

»Das begreife ich nicht. Warum gerade Vortepor?«

Budoc gab keine Antwort. Sie erklommen schweigend den Hügel und schritten dann unter den Bäumen am Gipfel einher.

Plötzlich wurde Nai sich bewusst, dass ganz in der Nähe das Heiligtum lag. Vor ihnen schlängelte sich ein schmaler Pfad, beschrieb einen Bogen um ein Brombeerdickicht und einige dichte Ansammlungen von Farn. Er duckte sich unter den überhängenden Ästen durch und überlegte, ob er absitzen sollte, denn die Zweige streiften sein Haar.

»Ich habe Vortepor einmal gekannt«, sagte der Einsiedler und warf Nai unter seinen buschigen Brauen hinweg einen scharfen Blick zu.

»Das wundert mich nicht.«

Er zügelte das Pony neben einem Haselbusch und entfernte einen Zweig, der sich im Schildgurt verfangen hatte. Die Vögel waren verstummt, und auf einmal wirkte die Stille bedrohlich.

Schwarzfell hob den Kopf und stellte die Ohren auf.

Nai schob den Arm unter den Schildgurt und griff nach einem Speer, während eine leise Stimme in seinem Kopf sagte: »Dummkopf! Dummkopf! Dummkopf!«

Sie kamen aus allen Richtungen und stießen ihr Kriegsgeschrei aus. Budoc wurde umgeworfen und verschwand, ehe Nai reagieren konnte. Mehrere Hände streckten sich nach Schwarzfells Zügeln aus und entrissen sie Nais Griff. Finger schlossen sich um den Rand seines Schilds, zerrten ihn herunter: Jemand klammerte sich an sein rechtes Bein und versuchte, ihn aus dem Sattel zu ziehen. Er geriet ins Rutschen, als Schwarzfell sich aufbäumte und mit gebleckten Zähnen und rollenden Augen einen Satz nach vorn machte. Den Speer hatte er verloren, und er stürzte in ein Gewirr von Armen und Beinen ...

Gorthyn wartete am Waldrand darauf, dass die beiden jungen Leute zu ihm aufschlossen. Nai und der Einsiedler waren vor ihm und bereits im sonnengesprenkelten Schatten verschwunden. Das Pony tänzelte unruhig, und er bedeutete Ceolric und Eurgain, sie sollten sich beeilen. Auf einmal verspürte er einen Anflug von Eifersucht auf Ceolric, der dem Mädchen den Arm schützend um die Schulter gelegt hatte - sie war wirklich wunderschön.

Er riss das Pony herum und ritt in den Wald hinein, legte sich beinahe flach auf den Pferdehals, um den tief hängenden Zweigen auszuweichen. Abgebrochene Zweige und Blätter regneten auf ihn nieder und er streifte sie ab. Schließlich gelangte er auf eine kleine Lichtung und hielt in dem sonnendurchbrochenen Dämmerlicht Ausschau nach Nai und dem Einsiedler.

Sie waren etwa zehn Schritte vor ihm, im Schatten bloß an ihren Bewegungen zu erkennen.

Er vergewisserte sich, dass die Kinder zu ihm aufgeschlossen hatten, und in diesem Augenblick des Abgelenktseins geschah es.

Auf einmal ertönte lautes Gebrüll. Breitbauch erzitterte unter ihm, tänzelte seitwärts und warf den Kopf, Schaum vor dem Maul. Mit der Linken straffte er die Zügel, mit der Rechten packte er einen Speer, obwohl er wusste, dass er nicht viel würde ausrichten können.

Sie umdrängten Nai, zerrten ihn vom Pferd, ein Gewimmel von unheimlichen, blassen Gestalten, die mit Messern und Speeren herumfuchtelten und wie Walddämonen johlten, als Nai zwischen sie stürzte.

Gorthyn schleuderte den Speer - im Wald fiel ihm das Zielen nicht leicht - und beobachtete, wie er sich einem Mann am Rand der Gruppe in den Bauch bohrte. Dann bäumte sich Nais Pony auf, schnappte mit den gelblichen Zähnen und zwängte sich zwischen den Männern hindurch, die es bedrängten wie Jagdhunde einen Hirschen. Als Gorthyn einen Pfiff ausstieß, kam Schwarzfell auf ihn zugelaufen.

»Lauft!«, rief er Ceolric und Eurgain über die Schulter zu. »Weiter!«, setzte er hinzu, womit er meinte, sie sollten weiter in den Wald hineinlaufen, denn ihm blieb keine Zeit für Erklärungen, da Eremon seine Kampfhunde losgelassen hatte. Die grauen Schemen stürzten Schwarzfell hinterher.

Er schleuderte den zweiten Speer auf einen Hund und verfehlte ihn. Breitbauch war der Panik ebenso nahe wie Schwarzfell. Gorthyn presste die Schenkel gegen seine Flanken und trieb ihn, aufmunternde Laute von sich gebend, weiter vor, während er nach dem nächsten Speer tastete.

Schwarzfell trat einen Hund in die Rippen und schleuderte ihn gegen einen Baumstumpf. In diesem Augenblick tauchte Nai aus dem Gewühl auf und rief: »Reit weg! Reit weg!«

Gorthyn traf einen Hund mit dem Speer in der Brust. Nai war unter einem Durcheinander von Leibern verschwunden.

Da er seinen Kameraden nicht im Stich lassen wollte, wartete Gorthyn, während Schwarzfell an ihm vorbeitrampelte, und hielt Breitbauch mit roher Gewalt im Zaum. Ceolric und das Mädchen waren im Unterholz verschwunden, ein dritter Hund kam mit gebleckten Zähnen auf ihn zugestürzt. Wie viele sind noch übrig?, dachte er, als er ihn mit dem Schwert niederstreckte, ohne sich erinnern zu können, dass er es überhaupt gezogen hatte. Er traf den Hund mitten im Sprung, und die Wucht des Aufpralls hätte ihn beinahe aus dem Sattel geworfen.

Breitbauch hatte sich einmal um die eigene Achse gedreht und näherte sich nun rückwärts gehend einem Baum. Etwas bohrte sich in Gorthyns Seite. Er meinte schon, er sei tödlich getroffen, dann merkte er, dass er sich bloß an einem Ast gestoßen hatte.

Jetzt wandte sich ein Teil der Skoten ihm zu. Der Schweiß brannte ihm in den Augen. Er steckte das Schwert in die Scheide und packte einen Speer, schleuderte ihn und traf sein Ziel. Wenn sie ihn erreichten, würden sie ihn umzingeln wie zuvor Nai. Er brüllte auf, sah, wie der vorderste Angreifer zusammenzuckte, und gab seinem Pony die Fersen.

Er ließ Breitbauch seinen Willen und klammerte sich an den Rücken an, während das Pony Hals über Kopf in die Wärme und Helligkeit des unbewaldeten Hanges stürmte. Er glaubte – hoffte –, dass er den Letzten der Hunde erledigt hatte, denn er fürchtete ihre guten Nasen. Die Skoten schätzte er als weniger gefährlich ein.

Ein Stück den Hang hinunter brachte er das Pony wieder in seine Gewalt, lenkte das mittlerweile schwitzende Tier nach links und folgte parallel dem Hügelkamm. Gleichzeitig nahm er den Schild von der Schulter und schob den Arm durch die Gurte.

Er hörte, wie die Skoten durchs Unterholz brachen. Er merkte sich die Stelle, wo sie auftauchen würden, zog zwei Speere aus dem Köcher, beruhigte das Pferd und schützte sich mit dem Schild – er hatte sich vor allem deshalb nach links gewandt, weil er dem Gegner die Schildseite zuwenden wollte.

Unwillkürlich bleckte er die Zähne.

Vor Erregung kreischend und brüllend strömten sie den Hang hinunter. Er zielte steil in die Höhe, damit das volle Gewicht der Eisenspitze hinter dem Aufprall läge, und schleuderte den zweiten Speer, noch ehe der erste sein Ziel gefunden hatte.

Dann galoppierte Breitbauch los und wühlte mit den Hufen den weichen Boden auf, und hinter ihm schrie ein Mann im Todeskampf.

Er musste die Kinder finden. Indem er die Gegner auf sich aufmerksam machte, hatte er ihnen eine Verschnaufpause verschafft, jetzt aber musste er sie wiederfinden. Ihm schwirrte der Kopf, und er war einer Panik nahe. Pferde boten im Wald keinen Vorteil - das waren junge Leute, keine Kinder - der Saesonit konnte mit Speer und Messer wahrscheinlich recht gut umgehen - unberittene Gegner konnten es auf lange Sicht mit Reitern durchaus aufnehmen und den Jäger zum Gejagten machen.

War Nai noch am Leben?

Er zügelte Breitbauch zum Trab und blickte sich um. Die Skoten hatten die Verfolgung vorläufig eingestellt, würden sie aber bestimmt fortsetzen, sobald sie sich neu formiert hatten.

Er stieß einen Pfiff aus, denn Schwarzfell musste ganz in der Nähe sein, und wandte sich zum Wald.

Außer Atem und am ganzen Körper grün und blau geschlagen, stellte Nai die Gegenwehr ein.

»Ihm nach!«, rief jemand.

Der Druck auf seiner Brust ließ nach, als zahlreiche Skoten der Aufforderung Folge leisteten. Er konnte weder Arme noch Beine bewegen und sah auch nichts, denn jemand saß auf seinem Kopf, und der grobe Stoff nahm ihm die Luft. Doch zumindest drohte er nicht mehr zerquetscht zu werden.

»Lasst ihn aufstehen!«, befahl derselbe Mann wie eben.

Er wurde grob gepackt und hochgerissen. Er blinzelte.

»*Du* bist es!«, sagte der Mann triumphierend. »Das habe ich mir schon gedacht, doch wenn man von einem Hügel auf ein kleines Boot niederblickt, wird man vom funkelnden Wasser geblendet.«

Er zeigte auf Nais vernarbten Hals; an einem Finger steckte ein Ring mit einem roten Stein.

»Ich dachte schon, ich hätte dich damals erledigt. Aber ich war wohl zu müde.«

Nai schaute blinzelnd an dem wertlosen Ring vorbei und erblickte das Gesicht, das ihn schon seit so langer Zeit bis in den Schlaf verfolgte.

»Nai.« Es klang wie ein Kosewort. »Du warst noch nie sonderlich gesprächig. Hast du nichts zu sagen, willst du nicht einen alten Kameraden begrüßen?«

Mehrere mögliche Antworten gingen ihm durch den Kopf.

»Nai der Schweigsame wirst du jetzt genannt«, sagte Eremon lachend. »Nai mit der stummen Zunge.«

Er schloss die Augen und ließ sich in der Umklammerung der Skoten zusammensacken. Gorthyn und die anderen waren wohl entkommen, sonst hätte Eremon mit seinem Sieg geprahlt.

Der Schlag traf seine Wange.

»Früher warst du einmal bekannt für deine Höflichkeit, Cousin.« Eremon packte ihn schmerzhaft beim Haar. »Du sollst mich ansehen, wenn ich mit dir spreche.«

Nai spürte am Hals den heißen Atem des Mannes, der seinen rechten Arm festhielt - und er konnte ihn auch riechen, denn der Skote hatte faule Zähne.

Eremon lächelte. »Mein Druide, Nai, mein Magier. Weißt du, wie es ihm ergangen ist? Er brach zusammen, mit Schaum vor dem Mund. Seine Nase blutete, und er plapperte etwas von Krähen und Raben, die ihn bei lebendigem Leib auffräßen, von einem Hexer mit vier Gefährten, der im Waldheiligtum seinen Zauber gebrochen hätte.«

Das Lächeln verflüchtigte sich. »Fünf Personen insgesamt, hat er gesagt. Zwei wären alte Freunde und alte Feinde von mir. Außerdem noch ein junger Saesonit, eine Dorfschlampe und ein heiliger Mann. *Der* heilige Mann.«

Nai blickte in die Richtung, in die Eremon zeigte. Der Einsiedler lag bewusstlos auf dem Boden, sein Gewand war auf die Hüfte hochgerutscht, sodass man seine nackten Beine sah, wodurch er besonders schwach und wehrlos wirkte.

»Ich habe einen Schirmherrn, Nai. Einen mächtigen Schirmherrn, körperlich wie geistig.« Eremon lachte, und seine Männer stimmten in sein Gelächter mit ein. »Mein Schirmherr glaubt, dieser alte Mann« - er trat gegen die gebrechliche Gestalt und grinste zufrieden, als Nai mitfühlend zusammenzuckte - »wisse über den Verbleib eines bestimmten Gegenstands Bescheid. Das scheint unwahrscheinlich, was meinst du?«

Nai hob fragend eine Braue.

»Das ist natürlich zu hoch für dich. Selbst wenn Gereint Bescheid wüsste, so würde er sich dir doch nicht anvertrauen. Warum sollte er? Du gehörst nicht zur Familie. Keiner deiner Verwandten wird wegen seiner Taten gerühmt, keiner nannte jemals eine große Besitzung sein Eigen. Du bist ein Niemand, Nai mab Nwython.«

»Besser ein Niemand als Vortepor von Dyfeds Schoßhund«, sagte Nai und bedauerte sogleich, auf den Köder angesprungen zu sein.

»Dann kannst du also noch immer sprechen. Ich hatte bereits angefangen, daran zu zweifeln. Ausgezeichnet. So wird mir dein Sterben noch mehr Vergnügen bereiten.«

Eremon gab seinen Männern ein Zeichen. Zwei von ihnen zogen den Einsiedler auf die Beine. Andere schleppten an Seilschlingen eine Holztruhe mit, und hinter ihnen ging ein großer Kämpfer, der einen Mann über der Schulter trug. Nai erkannte Serach wieder, eine weitere Bekanntschaft aus seiner Jugend. Als Serach schwankte, verrutschte der Mann auf seiner Schulter, und Nai erhaschte einen Blick auf einen eigentümlich geschorenen Schädel und ein hageres, blutverschmiertes Gesicht.

Nai durfte selbständig gehen, wenngleich man ihm die Hände auf den Rücken gebunden hatte und er von zwei mit Speeren bewaffneten Männern eskortiert wurde. Sie hatten den Waldrand noch nicht erreicht, als sie das Geräusch sich nähernder Schritte vernahmen, dann tauchte auch schon der massige Dovnuall auf, begleitet von den übrigen Männern, die Gorthyn verfolgt hatten.

»Nein?«, sagte Eremon.

Dovnuall spie aus und schüttelte den Kopf.

Nai lachte laut auf. »Zwei Männer, ein junger Saesonit, ein Bauernmädchen und ein alter Einsiedler. Wie viele Männer habt ihr verloren?«

Dovnuall reckte Nai sein Gesicht entgegen. Die pockennarbige Haut zeigte eine ungesunde Röte, sein Atem roch säuerlich.

»Wir haben eine ganze Schiffsbesatzung Saesoniten erschlagen!«, knurrte er.

»Zum Gedenken an die Zeiten, als auch wir dieses Land beschützten«, setzte Eremon gewandt hinzu.

»Und das ist uns besser gelungen als euch und Gereint.« Dovnuall maß Nai mit wildem Blick.

»Tatsächlich?«, höhnte Nai, der Dovnuall verleiten wollte, ihm einen raschen Tod zu schenken. »Alte Kameraden sollten doch wohl offen miteinander sein. Ihr habt um des Tötens willen getötet, nicht für einen edlen Zweck.«

»Frag den heiligen Mann, was es mit dem Töten um des Tötens willen auf sich hat«, erwiderte Eremon verschlagen.

Dovnuall trat zurück und ließ den Gefangenen und seine Bewacher passieren, dann beugte er sich auf einmal vor und flüsterte Nai ins Ohr:

»Die glühenden Messer werden dein Fleisch durchschneiden. Ehe ich mit dir fertig bin, wirst du dich winden wie dein Ziehvater Erfai. Du wirst sehen, wie der Rauch von deiner Haut aufsteigt, du wirst den Gestank deines verbrannten Fleisches riechen.«

Nai schnaubte und ließ sich abführen.

Sie kehrten zum Dorf zurück, das in der Nachmittagssonne kleiner als zuvor und eigentümlich leblos wirkte. Nai hielt unermüdlich Ausschau nach Gorthyn und den anderen, doch er sah bloß die Toten, die einsam und vergessen auf dem Hang lagen.

Im Dorf angekommen, schickte Eremon einige seiner Gefolgsleute die Coracles holen, die sie offenbar in einer der Buchten versteckt hatten. Dann hockten sie sich auf dem Platz inmitten der Hütten um die Truhe, während die übrigen Männer einen Kreis bildeten.

»Setz dich zu uns, Nai.«

Nai schickte sich ins Unvermeidliche, ließ sich unbeholfen auf die Knie nieder und hockte sich dann hin. Dovnuall und Serach hockten sich hinter ihn. Der Einsiedler und der Mann mit dem blutigen Gesicht, bei dem es sich wohl um den Druiden handelte, wurden am Rand des Kreises abgelegt. Beide waren offenbar noch nicht wieder zu Bewusstsein gekommen, und Nai machte sich allmählich Sorgen um Budoc, obwohl es auf lange Sicht wohl keinen Unterschied machte.

»Vortepor wollte, dass ich etwas für ihn finde«, erklärte Eremon in umgänglichem Ton. »Du hast davon gewusst?«

Nai nickte.

»Aber du wusstest nicht, was er wollte?«

»Nein.«

Eremon schlug mit der flachen Hand auf die Truhe, die dumpf widerhallte, was darauf schließen ließ, dass sie voll war.

»Er hat mir einen Mann mitgegeben, einen Pikten aus dem hohen Norden. Dieser Pikte sollte den gesuchten Gegenstand begutachten.« Er verstummte, hing für einen Moment seinen Gedanken nach. »Ein eigenartiges Volk, die Pikten. Hattest du schon einmal mit ihnen zu tun? Nein? Der Pikte, der uns begleitete, hatte seltsame Tätowierungen und dicke Narben. Später werde ich dir zeigen, wie sie aussahen.«

Er hielt inne und schnippte mit den Fingern. Einer der Männer legte ihm eine Lederflasche in die ausgestreckte Hand; der Ire trank, dann hielt er sie Nai an die Lippen. Es war Met (wahrscheinlich hatten ihn die gemordeten Dorfbewohner gebraut), und er war stärker, als Nai ihn mochte, doch das war in seiner Lage bloß gut.

»Bedauerlicherweise ging der Pikte über Bord, als wir gerade mal eine halbe Tagesreise von der Küste von Dyfed entfernt waren.«

Der hinter ihm sitzende Dovnuall lachte höhnisch.

»Tragisch.« Eremon warf Dovnuall einen tadelnden Blick zu. »Jedenfalls habe ich einen Mann gefunden, der hervorragend geeignet ist, seine Stelle einzunehmen. War das kein glücklicher Zufall - oder besser gesagt, waren die Götter meiner Unternehmung nicht wohlgesonnen?«

»So scheint es«, bemerkte Nai trocken.

»Welch große Hoffnungen ich doch hegte! Vortepors Gold und Silber, die mir die Loyalität meiner Krieger sicherten, zwei getreue Gefährten, die meine Schiffe befehligten, ein Magier, der das Böse abwehren sollte, ein Schatz, den es zu suchen galt, um anschließend die Belohnung einzuheimsen - wer wollte mehr verlangen?«

Der Wind rührte den Sommerstaub auf, wirbelte ihn im Kreis.

»Ich schon. In meiner Eitelkeit kam ich zu dem Schluss, dass ich mir eine solch günstige Gelegenheit nicht entgehen lassen durfte. Und ich muss gestehen, dass ich Vortepor nicht mochte; er ist ein grausamer, tyrannischer Prinz, den ich für einen gewaltigen Feigling halte. Er erzählte mir eine lange, verworrene Geschichte, in der er irgendwann von einem Fenster aus zuschaute, wie andere für ihn kämpften. Wir beide, Cousin, hätten uns eingemischt.«

Eremon schüttelte den Kopf, bekümmert über die Schwäche anderer Menschen.

»Nun ja. Du weißt, wie sehr ich dieses Land und die Besitzungen meiner Vorväter am Oak-Fluss liebe. Über die kann ich derzeit nicht verfügen, doch ich erinnerte mich, dass diese Seite der Meeresbucht von Porthyle, die weder zu Erbin noch zu Tamaris gehört, darauf wartete, wie ein Sklavenmädchen von seinem Herrn in Besitz genommen zu werden.«

Er erschauerte, überwältigt von einer Erinnerung, die Nai nicht mit ihm teilte.

»Vortepors Geschichte war lang und öde. Interessant war allein der Teil, bei dem es um den älteren Bruder meines Vaters ging. Um Lleminawg.«

»Der Hüpfende, der Auserwählte«, murmelte Nai.

»Ach, Nai, ich hatte ganz vergessen, wie scharf dein Verstand ist und wie weit dein Gedächtnis zurückreicht. Du wirst doch nicht etwa ...«

Er blickte seinen Gefangenen erwartungsvoll an. Nai zuckte nicht mit der Wimper.

»Nein«, sagte Eremon bedauernd. »Ich glaube nicht. Du bist wie Serach, ein Mann mit starken Bindungen.« Er räusperte sich.

»Jedenfalls hatte sich mein Onkel an den Ort der Schatten begeben, um den von Artus begehrten Gegenstand zu beschaffen. Vortepor sah offenbar eine, wie sagt man noch gleich, ausgleichende Gerechtigkeit darin, dass ich diesen Gegenstand nun aus seiner Verbannung befreien sollte.

Natürlich gebührte die Macht oder der Ruhm, den er zu verleihen vermag, rechtmäßig Lleminawg, denn er ist der Einzige, der die Suche erfolgreich abgeschlossen hat. Und wenn einer unter den Lebenden sein Erbe ist, dann bin ich es, Eremon mac Cairbre von den Eoganacht Maigi Dergind i nAlbae.«

»Ah«, machte Nai. »Ich verstehe. Du wolltest den Gegenstand stehlen und für dich behalten.«

Dovnuall versetzte ihm einen Fausthieb gegen den Kopf, sodass Nai umkippte. Er hörte ein Klingeln in den Ohren, und Eremons Mund bewegte sich lautlos. Es dauerte eine Weile, bis er wieder hören konnte.

»... gesehen, wie ihr die Bucht überquert habt, denn ich wusste, ihr konntet nicht eher aufbrechen, als bis der Druide den Zauber gebrochen hätte. Ihr wart die ganze Zeit über meine Gefangenen, weshalb ich keinen Anlass sah, euch tatsächlich zu ergreifen.«

Nai schluckte und schüttelte den Kopf, um dem Klingeln ein Ende zu machen. Er setzte zu einer Bemerkung an, doch als sich Dovnuall hinter ihm regte, besann er sich eines Besseren.

»Doch es scheint so, dass Vortepor weniger vertrauensvoll war, als ich zunächst meinte. Denn der Druide, von dem ich glaubte, er diene allein mir, trägt auf der Schulter das gleiche Zeichen, mit dem auch unser des Schwimmens unkundiger Pikte am ganzen Leib tätowiert war.«

Er legte eine Kunstpause ein.

»Was soll's?«, meinte achselzuckend Nai.

»Begreifst du nicht? Der Druide steckt mit Vortepor unter einer Decke!«

Nai brach in Gelächter aus und hörte damit gar nicht mehr auf. Er wich Dovnualls Hieb aus und wälzte sich im Staub, mit schmerzenden Rippen und gefesselten Händen.

»Lass ihm seinen Spaß«, hörte er Eremon sagen. »Schließlich hat er nicht mehr lange zu leben.«

Dies ernüchterte ihn mehr, als weitere Schläge es vermocht hätten.

»Eremon, du bist ein Narr«, sagte er, als er die Lachtränen fortgeblinzelt hatte. »Du glaubst doch nicht im Ernst, dass Vortepor dir gestatten würde, dich mit seinem Schatz davonzumachen? Wahrscheinlich hat er sich Dovnuall verpflichtet – oder sogar den unbestechlichen Serach«, setzte er eilig hinzu, als Dovnuall aufbrüllte und seine Hände ausstreckte, die durchaus geeignet schienen, einen Ochsen zu erwürgen.

»Es reicht!«, fauchte Eremon.

Der Ire wartete, bis alle wieder saßen, dann wandte er sich unmittelbar an Nai, als wäre er mit ihm allein.

»Du hast mich einen Narren genannt. Nun, vielleicht hast du Recht. Ich mag dich, Nai, und es tut mir Leid, dass ich dir damals, vor fünf Jahren, keinen schnellen Tod beschert habe.«

Das Schreckliche an der Bemerkung war, dass Eremon sie als eine Art Kompliment gemeint hatte.

»Weilt der Druide wieder unter den Lebenden?«, fragte Eremon.

»Noch nicht, Herr«, antwortete ein Mann am Rand des Zuschauerkreises.

»Bringt ihn her.«

Sie schleppten ihn herbei, als handelte es sich um einen verwesenden Leichnam, mit dem sie möglichst wenig Kontakt haben wollten, woraus Nai schloss, dass sie eine Heidenangst vor dem Druiden hatten. Sie ließen ihn vor Eremon zu Boden fallen und kehrten eilig an ihre Plätze zurück.

»Sieh her!«, sagte Eremon und riss das dunkle Gewand weg.

Auf der knochigen Schulter war eine blassgrüne spiralförmige Tätowierung zu sehen.

Nai betrachtete die Narben neugierig. »Sie haben Nadeln verwendet, um Fäden unter die Haut zu ziehen«, erklärte Eremon. »Deshalb haben sich so dicke Narben gebildet.«

Ihre Blicke trafen sich über dem Druiden, und für kurze Zeit waren sie wie Knaben, die ihr Erstaunen über eine neue, seltsame Entdeckung miteinander teilten.

»Bist du sicher, dass er Vortepors Mann ist?«, fragte Nai ohne zu überlegen und bedauerte sogleich, Eremons Misstrauen nicht weiter angefacht zu haben.

»Entweder er steht in Vortepors Diensten oder er dient einer anderen Macht. Ein Mann, der dieses Zeichen am Körper trägt, ist nicht allein mir loyal.«

Nai schürzte die Lippen und nickte zustimmend. Er war sich bewusst, dass er kurz davor stand, eine witzige Bemerkung zu machen, die bei Eremon einen Wutanfall auslösen würde. Der Ire war wie ein wildes Tier: man wusste nie, was er im nächsten Augenblick tun oder wie er eine harmlose Bemerkung aufnehmen würde.

(Außerdem machte Eremon ihm weitaus mehr Angst als Dovnuall oder Serach. Er verursachte ihm eine Gänsehaut, und er hielt es nicht für ausgeschlossen, dass er sich benässt hatte, als er gerade eben im Wald die noch immer melodische Stimme vernommen hatte. Nicht, dass er Angst vor dem Tod gehabt hätte – jeder musste einmal sterben, entweder früher oder später. Nicht, dass er seine Angst vor Schmerzen nicht hätte bezähmen können – Dovnuall würde ihn fürchterlich quälen [er hatte vor fünf Jahren Erfais Leichnam gesehen und wusste, wozu der pockennarbige Mann fähig war], doch das würde wie alles andere auch irgendwann ein Ende haben. Eremon aber verursachte ihm heftiges Bauchgrimmen; in seiner Gegenwart fühlte er sich klein und hilflos.)

»Schade, dass er uns nicht helfen kann«, sagte Eremon. »Dein Freund hat versucht, die Truhe zu verstecken, aber wir haben sie aufgespürt, wir haben sie aufgespürt.« Er musterte Nai mit seinen hellgrauen Augen. »Da fällt mir etwas ein. Vortepor hat mir ein gutes Hunderudel zum Geschenk gemacht. Ihr habt den Tieren übel mitgespielt.«

Nai hielt seine Zunge im Zaum.

»Ich rede von dieser Truhe.« Eremon klopfte darauf. »Darin befindet sich der Gegenstand, nach dem nicht nur ich suche, sondern auch Vortepor und die Tätowierten. Sobald ich ihn als Lleminawgs Erbe in Händen halte, werden die Nationen Prydeins das Knie vor mir beugen!«

Es war eine ganz gewöhnliche Truhe. Sie war etwa einen Doppelschritt lang und somit etwas kürzer als der kleinste der Skoten, und etwa einen halben Doppelschritt breit und tief. Die dunklen Bretter waren mit plumpen Schnitzereien verziert, die Blättergirlanden darstellten, offenbar das Werk eines unbegabten Gehilfen. Die Scharniere und das Schloss waren verrostet. Auf Nai machte sie den Eindruck einer Truhe, wie man sie in beinahe jedem Haushalt antraf und wie sie von Generation zu Generation weitervererbt wurde, bis man irgendwann feststellte, dass sie morsch geworden war und ersetzt werden musste.

»Du runzelst die Stirn, Cousin. Vielleicht hast du es noch immer nicht begriffen. Dovnuall und Serach haben es ebenfalls nicht begriffen. Sie raten mir zu fliehen, bevor Gereint oder Custennin persönlich hier eintreffen - ihr habt sie doch benachrichtigt, nicht wahr?« Die Antwort stand Nai ins Gesicht geschrieben. »Das habe ich mir gedacht.«

Er erhob sich und blickte auf Nai und den Kreis der Zuhörer nieder. »Obwohl mein Druide mich verriet, obwohl uns die Macht des Nemetons geraubt wurde - *dies hier ist unser*!«

Er trat gegen die Truhe, dann bückte er sich und hob den Deckel an.

Darin lagen Kleidungsstücke, alte Decken und dergleichen. Eremon hob das erste Bündel heraus und legte es auf den Boden. Langsam wickelte er den Inhalt aus und reihte die Gegenstände vor sich auf.

Acht Kelche aus grünem Glas funkelten prachtvoll im Sonnenschein.

»Hübsch!«, sagte Dovnuall.

Eremon brummte etwas Unverständliches.

Als Nächstes zog er ein mit rotem Tuch umhülltes Bündel hervor. Die prachtvolle Farbe verschlug den Zuschauern den Atem. Als Eremon das golddurchwirkte Gewand entfaltete, seufzten sie erneut auf.

»Man sagt, Artus' Gefährten seien prachtvoll gekleidet gewesen«, murmelte Serach.

»Das waren sie und sind sie noch«, sagte Eremon und zog eine dazu passende Kniehose aus der Truhe.

»Auf sie ist ein fürstliches Kopfgeld ausgesetzt«, meinte Dovnuall.

»Also waren unsere Mühen doch nicht vergebens«, bemerkte Serach.

»Das ist längst noch nicht alles.« Eremon wühlte in der Truhe, hielt plötzlich inne und wandte sich grinsend an Nai.

»Sag mir eines, Cousin. Glaubst du, dass Artus tot ist? Ich meine ... mausetot, so tot wie morgen du oder wie Gorthyn, wenn ich Dovnuall und Serach auf ihn ansetze.«

»Verhielte es sich anders, währte sein Schweigen jetzt schon zehn Jahre«, antwortete Nai vorsichtig.

Der Ire nickte, die Augen feucht von unvergossenen Tränen. »Aye, das ist wohl wahr. Trotzdem habe ich stets gehofft ... Ich hätte ihm nämlich mein Schwert angeboten, wäre er wieder aufgetaucht.«

Er richtete sich langsam vor der Truhe auf, steigerte die Spannung bis zum Äußersten. Die Holzscheide war mit feinem getriebenem Leder überzogen, der Schnallenhaken bestand aus polierter Bronze. Das Heft wirkte schmucklos und hatte ein schlichtes Stichblatt aus Holz und einen einfachen Eisenknauf. Der Griff aus ungegerbtem Chagrinleder war aufgeraut, damit man auch mit schweißnasser Hand guten Halt hatte.

Eremon zog das Schwert aus der Scheide. Das Schleifgeräusch des Eisens am Holz schallte durchs Dorf. Die Klinge schimmerte bläulich, die Doppelschneide und die Spitze funkelten silbrig im Licht der Nachmittagssonne.

»Also, das ist mal ein Schwert«, flüsterte Eremon, und es war so still, dass ihn alle deutlich verstehen konnten. »Eine Mordwaffe.«

Er steckte das Schwert wieder in die Scheide und legte es neben dem Gewand und den Gläsern auf den Boden.

In rascher Folge holte er nun mehrere bronzene und silberne Broschen und Nadeln hervor, dann einen Ledergürtel mit reich verzierter Silberschnalle. Es folgten zwei goldene Armreifen und mehrere kleine Gegenstände, die er mit den Zähnen und der Messerspitze prüfte, worauf er verkündete, sie bestünden aus Silber oder Gold.

»Der Rest des Kleinzeugs ist wertlos. Ein kupfernes Amulett, eine Hand voll Perlen. Ah, die sind aus Bernstein, glaube ich.« Er hielt sie ins Licht und nickte zufrieden, dann legte er sie beiseite.

»Und jetzt«, sagte er aufgeregt, »prickelt es mir in den Fingern. Nur noch ein Gegenstand bleibt übrig, säuberlich in ein Wolltuch verpackt. Die Form könnte stimmen – das kann ich spüren.«

Er packte den Gegenstand in der Truhe aus, vor den Blicken der Zuschauer verborgen. In seiner Miene war zu lesen, dass sich seine Erwartungen erfüllt hatten.

»Seht her! Das Symbol des Herrschers von Albion!«, rief er und reckte das Gefäß hoch über seinen Kopf, sodass es im Sonnenschein auffunkelte.

Nai blinzelte in die blendende Helligkeit. Es war ein Kelch aus rötlichem Kupfer, ein großes Gefäß mit ringförmigen Griffen an beiden Seiten und einem geschwungenen Fuß. Der Kelch war verziert mit dunkelblauen Emailleintarsien, die an das tiefe Blau des Abendhimmels erinnerten, und der Rand war mit Perlen besetzt, die wie Sterne leuchteten und die Illusion vollkommen machten.

Eremon hielt den Kelch länger hoch, als nötig gewesen war, auch dann noch, als der kollektive Seufzer aus den Kehlen seiner Gefolgsleute längst verstummt war. Er leckte sich nervös die Lippen, und die Arme begannen ihm zu zittern.

Nai unterdrückte ein Lachen, denn der Ire hatte offenbar erwartet, dass der Kelch seine Macht etwa mit einem Blitz oder Donnerschlag unter Beweis stellen würde.

Möwen flogen schreiend über sie hinweg, von der Bucht unterwegs zum Festmahl auf den Feldern. Eremons Gesicht verdüsterte sich vor Zorn. An seiner Schläfe pochte eine Ader, und auf einmal wusste Nai, wie der Ire einmal in hohem Alter aussehen würde.

»Und jetzt?«, kreischte Eremon. Er reckte den Kelch noch höher in die Luft. »Und jetzt?«

Allein die Möwen gaben Antwort und verspotteten ihn.

Eremon ließ den Kelch langsam sinken. »Das begreife ich nicht«, sagte er leise. »Das begreife ich nicht.« Er stand mit gesenktem Kopf in der Mitte des Kreises. Lange Zeit herrschte Schweigen.

Schließlich fasste er sich wieder. »Du da, pack den Schatz wieder in die Truhe. Ihr beide schafft die Gefangenen in eine der Hütten. Dovnuall, Serach: nehmt euch je sechs Männer und findet Gorthyn. Möglichst lebend, aber das muss nicht sein.«

Die bezeichneten Männer führten seine Anweisungen aus. Einer packte den Druiden bei den Füßen und zerrte ihn durch den Staub zur nächsten Hütte. Budoc wurde besser behandelt (vor ihm hatten sie keine solche Angst, denn sie waren bei seinen Beschwörungen im Waldheiligtum nicht Zeuge gewesen), und schließlich schleppte man auch Nai zu den anderen in die Hütte, wo man eines seiner Beine an einem Stützpfosten festband.

Er hörte, wie Dovnuall und Serach mit lautem Geschrei und unter lebhaftem Gefluche die Suchmannschaften zusammenstellten. Er beneidete sie nicht. Gorthyn würde mittlerweile aufgebracht sein, und im Wald, wo es zahlreiche Verstecke gab, einen erfahrenen Krieger zu jagen, war keine Beschäftigung für Bauern.

Durch den Eingang sah er, dass Eremon im Staub saß und den Kelch anstarrte. Hin und wieder nahm der Ire einen Schluck aus der Metflasche und blickte sich streitsüchtig um, worauf er die Musterung fortsetzte.

»Stellt Wachen um die Hütten auf und schließt den Vorhang!«, brüllte er unvermittelt, mit einem bösen Blick in Nais Richtung.

Obwohl Nai wusste, dass er in der Dunkelheit nicht zu sehen war, zuckte er doch unwillkürlich gegen den Holzpfosten zurück und duckte sich. Sein Unvermögen, die Kräfte des Kelches zu wecken, hatte den Iren über die Schwelle zum Wahnsinn getrieben. (Er war immer schon wahnsinnig gewesen, doch bislang hatte er noch eine gewisse Selbstbeherrschung und eine Menge Charme besessen.) Wie er so in das von Hass und Zorn verzerrte Gesicht blickte, spürte Nai, dass Eremon völlig unberechenbar war.

Nachdem der Türvorhang herabgelassen wurde, herrschte in der Hütte trügerisch heimelige Dunkelheit. Er vernahm das Geräusch von Schritten; draußen hustete jemand. Also war es aussichtslos, ein Loch durch das Flechtwerk graben und flüchten zu wollen.

Eine Zeit lang lag er reglos da, zu entmutigt, um auch nur an den Fesseln zu zerren. Er lauschte auf den Atem des Druiden und des Einsiedlers und bereitete sich innerlich auf den langsamen, qualvollen Tod vor, den Dovnuall ihm bei seiner Rückkehr bereiten würde.

»Du hattest Recht«, sagte Budoc leise. »Dein Spielkamerad aus Kindertagen ist ein Narr.«

»Du bist wach!«

»Offenbar. Kommst du an den Druiden heran?«

Er schob sich auf dem Bauch vor, bis ihn die Fußfessel am Weiterkommen hinderte.

»Nein.«

»Schade. Wenn er bei Bewusstsein wäre, könnten wir uns vielleicht verbünden.«

»Bist du verletzt?«

Der Einsiedler überlegte einen Augenblick. »Es ging mir schon mal besser. Warte ein wenig, dann bin ich die Handfesseln los.«

Nai schloss die Augen und wartete in der Dunkelheit. Er war erschöpft, und die blauen Flecke taten ihm weh, aber wenigstens war er nicht allein.

»Ah!«, machte der Einsiedler. Gleich darauf machte er sich an Nais Fesseln zu schaffen.

»Du kannst froh sein, dass ich mir schon längere Zeit nicht die Nägel geschnitten habe«, flüsterte der alte Mann, dessen Bart Nai am Hals kitzelte. »So!«

Als Nai sich auch von der Fußfessel befreit hatte, näherten sie sich dem Druiden, der reglos auf dem Boden lag. Bloß sein stetiger Atem verriet, dass er noch lebte.

»Was hat er?«

Budoc lachte bitter. »Hast du als Kind schon mal einen Bach aufgestaut und den Damm dann zerstört? Weißt du noch, mit welcher Gewalt das davonströmende Wasser alles mit sich fortspülte? So ist es ihm ergangen, als ich das Waldheiligtum wieder in Besitz nahm.«

»Wer ist dieser Mann? Eremon glaubt offenbar, wegen der Tätowierung sei er Vortepor ergeben.«

»Seiner Geburt und Stammeszugehörigkeit nach ist er ein Attecotti. Und er steht nicht in Vortepors Diensten.«

»Ein Attecotti? Ein Angehöriger des Alten Volkes? Was hat es damit auf sich?«

Budoc wandte sich ihm zu. Nais Augen hatten sich mittlerweile an die Dunkelheit gewöhnt, sodass er das Gesicht des alten Mannes umrisshaft erkennen konnte: die hohe Stirn, das wirre Haar und den struppigen Bart.

»Vor ein-, zweihundert Jahren übten sie die Macht in diesem Land aus und wurden von den Römern gefürchtet. Zusammen mit den Pikten aus dem Norden und den Skoten aus Ierne fielen sie mehrmals in Prydein ein und verwüsteten das Land. Der

Heilige Jerome hielt sie für Kannibalen, was nicht unbedingt stimmen muss, doch aufgrund dieser Gerüchte verbreitete allein schon ihr Name Furcht und Schrecken. Seitdem ist ihre Macht geschwunden, doch sie nehmen nach wie vor für sich in Anspruch, die ältesten Bewohner dieser Inseln zu sein.«

Nai schüttelte verwirrt den Kopf. »Und Vortepor von Dyfed? Und der Kelch, der Eremon in solche Verzückung versetzt? Hast du den Ausdruck in seinen Augen gesehen, als er ihn in Händen hielt? Er hatte erwartet, dass etwas geschehen würde.«

Der Einsiedler seufzte. »Das ist eine lange Geschichte. Aber da wir wohl erst nach Einbruch der Dunkelheit einen Fluchtversuch wagen können und man uns so lange, bis Eremon sich von seiner Enttäuschung erholt hat, wohl kaum stören wird, können wir die Zeit ebenso gut mit Erzählungen herumbringen.«

Er setzte sich auf eines der Schlaflager aus Farnkraut und Fellen und grinste Nai unbekümmert an.

»Der Winter, als die Abordnung Agricola von Dyfeds nach Caer Cadwy kam, war einer der schlimmsten seit Menschengedenken. Damals fürchteten wir, auf Dauer in Caer Cadwy eingesperrt zu sein, und als die Kunde vom Nahen der Besucher eintraf, erwarteten wir ihre Ankunft mit großer Spannung ...«

Wäre die Ungewissheit über Nais und des Einsiedlers Schicksal nicht gewesen, hätte Gorthyn das Ganze Spaß gemacht.

Wären sie bei dem Überfall ums Leben gekommen, hätte er ihre Leichen finden müssen. Die Skoten hatten zwar ihre eigenen Toten zurückgelassen, Nai und Budoc aber hatten sie mitgenommen, was wahrscheinlich bedeutete, dass sie am Leben waren.

Wahrscheinlich.

Nais Pony war angetrabt gekommen, nachdem er die Skoten abgeschüttelt hatte. Anschließend war er um den Wald herumgeritten, da er hoffte, Ceolric und das Mädchen hätten sich zum Waldrand begeben, nachdem die unmittelbare Gefahr überstanden schien.

Er war noch nicht weit gekommen, als er einen leisen Pfiff vernahm und kurz darauf Ceolrics wirren Haarschopf im Unterholz erblickte.

Gorthyn fasste sich kurz, denn er spürte, dass die Zeit knapp war.

»Eurgain, kannst du reiten?«, fragte er, als er ihnen die Lage geschildert hatte.

»Ein wenig«, meinte sie zögernd. »Ich bin schon auf Maultieren und Eseln geritten.«

»Das muss reichen.« Gorthyn saß ab. »Die Ponys sind für den Kampf trainiert und verhalten sich ganz anders als die störrischen Tiere, die du kennst. Sie werden dir gehorchen und lassen sich nicht so leicht erschrecken.«

Er streichelte Breitbauchs geäderte Schnauze, und das Pferd stupste ihn an, sodass er für einen Augenblick das Gleichgewicht verlor.

»Sie sind Freunde, Partner in der Schlacht.« Er tätschelte Breitbauch die schweißnasse Flanke. »Bei meinem Vorhaben aber können sie mir nicht helfen. Dichter Wald ist kein guter Ort für Pferd und Reiter.«

»Was soll ich tun?«

Er lächelte sie an. »Die Skoten werden über kurz oder lang nach uns suchen. Ceolric und ich werden ihnen eine Falle stellen. Die Ponys würden uns dabei bloß behindern. Ich möchte, dass du sie zur anderen Seite des Waldes bringst. Traust du dir das zu?«

Sie nickte. »Wie ... wie soll ich euch anschließend wiederfinden?«

»Wie wäre es, wenn wir uns an der Einsiedlerhütte träfen?«, schlug Ceolric vor. »Ich weiß, wo sie liegt.«

»Einverstanden«, sagte Gorthyn. »Reite zur Hütte und warte dort auf uns.«

Er löste den Köcher mit den Speeren vom Sattel und schulterte ihn; den Schild, der ihn im Wald bloß behindert hätte, ließ er zurück. Dann durchsuchte er Nais Satteltaschen, bis er einen Strick gefunden hatte, und steckte ihn in die Tasche seines Gewands.

»Viel Glück, Eurgain.« Er hob sie auf Breitbauchs Rücken. Das Pony wieherte und stampfte. Er reichte ihr Schwarzfells Zügel und klopfte dem Pony auf die Flanke.

Ceolric blickte ihr nach, bis sie zwischen den Bäumen verschwunden war.

»So«, sagte Gorthyn und rieb sich die Hände. »Und jetzt bereiten wir unsere Falle vor. Ich habe irgendwo einen Einschnitt gesehen, der für unsere Zwecke geeignet wäre.«

Begierig darauf, zum Gegenangriff überzugehen, setzte er sich in Bewegung, hielt aber schon nach wenigen Schritten wieder an, da Ceolric ihm nicht folgte.

»Ihr wird schon nichts passieren«, sagte er. »Um Nai und den Einsiedler mache ich mir Sorgen.«

Ceolric schüttelte sich und brummte etwas Unverständliches, dann folgte er Gorthyn in den Wald.

»Diesmal werden sie alle Kräfte aufbieten«, sagte der große Mann. »Bislang sind wir Eremon in jeder Beziehung in die Quere gekommen. Deine Leute haben ihm schwere Verluste zugefügt, bevor er überhaupt einsatzbereit war, und seinen Männern den Schneid abgekauft. Nai und ich haben in der Nacht, als wir Eurgain fanden, mehrere von ihnen getötet.« Er machte eine weit ausholende Geste, um seinen Worten Nachdruck zu verleihen. »Ich behaupte zwar nicht, ich hätte begriffen, was im Waldheiligtum vor sich ging, aber es scheint so, als habe der Einsiedler den Zauber des Druiden gebrochen. Wäre ich Eremons Krieger, ich würde mich nach Hause sehnen und dieses Abenteuer, das offenbar unter einem ungünstigen Stern steht, beenden wollen.«

»Dann werden sie uns also verfolgen?«, fragte Ceolric keuchend.

»Ja. Eremon wird sie ein letztes Mal nach dir und mir suchen lassen. Das entspricht seiner Denkweise. Wir haben einen Narren aus ihm gemacht, und jetzt sinnt er auf Rache.« Gorthyn wartete, bis der junge Mann zu ihm aufgeschlossen hatte. »Deshalb müssen wir sie zermürben. Wir müssen ein paar von ihnen töten - noch besser wäre es, wenn wir ihnen hässliche Wunden zufügen würden, sodass sie schreien und brüllen müssten. Glaub mir, mein Junge, es gibt nichts Schrecklicheres, als mit anzuhören, wie die eigenen Freunde im Todeskampf jammern, während man weiß, dass man selber als Nächster dran sein könnte. Das gilt besonders für eine solch unübersichtliche Gegend wie diesen Wald.«

Ceolric schauderte.

Es dauerte nicht lange, die Falle herzurichten. Gorthyn hatte eine Stelle gewählt, wo ein Wildwechsel an einer schmalen, etwa doppelt mannstiefen Rinne entlangführte. Der Anfang des Einschnitts und die Seiten waren von dichtem Gebüsch verdeckt, sodass man gezwungen war, den Wildwechsel zu benutzen.

»Die Büsche wirken wie ein Trichter, siehst du? Von Jagdeifer gepackt, werden sie gar nicht auf den Gedanken kommen, einen Bogen drum herum zu machen.«

Er grinste Ceolric an. »Jetzt brauchen wir noch einen hübschen Findling, so wie die von heute Morgen.«

Ceolric runzelte die Stirn. Ihm kam das alles viel zu kompliziert vor, doch er spürte, dass es keinen Sinn hatte, mit Gorthyn zu streiten. Sie suchten die Umgebung ab, bis sie das Gesuchte gefunden hatten: einen großen, aus grünen und schwarzen Schichten bestehenden Stein, voller Moosflecken und halb im Erdreich verborgen.

Der große Mann bückte sich und rang mit dem Stein, als habe er es mit einem Lebewesen zu tun. Er schüttelte den Findling, während er unablässig vor sich hinmurmelte: »Na los, beweg dich, beweg dich.« Unvermittelt richtete er sich auf; der Stein löste sich aus dem Boden und kam mit hoch, während aus zahllosen Vertiefungen Erde rieselte.

»Kann ich ...« setzte Ceolric an und trat zögernd vor.

Gorthyn war krebsrot im Gesicht. Die Muskeln und Adern an seinem Unterarm und am Hals traten wie Stricke hervor.

»Mach Platz!«, keuchte er.

Ceolric trat beiseite. Er hatte schon einige starke Männer gesehen, Gorthyn aber übertraf sie alle.

Der große Mann stellte den einen Fuß vor. Er atmete in rauen Stößen. Er stellte den anderen Fuß vor. In seinen Ohren rauschte das Blut.

Dies war *seine* Prüfung, *sein* Opfer. Ihm stand keine Magie zur Verfügung - wie dem Einsiedler -, kein reicher Wissensschatz - wie Nai. Er war Gorthyn mab Erfai und konnte lediglich seine Körperkraft für seinen Freund einsetzen.

Schritt um Schritt schleppte er den Findling zum Rand der Rinne. Als Ceolric sah, was er vorhatte, eilte er herbei und formte auf dem trockenen Kiesufer ein Bett aus kleinen Steinen und Kieseln.

Mit einem letzten Seufzer legte Gorthyn den Stein behutsam in das Bett, das der Saesonit geformt hatte. Anschließend schwankte er wie ein Baum im Sturm; in seinem Rücken entstand ein sengender Schmerz, und die Muskeln an Armen und Beinen fühlten sich an, als hätten sie sich vom Knochen gelöst.

Als er sich wieder ein wenig erholt hatte, rückte er den Findling so zurecht, dass er kurz davor stand, in die Rinne zu fallen, und verkeilte ihn mit einem Stein. Dann spannte er den Strick aus Nais Satteltasche mithilfe mehrerer gegabelter Zweige dicht über dem Boden quer über den Weg. Das eine Ende befestigte er am Stamm eines kräftigen Busches, das andere legte er um den Stein, der ihm als Keil diente.

»Verstehst du einen Speer zu schleudern?«, fragte er, wobei er beinahe so stark krächzte wie Nai.

Ceolric nickte.

»Dann hoch mit dir ins Gebüsch.« Er deutete zur anderen Seite des Einschnitts, die dem kippeligen Findling gegenüber lag. »Nimm vier Speere mit. Für mehr dürfte die Zeit kaum reichen. Ramme drei in den Boden, den Vierten halte in der Hand. Ich werde sie hierher locken. Wenn der Stein hinabfällt, schleudere drei Speere in das Durcheinander, dann lauf so schnell du kannst zu der abgestorbenen Esche, an der wir vorbeigekommen sind. Dort werde ich auf dich warten.«

»Aber ...« Ceolric blickte zweifelnd vom Strick zum Findling. »Aber was ist, wenn es nicht klappt?«

Gorthyn funkelte ihn an. »Wenn es nicht klappt, hör auf deine innere Stimme.«

Er wandte sich ab und machte sich daran, Spuren zu legen, die vom Pfad zur Rinne führten. Er knickte einen Zweig und ließ ihn an der Bruchstelle hängen, die am saftigen Grün deutlich erkennbar war. Währenddessen hörte er, wie Ceolric sich in Stellung begab.

Dann jagte er die Skoten.

Hätte er sich nicht solche Sorgen um Nai gemacht, er hätte Spaß daran gehabt. Sie waren stets zusammen geritten: Normalerweise hätte Nai ihm gesagt, ob sein Plan durchführbar oder zu kompliziert war. (Ceolric war offenbar dieser Ansicht.) Er und Nai waren aufeinander eingespielt. Wenn der dunkelhäutige Mann bei ihm war, brauchte er hinter sich nicht Acht zu geben. Der Junge war ganz in Ordnung (für einen Saesoniten), doch er war kein kampferprobter Gefährte, der ihn nie im Stich gelassen hatte.

Die Skoten aufzuspüren war nicht schwer. Sie hatten sich in zwei Gruppen aufgeteilt. Die eine lärmte im Norden, zwischen ihm und dem Dorf. Die andere, gefährlichere, näherte sich leise von Süden her. Die Skoten wollten offenbar, dass er die Treiber im Norden hörte, vor ihnen flüchtete und dann der sich von Süden her nähernden Gruppe in die Hände lief.

Gorthyn grinste in sich hinein, wischte sich die Hände an der Kniehose ab und schlich sich an die grauen Gestalten an.

Dann trat er hinter einer Eiche hervor. Aufgrund ihrer Rufe wusste er, dass sie ihn gesehen hatten. Er täuschte Erschrecken vor, stolperte ein paar Schritte weiter, dann blieb er stehen, als wollte er seinen Gefährten Zeit geben, das Weite zu suchen.

Ein aus einer Schleuder abgeschossener Stein schwirrte an seinem Ohr vorbei. Mit einem Wutschrei schleuderte er den Speer; er landete in einem Busch und sandte einen Schauer von Blättern gen Boden. Sie kamen rasch näher, viel zu rasch. Der zweite Speer flog in flachem Bogen über die Büsche hinweg und durchbohrte die Brust des ersten Verfolgers.

Unter lautem Triumphgeheul wandte er sich zur Flucht, und die Skoten folgten ihm.

Immer wieder musste er sich vor Wurfgeschossen ducken (zum Glück waren die Verfolger zu sehr vom Jagdfieber gepackt, um stehen zu bleiben und genau zu zielen) und Unterholz und umgestürzten Baumstämmen ausweichen. Die Skoten zog er hinter sich her, als wären sie durch ein Seil mit ihm verbunden.

Als er zur Mündung der Rinne gelangte, hatte er einen kleinen Vorsprung. Er sprang über den Strick hinweg, rannte zum anderen Ende, hockte sich hinter einen Holunderbusch, ohne auf die spitzen Blätter zu achten, und bemühte sich, seinen keuchenden Atem zu dämpfen. Nachdem er jahrelang im Sattel gesessen hatte, war er das Laufen nicht mehr gewohnt.

Wenn sein Plan fehlschlug, würde es schwer für sie werden ...

Die Skoten erreichten die Rinne und bemerkten die Spuren, die er zuvor angebracht hatte. Der Erste verfehlte den Strick und trat unbemerkt darüber. Der Zweite stolperte, und der Dritte prallte gegen ihn, sodass beide stürzten. Der Vierte zögerte, und währenddessen rollte der Findling die Böschung hinunter und traf ihn am Oberschenkel.

Das Knacken des brechenden Knochens drang bis an Gorthyns Ohr. Mit gezücktem Schwert sprang er hinter dem Holunderbusch hervor. Der erste Skote war stehen geblieben und hatte sich umgedreht. Gorthyn bohrte ihm die lange Klinge in die Seite, riss sie gleich wieder aus der Wunde und holte erneut aus.

Ceolric schleuderte einen Speer auf beide gestürzten Skoten und zielte dann auf den fünften Mann, der sich bemühte, den Findling von seinem Kameraden zu heben, der sich den Oberschenkel gebrochen hatte. Der Speer traf ihn an der Schulter und schleuderte ihn gegen den sechsten und letzten Gegner.

Es ertönte lautes Geschrei. Der unter dem Findling gefangene Mann schluchzte und stöhnte: Gorthyns Opfer wand sich am Boden, doch seine Schreie wurden bereits schwächer. Die beiden gestürzten Männer kreischten und bemühten sich vergeblich, dem Rächerschwert des Briten auszuweichen. Der fünfte Mann zog sich ächzend den Speerschaft aus der Schulter.

Bloß der Sechste tat keinen Mucks.

Von seiner Warte im Gebüsch aus sah Ceolric, dass der Mann ebenso groß und kräftig war wie Gorthyn. Er trug ein Kettenhemd, und sein schweißnasses Haar glänzte noch im Schatten des Einschnitts golden.

Er hob den Kopf und starrte den Saesoniten an. Sein braunbärtiges Gesicht war übersät von rötlichen Kratern, die stechenden Augen blickten wild umher.

Ceolric schleuderte einen Speer. Er verfehlte sein Ziel.

Der Krieger lachte. Ohne den jungen Mann zu beachten, hob er den Findling von dem Verletzten und schleuderte ihn scheinbar mühelos beiseite.

»Gorthyn«, sagte er, und der Name fiel wie ein Stein in die

sich ausbreitende Stille, da die Skoten nacheinander das Bewusstsein verloren. »Gorthyn mab Erfai.«

2

»Teleri war verschwunden«, sagte der Einsiedler mit brechender Stimme.

In der Hütte stank es nach Schweiß und Moder. Das mit Fellen bedeckte Stroh- und Farnpolster der Schlaflager hätte dringend gewechselt werden müssen. An den unregelmäßigen Atem des Druiden hatten sie sich mittlerweile gewöhnt und wären bloß aufmerksam geworden, wenn er gestockt hätte.

Nai spähte durch die Düsternis zum Einsiedler hinüber, der auf einer Bettstatt lag.

»Du hast sie sehr geliebt.«

»Das habe ich.« Der alte Mann massierte sich die Schläfen. »Ich habe ihr mein Herz geschenkt - und sie hat es mir zurückgegeben, ohne es gebrochen zu haben.«

»Was hast du getan, als sie verschwunden war?«

»Ich habe das Lager geweckt, auch Artus.« Budoc schüttelte den Kopf. »Niemand hatte sie gesehen. Sie war spurlos verschwunden, wie die Wesen des Hohlen Hügels in den alten Geschichten.«

Er verstummte. Nai wartete eine Weile, dann sagte er:

»Der Geruch im Zelt. Ist jemand dagewesen?«

»Ja. Einer der Tätowierten. Daran gab es keinen Zweifel. Aber wie sie unbemerkt an den Wachposten und Palisadenzäunen vorbeigekommen sind - das bleibt ein Geheimnis.«

Budoc wälzte sich auf die Seite und setzte sich auf, wobei sein Kopf die Dachschräge streifte. »Artus war als Einziger weder überrascht noch beunruhigt. Wir erwarteten, dass er zornig toben würde - warum auch nicht? Wir waren alle im Kriegshandwerk erfahren. Wir hatten alle gegen die Saesoniten und Skoten gekämpft, und uns war bewusst, wie wichtig es ist, aufmerksam Wache zu halten. Dass wir uns auf eigenem Territorium befanden, war keine Entschuldigung. Gleichwohl wirkte er eigentümlich gelassen. Er meinte bloß, wir müssten so schnell wie möglich aufbrechen, um Hueil und seine Bande anzugreifen ...«

Wir ließen eine kleine Eskorte zurück, die den langsameren Hofstaat begleiten sollte, alle anderen ritten eilig nach Kelliwig.

Als wir die bewaldeten Hügel hinter uns ließen, erblickten wir in der Hufeisenbucht ein Meer von Masten. Die Stadt war voller wettergegerbter Fremder, die unsere Ankunft sehnsüchtig erwarteten.

Artus verschwendete keine Zeit. Vor Sonnenuntergang gingen wir an Bord und segelten im Schutz der Dunkelheit mit der einsetzenden Ebbe los.

Ich war und bin kein Seemann, obwohl ich von Kindheit an den Anblick und das Rauschen des Meeres gewohnt bin, und ich wünsche mir, wenn ich einmal sterbe, das Rauschen der Wellen zu vernehmen, die sich an einem Strand oder einer Landzunge brechen. Unter Seekrankheit habe ich nie zu leiden gehabt, und ich kann nachempfinden, was die Männer bewegt, die mit ihren Booten die Wasserwüsten auf der Suche nach unbekannten Küsten durchpflügen, denn auch ich verspüre bisweilen diesen Drang, eine tiefe Rastlosigkeit, die sich jedes Frühjahr einstellt, wenn der Himmel sich aufhellt und die Bäume zu knospen beginnen.

Von Navigation und Seemannschaft freilich verstehe ich nichts.

Deshalb kann ich euch auch nur wenig über die Reise berichten, bloß dass wir nach Norden segelten, vorbei an den Vorgebirgen Dyfeds und Gwynedds, mit der Küste Prydeins zur Rechten und dem schemenhaft erkennbaren Ierne zur Linken. Als Gwynedd hinter uns zurückfiel, verschlechterte sich das Wetter, Tag um Tag nieselte es, und der Himmel war verhangen, bis wir uns in unserer eigenen Welt bewegten, in einer grauen Düsternis, in der Himmel und Meer ununterscheidbar blieben.

Die Feuchtigkeit durchdrang alles. Die Segel, die Taue, die Ruder: An allem hafteten Tropfen. Das Leder schimmelte, wenn man es nicht ständig säuberte. Haare, Bärte und Kleidung waren mit zahllosen funkelnden Perlen besetzt. Ständig hatten wir Salzgeschmack im Mund, und unter Deck roch es modrig.

Die meisten von uns - ich selbst eingeschlossen - hatten bloß eine verschwommene Vorstellung vom Ziel unserer Reise. Iardomnan war ein unbekanntes Gebiet am Ende der Welt, das weder zu Prydein noch zu Ierne gehörte, obwohl beide bisweilen Anspruch darauf erhoben. Dass wir uns den Inseln durch Nebel und Wolken näherten, war nur angemessen und verstärkte noch ihre geheimnisvolle Aura.

Wir fuhren durch die nördliche Meerenge, die Prydein von Ierne trennt. Ich hatte zwar gehört, dass diese Wasserstraßen schmal seien, doch wie schmal sie in Wirklichkeit sind, wurde mir erst bewusst, als ich das Tosen der Brandung von zwei Seiten gleichzeitig vernahm.

Von hier an ließen uns die Karten im Stich, doch damit hatten wir gerechnet. Das Land - ob es nun Inseln waren oder Teile des Festlands, war schwer zu sagen - ragte stets dort aus dem Nebel auf, wo den Karten zufolge eigentlich offenes Meer hätte sein sollen. Die Kapitäne verließen sich auf Teleris Zeichnungen, beorderten Männer in den Bug, welche ständig die Wassertiefe unter dem Kiel bestimmten, und schickten immer dann, wenn der Nebel sich lichtete (was leider nur selten der Fall war) Leute zum Ausguck in den Mast hoch.

Andere Schiffe sahen wir keine, was nicht verwunderlich war. Seit mindestens hundert Jahren war in diesen Gewässern keine so große Flotte mehr gesegelt, und bloß ein Narr hätte es gewagt, uns herauszufordern. Als wir anlegten, um die Vorräte aufzufrischen, fanden wir in den leeren Häusern noch brennende Kochfeuer vor; die Bewohner hatten sich in den Wald geflüchtet. Sie wussten aus Erfahrung, dass man vor Seeleuten besser auf der Hut war.

Für die meisten von uns verlief die Reise ereignislos. Der Reiz des Neuen hatte sich alsbald abgenutzt, und wenngleich wir uns bei Bedarf an den Rudern abwechselten, so gab es doch sonst nur wenig für uns zu tun.

Ich weiß nicht, wie lange die Fahrt dauerte. Nicht nur Luft und Wasser waren schwer zu unterscheiden, sondern auch Nacht und Tag, denn aufgrund des Nebels wurde es niemals richtig hell. Eine Wachperiode ging in die nächste über, und bisweilen schien es so, als gäbe es nur den weiten Himmel, das wogende graugrüne Meer - und sonst nichts auf der Welt.

Talorcan fuhr auf demselben Schiff mit wie ich, einem alten Schiff von römischer Bauart, und während der langen Wachen spazierten wir gemeinsam an Deck auf und ab, gingen den Seeleuten aus dem Weg und unterhielten uns über das Land im Norden.

»Degaws Volk, die Kreonen«, sagte er eines Tages. »Weißt du, was der Name bedeutet?«

Ich überlegte eine Weile. »Zerklüfteter Rand? Das Volk von der zerklüfteten Küste?«

»So ungefähr.« Er schüttelte sich, als ihm Gischt ins Gesicht spritzte. »Das Volk von der zerklüfteten Grenze. Hier werden alle Unterscheidungen hinfällig. Hier ist die Gültigkeit der Naturgesetze, die unsere Lebensgrundlage bilden, aufgehoben.«

Ich hatte ihn noch nie so ernst erlebt.

Er wischte sich das Wasser aus Haar und Bart. »Die hiesigen Stämme gehen ständig neue Bündnisse und Gegenallianzen ein.«

»In dieser Hinsicht unterscheiden sie sich nicht so sehr von den übrigen Bewohnern Prydeins«, sagte ich.

»Die Kaledonier, die Harten Männer, haben vereint gegen Rom gekämpft«, fuhr er fort, als habe er mich gar nicht gehört. »Später kamen dann die Pikten, die Pehten, die Bemalten.«

»Ein Bündnis gebar das nächste.«

Er runzelte die Stirn, denn er mochte es nicht, unterbrochen zu werden. Dies war nicht der Mann, mit dem ich vor ein paar Nächten eine Flasche geleert hatte, der Mann, der sorgsam darauf geachtet hatte, mir nicht zu nahe zu treten.

»Meine Vorfahren, die Decantae, nannten sich die Edlen, die Hochgeborenen. Wir betrachteten uns als Eroberer.«

Das Deck neigte sich beängstigend. Ein Welle überspülte den Bug, übergoss uns mit eiskaltem Wasser. Die Mannschaft richtete auf Befehl des Kapitäns das Segel neu aus.

»Und was haben deine Vorfahren erobert?«, fragte ich, als sich das Schiff wieder aufgerichtet hatte.

Er lächelte verlegen, zupfte an einer salzverkrusteten Haarsträhne. »Das weiß ich nicht genau. Meine Amme erzählte mir bisweilen Gräuelgeschichten, worin zwei Stämme vorkamen, die einmal unsere Nachbarn gewesen waren.« Er hatte den Blick auf die schaumgekrönten Wogen gerichtet, doch ich wusste, er nahm sie gar nicht wahr.

»Der eine Stamm wurde Smertae genannt.«

»Die Smertae? Das Beschmierte Volk? Beschmiert womit?« In dem Augenblick, als ich die Frage stellte, ahnte ich auch schon die Antwort.

»Beschmiert mit Blut. Bevor sie in den Kampf zogen, bemalten sie sich mit Blut.« Seine sonst rötliche Haut war ganz blass vor Kälte, um Mund und Nase herum nahezu bläulich.

»Ihr Südländer bezeichnet alle, die jenseits von Bannog leben, unterschiedslos als Pikten. Dabei gibt es hier zahlreiche Völker, und wir haben die Knute Roms niemals zu spüren bekommen. Die alten Gebräuche haben bei uns länger überlebt als bei euch.«

Er spie über die Reling aus. »In meiner Jugend habe ich mir Gesicht und Körper mit den uralten Symbolen der Decantae bemalt, bevor ich auf Viehraub auszog. Als ich in Artus' Dienste eintrat, hörte ich damit auf, weil ich nicht für einen Barbaren gehalten werden wollte.«

»Wie nannte sich der zweite Stamm?«

»Das waren die Lugi. Die Schwarzen Raben.« Talorcan runzelte die Stirn. »Ich habe über die Frage nachgedacht, die du mir an dem Tag gestellt hast, als Rudvrych gestorben ist. Degaw und ich haben uns über die Attecotti und die Kinder Menestyrs unterhalten, und dann habe ich mich noch unter den anderen Gefährten aus dem Norden umgehört. Die Bezeichnung ›Schwarze Raben‹ rührte von der dunklen Haut und dem dunklen Haar der Lugi her.«

»Dann ähnelten sie also den Tätowierten, mit denen wir in Lindinis zu tun hatten.«

»In meiner Jugend«, fuhr Talorcan fort, ohne auf meine Bemerkung einzugehen, »waren die Lugi und die Smertae bereits vergessene Völker, die man lediglich aus alten Geschichten kannte. Mit ihnen erschreckte man unartige Kinder.«

»Genau wie mit den Kindern Menestyrs«, sagte ich. Allmählich sah ich klarer.

Er lehnte sich mit gespreizten Beinen an die Reling, denn das Schiff schaukelte heftig. »Angenommen, meine Vorfahren haben sich diese Stämme oder Ableger von ihnen unterworfen.« Er machte eine unbestimmte Geste, suchte nach Worten. »Vielleicht haben sie ja schon immer auf den Westinseln gesiedelt, oder aber sie sind vor den Decantae bis ins ferne Iardomnan geflüchtet. Dort haben sie sich im Zuge des ständigen Hin und Hers mit Menschen aus Ierne vermischt. Ihre Sprache haben sie allerdings beibehalten und sich auch die Erinnerung an die Zeit bewahrt, als ihr Volk über ganz Prydein herrschte und zum Zeichen seiner Macht große Erd- und Steinmonumente errichtete.«

»Und die Attecotti?«

»Sie *sind* die Attecotti. Die Nachfahren der alten Stämme, der vergessenen Stämme - der Lugi, der Smertae und wer weiß wie vieler Stämme noch, deren Namen niemand mehr kennt. Unsere Völker, deines und meines, sind von Gallien her übers Schmale Meer gekommen und haben sie unsere gemeinsame Sprache gelehrt. Aber angenommen, einige sind unabhängig geblieben - gäbe es dafür einen geeigneteren Ort als diesen, jenseits der bekannten Länder?«

Er deutete aufs nebelverhangene Meer hinaus.

Ich nickte bedächtig. »Aber das Herrschaftssymbol, das sie schützen oder zu besitzen behaupten ...«

»Ja, Cousin, ja.« Er packte aufgeregt meinen Arm. »Wo wäre es besser aufgehoben als bei ihnen? Und überleg mal, was wissen wir eigentlich über die Kinder Menestyrs?«

Ich zuckte die Achseln. »Sie haben mich in Lindinis überfallen.«

»Haben sie das wirklich getan, Cousin? Ich glaube nicht.«

Stirnrunzelnd schüttelte ich den Kopf und sah wieder die wilden Gestalten vor mir, die über den verschneiten Hof gestürmt waren. »Was meinst du damit?«

»Wir haben bislang angenommen, die Kinder Menestyrs wären unsere Gegner. Aber sind sie das tatsächlich?« Er schlug mit der Faust auf die Reling; so erregt hatte ich ihn noch nie erlebt. »Sie wollten verhindern, dass Teleri in Artus' Palas ihre Geschichte vorträgt, deshalb haben sie Vortepor angegriffen. (Übrigens finde ich, es wäre kein großer Verlust gewesen, wenn sie ihn unterwegs erschlagen hätten.) Als ihnen dies misslang, versuchten sie es in Lindinis erneut, und dabei sind sie mit dir aneinander geraten.«

Er grinste. »Zweifellos ein großer Schock für sie, einem Mann zu begegnen, der noch verrückter ist als sie selbst. Aber sie wollten dich nicht angreifen. Sie wollten Teleri finden, und du warst ihnen dabei im Weg.«

»Und dann hat sie ihre Geschichte vorgetragen«, sagte ich.

»Anschließend bestand kein Grund zur Eile mehr. Pedrylaw Menestyr persönlich - und wenn die Geschichten, die man mir in meiner Kindheit erzählt hat, auch nur einen Funken Wahrheit besaßen, dann ist er wirklich ihr Anführer - begab sich nach Caer Cadwy, um ihre Auslieferung zu verlangen. Und hat er nicht gesagt, er stamme nicht aus Albion, sondern aus - wie lautete der Name noch gleich?«

»Nicht aus Albion, sondern aus Albany; nicht aus Prydein, sondern aus Pritdyn.«

»Der alte Name für diese Insel, der nur noch im Norden gebräuchlich ist. Und weshalb? Weil nur im Norden die ursprünglichen Bewohner überlebt haben.«

Ich hob die Hand, um seine Begeisterung zu dämpfen, und sagte: »Jedenfalls hat er Teleris Auslieferung gefordert. Er hat behauptet, sie sei eine entlaufene Sklavin.«

»Das stimmt«, sagte Talorcan. »Und er hätte dich um ein Haar verhext. Hätte Artus nicht eingegriffen, hätte er dir den Verstand geraubt.«

Ich schauderte.

»Als er aber Artus sah, veränderte er sich. Hast du das nicht bemerkt?«, sagte er drängend und zwang mich, meine Erinnerungen zu durchforsten, obwohl ich mich bemüht hatte, die Ereignisse dieses Tages zu vergessen. »Was immer er erwartet hat, mit Artus' Erscheinen hatte er nicht gerechnet. Und er kniete vor ihm nieder und erkannte ihn als Oberherrn an.«

»Was willst du damit sagen?«

Er musterte mich wachsam, als wäre ihm jetzt erst eingefallen, wen er vor sich hatte. Seit Garwens Tod stand ich bei den Gefährten im Ruf, aufbrausend und reizbar zu sein, und Talorcan wusste, dass er mich mit seiner nächsten Bemerkung unter Umständen aufbringen würde.

»Sag, was du denkst«, forderte ich ihn auf.

»Teleri und Pedrylaw Menestyr gehören demselben Clan an. Sie bewachen irgendein Geheimnis, von dem sie glauben, es legitimiere den rechtmäßigen Herrscher von ganz Prydein. Teleri hat von Artus gehört und ist nach Caer Cadwy gekommen, um ihn in den Norden zu locken, damit er sich dort irgendeiner Zeremonie unterzieht. Vortepor von Dyfeds Gesandtschaft hat sie sich angeschlossen, weil sie wusste, dass sie andernfalls bloß eine von vielen gewesen wäre, die um eine Audienz beim Kriegsherrn ersuchen. Artus wäre aufgrund einer Geschichte von einem magischen Kelch niemals nach Iardomnan gesegelt – er hätte ihr bloß ins Gesicht gelacht –, doch Hueils Raubzüge gaben ihr ein willkommenes und recht überzeugendes Argument an die Hand.«

»Und Menestyr?«, fragte ich kühl.

»Er ist gegen Teleris Plan, denn er glaubt, ein Kriegsherr aus dem Süden sei kein würdiger Herrscher. Er wollte sie daran hindern, Caer Cadwy zu erreichen, doch das ist ihm nicht gelungen.« Talorcan sah mich forschend an. »Dann hat er die Festung betreten – was ihm eine Menge Mut abverlangt haben muss! – und ist Artus begegnet.«

Ich starrte ihn erbost an, während er Atem schöpfte.

»Menestyr hat ihn anerkannt, Cousin. Du hast es selbst miterlebt.«

»Das ist eine bloße Vermutung«, knurrte ich.

»Aye«, räumte er bereitwillig ein. »Das stimmt. Aber diese Deutung stimmt mit allem überein, was wir wissen. Als Menestyr Artus sah, gab er den Widerstand gegen Teleris Plan auf.«

Der Schmerz über den Verlust drohte mir die Brust zu sprengen. Ich schlug mit der Rechten auf die Reling, die von der Gewalt des Hiebes splitterte. Halb blind vor Schmerz und Zorn wandte ich mich auf dem Absatz um, musterte das Deck und die bleichen Gesichter der Männer, die mich anstarrten, suchte in ihren verängstigten Blicken nach Anzeichen von Spott.

»Wo ist sie?«, stammelte ich zusammenhanglos, doch Talorcan hatte mich offenbar verstanden.

»Ich glaube, sie ist aus freien Stücken fortgegangen«, antwortete er mit sanfter Stimme. »Auch ich nahm zunächst an, sie sei entführt worden. Aber …« Er breitete die Arme aus.

»Wo ist sie?«, wiederholte ich.

»Gedulde dich, Cousin. Warte, bis wir die Schatteninsel erreicht haben.«

Nach einer Weile ließ ich ihn stehen, suchte die kleine Kajüte auf, die man mir zugeteilt hatte, und holte die Kopien der Seekarten hervor, nach denen wir segelten.

Die Schatteninsel hatte Cuchulain, der große Held des nördlichen Ierne, aufgesucht, um von einer Frau den Umgang mit Waffen zu erlernen. Ein weiterer Ort der Legenden und Geheimnisse.

Die Karte – ich war mir ihrer Ungenauigkeiten wohl bewusst – zeigte nördlich der kleineren Inseln, wo Hueil seinen Stützpunkt hatte, eine größere Landmasse. Die Römer, auf deren Seekarten diese Karte basierte, hatten diese Insel *Scitis* genannt – möglicherweise abgeleitet von der Bezeichnung der Einheimischen für Schatten: Scatha.

Und Scatha hieß auch die Frau, die den Krieger Cuchulain unterwiesen hatte.

Ich studierte die Karte und hätte mich gern mit Artus unterhalten, doch der befand sich natürlich auf einem anderen Schiff.

Artus und seine engsten Berater waren übereingekommen, dass der Magister Militum sich der Prüfung auf die Berechtigung zur Herrschaft über Albion unterziehen sollte, wenn er mit Hueil fertig war. Doch über deren genauen Hergang wussten wir bloß das Wenige, das den alten Geschichten zu entnehmen war. Ohne Teleri würden wir nicht weiterkommen.

(Und dennoch, und dennoch … Artus hatte geahnt, dass sie uns nicht begleiten würde.)

Talorcan – für einen Mann, der behauptet, sich niemals den Kopf zu zerbrechen, hatte er in letzter Zeit offenbar eine Menge nachgedacht – glaubte, man hätte uns zu der Unternehmung verleitet.

Ich fühlte mich schwach und zittrig, so wie vor Jahren, als mir ein Skotenschwert um ein Haar die Linke gespalten hätte.

Aufrecht hielt mich allein die Erinnerung an Teleri und an den Tag, als sie mit Artus, Gwenhwyvar und mir der Kolonne vorausgeritten war und uns überzeugt hatte, dass das Herrschaftssymbol von Prydein die Mühe der Suche wert sei.

Dass sie mich möglicherweise getäuscht hatte, war eine Sache. Dass Artus getäuscht worden war, blieb denkbar, war aber weniger wahrscheinlich. Doch dass die kluge Gwenhwyvar mit dem unfehlbaren Urteil sich von einer Frau hatte täuschen lassen - das konnte ich mir nicht vorstellen.

Und daraus schöpfte ich Trost und die Hoffnung, dass die Teleri, die ich kennen und lieben gelernt hatte, kein Trugbild gewesen war.

Am letzten Abend der Reise waren die Wellen kurz und steil, und es gelang uns nicht, einen sicheren Ankerplatz zu finden. Daher segelten wir ohne Sicht weiter durch die Nacht, die ebenso finster wie meine Stimmung war, bis der Himmel auf einmal wunderbarerweise aufklarte.

Über uns stand der Polarstern, der Ruhepunkt am Himmel, um den sich alles dreht. Auch viele andere vertraute Sternbilder waren zu sehen, und im Norden markierte Caer Arianrhod, die Krone des Nordwinds, die Richtung, in die wir segeln mussten, ehe wir würden heimkehren können.

Ich erinnerte mich an einen sonnigen Wintertag, an dem Teleri mir aus der Hand gelesen hatte - aus der rechten Hand, denn die Linien der Linken waren zu stark vernarbt. Damals sagte sie mir voraus, ich würde viel länger leben als meine Freunde. Ich hatte gelacht, denn ich war noch jung genug, um derlei Dinge auf die leichte Schulter zu nehmen.

Jetzt, da die Sterne so kalt funkelten wie Eis und das pechschwarze Wasser um uns wogte, dachte ich anders darüber. Jetzt schien es so, als hätten wir die bekannte Welt hinter uns gelassen und seien an einen Ort gelangt, wo alles möglich war. Am Morgen würden wir landen: Artus und Cei am Hauptankerplatz am Fuße von Hueils Feste, Gwalchmei und ich in einer kleineren Bucht im Osten, um dem Gegner in die Flanke zu fallen.

Du kennst das Gefühl bestimmt, Nai. Die Angst vor dem Kampf. Alle Krieger kennen das nicht enden wollende Warten vor der Schlacht, wenn es nichts anderes zu tun gibt, als auf den Morgen zu warten, da der Schlaf nicht kommen will und die Gedanken rasen. Manche spielen mit Würfeln oder Knöchelbeinen; andere überprüfen zum tausendsten Mal Waffen und Ausrüstung.

An Bord eines Schiffes ist alles noch schlimmer: Man ist machtlos und kann nicht einmal an der Kette der Wachposten entlangspazieren.

Ich hatte Angst, fürchtete mich wie noch nie zuvor, und gleichzeitig war mir bewusst, wie absurd das war. So wie für Teyrnon in Teleris Geschichte die Einnahme des Dorfes lediglich das Vorspiel zur Befreiung des Kindes gewesen war, so würde auch der morgige Kampf bloß eine Zwischenstation auf dem Weg in den Norden sein.

(Gleichwohl war für die, die in Teleris Geschichte gestorben waren, und für die, die morgen bei der Einnahme von Hueils Feste ihr Leben lassen würden, das Vorspiel schon die ganze Geschichte.)

Allmählich hellte sich der Himmel auf, und wir sahen das vor uns liegende Land: ausgedehnte Wälder, in der Ferne überragt von verschneiten Bergen; ein windgepeitschtes Land, abweisend und alt, die zerklüfteten Ausläufer der Berge von Wind und Wasser geglättet. Das alte Land eines alten Volkes.

Talorcan trat neben mich, als das alte Schiff in die verlassene Bucht einlief. Ich erinnere mich, dass in den Wellen am Strand ein Otter spielte, sonst aber waren keinerlei Lebenszeichen zu sehen, wenn man von den Vögeln absah, die uns unterwegs begleitet hatten.

»Friedlich«, sagte Talorcan.

Ich wandte mich ihm zu und schreckte unwillkürlich zurück.

Er hatte sich das Gesicht mit blauen Mustern bemalt: mit Halbmonden, Schlangen und gezackten Blitzen. Er hatte sich in einen Umhang gemummt, denn es war kalt. Als er mein Erstaunen bemerkte, öffnete er ihn weit.

Abgesehen von einem kurzen Kilt war er nackt und am ganzen Körper mit blauen Mustern bemalt, mit ineinander verschlungenen geometrischen Mustern, die eine starke Wirkung auf das Auge hatten.

»Ein guter Tag um zu sterben«, sagte er leise und schloss den Umhang wieder.

»Um zu sterben? Du wirst nicht sterben, Cousin.«

Er musterte mich mit fernem Blick. »Wir sind im Begriff, einem großen Geheimnis zu begegnen«, sagte er, wandte sich heftig ab und entfernte sich ein paar Schritte, worauf er unsere Annäherung ans Ufer weiter verfolgte.

Mit den Vorbereitungen zum Anlegen beschäftigt, achtete ich nicht mehr auf ihn. Er war nicht der Erste und würde auch nicht der Letzte sein, der voll böser Vorahnungen in den Kampf zog, und als Anführer unserer Gruppe fehlte es mir an der Zeit, mich mit ihm zu beschäftigen.

Wir wateten durch die Brandung, luden die Vorräte aus und formierten uns. Dann marschierten wir zwischen den schmalen, mit Moos und Flechten überzogenen Fichten einher, von denen die Feuchtigkeit auf uns herabtropfte. Der Boden war weich und tückisch. Ich erinnere mich, dass es sehr dunkel war und, abgesehen von den Geräuschen, die wir machten, auch sehr still.

Schließlich traten wir in das harte Kristalllicht eines Hügels über dem Meer hinaus, wo der Wind Wolkenschatten über das funkelnde Gras trieb.

Die Festung lag zu unserer Rechten an der Biegung einer schmalen Bucht, wie Teleri es uns geschildert hatte. Die Befestigung bestand aus einem einzigen Erdwall, der beinahe so steil war wie eine Wand, und darauf ragte eine Palisade auf. Das Haupttor wurde durch zwei vorgelagerte Wälle geschützt, die einen Trichter bildeten, sodass mögliche Angreifer immer dichter zusammengedrängt wurden, bis sie Schulter an Schulter standen.

Eine solche Feste einzunehmen, war für uns ein Kinderspiel. Wir waren die Gefährten, und wir hätten es selbst im Schlaf geschafft.

Als wir bereit zum Angriff waren, hatte Nieselregen eingesetzt. Die Bogenschützen fielen somit wieder einmal aus, doch wir verfügten über zahlreiche Schleuderer, die vom Wetter unabhängig waren.

Die Schleuderer hinderten die Verteidiger daran, ihre Kräfte zu sammeln. Wir stürmten durch den Graben, legten die mitgebrachten Baumleitern an und begannen, den Wall zu erklimmen. Im selben Augenblick griff Cei das Haupttor an und drückte es mit einem Rammbock ein. (Später behaupteten die Barden, wir hätten es ohne Hilfsmittel eingetreten, aber das war natürlich purer Unsinn.)

Anschließend ging es bloß noch darum, die Verteidiger zu stellen, die noch Widerstand leisteten. Hueil, ihr Anführer, wurde am Tor niedergemetzelt, und nach seinem Tod schwand den meisten der Mut.

Das klingt so, als hätten wir keine große Mühe gehabt, und so war es auch. Die Kämpfe währten nicht lange - wahrscheinlich hatten wir mehr Zeit mit den Vorbereitungen und dem Warten auf Artus' Einsatzbefehl verbracht als mit dem eigentlichen Angriff. Das Aufräumen dauerte wie üblich länger. In der Festung waren viele Sklaven, und natürlich versuchten einige Verteidiger, sich in ihrer Mitte zu verstecken. Sie ausfindig zu machen, dauerte eine Weile und ging mit lautem Geschrei einher, denn die Sklaven hatten zunächst eben so viel Angst vor uns wie vor den Männern, von denen sie geraubt worden waren.

Und so verging geraume Zeit, bis mir bewusst wurde, dass ich Talorcan seit Beginn des Angriffs nicht mehr gesehen hatte.

Er war nicht unter den Verletzten, die in Hueils Palas versorgt wurden. Er hielt sich auch nicht auf dem Festungsgelände auf.

Ich fand ihn schließlich zusammengekrümmt am Graben, bis auf den Kilt splitternackt. Er wirkte irgendwie geschrumpft, viel kleiner und jünger als zu Lebzeiten. Ein Stein aus einer Schleuder hatte ihm die Stirn zerschmettert. Er war wohl auf der Stelle tot gewesen.

Es gibt noch einen Vorfall zu berichten. Die meisten Toten lagen am Haupttor, wo die Kämpfe am heftigsten gewesen waren. Jemand erzählte uns, Hueil sei dort gefallen, deshalb traten Artus und Cei aus Neugier hinüber, um sich seinen Leichnam anzuschauen. Wie sie so unter den Toten wandelten, erwachte einer zum Leben und traf Artus mit dem Breitspeer am Oberschenkel. Cei tötete ihn mit bloßen Händen, doch da war das Unglück bereits geschehen.

Die Wunde ging tief und sah übel aus; sie war nicht tödlich, aber gefährlich. Als die Wundärzte sie säuberten, verlor Artus vor Schmerzen und aufgrund des Blutverlusts das Bewusstsein.

»Das verändert alles«, sagte Cei. »Wir müssen ihn auf schnellstem Wege heimschaffen.«

»Falls wir dazu überhaupt in der Lage sind.« Lleminawg blickte skeptisch zum Himmel hoch.

Der Himmel zog sich rasch zu. Schwarze Wolken trieben meerwärts und verdeckten die Sonne. Goldene Sonnenstrahlen tanzten über die Berge. »Wir müssen bald lossegeln.«

Cei und ich wechselten Blicke. Wir konnten die Festung nicht gegen die Einheimischen verteidigen, falls sie uns angreifen sollten, außerdem hätte dies keinen Sinn gehabt. Die Unternehmung war als Strafaktion geplant, nicht als Eroberungsfeldzug.

Gwalchmei hatte bereits damit begonnen, die befreiten Sklaven auf die Schiffe zu schaffen. Jetzt trieb er sie zur Eile an und erklärte ihnen, wenn wir bereit zum Aufbruch wären, würden wir jeden zurücklassen, der sich bis dahin nicht an Bord befände.

Wir verwüsteten die Festung, so gut wir es vermochten, zündeten den Palas und die Hütten an, rissen die Palisade nieder. Die Erdwälle konnten wir nicht zerstören, und wir wussten, dass schon in wenigen Jahren ein neuer Anführer auftauchen und die Festung wiederaufbauen würde; aber vielleicht würde er sich dem Süden gegenüber ja mehr zurückhalten.

Die Toten und Verwundeten - so viele waren es gar nicht - brachten wir auf die Schiffe. Ein Langboot und ein schwerfälliges Transportschiff nach dem anderen lichtete den Anker und strebte dem offenen Meer zu, während die Ruder die sich immer höher aufschaukelnden Wellen durchteilten.

Lleminawg und ich brachten Artus auf das stabilste Schiff, während Cei und der Falke an Bord eines Langboots gingen, das uns eskortieren sollte. Der Sturm war in vollem Gange, und die vordersten Schiffe der Flotte waren bereits von der Dunkelheit verschluckt worden. Ich meine, alle Gefährten schienen der Panik nahe: Artus war noch nie so schwer verletzt gewesen, und wir waren einem fremden Element ausgeliefert, auf das wir keinen Einfluss hatten.

Erst als wir die Bucht hinter uns gelassen hatten, konnte ich meine Gedanken ein wenig ordnen.

»Wir sind im Begriff, einem großen Geheimnis zu begegnen«, hatte Talorcan gesagt. Dies waren seine letzten Worte an mich gewesen, und ich hatte sie als Ausdruck der üblichen Unruhe vor der Schlacht abgetan.

Talorcan hatte sich auf See seltsam benommen, beinahe so, als wäre er besessen gewesen. Jetzt war er tot, während Artus an derselben Stelle wie Nudd in Teleris Geschichte und unter ganz ähnlichen Umständen verwundet worden war. Und wegen Teleris Geschichte waren wir überhaupt hier und segelten vor einem aufkommenden Sturm. Und wie mir mit jähem Entsetzen bewusst wurde, wurden wir von der Hauptflotte fort und weiter nach Norden getrieben.

»Was passierte dann?«, fragte Nai.

Der alte Mann runzelte die Stirn. »Ich weiß es nicht.« Er hob die Hand, um Nais Einwand zuvorzukommen. »Ach, ein wenig weiß ich schon, denn die anderen haben es mir später erzählt, wenngleich wir nie ausführlich darüber sprachen. Davor scheuten wir zurück.«

Nai erhob sich und spähte durch ein Loch im Türvorhang.

Eremon hatte sich neben der Truhe in den Staub gelegt, die Lederflasche in der einen, den Fuß des Kelchs in der anderen Hand. Entweder er schlief, oder er hatte das Bewusstsein verloren. Die offenbar leere Flasche deutete eher auf Letzteres hin.

Seine zerlumpten Gefolgsleute schlenderten unsicher im Dorf umher und machten einen weiten Bogen um die reglose Gestalt. Immer wieder blickten sie furchtsam zu den bewaldeten Hügeln hinüber. Ihre Gesichter wirkten verkniffen und verschrumpelt: wie er sie so beobachtete, verspürte Nai einen Anflug von Mitgefühl mit den Männern, die in der Fremde einem unberechenbaren Anführer ausgeliefert waren.

»Ich selbst kann mich nicht mehr erinnern, was weiterhin geschah«, sagte Budoc. Er knirschte mit den Zähnen und zupfte am Stroh. »Jedenfalls nicht so deutlich, wie ich mich an den schwarzen Kopf des Otters erinnere, den ich bei der Landung erblickte. Wenn ich die Augen schließe, sehe ich das funkelnde

Morgenlicht auf dem schlanken Kopf und kann jeden einzelnen Augenblick wieder aufleben lassen.«

Der Druide schnarchte nach wie vor. Nai kniff ihn in die Wange, doch er reagierte nicht.

»Übrig geblieben sind flüchtige Bilder«, sagte Budoc mit erstickter Stimme. »Sich auftürmende schwarze Wogen und ein knarrendes Schiff, das von Brechern überspült wurde. Das Brechen des Mastes übertönte selbst den Sturm. Das Deck neigte sich, und die Männer bemühten sich verzweifelt, den Mast mit den Äxten vollständig zu lösen. Lleminawg und ich stiegen zu Artus hinunter ...«

3

Den letzten Wurfspeer mit der Rechten umklammernd (vom warmen Schaft ging eine beruhigende Wirkung aus), beobachtete Ceolric, wie Gorthyn einen Schritt zurücktrat.

»Dovnuall Frych«, sagte der Brite leise.

Der Pikte schwenkte das Schwert so schnell umher, dass es wie ein Lebewesen zischte.

»Gewährst du mir einen fairen Kampf?«, fragte er. »Ohne dass ich fürchten muss, von einem Speer deines zahmen Saesoniten in den Rücken getroffen zu werden?«

Gorthyn musterte ihn mit stolzem, grimmigem Blick. »Aye. Nur wir beide«, sagte er. »Beeil dich. Meine Klinge dürstet nach deinem Blut. All die Jahre über hat es mich sehr bekümmert, dass du noch am Leben warst.«

»Dann möge der Kampf fair sein; fair und kurz!«

Dovnuall näherte sich ihm energischen Schritts durch die Rinne: ein großer Mann, ebenso groß wie Gorthyn, bekleidet mit einem Kettenhemd und einem dunklen Umhang, der von einer Brosche aus roter Bronze zusammengehalten wurde, das bärtige Gesicht von zahllosen Pockennarben entstellt.

In der linken Armbeuge hatte er einen kleinen Rundschild, mit der Linken umklammerte er ein winziges Messer; in der Rechten hielt er ein Schwert, dessen Klinge schmaler und kürzer war als die Gorthyns.

Neben den Gefallenen blieb er stehen und bleckte seine Zahnstummel. »Schade, dass du kein Kettenhemd besitzt. Das Lederwams wird dich nicht schützen.« Er deutete auf die Toten. »Nimm dir einen Schild, alter Freund. Du wirst ihn brauchen.«

Gorthyn lächelte, ein hartes, grausames Lächeln, bückte sich, ohne seinen Gegner aus den Augen zu lassen, und nahm einem Toten eine Tartsche ab.

Jetzt, da das Schreien aufgehört hatte, war es sehr still. Als Ceolric die Böschung hinunterrutschte, lauschte er aufmerksam, ob sich nicht ein weiterer Trupp Skoten näherte, denn er glaubte nicht, dass es Dovnuall mit dem fairen Kampf ernst war.

Die Krieger nahmen einander gegenüber Aufstellung. Gorthyn wirkte in dem zerkratzten Lederwams müde und abgerissen, Dovnuall hingegen bot mit seinem Kettenhemd und dem Umhang einen prachtvollen Anblick.

»Du machst einen erschöpften Eindruck«, meinte Dovnuall. »Bald wirst du in Frieden ruhen, wie dein Vater Erfai.«

Die Müdigkeit fiel von Gorthyn ab. Er straffte sich und reckte zum ersten Mal, seit er im Waldheiligtum die Findlinge bewegt hatte, stolz die Schultern.

»Die Krähen werden sich von deinem Leichnam nähren!«, rief er, sprang vor und hieb ungestüm auf den Iren ein.

Dovnuall wich zunächst zurück, doch Gorthyn ließ sich nicht in die Rinne hineinlocken – obwohl die Kampfeswut ihn gepackt hatte, bewahrte er sich doch ein gesundes Misstrauen vor den Skoten und fürchtete, einer der verwundeten Männer könnte ihm in den Rücken fallen.

»Bleib stehen und kämpfe, verdammt noch mal!«, knurrte er.

Dovnuall lachte. »Sachte, sachte. Dein Vater starb, ohne so viel Aufhebens zu machen. Er seufzte bloß, wenngleich sein Todeskampf lange währte. Bist du weniger tapfer als er?«

Gorthyn schlug zu, und abermals prallten sie aufeinander, sich schiebend wie streitende Seemöwen, rangelnd wie Hirsche, sodass Splitter von ihren Schilden flogen: zwei große Männer, die es gewohnt waren, ihre Gegner einfach zu überwältigen.

Schließlich lösten sie sich schwer atmend voneinander.

»Du bist kräftiger, als ich dachte«, keuchte Dovnuall.

Gorthyn grinste bitter. »Kräftiger als alte Männer und hilflose Frauen?«

Ein drittes Mal prallten sie aufeinander; ihre Schwerter sangen, und ihre Schilde tönten wider, als sie wie rasend aufeinander einhieben.

Ceolric schaute voller Erregung zu. Gorthyn war der Kräftigere, und ganz allmählich gewann er auch die Oberhand. Dovnuall taumelte unter der Wucht der Hiebe, die auf seinen Schild niederprasselten, und seine Konter fielen weniger kraftvoll aus als zu Anfang.

Der Kampf aber war noch nicht zu Ende.

Der Ire hatte die Tartsche vom Ellbogen zum Handgelenk hinabrutschen lassen, sodass das Messer in seiner Linken verdeckt war. Als er meinte, Gorthyn denke nicht mehr daran, täuschte er mit dem Schwert an und stieß plötzlich das Messer vor.

»Achte auf die Linke!«, rief Ceolric, der ahnte, was kommen würde.

Gorthyn aber hatte das Messer nicht vergessen oder er hatte die Warnung gehört. Er wehrte den Hieb ab, sodass die Klinge im Holz stecken blieb, dann riss er den Schild zur Seite. Dovnuall schrie auf, als ihm das Messer entglitt und in hohem Bogen über die Lichtung flog.

Gorthyn stieß ein lautes Triumphgeschrei aus, ein Geheul, das den Iren geradezu lähmte, und rammte ihm das Schwert zwischen die Rippen. Die Ringe des Kettenhemds und die Knochen gaben unter der Wucht des Hiebes gleichermaßen nach.

Gorthyn packte das Heft mit beiden Händen und stieß abermals zu. Dovnuall brach stöhnend zusammen. Der Brite setzte sogleich nach und schlug so fest zu, dass der Hieb weithin zu vernehmen war.

Unter wildem Triumphgeheul hob Gorthyn den abgetrennten Kopf an den Haaren hoch und zeigte ihn Ceolric.

»Ein Geschenk für Eremon!«, sagte er. »Schneide einen Ast als Stock zurecht, wie die Skoten es getan haben!«

Ceolric musterte ihn fassungslos.

»Einen Stock, mein Junge. Mach schon!«

Der Saesonit entwand einem Toten das schwere Messer (er wollte nicht das Risiko eingehen, sein eigenes Messer zu beschädigen) und hackte auf einen Schössling ein, durchtrennte den Stamm und entfernte die Zweige, bis er einen Stock vor sich hatte.

»Sie kommen«, sagte Gorthyn. Er lauschte mit schief gelegtem Kopf. »Halt mal.«

Er reichte Ceolric die Trophäe, die dieser zögernd entgegennahm und so weit wie möglich von sich weghielt.

»Das sind Barbaren«, sagte Gorthyn gepresst. »Wilde. Und ich kann auch wild sein.«

Ceolric beobachtete, wie er Dovnualls enthaupteten Leichnam gegen einen Baum lehnte, sodass der Hals im Schatten lag und ein Arm um einen schwankenden Ast gelegt war. Von weitem sah es so aus, als winke ihn Dovnuall zu sich heran.

»Das wird ihnen bestimmt einen Schrecken einjagen«, erklärte der große Mann voller Genugtuung. »Hast du die anderen getötet?«

Die Frage kam für Ceolric überraschend. Er spürte, wie er errötete.

»Ja.«

»Gut.« Gorthyn klopfte ihm auf die Schulter. »Schau nicht so betreten drein, mein Junge. Sie hatten den Tod verdient, genau wie dieser menschliche Abschaum.« Er nickte zu Dovnuall hinüber. »Und jetzt sag mir, wie ich zur Hütte des Einsiedlers komme. Anschließend gehst du dorthin und bleibst bei dem Mädchen und den Pferden, bis ich nachkomme.«

»Warum? Was hast du vor?«

Gorthyn nahm ihm den Stock und die Trophäe ab.

»Ich möchte Eremon ein kleines Geschenk hinterlassen«, antwortete er augenzwinkernd.

FÜNFTES KAPITEL

1

»Es macht mich wahnsinnig«, sagte der Einsiedler, »dass ich mich nicht mehr erinnern kann.« Er schlug verzweifelt mit der Faust aufs Lager ein. »Seit Jahren nagt es an mir und quält mich im Schlaf. Eine Zeit lang fand ich Frieden im Waldheiligtum, aber jetzt ... Jetzt kommt alles zusammen, Nai, und ich weiß nicht, warum.«

»Lleminawg. Das hat etwas mit Lleminawg zu tun«, flüsterte Nai, der noch immer am Eingang stand. Die Wachposten vor der Hütte traten von einem Bein aufs andere.

»Der Tänzer, der Auserwählte«, murmelte Budoc. »Er war verdammt, und ich meine mich erinnern zu können, dass er wie Talorcan auch gewusst hat, verdammt zu sein, schon von Geburt an - aufgrund seines Namens. Dem Namen ist eine ganz eigene Macht zu Eigen, Nai.« Er rang sich ein Lächeln ab. »Neffe, Sohn der Schwester, bedeutet Kämpfer. Wirst du für mich kämpfen, wenn es nötig sein wird?«

Nai wandte sich erstaunt zu seinem Mitgefangenen um und meinte leichthin: »Der Mann, der das getan hat« - er deutete auf den schlafenden Druiden - »ist auf meine Unterstützung nicht angewiesen. Aber was ich vermag, werde ich für dich tun.«

»Unser Niedergang hatte seinen Ursprung in den Vorgängen auf jener Insel«, murmelte Budoc. »Hätten wir anders gehandelt, wäre es nicht zur Schlacht von Camlann gekommen.«

»Meinst du Hueils Insel?«, fragte Nai.

»Nein. Die zweite Insel - vielleicht war es auch bloß ein Teil der ersten. Wer weiß das schon? Die Insel, an der wir Schiffbruch erlitten.«

Der Sturm tobte fürchterlich. Die Wogen türmten sich immer höher, gewaltige Brecher donnerten über den Bug und schleuderten uns wie Treibholz umher. Der Nieselregen war in heftige Schauer und Hagel übergegangen: Die Männer bibberten vor Kälte, mit ihren tauben Händen konnten sie die Taue nicht mehr halten. Kurz darauf brach der Mast und wurde abgetrennt, und dann verloren wir auch noch das Steuerruder, sodass wir den Wogen nun tatsächlich auf Gedeih und Verderb ausgeliefert waren.

Wie durch ein Wunder überlebten wir. Viele Männer waren über Bord gegangen, und die Überlebenden versuchten, ein Boot zu Wasser zu lassen. Lleminawg und ich entschieden uns nach einem Blick auf das wenig Vertrauen erweckende Boot dafür, auf dem Schiff auszuharren, denn wir glaubten, die alten Holzplanken würden sich länger über Wasser halten.

Das schwer beladene Boot legte sich auf die Seite. Es lief rasch zur Hälfte voll und fiel hinter uns zurück, wurde von der Dunkelheit und den Wogen verschluckt. Erst jetzt merkte ich, mit welcher Geschwindigkeit uns Wind und Strömung vor sich hertrieben.

Die Insassen des Bootes habe ich nie wiedergesehen.

Bloß eine Hand voll Männer blieb an Bord. Da wir Mast und Steuerruder verloren hatten, konnten wir den Kurs nicht mehr beeinflussen. Während uns der Sturm von schwarzem Wellental zu grauem Wellenkamm schleuderte, blieb uns nichts weiter übrig, als abzuwarten und bibbernd vor Kälte darum zu beten, nicht zu kentern.

Obwohl wir in der Düsternis kaum etwas sehen konnten und Unterhaltungen aufgrund des Wütens der Elemente unmöglich waren, wurde es schlimmer, wenn man die Augen schloss. Dann spürte man jeden Satz, den das Schiff tat, jedes Schwanken, jeden donnernden Aufprall. Das Schiff stürzte in ein Wellental hinab, arbeitete sich dann langsam zum nächsten Wellenkamm hoch, hing einen Augenblick lang zur Hälfte in der Schwebe und glitt dann abermals in die Tiefe.

Dieser Zustand währte eine scheinbare Ewigkeit, wenngleich ich glaube, dass in Wirklichkeit gar nicht so viel Zeit verstrich. Wir spürten, wie das Schiff immer wieder erbebte, wie die Planken unter der Belastung knackten und brachen. Lleminawg, der an der Mündung des Oak-Flusses aufgewachsen war und sich besser mit Booten auskannte als ich, war ganz bleich vor Angst – Angst nicht um sein eigenes Leben, sondern um Artus.

»Mir fällt nichts Besseres ein, als ihn an eine Planke zu binden!«, schrie er mir ins Ohr. »Das Schiff wird bald sinken!«

»Wie wäre es mit einem leeren Fass?«, brüllte ich zurück, denn ich erinnerte mich undeutlich an eine Geschichte von einem Schiffbruch.

Er zuckte hilflos die Achseln – und in diesem Augenblick liefen wir auf.

Ich wurde in die eiskalte Luft geschleudert, die grauen Wogen, die sich weiß schäumend an einem im Wasser verborgenen Hindernis brachen, nahmen mich auf, und ich dachte noch: Hoffentlich werde ich nicht am Riff oder am Ufer zerschmettert. Dann befand ich mich in tiefem, dunklem Wasser, umfangen von der Stille des Ozeans, mit klingelnden Ohren und dem Ersticken nahe.

Lleminawg erzählte mir später, er habe mich für tot gehalten. Offenbar war mein Flug durch die Luft nicht so glatt vonstatten gegangen, wie ich mich zu erinnern meinte, sondern ich war mit fürchterlicher Wucht gegen den Stumpf des abgebrochenen Mastes geprallt, bevor ich über die Reling katapultiert wurde.

Im festen Glauben, ich hätte mir den Hals gebrochen, nahm er Artus Huckepack und band ihn mit dem Gürtel an sich fest. Der Kriegsherr war zwar bei Bewusstsein, vom Blutverlust jedoch geschwächt. Das Schiff war auf eine Sandbank gelaufen und wurde nun von der Brandung zerschmettert: Lleminawg wusste, es konnte jeden Augenblick sinken, deshalb kletterte er über die Reling und warf sich zusammen mit Artus in den Malstrom.

Ein Saesonit würde sagen, es sei mir damals nicht bestimmt gewesen, zu ertrinken, so wie es nicht Artus' oder Lleminawgs Schicksal war, in der Brandung umzukommen.

Lleminawg kämpfte sich bis an den Strand vor und brach dort erschöpft zusammen. Weitere Männer folgten ihm, darunter Moried, der sah, wie ich inmitten des Gischts trieb, mich packte und an Land zog, obwohl er mich ebenfalls für tot hielt.

Nach einer Weile legte sich der Sturm, und die Überlebenden

machten sich ein Bild von ihrer Lage. Keiner war unverletzt, und die meisten hatten von der Brandung innere Verletzungen zurückbehalten, was sich erst nach und nach bemerkbar machte. Ich selbst beantwortete all ihre Fragen, wenn sie nur energisch gestellt wurden, und es dauerte eine ganze Weile, bis sie merkten, dass ich nur körperlich unter ihnen weilte und dass mein Geist an einen freundlicheren Ort geflohen war.

Denn der Ort, an dem wir uns befanden, war unwirtlich, ein öder, gottverlassener, windumtoster Strand. Er grenzte an Sanddünen, mit Seegras und Strandhafer bewachsen, durchmischt mit einer kleinen, stachligen Pflanze, die dem Holunder verwandt schien. Weiter landeinwärts sah es auch nicht besser aus, wenngleich die Dünen und das Gras allmählich sandigem Mutterboden Platz machten, der stellenweise mit Heidekraut bewachsen war. In den Senken gab es sumpfige Tümpel, die das Vorankommen erschwerten; in dieser eintönigen Landschaft fiel jede Orientierung schwer.

(Nichts von alledem weiß ich aus erster Hand. Später erzählte man mir, auch ich hätte Artus, der in tiefe Bewusstlosigkeit gefallen war, zeitweise auf dem Rücken getragen und dazu noch die Schwächsten während des Nachtmarsches ermutigt, doch daran erinnere ich mich nicht mehr.)

Als es hell wurde, legten wir eine Rast ein. Zwei von uns starben, wie wir so bedrückt im Wegdorn hockten und uns aneinander drängten, um uns zu wärmen. Wir hoben im sandigen Boden flache Gräber aus und überließen sie dem Wind und dem Himmel. Als wir ein paar hundert Schritte zurückgelegt hatten, verschmolzen die Erdhügel mit dem Hintergrund und verschwanden.

Lleminawg bemerkte die fernen, windgebeugten Gestalten als Erster. Wir hielten an und erwarteten sie, denn wir glaubten (wir wollten glauben), dass sie uns zu Hilfe kamen, und wollten zunächst nicht wahrhaben, dass sie sich in ebenso kläglicher Verfassung befanden wie wir.

Der Falke schritt an der Spitze; sein grimmiges Gesicht war ausgemergelt und gerötet vom Wind. Gleich erkundigte er sich nach Artus und gab sich erst zufrieden, als er einen Blick auf den Kriegsherrn geworfen hatte.

»Wo sind wir?«, lautete seine zweite Frage, doch darauf wusste keiner von uns eine Antwort.

Lleminawg musterte die Neuankömmlinge in der unbestimmten Hoffnung, er hätte sich geirrt und den Mann, nach dem er Ausschau hielt, übersehen.

»Cei?«, sagte er leise.

Gwalchmei brauchte nicht zu antworten. Seine Miene sagte schon alles.

Jetzt erst merkten sie, dass ich nicht bei ihnen war, denn ich reagierte nicht auf den Verlust, obwohl Cei nach Artus mein ältester und engster Freund unter den Gefährten war.

Das schlanke Kriegsschiff hatte den Sturm besser überstanden als unser ausladendes Transportschiff, doch es war ebenfalls auf eine Sandbank aufgelaufen und anschließend von den Wogen zerschmettert worden. Gwalchmei hatte sich mit einer Hand voll Überlebender an den Strand durchgeschlagen, von Cei gab es keine Spur.

Cei wurde vermisst, Artus war schwer verletzt und ohne Bewusstsein, und ich war nicht ganz bei mir. Unterstützt von Lleminawg und Moried übernahm der Falke das Kommando, doch die Gefährten hatte der Mut verlassen. Einer nach dem anderen stolperte, brach zusammen und erlag seinen Verletzungen.

Schließlich blieben noch sieben Männer übrig, eine symbolische Zahl, was Lleminawg nicht entging, wenngleich er damit rechnete, dass auch ich jeden Augenblick zusammenbrechen würde.

Lleminawg, Gwalchmei, Moried, Atlendor, Menw, Artus und ich. Wir waren sieben an der Zahl, als wir den Alten begegneten.

Nicht alle von uns sollten in die Heimat zurückkehren.

»Irgendetwas geht da vor«, sagte Nai. Er lupfte ein wenig den Vorhang und sah, dass der Wachposten auf den Platz inmitten der Hütten getreten war und zu den Feldern hinüberspähte.

»Hört mal«, sagte Budoc.

Sie vernahmen Fußgetrappel, als der zweite Wachposten zu seinem Kameraden eilte. Einer der Skoten am Rande von Nais Gesichtsfeld winkte jemandem unsicher zu.

»Was gibt es?«, fragte Budoc.

Nai schüttelte den Kopf. »Ich weiß nicht. Ich vermute, Serach und Dovnuall kehren zurück, aber irgendetwas stimmt da nicht.«

»Gorthyn!«, flüsterte Budoc triumphierend.

»Hoffentlich weckt das nicht ihre Rachegelüste«, bemerkte Nai trocken.

Eine jämmerliche Prozession kam in Sicht, angeführt vom großen Serach.

»Von Dovnuall nichts zu sehen«, berichtete Nai vom Eingang aus.

»Nicht viele Überlebende. Sechs oder sieben.«

»Die Hälfte von ihnen ist tot«, sagte Nai. Sie wechselten Blicke.

»Was ist mit Eremon?«, fragte unvermittelt der Einsiedler.

Der Anführer der Skoten lag noch immer neben der Truhe, den prachtvollen Kelch mit einer Hand umklammernd. Trotz der Unruhe im Dorf regte er sich nicht.

Nai zuckte die Achseln. »Der ist betrunken.«

»Gut. Wenn wir Glück haben, lassen sie uns so lange unbehelligt, bis er wach ist.«

Nai brummte skeptisch, als der große Ire neben Eremon niederkniete und ihn zu wecken versuchte. Schließlich richtete Serach sich unverrichteter Dinge wieder auf und klopfte sich den Staub von der Kniehose. Möwenschreie waren zu hören.

Einer der Skoten sagte etwas und deutete auf die Hütte mit den Gefangenen. Nai verkrampfte sich der Magen. Serach blickte zum Eingang, als wüsste er, dass Nai herausschaute, dann sah er angewidert auf Eremon nieder.

»Lasst sie in Ruhe«, sagte er vernehmlich. »Nai war einmal mein Freund.«

Er schlang den Umhang fester um sich und näherte sich einer der Hütten. »Haltet Wache!«, befahl er und verschwand in der Hütte.

Die Skoten unterhielten sich halblaut und blickten unruhig zu den bewaldeten Hügeln hinüber. Einige schauten auch sehnsüchtig zu den Booten.

»Am liebsten würden sie in der Nacht verschwinden«, sagte Budoc.

»Auf eigenem Gebiet hätten sie sich längst zurückgezogen.« Nai massierte sich die Augen. »Was ist mit uns?«

»Mit uns?« Budoc ließ den Vorhang fallen, als die Wachen wieder ihre Posten bezogen. »Wenn es dunkel wird, verschwinden wir«, meinte er geistesabwesend, als handele es sich um eine Kleinigkeit. »Aber ich brauche die Truhe.«

»Und den Kelch, nehme ich an.«

»Ah, der Kelch!« Budoc ging zu seinem Lager, legte sich hin, verschränkte die Hände unter dem Kopf und setzte seinen Bericht fort.

Sieben Männer, habe ich gesagt.

Moried hatte mir seit der Schlacht von Agned immer den Rücken freigehalten. Er war ein guter Mann, dem Magister Militum treu ergeben und unerschütterlich in der Not. Moried trieb mich an, wenn ich aufgeben wollte, er fluchte und redete mir gut zu.

Lleminawg der Tänzer und Gwalchmei der Falke gehörten zu den gefährlichsten Kriegern am Artushof. Lleminawg war berühmt für seine Schnelligkeit und die Anmut seiner Bewegungen, während Gwalchmei als äußerst beredt galt und niemals aufgab, ganz gleich, wie schwer die Aufgabe auch sein mochte.

Atlendor stammte aus Calchwinyth in den Kalksteinhügeln, wo Caswallan und Caradoc der Mächtige einst über die weit verteilten Stämme der Catuwallawni geherrscht hatten. Obwohl er in seiner Heimat ein Prinz von hoher Abstammung war, Abkömmling einer Familie, der es unter römischer Herrschaft wohl ergangen war, ohne dass sie die alten Bindungen zum Volk gekappt hätte, zog er es vor, Artus zu dienen.

Menw war ein seltsamer Mann aus den Bergen von Dunoding. Manche glaubten, er sei zum Druiden ausgebildet worden, ehe er Krieger wurde, denn er kannte sich mit Kräutern und Heiltränken aus und beherrschte auch die Kunst, sich unsichtbar zu machen: beides Fähigkeiten, wie Druiden sie beherrschten.

Artus und ich waren unseren Gefährten gewiss eine große Last. Artus war noch immer ohne Bewusstsein – Menw sprach von Genesungsschlaf, wenngleich Lleminawg ihm unterstellte, er wolle uns bloß beruhigen. Ich stolperte gestützt von Moried weiter, ohne zu wissen, wo ich mich befand, und plapperte von köstlich duftenden Blüten und obstbeladenen Bäumen daher.

In meiner Erinnerung stolperten wir nicht durch eine Sandwüste, wo nur Kreuzdorn wuchs, sondern marschierten stolz und tatendurstig durch eine wunderschöne Gegend, wo Schafe und Rinder auf den üppigen Weiden grasten, durch ein Land, wo duftende Blumen wuchsen und wo man das reife Obst nur von den Bäumen zu pflücken brauchte, wo die Bäche und Seen von Fischen wimmelten und das Wild bloß darauf wartete, erlegt zu werden. In meiner Vorstellung war dies ein Land der Fülle, wo jedermann in Saus und Braus leben konnte.

Schließlich gelangten wir zu einer tiefen Talmulde. Die anderen erblickten Heideland mit ein paar dürren Birken, schmächtigen Kiefern und einigen eingestreuten Tümpeln. Ich erblickte ein wunderschönes Tal, eine leicht bewaldete Senke unter azurblauem Himmel, mit Seen, die die Sonne widerspiegelten und die zu kunstvoll angeordnet waren, als dass es Zufall gewesen sein konnte. Das Tal funkelte und leuchtete, als lebte es.

Wir hatten kaum den Abstieg begonnen, als wir umzingelt wurden. Ich erblickte stattliche Lords und Ladys, bekleidet mit prachtvollem rotem Leinen und goldfarbener Seide, die uns lächelnd baten, ihnen die Ehre unseres Besuchs zu erweisen.

Meine Gefährten sahen eine Gruppe dunkelhäutiger Männer von Angst einflößender Erscheinung vor sich, trotz des bitterkalten Windes halb nackt, die ausdruckslosen Gesichter von Tätowierungen entstellt. Sie hatten schwarzes Haar, und zwei schmale Zöpfe hingen ihnen ins Gesicht, was sie noch bedrohlicher erscheinen ließ. Moried und die anderen wussten sogleich, womit sie es zu tun hatten: mit Kobolden oder den Dämonen des Tartarus.

Lleminawg und Gwalchmei zogen das Schwert, sahen jedoch sogleich ein, dass Gegenwehr zwecklos war. Sie waren zu erschöpft, um zu kämpfen, und selbst wenn sie bei Kräften gewesen wären, so waren Artus und ich doch wehrlos. Sie gaben ihre Waffen ab und ließen sich ins Tal hinabführen.

»Fhoi Myore«, murmelte Lleminawg; dies waren die monströsen Gegner der alten Götter von Ierne. »Nachdem sie von den Tuatha De Danann geschlagen worden waren, flüchteten sich die Fomorer zu den Seen und Inseln Iardomnans, ihren alten Zufluchtsorten. Und jetzt haben wir sie vor uns: die zum Leben erwachte Legende.«

»Das sind Sterbliche«, sagte Gwalchmei. »Nicht mehr und nicht weniger.«

»Dein Freund scheint anderer Meinung zu sein«, sagte einer der Fremden und lachte misstönend.

Während wir durchs Gebüsch ins Tal abstiegen, unterhielten sich die Tätowierten in einer fremden Sprache, die nicht einmal der Falke verstand, der sich mit Sprachen so gut auskannte. Doch ob es sich um eine dem Britischen nicht verwandte Sprache handelte, um Irisch oder Saesonitisch, wie Moried behauptete, oder lediglich um einen unverständlichen Dialekt, wie Gwalchmei später meinte, vermag ich nicht zu sagen.

Sie brachten uns zu einer Ansammlung von Lederzelten, die im Windschatten verkrüppelter Kiefern standen. Ich glaubte natürlich, wir würden zu prachtvollen Gebäuden geleitet, die es selbst mit Caer Cadwy aufnehmen konnten, zu einem Komplex von Sälen, Schlafräumen und Kammern, die sich an einen duftenden Kiefernwald anschmiegten.

Moried hatte den Eindruck, dass diese Menschen nicht dauerhaft hier lebten. Alles wirkte provisorisch, und die unwirtliche Gegend war gewiss nicht geeignet, hier sein Leben zu fristen. (Und mich, mich geleitete man zum Thron eines mächtigen, prachtvoll gewandeten Königs, der mich freundlich willkommen hieß.)

Meine Kameraden erkannten Pedrylaw Menestyr wieder, der am Tor von Caer Cadwy vor Artus niedergekniet war. (Für mich war er der Weltenherrscher, der keinen anderen Herrn über sich anerkennt.) Er saß mit untergeschlagenen Beinen auf dem Boden, spielte mit der Knochenflöte auf seinem Schoß und musterte uns mit seinen dunklen Augen.

Als er mich ansah, begann er zu sprechen.

»Er hat einen Schlag auf den Kopf bekommen. Er muss sich ausruhen. Wir werden eine kräftige Medizin für ihn bereiten.«

Man führte mich fort. Atlendor wollte Einwände erheben, doch Menestyr der Kelchbewahrer sagte mit finsterem Blick:

»Wir werden ihm nichts tun, noch nicht. Wenn er sich nicht hinlegt, könnte die Blutblase in seinem Kopf platzen und ihn töten. Fragt ihn, dann werdet ihr feststellen, dass er sich in einer anderen Welt befindet.«

»Wäre nicht dieses ›noch nicht‹, so wäre ich beruhigt«, sagte Gwalchmei.

»Dich nennt man den Falken.« Menstyr fixierte ihn, den Grimmigsten und Stolzesten von uns, bis er den Blick senken musste. »Du bist blutsverwandt mit Artus. Bringt den Magister Militum her.«

Bei ihrer Ankunft hatten die vier Gefährten Artus behutsam auf dem Boden abgelegt und dann um ihn herum Aufstellung genommen. Jetzt drängten sie sich zusammen und rührten sich nicht vom Fleck.

Menestyr seufzte schwer. »Ihr werdet euer Leben zweifellos teuer verkaufen, doch ihr habt keine Chance. Seht euch doch bloß mal um!« Er deutete auf seine Gefolgsleute. »Aber wenn es euch beruhigt, so werde ich mich zu ihm begeben.«

Er erhob sich geschmeidig und trat zwischen Lleminawg und Gwalchmei hindurch, als ginge keinerlei Gefahr von ihnen aus.

»Löse den Verband von seinem Bein«, sagte Menestyr zu Atlendor, der ihm am nächsten stand.

Atlendor musterte ihn abschätzend, bemühte sich, seinem leblosen Blick standzuhalten und seine Absichten zu ergründen.

Dann nickte er und löste den Verband.

Die Wunde nässte und war stark gerötet, und das Gift breitete sich in mehreren pupurroten Streifen vom Oberschenkel bis zu den Lenden aus. Atlendor spürte die Hitze, die vom Bein ausging, meinte beinahe, ein Flirren der Luft wahrzunehmen.

Menestyr schnippte mit den Fingern und sagte etwas Unverständliches. Einer seiner Gefolgsleute eilte ins Nachbarzelt und kehrte kurz darauf mit einem kleinen Topf und frischem Verbandszeug zurück.

Die Gefährten blickten einander hilflos an. Sie hatten schon ähnliche Wunden gesehen und wussten, dass Artus viel Glück brauchte, um zu überleben.

»Ihr könnt mir in dieser Beziehung durchaus vertrauen«, sagte der Kelchbewahrer. Er grinste wölfisch.

Er nahm den Topf und schmierte eine übel riechende grüne Salbe auf das Bein, dann verband er es wieder. Die Salbe färbte das Tuch sogleich grünlich.

Menestyr legte Artus die Hand auf die Stirn. Der Kriegsherr stöhnte, seine Lider flatterten. »Er hat sich tief in sich zurückgezogen, um Heilung zu finden«, sagte Menestyr. »Es besteht Hoffnung. Er ist stark.«

Er winkte seine Gefolgsleute herbei. »Bringt sie zu ihrem Freund. Gebt ihnen zu essen und zu trinken, lasst sie ausruhen. Ich werde mich später mit ihnen unterhalten.«

Die vier Gefährten hoben Artus behutsam hoch und ließen sich zu dem Zelt führen, in dem ich untergebracht war.

Bei ihrem Eintreten flößte mir ein altes Weib, dessen Tätowierungen so verblasst waren, dass sie sich in all den Falten nahezu verloren, gerade einen Heiltrank ein. Sie kicherte zahnlos, dann drückte sie mich auf die Felle nieder und ging hinaus.

Später brachte man uns Fisch mit gekochten Kohlblättern und Wasser. Nach dem Essen schliefen wir.

Als ich am nächsten Morgen erwachte, hatte ich starke Kopfschmerzen. Das Letzte, woran ich mich erinnerte, war, dass ich - auf Schaffelle gebettet - auf einem weichen Lager lag, während mir das hübscheste Mädchen, das ich seit langem gesehen hatte, eine wohlschmeckende Brühe einflößte. Das Zimmer war klein und behaglich, es duftete nach frischen Kräutern und Binsen, und die Einrichtung erinnerte mich flüchtig an meine Kindheit. Offenbar hatte man mich in der Nacht in dieses dunkle Zelt mit dem nackten Erdboden gebracht, wo es nach ungegerbten Fellen und ungewaschenen Leibern stank.

Ich hatte wohl laut gestöhnt, denn auf einmal beugte sich Moried über mich und riet mir, mich nicht zu bewegen.

»Du bist zu uns zurückgekehrt«, sagte hinter ihm Gwalchmei. »Gelobt sei Gott!«

»Die andere Umgebung war mir lieber.«

Gwalchmei und Moried wechselten besorgte Blicke. Moried setzte sich aufs Bettende - das Bett bestand eigentlich bloß aus übereinander gelegten Fellen, nicht zu vergleichen mit dem bequemen Lager, an das ich mich erinnerte - und berichteten mir, was vorgefallen war. Lleminawg gesellte sich zu ihnen und meinte, ich hätte mir den Kopf angeschlagen.

Als sie das Zusammentreffen mit dem Falken schilderten, blickte ich sie ungläubig an. »Cei ist tot? Das kann nicht sein. Nicht Cei. Nicht der stattliche Cei.«

Sie wandten sich Hilfe suchend an Gwalchmei und Atlendor.

»Ich fürchte, es ist wahr, Cousin«, sagte der Falke behutsam. »Wir haben den Strand nach ihm abgesucht und ihn nicht gefunden.«

»Also habt ihr seinen Leichnam nicht gesehen?«

Gwalchmei zuckte die Achseln. »Nein, aber das gilt auch für gut ein Dutzend andere Männer. Er ist umgekommen, Cousin, wie die anderen.«

Ich schüttelte den Kopf, was ich sogleich bedauerte, denn ein sengender Schmerz drohte mir den Schädel zu spalten. »Das glaube ich nicht. Er lebt.«

Trotz meines benommenen Zustands merkte ich, dass sie mir nicht widersprechen wollten. Moried und Lleminawg fuhren mit ihrem Bericht fort und schilderten den anstrengenden Marsch über die verlassene Insel - falls es denn eine Insel war - und die Begegnung mit Pedrylaw Menestyr.

»Und Artus?«, fragte ich.

»Er schläft und träumt«, sagte eine neue Stimme.

Menestyr hatte das Zelt betreten. Er befand sich in Begleitung zweier junger Männer, die seine Söhne hätten sein können. Atlendor machte ihm Platz, damit er sich Artus nähern konnte, und der Tätowierte kniete nieder und untersuchte die Wunde.

»Das Schlimmste ist überstanden«, erklärte er, dann richtete er sich wieder auf und näherte sich mir. »Ich glaube, du wirst ebenfalls genesen. Aber du darfst dich mehrere Tage lang nicht anstrengen. Hast du mich verstanden?«

»Ja«, sagte ich widerstrebend und spürte, dass mich mein Gefühl nicht trog. »Weshalb tust du das für uns?«

Er musterte mich mit dem leeren Blick, der mich in Caer Cadwy um ein Haar verhext hätte. »Meine Tochter würde es mir nie verzeihen.«

Ich glaube, ich hatte es bereits geahnt. Eine andere Erklärung gab es nicht für sein Verhalten: erst der Überfall in Lindinis, dann sein freches Auftreten innerhalb der Mauern von Caer Cadwy.

»Deine Tochter?«, platzte Moried heraus.

Er lächelte schwach. »Teleri verch Afallach«, sagte er. »Teleri, Afallachs Tochter.«

In Ierne ist Afallach ein Frauenname. In Prydein wird er auch für Männer verwendet. Ich weiß nicht, ob er uns seinen wahren Namen genannt hatte (denn wie die Kreonin Degaw mir erklärt hatte, ist Pedrylaw Menestyr lediglich ein Titel, der so viel wie ›der erfahrene Kelchbewahrer‹ bedeutet), oder ob dies der Name von Teleris Mutter war. Andererseits konnte Afallach auch einen Ort bezeichnen, an dem Äpfel wuchsen. (Die goldenen Äpfel der Sonne, die silbernen Äpfel des Mondes.)

»Ist sie hier?«, fragte ich.

»Wo sollte sie sonst sein, jetzt, da sie ihre Mission erfüllt hat?« Er stand im Eingang, flankiert von den beiden jungen Männern, und wandte sich an uns alle.

»Ihr seid bewaffnet zu uns gekommen, nachdem ihr den Seelord Hueil erschlagen hattet. Ihr seid Männer der Gewalt, ihr alle, und dies ist ein Ort des Friedens, ein so ehrwürdiges Heiligtum, dass sein Ursprung vergessen ist. Euer Herr hat euch hergeführt, weil er sich einer Prüfung unterziehen wollte, doch er ist nicht in der Lage, sich dem Ritual zu stellen.«

»Wir sind durch Zufall hier gelandet«, widersprach Gwalchmei. »Der Sturm hat uns an eure Küste getrieben. Wir haben Schiffbruch erlitten.«

»Nein«, sagte Menestyr. »Ihr seid nicht zufällig hier. Es war die Absicht des Magister Militum, mich aufzusuchen. Dies hat er die ganze Zeit über vorgehabt. Ich habe ihn erwartet, seit ich ihm in Caer Cadwy begegnet bin, denn ich wusste, dass er der Auserwählte ist.«

»Auserwählt wofür?«, fragte Lleminawg.

»Ah«, machte der Ire, als sei ihm erst jetzt alles klar geworden. Er ließ den salzfleckigen Umhang zu Boden gleiten und massierte sich die Arme.

»Doch es scheint so, als habe sich euer Herr übernommen«, fuhr Menestyr fort. »Denn er ist gleich zu Anfang gescheitert.

Und da euer Herr nicht das Labyrinth durchtanzen kann, hat er bedauerlicherweise sein und euer Leben verwirkt.«

Seinem Tonfall war zu entnehmen, dass er dies keineswegs bedauerte. Es machte ihm Spaß, Katz und Maus mit uns zu spielen.

»Verwirkt?«, dröhnte Gwalchmei. »Wenn sein Leben verwirkt ist, weshalb habt ihr euch dann so viel Mühe mit ihm gegeben? Wozu die Salbe und der Verband?«

Der Falke war ein Furcht einflößender Mann, wenn er erzürnt war, und so aufgebracht wie jetzt hatte ich ihn noch nie erlebt.

Die Begleiter des Kelchbewahrers zuckten vor ihm zurück, dann entsannen sie sich ihrer Pflicht und strafften sich an der Seite ihres Anführers. Auf einmal lag eine Spannung in der Luft – wie vor einem Gewitter.

»Friede, Cousin.«

Zunächst war keinem klar, wer gesprochen hatte. Dann blickten wir einer nach dem anderen zu Boden, wo Artus auf einem Lager aus Fellen lag.

Er hatte die Augen geöffnet, sein Blick war ruhig und klar. Er musterte uns nacheinander, dann fasste er den Kelchbewahrer in den Blick.

»Pedrylaw Menestyr«, sagte er. »Ich danke dir für die Fürsorge, die du mir hast angedeihen lassen.«

Der Kelchbewahrer schien verwirrt – erst nach und nach lernte ich, den Ausdruck des von zahlreichen Tätowierungen entstellten Gesichts zu deuten –, denn er hatte offenbar nicht damit gerechnet, dass Artus bei Bewusstsein sein könnte. »Hast du alles mit angehört?«, fragte er schroff.

»Ich habe genug gehört«, antwortete Artus.

»Du kannst das Labyrinth nicht durchtanzen«, sagte Menestyr tonlos, als wäre er tief enttäuscht, und ich glaube, auf irgendeine Art war er das auch. »Du kannst nicht einmal stehen.«

»Wenn das Leben meiner Gefährten davon abhängt, will ich es wenigstens versuchen.« Er biss die Zähne zusammen und versuchte sich aufzurichten.

Moried und Atlendor riefen gleichzeitig »Nein!« und warfen sich auf ihn, drückten ihn zu Boden.

Ich habe ihn stets geliebt, schon damals, als ich ihm als Page diente und er noch ein junger, gerade erst zum Mann herangewachsener Krieger war, doch noch nie liebte ich ihn so sehr wie in diesem Augenblick, da er entschlossen war, unser Leben zu retten, und koste es sein eigenes. Man hört häufig von Männern, die bereit sind, für ihren Anführer zu sterben; dass ein Anführer für seine Gefolgsleute zu sterben bereit ist, kommt seltener vor.

»Warte!«, rief Gwlachmei. »Warte!«

Artus entspannte sich und lag still, erschöpft von der Anstrengung. Moried und Atlendor richteten sich langsam auf, bereit, ihn jederzeit festzuhalten, sollte er sich erneut aufrichten wollen.

»Der Herrscher darf doch wohl einen Ersatzmann benennen?«, sagte Gwalchmei.

Menestyr überlegte mit schief gelegtem Kopf.

»Und das wärst du?«

»Wenn du mich anerkennen würdest«, sagte der Falke. »Ich bin mit Artus verwandt ...«

Er hätte noch mehr gesagt, doch Menestyr schüttelte den Kopf. »Nein. Einen Ersatzmann lasse ich zu, jedoch nicht dich, Falke von den Wiesen. Dies ist nicht dein Land, du gehörst hier nicht her.«

Nun trat Lleminawg vor, mit geschmeidigen Bewegungen und entspannter Miene. »Du hast Recht, Pedrylaw Menestyr. Hier gehört er nicht her - und das ist keine Schande, Cousin«, setzte er mit einer Verneigung in Gwalchmeis Richtung hinzu. »Ich hingegen schon, und zwar aufgrund meines Namens.«

Seine Stimme schwoll an und füllte das Zelt aus. »Denn bin ich nicht der Hüpfende, der Springende, der Auserwählte? Ich bin Lleminawg der Tänzer und dazu bestimmt, mich der Prüfung zu unterziehen.«

Menestyr lächelte schwach, wie ein Mann, der seinen Willen durchgesetzt hat.

»Also gut«, sagte er. »Wenn dein Herr einverstanden ist.«

Mit bleicher, schmerzverzerrter Miene blickte Artus den Kelchbewahrer an. »Es scheint so, als hätte ich keine andere Wahl. Aber merk dir dies. Du bist der Wächter des Kelches, sein Bewahrer, nicht sein Besitzer. Es steht dir weder zu, ihn wegzugeben, noch ihn zurückzuhalten.«

Dem Kelchbewahrer stieg das Blut zu Kopf, was trotz der grünen Tätowierungen deutlich zu sehen war.

»Wer bist du, dass du so mit mir sprichst?«, fauchte er.

»Du weißt, wer und was ich bin.«

»Du bist ein Bewerber um das Herrscheramt«, sagte Menestyr verächtlich. »Du bist nicht der Erste und wirst auch nicht der Letzte sein.«

Er wandte sich zum Gehen, doch ehe er die Zeltklappe geöffnet hatte, hob Artus die Stimme.

»Komm her!«

Der Kelchbewahrer schwankte, als hätte man ihn geschlagen. Ich sah, wie er mit sich kämpfte und jeden einzelnen Muskel anspannte, um die Klappe zu heben und durch den Zelteingang zu treten, doch er schaffte es nicht. Niemand vermochte Artus zu widerstehen, wenn er einen so rief.

Menestyr wandte sich steif um und trat ans Lager.

»Hast du schon vergessen, was du in Caer Cadwy gesehen hast?«, fragte Artus. »Ich *bin* Prydein.«

Pedrylaw Menestyr war ein tapferer Mann, das muss ich ihm lassen. Nicht einmal jetzt verlor er seinen Stolz.

»Schon viele haben dies von sich behauptet, doch nur wenige wurden für würdig befunden«, sagte er, und allein die mangelnde Überzeugung in seiner Stimme verriet ihn.

Später führte man uns ins Freie.

Artus war wieder eingeschlafen, und ich musste mich von Moried stützen lassen. (Sie versuchten, mich dazu zu bewegen, im Zelt zu bleiben, doch ich weigerte mich.) Lleminawg trat in Gedanken versunken an die Spitze, während Gwalchmei und Atlendor Artus auf einer Trage mit sich schleppten, da sie ihn während der Prüfung nicht aus den Augen lassen wollten.

Ich muss gestehen, dass ich mich an den Weg, den wir zurücklegten, nur undeutlich erinnere, denn ich war noch zu sehr mit der Verarbeitung meiner Erlebnisse beschäftigt, um die Umgebung wahrzunehmen. Schließlich aber gelangten wir zu einem Amphitheater natürlichen Ursprungs, das inmitten flacher, mit Heidekraut bestandener Hügel lag, und ich kann bloß vermuten, dass diese Senke von der größeren Talmulde umschlossen war, die wir zuvor gesehen hatten.

Unsere Bewacher hießen uns am Rand Aufstellung nehmen, wo wir uns zu den Attecotti gesellten, die sich dort versammelt hatten. Wie ich sie so musterte, fiel mir auf, dass sie sich ebenso unterschieden wie das Volk von Prydein und dass nur die Männer in der Nähe Pedrylaw Menestyrs spiralförmige Tätowierungen und dunkle Haut hatten. Ich nehme an, dass diese Männer - wie meine geliebte Teleri - seine nahen Verwandten waren: der Clan des Kelchbewahrers.

Die Grube bot einen seltsamen Anblick. Die Seiten waren steil, zu steil, um sie zu erklettern, und der einzige Weg, der hinein- und herausführte, beschrieb wahllose Windungen, die von niedrigen gelben Steinblöcken markiert waren. In diese Blöcke waren möglicherweise Bilder eingeritzt, doch wenn dem so war, dann waren sie so stark verwittert, dass nur noch verschwommene Spuren übrig geblieben waren.

»Ein Steinbruch, oder was meinst du?«, flüsterte Moried mir ins Ohr.

Möglich war es schon, wenngleich ich nicht zu sagen vermochte, was hier weggebrochen worden war.

Als ich den Pfad eingehender musterte, erkannte ich auf einmal das Muster. Die Spirale sah genau so aus, wie Teleri sie beschrieben hatte, bloß dass sie sich in einer Grube und nicht auf einem Hügel befand. Siebenmal führte sie im Kreis, eine in sich zurückgebogene Spirale, die sich auf vielfach verschlungenem Weg in die dunklen Tiefen wand, ein Labyrinth, wie Daedalus es erschaffen hatte, als die Welt noch jung war.

(Und in der Mitte des Labyrinths wartet das Ungeheuer.)

Der mäandernde Pfad kreuzte sich achtmal, und an jeder dieser Kreuzungspunkte stand eine Gestalt: eine mit einem dunklen Umhang bekleidete Priesterin mit Turmfrisur. Der Grund der Grube lag im Dunkeln, doch ich wusste, dass dort, wo Lleminawg wiedergeboren werden sollte, eine neunte Gestalt warten würde.

Artus schlief, und über uns kreiste ein Rabe. Eine Schwanzfeder flatterte auf uns herab. Lleminawg fing sie auf und steckte sie sich ins Haar, dann drehte er sich um und drückte einem jeden von uns die Hand. Schließlich kniete er nieder und küsste den schlafenden Kriegsherrn auf die Stirn.

»Ich bin bereit«, sagte er in die Stille und setzte den Fuß auf den Pfad, der ins Totenreich hinabführte, aus dem nur wenige je zurückgekehrt sind.

»Wer nähert sich?«, fragte die erste Priesterin.

Er legte den Kopf in den Nacken und stieß einen gewaltigen Schrei aus, der von den Wänden der Grube widerhallte, und wann er in Worte überging, vermag ich nicht zu sagen, bloß dass es die richtigen waren:

»Bin ich nicht ein Ruhmeskandidat, von dem in Liedern gesungen werden wird? Bin ich nicht Lleminawg von den Eoganacht Maigi Dergind i nAlbae?«

Die Priesterin trat beiseite und gab den Weg frei, und er tanzte eine volle Runde an der Wand des Steinbruchs entlang, während der Rabe kreiste und er leise sang und summte, bis er zur zweiten dunklen Gestalt gelangte.

»Nenne die sieben Besitztümer eines Königs.«

»Das ist nicht schwer«, antwortete er. »Schwert, Speer, Messer, Schleifstein. Königsmantel, ein Spielbrett als Zeichen der Weisheit. Und noch ein Achtes braucht der König: einen Erben.«

Er ging weiter, umkreiste die Grube in der entgegengesetzten Richtung, dann kletterte er an der Stelle vorbei, wo ihm die erste Priesterin entgegengetreten war. Hier verstellte ihm nun die dritte Priesterin den Weg.

»Wer bin ich?«, fragte sie.

Lleminawg balancierte auf einem Bein, während der Rabe über der Grube seine Kreise zog. »Die Antwort ist nicht schwer. Du bist Medb, die Berauschende.«

»Mein Trank möge dir munden - er sei Met, er sei Honig, er sei starkes Ale«, sagte sie.

Er stieß einen Triumphschrei aus, und der Rabe antwortete ihm. Nun rannte er hüpfend und im Kreis wirbelnd am Außenrand der Spirale entlang, und alle Anwesenden spürten seine Kraft, und niemand zweifelte an der Rechtmäßigkeit seines Anspruchs.

Fünf weitere Fragen wurden ihm gestellt, und alle fünf beantwortete er ohne Zögern, denn was für andere Menschen ein unlösbares Rätsel gewesen wäre, bereitete ihm keine Mühe.

Und am finsteren Grund der Grube tauchte eine neunte Gestalt auf. Diese war jedoch nicht schwarz gekleidet wie die Priesterinnen und hatte auch keine Turmfrisur.

Stattdessen trug sie ein funkelndes Kettenhemd, hielt in der Linken einen quadratischen Schild und hatte einen Eisenhelm aufgesetzt. Eine silberne Maske, die einen wütenden Eber darstellte, verbarg das Gesicht. In der Rechten hielt sie einen Kurzspeer, dessen Klinge mit Widerhaken versehen war.

Lleminawg blieb stehen und sprang zur Seite, um dem Stoß auszuweichen. Uns Zuschauern war klar, dass er dem Speer auf dem schmalen Pfad nicht lange würde entgehen können, und da geriet er auch schon ins Stolpern und schien zu stürzen, nachdem er der Klinge nur knapp ausgewichen war.

Der über uns kreisende Rabe krächzte empört.

Artus regte sich und brummte im Schlaf.

Lleminawg heulte wie ein Wolf, dem die Beute zu entwischen droht.

In diesem Augenblick wussten wir, dass wir gescheitert waren und dass unser Bewerber nicht mehr lange leben würde.

2

»Und weiter?«, fragte Nai.

Budoc zuckte die Achseln. »Lautes Geschrei und viel Herumgerenne. Ich kann mich nicht mehr genau erinnern.«

Der Einsiedler verstummte, erschöpft vom vielen Reden. Eine Zeit lang warteten sie, jeder mit seinen Gedanken beschäftigt, warteten auf die Abenddämmerung, denn nur im Dunkeln konnten sie darauf hoffen zu entkommen.

Der Druide schnarchte noch immer. Offenbar träumte er, denn sein schmales Gesicht verzerrte sich, und seine Nasenflügel bebten, während er nach Luft schnappte.

Nai schauderte vor Abscheu.

»Eine Versuchung, nicht wahr?«, meinte Budoc und folgte

seinem Blick mit den Augen. »Ohne ihn wäre die Welt ein wenig besser dran.«

Nai leckte sich die Lippen. »Hast du seine Macht für immer gebrochen?«

Der Einsiedler schüttelte den Kopf. »Nein. Er wird wieder zu Kräften kommen, auch wenn sein Selbstvertrauen erschüttert sein mag.«

»Ich wäre in der Hitze des Gefechts dazu fähig«, sagte Nai. »Ich wäre dazu fähig, wenn ich plötzlich hier hereingestürzt käme und ihn sähe. Aber nachdem ich ihn so lange beim Schlafen beobachtet habe ...«

»Ich weiß«, sagte Budoc. »Ich weiß.«

Sie schwiegen eine Weile, während sich in den Ecken Dunkelheit sammelte. Nai vermutete, dass der Einsiedler einen Plan hatte; er selbst hatte keine Ahnung, wie sie entkommen sollten. Früher oder später würde Eremon aus seinem Rausch erwachen und seinem Leben ein schmerzhaftes Ende bereiten.

Der Wachposten vor dem Eingang schrie plötzlich auf. Der zweite Aufpasser kam um die Hütte herumgestolpert und rutschte in der Eile aus. Budoc legte Nai die verkrüppelte Hand auf den Arm, und gemeinsam traten sie zum Vorhang.

Die Skoten strömten aus den Hütten und blickten unter lautem Geheul zum Hügel hoch. Eremon lag reglos mitten auf dem Platz, ohne sich von dem Geschrei stören zu lassen. Serach tauchte auf, das blanke Schwert in der Hand, und bat um Ruhe.

Er beschattete die Augen und spähte gegen die Abendsonne zu den Hügeln jenseits der Felder.

»Wo?«, fragte er.

»Dort!«, rief der Wachposten und hob den Arm. »Dort!«

Serach legte die Stirn in Falten. Sein Mund bewegte sich lautlos; Nai kniff die Augen zusammen und versuchte, ihm von den Lippen abzulesen.

»Dovnuall«, murmelte der Einsiedler an seiner Seite.

»Du, du und du!«, rief Serach. »Schafft ihn her!«

Die Männer, auf die er gezeigt hatte, traten unsicher von einem Bein aufs andere.

Serach schwenkte das Schwert und brüllte: »Schafft ihn her! Sofort!«

»Der große Mann!«, protestierte einer der Skoten. »Der große Mann macht die Hügel unsicher!«

»Setzt euch in Bewegung!«, schrie Serach. »Zieht ab oder ihr seid tot!« Er schwenkte das Schwert, und der Mann sprang beiseite.

»Sie sind ihm entglitten«, flüsterte Nai. »Der Mut hat sie verlassen.« Der Einsiedler schwieg.

Als Nai ihn ansah, bemerkte er, dass sich sein Blick verschleiert hatte. »Was hast du?«, fragte er, schüttelte Budocs Arm. »Budoc?«

»Der Lange Mann«, murmelte der Einsiedler vor sich hin. »Der Lange Mann macht die Hügel unsicher.«

Auf einmal stellten sich seine Augen wieder scharf, und er strahlte seinen Gefährten an.

»Jetzt erinnere ich mich wieder. An ... alles.« Er lachte, klatschte in die Hände, tanzte in der Hütte herum, mit funkelnden Augen und wehendem Haar und Bart.

Nai verfolgte die Verwandlung voller Staunen. »Der Lange Mann?«, wiederholte er verständnislos. »Cei?«

Der Einsiedler wirkte um zehn Jahre verjüngt. Dachte man sich den Bart und die wirre Mähne weg und stellte man sich vor, er hätte ein wenig Fleisch angesetzt, hätte er gar nicht so alt gewirkt.

Nai wandte sich zum Vorhang um. Die von Serach ausgewählten Männer kamen mit einem Stock zurück, der an einem Ende mit einem Gegenstand beschwert war.

»Der Kopf von Dovnuall Frych. Die Vögel haben ihn entstellt. Die Augen sind weg.«

»Gorthyns Rache für seinen Vater Erfai«, sagte Budoc. »Der Kreislauf der Rache lässt sich nur schwer durchbrechen.«

»Wie meinst du das?«

»Dovnuall tötet Erfai. Dann tötet Gorthyn Dovnuall. Als Nächstes wird ein Verwandter Dovnualls Gorthyn töten.« Der Einsiedler lächelte betrübt. »Zu unserer Zeit ist Ähnliches geschehen. Als Cei von Gwydawg mab Pedrylaw Menestyr getötet wurde, weil er sich für das, was wir auf der Insel der Alten getan hatten, rächen wollte, konnte ich einfach nicht glauben, dass er tot war, während ich noch lebte. In meinen Augen war er stets der bessere Krieger gewesen ...«

Seine Miene wirkte in dem Licht, das an dem Vorhang vorbeifiel, kalt. »Und er starb durch Verrat. Gwydawg, der Sohn Menestyrs, wäre bei einem fairen Kampf chancenlos gegen ihn gewesen. Ich selbst habe Gwydawg getötet, und zwar ganz langsam. Ich habe mit ihm gespielt, habe ihn verletzt, als ich ihn längst hätte töten sollen, habe ihn gezwungen, sein Schwert aufzuheben und weiterzukämpfen, obwohl er bereit war für den erlösenden Hieb.«

Er seufzte. »Am Ende ekelte es mich an. Rache ist eine Sache, Folter eine andere. Cei war tot, und nichts konnte ihn wieder zum Leben erwecken.«

»Gorthyn hat den Kampf nicht gewollt«, sagte Nai.

Budoc schaute nach wie vor bekümmert drein. »Ihr hättet die Bucht nicht zu überqueren brauchen. Auch wenn der Wald euch rief, hättet ihr dennoch nicht herzukommen brauchen. Gortyhn ist übergesetzt, weil er gehofft hat, mit Dovnuall zusammenzutreffen.«

»Wir ...« Nai schüttelte den Kopf und ließ den Rest ungesagt.

Die Skoten beruhigten sich allmählich wieder. Die Aufpasser bezogen erneut ihre Posten und machten einen Bogen um Eremon, der noch immer im Staub neben der Holztruhe lag und den Kelch umklammerte. Serach machte die Runde bei den Wachposten, kam zu Nais Enttäuschung jedoch nicht in die Hütte, denn er hätte gern den Versuch unternommen, an seine Menschlichkeit zu appellieren.

Die Nacht senkte sich herab und mit ihr die Stille.

Nai schreckte aus dem Schlaf hoch, als an die Rückwand der Hütte geklopft wurde.

Budoc stand bereits am Eingang und unterhielt sich flüsternd mit dem Wachposten: »Dem Druiden geht es schlecht, viel schlechter als am Nachmittag. Morgen wird euer Anführer uns die Schuld an seinem Tod geben. Vergewissere dich selbst, wenn du mir nicht glaubst.«

»Es reicht!«, sagte der Mann in der Barbarensprache. »Das ist kein Grund, alle Welt aufzuwecken. Ich ...«

Man vernahm das Geräusch eines Schlages. Der Vorhang teilte sich, und Gorthyn ließ den leblosen Wachposten auf den Hüttenboden sinken.

»Hier hast du ein Messer«, sagte er statt einer Begrüßung und warf Nai ein Langmesser in der Scheide zu. »Britische Arbeit, keine skotische.«

»Das wundert mich nicht«, bemerkte Nai trocken. »Schließlich gehört es mir.«

»Welch ein Zufall«, meinte der große Mann lachend. »Wie wär's, wenn wir ein paar Kehlen durchschneiden würden, so lange noch Zeit ist?« Er boxte den Einsiedler in die Rippen. »Der Saesonitenjunge. Hat einem halben Dutzend Männern einfach die Kehlen durchgeschnitten, während ich mit Dovnuall beschäftigt war.«

»Ein junger Mann mit verborgenen Talenten«, meinte Budoc ernst, was Gorthyn veranlasste, den Kopf in den Nacken zu legen und lautlos zu lachen.

»Wo sind Ceolric und Eurgain?«, fragte Nai.

»Die warten mit den Pferden bei der Hütte des Einsiedlers.«

»Liegt Eremon noch dort draußen?«

Gorthyn schüttelte bedauernd den Kopf. »Nein, als es kühl wurde, hat er sich in eine Hütte geschleppt.« An den Einsiedler gewandt sagte er in ernsthafterem Ton: »Ich fürchte, er hat deinen hübschen Kelch mitgenommen. Er ließ ihn die ganze Zeit, während ich ihn beobachtet habe, nicht los.«

Budoc schnalzte enttäuscht mit der Zunge. »Und die Truhe?«

»Die hat sich nicht von der Stelle bewegt. Zu schwer, würde ich sagen.«

Er stockte und blickte in die Runde. »Was soll das? Ihr wollt doch nicht etwa ...«

»So schwer ist sie gar nicht«, meinte der Einsiedler schmeichelnd. »Aber wenn du müde bist, hätten wir dafür natürlich Verständnis. Schließlich war Dovnuall ein kräftiger Mann, der dir gewiss einige Mühe bereitet hat.«

»Und du warst auch schon mal jünger«, setzte Nai verhalten lachend hinzu.

Gorthyn hob flehentlich die Hände. »Ich hatte vor, mich anzuschleichen, die Wachposten zum Schweigen zu bringen, euch zu retten und wieder davonzuschleichen. Jetzt soll ich mit einer großen Truhe auf dem Rücken mitten durchs Dorf laufen. Wir wär's, wenn ich gleich eine Glocke läuten würde?«

»Der Mond ist noch nicht aufgegangen«, sagte der Einsiedler zuversichtlich. »Niemand wird dich bemerken.«

Der große Mann schaute finster drein. »Willst du wieder zaubern?« Er ruckte mit dem Kopf in Richtung des Druiden. »Was ist mit dem da?«

»Wir sind keine Saesoniten«, sagte Nai.

Gorthyn atmete scharf ein, ließ die Luft zischend wieder entweichen. »Nein. Bedauerlich, aber wahr.«

Er hob den Vorhang und spähte in die Dunkelheit hinaus. »Ihr lauft zum Wald. Ich hole die Truhe.«

Sie krochen ins Freie, drückten sich an die Hüttenwand. Gorthyn winkte Budoc und Nai ungeduldig fort. Sie schlichen sich am zweiten toten Wachposten vorbei und wandten sich dann zu den Feldern, wobei sie (ohne es zu wissen) dem Weg folgten, den Eurgains unglückliche Schwester bei ihrer Flucht vor den Skoten eingeschlagen hatte.

Die Aasfresser waren in der Zwischenzeit nicht untätig gewesen, daher roch der Verwesungsgestank weniger stark als noch am Morgen. Sie schritten energisch aus und achteten darauf, wohin sie ihre Füße setzten. Erst als sie den Hang nahezu erklommen hatten, begannen sie zu laufen.

»Vermagst du ihn wirklich unsichtbar zu machen?«, fragte Nai, als sie am Außenwall mit der Dornenhecke stehen blieben.

»Wenn er daran glaubt«, antwortete der Einsiedler.

Sie warteten, bis sie hörten, wie der große Mann sich näherte, dann suchten sie eine Lücke in der Hecke und zwängten sich hindurch.

»Einer von ihnen hat mich genau angesehen!«, berichtete Gorthyn, als er die Truhe abstellte und sich streckte. »Und er hat mich dennoch nicht bemerkt!«

»Es ist dunkel«, meinte Budoc und übernahm ohne weiteren Kommentar die Führung.

»Das mit dem Kelch tut mir Leid«, sagte Nai nach einer Weile. »Ich vermute, Eremon wird ihn jetzt, da sich all seine Pläne zerschlagen haben, Vortepor übergeben.«

Der Einsiedler lachte. »Soll er nur. Aber Dank braucht er keinen zu erwarten.«

Gorthyn, der mit der Truhe auf dem Rücken hinter ihnen herschnaufte, sagte: »Warum ist der Kelch so wichtig? Im Sonnenschein sah er ja ganz hübsch aus, aber das ganze Aufhebens ist er wohl kaum wert.«

»Das stimmt«, meinte Budoc.

»Aber ...« Nai blieb so unvermittelt stehen, dass Gorthyn beinahe gegen ihn geprallt wäre.

»Gar so unersetzlich ist er nicht«, wiederholte der Einsiedler. »Gewiss, er besitzt einen gewissen Wert, denn er stammt von den Skythen am östlichen Rand der Welt und ist sehr alt. Aber er ist nicht das, was Eremon glaubt. Das ist nicht der Kelch, nach dem er gesucht hat.«

Die beiden jungen Leute erwarteten sie bei der Hütte. Sie hatten im Windschatten der Senke ein kleines Feuer entfacht, dessen Flammen aus größerer Entfernung nicht zu sehen waren, und brieten gerade Fleisch, das sie aus dem Dorf mitgebracht hatten.

Als sie Nai und Budoc erblickten, sprang Eurgain auf und rannte ihnen mit einem Freudenschrei entgegen. Sie umarmte den Einsiedler und drückte ihn so fest, dass Nai schon meinte, sie wolle ihn gar nicht mehr loslassen.

»Ich dachte, ihr wärt tot«, sagte sie immer wieder. »Ich dachte, ihr wärt tot.«

Ceolric näherte sich mit scheuem Lächeln und klopfte Nai auf den Rücken, als müsse er sich vergewissern, dass dieser leibhaftig vor ihm stand, dann half er Gorthyn, die Truhe bis zu dem kleinen Steinhaus zu tragen.

»Ich hatte schon befürchtet, sie hätten dich ebenfalls ergriffen«, sagte er leise.

»Mich doch nicht, mein Junge.« Gorthyn grinste ihn an. »Ich habe gesehen, dass die Skoten eine Hütte bewachten, und da habe ich bis zum Anbruch der Dunkelheit gewartet und bin dann nachschauen gegangen.«

Nai knurrte der Magen, als ihm der Bratenduft in die Nase stieg. Die anderen lachten.

»Gibt es etwas zu trinken?«, fragte Gorthyn.

»Ein wenig Met«, antwortete Nai. »In einer der Satteltaschen.«

Der Einsiedler wühlte in der Truhe und holte die fünf Glaskelche hervor, die Nai bereits gesehen hatte. »Familienerbstücke«, erklärte er lächelnd und hielt sie einen nach dem anderen in den Feuerschein, ehe er sie weiterreichte.

Die anderen nahmen die Kelchgläser andächtig entgegen und bewunderten das dicke grüne Glas, während Gorthyn den ersten Krug öffnete und goldenen Met ausschenkte. Dann hoben sie die Gläser.

»Auf das Nemeton von Porthyle«, sagte der große Mann.

»Auf das Waldheiligtum«, antworteten die anderen.

Sie tranken.

Budoc schluckte einen Mund voll. »Süß war unser Met, doch bitter der Nachgeschmack«, rezitierte er versonnen.

Sodann setzte er sich neben dem kleinen Kochfeuer auf ein Holzscheit und versprach, sich nicht von der Stelle zu rühren, während Gorthyn das Fleisch teilte und die anderen das Brot und das Gemüse servierten.

»Was willst du jetzt tun?«, wandte Nai sich an Ceolric.

Der junge Mann errötete, blickte von Nai zu Eurgain. »Ich weiß es nicht«, antwortete er. »Darüber habe ich noch nicht nachgedacht.«

Gorthyn knuffte ihn spielerisch in die Rippen. »Wenn du magst, kannst du mit uns kommen. Für einen Krieger findet sich bei uns stets ein Platz, außerdem kämpfen wir nicht bloß gegen Saesoniten. Die Duodezkönige Ostbritanniens sind anfällig für Träume von territorialer Expansion.«

Ceolric machte große Augen. »Heißt das, du willst mich mitnehmen?«

Nai blickte amüsiert zu Eurgain, die mit Essen beschäftigt war und so tat, als hörte sie nicht zu. »Wir haben Eurgain versprochen, sie könne uns begleiten. Und das gilt auch für dich.«

»Du bist unser Waffenbruder«, erklärte Gorthyn. »Du hast mit mir zusammen gegen diesen monströsen Hund gekämpft, du hast im Hinterhalt gewartet und getan, was ich dir auftrug –

und mehr als das«, setzte er hinzu, als er sich daran erinnerte, wie der Saesonit mit den verletzten Skoten verfahren war.

Er breitete die Arme aus und grinste den Jüngling an. »Also bist du unser Kamerad, und einen Kameraden lassen wir nicht im Stich. Wenn du mitkommen willst, dann begleite uns. Wenn du hier bleiben willst, bleib hier. Wenn du ins Land Cerdics und Cynrics aufbrechen willst, werden wir dir eine Eskorte mitgeben. Aber wir werden nicht losreiten und dich zurücklassen, denn dann liefest du Gefahr, entweder zu verhungern oder vom erstbesten Banditen erschlagen werden, der dir über den Weg läuft. Unsere Schwächen mögen zahlreich sein, aber unsere Freunde lassen wir nicht im Stich.«

»Reiten wir am Morgen los?«, fragte Nai, um die Verlegenheit des jungen Saesoniten zu überspielen.

Gorthyn zuckte die Achseln. »Gereint wird über Land kommen, nicht mit dem Schiff. Ich habe mir gedacht, wir reiten ihm entgegen und berichten ihm, was sich hier zugetragen hat. Eine kleine Streitmacht müsste die Skoten ein für allemal vertreiben können.«

»Und was hat sich hier zugetragen?« Nai blickte die vom Bratensaft glänzenden Gesichter seiner Freunde an. »Oder genauer gefragt, ist es schon zu Ende?«

»Wenn wir gegessen haben, sollten wir eine Wache aufstellen«, schlug Gorthyn umsichtig vor, »wenngleich ich nicht glaube, dass von den Skoten derzeit eine Gefahr ausgeht. Wir haben sie umgemäht wie reifes Getreide.«

»Dann hältst du es also für unnötig, dass wir uns in Sicherheit bringen, sobald der Mond aufgeht?«

»Auf keinen Fall!«, knurrte Gorthyn. »Das ist mein Land, und daraus lasse ich mich nicht vertreiben. Wenn sie kämpfen wollen, sollen sie bloß kommen!« Er schlug mit der Faust auf den Boden und funkelte seine Gefährten herausfordernd an.

»Sieht so aus, als ob wir hier blieben«, meinte Nai.

Sie wandten sich wieder dem Essen zu, und die Stille wurde allein vom Zischen und Prasseln des Feuers durchbrochen. Nach einer Weile wandte sich der Einsiedler an Ceolric.

»Sag mal, werden andere deinem Vater folgen und hier im Westen zu siedeln versuchen?«

Der junge Mann war mit einem großen Stück Fleisch beschäftigt. »Das würde mich nicht wundern«, antwortete er mit vollem Mund. »Man sagt, eine Generation sei bei Badon umgekommen und deren Söhne bei Camlann. Ob das nun stimmt oder nicht, jedenfalls ist nun eine dritte Generation herangewachsen, und die verlangt nach Land. Sie blickt westwärts und sieht dort leeres Land, das Platz für neue Siedlungen bietet – in Hülle und Fülle. Ich glaube, wenn Cerdic tot ist, wird es von neuem beginnen, und lange wird er nicht mehr leben.«

»Zehn Jahre ist es jetzt her, dass Artus bei Camlann gefallen ist«, meinte Gorthyn düster. »Wir können nicht erwarten, dass der Friede des Amheradwyrs ewig währt.«

»An Bord des Schiffes befand sich ein Mann«, sagte Ceolric. »Er war bei Camlann dabei. In seiner Jugend wollte er dem Herrscher dienen. Obwohl er später gegen ihn kämpfte, bewunderte er ihn noch immer und bedauerte seinen Tod.«

»Er hat bei Camlann gekämpft? Wie lautete sein Name?« Budoc beugte sich angespannt vor.

»Garulf. Er war Friese. Er hielt sich vor Jahren schon einmal hier in dieser Bucht auf. Mein Vater nahm ihn als Steuermann und Schiffsführer mit.«

»Garulf.« Der alte Mann spitzte die Lippen, schüttelte den Kopf. »Nein, das allein bedeutet noch nichts.«

»Dann hast du also an der Schlacht von Camlann teilgenommen?«, fragte Ceolric neugierig.

»Wer nicht? Sämtliche Krieger des Südens fochten auf der einen oder anderen Seite.«

»Wir waren damals noch zu jung«, meinte Gorthyn bedauernd. »Kaum dem Knabenhaus entwachsen. Wir mussten zurückbleiben und die Häuser bewachen. Wir schafften es kaum, das Messer zu ziehen, ohne uns zu schneiden.«

»Ihr habt Glück gehabt.«

Gorthyn grinste den Einsiedler an, offenbar nahm er seine Bemerkung nicht ernst. »Was? Du redest von der größten Schlacht, die zu unseren Lebzeiten stattgefunden hat! Du machst wohl Witze, mein Freund!«

»Hast du schon einmal an einer richtigen Schlacht teilgenommen?«

»Nicht bloß an einer.« Der große Mann wirkte verletzt.

»Bloße Geplänkel«, rief Budoc abweisend. »Erzähl schon, Nai. Was war der größte Kampf, an dem ihr beide teilnahmt?«

Der dunkelhäutige Mann strich über die Narbe an seinem Hals. »Das war, als ich am Hals verletzt wurde. An dem Tag, als wir Eremon und die Skoten aus ihren Siedlungen am Oak-Fluss vertrieben.«

»Und wie viele Kämpfer traten gegeneinander an?«

»Ganze dreihundert fochten für Gereint. Aufseiten der Skoten nicht so viele. Etwa zweihundert.«

Der Einsiedler lachte verächtlich. »Fünfhundert insgesamt? Bei Camlann haben zehnmal mehr gekämpft, und bei Anbruch der Dunkelheit lagen die meisten tot auf dem Schlachtfeld.«

»Garulf hat gemeint, wenn sie gewusst hätten, was auf sie zukommt, hätten sie kehrtgemacht«, sagte Ceolric.

»Ein kluger Mann.«

Nai, der noch immer die Narbe massierte, lächelte. »Der Zweikampf mit Eremon hat mir gereicht. Er hätte mich beinahe umgebracht.«

»Er hat dir die Verletzung zugefügt?«, fragte Ceolric.

»Ich war erschöpft und hatte vergessen, wie schnell er war.«

»Darin gleicht er seinem Verwandten Lleminawg«, meinte Gorthyn, während ihm durch den Kopf ging, dass Budoc, wenn er denn tatsächlich Bedwyr war, Lleminawg bestimmt gut gekannt hatte.

»Der Hüpfende, der vom Schicksal Auserwählte. Ja, er war schnell.« Der Einsiedler musterte Nai über die Flammen hinweg. »Wir haben uns bereits über ihn unterhalten.«

»Du hast ihn gekannt?« Gorthyn beugte sich neugierig vor.

»Ich habe ihn gekannt. Ich kannte sie alle. Lleminawg, Gwalchmei, Cei ...«

»Der Lange Mann«, murmelte Gorthyn. »Der blonde Cei. ›Gegen Cei vermochte in der Schlacht nicht einmal eine ganze Streitmacht zu bestehen.‹«

»Der Anführer der Artuskrieger. Durch seine Hand fielen viele Feinde. Wäre Cei damals nicht gefallen, hätte der Amheradwyr die Schlacht von Camlann vielleicht überlebt.«

»Dann ist Artus also wirklich bei Camlann gestorben?«, fragte Gorthyn scharf.

Der Einsiedler lächelte spöttisch. »Ach, wer weiß das so genau? Ich vermag es nicht zu sagen, obschon ich beobachtet habe, wie er von einem Hieb aus dem Sattel geworfen wurde, der die meisten Männer auf der Stelle getötet hätte. Freilich ist Artus schon mehrfach schwer verletzt worden und stets wieder genesen.«

Er senkte die Stimme und fuhr so leise fort, dass die anderen die Ohren spitzen mussten.

»Sagt nicht, er ist gestorben, sagt lieber, er hat aufgrund von Gottes Gnade sein diesseitiges Leben beendet.«

»Was macht das schon für einen Unterschied?«, fragte Eurgain, die der Unterhaltung geduldig gefolgt war. »Ihr redet über Krieger und Skoten und Saesoniten, als gäbe es da Unterschiede. Was haben sie mir und meinesgleichen schon Gutes gebracht? Was macht es für einen Unterschied, ob Artus oder Custennin oder meinetwegen Cerdic das Land regiert? Wir müssen für euren Ruhm die Zeche zahlen, wir müssen hungern, wenn uns irgendein kleiner Fürst mit Waffengewalt die Ernte raubt oder uns das Dach über dem Kopf anzündet, damit anschließend ein Barde seine Tapferkeit besingen kann. Wir werden vergewaltigt, erschlagen oder versklavt, und ihr könnt mir glauben, als meine Schwester Dyfyr vergewaltigt wurde, war es kein Trost für sie, dass dies Skoten waren und keine saesonitischen Piraten oder Krieger im Dienste Custennins.«

Die Männer hüstelten verlegen, mit Ausnahme des Einsiedlers, der Eurgain an sich zog.

»Die, die ein bescheidenes Leben führen, haben stets die große Last zu tragen«, sagte er. »Ohne sie könnten die Krieger nicht existieren, denn jemand muss das Getreide anpflanzen und das Vieh versorgen. Sie vergessen gern, dass die Wölfe des Krieges noch nie für sich selbst gesorgt haben.«

»Sie haben in ihrem ganzen Leben noch nicht den Rücken krumm gemacht!«, fauchte Eurgain.

Die drei jüngeren Männer wechselten betretene Blicke. »Eines wundert mich«, sagte Ceolric leise zu Gorthyn. »Weshalb nennt ihr euch gegenseitig Cousin?«

»Weil wir demselben *teulu* angehören. Dies ist ein Ausdruck von Zuneigung, ein Zeichen von Verbundenheit. *Teulu* bedeutet Kriegerschar und Familie, und daher nennen alle Krieger eines *teulus* ihre Kameraden ungeachtet der Verwandtschaftsverhältnisse Cousin.« Er trank einen Schluck Met, klopfte Ceolric auf den Rücken. »Du gehörst zu uns. Du darfst mich Cousin nennen, wenn du magst.«

»Danke«, sagte der Jüngling förmlich, verdarb die feierliche Stimmung jedoch durch einen Schluckauf. Er streckte Gorthyn das Glas hin, und dieser schenkte ihm nach.

»Ich übernehme die erste Wache«, verkündete auf einmal Eurgain. »Was soll ich tun?«

Sie stand auf und wartete zornbebend im Feuerschein, das Haar von rotgoldenem Feuerschein übergossen.

»Warte, ich zeig's dir«, sagte Nai.

Er geleitete sie zu einer Stelle, wo sie sich im Gebüsch verstecken und den Weg und den umliegenden Wald im Auge behalten konnte.

»Welche Nachricht hat der Usurpator von Rom an Macsen gesandt?«, murmelte er. »Wenn du kommst und falls du kommst.«

Sie blickte ihn verständnislos an, denn sie hatte keine Ahnung, wovon er sprach.

Nai berührte sie am Arm, spürte, wie sie vor ihm zurückzuckte. »Wenn sie kommen, was durchaus möglich ist, auch wenn Gorthyn nicht daran glaubt, dann lauf so leise wie möglich zu uns zurück.«

Er zögerte, atmete die Gerüche der Nacht tief ein, den Kiefernduft und den vom Meer heranwehenden Geruch von Tang.

»Geh«, sagte sie. »Ich werde schon nicht einschlafen und auch nicht bei jedem Rascheln im Laub zusammenschrecken.«

Er wandte sich ab.

3

Als Nai zum Feuer zurückkehrte, erklärte Budoc den anderen gerade eine Einzelheit aus der langen Geschichte, die er dem dunkelhäutigen Mann erzählt hatte, als sie in der Hütte gefangen gehalten worden waren.

»Vortepor von Dyfed?«, unterbrach ihn Ceolric aufgeregt. »Garulf, der Mann, der bei Camlann gekämpft hat, war dabei, als die Pikten das Stadthaus angriffen. Er sagte, er habe dem britischen Anführer das Leben gerettet – Mab Petroc nannte er sich –, doch der Brite glaubte, er habe es lediglich des Silbers wegen getan, obwohl es sich ganz anders verhielt.«

»Tatsächlich?«, meinte Budoc amüsiert. »Der junge Saesonit war auf deinem Schiff und hat dort Geschichten zum Besten gegeben, wie? Bestimmt hat er im Nachhinein eine Menge dazugedichtet.«

Ceolric errötete und schaute erst beschämt und dann trotzig drein. »Er war ein guter Mann. Ich habe ihn gemocht.«

»Vielleicht ist er mit den Jahren ja gereift«, sagte Budoc. »Damals hat er seine Loyalität zu rasch gewechselt, als dass man ihm hätte vertrauen können.«

Nai kümmerte sich um die Ponys, die die Anstrengungen offenbar recht gut verkraftet hatten, während Budoc seine Erzählung an dem Punkt wieder aufnahm, da ihn die Erinnerung verlassen hatte.

»All die Jahre über konnte ich mich nicht mehr erinnern, was als Nächstes geschah«, sagte er gerade, als Nai sich neben Ceolric setzte. »Oh, ein paar verschwommene Bilder waren schon noch da: ein Schwert, das langsam aus dem Hellen ins Dunkle fiel; ein gewaltiger Aufschrei von Männern und Frauen; Menestyrs wutverzerrtes Gesicht ...«

Er lächelte Gorthyn über das Feuer hinweg an. »Heute hast du mir den Schlüssel gegeben, den Hinweis, der mir das Labyrinth aufgesperrt hat.«

»Ich?«, meinte Gorthyn verwundert.

»Ja, du. ›Der große Mann macht die Hügel unsicher!‹ riefen die Skoten, als sie Dovnualls Kopf entdeckten. Und nahezu die gleichen Worte schrien die Attecotti, als die feierliche Zeremonie, die mit Lleminawgs Enthauptung durch die Gestalt mit der silbernen Maske enden sollte, gestört wurde. ›Der Lange Mann macht die Hügel unsicher!‹ riefen sie.«

»Der Lange Mann macht die Hügel unsicher!«

Der Ruf kam von hinten und wurde von anderen Stimmen aufgenommen. Die Menge bewegte sich unruhig, doch ehe ich mich umdrehte (mein Herz tat vor Freude darüber, dass Cei noch lebte, einen Satz), sah ich, dass Lleminawg ein paar Schritte vorrannte, aus dem Schatten in den Sonnenschein, was ihm eine kurze Verschnaufpause verschaffte.

Auf den hinter uns liegenden Hügeln war eine große Gestalt neben einer kleineren zu sehen, und ringsumher krümmten sich Männer im Heidekraut.

»Menw ist ihn suchen gegangen«, sagte Gwalchmei ungläubig. »Menw ist ihn suchen gegangen.«

»Wir hätten wissen müssen, dass mehr als ein kleiner Sturm nötig ist, um Cei den Garaus zu machen«, rief Atlendor lachend.

Dicht gefolgt von Menw kam er den Hang heruntergestapft, und die Attecotti flohen vor ihm wie Schafe vor einem Wolf: Cei war die Säule Prydeins, der Kampfstier Britanniens, der Verteidiger des Reiches; Cei, der Unbesiegbare.

Seine Wut brach über sie herein, sein Haar wehte im Wind, sein Gesicht war angeschwollen von Blut, seine Augen funkelten, er zitterte von Kopf bis Fuß wie Teichkolben in der Strömung, die Aura eines Helden ging von ihm aus. Er wirkte gleichzeitig körperlicher und strahlender als die Attecotti, als sei er wirklich und sie nicht, als bestünde er allein aus Fleisch und Blut, während sie bloße Gespenster waren.

Er trat neben uns an den Rand der Grube und stieß einen gewaltigen Schrei aus. Das Echo ließ den Staub von den Wänden des Steinbruchs rieseln und löste kleine Steine, die in die Tiefe fielen.

Er schwenkte das große, im Sonnenschein funkelnde Schwert über dem Kopf und schleuderte es hoch in die Luft. Es stieg empor, funkelnd und strahlend, dann wurde es langsamer, schien einen Augenblick lang am höchsten Punkt zu verharren und fiel dann, immer schneller werdend, in die Dunkelheit hinab.

»Lleminawg!«, brüllte er.

Der Fall des funkelnden Schwerts dauerte scheinbar eine Ewigkeit, während Ceis Schrei in der Grube widerhallte und Lleminawg, von der maskierten Gestalt mit offenem Mund beobachtet, sich wie ein Lachs emporschnellte, um die Waffe zu ergreifen.

Lleminawg packte das Schwert, landete geschmeidig wie eine Katze auf den Füßen und beschrieb, getragen vom Schwung, eine Kreisbewegung. Dann holte er aus und schlug zu, sodass die silberne Maske in einem Funkenschauer verrutschte.

(Aus den Augenwinkeln bemerkte ich, wie ein Mann, der schneller war als seine Kameraden, vorwärtssprang, als Cei noch abgelenkt war: Der Lange Mann schlug einmal mit der Faust zu, worauf der Angreifer zusammenbrach.)

Die Gestalt taumelte benommen – aufgrund des verrutschten Helms vorübergehend blind. Der Schild fiel zu Boden, und Lleminawg schlug erneut zu, zielte auf die ungeschützte Stelle zwischen Helm und Kettenhemd; die Gestalt senkte den Kopf und schüttelte ihn, um die Ebermaske wieder in Stellung zu bringen, sodass die Klinge scheppernd den Eisenhelm traf. Der Kinnriemen riss, der Helm flog in hohem Bogen davon und mit ihm die Maske.

Die Gestalt schüttelte ihr langes schwarzes Haar frei.

Sie war wunderschön, noch schöner, als ich sie in Erinnerung hatte.

Benommen wandte sie ihr grobknochiges Gesicht in die Sonne, während Lleminawg abermals das Schwert hob.

Ich sprang auf und rief: »Nein! Nicht!«

Der Rabe legte die Flügel an und stürzte in die Grube hinunter. Pedrylaw Menestyr warf sich hasserfüllt auf Cei, der ihn mit einer Hand am Hals packte und hochhob. Lleminawg holte unerbittlich aus.

Artus stöhnte im Schlaf, während der Rabe hilflos zwischen den Kontrahenten umherflatterte.

Ich schrie.

Irgendwie – ich glaube, ich wäre nicht dazu imstande gewesen – lenkte Lleminawg den Hieb ab. Die Wucht des Schlages riss ihn herum, und er knickte in den Knien ein, mit dem Rücken zu Teleri.

Sie war von der Sonne geblendet, benommen vom Schlag, der sie des Helms beraubt hatte. Verzweifelt sprang sie vor.

Der Speer traf ihn in der Seite, zwischen Brustkasten und Hüfte, und die mit Widerhaken versehene Klinge bohrte sich mühelos in seinen Leib.

Er drehte sich um, riss ihr dabei den Schaft aus den Händen und schlug sie mit der flachen Klinge zu Boden.

Lleminawg wusste, der Speer würde nicht mehr hervorkommen, so leicht er in seinen Körper eingedrungen war. Er schritt an Teleri vorbei und verschwand in der Dunkelheit am Ende des Labyrinths.

Cei heulte auf und schleuderte Menestyr beiseite. Der Kelchbewahrer fiel in die Grube hinunter, rollte hilflos von Ebene zu Ebene, schlaff wie eine Puppe und mit pendelndem Kopf. Der Lange Mann sprang ihm nach und rutschte in Staubwolken gehüllt in die Tiefe.

Jetzt, da Menestyr ihnen keine Anweisungen mehr gab, wussten unsere Bewacher auch nicht mehr weiter. »Die Herrin ist tot«, murmelten sie und blickten unsicher von uns zur Grube, fingerten an ihren Waffen herum und berieten sich.

»Sie ist nicht tot«, sagte Atlendor. (Offenbar hatten sie gewollt, dass wir diese Bemerkung verstanden, sonst hätten sie sie in ihrer Sprache gemacht.) »Lleminawg hat sie verschont.«

»Und Menstyr, unser Herr?«, fragte einer. »Was ist mit ihm?«

»Er hat sein Leben verwirkt.«

Artus hatte gesprochen. Er hatte sich auf der Trage aufgesetzt; vor dem dunklen Hintergrund des Farns, mit dem die Trage gepolstert war, wirkte er blass.

»Eine letzte Frage bleibt noch zu beantworten, dann muss das Symbol der Herrschaft mit uns dorthin zurückkehren, wo es hingehört. Ihr habt den Kelch über die Zeiten hinweg gut bewacht, doch fortan wird er einen neuen Hüter haben, denn Rom ist gefallen, und ein neuer Tag ist angebrochen.«

Atlendor und Gwalchmei schulterten die Trage. Sie wussten, was getan werden musste, ohne dass ein Wort gesprochen wurde. Niemand hielt sie auf, daher machten sie sich an den Abstieg. Ich folgte ihnen, gestützt von Moried und Menw, und so drangen wir in die Grube vor.

Ich hatte allein für Teleri Augen. Sie lag noch dort, wo sie zusammengebrochen war, nicht weit von der Stelle, wo ihr Vater aufgeschlagen war, das lange dunkle Haar im Staub ausgebreitet. Ich kniete nieder und drehte sie um (der Kopfschmerz hämmerte in meinem Schädel) und blickte ihr ins Gesicht. Sie hatte die Augen geschlossen und blutete an der einen Schläfe, wo das Schwert sie getroffen hatte, doch um ihre Lippen spielte der Anflug eines Lächelns.

Ob ihr Lächeln Triumph oder Verzweiflung ausdrückte, vermochte ich nicht zu sagen.

In weiter Ferne vernahm ich Stimmen und die Frage, die nun noch gestellt werden musste: »Wem dient die Herrschaft?«

Sie war nicht tot und würde an der Verletzung auch nicht sterben, wenngleich auch sie einige Tage unter Kopfschmerzen leiden würde. Ich schloss sie in die Arme, sog ihre Schönheit in mich auf, und ich glaube, in diesem Augenblick nahm ich von ihr Abschied.

»Albion und all denen, die innerhalb seiner Grenzen leben, seien sie nun Briten, Saesoniten, Skoten oder nichts von alledem.«

Lleminawg hatte die Frage gestellt, und Artus hatte sie beantwortet, wenngleich ein Chor von Stimmen sich mit der seinen verwob, und auch ich stimmte in das Rufen der sieben Überlebenden unserer verhängnisvollen Unternehmung ein.

»Heil dir, Herrscher von Albion!«, rief Lleminawg mit machtvoller Stimme. »Heil dir, Artus Amheradwyr Albion!«

Dann schwieg er und ward nicht mehr gehört.

Artus trat mit dem Kelch in Händen aus der Dunkelheit hervor, humpelnd, was fortan sein Schicksal sein würde, und es war, als sei in der Tiefe der Grube eine zweite Sonne aufgegangen, und auch die Zuschauer am Rand, die unsere Gegner gewesen waren, jubelten ihm zu.

»Und die Frau?«, fragte Gorthyn. »Teleri?«

Budoc schloss die Augen. »Sie genas, wie auch ich mich wieder erholte, wenngleich mir die Ereignisse jenes Tages noch immer nicht klar sind. Pedrylaw Menestyr war tot, und die Attecotti waren nicht mehr unsere Gegner, deshalb ruhten wir uns bei ihnen aus, bis ein Schiff ausgerüstet war, dann brachen wir auf. Teleri blieb zurück, wie es ihre Pflicht zu sein schien, denn sie war die Hohepriesterin, und die Attecotti brauchten sie jetzt mehr denn je.«

Er seufzte schwer. »Jahrhundertelang hatten sie ihr Leben dem Schutz des Kelches geweiht. Jetzt hatten sie ihren Lebenssinn verloren, denn den Kelch nahmen wir mit.«

Gorthyn runzelte die Stirn. »Und Artus war fortan Herrscher von Albion?«

»Für eine gewisse Zeit.«

»Und nach seinem Tod durfte der Kelch keinem anderen in die Hände fallen?«

Der Einsiedler nickte.

Der große Mann stocherte nachdenklich in der Glut. »Also hast du den Kelch und hältst ihn versteckt. Ich sehe ein, dass du verhindern willst, dass er Vortepor, Custennin oder einem der anderen britischen Prinzen in die Hände fällt. Aber weshalb sollte er nicht wieder in den Besitz der Tätowierten übergehen?«

Er wartete auf eine Antwort. Als Budoc schwieg, sagte er: »Schließlich war er bei ihnen doch lange Zeit sicher.«

»Glaubst du wirklich, der Mann, der so viel Übles im Waldheiligtum angerichtet hat, dürfte über einen solch mächtigen Talisman verfügen?«

Gorthyn zuckte ernüchtert die Achseln.

»Außerdem befindet sich der Kelch gar nicht in meinem Besitz. Ich habe ihn nie besessen.«

»Aber wer hat ihn dann?«, fragte Ceolric.

Der Einsiedler schloss abermals die Augen. »Ich weiß es nicht, jedenfalls nicht mit Gewissheit. Ich vermute jedoch, dass es keinen Sinn hätte, dies den Tätowierten – oder meinetwegen Vortepor – zu sagen. Damit würden sie sich nicht zufrieden geben.«

Nai konnte nicht länger an sich halten. »Aber Teleri ... Wollte sie Lleminawg nun töten oder nicht?«

»Das gehörte zum Ritual. Sie hätte ihn vor sich hergetrieben und dann so getan, als erschlüge sie ihn, worauf er als Bittsteller, weder dem Reich der Lebenden noch dem der Toten angehörig, in den Mittelpunkt des Labyrinths getreten wäre.« Budoc hatte ganz leise gesprochen, niedergedrückt von alter Trauer.

»Als Cei Lleminawg das Schwert zuwarf, ging es plötzlich um Leben und Tod. Für ihn war sie eine maskierte Gestalt, ein bedrohlicher Fremder. Er wusste nicht, dass sie ihm nicht übel wollte. Als er sie angriff, hat er sich vom Instinkt leiten lassen, nicht von kühler Überlegung.«

Er senkte bekümmert den Kopf, erhob sich schwankend. »Ich muss schlafen. Weckt mich, wenn ich mit der Wache an der Reihe bin.«

Er begab sich eilig zur Hütte, konnte jedoch nicht verbergen, dass seine Augen voller unvergossener Tränen waren.

Anschließend blickten die beiden Krieger und Ceolric schweigend ins Feuer, sahen Höhlen, Gebirge, Schiffe und Bäume in den Flammen.

»Ob sie Bestand gehabt hätte?«, fragte Gorthyn.

Nai lächelte. »Was meinst du?«

Das Feuer flackerte, und bläuliche Flammen umtanzten die rote Glut. Ein Holzscheit fiel mit einem Funkenschauer in sich zusammen, loderte kurzzeitig hell auf.

»Ihre große Liebe«, sagte Gorthyn versonnen. »Die große Liebe, die er noch immer für sie empfindet. Hätte sie überdauert, wenn sie zusammen geblieben wären?«

»Wer weiß das schon?« Nai gähnte, streckte sich und tippte Ceolric auf den Arm. »Du übernimmst die zweite Wache. Weck mich zur Dritten.«

SECHSTES KAPITEL

1

Nai erwachte mitten in der Nacht mit dem Gefühl, dass etwas nicht stimmte. Er lag in der Dunkelheit da und lauschte, vernahm aber bloß die Schnarchgeräusche der anderen. Er stützte sich auf den Ellbogen, unvermittelt hellwach.

Ein Pony wieherte leise und schnaubte.

Er erhob sich, warf den Umhang ab, mit dem ihn jemand zugedeckt hatte. Mit dem Fuß stupste er Gorthyn an.

»Was gibt es?«, flüsterte der große Mann, unvermittelt hellwach.

»Die Pferde. Sie sind unruhig.«

Gorthyn seufzte. »Bestimmt bloß ein Tier.« Trotzdem richtete er sich auf. »Wer hat Wache?«

»Der Saesonit.«

Die Waffen hatten sie in der Ecke neben der Tür abgelegt. Gorthyn bewegte sich leise in die Richtung, trat über Eurgains ausgestreckte Gestalt hinweg, ohne sie zu wecken. Er legte den Schwertgürtel um und reichte Nai sein Langmesser.

»Zwei Wurfspeere jeder. Und Schilde.«

Nai brummte etwas Unverständliches. Vom Met hatte er Kopfschmerzen und einen trockenen Mund.

»Sollen wir den Einsiedler wecken?«, murmelte Gorthyn.

»Noch nicht. Vielleicht war es ja wirklich bloß ein Tier, oder der Junge hat sich aus irgendeinem Grund der Hütte genähert.«

Nai lupfte das Fell, mit dem sie den Eingang verhängt hatten, und spähte nach draußen.

In der kreisförmigen Grube war noch rote Glut. Er trat ein wenig beiseite, um die Perspektive zu verändern, während Gorthyn hinter ihm unruhig von einem Bein aufs andere trat. Jetzt sah er den Rand der Senke, der sich schwarz vom bleichen

Himmel abhob. Er lauschte und vernahm in der Ferne das Rauschen der Brandung.

»Nichts«, sagte er.

Gorthyn atmete tief durch. »Wir sollten wohl besser mal nachschauen, was meinst du?« Seine Zähne leuchteten in der Dunkelheit auf. »Wenn wir uns täuschen, wird der Junge meinen, wir vertrauten ihm nicht.«

Nai trat behutsam ins Freie, den Schild am Arm und den Speer in der Hand. Gorthyn folgte ihm.

Die Senke war von Mondschein übergossen. Ihre Schatten fielen auf die Hüttenwand und ahmten in grotesker Vergrößerung ihre Bewegungen nach.

Sie warteten, spitzten die Ohren, und Nai nestelte an dem ungewohnten Schild, den Ceolric den Skoten abgenommen hatte und der kleiner schien als die Schilde, die er gewohnt war.

Auf einmal vernahmen sie Fußgetrappel. Jemand kam auf sie zugerannt, ohne auf den Lärm zu achten, den er dabei machte.

Ceolric tauchte auf. »Skoten!«, keuchte er atemlos. »Sie sind dicht hinter mir.«

»Weck die anderen«, sagte Gorthyn. »Beeil dich!«

Jetzt hörten sie das Geräusch weiterer Schritte, das immer lauter wurde, und spürten die Vibrationen im Boden. Die Pferde wieherten und stampften.

»Die Dreifaltigkeit steh uns bei, Cousin«, sagte Gorthyn ruhig. Nai schluckte, verlagerte die Haltung.

»Jetzt!«, brach eine Stimme die nächtliche Stille. »Macht sie nieder!«

Am Rand der Senke tauchten Gestalten auf. Speere durchteilten zischend die Luft, prallten gegen die Hüttenwand. Die Angreifer rutschten über den Hang auf sie zu, in Händen funkelnde Waffen.

Ein Speer traf Gorthyns Schild, blieb zitternd daran hängen. Er riss ihn heraus, warf ihn beiseite. Dann schleuderte er den ersten seiner beiden Speere in die Richtung des Angreifers und brüllte: »Weck Budoc! Weck ihn auf!«

Die Feuersglut flammte unvermittelt auf und blendete sie.

Nai schleuderte seine Speere auf die nächsten beiden Angreifer und zog benommen das Messer.

»Halte sie von der Hütte fern!«, schrie Gorthyn. Ein Rückzug ins Innere der Hütte kam nicht infrage, denn dann hätte man ihnen das Dach über dem Kopf angezündet.

Die beiden Männer nahmen Schulter an Schulter vor der Tür Aufstellung und hoben die Schilde.

Die Skoten zögerten, und hinter dem Halbkreis der Schattengestalten ertönte eine höhnische, sich überschlagende Stimme, die Britisch mit irischem Akzent sprach:

»Gorthyn der Starke, Gereints Kampfstier. Und Nai der Flinke, der Adler, der auf das Schlachtfeld niederstößt.«

»Eremon?«, rief Gorthyn.

»Eremon Albanach werde ich jetzt genannt, denn ich wurde auf dieser Insel oberhalb des Oak-Flusses geboren, in dem Land, das eure Fürsten uns geraubt haben, woraufhin sie uns nach hartem Kampf aufs Meer hinaustrieben.«

»Hättet ihr ihnen die Treue gehalten, gehörte das Land noch immer euch!«, erwiderte Gorthyn erbost. »Ihr wurdet vertrieben, weil ihr euch mit Piraten eingelassen hattet.«

Eremon lachte. Nai hob einen Speer vom Boden auf und spähte angestrengt in die Dunkelheit jenseits des Feuerscheins, versuchte Eremon unter den dunklen Gestalten auszumachen.

»Du meinst, wir besaßen die Klugheit, die Zukunft zu erahnen. Weißt du nicht, dass Prydein, Britannien, am Ende ist? Rom ist vor hundert Jahren zusammengebrochen, gleichwohl klammert ihr euch noch immer an längst überholte Vorstellungen. In Wirklichkeit seid ihr nichts weiter als schmutzige kleine Wilde, ein klägliches Abbild eurer Ahnen. Ich habe gehört, dass sich selbst die Cruithne im Norden, die Bemalten, mittlerweile als Römer bezeichnen.«

Er erlag dem Schwung seiner eigenen Rhetorik und trat einen Schritt näher an den Feuerschein. Nai legte den Speer an.

»Mein Ururgroßvater lebte angeblich in einem hübschen Steinhaus mit geheiztem Boden, und Sklaven lasen ihm jeden Wunsch von den Lippen ab. Er schlief auf einem weichen Lager und rührte sein Leben lang keine Waffe an. Ich aber lebe mit meinen Männern auf einem Schiff und gehe nur zu dem Zweck an Land, um mein Teil zur Beschleunigung des Niedergangs beizutragen, und wenn ich schlafe, dient mir der Kopf eines Feindes als Kissen, und ein Sklavenmädchen wärmt mich.«

»Der Kopf eines Feindes?«, höhnte Gorthyn. »Du verstehst dich darauf, Bauern und Fischer zu töten, aber dass du begierig darauf wärst, Nai und mich zu stellen, ist mir bislang noch nicht aufgefallen. Das überlässt du lieber den Bauern, die du um dich versammelt hast.«

Nai schleuderte den Speer, doch Eremon wehrte ihn mit dem Schild ab.

»Verräter!«, knurrte der Brite enttäuscht.

»Du schimpfst mich Verräter, und doch nimmst du dir einen Saesoniten als Verbündeten. Ich bin wenigstens konsequent. Ich töte euch alle, ohne Unterschied.«

Der Feuerschein spielte über sein Kettenhemd, als er grinsend noch einen Schritt näher trat.

»Du hast dich davongestohlen, Nai, ohne ein Wort des Abschieds. Als wir gemeinsam im Knabenhaus lebten, hat man uns etwas anderes gelehrt.« Eremon lachte kreischend.

Er trat noch einen Schritt vor, blieb stehen und stützte sich auf seinen Langspeer, wendete den Schaft, sodass die Klinge im Feuerschein auffunkelte.

»Ich schlage dir einen Handel vor, um unserer alten Freundschaft willen. Gib auf, dann lasse ich euch beide laufen. Den Jungen töten wir, aber kurz und schmerzlos. Das Mädchen nehmen wir mit« - er kicherte -, »und mit dem alten Mann, dem Priester oder was immer er ist, haben wir etwas Besonderes vor. So wie er meinem Druiden wehgetan hat (der seinen Ungehorsam mittlerweile bedauert), werde auch ich ihm wehtun. Ich werde ihn an einen Baum nageln, wie man es mit seinem Herrn getan hat, den Raben und Krähen zum Fraß.«

»Du meinst, du willst ihn kreuzigen?«, fragte Gorthyn.

»Nennt man das so? Kreuzigen. Ein wundervoller Klang.« Er kostete ihn aus. »Oh, da wäre noch etwas. Wie ich schon sagte, ich lasse euch beide laufen, aber die rechte Hand müsst ihr zurücklassen. Ihr seid doch beide Rechtshänder, nicht wahr?«

»Komm her, dann sorge ich dafür, dass Dovnuall Gesellschaft bekommt!«, rief Gorthyn.

»Was, du schlägst mein großzügiges Angebot aus?«, rief Eremon mit gespielter Überraschung. »Aber du warst schon immer ein Dickkopf. Ich erinnere mich, wie du als Kind immer geschmollt hast, wenn du deinen Willen nicht bekamst.«

Von Kampfeswut ergriffen und am ganzen Leib zitternd, richtete Gorthyn sich zu voller Größe auf.

»Bist du es wirklich?«, sagte er mit mächtiger Stimme, die die ganze Senke ausfüllte. »Schande über dich, Eremon mab Cairbre! Nichts als Schande hast du deiner Familie eingebracht! Lleminawg, unser Verwandter und Artus' Gefährte, war ein loyaler Mann: der Großzügige, der Höfliche, des Herrschers Vertrauens würdig; geliebt von seinen Kameraden und gefürchtet von seinen Feinden. Als er starb, weinten sämtliche Fürsten Prydeins. Wer wird um dich weinen, Eremon? Diese Bauern gewiss nicht.« Gorthyn schüttelte drohend den Speer. »Um Lleminawgs willen lebtest du eine Zeit lang in unserer Mitte, doch du hast seinem Namen keine Ehre gemacht.«

»Und was hat ihm sein guter Name am Ende genützt, du Narr?«, kreischte Eremon, dessen Gesicht heftig zuckte. »Wo ist Lleminawg jetzt, und wo ist dein Herrscher? Artus ist tot, von den Würmern gefressen, erschlagen von einem Geringeren, als er es war, und sein Reich ist zerfallen. Begreifst du nicht, Gorthyn? Es gibt keinen wie Artus mehr. Gäbe es ihn, ich würde ihm dienen wie zuvor mein Verwandter, doch das Licht ist erloschen, und jetzt herrscht nurmehr Finsternis, die große Finsternis, die sich über die ganze Welt ausbreitet.«

Er schüttelte den Kopf, fuhr sich über die Wange, die im Feuerschein feucht funkelte. »Und wenn ich irgendwann sterbe«, sagte er mit schwankender Stimme, »so werden meine getreuen Gefährten um mich trauern.«

Er stieß einen Pfiff aus, worauf zwei große Hunde aus dem Schatten hervorgestürzt kamen. Er legte einem die Hand auf den Kopf, und beide blickten liebevoll zu ihm auf.

»Du sprichst von der Liebe, die seine Gefährten ihm entgegengebracht hätten, dennoch ist Lleminawg am Ende allein gestorben. Was hat sie ihm also genützt? Wo waren seine tapferen Kameraden, als er sie brauchte?«

Er klopfte mit dem Speerschaft auf den Boden.

»Und wo sind deine Gefährten, Gorthyn mab Erfai, jetzt, in der Stunde deines Todes?«

»Ach, Cousin«, murmelte Gorthyn, »ich war zu zuversichtlich.«

Nai lachte, von der gleichen Kampfeslust ebenso überwältigt wie zuvor sein Freund. »Dann sind sie also zurückgekehrt. Bald werden sie sich wünschen, sie hätten es sein gelassen.« Er stampfte mit dem Fuß auf, prüfte die Festigkeit des Untergrunds und schwang sein Schwert. »Kommt nur her!«, krächzte er.

Ein Mann sprang durch die Flammen hindurch, mit verzerrtem Gesicht, in der Hand ein Messer. Nai rammte dem Angreifer den Schild in den Bauch und versetzte ihm einen Hieb gegen den Hals. Der Ire schrie auf und stürzte ins Feuer, der Rauch seiner brennenden Kleider und seines Haars mischte sich mit dem Qualm des Feuers, und gleich darauf stank es Übelkeit erregend nach verbranntem Fleisch.

Ceolric gesellte sich zu ihnen, mit wildem Blick und wirrem Haar, das Gesicht verzerrt von Angst und Verzweiflung.

»Stell dich hinter uns!«, rief Gorthyn in der Hoffnung, der Jüngling würde verstehen, was er von ihm wollte.

»Sie zielen besser als zuvor!«, sagte er und schleuderte seinen zweiten und letzten Speer.

Anschließend ging es drunter und drüber. Die Skoten stürzten sich auf ihre Gegner und versuchten, die Briten aufgrund ihrer schieren Überzahl zu besiegen. Gorthyn und Nai hielten um sich schlagend und schiebend stand und setzten ihre Schilde ebenso ein wie ihre Klingen, wobei sie darauf vertrauten, dass Ceolric ihnen die Flanken freihielt.

Der Kampf währte scheinbar eine Ewigkeit, wenngleich es in Wirklichkeit wahrscheinlich nur ein paar Augenblicke waren. Schließlich zogen sich die Skoten zum Rand der Senke zurück, sodass die Verteidiger ihre Wunden lecken konnten.

Schweigend musterten sich die beiden Gruppen und warteten darauf, dass jemand den nächsten Schritt tat.

»Mein Schild ist geschrumpft«, murmelte Gorthyn. Er zog den Arm aus der Schlinge, betrachtete betrübt die zersplitterten Überreste des Schilds und bereitete sich darauf vor, ihn dem nächsten Angreifer ins Gesicht zu schleudern.

»Bleib in Deckung«, sagte Ceolric zu Eurgain.

»Ich habe die restlichen Speere mitgebracht«, flüsterte sie und reichte ihm ein Bündel.

»Ist der Einsiedler da?«, fragte Gorthyn, ohne den Gegner aus den Augen zu lassen.

»Ja«, tönte es vom Eingang her.

»Achte auf das Stroh. Beim ersten Vorstoß haben sie das Feuer angefacht. Jetzt wird es wieder schwächer, aber sie könnten trotzdem versuchen, die Hütte in Brand zu setzen.«

»Wie viele sind es?«, fragte Budoc.

»Viele«, antwortete Nai.

»Aber nicht so viele wie beim Überfall auf den Meerhengst«, erwiderte Ceolric.

»Sie haben die Verletzten vorgeschickt«, sagte Gorthyn. »Beim nächsten Angriff haben wir es mit kräftigen Männern zu tun, die sich nicht so leicht werden abschrecken lassen.« Er zuckte die Achseln; das Warten setzte ihm zu. »Hast du Eremon gehört, Budoc?«

»Ja«, antwortete Budoc. »Ich habe erfahren, welches Angebot er uns unterbreitet hat.«

»Er ist verrückt«, knurrte Nai und spuckte ins Feuer.

»Er hat gesagt, der Druide sei wieder sein Mann«, meinte Gorthyn. »Glaubst du ihm das?«

»Möglich wär's schon«, brummte der Einsiedler. »Sollte sich der Druide gegen Eremon stellen, würde der ihn töten.« Nach kurzer Pause fuhr er fort: »Eremon hat den Kelch gar nicht erwähnt, also hat ihn der Druide über dessen Natur noch nicht aufgeklärt.«

»Und weiter?«, fragte Gorthyn ungeduldig, den Blick auf die wartenden Skoten gerichtet.

»Der Druide spielt also sein eigenes Spiel, was er die ganze Zeit schon getan hat. Ich glaube nicht, dass er sich in unsere Nähe wagen wird, solange ich hier bin, es sei denn, Eremon zwingt ihn dazu.«

»Wir hätten ihn in der Hütte töten sollen«, knurrte Nai.

»Ich brauche einen neuen Schild«, murmelte Gorthyn.

Er schleuderte den gesplitterten alten Schild auf den Boden. Ehe Nai ihn zurückhalten konnte, stürzte er vor, beugte sich über einen Toten und versuchte, ihm den kleinen weißen Schild vom schlaffen Arm zu streifen.

»Tötet ihn!«, rief Eremon. »Tötet ihn!«

Ein Hagel von Speeren kam aus der Dunkelheit herangeflogen. Gorthyn riss den Schild los, ließ sich auf ein Knie nieder und versteckte sich dahinter, bis das Schlimmste überstanden war. Dann rannte er zur Hütte zurück und ließ den neuen Schild fallen, in dem zahlreiche Speere steckten.

»Das war leichtsinnig!«, sagte er und ließ seine Zähne aufblitzen.

Das Feuer loderte erneut auf, als etwas in die Glut geworfen wurde. Geblendet blinzelten sie in den roten Feuerschein und erblickten einen Halbkreis von mit Speeren und Schilden bewaffneten Gestalten. Bei ihnen befanden sich die beiden Wolfshunde, und hinter ihnen fuchtelte der Druide mit der Vogelmaske herum, der sich von seiner Totenstarre offenbar erholt hatte.

»Das ist das Ende«, sagte Gorthyn gelassen.

Als die Männer und die beiden Hunde zum Angriff übergingen, begann er zu singen und schwenkte das Schwert im Rhythmus der Worte:

»Ich war dabei, als Llacheu erschlagen wurde,
Artus' Sohn, in Liedern besungen:
bei Llech Ysgar, wo die Raben krächzten.

Ich war dabei, als Gwengad erschlagen wurde,
Cynons Sohn, in Liedern besungen:
bei Argoed, wo die Raben sich ums Fleisch stritten.

Doch ich war nicht dabei, als Medraut erschlagen wurde,
der Hochgeborene, Lloegrs Geißel:
bei Camlann, wo die Raben schmausten.«

»Heute Nacht fließt viel Blut für die Raben!«, rief er Nai zu. »Und auch das unsere!«

Er taumelte, als ihn ein Speer in die Rippen traf. Nai wollte ihm beistehen, wurde aber von einem stämmigen Krieger im Kettenhemd, der mit einem Schwert bewaffnet war, zu Boden geworfen.

Ceolric sprang herbei, schlug mit dem Langmesser nach dem Schild des Angreifers, um Nai eine Atempause zu verschaffen. Dann riss ihm des Gegners Schwert das Messer aus der Hand, und auch er wurde zu Boden geschleudert.

Gorthyn zog sich den Speer aus der Seite und nahm ihn als Ersatz für den verlorenen Schild in die Linke. Er konnte den Krieger im Kettenhemd nicht von den anderen fern halten, denn er war vollauf damit beschäftigt, einen der Wolfshunde und zwei Skoten abzuwehren.

Der Krieger im Kettenhemd hob das Schwert über den Kopf. Bewegungsunfähig beobachtete Nai, wie es emporstieg. Als der Angreifer den Kopf hob, schien ihm der Mond ins Gesicht.

»Serach!«, rief Nai, worauf der Mann zögerte und auf ihn niederblickte.

Ein rötlicher Blitz flog über Ceolrics Kopf hinweg und bohrte sich dem Angreifer in die Brust.

»Bist du verletzt?«, rief Eurgain und stieß den Speer durchs Kettenhemd.

»Nein!«, antwortete der junge Mann, beugte sich kniend vor und packte das Schwert, das der Ire fallen ließ.

Nai richtete sich mühsam auf. Er hatte den Letzten der Speere, die das Mädchen ihnen gebracht hatte, längst geschleudert, und sein Messer wurde allmählich stumpf. Die Gegner waren hoffnungslos in der Überzahl, wie damals, als Yrp von Llydaw aus Armorika die dreiunddreißig größten Festungen Britanniens aufgesucht und verlangt hatte, dass doppelt so viele Männer mit ihm von dannen zögen, als er ursprünglich mitgebracht hatte. Niemand hatte diese Streitmacht zählen können.

Er schüttelte den Kopf und rammte gleichzeitig den Rand des Schildes gegen das Rückgrat des Mannes, der mit Gorthyn kämpfte.

Der große Brite rang mit einem Wolfshund mit silbrigem Fell. Mit der einen Hand umklammerte er den Hals des Hundes, mit der anderen versuchte er, sein Schwert so zu packen, dass er es dem Tier in den Leib rammen konnte. In der kurzen Atempause, die die Skoten ihm gönnten, erkannte Nai, dass Gorthyns Kräfte allmählich erlahmten, dass sie zusammen mit dem Blut, das aus der Wunde in Gorthys Seite rann, versickerten.

Dann kämpfte Nai auf einmal mit drei Skoten, die ihm selbst in ausgeruhtem Zustand jeder für sich genommen große Mühe bereitet hätten. Auf einmal wurde ihm klar, dass es ihnen bestimmt war, hier zu sterben, vor dieser Steinhütte, im gnadenlosen Licht des Vollmonds, und niemand würde die Geschichte ihres Todes weitererzählen, auf dass man sie in Liedern dem Vergessen entrisse. Diese Erkenntnis lähmte seinen Arm, sodass ein Speer seine Deckung und das Lederwams durchdrang und ihm den Brustkasten ritzte. Er taumelte gegen die Hüttenwand, spürte das kalte Gemäuer am Rücken und sah, dass Gorthyn den Hund abgeschüttelt hatte und sich nun den Männern zuwandte, während aus seiner Linken Blut spritzte. Es konnte nicht mehr lange dauern, dann würde auch er am Ende sein, und alle wären sie tot, und man würde ihre Köpfe auf Stöcke spießen, den Raben zum Fraß ...

Der alte Mann tritt aus der Tür, die Klinge seines Schwertes schwarz und silbrig im Mondschein. Er bewegt sich langsam, so langsam, als verfüge er über alle Zeit, die jemals war oder sein wird ...

Er nähert sich dem Vordersten der Skoten, die Nai bedrohen, und macht ihm den Garaus, enthauptet den zweiten beiläufig mit einem mit der Rückhand ausgeführten Hieb (Kopf und Leib fallen getrennt zu Boden) ...

Obwohl er ihn gar nicht bewusst wahrzunehmen scheint, weicht er dem Schwert des Dritten aus, schlitzt dem Iren im Vorbeigehen mit der Spitze seiner Klinge die Kehle auf (die schwarzen Blutperlen funkeln im Feuerschein) ...

Und er schwebt über die weiße Grasnarbe auf Gorthyn zu, sein Körper tanzt zu einer unhörbaren Musik, seine Bewegungen scheinen losgelöst von den Vorgängen ringsumher ...

Doch immer dann, wenn er einem Gegner nahe kommt, stirbt dieser einen unerwarteten Tod, während der alte Mann unbeirrt und unbehelligt das Schlachtfeld überquert ...

Und Nai weiß, dass er dem Letzten der teulu *des Kriegsherrn von Britannien zuschaut, dem letzten überlebenden Artusgefährten.*

›Obwohl er bloß eine Hand besaß, vermochten doch keine drei Krieger auf dem Schlachtfeld schneller zu töten als er, Bedwyr der Flinke.‹

Diese Zeile aus einem Lied ging Nai durch den Kopf, als er zu seinem Erstaunen an der Wand sanft herunterrutschte, bis er auf dem Gras zu sitzen kam, von wo aus er die Vorgänge mit einer gewissen entfernten Belustigung beobachtete und sich fragte, weshalb Gorthyn auf dem Gesicht lag (bequem war es sicherlich nicht), weshalb ihm die Sicht verschwamm und ihm Tränen über die Wangen rannen. Vielleicht half es ja, wenn er die Augen schloss ...

2

Eurgain half dem Einsiedler auf die Beine; er war so mager und zerbrechlich, dass sie fürchtete, ihm die Knochen zu brechen, wenn sie zu fest zudrückte. Und sie wunderte sich, wie er es geschafft hatte, die Skoten in die Flucht zu schlagen.

»Sind sie fort?«, keuchte der alte Mann.

Sie nickte.

Der Einsiedler stützte sich schwer auf sein Schwert. Im kalten Mondschein war sein Gesicht von tiefen Falten und schrumpligen Wirbeln zerfurcht, während sein weißes Haar und der weiße Bart silbrig wirkten. Seine gesunde Hand war dick geädert und ruhte auf dem drahtumwickelten Schwertknauf.

»Bist du unverletzt?«, fragte Eurgain furchtsam.

Er rang sich ein Lächeln ab. »Bloß erschöpft. Es ist lange her, dass ich gekämpft habe. Kümmere dich um die anderen.«

Sie musterte ihn besorgt, dann neigte sie widerwillig den Kopf und näherte sich Nai, der zusammengesunken an der Hüttenwand kauerte.

Behutsam richtete sie ihn auf. Er stöhnte leise, biss sich auf die Lippen. Unvermittelt stellte sich sein Blick scharf.

»Ein barmherziger Engel!«, rief er mit rauer Stimme. Er streckte die schwielige Hand aus und streichelte Eurgain über die Wange. »Du hast geweint. Hoffentlich nicht um mich oder um den jungen Saesoniten.«

Er richtete sich auf, wobei er sich an Eurgain und der Wand abstützte.

»Gorthyn«, sagte er und taumelte auf die am Boden liegende Gestalt zu. Eurgain folgte ihm, um ihn notfalls zu stützen.

Der Einsiedler und Ceolric gesellten sich zu ihnen, und gemeinsam wälzten sie den großen Mann auf den Rücken. Das Gras war glitschig von Blut, das im Mondschein schwarz und unheimlich wirkte.

»Das war schon immer der unangenehmste Teil einer Schlacht«, murmelte der alte Mann.

»Er war der Enkel deines Bruders«, sagte Nai.

»Ich weiß. Deshalb habe ich ihn ja auch erkannt. All die Jahre über habe ich mich über das Schicksal meiner Verwandten kundig zu machen versucht, wo immer ich hinkam.« Er klopfte Nai auf die Schulter. »Du hast es wohl geahnt?«

»Ja, ich habe es geahnt. Wer sonst hättest du sein sollen? Manche meinen, du seist bei der Schlacht von Camlann umgekommen, andere glauben, du wärst noch vor Cei gestorben. Doch das habe ich nie geglaubt.«

»Vor Cei? Davon habe ich noch nichts gehört.« Bedwyr blickte grimmig auf Gorthyns Leichnam nieder. »Ich bin froh, dass ich den Sohn meines Neffen noch kennen gelernt habe, bevor er starb.«

Nai kniete nieder und entwand dem Toten das Schwert. Dann löste er das Gehenk, zog es unter dem Leichnam hervor und wischte das Blut seines Freundes ab. Er streifte es sich über, legte den Gürtel an und steckte das Schwert in die Scheide. Als er aus den Augenwinkeln eine Bewegung wahrnahm, fuhr er so heftig herum, dass er aus dem Gleichgewicht geraten wäre, hätte Eurgain ihn nicht gestützt.

»Nai!«, flüsterte jemand. »Nai der Schweigsame!«

Es war der Krieger im Kettenhemd, den er verwundet hatte. Der Speer steckte noch in seinem Leib, die dunklen Ringe des Kettenhemds schienen um den Schaft herum gerissen.

Der Krieger umklammerte stöhnend den Speerschaft. Er schlug die im Mondschein feucht schimmernden Augen auf und lächelte verzerrt, ganz grau im Gesicht.

»Nai«, keuchte er. »Ich bin froh, dass du überlebt hast ...« Er schloss die Augen wieder.

»Serach?«, sagte Nai. Eurgain kniete nieder und ergriff die Hand des Mannes.

Abermals öffnete er die Augen. »Ein Mann muss seinem

Herrn folgen ...« Serach verkrampfte sich, und einen Augenblick lang meinte Eurgain, eine leblose Klaue zu halten und keine Hand.

Serach stöhnte. »Er ist wahnsinnig. Seine Krieger sind der Abschaum Iernes. Gesetzlose und herrenlose Räuber.« Er hustete, rang nach Luft. »Wer war der Mann« - er hustete erneut -, »der auf dem Schlachtfeld erschien, als ich gefallen war?«

»Budoc. Der Einsiedler, den ihr gefangen genommen hattet.«

Serach versuchte zu lachen, brachte aber bloß ein gurgelndes Geräusch zustande. »Er mag zwar jetzt Einsiedler sein, früher aber war er mal ein Krieger.« Sein Kopf sackte auf die Brust. »Jedenfalls hat Eremon in dieser Hinsicht Recht behalten.«

»Lebt er noch?« Der Einsiedler hatte gesprochen; sein Haar war verfilzt, sein Gesicht schweißüberströmt, das Schwert hielt er noch immer locker in der Hand.

Nai nickte.

Budoc rammte die Schwertspitze ins Gras und stützte sich auf den Knauf. Serach wandte ihm seinen schmerzverschleierten Blick zu.

»Du bist kein Einsiedler«, sagte der Sterbende.

»Doch, das war ich, bis du und deine Spießgesellen ...« Er suchte nach dem passenden Wort, schwenkte die verkrüppelte Hand. »Bis du mit deinen Piraten meine Ruhe gestört hast.«

Serach lächelte. »Ich habe von einem einhändigen Krieger erzählen hören. Ich dachte immer, das sei wörtlich gemeint, verstehst du? Aber vielleicht sollte es ja bloß bedeuten, dass die eine Hand verkrüppelt ist.«

»Mag sein«, erwiderte der Einsiedler.

»Sag mir deinen Namen.«

Der alte Mann musterte ihn blinzelnd, kämmte sich mit den Fingern den wirren Bart.

»Ich war Bedwyr mab Petroc«, sagte der Einsiedler. »Ich war Artus' Mann.«

»Also hatte ich doch Recht. Ich habe von dir und deinem Herrn gehört, auch von dem anderen, dem dritten Helden, wie hieß er noch gleich?«

»Cei.«

»Ja, Cei.« Er hustete. »Wenn ich sterben muss, so ist es nicht unehrenhaft, einem deiner Kameraden zu erliegen ... und sei es einer Frau.« Er suchte Eurgains Blick und senkte langsam ein Lid, als zwinkerte er ihr zu. Er hustete erneut, sammelte noch einmal seine letzten Kräfte.

»Bedwyr«, sagte er, stöhnte auf und verschied.

»Was sollen wir mit ihm anfangen?«, fragte Nai, auf Gorthyns Leichnam niederblickend. »Gereint und ich werden ihn heimschaffen, für den Rest der Nacht aber müssen wir ihn vor Aasfressern schützen.«

»Tragen wir ihn in die Hütte«, schlug der Einsiedler vor.

Ceolric packte Gorthyn bei den Füßen, Nai bei den Schultern, und gemeinsam schleppten sie den Toten in die Hütte und legten ihn in einer Ecke ab.

Der junge Saesonit blinzelte gegen seine Tränen an.

»Er war ein guter Mann«, sagte er gepresst. »Als wir die Barriere meiner Abstammung erst einmal überwunden hatten, habe ich ihn gemocht.«

Nai schüttelte wortlos den Kopf.

Ceolric schaute zu, wie der dunkelhäutige Mann Gorthyn so behutsam wie ein Vater, der ein Kind zu Bett bringt, in einen Umhang wickelte und ihm dann einen Abschiedskuss auf die zernarbten Knöchel hauchte.

»Wie geht es jetzt weiter?«, fragte er. »Du hast so geklungen, als wolltest du nicht hier bleiben, um ihn zu bewachen.«

»Mich dürstet nach Rache«, knurrte Nai, zog das Lederwams ein Stück ab und betastete die Wunde an seiner Brust. Er zuckte zusammen, winkte Eurgain weg.

»Das ist bloß ein Kratzer.«

»Lass Eurgain die Wunde verbinden«, sagte Bedwyr mab Petroc. »Sonst entzündet sie sich noch. Ist noch jemand verletzt? Ich habe Heilkräuter für Umschläge. Die Fischer haben sie eigenhändig gesammelt«, setzte er hinzu, sodass er für einen Augenblick ganz wie der Einsiedler klang, als den Ceolric ihn kennen gelernt hatte.

Auf sein Drängen hin zeigten sie ihre Verletzungen vor, die alle ungefährlicher waren als Nais Verletzung, bei der es sich offenbar um keine bloße Fleischwunde handelte.

»Ich glaube, ihr drei solltet fortgehen«, sagte Nai mit zusammengebissenen Zähnen, als Eurgain das geronnene Blut entfernte, das sein Wams an der Haut festklebte. »Ich warte hier auf Eremon.«

»Allein?«, protestierte Ceolric. »Das ist doch nicht dein Ernst.«

»Ich muss.« Nai sog scharf die Luft ein, als das Mädchen zu tief in die Wunde eindrang, und warf Bedwyr einen gequälten Blick zu. »Außerdem ist da noch der Druide.«

Der alte Mann saugte eine Wange ein. »Wohl wahr«, sagte er, »wenngleich ich bezweifle, dass uns von ihm noch Gefahr droht.«

»Wenn er Eremon darüber aufklärt, dass der Kelch wertlos ist, wird es für uns alle gefährlich.«

»Ja«, meinte der Einsiedler nachdenklich. »Und es ist nicht auszuschließen, dass sich seine Kräfte teilweise regeneriert haben.« Er zupfte sich mit der verkrüppelten Hand am Bart.

Ceolrics Blick war währenddessen von einem zum anderen gewandert. Als beide schwiegen, sagte er:

»Eines wundert mich. Weshalb sind Vortepor, Eremon und der Druide sich eigentlich so sicher, dass sich der Kelch in deinem Besitz befindet?«

»Irgendjemand muss ihn schließlich haben, und sie glauben halt, ich käme dafür am ehesten infrage. Schließlich bin ich der einzige Überlebende der sieben Gefährten, die dabei waren, als Artus den Kelch in Besitz nahm.«

Er zupfte sich erneut am Bart.

»Außerdem wussten die, die das Gemetzel von Camlann überlebt hatten – und das waren nur wenige, ganz gleich, was man sich erzählt –, dass Artus tatsächlich einen gewissen Gegenstand in meine Obhut gegeben hat.«

Er zerrte die Truhe, aus der er die Kelchgläser genommen hatte, in die Mitte des Raums und wühlte darin.

»Also deshalb wolltest du die Truhe haben«, sagte Nai. »Ich dachte, es wäre dir bloß ums Schwert zu tun.«

»Um das Schwert?« Bedwyr runzelte die Stirn, griff tiefer in die Truhe hinein. »In dieser Truhe befinden sich alle Dinge, die mich an mein früheres Leben erinnern. Das Schwert habe ich – wie den Rest – bloß aus Sentimentalität behalten. Ich hätte nicht gedacht, dass ich es noch einmal brauchen würde. Nach der Schlacht von Camlann, als alles verloren schien, habe ich es weggepackt und gelobt, fortan ein anderes Leben zu führen.« Er straffte sich, schüttelte bekümmert den Kopf.

»Zunächst habe ich versucht, in einer christlichen Gemeinschaft zu leben, denn da ich mein ganzes Erwachsenenleben in Gesellschaft verbracht hatte, hielt ich dies für einfacher, als allein zu leben. Doch ich war zu sehr ans Befehlen gewöhnt. Es fiel mir schwer, von den Mönchen, die ihr Leben in der Abgeschiedenheit des Klosters verbracht hatten, Anweisungen entgegenzunehmen. Denn viele Jahre lang hatte bloß ein Mann mir Befehle erteilt, und der war tot. Deshalb kehrte ich dem Kloster mit dem Segen meiner Mitbrüder schließlich den Rücken und begab mich an den einsamsten Ort, den ich kannte, nämlich in diese Bucht, die ich seit meiner Kindheit geliebt habe.«

Währenddessen hatte er etwas aus einem Tuch ausgewickelt. Es handelte sich um ein kleines Kupferamulett, das an einem Lederriemen befestigt war. Er hielt es ehrfurchtsvoll hoch, sodass der durch die offene Tür einfallende Mondschein davon reflektiert wurde.

»Was ist das?«, flüsterte Eurgain.

»Eremon und Vortepor haben sich nicht ganz geirrt«, sagte Bedwyr grimmig. »Sie hatten Recht mit ihrer Vermutung, man habe mir vor der Katastrophe von Camlann ein Geheimnis anvertraut. Bloß war es ein anderes Geheimnis, als sie meinten.«

»Was ist das?«, wiederholte Eurgain.

»Artus, mein Herr, hat dieses Amulett bei der Belagerung von Badon Hill getragen, wo er seinen größten Sieg errang.« Bedwyr lächelte still in sich hinein, von Erinnerungen überwältigt. »Ob der Sieg ohne dieses Amulett ebenso grandios ausgefallen wäre, wer weiß?«

Ceolric fing Eurgains Blick auf und bedeutete ihr zu schweigen, bevor sie die Frage zum dritten Mal stellen konnte.

»Dies ist die Geschichte des Amuletts, die ihr glauben mögt oder auch nicht, ganz wie ihr wollt«, sagte Bedwyr, dessen Stimme die Hütte ausfüllte.

»Vor einem halben Jahrtausend wurde der Gottessohn von den Römern vor den Toren der heiligen Stadt Jerusalem auf einem Hügel gekreuzigt. Einer seiner Anhänger begrub den Leichnam in einer Gruft, die er eigentlich für sich selbst vorgesehen hatte. Dieser Mann mit Namen Joseph nahm auch einen Splitter vom Kreuz an sich, an dem unser Herr gestorben ist. Wie ihr wisst, stand der Herr am dritten Tag von den Toten auf, und als die Zeit kam, da seine Anhänger seine Botschaft verbreiten sollten, war Joseph einer von ihnen.

Nun, er war ein Kaufmann, ein wohlhabender Mann, wenngleich er klugen Gebrauch von seinem Reichtum machte und ihn für die Anhänger Jesu verwandte. Damals befanden sich die Römer erst seit kurzem in Britannien, und Joseph war der Ansicht, dieses Land eröffne ihm neue Möglichkeiten für den Handel und die Verbreitung des Glaubens. Als er nach Britannien reiste, nahm er den Splitter vom Kreuz des Herrn mit, und nach seinem Tod wurde dieser von Hand zu Hand weitergereicht, sicher verschlossen in diesem kupfernen Amulett, stets hoch geschätzt und inbrünstig verehrt, bis er schließlich in Artus' Besitz gelangte und von ihm an mich, seinen ersten und letzten Getreuen, weitergereicht wurde.«

Als er geendet hatte, schwiegen alle. Nai und Eurgain waren von tiefer Ehrfurcht überwältigt.

Ceolric blieb als Einziger unbeeindruckt. Von der Erzählung des alten Mannes hatte er bloß so viel begriffen, dass dem Talisman eine große Kraft innewohnte, die in irgendeiner Verbindung mit dem von Bedwyr verehrten Gott stand, einem Gott, der gestorben und wieder zum Leben erwacht war, wie es Göttern bisweilen geschah. Was ihn dabei verwirrte, war, dass plötzlich die Römer ins Spiel kamen, denn er hatte die Römer immer für gewöhnliche Sterbliche gehalten, und Sterbliche töteten keine Götter. Vielleicht hatte er sich ja verhört, oder aber Bedwyr hatte diesen Teil der Geschichte falsch wiedergegeben.

»Wozu taugt das?«, fragte er und errötete, als die anderen ihn anstarrten. »Was kann man damit anfangen?«

»Was man damit anfangen kann?«, rief Nai erbost aus. »Was man damit anfangen kann?«

»Aber das ist doch ein Splitter von dem Baum, an dem der Junge Sohn gestorben ist, der Beschützer der Menschheit«, sagte Eurgain bestürzt.

»Baldur der Schöne«, bemerkte der Einsiedler. Er musterte Ceolric mit traurigem Blick. »Dagegen ist heidnische Magie machtlos.«

Bedwyr streifte sich das Amulett über den Hals.

»Wir können hier nicht bleiben, und ich will das Amulett nicht zurücklassen. Die Skoten werden sich von ihrer Niederlage bald erholt haben und erneut angreifen, und diesmal könnte es ihnen gelingen, uns zu überwältigen. Wir müssen einen Fluchtversuch wagen, um uns der Kriegerschar später anzuschließen.«

Er wandte sich an Nai. »Wir sollten alle gemeinsam aufbrechen. Soll Gereint sich mit Eremon befassen.«

»Eremon«, knurrte Nai. »Eremon mab Cairbre.« Er massierte die Narbe an seinem Hals und hob enttäuscht die Schultern. »Wie du meinst. Wie du meinst.«

Nach einigem Hin und Her kamen sie überein, den Hügelkamm hinter dem Dorf über den längeren Weg anzupeilen, sich in der Nähe der Bucht zu halten, bis sie zu einem Fluss gelangten, und dann die letzte Wegstrecke durch den Wald zurückzulegen.

Sie hofften darauf, dass das von Bedwyr angerichtete Gemetzel die Skoten eingeschüchtert hatte und dass der geplante Umweg die Gefahr, in einen Hinterhalt zu geraten, vermindern würde.

Bevor sie aufbrachen, suchten die beiden jungen Leute den Boden nach Waffen ab. Bedwyr nahm Nai, der einen Schleifstein aus seiner Satteltasche ausgepackt hatte und damit sein Langmesser schärfte, beiseite.

»Es könnte sein, dass einer von uns die Nacht nicht überleben wird.«

»Bloß einer?« Nai hob die Brauen, prüfte die Schärfe der Klinge an den Härchen seines Unterarms.

»Ich möchte dich um einen Gefallen bitten, für den Fall, dass es mich treffen sollte.«

Nai legte Messer und Schleifstein beiseite und wandte dem alten Mann seine ganze Aufmerksamkeit zu. »Es wäre mir eine Ehre, mein Herr«, sagte er förmlich.

»Die Barbaren sind wieder in Bewegung. Die kleinen Königreiche unseres Volkes werden ihnen nicht standhalten können. Im Norden werden Elmet, Loidis, Dewr und vielleicht sogar Rheged in Kürze untergehen; in den Midlands und im Süden sind die Ländereien des Severn-Tals und Calchwinyth auf den Kalksteinhügeln verwundbar. Und wie lange wird wohl Ostdumonien standhalten, wenn Cerdics Erben erst einmal Ernst machen?«

»Nicht lange, das kann ich dir versichern.«

»Außerdem deutet nichts darauf hin, dass die Bruderkriege zwischen den Königen Britanniens abflauen werden. Kein Wunder, dass das gemeine Volk nichts für ihre Herren übrig hat!«

»Um welchen Gefallen bittest du mich?«, fragte Nai, sich unbehaglich in der Senke umblickend. Er brannte darauf, aufzubrechen und diese Menschen an einen sicheren Ort zu bringen (falls sich ein solcher Ort finden ließ), damit er zurückkehren und ein Ende machen konnte.

»Irgendwo in Ostdumonien gibt es ein Nonnenkloster. Den genauen Ort kenne ich nicht - sie hat ihre Spuren ebenso verwischt wie ich, um nicht zur Spielfigur von Leuten zu werden, die von Macht und Ruhm träumen.« Er fuhr sich durch das vom Mondschein versilberte Haar. »Ich habe den Splitter vom Kreuz des Herrn behalten; sie den Kelch.«

»Den Kelch?« Nai runzelte die Stirn. »Du sprichst von Lady Gwenhwyvar?«

»Ja. Nach der Schlacht von Camlann fand sie in einem Kloster in der Nähe von Lindinis Unterschlupf, blieb jedoch nicht lange dort. Es war zu gefährlich. Die Witwe des Amheradwyrs hätte dem Ehrgeiz von Männern wie Vortepor einen Anstrich von Legitimität verschafft.«

»Und du willst sie finden?« Die beiden jungen Leute hatten mittlerweile die Köcher an den Satteltaschen der Ponys mit den aufgelesenen Speeren gefüllt, und Ceolric suchte neben dem heruntergebrannten Feuer nach seinem verlorenen Messer.

»Die Nachfahren Menestyr des Kelchbewahrers werden nach dem Kelch suchen. Solange im Osten noch Ruhe und Ordnung herrschen, werden sie es nicht wagen, ein Kloster anzugreifen, aber sollten sich die Saesoniten einmischen ...«

»Ich verstehe.«

»Beginne deine Suche beim Kloster St. Helena in der Nähe von Lindinis«, bestimmte Bedwyr, sich den Pferden nähernd. »Sag dort, ich hätte dich geschickt.«

»Was soll ich tun, wenn ich sie finde?«

»Beschütze sie. Sie wird schon wissen, was zu tun ist.«

Nai schüttelte verwirrt den Kopf und hob die Schultern. »Solltest du getötet werden und sollte ich überleben, werde ich nach ihr suchen.« Die ganze Unterhaltung kam ihm überflüssig vor, doch er war es gewohnt, dass Männer vor einem gefährlichen Kampf seltsame Bitten äußerten – das hatte er selbst auch schon getan.

»Hoffen wir, dass es nicht so weit kommt«, sagte Bedwyr mit einem Blick auf Eurgain.

Sie hatte sich mit einem leichten Langmesser bewaffnet, das sie einem der getöteten Skoten abgenommen hatte.

»Eigenartig«, sagte sie, die Luft mit der Klinge durchteilend. »Hat man erst einmal getötet, fällt es einem beim nächsten Mal leichter.«

»Das gilt für uns alle«, murmelte Bedwyr und zog sich in den Sattel hoch. »Gott steh uns bei.«

3

Als sie die Hütte hinter sich ließen, stand der Mond hoch am Himmel und färbte die Äste der Bäume kalkweiß. Bedwyr und Eurgain ritten auf den Ponys, Nai und Ceolric gingen neben ihnen her, musterten die dunklen Schatten und die Stellen silbrigen Mondscheins und lauschten aufmerksam auf das Rascheln der Tiere im Unterholz.

Das Brandungsrauschen wurde immer lauter. Das Land senkte sich zu einem bewaldeten Tal hin ab, dann erblickten sie eine helle Sandfläche mit einer dunklen Linie, die sich pfeilgerade vom Wald zur Brandung erstreckte. Dies war die Mündung des Flusses, an der Gorthyn, Nai und das Mädchen vor einer Ewigkeit vorbeigekommen waren.

Eurgain schrie auf.

Eine große weiße Eule strich lautlos über sie hinweg und erschreckte die Pferde. Sie sank auf den Strand nieder und breitete weit die Schwingen aus, um den Fall abzufangen, dann verschwand sie in der Nähe der Brandung.

»Hier stimmt etwas nicht«, sagte Bedwyr leise und sog witternd die Nachtluft ein. »Macht euch bereit.«

Nai löste das Schwert in der Scheide und justierte den Riemen seines ramponierten Schilds; bei jeder Bewegung zuckte er vor Schmerzen zusammen.

»Was war das?«, fragte Ceolric. »Da! Dieses Geräusch!«

»Ich kenne das Geräusch«, sagte der alte Mann, in seinem Gedächtnis forschend.

Mittlerweile waren sie am Rand des Strandes angelangt, wo Gras und Sand sich unter ihren Füßen mischten.

Eurgain schreckte abermals zusammen.

»Wer ist das?«, fragte sie und deutete aufs Meer hinaus.

Vom bleich schimmernden Wasser hob sich die dunkle Silhouette eines Mannes ab, der mit dem Schwert auf den Metallrand seines Schildes klopfte.

»Nai!« Der Ruf zerteilte die Nacht. »Nai der Wortkarge! Nai der Schweigsame! Nai mab Nwython! Komm her und kämpfe!«

Eurgain stöhnte entsetzt auf. Nai hob ernüchtert die Schultern und zog das Schwert seines Freundes aus der Scheide. Die stählernde Klinge schimmerte bläulich.

»Nai!«, brüllte Eremon und untermalte seine Worte mit dem Klirren von Metall. »Komm her und kämpfe. Weich ist der Sand und lieblich die Musik der Wellen. Dies ist ein guter Ort, um zu sterben.«

»Weshalb sollte ich meine Kräfte vergeuden, indem ich ausgerechnet gegen dich kämpfe?«, rief Nai, dessen krächzende Stimme die Pferde erschreckte. »Eidbrecher, Verwandtenmörder, was gibst du mir, wenn ich deine Herausforderung annehme?«

»Bist du ein Krämer oder ein Krieger?«, höhnte Eremon.

»Meine Klinge wird dir darauf antworten, du Dieb.« Nai zögerte, blickte Bedwyr an. »Garantierst du mir, dass meine Gefährten unbehelligt bleiben, so lange der Kampf währt?«

Eremon überlegte kurz. »Warum nicht? Ja, es wird ihnen so lange nichts geschehen, bis ich dich getötet habe, Cousin.«

»Da kannst du lange warten«, sagte Nai. Er wandte sich zu seinen Gefährten um, küsste Eurgain auf die Wange und umarmte Ceolric.

»Tut, was immer der Einsiedler - Bedwyr - euch sagt. So Gott will, werden wir uns wiedersehen, aber wenn nicht, dann möge euch für den Rest eures Lebens Glück beschieden sein.«

Er verneigte sich vor dem alten Mann, der kerzengerade zu Pferd saß. »Ich bin froh, dass ich Euch kennen gelernt habe, mein Herr. Gott sei mit Euch.«

Bedwyr musterte ihn einen Augenblick lang mit grimmiger Miene. Dann hob er die Hände und streifte sich das Amulett über den Kopf.

»Nimm das«, sagte er. »Nimm es und trage es zu meinem Gedenken und zum Gedenken meiner zwei Herren, die beide wiederauferstehen werden: zum Gedenken an den Kriegsherrn von Britannien und an den Erlöser.«

Nai schüttelte den Kopf, der alte Mann aber ließ seine Bedenken nicht gelten. »Du stehst im Begriff, das einfache britische Volk gegen diejenigen zu verteidigen, die ihm übel wollen, so wie Artus, mein Herr, es seinerzeit verteidigt hat. Nimm das, Nai.«

»Wenn ich getötet werde, ist es verloren.«

»Du wirst nicht getötet werden«, sagte der alte Mann mit solchem Nachdruck, dass Nai ihm beinahe glaubte.

Widerstrebend neigte Nai den Kopf und ließ sich von Bedwyr das Amulett umlegen.

»Wenn du Eremon erschlagen hast, komm so rasch wie möglich zu uns zurück«, sagte Bedwyr. »Ceolric und Eurgain könnten dich brauchen.«

Nai nickte erst, dann sagte er: »Ich bezweifle, dass seine Anhänger mich werden gehen lassen.«

Bedwyr zuckte die Achseln. »Warten wir's ab.«

»Willst du endlich kämpfen, Nai?«, rief ungeduldig Eremon.

Nai wandte sich um und hob grüßend die Hand, dann schritt er, schwarze Fußabdrücke hinter sich lassend, über den weißen Sand und näherte sich unbeirrt der dunklen Gestalt.

»Kommt«, sagte Bedwyr. »Ceolric, setz dich hinter Eurgain. Er hat uns eine Atempause verschafft, und die müssen wir nutzen.«

»Glaubst du, Eremon wird Wort halten?«, fragte der Jüngling, als er sich auf den Rücken des Ponys hinaufzog.

»Nein. Deshalb reiten wir auch in zügigem Tempo und halten die Waffen bereit.«

Bedwyr ritt so schnell, wie er es für geraten hielt. Im Vertrauen darauf, dass das Pferd schon wusste, wohin es seine Füße zu setzen hatte, trieb er es durch den Wald. Die beiden jungen Leute folgten ihm. Ceolric klammerte sich an Eurgain an, hüpfte im Sattel auf und nieder und spürte sein Zähneklappern im ganzen Kopf. Hin und wieder bewegte er sich im Einklang mit dem Pferd, dann wieder krachte er mit voller Wucht auf den Pferderücken nieder, während der ihm *entgegenkam*, sodass ihm der Ruck ins Rückgrat fuhr und er sich fragte, ob er den Ritt heil überstehen würde.

Eurgain weinte. Sie hatte Nai, diesen grimmigen, schweigsamen Mann, ins Herz geschlossen. In gewisser Weise mochte sie ihn lieber, als sie Gorthyn gemocht hatte, der für ihren Geschmack zu gutmütig-derb gewesen war. In ihrer Familie hatte man auf Worte nicht sonderlich viel gegeben; wenn man Tag um Tag allein auf den Feldern arbeitete oder auf dem Meer fischte, war man nicht gesprächig. Nai hatte sie an ihren Clan erinnert, an ihre Familie, und jetzt hatte sie ihn ebenfalls verloren. Sie wusste, sie würde ihn nie wiedersehen.

Der Wald war angefüllt mit bleichem Licht und undurchdringlichem Schatten. Sie hatten den Eindruck, der Mond bewege sich von Wipfel zu Wipfel, mal hinter dem Laub verborgen, mal hell den Boden beleuchtend.

Eine Zeit lang folgten sie dem Flusslauf, dann, als er eine andere Richtung einschlug, ritten sie über den Hang zum Hügelkamm hinauf und drangen auf offenes Gelände vor.

Plötzlich sprangen zwei graue Gestalten schreiend hinter einem Busch hervor. Bedwyrs Pferd scheute, trat aus und schleuderte die Skoten ins Unterholz.

Immer mehr unheimliche Schattengestalten tauchten auf. Ein Speer flog zischend an Eurgains Kopf vorbei: Sie duckte sich, zog das Messer und lenkte das Pony mit einer Hand den Hang hinauf.

Der hinter ihr sitzende Ceolric brüllte zusammenhanglos. Sie vernahm das Klappern der Speere, als er einen aus dem Köcher zog, dann stach sie auf ein kalkweißes Gesicht ein. Die Klinge zog eine dunkle Linie über den offenen Mund, und die Wucht des Zusammenpralls hätte sie beinahe aus dem Sattel geworfen.

Der voranreitende Einsiedler hatte das Schwert gezogen, das in dem fahlen Licht tückisch funkelte. Es blitzte zweimal auf, durchteilte den Schatten; Bedwyrs Pony tänzelte seitwärts, versuchte, seiner Raserei zu entkommen, doch irgendwie behielt er trotz der Steigung und des unebenen Bodens die Oberhand und zwang es, immer wieder gegen die Skoten anzurennen.

Dann schrie er auf, und da war es, als stünde die Welt still.

Der Sand fühlte sich unter Nais Füßen hart an, hart und feucht. Das Brandungsrauschen wurde immer lauter. Er atmete in tiefen Zügen, bereitete sich auf die Begegnung vor und schmeckte Salzgeschmack auf der Zunge.

Nicht nur die Wunde tat ihm weh, sondern er hatte Schmerzen am ganzen Leib. Er fühlte sich alt und müde, sehr müde.

Ein großer Halbkreis von Männern erwartete ihn. Weder stockte er, noch sah er sie unmittelbar an, wenngleich er aus den Augenwinkeln ihre Erregung gewahrte.

Für Angst war in ihm kein Platz, er verspürte bloß Ernüchterung. Seit er auf jenem Hang aufgewacht war und gehört hatte, wie Gereint und Morgant darüber sprachen, dass Vortepor sich mit einem Skoten getroffen habe, hatte alles auf diesen Augenblick hingeführt.

Eigentlich hatte er immer schon gewusst, dass er von Eremons Hand sterben würde.

Die Gestalt wurde immer größer und größer. Unwillkürlich wandte er den Kopf, da er erwartete, dass Nai hinter ihm ginge, doch dort war niemand, und er schalt sich einen Narren.

»Bist du bereit, Cousin?«, fragte Eremon.

»Ich bin bereit«, sagte er, hob den ramponierten Schild auf Augenhöhe und packte das Schwert seines Freundes mit festem Griff.

»Dann lass uns anfangen!«, rief Eremon, stürzte vor wie ein Stier und suchte ihn im ersten Anlauf zu überwältigen.

Nai fixierte Schild und Schwert seines Gegners, ohne diesem

ins Gesicht zu sehen. Er wich den Hieben aus, die über seinen Kopf hinweg- oder seitlich an ihm vorbeizischten.

Ein-, zweimal war er gezwungen, einen Hieb mit dem Schild abzuwehren, und die Wucht dieser Treffer erschütterte ihn von Kopf bis Fuß und warf ihn mehrere Schritte zurück, doch jedes Mal gelang es ihm, abermals Kampfhaltung einzunehmen.

»Nai, der Flinke!«, höhnte Eremon. »Bleib stehen und kämpfe, mein Freund!«

»Ich bin nicht dein Freund!«, keuchte Nai, dem von einem weiteren Treffer auf den Schild die Zähne klapperten.

Der Renegat lachte und verdoppelte seine Anstrengungen.

Nai hatte das Gefühl, ein großes Gewicht drücke ihn nieder, behindere seine Bewegungen, verzögere seine Reaktionen. Bisweilen hatte er es eher seinem Glück als seinem Können zu verdanken, dass er den Hieben des Iren ausweichen konnte, und wäre beinahe auf dessen Finten hereingefallen. Er hatte gewusst, dass Eremon ein gefährlicher Gegner war, zumal mit dem Schwert, aber dass er so schnell und stark war, hatte er nicht geahnt.

Je klarer ihm seine hoffnungslose Unterlegenheit wurde, desto größer wurde seine Bedrückung.

Auf einmal stolperte er. Der Boden unter ihm gab nach, er geriet ins Taumeln, versuchte sich mit dem Schwert abzustützen. Einen Augenblick lang wusste er nicht, was geschehen war, dann wurde ihm klar, dass er sich bis zum Flussufer hatte zurücktreiben lassen und dass der weiche Uferboden unter seinem Gewicht nachgegeben hatte.

Eremon grinste ihn an, das Schwert zum tödlichen Schlag erhoben. Nais Herzschlag raste, er zitterte am ganzen Leib.

»Na los, Cousin«, sagte Eremon verächtlich, »das wird doch nicht schon alles gewesen sein.« Er trat zurück, damit Nai sich wieder aufrichten konnte.

Vor Tränen verschwamm Nai die Sicht, als er sich aus dem feuchten Sand befreite. Schweiß troff ihm von der Stirn und er atmete in rauen Stößen.

Er würde sterben.

Er würde von der Hand eines Mannes sterben, den er hasste und verachtete.

All sein Gerede von Rache war bloßes Geschwätz gewesen, die ohnmächtigen Drohungen eines zornigen Kindes.

Als Eurgain wieder klar sehen konnte, waren die Skoten offenbar verschwunden. Bedwyrs Lippen bewegten sich, doch sie verstand ihn nicht, da ihr von dem Schrei noch immer die Ohren klangen. Bedwyr beugte sich zu ihr hinüber, packte die Zügel und trieb sein Pony den Hang hinauf. Sie folgte ihm, sich undeutlich bewusst, dass Ceolric ihre Hüfte umklammerte und dass sie in der Rechten das blanke Messer hielt.

Zweige streiften an ihrer Kleidung, peitschten ihr ins Gesicht. Bedwyrs Pony schleuderte Erdklumpen hoch, überschüttete Eurgain mit Dreck und modrigem Laub, denn sie hielt sich dicht hinter ihm. Das Geplänkel und der wilde Ritt drängten ihren Kummer in den Hintergrund. Wenn Nai Eremon unterliegen sollte - mittlerweile war er wahrscheinlich schon tot -, waren sie es ihm schuldig, sich seines Opfers als würdig zu erweisen.

Die Pferde waren schweißgebadet und glänzten im Mondschein, als sie den Waldrand erreichten. Bedwyr verkündete eine Rast, und Ceolric ließ sich mit einem Seufzer der Erleichterung vom Pferd gleiten, wischte sich die mit klebrigem Schaum bedeckten Hände an der Kniehose ab.

»Was nun?«, fragte er.

Bedwyr neigte lauschend den Kopf. »Sie sind uns nicht gefolgt. Ich glaube, einstweilen seid ihr in Sicherheit. Sucht die Straße nach Penhyle und lasst euch weder von Mensch noch Tier vom Weg abbringen. Früher oder später werdet ihr Gereint und seinen Männern begegnen.«

»Und was ist mit dir?«, fragte Eurgain. Die eigene Stimme hatte für sie einen fremdartigen Klang, denn ihr summten noch immer die Ohren.

Er ergriff ihre Hand, löste behutsam ihre Finger vom Messer und wischte das Blut im Gras ab. Er küsste sie auf die Knöchel und drückte ihr das Heft des Messers in die Hand, während sie reglos dasaß, ohne zu begreifen, was vor sich ging.

»Nai wird Unterstützung brauchen, wenn er Eremons Männern entkommen will.«

Ceolric sog scharf die Luft ein. »Du willst umkehren?«
»Ich muss.«
»Aber ...« sagten beide im Chor.
»Ich muss«, wiederholte Bedwyr und wendete das Pony.
»Ich wünsche euch alles Gute«, sagte er, hob grüßend das Schwert und verschwand.

Eremon hatte sich an die andere Seite des Strandes begeben und trank aus einer Lederflasche. Er spülte sich den Mund, spie aus und grinste.

»Na, willst du dich nicht ergeben?«, rief er. »Du und ich, wir könnten diese Männer gemeinsam anführen. Na los, was hindert dich daran? Die Loyalität gegenüber deinen neuen Freunden?« Er lachte derb. »Stell dir bloß mal vor, wie wir uns mit dem Mädchen vergnügen könnten, du und ich. Schließ dich mir an! Du weißt nicht, wie es ist, Nai, Tod und Verderben über diese tumben Landleute in ihren stinkenden Hütten zu bringen.

Und außerdem habe ich den Kelch, Nai, das Symbol des Herrschertums.« Er grinste schief. »Damit werde ich mir eine herausragende Stellung im Rat des neuen Prydeins sichern.«

Er warf die Lederflasche einem seiner Gefolgsmänner zu. »Ich glaube, wir sollten die Kleine noch eine Weile am Leben lassen und sie lehren, was wahre Lust bedeutet ... und was Schmerz.« Er kicherte. »Die ist zu schade, um von dem Saesoniten vernascht zu werden.«

Nai leckte sich die Lippen. Die Bedrückung lastete noch immer schwer auf ihm. In der unbestimmten Hoffnung, dies alles sei bloß ein schlechter Traum und Gorthyn werde jeden Augenblick die Zuschauermenge durchteilen, seine Stelle einnehmen und dem Spott des Iren ein Ende machen, blickte er sich um.

Doch es war kein Traum. Dies alles war fürchterliche Realität. Eremons bleiche Kämpfer lachten und unterhielten sich, schlossen Wetten darauf ab, wie lange ihr Anführer das Opfer noch leben lassen würde. Hinter ihnen tanzte der Druide mit Vogelmaske und Stiermantel umher, der Wind spielte in den Federn, die ihm auf den Rücken hinabhingen.

Nai überprüfte seinen Schild. Das Holz war an mehreren Stellen gesplittert und würde nicht mehr lange standhalten. Er schob den Halteriemen ein Stück weiter den Arm hoch und massierte mit der freien linken Hand die Narbe an seinem Hals, die Eremon ihm vor so vielen Jahren zugefügt hatte.

Er ertastete etwas Warmes, das in seiner Halsgrube ruhte.

Bedwyrs Amulett.

Ein Splitter des Heiligen Kreuzes, den Artus in der Schlacht von Badon Hill dabeigehabt hatte.

Die davon ausstrahlende Wärme strömte in seine tauben Finger ein und in seinen Arm. (In seiner Vorstellung wehte ein gewaltiger Wind über den uralten Wald hinweg, der die Dunkelheit mit sich fortnahm. Die Bäume bogen sich, fachten den Sturm noch weiter an, und ihr Lied erfüllte ihn, ein Lied vom Durchhalten, vom Abwettern der Winterstürme und der Hoffnung auf den Frühling.)

Er straffte sich. Seine Sicht klärte sich, und er sah die Dinge so, wie sie wirklich waren.

Die Zuschauer, im Kampf unerfahrene Bauern, halb verhungert und verzweifelt.

Der Druide, ein abergläubischer Narr, in Tierhäute gehüllt.

Eremon. Eremon, ein Sterblicher. Schnell, aber nicht mehr so schnell wie vor zehn Jahren.

Die Wärme strömte durch den Arm in seinen ganzen Körper. Er spürte das in ihm lodernde Feuer. Das Gefühl von Bedrückung verflüchtigte sich.

Der Druide heulte vor Wut, stimmte einen weiteren Zaubergesang an, tat so, als werfe er etwas in Nais Richtung.

»Zu spät!«, schrie Nai. »Zu spät, Zauberer!«

Das Feuer ergriff Gewalt von ihm und schleuderte ihn Eremon entgegen, mit wirbelndem Schwert und Schild; die Schmerzen hatte er vergessen, er war ganz von Kampfeswut erfüllt.

Nun wich der andere zurück, sein Gesicht – Nai hatte keine Angst mehr, seinem wahnsinnigen Blick zu begegnen – spiegelte Verblüffung wider, seine Reaktionen waren langsam. Blut sickerte aus dem Kettenhemd.

Nai trieb ihn ins Meer, bis fahler Schaum an seinen Füßen

leckte, ein zartes Flechtwerk aus weißen und cremefarbenen Blasen, das sich wie Seide um seine Knöchel schmiegte.

Plötzlich hielt Nai inne und zog sich wieder aufs Trockene zurück. Seine Wut war verflogen. Ihre Stelle hatte eine Kälte eingenommen, die zur glitzernden Schönheit des Sternenhimmels passte, eine Kälte, die gefährlicher war als sein flammender Zorn, denn sie ging mit Überlegung einher.

Er streifte den gesplitterten, geschrumpften Schild vom Arm, zog das Langmesser und nahm es in die Linke.

»Komm her, Häuptling. Lass uns ein Ende machen«, krächzte er.

Außer den beiden Kämpfern regte sich niemand. Eremon stürzte vor wie zu Anfang und versuchte, abermals die Oberhand zu gewinnen. Nai wich zunächst vor Eremons Kraft und Wildheit zurück und wartete auf seine Chance, während es für die Zuschauer so aussehen musste, als stünde ihr Anführer kurz vor dem Sieg, denn sie ließen lautes Triumphgeschrei vernehmen.

Der Renegat aber atmete schwer, und obwohl er unablässig auf seinen ungeschützten Gegner einhieb und obwohl Nais Brustverletzung wieder aufgeplatzt war und Blut von seiner Seite in den hellen Sand tropfte, zeigte sich Furcht in Eremons Blick.

Der Sand war mittlerweile aufgewühlt von ihren Schritten und von geschwungenen Mustern durchfurcht, die den Kampfverlauf widerspiegelten. Eremon setzte die Füße fest auf den Boden, während Nai leichtfüßig auf den Zehenspitzen tänzelte; seine Kraft nahm zu, während die seines Gegners schwand.

Schließlich erwischte er Eremon auf dem falschen Fuß. Dieser wehrte den Hieb mit dem Schwert ab, und die beiden Klingen prallten klirrend aufeinander.

Während ihm die Ohren klangen, sah Nai, wie sich das Schwert aus seinen tauben Fingern löste und davonflog. Eremon verlor das Gleichgewicht, senkte den Schild. Nai stieß einen Triumphschrei aus, sprang hoch in die Luft, schwang das Messer wie das Hackebeil eines Metzgers und stürzte sich auf den am Boden liegenden Iren, wo er sich mit ihm verknäulte.

Die Zuschauer heulten entsetzt auf.

Eremon seufzte. Er spuckte Sand und betastete das Messer, das in seiner Schulter steckte.

»Das hätte ich dir nicht zugetraut, Cousin«, flüsterte er mit schmerzverzerrtem Gesicht.

Nai wälzte sich von ihm herunter, spürte, wie die Wellen an ihm leckten, zu erschöpft, um sich aufzurichten. »Ich auch nicht«, sagte er mit schwacher Stimme.

Eremons Mund zuckte, und Nai beugte sich zu ihm hinunter, ohne die Schmerzen in seiner Brust zu beachten.

»Ach, Cousin, es tut mir Leid ...« hauchte dieser tonlos.

Eremon versuchte zu lächeln, während Nai erschöpft auf seiner Brust zusammensackte. Eremons Gesicht verzerrte sich im Todeskampf, und dann lag Nai reglos auf dem Toten inmitten des Schaums, während die Wellen seine Wunden umspülten und ihn ins Meer hinauszuziehen suchten.

Das Pony rutschte den Hang hinunter. Bedwyr steckte das Schwert in die Scheide und klammerte sich an, duckte sich unter den überhängenden Ästen hindurch, spürte, wie die Zweige sein Haar streiften.

Abgesehen vom leisen Rauschen des Windes in den Blättern und dem Schnaufen und Hufgetrappel des Pferdes war es sehr still im Wald.

Er hatte einen gewaltigen Schrei ausgestoßen, wie an dem Tag, als er vom Rand der Grube ins Labyrinth hinabgeblickt hatte, wo Teleri sich das lange schwarze Haar freischüttelte (der Helm rollte über den sandigen Boden und prallte mit einem metallischen Scheppern gegen einen Stein), während Lleminawg, der freundliche Lleminawg, der Tänzer, sein Freund, mit dem Schwert zum tödlichen Schlag ausholte.

Als ihm ein kalter Wind in den Ohren heulte, hatte er geschrien, leise nur, denn der Sturm hatte seine kraftlose Stimme hinweggetragen, und sie hatte ihr Gesicht (das gerade wegen seiner Unvollkommenheiten schön war und ihm vertrauter schien als sein eigenes) der Sonne entgegengehoben, wie ein blindes Wesen aus der Tiefe der Erde, das seinem Gefängnis entronnen war und zum ersten Mal die Wärme spürte.

Irgendetwas war vollkommen falsch gewesen, als hörte er

eine wohlbekannte Geschichte an, deren Ausgang auf einmal verändert wurde, sodass sich die Tragödie zur Komödie wandelte oder der tapfere Held zum Feigling: bloß dass das Gefühl tausendfach verstärkt war.

Die Kraft hatte in ihm pulsiert, und er hatte ihr mit seiner Stimme Ausdruck verliehen.

Auf diese Weise hatte er Teleri das Leben gerettet und Lleminawg den Tod gebracht ...

... vor dreißig Jahren, als er noch jung war und mit ihm die Welt, als Artus, Gwenhwyvar und Cei und er selbst noch davon geträumt hatten, die Insel zu einen, Briten, Saesoniten und Skoten gleichermaßen, in einem großen Bündnis, das das Beste des Alten und das Beste des Neuen vereinen und auf den Fundamenten der Römer gründen sollte, auf dass in einer gequälten Welt ein Hort des Friedens und der Kultur entstünde.

(Und sie hätten es beinahe geschafft.)

Doch irgendetwas ging schief, sie bekamen graue Haare, wurden müde und verloren die Fähigkeit der Jungen, idealistische, unpraktikable Träume zu träumen und sie auch wahr zu machen. Stattdessen rieben sie sich in kleinlichen Machtkämpfen auf, während die alten Blutfehden aus der Vergangenheit aufstiegen und sie mit sich in die Tiefe zogen.

Jetzt ging es nurmehr um ganz einfache Dinge: um einen jungen Seasoniten und ein britisches Mädchen, die ihre Angehörigen verloren hatten und inmitten dieser Wirrnis ein neues Leben beginnen mussten, vielleicht gemeinsam, vielleicht jeder für sich – darauf kam es nicht an; und um einen Krieger mit krächzender Stimme, der einen aussichtslos scheinenden Kampf ausgefochten hatte, damit die beiden jungen Leute eine Chance bekamen; und um einen alten Mann mit einem Pferd, einen alten Mann mit einem Schwert, einen alten Mann, der vorgehabt hatte, den Rest seiner Tage in friedlicher Kontemplation über die Mysterien Gottes zu verbringen ...

Das Pony hatte den Fuß das Hanges erreicht und durchquerte mit lautem Geplätscher den Bach. Bedwyr richtete sich im Sattel auf und lachte laut heraus. Er hätte sich denken können, dass Gott eine andere Verwendung für seine Gaben hatte: Hatte der Falke ihn nicht gewarnt?

Er fasste unter sein Gewand und holte einen Lederriemen hervor, fuhr sich mit den steifen Fingern der Linken durchs lange weiße Haar, streifte die wehenden Locken zurück und band sie zusammen.

Mit der Rechten zog er einen Speer aus dem Köcher, vergewisserte sich, dass er unbeschädigt war, und reckte ihn hoch in die Luft.

Früher einmal hatte er auf diese Weise für die Reiterei das Signal zum Angriff gegeben, hatte den Speer erst reglos emporgereckt und ihn dann unvermittelt gesenkt, um den Angriff einzuleiten.

Jetzt war er auf sich allein gestellt, ein alter Mann auf einem Pony, das die Gefährten höchstens im Tross als Packpferd eingesetzt hätten.

Er senkte den Speer (die Klinge funkelte im Mondschein auf), legte ihn wie eine Lanze an und trieb das Pony am Flussufer entlang.

Zunächst kamen sie rasch voran; Eurgain ritt auf dem Pferd, und Ceolric trabte neben ihr her. Sie hatte ihm die freie Hand auf die Schulter gelegt. Sie wurden erst langsamer, als sie die Dunkelheit des Waldes hinter sich gelassen und den zum Hügelkamm emporführenden Hang zur Hälfte erklommen hatten. Hinter ihnen rauschte der zunehmende Wind im Laub, und in der Ferne rollten die Brecher gegen die Küste an.

Als sie auf dem Kamm angelangt waren, blies ihnen der kalte Wind, der von den Klippen her über die Mulden und Täler wehte und in dem sich die Gerüche der Nacht mit Salzgeruch mischten, ins Gesicht. Hier legten sie eine kurze Rast ein. Eurgain ließ die Beine baumeln, wendete das Pferd und blickte auf den dunklen Wald hinunter.

»Ob er …?«, fragte sie und ließ den Rest der Frage unausgesprochen.

Ceolric legte ihr die Hand aufs Bein, massierte sanft die verspannten Muskeln.

»Ich weiß es nicht.« Er schüttelte den Kopf und wiederholte: »Ich weiß es nicht.«

Sie setzten sich wieder in Bewegung, und Celric lief neben dem Pony her, übers grauweiße Gras, vorbei an den Findlingen, zwischen denen Eurgain sich mit Gorthyn und Nai versteckt hatte. Sie folgten dem Kamm, als dieser nach Südwesten abbog, und erblickten zwischen den Bäumen hindurch in der Tiefe bisweilen das im Mondschein schimmernde Wasser der Meeresbucht.

Eingelullt vom Schwanken des Pferderückens, war Eurgain in eine Art Trance gefallen und wäre um ein Haar vom Pferd gestürzt, als dieses plötzlich scheute, sodass Ceolric ihm ausweichen musste, um nicht umgestoßen zu werden. Das Pony schnaubte, warf den Kopf und wieherte laut, schäumte und verdrehte die Augen.

»Was ist los?«, rief Ceolric.

»Pack die Zügel!«, rief Eurgain, während das Pony sich aufbäumte. »Halt den Kopf runter!«

Irgendwie gelang es ihr, im Sattel zu bleiben, während das Pony tänzelte und sich drehte, denn sie wusste, dass das Tier davonrennen würde, wenn sie stürzte.

»Ruhig, ruhig«, murmelte sie beschwichtigend und tätschelte dem Pony den verspannten Hals. »Ganz ruhig, mein Held.«

Darauf bedacht, den großen gelblichen Zähnen nicht zu nahe zu kommen, bekam Ceolric die Zügel zu fassen, und mit vereinten Kräften schafften sie es, das Pony von dem Busch wegzubringen, der es erschreckt hatte.

»Es hat Angst!«, sagte Eurgain, und auf einmal fiel es ihr wieder ein.

»Der Busch!«, sagte sie. »In dem Brombeergestrüpp! Als wir neulich flüchteten, habe ich hier eine unheimliche Gestalt gesehen!«

Ceolric entging die Angst in ihrer Stimme nicht.

»Kannst du das Pferd halten, wenn ich loslasse?«, fragte er.

Sie nickte, kalkweiß im Gesicht.

Das Pferd schien sich ein wenig beruhigt zu haben. Ceolric ließ die Zügel los und wich ein paar Schritte zurück, bereit, gleich wieder vorzuspringen, sollte das Pferd abermals in Panik geraten.

Obwohl er mit dem Messer gegen einen Toten nichts würde

ausrichten können, nahm er es in die Hand und näherte sich dem Busch, und hätte Eurgain ihn nicht beobachtet, hätte er auf der Stelle kehrtgemacht und wäre fortgerannt, denn er hätte es lieber mit den Skoten aufgenommen als mit dem Ding im Gebüsch, von dem Gorthyn gemeint hatte, es habe ihren ersten Fluchtversuch vereitelt.

Am dunklen Rand der Dornsträucher machte er einen verschwommenen Umriss aus. Verkrampft am ganzen Leib und das Messer so fest umklammernd, dass ihn die Hand schmerzte, ging er weiter, darauf gefasst, dass sich das Ding jeden Augenblick bewegen würde.

»Vater«, flüsterte hinter ihm Eurgain. »Rhodri.«

Er nahm all seinen Mut zusammen und drang ins Gebüsch ein, ohne auf die spitzen Dornen zu achten.

»Lumpen«, sagte er und riss ein paar davon los. »Hier sind bloß Lumpen.«

Er zwängte sich wieder ins Freie und zeigte Eurgain die Trophäen.

»Bloß ein paar Lumpen, die jemand an den Zweigen festgebunden hat. Sieht nicht so aus, als wäre da noch mehr gewesen.«

Eurgain starrte die Lumpen an. »Da ist niemand?«, krächzte sie.

»Nein«, antwortete er mit fester Stimme. »Niemand. Bloß Lumpen.«

»Das war der Druide.« Sie schluckte, fand ihre Stimme wieder. »Glaubst du, er hat uns vorletzte Nacht verhext?«

»Sodass ihr etwas gesehen habt, das gar nicht da war?«

»Um uns daran zu hindern, Penhyle zu warnen.«

»Ja, das glaube ich schon«, sagte er, nicht weil er es glaubte, sondern weil er sie beruhigen wollte, damit sie nicht länger das Bild ihres Vaters vor Augen hatte, der wie schmutzige Wäsche in einem Dornstrauch hing.

»Zieh das Gewand aus«, kommandierte sie.

»Was?«

»Wir müssen dem Pferd den Kopf umwickeln. Dann lässt es sich am Gebüsch vorbeiführen. Beeil dich!«, setzte sie ungeduldig hinzu.

»Sind Pferde wirklich so dumm?«, murmelte er und streifte frierend das Gewand ab.

Mit gutem Zureden führten sie das Pony am Gebüsch vorbei; Eurgain konzentrierte sich ganz auf das Tier und blickte kein einziges Mal zu der Stelle, wo die verbliebenen Lumpen im Wind flatterten.

Ceolric wischte den Schaum des Pferdes so gut es ging am Gras ab und kleidete sich erleichtert wieder an, wobei er geistesabwesend den Hügelkamm entlangschaute.

»Was ist denn das? Sieh mal!«

Eurgain blickte in die Richtung, in die er zeigte.

»Penhyle ist das nicht«, sagte sie misstrauisch.

In der Dunkelheit brannten Lichter, funkelnde rötliche Punkte, große und kleine, nicht in Wassernähe, sondern fern am Horizont. Sie flackerten stark, wurden heller und wieder schwächer und verschwanden bisweilen, um gleich darauf an anderer Stelle wieder aufzutauchen.

»Die bewegen sich!«, sagte Ceolric.

Sie blickten einander an. Eurgains Gesicht wirkte im Mondschein wie gemeißelt, die Linien so klar und rein hervorgehoben, dass es ihm zu Herzen ging. Seine Gesichtszüge wirkten aufgrund des knabenhaften Barts wie weich gezeichnet, dennoch meinte sie einen Moment lang, noch nie einen so edlen Jüngling erblickt zu haben.

»Gereint!«, riefen sie im Chor, und Eurgain trieb das Pferd zum Galopp an, während er ihr nachrannte. Seine Erschöpfung war auf einmal wie weggeblasen.

Erst im Trab; das Pony bewegt sich in gleichmäßigem Rhythmus, während er sich bemüht, den Laut hervorzubringen, mit dem die Gefährten den Angriff zu begleiten pflegten, das tiefe Summen, das ihre Feinde zu Tode erschreckte.

Es gelingt ihm nicht. Er hustet und versucht es erneut, doch der Laut klingt dünn und hohl in seinen Ohren und gar nicht einschüchternd.

(Andererseits hat er ihn noch nie aus einer einzelnen Kehle vernommen, sondern bloß aus den Mündern der vereinten Streitmacht.)

Der Trab geht in einen kurzen Galopp über, mitten durch die Mondscheintümpel und das schwarze, silbrig gesprenkelte Flusswasser hindurch, die Bäume grau und dunkel, der Speerschaft hart in seiner Hand, die Zügel fest um die steifen Finger gewickelt.

Das Pony strengt sich nun an, der leichte Rhythmus hat sich verflüchtigt, das Tier schnauft, denn es spürt die Erregung des Reiters, und Bedwyr muss es zurückhalten, damit es sich nicht vorzeitig erschöpft. Noch immer stößt er das leise Summen aus, doch trifft er den Ton nicht und versucht es erneut, und wieder klappt es nicht, der Ton ist zu hoch, es mangelt ihm an der Tiefe und der Kraft, auf die es ihm gerade ankommt.

(Aber was erwartet er denn, der alte Mann, der allein im Mondschein reitet?)

Er hört den krächzenden Protest der Raben, die das laute Hufgetrappel des Ponys aus dem Schlaf geweckt hat. Der Wind flüstert in den Zweigen, ein kaltes Geräusch, und in der Ferne tönt das Rauschen der Brandung.

Das Pony kommt wieder zu Kräften und schreitet nun rascher aus, immer rascher, bis es abermals zu traben beginnt.

Die vom Mondschein wie mit Rauhreif überzogenen Äste und die uralten Baumstämme fliegen vorbei, und auf einmal wird das Summen lauter, bis sein ganzer Körper vibriert - wie in den alten Zeiten. Die Hufe trommeln auf den Boden, das Geschirr klimpert, und der Speer in seiner Hand ist wurfbereit.

Das Laub zittert an den Bäumen, das Summen und das Donnern der Hufe hüllen ihn ein, und er ist nicht allein, denn er spürt sie hinter sich, die Gefährten des Herrschers. Der Trab mündet in einen Galopp, der Strand kommt in Sicht, während die Krieger das Mark erschütternde Summen ausstoßen und die Aasvögel erwachen und ihnen folgen wie Möwen dem Pflug.

Die Erde erbebt, und sogar die Luft vibriert (die Bäume schütteln sich wie in einem Wintersturm), und Artus reitet neben ihm und an der anderen Seite Cei, lachend, jubilierend, und er weiß, dass Gwalchmei der Falke, Lleminawg der Ire und hundert andere dicht hinter ihnen sind, denn die Luft erdröhnt vom Donnern der Hufe und von dem Summen, das aus ihren Kehlen aufsteigt ...

»Jetzt!«, brüllt er und heult wie ein Wolf, und das Pony macht einen Satz nach vorn. »Wir reiten, wir reiten, Amheradwyr!«

Der Sand ist silbrig im Mondschein, und die Skoten blicken ihm verblüfft entgegen. Bedwyr sieht alles mit übernatürlicher Klarheit: die zerlumpten Gewänder, die mageren Leiber, die entmutigt gesenkten Waffen. Der maskierte Druide steht weit draußen in der Brandung, müht sich mit zwei im Wasser treibenden Gestalten ab und zieht einen Kopf empor, während in seiner Hand ein Messer aufblitzt und er sich anschickt, dem Mann die entblößte Kehle durchzuschneiden …

Die überlebenden Skoten sahen, dass der dunkle Wald wie im Sturm schwankte, sie vernahmen das Donnern der Hufe und ein alles übertönendes fürchterliches Summen, das aus hundert, nein tausend Kehlen stammen musste. Sie sahen, wie der Wald fahle Reiter ausspuckte, die auf sie zugestürmt kamen, zu viele, als dass man sie hätte zählen können, und an der Spitze eine kleine Gestalt, die mit fürchterlicher Treffsicherheit einen Speer schleuderte, der ihrem Zauberkundigen, ihrem Druiden, ihrer einzigen Hoffnung auf ein Überleben in diesem fremden Land, unmittelbar ins Herz fuhr.

Der Druide brach zusammen, die Vogelmaske löste sich und wurde ins Meer hinausgetrieben.

Dies war das Ende. Die Skoten flohen schreiend, stürzten sich ins Wasser oder rannten kopflos den Strand entlang, um dem Racheheer aus dem Wald zu entkommen.

Bedwyr zog Nai aus den Wellen hervor.

Zunächst fürchtete er, er sei zu spät gekommen und Nai sei tot, doch dann schlug dieser die dunklen Augen auf und hustete.

»Das Amulett«, flüsterte er, als er wieder Luft bekam. »Der Druide wollte mich verhexen. Das Amulett hat ihn daran gehindert.«

»Ich weiß«, sagte Bedwyr mit sanfter Stimme. »Deshalb habe ich es dir ja gegeben. Ich hoffte, dass etwas Derartiges passieren würde.«

Nai blinzelte, nahm sich sichtlich zusammen. »Wie bist du

hierher gekommen?«, fragte er mit wiedererstarkter Stimme. »Du bist doch mit den beiden jungen Leuten fortgeritten.«

»Ich habe sie auf den richtigen Weg geführt.«

»Und du bist wegen mir zurückgekehrt?« Nai versuchte sich aufzurichten. »Wo sind die Skoten? Wo ist der Druide?«

»Alle weg. Bleib liegen, damit ich dich untersuchen kann.«

Mit Nais widerwilliger Unterstützung schaffte es Bedwyr, ihn aus dem Lederpanzer zu befreien.

»Jedenfalls sind sie hübsch nass geworden«, murmelte der alte Mann vor sich hin. »Das wird ihnen gut tun.«

Er richtete sich schwerfällig auf, näherte sich Eremons in den Wellen treibendem Leichnam (die blinden Augen der neben ihm schwimmenden Vogelmaske beachtete er nicht) und riss ein paar Streifen von dessen Gewand ab.

»Damit sollte sich die Blutung stillen lassen«, sagte er und verband Nais Wunden. »Ich habe schon Schlimmeres gesehen, obwohl ich glaube, dass du eine Weile brauchen wirst, bis du wieder voll einsatzfähig bist.«

»Was ist mit den Skoten passiert?«

»Nachdem ich den Druiden getötet hatte, sind sie fortgerannt.« Bedwyr legte lauschend den Kopf schief. »Ich glaube nicht, dass sie weit kommen werden.«

In der Ferne vernahm man lautes Rufen und das Wiehern von Pferden.

»Gereint?«, sagte Nai mit schwacher Stimme.

»Bestimmt. An der Landzunge sehe ich Fackelschein. Sie werden bald hier sein.«

»Nimm das Amulett.«

»Behalt du es. Es ist an der Zeit, dass es an jemand Jüngeren übergeht.«

Nai schüttelte den Kopf. Seine Stimme war mittlerweile ganz schwach. »Das ist zu viel für mich. Diese Macht - ich bin mir nicht sicher, ob ich einen verantwortungsbewussten Gebrauch davon machen könnte.«

»Andernfalls würde nichts geschehen«, meinte Bedwyr leise. »Aber vielleicht hast du ja Recht. Vergrab es im Waldheiligtum, wenn du dich erholt hast. Vergrab es tief in der Erde, damit es nicht zufällig jemand findet.«

»Das ist ein heidnischer Ort«, wandte Nai ein. »Es sollte in einer Kirche aufbewahrt werden.«

»Ein heiliger Ort ist ein heiliger Ort, ganz gleich, welcher Gott dort verehrt wird. Und die Götter der Waldheiligtümer waren im Großen und Ganzen freundliche Wesen. Einem Kirchenmann möchte ich den Splitter vom Heiligen Kreuz nicht anvertrauen. Die sind mir zu ehrgeizig.«

»Einverstanden«, sagte Nai.

Bedwyr blickte den Strand entlang. Die Lichter waren jetzt ganz nahe. Er vernahm das Geplätscher der um die Landzunge herumwatenden Männer und Pferde, die lauten Rufe, mit denen sie sich verständigten.

»Ich muss aufbrechen. Wenn ich hier bliebe, würden Gereint oder Custennin versuchen, mich für sich einzuspannen.«

Er saß auf und blickte auf den verwundeten Nai herunter. »Pass auf dich auf, Cousin. Gott sei mit dir.«

Falls Nai etwas erwiderte, so wurde seine Bemerkung vom Brandungsrauschen verschluckt. Bedwyr gab dem Pony die Fersen und lenkte es fort von den sich nähernden Fackeln; obwohl es nicht mehr lang bis zum Morgen war, würde es ihm keine Schwierigkeiten bereiten, Gereints Streitmacht aus dem Weg zu gehen.

Am Waldrand hielt er kurz inne und blickte sich um. Nai war ein dunkler Schatten auf dem hellen Strand, und Eremon und den Druiden hätte man leicht für Treibholz halten können.

Bloß die Vogelmaske war deutlich erkennbar und tanzte mit ausgebreiteten Federn im hellen Mondschein auf den Wellen, auf und ab und hin und her. Dann auf einmal hatte sich der Stoff mit Wasser voll gesaugt, und die Maske versank lautlos am Grund des rastlosen Meeres.

Bedwyr ritt in den Wald hinein.

ANHANG

ZUM HISTORISCHEN HINTERGRUND

Die mittelalterliche Artuslegende lautet etwa so:

Es war einmal ein großer britischer König oder Herrscher. Er besiegte die Sachsen, die Pikten und die Skoten, die damals Britannien unsicher machten, und eroberte anschließend einen Großteil des westlichen Europa. Er und seine Gemahlin, die wunderschöne Guinevere, regierten sein Reich von der prachtvollen Hauptstadt aus, dem vieltürmigen Camelot, und in dieser Zeit herrschten Friede und Gerechtigkeit. Beraten von Merlin, dem Magier, gründete er die Tafelrunde, der die tapfersten und kühnsten Ritter der ganzen Welt angehörten. Als das Reich befriedet war, ritten die Ritter auf Abenteuer aus, und das größte dieser Abenteuer war die Suche nach dem Heiligen Gral.

Dies alles endete jedoch tragisch. Lancelot, Artus' engster Freund und Gefährte, verliebte sich in die Königin Guinevere. Zu viele Ritter kehrten von der Gralssuche nicht zurück. Der Ehebruch der Königin führte zum Bürgerkrieg, und Guineveres und Lancelots Sohn Mordred nahm die Königin zur Frau und brachte so den Thron in seine Gewalt. In der Entscheidungsschlacht schlugen Artus und die wenigen überlebenden Ritter der Tafelrunde zwar Mordred, doch Artus wurde tödlich verwundet. Er wurde nach Avalon gebracht und wird eines Tages von dort zurückkehren, um Britannien in der Stunde der größten Gefahr beizustehen.

Dies ist der Kern des Bretonischen Sagenkreises, jenes gewaltigen Zyklus, der im Mittelalter gedichtet wurde und mit Malorys *Le Morte d'Arthur* seine schönste Ausprägung fand.

Den bedeutendsten Einzelbeitrag zum Bretonischen Sagenkreis erbrachte Geoffrey von Monmouth mit der *History of the Kings of Britain*, die ungefähr um 1138 erschien. Geoffrey erfand den prophetischen Magier Merlin, indem er zwei verschiedene Charaktere der walisischen Legenden miteinander verschmolz. Geoffrey war es, der die Geschichte von Artus' Zeugung in Tintagel erzählte, der erklärte, Mordred sei Artus' Neffe gewesen und man habe den tödlich verwundeten Artus auf die Insel Avalon gebracht, um ›seine Wunden dort zu verarzten‹.

Spätere Autoren fügten weitere Ereignisse hinzu, arbeiteten bereits bekannte besser heraus oder erschufen ganz neue Charaktere wie Lancelot und Galahad, stets aber auf der Grundlage von Geoffreys Erzählung.

Als Geoffrey seine *History* verfasste, bediente er sich zahlreicher Quellen - einschließlich seiner Phantasie! Eine seiner Quellen aber war die walisische Überlieferung, eine häufig widersprüchliche Sammlung von Sagen. Währenddessen zogen auf der anderen Seite des Kanals andere Autoren bretonische Sagen heran, um ihre eigene Version der Artusgeschichte zu erzählen.

Ein Großteil dieses Materials ist verloren gegangen, der vorliegende Rest aber lässt erkennen, dass es einmal viele Varianten gegeben haben muss. Beispielsweise ist Artus nicht immer nach der apokalyptischen Entscheidungsschlacht gestorben. Die *Romanz des Franceis* von André, entstanden gegen Ende des 11. Jahrhunderts, behauptet, Artus sei von Capalu, einem Menschen in der Gestalt einer großen Katze, in einen Sumpf gestoßen worden, worauf die Katze ›ihn im Kampf tötete‹. Dieser Capalu ist wahrscheinlich eine Variante von Cath Baluc oder Palugs Katze, von der einige meinen, sie sei von Cei erschlagen worden.

John Rhys berichtet in seinem Buch *Celtic Folklore, Welsh and Manx* von einer keltischen Überlieferung, die im neunzehnten Jahrhundert in Gwynned in Umlauf war. Dieser Legende nach verfolgten Artus und seine Mannen einen Gegner von Dinas Emrys zum Mount Snowdon. Zwischen Llyn Llydaw und dem Gipfel des Snowdon gerieten sie auf einem Pass in einen Hinterhalt, und Artus wurde von einem Hagel von Pfeilen getroffen. Der Pass wird Bwlch y Saethau genannt, Pass der Pfeile. Artus wurde an Ort und Stelle in einem Hügelgrab bestattet, auf dass ›so lange sein Staub dort ruht, kein Feind den Weg beschreite‹. (Oberhalb von Llyn Llydaw befindet sich eine Höhle, in der angeblich seine Ritter ruhen.)

So weit wie möglich habe ich mich an die walisischen Überlieferungen gehalten, die in die von Geoffrey von Monmouth und Malory erzählten Legenden keinen Eingang gefunden haben. Manchmal war die mittelalterliche Version übermächtig: Beispielsweise habe ich Medraut bei der Schlacht von Camlann als Schurken geschildert, obwohl er in den Quellen aus der Zeit vor Geoffrey als Musterbeispiel an Tapferkeit und Ritterlichkeit geschildert wird. An anderer Stelle habe ich wiederum auf die älteren Quellen zurückgegriffen: Cei und Bedwyr sind auch in den walisischen Geschichten Artus' wichtigste Gefährten, und wenngleich später andere Helden an ihre Stelle traten, haben sie in der europäischen Literatur als Sir Kay und Sir Bedivere ihre Spuren hinterlassen. Gwalchmei hat einen ebenso unsicheren Stammbaum, und was die übrigen Artusgefährten betrifft, so habe ich auf die Aufzählung in der walisischen Legende von Culhwch und Olwen zurückgegriffen.

Ein wesentliches Element der Legende habe ich vollkommen in ihr Gegenteil verkehrt, nämlich Gwenhwyvar, die missbrauchte und ungetreue Königin. Hier ließ ich mich von der Geschichte von Rhiannon aus der ersten Abteilung des Mabinogion beeinflussen. Diese Geschichte wurde in der vorliegenden Form um 1060 herum niedergeschrieben, greift jedoch wie die Artuslegende auf ältere Überlieferungen zurück. Außerdem gibt es noch ein walisisches Gedicht von unklarer Herkunft, das möglicherweise eine Unterhaltung zwischen Artus, Gwenhwyvar und Melwas wiedergibt und meine Deutung der Legende stützen könnte - ich betone: könnte.

Der Vorstoß ins düstere Reich der Westinseln orientiert sich an der walisischen Dichtung *The Spoils of Annum*. Diese Dichtung ist auch der Ursprung der von Teleri in Caer Cadwy vorgetragenen Geschichte, und bei beiden Interpretationen habe ich mich von Robert Graves' *The White Goddess* beeinflussen lassen.

Das Christentum wurde im Jahr 337 im römischen Reich zur Staatsreligion erhoben, die anderen Religionen wurden im Jahr 400 verboten. Gildas (später komme ich noch ausführlicher auf ihn zurück) hat offenbar geglaubt, das Christentum sei vor dem Eindringen der Sachsen in Britannien vorherrschend gewesen. Das stimmt nicht, weder für Britannien noch für die anderen Teile des Reiches, Italien eingeschlossen: Trotz des Verbots hatten heidnische Praktiken nicht bloß überlebt, sondern erfreuten sich größter Beliebtheit. Zu Gildas' Zeit war die Kirche im Niedergang begriffen: Die Gemeinden schrumpften, ihre Autorität verfiel, und ihr Reichtum schwand.

Man weiß, dass es in Devon zahlreiche Waldheiligtümer oder *Nemeton* gegeben hat. Das bekannteste war Nemetostatio in der Nähe von North Tawton. Das daran angrenzende Dorf Bow wurde bis zur Fertigstellung der Brücke, der es seinen gegenwärtigen Namen verdankt, Nymet Tracey genannt, während Broad Nymet noch immer zwischen Bow und North Tawton liegt. Soviel ich weiß, deutet nichts darauf hin, dass es ein solches Waldheiligtum auch an der Südküste gab, daher entspringt Budocs *Nemeton* meiner Vorstellung.

Das gilt auch für andere in diesem Buch aufgeführte Orte. Dort, wo heute Ilchester liegt, gab es tatsächlich einmal eine Stadt namens Lindinis, doch ist Garulfs Lindinis an keine bestimmte Stadt des ausgehenden fünften Jahrhunderts angelehnt. South Cadbury wurde um diese Zeit herum neu befestigt und wird seit jeher mit Artus in Verbindung gebracht: Meine Schilderungen beruhen auf Leslie Alcocks *Arthur's Britain*, doch Caer Cadwy ist meiner Vorstellung entsprungen und stellt keine literarische Rekonstruktion einer archäologischen Fundstätte dar. Konstantin von Dumnonien und Vortepor von Dyfed sind reale Gestalten, die von ihrem Zeitgenossen Gildas erwähnt wurden. (Der Stein, der als Vortepors Gedenkstein angesehen wird, steht am Kastell Dwyran in Dyfed und trägt Inschriften auf Lateinisch und auf Ogham.) Cerdic und sein Nachfolger Cynrig haben der Überlieferung zufolge Wessex gegründet und sind historisch nicht mehr und nicht weniger verbürgt als Artus. Die übrigen Charaktere entspringen meiner Vorstellung, fügen sich aber hoffentlich in die Zeit. Teleri stellt die einzige Ausnahme dar – es ist unwahrscheinlich, dass es eine fahrende Sängerin gegeben hat, jedoch nicht ausgeschlossen.

Aber hat es Artus wirklich gegeben?

Die Antwort lautet, wir wissen es nicht, trotz der Unmenge an Tinte, die auf das Thema verwandt wurde. Falls er überhaupt lebte, dann im fünften oder sechsten Jahrhundert. Damals war die römische Diözese Britannien in Auflösung begriffen, und das aus den drei Nationen England, Schottland und Wales bestehende moderne Britannien nahm Gestalt an. Zwei dieser Nationen verdanken ihren Namen und ihre Existenz fremden Eindringlingen: England den germanischen Angelsachsen aus dem Osten; Schottland den Gälisch sprechenden Kelten aus dem Westen. Wales wurde natürlich von den einheimischen Briten gegründet, die in den Bergen der Unterwerfung durch die Römer entgangen waren.

Diese zwei Jahrhunderte sind das dunkelste und ärgerlichste Kapitel unserer Geschichte. Dunkel, weil unser Wissen völlig ungesichert ist; ärgerlich, weil sich uns Namen und Persönlichkeiten entziehen. Tatsächlich ist dies eine prähistorische Periode, und unser ganzes Wissen gründet auf einer einzigen zeitgenössischen Schrift, die uns das Verständnis in vielerlei Hinsicht eher erschwert als erleichtert. Allerdings wissen wir eine Menge über die *Vorstellungen*, die sich spätere Generationen über die damaligen Vorgänge machten (und deren Annahmen und Legenden bilden den Grundstock dieses Buches).

Im fünften Jahrhundert brach das römische Reich im Westen zusammen. Rom fiel 410 an die Goten, und der Einfachheit halber nehmen wir an, dass Britannien in diesem Jahr aufhörte, Teil des Reiches zu sein. Einiges deutet darauf hin, dass der endgültige Bruch von Britannien ausging und dass die loyalen Anhänger des Reiches anschließend verfolgt wurden.

Um 600 herum befand sich der größte Teil des englischen Flachlands in der Hand der Sachsen. Weiter im Norden hatten sich die skotischen Einwanderer aus Irland im Westteil des heutigen Schottland festgesetzt.

Wie es dazu kam, wissen wir nicht. Sollen wir beispielsweise von einer sächsischen Völkerwanderung ausgehen, mit Männern, Frauen und Kindern? Oder begab es sich eher so, dass kleine Gruppen von

Kriegern verschiedene regionale Königreiche eroberten? Kamen die Sachsen als Bauern in ein nahezu unbewohntes Land oder kamen sie mit Feuer und Schwert?

Wie viel Zeit nahm die Anglisierung Britanniens in Anspruch? War sie nach dreißig oder vierzig Jahren mehr oder weniger abgeschlossen, oder wurde dies zu einem lange währenden Prozess, der sich über Generationen hinzog? Ein Gegenwartshistoriker vertritt die Ansicht, das südliche Tiefland Britanniens habe seit Mitte der 440er Jahre unter sächsischer Herrschaft gestanden – somit hätte der Übergang vom römischen Britannien zum sächsischen England nur wenig Zeit in Anspruch genommen. Ein anderer Historiker behauptet das genaue Gegenteil. Er glaubt, die Übergriffe der Sachsen hätten nur den Ostteil des Landes betroffen, und der größere Teil sei bis zur sächsischen Expansion gegen Ende des sechsten Jahrhunderts ›römisch‹ geblieben.

Beide Ansichten sind vertretbar. Wir verfügen einfach nicht über genügend Belege. Ich halte es für wahrscheinlich, dass die Art und Weise der Besiedlung und ihr Tempo regional dramatische Unterschiede aufwiesen.

In Kent deuten die archäologischen Funde verschiedener Ausgrabungsstätten darauf hin, dass von einer römisch-britischen Verwaltung germanische Truppen angesiedelt wurden, und dies würde natürlich zu den späteren Legenden passen. In Northumbria weist einiges darauf hin, dass eine kleine aristokratische Gruppe von Angeln über eine überwiegend britische Bevölkerung herrschte. In der *Anglo-Saxon Chronicle* aus dem neunten bis zwölften Jahrhundert wird berichtet, wie Cerdics Dynastie gegen Ende des fünften Jahrhunderts bei Southampton Water landete und sich im Laufe der folgenden Generationen landeinwärts vorkämpfte. Doch die archäologischen Funde zeigen, dass Wessex aus bäuerlichen Gemeinschaften des oberen Themsetals hervorgegangen ist, die eine Generation vor Cerdic datierten.

Archäologische Funde eröffnen uns Einblicke in eine Vielzahl von kulturellen Erscheinungen wie Bestattungsriten, den Austausch von Artefakten und den Umgang mit dem Siedlungsraum. Über soziale Gegebenheiten wie politische Organisation, Sprache und religiöse Vorstellungen aber geben sie kaum Aufschluss. In dieser Beziehung sind wir auf schriftliche Quellen angewiesen.

Das einzige zeitgenössische schriftliche Zeugnis aus dem fünften und sechsten Jahrhundert stammt von Gildas, einem britischen Christen, der um 540 herum das Werk *De Excidio Britanniae* (Über den Untergang Britanniens) verfasste. Dabei handelt es sich um eine Strafpredigt, die seine Landsleute aufrütteln und dazu bewegen sollte, von der Sünde und Trägheit abzulassen, versehen mit einer ›historischen Einführung‹, die seinen Zeitgenossen deutlich machen sollte, dass ihre gegenwärtigen Beschwernisse Folge von Gottlosigkeit seien. Nach unseren Maßstäben ist dieses Geschichtswerk somit nicht verlässlich. Wichtig bleibt aber, dass es die Basis aller späteren Berichte bildet, zumal die des Venerable Bede (Anfang des achten Jahrhunderts), durch die es weite Verbreitung fand. Außerdem hat es auf alle modernen Arbeiten abgefärbt.

Gildas schildert drei Phasen der Eroberung durch die Sachsen. (Ihm zufolge musste das Auftauchen der Sachsen als Eroberung betrachtet werden. Die Rache des Herrn an den abtrünnigen Briten lässt sich wohl kaum als friedliche Besiedlung darstellen.)

In der ersten Phase wurden die Briten von den Römern ihrem Schicksal überlasssen. Der *superbus tyrannus* (womit sehr wahrscheinlich Bedes Vortigern und dessen Nachfolger Nennius gemeint sind) und dessen Berater riefen die Sachsen zu Hilfe, um die Pikten im Norden zurückzutreiben. Die sächsischen Söldner stellten fest, dass niemand sie daran hindern konnte, auf eigene Faust zu plündern, und suchten die Insel folglich mit Feuer und Schwert heim. Anschließend kehrten sie in ihre Heimat zurück - wahrscheinlich zu den Ländereien im Osten, die man ihnen überlassen hatte.

Nach einer unbestimmten Zeit erwuchs den Briten in der zweiten Phase ein Anführer, Ambrosius Aurelianus, ein Mann aus einer guten römischen Familie mit tadelloser Abstammung, unter dessen Fahne sich die überlebenden Romanobriten sammelten, die seinen lauteren Charakter anerkannten. Nun wechselten Sieg und Niederlage miteinander ab, bis die Auseinandersetzungen in der Belagerung von Mount Badon kulminierten, ›fast die letzte und nicht die unbedeutendste Schlacht, bei der die Schurken unterlagen‹. (Bemerkenswerterweise sagt Gildas nicht, wer die britischen Truppen bei Badon anführte.)

Die dritte Phase datierte vierundvierzig Jahre nach Mount Badon, und Gildas hatte sie selbst miterlebt. Britannien war nun sicher vor Angriffen von außen, wurde aber noch immer von inneren Machtkämpfen zerrissen. Gildas setzte seine Strafpredigt fort, indem er fünf noch lebende Könige angriff: Konstantin von Dumnonien, Aurelius Caninus, Vortepor von Dyfed, Cuneglasus und Maelgwn, ›den Inseldrachen‹.

Gildas' Äußerungen zu Mount Badon lassen verschiedene Deutungen zu. Gemäß der herkömmlichen Sichtweise, der auch ich in diesem Buch gefolgt bin, haben die Briten einen überwältigenden Sieg errungen, der der sächsischen Expansion für die Dauer einer Generation ein Ende bereitete. Man kann es aber auch anders deuten: Dies war ›fast die letzte Schlacht‹, bei der die Sachsen unterlagen, weil *anschließend die Sachsen bei praktisch jedem Zusammentreffen siegreich blieben.* Die Schlacht blieb deshalb im Gedächtnis, weil es sich um den letzten Sieg der Briten handelte, nicht weil diese den Gegner vernichtend geschlagen hätten.

Verschiedene Historiker, angefangen von Bede bis zu Vertretern der Gegenwart, haben Badon nationale Bedeutung beigemessen. Es ist jedoch auch möglich, dass es sich um ein unbedeutendes Geplänkel handelte, das auf Britannien als Ganzes ohne Auswirkungen blieb. Gildas berichtet, die Schlacht von Badon habe sich *im Jahr seiner Geburt zugetragen*. Daher stellte sie für ihn ein bedeutendes Ereignis dar. Vor allem, wenn er in der Nähe des Schlachtfelds aufgewachsen sein sollte, hat man ihn als Kind sicherlich häufiger daran erinnert, dass er in dem Jahr das Licht der Welt erblickte, als die Briten die Sachsen bei der Belagerung von Badon Hill besiegten.

Macht man sich Bedes Sichtweise zu Eigen (dies ist jedoch reine Spekulation) - und wir sollten dabei bedenken, dass Bede eine Kopie vorliegen hatte, die dem Original viel näher gekommen sein muss als die uns vorliegenden Texte -, so fand die Schlacht von Badon vierundvierzig Jahre nach Ankunft der Sachsen statt. Anders ausgedrückt: Die Schlacht von Mount Badon diente Gildas als Kristallisationspunkt, der exakt vierundvierzig Jahre nach der fatalen Einladung an den Gegner und vierundvierzig Jahre vor der Niederschrift seines Berichts datierte.

Es mag daher sein, dass Gildas Badon aus dramaturgischen Gründen hervorhob und nicht, weil es sich um einen überwältigenden Sieg gehandelt hatte.

Wie der Leser mittlerweile erkannt haben mag, glaube ich nicht, dass man die Geschichte des fünften und sechsten Jahrhunderts auf die gleiche Weise erzählen kann wie etwa die des fünfzehnten und sechzehnten Jahrhunderts. Das Thema der Chronologie ist zu komplex, um es an dieser Stelle ausführlich zu erörtern, doch der Umstand, dass manche Historiker Belege dafür anführen, dass Gildas seine Geschichte im Jahr 480 verfasst habe und nicht 540 - ein Unterschied von ganzen sechzig Jahren -, vermittelt eine Vorstellung davon, auf welch schwankendem Boden unser Wissen steht.

Wenn die Geschichtsschreibung versagt, bietet sich gleichwohl noch eine andere Herangehensweise an. Auch ohne gesicherten Zeitrahmen können wir gewisse gesellschaftliche Tendenzen herausarbeiten.

Wir wissen, dass die politische Ordnungsmacht zusammengebrochen war. Die großen Städte verloren an Bedeutung, Straßen- und Städtebau kamen zum Erliegen. Die herrschende Elite verschwand, und an ihre Stelle traten Männer von lediglich lokaler Bedeutung.

Auch die zentralisierte Wirtschaft brach zusammen. Der landesweite Handel, das Handwerk, die Verwaltung der Ländereien und die spezialisierte Landwirtschaft, dies alles gehörte nun der Vergangenheit an. Familienbetriebe traten an die Stelle großer Besitzungen, und die Briten wurden auf die landwirtschaftliche Produktion in kleinem Maßstab und den Tauschhandel zurückgeworfen. Viele Städte fielen an die Unterschichten, und alte Festungen wurden renoviert oder neue gebaut. Die einheimische Bevölkerung schrumpfte.

Für uns vielleicht der wichtigste Gesichtspunkt: Man konstruierte eine verklärte Vergangenheit, ein Goldenes Zeitalter, da Helden über die Erde wandelten.

Die römische Diözese Britanniens zerfiel in zahlreiche verfeindete Nachfolgestaaten, einige keltisch, andere germanisch. Die Herrscher dieser neuen Staaten ersannen kunstvolle Stammbäume, die sie mit ihren Vorgängern in Verbindung setzten. Daher führten irgendwann alle Könige von Dyfed, die Könige von Powys und die anderer im Norden beheimateter Dynastien ihre Abstammung auf Macsen Wledig zurück, den Spanier Magnus Maximus, der im Jahr 383 zum Kaiser von Britannien ernannt wurde. (›Wledig‹ bedeutet übrigens so viel wie ›Oberherr‹.)

Infolgedessen wurde der Zusammenbruch der alten Welt als heroischer Kampf gegen Plünderer und Eindringlinge betrachtet: Erst kamen die Pikten und Skoten, dann die Sachsen. Die Erzählungen wurden personalisiert und mit zahlreichen dramatischen Details angereichert. So verwandelt sich Ambrosius Aurelianus, bei Gildas noch der römische ›Gentleman‹ *(vir modestus)*, in Emrys Wledig, den Vorläufer Merlins, den vaterlosen Knaben, der Vortigern den Grund für den Einsturz seiner Festung auf dem Mount Snowdon enthüllt. Hengist, der Anführer der Sachsen, ermordet heimtückisch Vortigerns Rat, die dreihundert bedeutendsten Adligen Britanniens, und nimmt Vortigern als Geisel.

Etwa von dem neunten Jahrhundert an nahm Artus in dieser legendenhaften Geschichte einen festen Platz ein. Erst Vortimer, der Sohn Vortigerns, und dann Ambrosius hatten mit wechselhaftem Erfolg gegen die Sachsen gekämpft, doch Artus war aus allen Schlachten siegreich hervorgegangen. Er war der große Schlachtenlenker, der die Sachsen für die Dauer einer Generation im Zaum hielt.

Und als Held par excellence gehörte ihm allein auch der Sieg von Badon Hill.

Anfang des neunten Jahrhunderts beschloss ein gewisser Nennius, die Geschichte der Briten niederzuschreiben. Bei einem Großteil seines Werkes handelt es sich um Abschriften der Nacherzählungen früherer Quellen sowohl britischen wie sächsischen Ursprungs, die nicht auf uns gekommen sind. Die Geschichte überdauert in vielen Manuskripten, manche davon lang und ausführlich, andere kurz und knapp. Das für unsere Zwecke bedeutendste ist als ›Harley 3859‹ im British Museum katalogisiert. Dazu gehören – unter anderem – die *Annales Cambriae* oder die Walisischen Annalen und eine Reihe walisischer Ahnentafeln.

Dieses Geschichtswerk zählt zwölf Schlachten auf, an denen Artus beteiligt gewesen sein soll, mit der von Badon Hill als Höhepunkt. Camlann ist nicht aufgeführt, vielleicht weil es sich um eine Aufzählung seiner Siege handelt. Der Bericht liest sich so:

> *Damals kämpfte Artus an der Seite der britischen Könige gegen sie [die Sachsen], er aber war der Schlachtenlenker. Die erste Schlacht fand statt an der Mündung des Flusses mit Namen* **Glein**. *Die Zweite, die Dritte, die Vierte und die Fünfte wurden an einem anderen Fluss mit Namen* **Dubglas** *ausgetragen, der im Bezirk* **Linnuis** *liegt. Die sechste Schlacht wurde an dem Fluss mit Namen* **Bassas** *ausgetragen. Die siebente Schlacht fand statt im Kaledonischen Wald, der* **Cat Coit Celidon** *genannt wird. Die achte Schlacht fand statt bei der Festung* **Guinnion**, *und Artus trug dabei das Bildnis der Jungfrau Maria auf den Schultern, und die Heiden wandten sich zur Flucht, und es hob dank unseres Herrn Jesus Christus und der Heiligen Maria ein großes Gemetzel an. Die neunte Schlacht wurde in der Stadt der Legion ausgetragen. Die zehnte Schlacht wurde am Ufer des Flusses mit Namen* **Tribruit** *ausgefochten. Die elfte Schlacht fand auf dem Berg nit Namen* **Agned** *[oder* **Breguoin**] *statt. Die zwölfte Schlacht trug sich zu auf dem* **Mount Badon**. *Neunhundertundsechzig Männer fielen an einem einzigen Tag bei dem von Artus geleiteten Angriff, und kein anderer überwand sie als er selbst. Und aus all diesen Schlachten ging er als Sieger hervor.*

Dies klingt verdächtig nach einer walisischen Schlachtendichtung. Aber wie alt war sie? Wir wissen es einfach nicht. Vielleicht wurde sie ja in irgendeiner Form sogar Artus persönlich vorgetragen, falls es ihn je gegeben hat. Sie könnte ein paar Jahre vor der Niederschrift von Nennius' Geschichte gedichtet worden sein. Desgleichen ist unsicher, ob alle oder überhaupt eine der erwähnten Schlachten Artus zuzuschreiben sind – ebenso gut könnte er die Stelle mehrerer anderer Helden eingenommen haben.

Wir können bloß so viel sagen, dass einige der Namen alt klingen, dass keiner der Orte mit letzter Sicherheit zu identifizieren ist, nicht einmal Cat Coit Celidon (vielleicht irgendwo in Schottland gelegen?), und dass die Legende vom großen Schlachtenlenker, der möglicherweise selbst König war, bereits zu Nennius' Zeiten fest verwurzelt war.

Mit der Geschichte verknüpft sind die Walisischen Annalen. Die Annalen weisen zwei Einträge zu Artus aus, einen aus dem Jahr 72 des Zyklus, den anderen aus dem Jahr 93. Diese entsprechen den Jahren 518 und 539 nach Christus. Die erste Eintragung lautet:

Die Schlacht von Badon, bei der Artus das Kreuz unseres Herrn Jesus Christus drei Tage und drei Nächte lang auf den Schultern trug und die Briten den Sieg davontrugen.

Die zweite Eintragung lautet:

Die Schlacht um Camlann, bei der Artus und Medraut fielen, während in Britannien und Irland die Pest wütete.

Der uns vorliegende Text stammt aus dem Jahr 1100. Dabei handelt es sich um die Kopie einer Zusammenstellung aus der zweiten Hälfte des zehnten Jahrhunderts. Osterannalen enthalten naturgemäß zahlreiche Einträge, die zu unterschiedlichen Zeiten gemacht wurden, denn es handelt sich um einen Wachstumsprozess ganz ähnlich wie bei einem modernen Tagebuch mit täglichen Einträgen. Bedauerlicherweise ist uns nicht bekannt, wann diese speziellen Einträge vorgenommen wurden oder wie alt die Überlieferung war, auf die sie zurückgriffen. Auch den aufgeführten Daten kommt keine besondere Aussagekraft zu; wahrscheinlich stammten sie vom Chronisten, der sie vermutlich vom Tode Gildas' im Jahr 126 des Zyklus ableitete.

Wir wissen jedoch, dass Artus und Badon nicht immer miteinander in Verbindung gebracht wurden. Cynddelw, der walisische Dichter aus dem zwölften Jahrhundert, macht einige Anmerkungen zu Badon, jedoch ohne Artus in diesem Zusammenhang zu erwähnen. Stattdessen gibt es bei ihm zahlreiche Hinweise auf Artus' und Medrauts Teilnahme an der Schlacht von Camlann, die als die mörderischste der drei vergeblichen Schlachten um Britannien galt.

Hat Artus also wirklich gelebt?

Auf den ersten Blick scheinen die Belege dagegen zu sprechen, und ich glaube nicht, dass wir sein Grab in Powys finden werden, wie erst kürzlich zwei Autoren behauptet haben.

Andererseits besteht auch kein Grund, eine Person bloß deshalb als mythisch abzutun, weil sie von Mythen umgeben ist. Der Umstand, dass von Sir Francis Drake bisweilen behauptet wird, er führe die Wilde Jagd an, gilt im Allgemeinen nicht als Beweis dafür, dass er niemals gelebt hat.

Der Fall des Ambrosius ist noch lehrreicher. Es ist klar, dass Gildas' Text in einem größeren Zusammenhang steht; aus irgendeinem Grund hat allein sein Buch die Zeiten überdauert. Andernfalls wüssten wir nicht, dass Ambrosius der Anführer der überlebenden Briten war. Wir müssten uns mit der auf Nennius zurückgehenden Legende begnügen.

Nennius erzählt die Geschichte von Vortigerns Bemühungen, in Snowdonia eine Zitadelle zu errichten, die später Dinas Emrys genannt wurde: Da das Mauerwerk jede Nacht von neuem zerbröckelte, rieten ihm seine Magier, das Gebäude mit dem Blut eines vaterlosen Knaben zu besprengen. Sie fanden schließlich Emrys oder Ambrosius, der die Magier lächerlich machte, da er ein rotes und ein weißes Ungeheuer entdeckte, die beide tief in der Erde einen Zweikampf ausfochten. Nennius erwähnt nebenbei, Emrys sei der König aller britischen Könige gewesen. Die meisten Menschen sind mit Monmouths Version vertraut: Geoffrey macht aus Emrys Merlin, was belegt, wie weit entfernt Emrys von Ambrosius Aurelianus, dem römisch-britischen Soldaten, ist. Hätte Gildas ihn nicht erwähnt, besäße Ambrosius für uns noch weniger geschichtliche Realität als Artus.

Ich glaube nicht, dass wir Artus' Historizität jemals werden beweisen können, auch wenn zahlreiche Autoren der Vergangenheit und Gegenwart Gegenteiliges behauptet haben. Es ist jedoch möglich und sogar wahrscheinlich, dass Ambrosius einen Nachfolger hatte. (Gildas schreibt, Ambrosius' Nachfahren hätten zu seiner Zeit noch gelebt, wenngleich sie nicht mehr das Format ihres Ahnen aufwiesen.) Falls es einen solchen Nachfolger gab, müssen wir ihm einen Namen geben, und Artus ist ein ebenso guter Name wieder jeder andere - ganz ähnlich verfahren wir nämlich mit Hengist und Cerdic, den Anführern der Sachsen.

Wenn die Geschichtsschreibung versagt, müssen wir uns mit dem Mythos begnügen.

Der Rat, den der Abt Budoc auf Seite 21 erteilt, wurde ursprünglich Paul Aurelian vom Heiligen Illtud zuteil.

Dieser Rat und die Passage aus dem Sizilianischen Briten auf Seite 24 stammen aus *The Age of Arthur* von John Morris, Weidenfeld & Nicolson 1973.

Die beiden auf Seite 547 erwähnten Bücher sind:
N. J. Higham: *The English Conquest: Gildas and Britain in the Fifth Century*, Manchester University Press 1994.
K. R. Dark: *Civitas to Kingdom: British Political Continuity 300-800*, Leicester Press 1995.

PERSONEN

Aescwine - der erste König der Ostsachsen. Wicga war sein Rivale.

Aelle - König der Südsachsen zu Artus' Zeiten; starb bei Badon.

Agricola oder Aircol - Hoher Lord von Dyfed zu Artus' Zeiten, Vater Vortepors.

Ambrosius - der Ältere und der Jüngere. Vater und Sohn, die gegen die Politik Gworthigerns opponierten und sich weigerten, seine Autorität anzuerkennen.

Anir - Artus' Sohn, wurde von ihm eigenhändig getötet.

Artus - zunächst Kriegsherr und später Herrscher oder Amheradwyr von Albion.

Atlendor - einer von Artus' Gefährten.

Beanstan - ein Sachse, der in der Stadtwache von Lindinis diente.

Bedwyr - einer von Artus' Gefährten. Er und Cei waren Artus' älteste Freunde und nahmen unter den Gefährten eine herausragende Stellung ein.

Beli (1) - Fischer aus Eurgains Dorf

Beli (2) - legendäre Gestalt: in der von Teleri in Caer Cadwyr vorgetragenen Geschichte einer der sieben Überlebenden des Feldzugs zur Befreiung Gwairs.

Bieda - Westsachse und Cerdics Rivale; starb bei der Schlacht von Camlann.

Bran (1) - Knabe aus Eurgains Dorf.

Bran (2) - legendäre Gestalt: in der von Teleri in Caer Cadwy vorgetragenen Geschichte einer der sieben Überlebenden des Feldzugs zur Befreiung Gwairs.

Budoc - ein Einsiedler. Ursprünglich zu Artus' Gefährten gehörend, überlebte er die Schlacht von Camlann und lebte anschließend als Mönch in der Bretagne, bevor er nach Dumnonien zurückkehrte.

Cadwallon - in Artus' späteren Jahren Fürst von Gwynedd, Vater von Maelgwn.

Cadwy - legendärer Held Ostdumnoniens.

Cattegirn - Sohn Gworthigerns, kämpfte gegen den Willen seines Vaters gegen die Sachsen.

Cei - wegen seiner Größe ›der Lange Mann‹ genannt. Zusammen mit Bedwyr Anführer von Artus' Gefährten. Wurde von Gwydawg mab Menestyr getötet.

Ceolric - ein junger Sachse, Sohn Wicgas.

Cerdic - König der Westsachsen oder Gewisse.

Cian - Vorsteher der Siedlung am Ostufer der Meeresbucht Hyle.

Cuchulain - legendärer irischer Held.

Cunedda - Ahnherr der Herrscher von Gwynedd.

Cunrig - ein Sachse, Anführer von Cerdics Kriegerschar.

Custennin oder Konstantin - Hoher Lord von Dumnonien, Nachfolger seines Vaters Cunomorus.

Degaw - Gemahlin Talorcans und am Artushof mit Mab Petroc befreundet. Eine Piktin aus dem Stamm der Creonen.

Dovnuall - Gefolgsmann Eremons.

Drust mab Erp - halb legendärer Anführer des Piktenbundes zu Gworthigerns Zeiten.

Dyfnwal - zu Artus' Zeiten Herrscher über Strathclyde.

Dyfyr - Eurgains Schwester.

Edar - Knabe aus Eurgains Dorf.

Enoch - Bischof am Artushof.

Eremon - Gesetzloser irischer Abstammung. Pflegesohn Gereints und verwandt mit Lleminawg und Angus. Wurde von Nai getötet.

Erfai - Gorthyns Vater und Pflegevater Nais. Wurde von Dovnuall getötet.

Eurgain - Mädchen aus einem Dorf nahe Budocs Einsiedelei, am Westufer der Meeresbucht Hyle gelegen.

Fergus mac Erc - zusammen mit den Brüdern Lorn und Angus zu Artus' Zeiten der lästigste der skotischen Seeräuber an der Nordwestküste. Erhielt von Dyfnwal die Halbinsel Kintyre als Lehen.

Fingal - alter Berater des jungen Vortepor von Dyfed.

Folcwalda, Frodis Sohn - ein Sachse, Hauptmann der Stadtwache von Lindinis.

Garulf - ein Friese. Als junger Mann diente er in der Stadtwache von Lindinis; als älterer Mann war er Steuermann auf dem *Meereshengst*.

Garwen - Bedwyrs früh verstorbene Gemahlin.

Gereint - Niederer Lord in Dumnonien, dem Gworthigern und Nai dienten. Außerdem häufiger Name in Dumnonien.

Glewlwyd - Artus' Pförtner.

Goronwy - einer von Artus' Gefährten, begleitete Mab Petroc nach Lindinis.

Gorthyn - dumnonischer Krieger, gehörte Gereints Kriegerschar an. Stiefbruder Nais.

Gwair - legendäre Gestalt: In der von Teleri in Caer Cadwy vorgetragenen Geschichte wurde er bei seiner Geburt geraubt und von sieben Helden wieder befreit. Gwair war sein Jungenname; später wurde er Pryderi oder Peredur von Prydein genannt.

Gwalchmei - der Falke, einer von Artus' Gefährten und mit ihm verwandt. Starb bei Peryddon in Gwent.

Gwenhwyvar - Artus' Gemahlin

Gworthigern der Magere (Vortigern) - ›Der Hohe König‹: Vitolinus, der die Sachsen unter Hengis nach Britannien holte, um die Angriffe der Pikten und Skoten abzuwehren.

Gwydawg - Sohn Menestyrs, wurde von Cei getötet.

Gwyl - Frau aus Eurgains Dorf.

Heilyn - Gereints Barde.

Hengist - Anführer der sächsischen Söldner, die von Gworthigern nach Britannien geholt wurden.

Heuil - Pirat und Plünderer, der an der Westküste Britanniens und vor allem in Dyfed sein Unwesen trieb.

Hussa - ein Sachse, der in der Stadtwache von Lindinis diente.

Iddawg - einer von Artus' Gefährten, stellte sich bei Camlann gegen ihn und kam dort ums Leben.

Jago - Fischer aus Eurgains Dorf.

Kynfawr oder Cunomorus - zu Artus' Zeiten Herrscher Dumnoniens, Vater Custennins.

Llacheu - Artus' Sohn, wurde von Cei getötet.

Die Hohe Frau - legendäre Gestalt: in der von Teleri in Caer Cadwy vorgetragenen Geschichte die Allmutter.

Lleminawg - der Tänzer, einer von Artus' Gefährten, von irischen Siedlern am Oak-Fluss in Dumnonien abstammend.

Mab und Mac - der britische beziehungsweise irische Ausdruck für ›Sohn des‹. Je nach Sprecher oder bezeichneter Person habe ich mal den einen, mal den anderen Ausdruck verwendet. Gorthyn und Nai beispielsweise betrachten Eremon als Briten irischer Abstammung und nennen ihn deshalb *Mab* Cairbre; Vortepor und Eremons irische Gefolgsleute hingegen nennen ihn *Mac* Cairbre.

Mab Petroc - einer von Artus' Gefährten, Anführer der Eskorte, die nach Lindinis ritt.

Maelgwn - Lord von Gwynned, Sohn Cadwallons. Junger Rivale des Vortepor von Dyfed.

Magnus Maximus oder Macsen Wledig - römischer General spanischer Abstammung. Im Dienste Britanniens erklärte er sich im Jahr 383 zum Kaiser von Rom. Er marschierte in Gallien ein, wurde geschlagen und im Jahr 388 hingerichtet. Zahlreiche britische Herrscher beriefen sich darauf, mit ihm verwandt zu sein.

Medraut - ehemaliger Gefährte Artus'; kämpfte bei Camlann gegen ihn und kam dort ums Leben.

Melwas - war einmal mit Gwenhwyvar verlobt.

Menestyr - der Name eines Clans tätowierter Männer aus dem hohen Norden, der Söhne oder Kinder Menestyrs, und der Name ihrer Anführer: Pedrylaw Menestyr, ›der erfahrene Kelchträger‹.

Menw - einer von Artus' Gefährten.

Morgant - Berater Gereints.

Moried - einer von Artus' Gefährten, enger Freund Mab Petrocs.

Myrddin - legendäre Gestalt: in der von Teleri in Caer Cadwy vorgetragenen Geschichte einer der sieben Überlebenden des Feldzugs zur Befreiung Gwairs.

Nai - dumnonischer Krieger, gehörte Gereints Kriegerschar an.

Nudd - legendäre Gestalt: in der von Teleri in Caer Cadwy vorgetragenen Geschichte einer der sieben Überlebenden des Feldzugs zur Befreiung Gwairs, wurde jedoch am Oberschenkel verwundet.

Oesc - Sohn Hengists und König von Kent.

Oswine - ein Sachse, der in der Stadtwache von Lindinis diente.

Pedrawg - Knabe aus Cians Siedlung am Ostufer der Meeresbucht Hyle.

Pedrylaw - siehe Menestyr.

Peredur oder Pryderi - siehe Gwair.

Pwill - legendäre Gestalt: in der von Teleri in Caer Cadwy vorgetragenen Geschichte der Graue Mann, der den Knaben Gwair raubte.

Rhodri - Eurgains Vater und Dorfvorsteher.

Salvian - junger Mönch im bretonischen Kloster, der Budoc nicht mochte.

Scatha - in irischen Legenden die Kriegerin, die den großen Helden Cuchulain ausbildete.

Serach - Gefolgsmann Eremons.

Seradwen - wurde einmal von Nai geliebt.

Sigebeorn, Sigeferths Sohn - ein Sachse, Hauptmann der Stadtwache von Lindinis.

Sigemund - legendärer Drachentöter.

Taliessin - legendäre Gestalt: in der von Teleri in Caer Cadwy vorgetragenen Geschichte einer der sieben Überlebenden des Feldzugs zur Befreiung Gwairs.

Talorcan - einer von Artus' Gefährten und Freund Mab Petrocs. Degaws Gemahl und - wie sie - ein Pikte.

Taran - legendäre Gestalt: in der von Teleri in Caer Cadwy vorgetragenen Geschichte einer der sieben Überlebenden des Feldzugs zur Befreiung Gwairs.

Teleri - Bardin, die einmal von Mab Petroc geliebt wurde.

Teyrnion - legendäre Gestalt: in der von Teleri in Caer Cadwy vorgetragenen Geschichte Liebhaber der Lady und Vater Gwairs.

Vitolinus - Hoher Lord von Dyfed, Sohn Agricolas.

Winwalloe - ein Mönch im bretonischen Kloster, Freund Budocs.

Wotalin - sächsischer Name für Vitolinus, Gworthigern der Hohe König.

Ynyr oder Honorius - Lord von Gwent; möglicherweise verantwortlich für Gwalchmeis Tod.

ORTE UND STÄMME

Albany - bezieht sich in etwa auf das heutige nördliche Schottland (später auf ganz Schottland angewandt).

Albion - der älteste überlieferte Name für die britische Insel.

Aquae Sulis - Bath.

Armorika - Bretagne.

Attecotti - ›Das Alte Volk‹; Bewohner der Westinseln und der Westküste des heutigen Schottland. Ich habe angenommen, es handele sich um ein Bündnis älterer Piktenstämme.

Bannog - Südgrenze des Piktenlandes; die Hügelzüge zwischen dem heutigen Stirling und Dumbarton.

Blathaon - der nördlichste Punkt Schottlands.

Britannia - römischer Name für Britannien.

Caer Cadwy - South Cadbury in Somerset.

Caer Vadon - Bath.

Calchwinyth - ›Die Kalksteinhügel (oder Kreidehügel).‹ Die südlichen Midlands einschließlich Dunstable und Northampton.

Camlann - hier fand Artus' letzte Schlacht statt; der Ort ist unbekannt. Ich habe ihn an den Rand der Somerset Marshes verlegt.

Cantware - Kent.

Celidon, der Wald von - großer Wald im heutigen Südschottland.

Cerdicesora - Landeplatz von Cerdic an der Spitze von Southampton Water, nahe Netley Marsh.

Kaledonier - piktischer Stamm aus dem schottischen Hochland.

Crigyll - westlichster Punkt Britanniens, an der Westseite der Insel Anglesey, nahe Rhosneigr.

Dal Riada - skotischer Stamm, ursprünglich aus dem Gebiet von Antrim im Nordosten Irlands stammend. Ein Teil des Stammes wanderte zu dieser Zeit nach Argyll aus.

Decantae - piktischer Stamm von Eatser Ross und der Black Isle.

Demetae - römischer Name für den Stamm, der auf dem Gebiet des späteren Dyfed lebte.

Dewr - entspricht in etwa East Riding in Yorkshire.

Din Eidyn - Edinburgh.

Din Erbin - Festung am Ostufer des River Dart in Devon.

Dumnonien - Cornwall, Devon, Somerset und ein Teil von Dorset.
Dunoding - Distrikt von Gwynedd.
Dyfed - Südwestwales.
Eburacum - York.
Elmet - Region in den Yorkshire Pennines einschließlich Leeds, im Osten darüber hinausgreifend.
Fahler Wald - der große Wald von Selwood am Westrand der Salisbury Plain. Er lag an der heutigen Grenze von Wiltshire und Somerset.
Gewisse - anderer Name für die Westsachsen.
Glevum - Gloucester.
Gododdin - Königreich, das sich vom Firth of Forth bis nach Wear im County Durham erstreckte.
Gwent - eines mehrerer kleinerer Königreiche im Südosten des heutigen Wales - Caerwent war die Hauptstadt.
Gwynedd - Nordwestwales.
Iardomnan - die Westinseln und Teile von Westschottland.
Ierne - Irland.
Ingwine - Bezeichnung für die Dänen.
Isc oder Usc - die Flüsse Axe und Exe.
Kelliwig - nahe Padstow in Cornwall gelegen.
Kernow - Cornwall.
Kleinbritannien - Bretagne.
Kreonen - piktischer Stamm von der Nordwestküste Schottlands.
Lindinis - Ilchester.
Lindum - Lincoln.
Llongborth - möglicherweise Portchester in Portsmouth Harbour; wahrscheinlich aber Langport in Somerset.
Loidis - Gebiet um Leeds.
Londinium - London.
Lugi - piktischer Stamm aus Ross-shire.
Mona oder Mon, Isle of - Anglesey.
Oak-Fluss - River Dart in Devon.
Penhyle - eine Siedlung an der Biegung der Meeresbucht von Porthyle.
Penwith Point - Südspitze von Britannien.
Peryddon - hier starb Gwalchmei: ein Fluss, der bei Monmouth in den Monnow mündet.
Pikten - Sammelbezeichnung für Stämme, die nördlich des Meeresarms Forth-Clyde im Land Pritdein leben.
Porthyle - ein Meeresarm im Nordosten von Wales.
Prydein - Bezeichnung der Einheimischen für Britannien.

Rheged - in etwa identisch mit Lancashire und Cumbria.

Sarre - Thanet; wäre es nicht eine Insel, wäre dies der östlichste Punkt des britischen Festlandes.

Schmales Meer - Ärmelkanal.

Severn-Meer - der Bristolkanal.

Skoten - irische Piraten.

Smertae - piktischer Stamm aus der Gegend des River Oykel in Sutherland.

Strathclyde - das Gebiet in Südwestschottland zwischen den beiden Römerwällen.

Temair - Tara, Sitz der Hohen Könige von Irland.

Wectis - die Isle of Wight.

Ynis Wittrin - Glastonbury.